Wilhelm von Polenz

Reinheit: Novellen

Wilhelm von Polenz

Reinheit: Novellen

ISBN/EAN: 9783741128820

Hergestellt in Europa, USA, Kanada, Australien, Japan

Cover: Foto ©Andreas Hilbeck / pixelio.de

Manufactured and distributed by brebook publishing software
(www.brebook.com)

Wilhelm von Polenz

Reinheit: Novellen

Wilh. von Polenz

Reinheit

Berlin W
F. Fontane & Co.

Reinheit

Von **Wilhelm von Polenz** erschien im gleichen Verlag:

Versuchung. Eine Studie

Der Pfarrer von Breitendorf. Roman

Karline. Novellen und Gedichte

Der Büttnerbauer. Roman

Reinheit

Novellen

von

Wilhelm von Polenz

Berlin W
F. Fontane & Co.
1896

Reinheit

Klein Asta lebte bei ihrer Tante. Mutter sei bei den lieben Engeln im Himmel, hatte man dem Kinde versichert.

Asta ging seit zwei Jahren zur Schule. Die Lehrer waren recht zufrieden mit ihr, weil sie ein fleißiges und folgsames Kind war; nur in der Aufmerksamkeit ließ sie es manchmal fehlen. Sie träumte und hing gern ihren eigenen Gedanken nach, die mit dem, was sie gerade lernen sollte, oft gar nichts zu thun hatten.

Märchen anhören, das war Astas ganze Wonne. Wenn man dem Kinde etwas erzählte, ein Märchen, eine Geschichte, dann strahlten ihre blauen Augen in wunderbarem Lichte und gaben von viel selteneren Schätzen Kunde, als sie ein Märchendichter jemals gehoben hat.

Seitdem Asta lesen gelernt hatte, konnte sie sich auch mit all den wunderschönen Geschichten

1*

vertraut machen, die in Büchern geschrieben
standen: von Prinzen und Feeen, Hexen, Riesen,
Zwergen, guten und bösen Menschen. Die Tante
freilich, ein älteres Fräulein, mit Ringellocken
— die Asta so sehr bewunderte, weil sie des
Nachts, jede einzeln, eingewickelt wurden — die
Tante, überwachte die Lektüre des Kindes. Durchaus nicht alles und jedes durfte klein Asta lesen.
„Das ist nichts für Kinder!" hieß es. Und als
Asta eines Tages ein Buch von dem Schreibtisch
der Tante genommen, das sie schon lange durch
seinen blauen mit Gold verzierten Einband ent-
zückt hatte, wurde sie, als das alte Fräulein dazu
kam, tüchtig ausgescholten und in die Ecke gestellt.
Warum — das sah das Kind nicht ein. Denn
ein Buch, das einen so schönen Einband hatte,
war doch sicherlich sehr gut. Und wenn es gut
war, warum sollte sie es dann nicht lesen dürfen?—

Die Tante las selbst viel; doch waren es
nicht immer Bücher mit schönen blau- und
goldverzierten Einbänden. Im Gegenteil! Die
Bücher, die sie aus der Leihbibliothek mitbrachte,
hatten meist dunkle, schmutzige, oft auch zerrissene
Deckel. Asta konnte sich gar nicht vorstellen, daß

in Büchern, die so häßlich aussahen, etwas Hübsches
stehen könne. Aber in diesen Büchern durfte sie
niemals lesen; das war ihr streng verboten. Und
da Asta ein gutes Kind war, widerstand sie auch
der Versuchung, hineinzublicken, selbst wenn sie
ganz allein im Zimmer war und völlig unbeobachtet; denn der liebe Gott war ja doch immer
und überall gegenwärtig, und sah alles, was
man that. —

Die Tante hatte eine Freundin, mit der sie
oftmals zusammenkam. Dann wurde Kaffee ge-
trunken, Handarbeiten angefertigt und viel dabei
gesprochen. Manchmal aber wurde auch vor-
gelesen. Asta liebte das ganz besonders. Denn
die Geschichten, die da zur Vorlesung kamen,
waren sehr schwer zu verstehen. Da mußte man
sich immer viel dazu denken. Gerade dieses Er-
gänzen und Nachschaffen aber hatte großen Reiz
für das Kind. Denn so schön, wie sie sich die
Geschichten selbst ausdenken konnte, wurden sie im
Buche nur selten.

Wenn die beiden Fräuleins zusammen waren
und sich gegenseitig vorlasen, wurde Asta meist
an ihren Kindertisch geschickt zum Spielen: Flecht-

arbeit, Tapisserie, Topfmarkt oder Puppenstube. „Beschäftige Dich, Astachen!" hieß es dann. Und das Kind beschäftigte sich; das heißt, seine Hände arbeiteten mechanisch mit den Sachen, seine Aufmerksamkeit aber war da drüben beim Vorlesen.

Eines Abends saßen die Damen wieder beisammen. Die Freundin hatte ein Buch mitgebracht, der Einband schien ziemlich neu, gelb, mit großen roten Buchstaben darauf. „Weite Herzen!" hieß es. Es sei etwas „ganz Modernes und Hochpikantes" habe der junge Mann in der Buchhandlung gesagt, berichtete die Überbringerin. — „Weite Herzen!" Was das wohl heißen sollte? Selbst für Astas Phantasie war das zu schwer, auszudeuten.

Die Kaffeekanne stand auf dem Tische. Der Kanarienvogel war verhangen worden — das Tierchen hatte nämlich die Angewohnheit, wenn laut gelesen wurde, plötzlich die Andacht durch tolles Zwitschern zu stören — Asta saß an ihrem Tischchen, heute mit Kanevas-nähen beschäftigt, die Tante strickte an einem Strumpfe, die Freundin las vor.

Ein Mädchen mit Namen Rosabella spielte eine große Rolle in dem Buche. Das war ein ganz außergewöhnliches Wesen. Die kleine Asta konnte sie sich gar nicht reizend genug vorstellen. Wie sie da geschildert wurde: im kurzen, fliegenden Röckchen von duftiger Gaze mit rosa Trikot, auf einem weißen Zelter, lächelnd, nach allen Seiten Kußhändchen werfend, von hundertstimmigen „Bravos" begrüßt. Und dann das Springen durch die Reifen, das Spiel mit den Bällen; alles vom Pferde aus. Was mußte das für ein wunderbares Wesen sein, das so etwas konnte! Klein Asta stellte sich unter Fräulein Rosabella eine Art von Fee oder Engel vor.

Ein neues Kapitel kam. Die Freundin las ohne Aufenthalt weiter; so interessant war es. „Rosabella bei der Toilette" ... Ganz entzückend war das Zimmer geschildert; man sah alles vor sich: das große Himmelbett mit den blauseidenen Vorhängen, den Divan mit der roten Ampel darüber. Ein Spiegel, der von der Erde bis zu der goldstrahlenden Decke reichte. Auf dem Frisiertisch das silberne Toilettenservice. In einem Käfig „Koko" der Papagei, der „Süßes Herz-

chen" sagen konnte. Der Fußboden bedeckt mit
Teppichen, in denen der Fuß versank. Und in=
mitten dieser Pracht: Rosabella, die von einer
alten Frau frisiert wurde.

„In goldenen Wellen fiel ihr weiches, blondes
Haar über den schlanken Alabasterhals und die
weißen Schultern zum Boden hinab." — Die
alte Frau dagegen, welche dieses herrliche Geschöpf
bediente, war sehr häßlich geschildert. Sie hatte
einen „zahnlosen Mund und falsche grünschillernde
Augen". Asta faßte sofort einen starken Haß
gegen diese Alte; das war gewiß eine Hexe. —
Während die alte Dienerin Rosabellas Haar aus=
kämmte und ein Brillantdiadem darin befestigte,
klopfte es an die Thür. Ein Diener erscheint:
„Empfehlung von seiner Durchlaucht dem Prinzen,
und er schickt dieses Bouquet für Fräulein." —
Die Alte nimmt dem Lakaien die Blumen ab, dann
geht sie von neuem an das Frisieren der Herrin.

„Ich kann das Diadem nicht ausstehen!" rief
Rosabella und schürzte den reizenden Mund, „es
drückt mich!"

„Aber, es ist doch ein Geschenk vom Herrn
Kommerzienrat, und der Herr Kommerzienrat

kommt heute Abend!" erwiderte die Alte mit vielsagendem Lächeln.

„Ach, laß mich mit dem Kommerzienrat!"
schmollte Rosabella und stampfte mit dem reizenden
Füßchen heftig auf den Boden. „Das ist ein
alter Esel. Ich kann ihn nicht ersehen!" —

„Aber er bezahlt Dir die Wohnung, Kind-
chen!" sagte die Alte mit bedeutungsvollem Blicke.
— In diesem Augenblicke klingelte es. „Das
wird der Herr Kommerzienrat sein," rief die
Dienerin, und eilte zur Thür. Ein kleiner, ge-
bückter Alter trat ein, mit grauem Backenbart
und vielen Runzeln im Gesicht. Er lächelte
freundlich. In der Hand trug er eine Bonbonnière. „Bon soir, reizende Rosabella!" rief
er mit näselnder Stimme, öffnete die Bonbonnière
und schritt auf Rosabella zu, der er die alte
runzlige Hand auf die weiße Schulter legte.
„Mein Schätzchen, hier" . . . .

An dieser Stelle räusperte sich die Tante.
Und da die Freundin, den warnenden Ruf über-
hörend, weiterlas, stand sie auf: „Antoinette!
pour l'enfant!" — Die Freundin sah auf
ärgerlich, an der interessantesten Stelle unter-

brochen zu werden. „Sie versteht ja doch nichts
davon!" — „O, man ist sehr klug!" — „So
schick' sie doch zu Bette, wenn Du denkst . . ." . .

„Astachen, mein Kind!" sagte die Tante, „Du
hast nun genug gearbeitet. Du wirst müde sein.
Geh zu Bett, gutes Kind!"

Dem Mädchen standen die Thränen in den
Augen. Gar zu gern hätte sie gehört, wie die
Geschichte noch weiter gehen würde. Sie packte
ihre Sachen zusammen, sagte „Gute Nacht", küßte
den Damen die Hand und ging.

Auf ihrem Zimmer zog sie sich ganz schnell
aus, sprach vor dem kleinen Bett niederkniend ihr
Gebet und huschte dann unter die Decke. Alles
so flink wie möglich! Denn jetzt kam das Schönste:
jetzt konnte sie ungestört nachdenken, und das
Gehörte weiterspinnen, wie sie es schon so oft
gethan, ohne daß irgend jemand eine Ahnung
davon gehabt.

Denn klein Asta war eine Dichterin, trotz
ihrer sieben Jahre. Ein viel reicheres Dichtergemüt,
jedenfalls als der Mann, welcher die Erzählung
geschrieben, von der sich die alten Mädchen nebenan die Ohren kitzeln ließen. Bald hatte die kind-

liche Phantasie die Ergänzung zu dem Gehörten gefunden:

Rosabella war ein gutes Mädchen. Sie hatte eine Mutter. Als die starb, sagte sie zu ihrem Kinde: „Rosabella, ich fühle, daß ich sterben werde; bleibe fromm und gut, und vor allem nasche niemals! Süßigkeiten sind nicht gut für Kinder! Wenn Du die schönsten Bonbons siehst, Chokoladenplätzchen, Kandiszucker, Pfeffernüsse, Pralinés, sollst Du an mich denken und nicht davon essen." Mit diesen Worten starb die gute Mutter und wurde begraben. Rosabella aber beweinte sie sehr und dachte immerfort an das Versprechen, welches sie der Mutter gegeben hatte. Die Stiefmutter aber, welche die kleine Rosabella bekam, das war eine böse Frau mit grünschillernden Augen. Die wollte das gute Mädchen immer zu allerhand Bösem verführen. Rosabella aber blieb fromm und gut und wurde ein großes, schönes Fräulein, mit goldblondem Haar und einem Schwanenhalse. Die Schönste war sie im ganzen Lande, und der Prinz hatte gesagt, wenn er wüßte, daß sie ebenso tugendhaft wäre, wie sie schön sei, dann möchte er sie wohl zu seiner Frau machen. Eines Tages nun, als das gute Mädchen gerade vorm Spiegel saß, und sich von der bösen Stiefmutter das Haar machen ließ, da klopfte es, und ein altes Männchen trat herein, buckelig, mit einer krähenden Stimme, das sagte: „Grüß Dich Gott, mein liebes Mädchen! Ich habe gehört, daß Du so schön bist, und hier bringe ich Dir eine ganze Schachtel voll Bonbons. Sieh nur her! Da sind Chokoladenplätzchen, Kandiszucker, Pfeffernüsse, Pralinés. Alles was das Herz begehrt, so süß, wie Du noch niemals etwas gekostet. Ich weiß, Du liebst dergleichen. Nun lange zu und iß nach Herzenslust. Und wenn Du willst, sollst Du jeden Tag eine solche Schachtel voll von mir geschenkt be-kommen."

So sprach das alte Männchen. Die böse Stiefmutter aber, als sie die Pracht sah, schlug die Hände über dem Kopfe zusammen und rief „O, Du glückliches Geschöpf! Solche schöne Sachen habe ich mein Leblag noch nicht ge-sehen!" Das Männchen aber stellte die Schachtel mit den Bonbons vor Rosebella hin und forderte sie auf, zuzulangen.

Da jagte das gute Mädchen: „Nimm Deine Bonbons nur wieder fort! Meine Mutter hat mir verboten, zu naschen. Ich soll niemals Süßigkeiten essen und wenn es die schönsten Sachen wären: Chokoladenplätzchen, Kandiszucker, Pfeffernüsse, Pralinés. Ich will halten, was ich meiner Mutter versprochen habe."

Als das alte Männchen das hörte, da schmunzelte es vor Vergnügen. „Rosabella!" sagte es, „Du bist wahrlich ebenso tugendhaft, wie Du schön bist! Heil Dir! Nun habe ich die Braut gefunden." Während er so sprach, wuchs er vor den Augen des Mädchens in die Höhe, sein Buckel schwand und seine Falten glätteten sich. Bald war es ein schöner, junger Mann in prächtigen Kleidern; auf dem Lockenhaar trug er ein goldenes Krönlein, und als sie ihn sich näher ansah, war es der Prinz in eigener Person. „Komm mit mir, Rosabella!" sagte der Prinz, „unten wartet mein Gefolge auf Dich. Ehe wir aber gehen, wollen wir erst dieser alten Hexe den Garaus machen." Damit wollte er der bösen Stiefmutter an den Leib. Die verwandelte sich aber schnell in einen schwarzen Kater mit grünen

Augen, und sprang in's Ofenloch, das gerade
offen stand. Der Prinz machte die Ofenthür
rasch hinter ihr zu. „So, nun muß sie ersticken
da drinnen!" sagte er, „Du aber, Rosabella,
meine Braut, komm mit mir!" —

So hatte sich klein Asta die Geschichte weiter
gedacht. —

Inzwischen lasen die beiden alten Fräuleins
im andern Zimmer die Novelle zu Ende. —
Als die Tante dann an Astas Bett kam, fand
sie das Kind schlafend. Hinter dem kleinen Bette
aber stand eine hohe, lichte Gestalt im weißen
Gewande, die einen Lilienstengel in den gefalteten
Händen hielt.

Die Augen der Tante sahen nichts von dem
Engel. Denn die Reinheit erkennt nicht, wer
selbst nicht reinen Herzens ist.

Frühe Liebe

✳

Märkische Ebene, am Himmelsrande dunkle
Kiefern! Es war im zeitigen Frühjahr und die
Flüsse ausgetreten. Die Wiesen waren in seichte
Teiche verwandelt, alle Gräben und Löcher, jede
Bodensenke, stand voll Wasser. Überallhin konnte
der Blick über das Flachland schweifen, unge-
hindert; keine begrenzenden Höhenzüge stellten
sich in den Weg, keine Schlucht entzog ihre
Tiefe dem forschenden Auge. Flach alles, und
in der platten Ausdehnung doch keine Ferne.
Dem Blicke, der sich an nichts emporrichtet, der
die Größe nicht an der Kleinheit messen kann,
erscheint selbst der Himmel niedrig. Aber auch
diese Landschaft hat ihre Reize; sie sind karg,
spröde, unaufdringlich, und ergreifen nur das Gemüt, das auf sie gestimmt ist. Dort das Knie
im Flusse, ein Kranz von Weiden darum. Eine
hölzerne Brücke auf mächtigen Pfosten, die wohl

schon manches Frühjahrswasser durchgelassen
haben mochten. Dahinter ein Eichenkamp. Durch
die Wipfel blickt ein Scheunendach, auf dem
Giebel ein Storchnest. Rote Ziegelwände, Essen,
aus denen der Rauch langsam emporschwebt.
Zwischen strohgedeckten Katen ein einzelnes, breites,
weißgetünchtes Haus, mit hohem Pultdach. —
Das war der Santehof, wo der Amtmann
wohnte. Die Meierei lag in einer Krümmung
der Sante, einem kleinen, schilfbekränzten Flüßchen,
das man zur Sommerszeit an den breiteren
Stellen durchwaten konnte; im Frühjahr aber
gebärdete sie sich wie ein rechter Fluß, kam
strudelnd und wirbelnd daher, daß die Buhnen
gänzlich unter den lehmigen Fluten verschwanden.

Über die hölzerne Brücke kam jetzt ein Trupp
Kinder, vier an der Zahl: ein Mädchen und drei
Knaben, zum Schulgange ausgerüstet. Die Kinder
waren ärmlich gekleidet, bis auf den kleinsten
Knaben, der in einem braunen Anzug, Schaft-
stiefelchen, mit einem Schultornzen auf dem Rücken
und einer Schirmmütze von dunkelblauem Tuch
einherging wie ein Stadtkind. Das war Christoph,
der Sohn des Amtmanns, ein kleines, zartes

Bübchen. Seine Mutter, die vor einem halben
Jahr etwa gestorben war, hatte darauf gehalten,
daß ihr Christoph sich von den Kindern, mit
denen er zur Schule ging, schon durch seine
Kleidung abhöbe. Denn die anderen drei
stammten aus Arbeiterfamilien.

Da war erstens das Mädchen, Ulrike hieß sie.
Ihr Vater war Pferdeknecht auf dem Santehofe.
Dreizehn Jahre zählte sie, aber man konnte sie
von fern, wenn man das kindliche Gesicht nicht
genauer sah, für eine Frau halten. Der Vater
war auch so ein Riese. Ihm sah Ulrike mit dem
strohgelben Haar, den weitauseinanderstehenden
blauen Augen, der schmalen Nase und den schönen
Zähnen ähnlich, wie aus dem Gesichte geschnitten.
Nur einer der Knaben reichte an Körpermaß an
sie heran, Ruprecht, ein hagerer, knochiger Junge
mit gemessenen Bewegungen und ernsten, ausge-
arbeiteten Zügen. Ruprecht war der Sohn eines
Kossäten, der Vater ging in den Santehof auf
Arbeit. Ein ganz besonderer Mensch war der
dritte Knabe, Florian. Er nahm sich mit seinen
schwarzen Borsten und seinen unruhigen Kohlen-
augen unter dieser blondhaarigen, helläugigen Ge-

sellschaft aus wie ein fremder Vogel. Sein Vater war vor Jahren von Osten her gekommen mit anderen Arbeitern; die waren im Herbst wieder abgezogen, Florians Vater aber war sitzen geblieben. Er fand, weil er ein geschickter Mensch war und von mancherlei Hantierung etwas verstand, auch im Winter Beschäftigung. Dann hatte er eine Magd vom Santehofe geheiratet. Eines Tages aber war dieser Zugvogel auf und davon, wahrscheinlich hatte er den Flug in seine östliche Heimat zurückgenommen. Der Knabe, den er seiner Frau als einzige Erinnerung zurückgelassen, glich seinem Erzeuger in vielen Stücken. Florian war geschmeidig, wie eine Weidenrute, flink und zähe, wie eine Katze.

Nach Kruchow, wohin die Kinder täglich zur Schule gingen, war es eine gute Stunde Wegs vom Santehofe aus. Die drei Knaben waren Klassengenossen von früh auf gewesen. Ulrike war erst kürzlich zu ihnen gestoßen, seit ihr Vater Knecht beim Amtmann geworden war. Anfangs hatten sich die Jungens gesträubt, gemeinsam mit dem Mädchen zur Schule zu gehen. Ruprecht besonders war der Ansicht gewesen,

daß das unter ihrer Würde sei, und Christoph
hatte sich ihm darin angeschlossen. Sie ließen
die „Göre" allein gehen.

Ulrike schien sich aus dieser Mißachtung seitens
der Männerwelt herzlich wenig zu machen. Mit
dem gleichen vergnügten Gesichte, rotbäckig bei
jeder Witterung, stiefelte sie in ein Paar abge-
legten Schuhen ihrer Mutter durch den tiefen
Sand. Die Jungens bald vor ihr, bald hinter
ihr, allerhand Streichen nachgehend.

Ulrikes Vereinsamung sollte nicht lange dauern.
Zuerst knüpfte Florian mit ihr an. Dem Jungen
stach das strohgelbe Haar des Mädchens in die
Augen; er zupfte sie daran. Aber da zeigte es
sich, daß Ulrike schlagfertig war, mit Worten wie
mit Händen. Sie blieb dem schwarzhaarigen
Kobold nichts schuldig.

Auch der kleine Christoph wurde bald auf
sie aufmerksam. Er war ein Knabe von be-
weglichem Geiste und lebhafter Phantasie. Durch
die verstorbene Mutter hatte Christoph eine
Frühreife erlangt, wie sie sonst nur Stadtkindern
eigen zu sein pflegt. Sie war eine feine, zarte
Frau gewesen, aus der Stadt gebürtig, und hatte

sich auf dem Sanlehofe niemals recht heimisch
gefühlt. Christoph, ihr einziges Kind, war ganz
nach ihr geraten, so recht nach dem Herzen der
Mutter, ein zierliches, kluges, feinfühlendes und
dabei etwas vorwitziges Knäbchen. Den Vater
würde es mehr gefreut haben, wenn Christoph
ihm ähnlicher gewesen wäre in Kraft und derber
Anlage. — Der Knabe besuchte die Dorfschule;
ihn in die Stadt zu schicken, gestatteten die Ein-
nahmen des Amtmanns nicht. Für die Mutter
war es freilich immer ein Stein des Anstoßes
geblieben, daß ihr Christoph mit den Kindern
der Knechte, Tagelöhner und Kossäten auf derselben Schulbank sitzen sollte. Sie hatte dem
wißbegierigen Kinde zum Ersatz mancherlei mitgeteilt, was es in der Dorfschule nimmermehr
erlernt hätte.

Zwischen Christoph und Florian bestand eine
natürliche Rivalität schon von früh auf. Florian
war in allerhand Künsten bewandert, die ihm so
leicht kein anderer nachmachte. Er verstand es,
mit einem Messer, das von seinem Vater stammte,
kunstvolle Gegenstände zu schnitzen, er war von
allen Jungens weit und breit der schnellste Läufer.

auch im Baumklettern übertraf ihn keiner, auf
den Händen konnte er gehen, und ganz erstaunlich
war sein Spürsinn. Er legte Angeln im Fluß,
fing Frösche und zog ihnen die Haut ab, damit
ging er dann auf's Krebsen aus. Erwischen ließ
er sich nicht, der Zigeuner. Aus dem Suchen
von Kibitzeiern machte er ein Geschäft. Überhaupt war er ein Handelstalent. Obgleich das
Kind der ärmsten Frau auf dem ganzen Hofe,
klimperte er stets mit Geld, kaufte sich Näschereien
und rauchte aus einer kurzen Pfeife manchmal
wirklichen Tabak. Eine solche Persönlichkeit mußte
den ehrgeizigen Christoph zur Eifersucht reizen.

Als Florian am eigenen Leibe verspürt hatte,
daß mit dem großen Mädchen nicht ungestraft
anzubinden sei, beschloß der Schlaukopf, sich mit
ihr auf guten Fuß zu stellen; er widmete ihr fortan seine besondere Aufmerksamkeit. Dadurch wurde
Christophs Interesse für das Mädchen rege.
Bisher hatte er Ulriken kaum beachtet, jetzt sah er
sie sich einmal genauer an. Was war denn diese
Knechtstochter eigentlich für ein Wesen? Eine
schnell aufgeschossene Gestalt in ein enges und
viel zu kurzes Kleid gezwängt. Überall drängten

ihre Gliedmaßen aus der allzu knappen Hülle
heraus. Ein ganzes Stück der mageren Waden
sah man, aus den Ärmeln stachen rote Hände
mit starken Knöcheln hervor. Die Gestalt war
eigentlich komisch, und der spotlustige Knabe
empfand einen unwiderstehlichen Reiz, über Ulrike
zu lachen. Überhaupt, wie konnte man nur ein
Mädchen sein? — In der Klasse saßen sie allerdings zusammen, die Knaben auf der einen, die
Mädchen auf der anderen Seite. Aber Christoph
hatte sich daran gewöhnt, die Mädchen als eine
tiefer stehende Menschengattung anzusehen.

Eines jedoch war an Ulrike, was ihm wirklich gefiel, das Gesicht; nicht einmal das ganze
Gesicht! Auf der Nase hatte sie Sommer-
sprossen, die er nicht liebte. Aber die Augen
fand er schön, weil sie so klar waren. Und
dann der Mund. Dieser Mund war wirklich
das Reizendste, was er je gesehen hatte. Er
konnte sich gar nicht satt daran sehen. Während
der Stunde blickte er jetzt oft nach der blonden
Ulrike hinüber, die seitwärts von ihm bei den
Mädchen saß. Sie wußte nicht viel in der Schule.
Der Lehrer hatte ihr wiederholt vorgeworfen,

sie sei die Größte und Dümmste. Eine Bemerkung, die stets durch ein Gewieher der Klasse
beantwortet wurde. Ulrike reagierte auf solchen
Spott nur wenig. Sie war darin ein eigentümliches Wesen; jeder Vorwurf lief wie Wasser an
ihr ab. Sie zuckte nur mit den Achseln und
lächelte. Christoph fand sie in solchen Augenblicken entzückend. Sie wußte wirklich nicht viel.
Der Knabe überlegte, ob er ihr nicht seine Hilfe beim
Lernen anbieten solle. Er fühlte das Bedürfnis,
sich ihr angenehm zu machen, ihre Aufmerksamkeit
auf sich zu lenken, Einfluß auf sie zu gewinnen.
Worin konnte man dem Mädel nur beikommen?

Eines Tages sah er, daß Florian dem Mädchen einen selbstgeschnitzten Kreisel schenkte. Nun
stand seine Eifersucht in hellen Flammen. Von
jetzt an sann Christoph nur noch darauf, den
Nebenbuhler auszustechen. Das wirksamste Mittel,
Eindruck zu machen, erschien ihm schließlich immer
noch, ihr sein Frühstück anzubieten. Er hatte
es längst schon bemerkt, daß sie nur trockenes
Brot mitbrachte. Eines Tages überreichte er
ihr seine belegte Semmel. Von da ab war es
eingeführt, daß Christoph sein Frühstück an Ulrike

abtrat. Durch dieses Opfer fesselte er sich selbst
mehr und mehr an das Mädchen; sein Lohn
war, daß sie ihm ein freundliches Gesicht zeigte.
— Ein geheimer Kummer für den Knaben blieb
Ulrikens Körperlänge. Die eigene Kleinheit war
stets ein wunder Punkt in seinem Empfinden gewesen. Daß nun gar ein Mädchen ihn an Größe
so sehr übertreffen mußte! Außerdem kränkte sie
ihn auch dadurch, daß sie sich mit Florian ab-
gab. Sie lachte über die tollen Streiche des
Schwarzhaarigen. Eines Tages mußte es Christoph
sogar erleben, daß sie seine Semmel an den
Gegner weggab.

Die Schulgänge hatten einen ganz veränderten
Charakter angenommen, seit Ulrike zu den drei
Knaben gekommen war. Früher waren sie, rechts
und links vom Wege abweichend, in Wald und
Gebüsch herumgekrochen, hatten allerhand Tieren
nachgestellt und gelegentlich auch eine Rübe aus
dem Acker, oder eine Frucht vom Baume stibitzt.
Die Zeit, welche sie durch solche Fahrten ver-
säumten, pflegten sie dann durch Dauerlaufen einzuholen. Seit Ulrike unter ihnen war, ging das
nicht mehr an. Die weibliche Nähe wirkte be-

fänftigend auf diefe Wildfänge. Sie hielten fich
fortan mehr auf der geebneten Landftraße. Bald
herrfchte Ulrike ganz unumfchränkt über die drei
angehenden Jünglinge, mit denen fie täglich zur
Schule ging. Selbft Ruprecht, der Spröde, hatte
fich wohl oder übel ihrer Macht ergeben müffen.

Im Haufe des Amtmanns war inzwifchen eine
große Veränderung vor fich gegangen. Chriftophs
Vater hatte von neuem geheiratet. Die Frau war
jung und man ftaunte über die fchöne Ausfteuer,
die fie mitbrachte. Jedermann fchien fie zu gefallen; Chriftoph gefiel fie nicht. Es war fo
etwas in ihrem hübfchen Geficht, das ihn verdroß, etwas, das fo grundverfchieden war von
feiner verftorbenen Mutter. Nein, die Leute
mochten fagen, was fie wollten, die hier war nicht
feine Mutter, obgleich fie die Frau feines Vaters
war. Nein! Er wollte fie nicht lieb haben, trotz
ihrer fanften Stimme und der freundlichen Blicke
und Worte, die fie für ihn hatte. Sie war noch
nicht vierzehn Tage im Haufe, da hörte der Knabe,
von feinem Zimmer aus, wie fie die alte Martha
fchalt. Die alte Martha hatte das Gnadenbrot
im Haufe. Der Knabe vernahm Worte aus dem

Munde seiner Stiefmutter, die ihn in der Ansicht bestärkten, sie sei keine gute Frau.

Die Rosen fingen an zu blühen im Garten. Die Stöcke hatte die Verstorbene angepflanzt. Jetzt schnitt sich die neue Herrin die Knospen und nahm sie auf ihre Stube. Den Knaben reizte das zur Wut. Daß sie das durfte! Die Rosen gehörten doch seiner Mutter. Wenn er das nur hätte hindern können! — Der Blumengarten war nur klein. Ein paar mit Chamotten eingefaßte Beete, schmale, kiesbestreute Wege zwischen den erhöhten Quartieren. Die Rosenstöcke waren an Stäbe angebunden, die oben bunte Glaskugeln trugen. Um den Blumengarten lief ein Zaun von Weißdorn, der die Hühner und Kinder abhalten sollte. Ein Pförtchen führte nach dem Flusse hinaus. Auf dem schmalen Streifen Rasen, der zwischen Fluß und Garten hinlief, war der Tummelplatz der Kinder. Hier saß auch Ulrike häufig mit einem oder dem anderen ihrer jüngeren Geschwister.

Sie war die Älteste von einer ganzen Schar. In jedem Jahre pflegte ihre Geschwisterzahl sich zu vermehren. Die Mutter hatte mehr zu thun, als die Kinder zu bewachen; die mußten sich gegenseitig weiter helfen. Ulrike saß heute mit dem jüngstgeborenen im Schoße, ein zweijähriges kroch in ihrer Nähe im Grase umher. Christoph bemerkte sie vom Blumengarten aus, sie war leicht zu erkennen, auch von hinten, an ihrem Haar. Er schnitt einige von den schönsten Rosen ab, schlich sich auf Zehen an das Mädchen heran und warf ihr die Blüten über die Schulter. Ulrike wollte sich nach dem Rosenspender umsehen; aber blitzschnell hatte er ihr die Hände über beide Augen gelegt. Sie lachte und suchte sich frei zu machen. Aber da sie saß und er stand, hatte er die größere Gewalt. „Christoph!" rief sie. An den kleinen Händen hatte sie es gespürt, daß er es sei. „Geraten!" — Er gab sie frei. Sie lachte ohne Aufhören; der Spaß gefiel ihr ausnehmend. Er nahm die Rosen vom Boden auf und ließ sie von ihr betrachten. Das Kind, das zu schreien angefangen, wiegte sie wie eine rechte Mutter, bis es sich beruhigt hatte. „Aus dem Blumengarten?" fragte sie und wurde auf einmal ganz ernsthaft; der eingezäunte Garten des Amtmanns war für sie eine geheiligte Stätte.

Es wurde niemandem gestattet, dort etwas abzu-
pflücken. „Ja, rieche mal!" und er hielt ihr
die Blüten unter die Nase. Sie fühlte nichts
als Kitzeln, das sie zum Niesen reizte, meinte
aber doch, daß es wundervoll rieche. Halb mit
Begier, halb mit ehrfurchtsvoller Scheu betrachtete
das Mädchen die seltenen Blumen. „Wenn Du
willst, schenke ich sie Dir!" sagte er. Ulrike
schüttelte ungläubig den Kopf. „Ja, ich schenke
sie Dir alle — die anderen auch, die dort drinnen
noch sind. Das thue ich; paß mal auf!" —
Er machte den Versuch, vor der Sitzenden stehend,
ihr die Blüten in's Haar zu stecken; so wie er
es neulich bei der Hochzeit seines Vaters bei
einigen Damen gesehen hatte. Aber das ging
gar nicht so leicht, bei Ulriken wollten die Blumen
nicht haften. Das Mädchen hielt ruhig, obgleich
er unsanft mit ihren Flechten umging. Er verlor zuerst die Geduld. „Warte mal!" sagte sie,
nahm die Blumen in die Hand, drehte die Stiele
zusammen, nestelte ihr Kleid auf, und stecke den
Strauß da hinein. „So geht's auch!" — Ihm
gefiel die Wirkung der Blumen an ihrer Brust
ausgezeichnet. „Du sollst jeden Tag Rosen haben,

von jetzt ab!" sagte er mit Gönnermiene. Sie
machte die Einwendung, die Frau Amtmann
werde das wohl nicht erlauben. „Pah!" rief
er und pflanzte sich, die Hände in den Taschen,
vor Ulrike auf, „das geht die garnichts an!
Die Rosen hat meine Mutter gepflanzt. Wenn
ich sie Dir schenken will, dann schenke ich sie
Dir eben!" —

Aber der Amtmann und seine junge Frau
waren anderer Ansicht. Die neue Herrin hatte
bald gemerkt, daß ihr täglich die schönsten Knospen
aus dem Garten wegkamen. Es dauerte nicht
lange, da hatte man's heraus, daß sich Ulrike,
die Tochter des Pferdeknechts, mit den Rosen
aus Amtmanns Blumengarten schmücke. Die
Entrüstung war groß. Ulrikes Mutter, eine
strenge Frau, die auf Ordnung und Zucht hielt,
nahm ihre Älteste vor, wobei es nicht gerade
freundschaftlich zuging. Der Amtmann hatte eine
Unterredung unter vier Augen mit seinem Jungen,
wobei es noch weniger sanft abging. Der Knabe
behauptete, er habe ein Recht dazu, die Rosen zu
verschenken. Daß jetzt alles hier der neuen
Mutter gehöre, wollte er nicht einsehen, denn die

sei ja gar nicht seine Mutter. Er konnte trotzig
sein, der kleine Kerl, so zart er auch aussah.
Und des Vaters Hand erlahmte, ehe sie das Ein-
geständnis seiner Schuld von dem Kinde erzwungen
hatte.

Christoph fühlte sich nicht mehr wohl daheim.
Dreizehn Jahr war er jetzt geworden; zu Ostern
sollte er konfirmiert werden. Er hatte seine eigenen
Gedanken über die Zukunft. Der Vater meinte,
es würde nie etwas Gescheites aus ihm werden,
weil er so schwächlich war und für die Landwirtschaft so wenig Interesse zeigte. Aber Christoph
wollte auch gar nicht Landwirt werden. Der
Lehrer hatte einmal die Bemerkung fallen lassen,
er passe zum Kaufmann, weil er so gut rechnen
könne. Das Wort hatte gezündet. Kaufmann!
Das war etwas für ihn. Mit ausländischen
Früchten wollte er handeln. Der Verkehr mit
überseeischen Ländern, da lag so etwas Großes,
Außergewöhnliches drin. Christoph malte sich
das in den glühendsten Farben aus. Mit niemandem sprach er darüber, nicht einmal mit
Ruprecht, der bis dahin sein Vertrauter gewesen
war. Nur Ulriten eröffnete er seinen Plan, denn

die mußte es ja doch erfahren, daß er sie heiraten
wollte. Er flunkerte in unschuldiger Weise, überbot sich in glänzenden Schilderungen der zukünftigen Herrlichkeit. Als Krösus stellte er sich dem
Mädchen dar, der über alle Schätze Indiens gebot.

Nur in ihrer Nähe war ihm jetzt noch wohl
zu Mute. Während des Schulweges wich er
nicht von ihrer Seite. Das Schönste aber war,
wenn Ulrike in den freien Nachmittagsstunden,
mit einem oder dem anderen ihrer jüngeren Geschwister draußen auf dem Rasenabhang am
Flusse sich aufhielt. Am Wasser lief ein Gürtel
von Schilf und Weidengestrüpp hin. Christoph
hatte in den Buhnen einen wundervollen Platz
ausfindig gemacht. Zwei alte Weidensträucher
bildeten da eine Art von Laube, die nur nach
der Flußseite hin offen war; nach dem Santehofe
zu war man durch einen natürlichen Schirm von
Laub und Zweigen gedeckt. Das war sein und
Ulrikens Haus. Den Untergrund bildete feiner
weißer Flußsand. Mücken gab es gerade genug,
aber das störte die Kinder wenig. Hier konnten
sie ungeniert „Ehepaar spielen", wie Christoph
das nannte. Da saßen sie in aller Unschuld bei

einander. Ulrike gewöhnlich mit einer Näharbeit
oder einem Strumpfe beschäftigt; denn sie durft
nicht müßig gehen, darauf hielt die strenge Mutter.
Christoph erzählte ihr, oder er las ihr auch vor
aus Büchern, die von seiner Mutter stammend
jetzt verachtet auf dem Boden standen. Der Knabe
war auf „Tausend-und-eine-Nacht" gestoßen. Da
ging den Kindern die Wunderwelt des Orients
auf. In ihren Köpfen spukte es fortan von
Kalifen, Entführungen, Wunderlampen, Edelgestein und Goldpalästen. Nachdem sie mit atemloser Spannung dieses Buch zu Ende gelesen,
kam ein anderes daran, das Christoph durch
seinen Titel verlockt hatte, der von „Liebe"
sprach. Die beiden Menschenkinder, die sich in
dem Buche liebten, waren sehr unglücklich. Und
schließlich endete es auch sehr traurig damit, daß
die beiden gemeinsam in selbstgewählten Tod
gingen. — Christoph stockte die Stimme häufig
vor Thränen beim Vorlesen. Merkwürdig, das
Mädchen weinte garnicht! Sie fand die Geschichte
sehr schön; aber deshalb weinen! — das war ihr
nicht gegeben. Christoph fragte sie, ob sie mit
ihm sterben würde, wenn er sie darum bäte. Da

lachte ihn Ulrike tüchtig aus. Zum Sterben
habe sie gar keine Lust. Er erklärte, daß er
gleich für sie in den Tod gehen würde, wenn
sie es verlange. Da lachte sie noch unbändiger
als vorher. Nun war er beleidigt und sprach
zwei Tage lang nicht mit ihr. Aber länger
hielt er das nicht aus. Er bat sie, wieder in
ihr gemeinsames Haus zu kommen. Dort hielt
er ihr eine Rede, von der sie nicht viel verstand; aber sie merkte doch eines heraus, daß
er es gut meine. Und darum unterdrückte sie
diesmal das Lachen, ja sie gab ihm die Hand,
als er ihr Versöhnung vorschlug. Er schwur ihr
ewige Liebe und Treue und sprach dann von
der Zukunft, wo sie zusammen leben würden als
ganz reiche Leute. — Christoph nannte das die
„Verlobung".

Äußerlich waren sie von jetzt ab sehr einig,
wie echte Verlobte. Aber Christoph war nicht
zufrieden; ihm fehlte noch etwas zum vollen
Glücke. Das Mädchen zu küssen, hatte er noch
niemals gewagt. Seine Mutter hatte er doch oftmals umarmt, da war er niemals blöde gewesen;
aber Ulriken gegenüber fühlte er sich verlegen.

3*

In den Büchern, die er gelesen, küßten sich die
Liebenden sehr häufig, ja, das schien das Haupt-
mittel zu sein, um dem anderen Teile seine Liebe
zu beweisen. Sein Verhältnis zu Ulrike war ein
eigenes Ding. Wie er sie liebte, das wußte nur
er allein; aber, ob sie etwas für ihn fühlte? — —
Wenn sie ihn manchmal so kühl ansah, oder
gar wenn sie über ihn lachte, dann erschien sie
ihm so fremd, da hätte er sich vor ihr fürchten
mögen. Und dann wieder, wenn sie so ganz
still dasaß — besonders wenn er sie von der
Seite betrachtete, — da sah sie so sanft und gut
aus. Wenn der Atem so regelmäßig ihre Brust hob
und senkte, dann hätte er . . . . . Ja, wenn er
nur eben gewußt hätte, was man da macht, in
solch einem Falle. — Vor ihr niederknieen und
sie ganz schnell küssen! Das war wohl das
Richtige.

Eines Tages führte er diesen Plan aus.
Aber er mißlang kläglich. Ulrike stieß ihn von
sich. Und als er sie daran erinnerte, daß sie sich
ewige Liebe geschworen hätten, da wurde sie
ärgerlich, gab ihm häßliche Namen und meinte,
er solle sie in Ruhe lassen.

Das war eine trübe Erfahrung für den jungen Liebenden. Sie wollte nichts von ihm wissen. Und er konnte doch nicht mehr ohne sie leben, das war ihm jetzt ganz klar geworden. Er mußte ihre Liebe gewinnen! Wenn er nur irgend etwas Großes hätte thun können, etwas Außerordentliches für sie, um sie von seiner Liebe zu überzeugen und die Spröde mit fortzureißen!

Schon seit vielen Tagen hatten die Kinder nicht mehr in ihrem Weidenhäuschen am Flusse sitzen können. Es waren starke Gewitterregen niedergegangen, und die Sante stieg mitten im Sommer hoch. Jetzt, da das Wasser gefallen war, fanden sie ihre Behausung gänzlich verschlämmt und verwüstet. Das war traurig! Aber Christoph wußte schon eine Auskunft. Ein Stück weiter oben am Flusse, unter der Brücke, war auch ein schöner, schattiger Platz, und man war noch unbeobachteter als in den Weiden. Mit Hülfe einer Planke erbaute er dort einen trockenen Sitz. Als alles zurecht gemacht war, lud er Ulrike in aller Form ein, das neue Heim zu betreten, von dem er ihr bereits Wunderdinge

berichtet hatte. Sie nahm das jüngste ihrer Ge
schwister mit dorthin.

Unter dem Holzwerk der Brücke war es
dämmerig und kühl. Viel Raum gab es nicht, die
Böschung, auf der sie saßen, fiel steil ab in's
Wasser, des Gebälkes wegen mußte man sich ge
bückt halten. Aber zu sehen gab es hier mancherlei:
das Wasser, wie es pfeilschnell neben den Pfeilern
vorbeischoß. Im Tiefen standen auch meistens
Fische, mit dem Kopf gegen die Strömung. Auf
dem Grunde dehnten sich Wasserpflanzen in
grünen, langgezogenen Flechten.

Christoph hatte einen großartigen Plan.
Allerhand Eßware wollte er hierher schaffen,
dann würden sie in dieser Klause leben, fern von
den Menschen, bis sie ganz vergessen wären da
draußen. Dann eines Tages würden sie als er
wachsene Menschen herauskommen, und niemand
sollte sie dann erkennen.

So saßen sie im Halbdunkel, dicht an ein
ander gedrängt. Draußen lag die sonnige August
landschaft in greller Helligkeit. Durch den Brücken
bogen hindurch sahen sie den Santehof, wie ein
Bild im Rahmen: Die roten Ziegelwände, die

Strohdächer zwischen Baumkronen. Ein blitzen-
des Band, zog der Fluß in die Ebene hinaus.
Zu ihren Füßen, unten im Wasser, stand ein
Hecht, regungslos, auf Beute wartend.

Christoph hatte den Arm um ihre Hüften gelegt, sie ließ es sich gefallen. Das Kind spielte
in ihrem Schoße. Er drückte und schmiegte sich
noch dichter an sie an. Wie warm und weich sie
war; er konnte ihren mageren Mädchenkörper
durch das dünne Kleid hindurchfühlen. „Nun
sind wir Mann und Frau!" sagte er und suchte
ihr in die Augen zu blicken. Sie kicherte, nickte
dann zustimmend mit dem Kopfe. „Weißt Du,
dann darf ich Dich auch küssen," meinte er. Sie
wollte sich erst ein wenig sträuben, aber er war
entschlossen, diesmal seinen Willen durchzusetzen.
Er zog ihr mit beiden Armen, die er um ihren
Nacken geschlungen hatte, den Kopf herab, bis er
ihre Lippen mit den seinen erreichte; dann küßte
er sie. Sie wich vor der Berührung seines
Mundes zurück, machte einen Arm frei und wollte
seinem Drängen Einhalt setzen. Er hielt ihr die
Hände mit seinen zarten Fingern fest. „Ulrike!"
bat er flehend. Sie hielt inne. In seinen Augen

lag ein Ausdruck, den sie noch nie gesehen hatte.
Schon wieder fühlte sie sich umschlungen und
seinen Mund auf dem ihren. „Ulrike — liebe
Ulrike!" stammelte er. Sie fühlte unter seiner
Umarmung, wie er am ganzen Leibe bebte.

Auf einmal merkte Ulrike, wie ihr Schoß leichter
wurde. „Herr Gott, das Kind!" — Ein Kreischen
und Fallen! Das Kind kollerte die Uferböschung
hinab. Ein plantschender Schlag! Mit erweiterter
Augen, schreckensbleich, sahen sich die beiden
oben auf der Planke an. „Herrmännchen Herrmännchen!" jammerte sie und rang die Hände.

Christoph war behände die Böschung hinab.
Gleich darauf ein abermaliges Klatschen im Wasser.
Ulrike sah einen Wirbel, eine Hand kam zum
Vorschein, nur für einen Augenblick, dann lange
Zeit gar nichts. Der Fluß floß ruhig dahin wie
vorher, als sei gar nichts geschehen. Das Mäd-
chen saß da, wie vom Schreck gelähmt. Dort
unten trieb ein Hut, von der Strömung im Kreise
gedreht. — Sie riß sich empor, kroch unter der
Brücke vor, lief am Ufer entlang, blickte in's
Wasser. Nirgends eine Spur von den beiden.
Jetzt erst kam ihr der Gedanke, um Hilfe zu rufen.

Leute kamen aus dem Santehofe herbeigeeilt.
Bald war es ein ganzer Schwarm, die das heulende
Mädchen umstanden. Dann wurde ein Kahn los-
gemacht. Man suchte zuerst an der Brücke. Dann
besann man sich, daß die Körper längst weiter
hinabgetrieben sein mußten. Der Amtmann war
herbeigerufen worden. Er raste wie ein Verzweifelter am Ufer hin und her, die Leute zum
Suchen anspornend. Die Hoffnung, die Kinder
lebend aus dem Wasser zu ziehen, war längst
aufgegeben, und doch wollte niemand das Wort
aussprechen, das alles vergeblich sei.

Am nächsten Tage wurden die Leichen auf-
gefunden. Unten am Malichower Wehr waren
sie angetrieben worden. Christoph hielt ein Büschel
Wasserpflanzen in der kleinen Hand, das er vom
Grunde gerauft haben mochte. Dem Gesichte des
Dreizehnjährigen hatte der Tod etwas männlich
Ernstes gegeben. Er sah aus wie einer, der
gewußt, wofür er sterben wollte.

In der Fülle des ersten Liebesglückes, wie es
so rein und selig nie wiederkehren konnte, war er
dahingefahren.

Der Geist des „Seligen"

*

Mit dem Streitmüller ging es zu Ende. Schon an zwei Jahre war er krank. Niemand wußte genau zu sagen, was ihm fehlte. Der eine Doktor schob's auf's Herz, ein zweiter klagte die Leber an, der dritte erklärte die Nieren für schuldig und so weiter. Jeder mißhandelte den Körperteil, den er für den Störenfried hielt, bis schließlich der arme Körper die Sache satt bekam und so zu sagen freiwillig abdankte.

Alle Welt rechnete bereits mit dem Tode dieses Mannes. Ja, in der Art, wie man sich bei der Frau des Kranken scheinbar teilnahmsvoll nach seinem Befinden erkundigte, lag etwas wie eine versteckte Entrüstung, daß er noch immer am Leben sei; die Sache fing doch nachgerade an langweilig zu werden. Wenn der Neffe aus der Stadt kam, und in die Krankenstube trat, schien sein Blick Verwunderung auszudrücken, den Onkel

noch immer in seinem Stuhle zu finden, mit
heißem Kopf und glänzenden Augen, statt lang
ausgestreckt und steif auf dem Bette. —

Auch die Müllerin, obgleich sie eine treue
Gattin war, empfand im tiefsten verborgenen
Untergrunde ihres Gemütes manchmal etwas wie
Gleichgültigkeit, ja beinahe wie Ungeduld. —
Diese Krankheit! das lief ins Geld. Und immer
diese Krankenstubenluft einatmen zu müssen, wenn
man selbst gesund war und jung! — — —

Der Kranke wurde schwieriger und schwieriger:
nichts konnte man ihm mehr recht machen. Ein
„Guter" war er nie gewesen, die Frau hatte oft
vor ihm gezittert, als er noch den vollen Gebrauch seiner Gliedmaßen hatte; aber jetzt war er
launisch wie ein Kind und zänkisch wie ein altes
Weib.

Kurz, die Müllersfrau sah schwere Tage.

Glücklicherweise ging die Wirtschaft wenigstens
nicht zurück; im Gegenteil! Das Geschäft blühte
eigentlich besser als zu den guten Zeiten des Streit-
müllers. Das lag daran, daß Florian der Mühl-
knecht, jetzt freie Hand hatte und schalten und
walten durfte, wie er wollte.

Dieser Florian war schon manches Jahr in der Streitmühle; er versah die Dienste eines Mühlknappen und Wirtschaftsknechtes in einer Person. Florian war recht eigentlich die Seele des ganzen Betriebes.

Der Müller aber konnte den Knecht nicht leiden; er war wie seine Vorfahren — die Mühle hatte von dieser Eigenschaft ihren Namen — streitsüchtig, gallig und mißtrauisch. Florian war seinem Herrn viel zu hell und gerissen. Dem könne man nicht über den Weg trauen, meinte der Streitmüller, und was ihn am meisten von allem ärgerte: ertappen bei irgend etwas Unrechten hatte er den Florian noch niemals können.

Jetzt, wo der Müller krank darniederlag, war Florian natürlich nur noch selbständiger und wichtiger geworden. Er war Hans in allen Ecken, er zog den Teich, er schüttete auf, er nahm ab, und verwog. Das Korn kaufte er ein, das Mehl fuhr er zur Stadt. Selbst das Rechnungswesen ging allmählich in Florians Hände über.

Für den kranken Streitmüller bedeutete dieser Zustand bittere Qual. Anstatt Gott zu danken, daß er einen so tüchtigen Vertreter im Hause

hatte, erboßte er sich, daß der Knecht es so ge=
mache. In seinem Innern schwor es, jenem de=
Laufpaß zu geben, sobald er erst wieder so we=
sein würde, die Zügel selbst in die Hand ze=
nehmen.

Aber dazu sollte es nicht kommen. Man fing
bereits in Gegenwart des Kranken an, offen und
offener von seinem Tode zu sprechen. Der Neffe
aus der Stadt erkundigte sich in nicht allzu ver=
blümter Weise, wie der Onkel über sein Vermögen
bestimmt habe. Kinder besaß der Streitmüller
nicht, der Neffe war ein Sohn seines früh=
verstorbenen jüngeren Bruders. Die Müllerin
war ein armes Mädchen gewesen, das nichts in
die Ehe eingebracht hatte, und deshalb, meinte
der Neffe ganz harmlos, sei es auch nur gerecht,
wenn sie nicht alles erbe, die Mühle zum mindesten
müsse in der Familie bleiben. Aber der Streit=
müller, der vom Sterben nichts wissen wollte,
und der sich über die vordringliche Neugier seines
Neffen ärgerte, ließ den jungen Menschen abziehen,
ohne ihm mitzuteilen, wie er verfügt habe.

Mit der Laune des Kranken wurde es immer
schlimmer. Er hatte sich in den Kopf gesetzt, vom

Krankenzimmer aus zu bestimmen, was der Knecht
draußen vornehmen solle. Die Müllerin mußte
in einem fort auf dem Trabe sein, seine Befehle
zu überbringen und ihm Bericht zu erstatten.
Und da der Alte dann nörgelte und zeterte, war
es nur zu natürlich, daß die Frau, die von Natur
keineswegs verlogen war, mit der Zeit sich an-
gewöhnte, dieses oder jenes zu verschweigen, dies
oder das zu erfinden, um nicht gescholten zu
werden. Und erklärlich war es auch, daß sie
bei anderen darin Unterstützung fand; die Welt
stellte sich auf Seiten der jungen Frau gegen
den unwirschen Sterbegreis von einem Müller.

So lagen die Dinge in der Streitmühle,
unerquicklich, verworren und verzwickt, als ein
Ereignis eintrat, das den verschürzten Knoten
mit einem Male löste.

In Florians, des getreuen Knechtes, Seele
nämlich war ein Wunsch aufgetaucht. Seitdem
Florian bei dem Streitmüller im Dienste war,
— und das konnte jetzt schon an die acht Jahre
sein — hatte er mit einem Paare Schaftstiefeln
gewirtschaftet; kein Wunder also, daß sein
Schuhwerk in traurigem Zustande war. Nun

hätte Florian sich ja ein Paar neue Stiefel
anschaffen können, dazu war er jedoch ein viel
zu guter Wirt. Er wußte nämlich, daß der
Müller in seiner Kammer ein Paar Schaftstiefel
stehen hatte, die so gut wie neu waren. Anziehen
würde der Alte die doch nicht mehr, und in den
Sarg würde man sie ihm wohl auch nicht mitgeben; war es da nicht schade, sich durch Neu-
anschaffung erst in Unkosten zu stürzen? —

So dachte der kluge Florian, und eines Tages,
als die große Zehe gerade neugierig zum Ober-
leder herausgucken wollte — Strümpfe trug
Florian nur des Sonntags — entschloß er
sich, der Müllerin sein kühnes Begehren zu offen-
baren.

Die Frau gab im allgemeinen viel auf Florians
Meinung, aber hier wollte sie doch nicht recht
heran. Der Knecht möge doch warten, bis eine
„Änderung" eintrete — was sie damit meinte,
war jenem sofort verständlich — vorläufig müßten's
noch die alten versehen. Aber Florian bewies
ihr, daß dies unmöglich sei, indem er mit dem
Zeigefinger durch die Sohle, wie in weiche Butter,
fuhr. Und da auch der Frau die Wirtschaft-

lichkeit des Vorschlages einleuchtete, übernahm
sie es, dem Müller die Sache vorzutragen.

Der kranke Mann geriet außer sich, als er
merkte, daß ihm bei warmem Leibe die Fuß=
bekleidung weggenommen und einem anderen ge=
geben werden sollte. Er tobte, schrie und fluchte,
bis er Blut zu spucken begann. Man legte ihn
auf's Bett. Verwandte und Bekannte kamen her=
bei. Man fragte, was dem Manne zugestoßen
sei. Die Müllerin schwieg, aus Florian war
nichts herauszubekommen, und der Sterbende ver=
mochte nichts mehr zu sagen. Der Neffe aus
der Stadt hätte gern in Erfahrung gebracht, wie
der Onkel über seinen Nachlaß verfügt habe, aber
der hatte auf alle Fragen nur noch ein Röcheln,
bis auch dieses erstarb und der Streitmüller aus=
gelitten hatte.

Wenn es die Müllerin bei Lebzeiten ihres
Gatten schon nicht leicht gehabt hatte, so wurde
ihre Lage jetzt eigentlich noch schwieriger. Nicht
daß es ihr äußerlich an etwas gefehlt hätte! —
Im Gegenteil: sie war in vielbeneidete Lage ge=
kommen. Der Verstorbene hatte kein Testament

4*

hinterlaſſen, und ſo fiel die Mühle nebſt allen
Vorräten an die Witwe. Andere Dinge machten
der Frau den Kopf warm. Sie war mit einem
Male eine begehrte Perſönlichkeit geworden. Kein
Wunder! Denn zu ihrem hübſchen Vermögen
beſaß ſie auch noch einen geſunden, drallen Leib
und ein freundlich rotbäckiges Apfelgeſicht.

Eine ſolche Frau reizte die Heiratsluſt der
Witwer und Junggeſellen weit und breit. Die
Streitmüllerin bekam Anträge in jeder Form,
mündlich, brieflich, durch Prokuration. Ja, der
Neffe des Verſtorbenen, dem die Mühle entgangen
war, machte jetzt einen Verſuch, auf anderem Wege
hinein zu gelangen, indem er ſich der Tante als
Freier vorſtellte. Die Müllerin lachte das ge-
ſchniegelte und gebügelte Stadtherrchen aus mit
ſeinem Milchbarte. Sie nahm keinen dieſer Anträge ernſt. Die Witwe hatte die Plage mit dem
erſten noch in zu friſchem Gedächtnis; der Rechte
war noch nicht gekommen, der ihre Eheſcheu hätte
beſiegen können. —

Der Mühlenbetrieb ging flott. Jetzt wo die
Frau keinen kranken Mann mehr zu pflegen
hatte, griff ſie ſelbſt mit zu, und es ſchien ihr

eine Wonne zu sein, die kräftigen Arme zu
regen. Das Rückgrat der Wirtschaft aber war
Florian. Es stellte sich mehr und mehr heraus,
daß seine Gaben früher nur nicht zur Geltung
gekommen waren. Die Müllerin überließ ihm
die Leitung, und fuhr gut dabei.

Den Verwandten, vor allem dem Neffen, der
die Hoffnung auf die Mühle noch immer nicht
aufgeben mochte, war der selbständige Knecht
natürlich ein Dorn im Auge. Man suchte Florian
Fallen zu stellen, zum Trunke wollte man ihn
verführen, ihn in Liebeshändel verflechten; aber
alle diese Ränke scheiterten an dem vorsichtig
nüchternen Sinne Florians; dieser Schlaukopf von
einem Knecht war dem gerissensten Städter über.

Das Verhältnis zwischen der Müllerin und
Florian hätte ein vorzügliches genannt werden
können, wäre nicht eines gewesen: die Stiefel-
geschichte. Keines von ihnen hatte wieder davon
gesprochen; es stand wie etwas Unsichtbares
zwischen ihnen: das Bewußtsein, das Ende des
kranken Mannes beschleunigt zu haben. — Die
Müllerin mußte oft daran denken. Dann drückte
es sie und zwickte es sie, in der unbehaglichsten

Weise. In solchem Augenblicke hätte sie einem Physiologen, der sie etwa danach gefragt hätte, ganz genau zeigen können, wo im menschlichen Körper das Gewissen seinen Sitz hat. — Florian freilich, der härter gesotten war, machte sich nicht allzuviel Skrupel. An die Stiefel dachte er zwar auch noch, aber mehr mit dem Gefühle des Bedauerns, daß er sie damals nicht bekommen hatte.

Die bewußten Stiefel waren mit anderen Kleidungsstücken des Verstorbenen in eine Lade gewandert, welche die Müllerin in ihrem Schlafzimmer stehen hatte. Es war etwas wie Aberglauben darum. Wenn sie des Nachts aufwachte und ihr Blick fiel auf die große, altertümliche Lade, da war es ihr, als sei der Verstorbene nicht weit von ihr. Es verursachte der guten Frau jedesmal eine Art unheimlichen Schauers, aber es gab ihr auch wieder Beruhigung; sie fühlte sich gewissermaßen bewacht. Ein Teil, so schien es ihr, schlummerte in jener Truhe von ihrem „Seligen", wie sie ihn jetzt nannte; ohne doch über die Thatsache seines Seligseins irgend eine verbürgte Kunde zu haben. —

Florians Wünsche hatten sich inzwischen von

dem Stiefelpaare zu Höherem verstiegen. Wozu
lagen die Kleider des Verstorbenen, die Röcke
und Hosen, und mancher andere nützliche Gegenstand, unbenutzt in der alten Lade? Florians
eigener alter Sonntagsrock, den er noch von der
Konfirmation her besaß, war nun schon recht ab-
geschabt, und einen Cylinder, wie ihn jetzt jeder
halbwüchsige Bursche Feiertags trug, hatte er nie
sein eigen genannt. Ihn würde die Garderobe
des Müllers gewiß ausgezeichnet gekleidet haben,
denn er hatte ungefähr dieselbe Statur, wie sein
verstorbener Brotherr, sein Gesicht war freilich
ganz anders. Während der Alte einen strubbeligen
grauen Bart getragen, rasierte sich Florian, wodurch er immer ein frisches und rosiges Aussehen hatte.

Aber die Müllerin zeigte sich taub und blind
Florians Wünschen gegenüber, die Garderobe des
„Seligen" betreffend. Sie wahrte überhaupt, bei
aller Hochschätzung seiner Leistungen, dem Knechte
gegenüber eine Zurückhaltung, die garnicht nach
dessen Sinne war. Wenn man dachte: solch eine
Frau — hübsch, kräftig, in den besten Jahren! ...
Florian spuckte aus; was bei ihm eine Ableitung

seelischer Emotion war. Dann versank er in
Nachdenken, wobei seine Äuglein leuchteten wie
Weihnachtskerzen. —

Die Witwe wohnte und schlief in einem geräumigen Zimmer des ersten Stockes. Gerade
unter ihr hauste Florian in einem kleinen Ge-
lasse neben der Radstube. Über seinem Lager
stand das seiner Herrin; so schlief er von ihr
nur getrennt durch ein paar Meter Luft und eine
dünne Stubendecke. Er konnte, des Abends wenn
alles still war, unterscheiden, ob sie mit bloßen
Füßen oder in Pantoffeln da oben einherging.
Und wenn sie in's Bett hüpfte, fiel ihm meistens
ein wenig von dem Anstrich der Decke auf die
Nase. Florian störte das keineswegs, im Gegenteil! es fehlte ihm etwas, wenn es mal abends
keinen Kalk regnete. —

Die Müllerin erfreute sich, als kerngesunde
Frau, eines ausgezeichneten Schlafes. Sie konnte
ja auch ruhig schlummern, wußte sie doch, daß
unter ihr Florian lag, der Haus und Hof be-
wachte, wie ein treuer Wächterhund.

Eines Nachts nun erwachte sie von einem
merkwürdigen Geräusche. Es raschelte, und brauste,

schlürfte, klapperte und rumpelte. Im ersten Augenblicke erschrak die Müllerin heftig, sie dachte an Diebe, aber dann beruhigte sie sich: es waren wohl nur Mäuse! — Florian mußte morgen Fallen aufstellen. Das Geräusch dauerte fort, wurde stärker. Dann auf einmal ein Klopfen, dreimal, laut und vernehmlich. Der Frau blieb das Herz stehen — das waren keine Mäuse! das war etwas Schreckliches, Unheimliches, Überirdisches — das waren Gespenster! — — Sie wagte nicht, sich zu rühren, schweißgebadet lag sie im Bette, hörte das eigene Herz pochen, wie einen Hammer, jeden Augenblick erwartete sie, etwas Furchtbares zu sehen. — Dort von der Ecke kam er her, wo die Lade stand. Jetzt ein hohler, dumpfer Ton, als ob jemand in ein leeres Faß spräche. Die Lade! in diesem Augenblicke erschien sie ihr wie ein Sarg. Von dort her kam es, eine Stimme aus dem Jenseits. Wenn der Deckel sich aufthat, und der Tote trat hervor! —

Wahnsinniges Entsetzen packte die Frau. Mit beiden Füßen gleichzeitig sprang sie aus dem Bette. Zeit, in die Pantoffeln zu fahren, gab's nicht. Gehetzt von bleichem Schrecken stürzte sie

aus dem Zimmer. Die Treppe hinunter, in der
Dunkelheit stolpernd; nur einen Gedanken hatte
sie: Florian!

Als sie in die Kammer des Knechtes kam, sah
sie erst nichts; es war stockdunkel. Dann vernahm sie tiefe, langgezogene Töne; Florian
schnarchte. Sie tastete sich an der Wand entlang,
bis sie an seinem Bette angelangt war, nun suchte
sie zaghaft nach ihm, fand seine Schulter:
„Florian — lieber Florian!"

Es bedurfte einiger Anstrengung, bis sie ihn
munter bekam. Hatte der Mensch einen Schlaf!
— Was es gäbe, fragte er schlaftrunken. Sie
erzählte ihm von den unheimlichen Tönen, und
daß sie glaubte, der „Selige" gehe um.

Florian wollte Licht anzünden. Aber die
Frau hatte inzwischen soviel Besinnung wiedergefunden, daß sie das nicht zuließ; der Knecht
sollte sie nicht in diesem Aufzuge sehen. Sie
wußte wirklich nicht, was beginnen. Sie fror.
Wieder hinauf, getraute sie sich nicht. Ratlos
setzte sie sich auf die Bettkante und begann zu
weinen. Da schob sich etwas an sie heran, ein
Arm legte sich um sie. Eine Stimme, die ganz

anders klang als Florians sonst, raunte ihr
zu: das Bett sei klein, aber doch Raum für
zweie, und er werde sie schon vor dem „Seligen" beschützen.

Die Frau stieß einen Schrei aus, sprang auf,
stürzte zur Thür, die Treppe hinauf, riegelte hinter
sich zu und wühlte sich in ihr Bett, als wolle
sie sich vor einem Fleisch und Bein gewordenen
Gespenst verkriechen.

— — — — — — — — — — —

Von da ab war das gute Einvernehm gestört
zwischen der Müllerin und ihrem Knecht. Florian
blieb im Dienst, aber es war ganz anders geworden zwischen ihm und der Herrin; jetzt stand
erst recht etwas zwischen den beiden. —

Eines Tages wurde die Diele im Zimmer
der Müllerin erneuert, ohne daß Florian darum
gefragt worden wäre. Die alte sei morsch und
schadhaft gewesen, an einer Stelle habe sich sogar
ein Astloch gezeigt, hieß es. — Nun konnte
Florian des Abends nicht mehr unterscheiden, ob
sie mit bloßen Füßen oder in Pantoffeln über
ihm einhergehe, und kein Kalk fiel ihm mehr auf
die Nase. — Florian schlich düster und verschlossen

umher, und schien verzweifelte Entschlüsse in
seinem Hirn zu wälzen.

Die Verwandten mußten etwas gewittert haben
von diesen Vorgängen, auf einmal waren sie
wieder zur Stelle. Der Neffe aus der Stadt
machte sich von neuem an die Witwe heran und
diesmal, wie es schien, mit besserem Erfolge.
Zwar heiraten wollte die Müllerin den jungen
Menschen auch jetzt noch nicht. Denn wenn die
Frau auch nicht sonderlich lebensklug war, so
sagte ihr doch das Gefühl, daß es nicht gut sei,
einen Mann zu ehelichen, der um zehn Jahre
jünger war als sie, mochte er auch ein noch so
flottes und schneidiges Herrchen sein.

Aber, wenn sie auch auf die Werbung des
Neffen nicht einging, so kam sie ihm doch in
anderer Richtung entgegen. Sie wollte ihm die
Mühle ablassen, er sollte sich dafür nur verpflichten, ihr eine Rente abzuzahlen bis an ihr
Lebensende; so hatte es der Neffe selbst vorgeschlagen. Die Müllerin hatte eingesehen, daß
es für eine einzelne Frau doch allzu schwierig
sei, einem so großen Betriebe vorzustehen.

Ja, wenn Florian der geblieben wäre, der

er früher gewesen! aber neuerdings hatte er oft solch eigentümliche Anwandlungen von Trotz und Verstocktheit. Es war kein Verlaß mehr auf ihn. Neulich war er sogar schwer betrunken im Straßengraben gefunden worden. —

Der Neffe hatte einen Tag festgesetzt, an welchem die Tante zur Stadt kommen sollte, um den Kontrakt beim Advokaten zu unterschreiben. Er wollte selbst alles vorbereiten; die Witwe sollte nur ihren Namen darunter zu setzen haben.

Die Müllerin wollte mit eigenem Geschirr zur Stadt fahren, aber Florian behauptete, den Fuchs nicht hergeben zu können, da er eine Mehlfuhre habe. Der Knecht setzte seinen Dickkopf durch. Schon ganz früh am Morgen fuhr er auf und davon. So mußte die Witwe denn zu Fuß nach der Stadt wandern. Sie war wütend auf Florian — aber schließlich, lange würde 's mit dem ja nicht mehr dauern. —

Es war ein feuchter Herbstmorgen, dichte Nebelschleier verhüllten die Landschaft; kaum von einem Straßenbaum bis zum andern konnte man sehen. Der Weg führte über einen Höhenzug, der mit Wald bestanden war. Wenn man jenseits aus dem Walde heraustrat, konnte man bei klarem Wetter die Türme der Stadt sehen.

Als die Müllerin an die Bäume herangekommen war, die sich heute wie eine dunkle Mauer ausnahmen hinter den wogenden Nebeltüchern, hörte sie zu ihrer Rechten ein Geräusch. Sie ging schneller; ihr war ängstlich zu Mute. Warum war sie nur allein gegangen! — Das verdächtige Geräusch hörte nicht auf; es ging neben ihr her. Wenn sie lief, lief es mit, wenn sie Halt machte, machte es Halt. Jetzt klang es fast, als werde ihr Name gerufen — ein Ton so jämmerlich klagend, wie sie nie in ihrem Leben etwas gehört hatte. Vor Entsetzen wollte sie in die Kniee sinken, aber sie riß sich empor, lief was sie konnte, um den Ausgang aus dem Walde zu gewinnen.

Jetzt verstummten die Töne. Die Müllerin wollte schon aufatmen, da stand auf einmal eine Gestalt vor ihr, mitten in der Straße; es ragte aus dem Nebel mit hoch erhobenen Armen, ein zottiges Wesen, halb wie eine Riesen-Fledermaus halb wie ein Bär, schrecklich anzusehen, mit

flatterndem, grauen Haar und Bart — so stand
es da und versperrte ihr den Weg.

Das war der Streitmüller; sie erkannte ihn
jetzt. Das war er, aus dem Grabe auferstanden!
Die Augen, die Nase, jedes Haar, genau wie im
Leben — sogar der Mehlstaub lag auf ihm.

Die Frau wagte keinen Schritt weiter, stand
wie angewurzelt, starrte auf das Gespenst. Das
ließ langsam die Arme sinken, schüttelte mit dem
Kopfe — dreimal, und verschwand im Nebel.

Die Müllerin vermochte keinen Gedanken zu
fassen, aber eines verstand sie, fühlte sie, wie man
eben so etwas fühlt, mit Naturnotwendigkeit: der
Geist des „Seligen" war ihr erschienen, er hatte
ihr abgewinkt; der Verstorbene wolle nicht, daß
sie die Mühle weggebe. —

Sie kehrte um, lief nach Haus zurück. Unterwegs blickte sie nicht rechts, nichts links, nur nach
Haus, nach Haus! . . . .

Als sie in ihren Hof kam, stand Florian da
und schirrte den Fuchs aus. Das Mehl habe
er abgeliefert, sagte er in seiner trockenen Weise.

Natürlich kam der Neffe sehr bald heraus, um
zu erforschen, weshalb die Tante nicht zur ver-

abredeten Zeit beim Advokaten erschienen sei. Er
konnte aber nichts aus der Frau herausbekommen:
die schien auf einmal anderen Sinnes geworden
zu sein, aber was sie dazu bewogen hatte, wollte
sie nicht sagen. — Der junge Mensch kochte vor
Wut; ob da nicht der Kerl, der Florian, dahinter
steckte? der Mensch hatte solch ein schadenfrohes
Gesicht gemacht! — — Der Neffe verlangte von
der Tante, daß sie dem Knechte kündige, aber die
wollte davon nichts wissen. Florian stand ihrem
Herzen doch immer noch am nächsten — trotz
allem!

Es gingen einige Monate ins Land. Die
Witwe sprach mit niemandem von ihrem Erlebnis.
Allmählich verblaßte ihr Schrecken. Der Neffe
fand wieder Gehör mit seinem Plane, und eines
Tages hatte er die Frau glücklich wieder soweit,
daß sie versprach, am nächsten Morgen den Kontrakt zu unterschreiben.

Die Müllerin bestellte sich also den Schlitten
bei Florian; er solle sie am nächsten Morgen
nach der Stadt fahren. Der Knecht brummte
etwas, das nicht zu verstehen war.

Doch als der Tag graute, war kein Florian

zu finden, und von Pferd und Schlitten war auf dem ganzen Hofe keine Spur zu entdecken.

In dieser Not traf es sich äußerst glücklich, daß der Neffe mit einem Schlitten aus der Stadt ankam, einen feinen Kutscher mit Pelzkragen auf dem Bocke. Es war dem jungen Manne nach der letzten Erfahrung doch sicherer erschienen, die Tante diesmal selbst abzuholen.

Galant half er der Müllerin in den Schlitten und tröstete sie über den Ungehorsam ihres Knechtes. Es war ein klarer Wintermorgen. Die Pferde gingen flott, und die Müllerin mußte unwillkürlich an jenes erste Mal denken, wo sie zum nämlichen Zwecke zu Fuß und allein nach der Stadt gegangen war. Ihr Erlebnis damals kam ihr fast lächerlich vor. Heute konnte sie gar nicht an Gespenster glauben. Es mußte damals wohl Einbildung gewesen sein' — oder hatte sich jemand einen schlechten Scherz mit ihr erlaubt? — —

Schon war man dem Walde nahe, wo ihr die Erscheinung begegnet war; der Kutscher ließ die Pferde in Schritt fallen, weil es etwas bergan ging. Da auf einmal in den Büschen am Wege

ein wiehernder Ton. Die Müllerin stieß einen
Ruf des Schreckens aus — ging es schon wieder
los mit dem Spulen? — Da abermals, ganz
deutlich, ein Wiehern!

Der Neffe ließ halten, stieg aus und folgte
dem Geräusch. Wie kam denn hier ein Pferd in
den Wald? —

Ja, war denn das nicht Pferd und Schlitten
aus der Streitmühle? — Wo war denn aber
der Kutscher dazu — wo war Florian?

Die Sache schien verdächtig! Man suchte.
Im Schnee war die Spur eines Männerstiefels
zu erkennen, sie führte in eine Fichtendickung.
Dort fand sich eine merkwürdige Gestalt: ein
Kerl mit einem leeren Mehlsack über Arme und
Rücken gebunden, ein Büschel grauer Pferdehaare
um's Gesicht — wie ein Rübezahl hockte er da.

Der junge Mann riß jenem das graue Zeug
vom Kopfe und siehe da, es entpuppte sich Florians
rotes Gesicht darunter. Grinsend bat er um
Gnade. Aber der Stadtherr hielt die Gelegenheit
für gekommen, endlich mal mit dem längst Ver-
haßten, Abrechnung zu halten. Florian, dessen
Arme durch den Sack verschnürt waren, konnte

sich nicht wehren; erbarmungslos tanzte der Peitschenstock auf seinem Rücken und Kopfe.

Heulend stürzte der Knecht in seiner Verkleidung auf die Straße hinaus, sein Verfolger mit der Peitsche hinter ihm drein. Bei der Müllerin suchte der Verfolgte Schutz.

Die Frau begriff mit einemmale alles: ihre Täuschung und Florians Betrügerei. Sie wollte sich entrüsten, aber, im nächsten Augenblicke, als Florian zu ihren Füßen lag, um Verzeihung bettelnd, verzieh sie auch schon. Und als sie nun gar sah, daß er blutete, da gab es für sie keinen Gedanken an Strafe mehr. Florian — ihr Florian!

Sie trat für den Knecht ein gegen den Neffen, welcher Lust hatte, die Gunst des Augenblickes noch weiter auszunutzen. Florian wimmerte, und hielt sich den Kopf mit jämmerlicher Gebärde. Die Müllerin band sich ihr eigenes Halstuch ab und verband ihren Schützling damit. Der Neffe meinte, man möge den Burschen ruhig hier draußen lassen, er werde seine Glieder schon zusammensuchen. Aber davon wollte die Müllerin nichts wissen. Das Mitleid war einmal in diesem

Frauenherzen rege geworden. Sie werde mit
Florian nach Hause fahren, erklärte sie; die Stadt
sollte für heute aufgegeben sein.

Der Neffe verlor alle Haltung, drohte und
schimpfte, und zeigte sich nicht gerade in günstigstem Lichte. Was half ihm das alles! Die
Müllerin fuhr mit dem Zerprügelten nach der
Mühle zurück. —

Florian schien keine schwereren inneren Schäden
davongetragen zu haben. Ein Doktor wurde nicht
gerufen; die Müllerin war der beste Arzt.

Man sah nicht viel von den beiden während
der nächsten Zeit. Das Mühlrad stand still.
Die Kunden mußten unverrichteter Sache abziehen.

Die Leute schüttelten den Kopf. Die Gescheiteren erklärten: das sei am Ende ganz natürlich; eine Witfrau halte es bekanntlich niemals
lange allein aus. —

Der Neffe kam öfters nach dem Dorfe heraus;
aber in der Streitmühle fand er keinen Einlaß.
Eines Tages — es war schon Frühjahr, und der
große Kirschbaum im Müllergarten blühte — trat
der junge Herr wieder vor die Mühle, diesmal

entschlossen, bis zur Eigentümerin vorzubringen.
Da that sich die Thür auf. Der Neffe stand da
mit offenem Munde — eine Erscheinung!

Ein Mann trat über die Schwelle in braunem
Vollbart, angethan mit schwarzem Kirchenrock
und Chlinder, genau wie der verstorbene Streitmüller, nur jünger, kräftiger, glücklicher.

Florian im Sonntagsstaate des „Seligen"!

An seinem Arme die Müllerin strahlte von
verschämtem Glück.

Sie wollten eben zum Standesbeamten und
auf das Pfarramt gehen, das Aufgebot anzu-
melden.

—————

Wie die Ehrenwolmsdorfer
zu ihrem Pastor gekommen sind

In Ehrenwolmsdorf war Pfarrvalanz eingetreten. Der alte Pastor Riehle war einem
Schlaganfall erlegen. Nun galt es, einen neuen
Geistlichen für die erledigte Stelle zu wählen.
Drei Probepredigten waren bereits gehalten worden,
aber die Kirchenväter hatten sich bisher noch für
keinen der Kandidaten entscheiden können. Die
Wahl war keine kleine Sache! Es konnte doch
niemandem in der Gemeinde gleichgültig sein,
welcher Art der Mann sei, der künftighin Predigt
und Sakrament zu verwalten hatte. Es durfte
doch auch keinen guten Christen kalt lassen, wie
der neue Pastor aussah, wie er sich benahm, wie
er sprach und sang, ob er verheiratet war oder
ledig — kurz, aus welchem Holze der Mann
geschnitzt sei, der von der Gemeinde ein jähr-
liches Gehalt von achthundert Thalern bezog und
überdies noch den Ertrag des Pfarr-Ackers.

Die Ehrenwolmsdorfer bildeten sich etwas auf
ihr großes, erst kürzlich mit nicht unbeträchtlichen
Kosten restauriertes Gotteshaus ein und thaten
sich etwas auf den regen Kirchenbesuch, der in
ihrer Gemeinde von alters her üblich war, zu
gute. Seit Menschengedenken aber war die
Kirche nicht so voll gewesen wie zu den Probepredigten, die an drei aufeinanderfolgenden
Sonntagen im Monat Juli stattgefunden hatten.
Niemand wollte da gerne fehlen. Denn wenn
auch nur wenige Auserlesene berechtigt waren
den neuen Pfarrer zu wählen, so wollte doch ein
jeder gern sein Wörtlein sagen, zu dieser allgemein interessierenden Angelegenheit. Auf dem
Heimweg vom Gottesdienste wurde denn auch
eifrig hin und her geredet, Männer und Frauen
teilten einander ihre Ansicht mit über die Predigt
und welchen Eindruck der „Heutige" auf sie gemacht habe.

Am ersten Sonntage war einer dagewesen
ein hagerer Mann, mit hohlen Wangen und
dunklen, tiefliegenden Augen, nicht mehr ganz
jung, — sein Scheitel begann sich zu lichten.
Er war als erster Geistlicher bereits anderwärts

in Amt und Würden; aber, wie es hieß, hatte
er sich mit seiner jetzigen Gemeinde veruneinigt,
und sich darum weggemeldet. Seine Predigt war
eindringlich. Er mahnte mit tiefer Grabesstimme
zur Buße, Einkehr und Fleischabtötung. Er
heizte der armen Seele tüchtig die Hölle. Seine
Worte machten unverkennbaren Eindruck. Sich
einmal als Sünder 'runtermachen zu lassen,
das hatten die Ehrenwolmsdorfer gar nicht ungern. Wenn der Prediger so recht donnerte und
wetterte auf der Kanzel, und bei den Kraft-
stellen auf das Brustbrett schlug, da lief ihnen
ein angenehmer Schauer über den Rücken. Und
nun gar erst, wenn einer es verstand, die ewigen
Strafen auszumalen, wie dieser hier! — „Der
Pfarr versteht's!" sagten die Väter des Ortes
zu einander, als sie sich vor der Kirche trafen.
Dann holte einer nach dem anderen seine Schnupf-
tabaksdose aus dem langschößigen Kirchenrocke
und nahm seine Prise zu Stärkung, nach so
angenehmer Aufregung. — Auch auf die Frauen
hatte der Pastor den besten Eindruck gemacht.
Die hatten bei dieser Bußpredigt, noch ihre besonderen Hintergedanken gehabt — wie sie Frauen

wohl immer haben. Sie dachten bei sich, daß
es ganz gut sein möchte, wenn mal einer käme,
der ihren Männern die Leviten tüchtig läse.
Denn es muß gesagt werden, in letzter Zeit hatten
sich die Sitten in Ehrenwolmsdorf recht ge-
lockert. Der selige Pfarrer war mit dem Alter
etwas bequem geworden, er war nur noch selten
gegen Trunk, Spiel, Schlägerei und sonstige
Laster von der Kanzel aus zu Felde gezogen.
Aber der Mann hier mit seinen durchbohrenden
Augen, die einem von weitem schon Angst machen
konnten, würde alten und jungen Sündern in der
Gemeinde schon den Kopf zu waschen verstehen.
So kam es, daß jener Bußprediger den weiblichen Teil der Bevölkerung ganz auf seiner Seite
hatte.

Aber die Frauen, obgleich sie in Ehrenwolmsdorf, wie anderwärts, ihr Teil mit darein zu reden hatten, durften doch nicht mit
wählen. Unter den Kirchenvätern aber waren
einige räudige Schafe, die sich durch die Bußpredigt dieses Pastors doch allzu unsanft aus
ihrer Gewissensruhe aufgeschreckt gefühlt hatten;
kurz, sie wußten dieses und jenes an ihm zu be-

mängeln. Man beschloß, die Wahl vorläufig
noch auszusetzen und sich den nächsten anzuhören,
der sich zu der Stelle gemeldet hatte.

Der nun war ein Mann von ganz anderem Kaliber: ein kleines, bewegliches Männchen mit einem Milchgesichtchen. Er war noch
nicht allzu lange ordiniert und als Vikar in
einem Nachbardorfe zur Aushilfe. Er sprach
hastig und mit vielen Gesten, bald warf er sich
gegen die Kanzelbrust, bald riß er sich empor,
bald wies er mit den kurzen Ärmchen gen
Himmel, bald nach unten — als wolle er den
alten Frauen dort etwas anhaben, die ganz
harmlos unter der Kanzel saßen. Dabei hatte er
eine hohe, krähende Stimme. Und als er am
Altare stand, die Liturgie zu singen und dabei
seine kleine Person reckte und streckte, da machte
er ganz den Eindruck eines jungen Hähnchens,
das sich im Krähen übt.

Das war nichts für die Ehrenwolmsdorfer.
Schon auf dem Rückwege von der Kirche wurde
sein Urteil gesprochen. Die quecksilbrige Unruhe
dieses Männchens war nicht nach dem Geschmacke
der Bauern. Außerdem erschien er ihnen viel

zu klein. Für so viel Geld, wie sie ihrem
Pastor gaben, konnte man doch wenigstens eine
Persönlichkeit verlangen, die etwas Platz einnahm
und nicht vollständig in der großen Kirche verschwand.

Nun wartete man erst recht die dritte Probepredigt ab, und die Spannung der Gemüter war
groß, wie dieser letzte Bewerber seine Sache wohl
machen werde. — Das war ein mittelgroßer,
vierschrötiger Mann mit breiter Brust, starkem
Genick und braunroten Wangen, ein Bild der
Kraft und Gesundheit. „Die reine Prostemahl-
zeit" hatte schon der Küster verkündet, der ihn
zuerst von allen gesehen. Er war Diakonus
von ziemlich weit her zugereist, um sich um
die renommierte Ehrenwolmsdorfer Stelle zu
bewerben. Er hatte ein volltönendes, weithin
vernehmliches Organ, das auf der obersten
Empore und in den entferntesten Winkeln des
Schiffes verstanden wurde. Die Abkündigung
der Geburts- und Sterbefälle, der Taufen,
Verlobungen und Trauungen, verlas er langsam und mit der Bedeutung, die einer so wichtigen Sache zukommt. Das gewann ihm so-

fort alle Herzen. Denn die Ankündigungen waren
für manchen doch das Wichtigste am ganzen
Gottesdienste. Seine Predigt hatte drei Teile,
war nicht zu kurz und auch nicht zu lang, und
es war alles darin, was in eine richtige Predigt
hineingehört: etwas vom Wetter und vom Acker-
bau, über den Himmel 'was und auch über die
Hölle, einige Sprüche und Verse. Strafendes
sowohl wie Tröstendes und Erweckendes, für
jedermann das, was er seiner Lage und seiner
Seelenstimmung nach gerade nötig hatte. Und
am Altare sang der Mann den Segen mit einer
Stimme, die aus kräftiger und geschulter Kehle
kam und der Gemeinde zu Herzen sprach.

„Das is a Pfarr fir uns!" war die Losung,
die man nach beendigtem Gottesdienste vor allen
Kirchenthüren hören konnte. Selbst der Ruhm
des ersten Predigers war durch diese Leistung in
Schatten gestellt worden. Die Meinung in der
Gemeinde drängte allgemein darauf, den dritten
— Hegewald war sein Name — zum Pfarrer
zu küren.

Als es aber schließlich zur Wahl kam, konnten
sich die Kirchenväter doch nicht einigen. Eine

stürmischere Sitzung hatte wohl noch nicht im
Gemeindekirchenrat von Ehrenwolmsdorf stattgefunden als diese. Es fehlte nicht viel und aus
der Pfarrerwahl wäre die schönste Prügelei entstanden. Es hatten sich nämlich zwei Parteien
gebildet, die einander ziemlich die Wage hielten.
Die einen waren für den Pastor eingenommen,
der als erster seine Probepredigt gehalten hatte:
an der Spitze dieser Partei stand der reiche und
einflußreiche Fiedlerbauer. Leute, welche die
Familienverhältnisse dieses Mannes näher kannten,
wollten behaupten, daß hinter dem Eifer, mit
welchem Fiedler für seinen Kandidaten eintrat,
niemand anderes stecke als die Bäuerin, der es
der bleiche Bußprediger mit seinen Schilderungen
von der Höllenpein angetan hatte. — Wie dem
auch sei! Jedenfalls hielt der Fiedlerbauer mit
Hartnäckigkeit an seinem Manne fest, und da er
nicht ohne Anhang war in der Gemeinde, erschien
dieser Umstand gefährlich für das Durchkommen
Hegewalds. Der Fiedlerbauer wußte allerhand
Gründe wider den Gegenkandidaten vorzubringen.
Hegewald sei ein Trinker und Schlemmer, hieß
es. Diese Anklage wurde damit begründet, daß

der Diakonus am Nachmittage nach seiner Probepredigt, nachdem er noch einige Taufen und die
Katechismusunterredung mit der weiblichen Jugend
erledigt, in der Kirchschenke gesehen worden sei.
Man wollte ihn da etwelche Glas Bier haben
trinken sehen.

Über die Zahl der von dem Diakonus ge-
leerten Schoppen entbrannte also der Streit. Der
Fiedlerbauer und seine Partei übertrieben wohl,
wenn sie von einer Mandel und mehr sprachen.
Festsiellen ließ sich der Sachverhalt übrigens
schwer, denn der Wirt der Kirchschenke — bei
dem man tagte — konnte sich, als Zeuge angerufen, der vertilgten Biermenge nicht mehr genau
entsinnen. Übrigens war er höchstwahrscheinlich
Partei in der Sache, und jedenfalls auf Seite
des Diakonus, in dem er einen guten Kunden
für die Zukunft wittern mochte. — Der Fiedlerbauer und sein Anhang blieben darauf bestehen,
daß in der Trinklust des Diakonus Hegewald
eine große Gefahr für das Seelenheil der Gemeinde zu erblicken sei. Es wurde zur Entschuldigung Hegewalds vorgebracht, daß er mehrere
Stunden lang hintereinander habe sprechen müssen,

und daß es ein heißer Tag gewesen sei. Der
Fiedlerbauer wandte dagegen ein, von einem
Geistlichen könne man verlangen, daß er auch
am heißesten Tage nüchtern bleibe. Die Gegner
warfen ihm vor, er tränke manchmal auch über
den Durst, und kümmere sich nicht darum, ob es
heiß oder kalt sei. Darüber erboste sich nun
der Bauer, wie begreiflich, und der Krakel war
fertig. Eine Einigung schien nicht mehr möglich,
denn nunmehr war es gleichsam zur Ehrensache
für die Parteien geworden, ihren Mann durch-
zubringen, den Bußprediger oder den Bier-
trinker. —

Aber zu einem Entschluß mußte es kommen,
das sagten sich alle. In der Ferne drohte
nämlich ein hohes Konsistorium. Man wußte,
daß das nicht lange zu fackeln pflegte; wenn sich
ein Gemeindekirchenrat nicht einigen konnte in
der Pfarrerwahl, dann setzte die Behörde den
ersten besten hin, der stellenlos war und untergebracht werden sollte. So war es schon einmal
einer Nachbargemeinde ergangen. Das wollten
die Ehrenwolmsdorfer auf keinen Fall. Dagegen
bäumte sich ihr Selbstgefühl auf, das nicht gering

war. Sie wollten sich ihren Pastor selbst
wählen, und wenn's ihnen hätte blutige Köpfe
kosten sollen. — Und so wogte der Kampf denn
unentschieden weiter.

Endlich blitzte in einem erleuchteteren Kopfe
ein Gedanke auf, der in der so verfahrenen Angelegenheit einen Ausweg zu bieten schien. Der
Gemeindevorstand nämlich meinte, man solle einen
Vertrauensmann in das Dorf entsenden, wo der
fragliche Diakonus amtiere; der Abgesandte
möge dort erkunden, wie es um Gesinnung und
Lebenswandel dieses Mannes eigentlich bestellt
sei. Dann erst, wenn man sichere Kunde über
diesen Punkt habe, solle man sich entscheiden.
Der Vorschlag gefiel allgemein und wurde von
beiden Parteien gutgeheißen. Als es aber dazu
kam, eine Person auszuwählen für diese Mission,
fand es sich, daß niemand sich der Mühe dieser
Reise unterziehen wollte. In der Erntezeit von
Haus und Hof weggehen, und dann in der wild-
fremden Gemeinde die heikle Erkundigung —
danach sehnte sich keiner. Aber auch hier wurde
Rat geschafft. Einem der Kirchenväter fiel es
zur rechten Zeit ein, daß sich ein Ehrenwolms-

6*

dorfer Kind gar nicht weit von dem Orte, wo
Diakonus Hegewald angestellt war, gerade jetzt
aufhalte. Es war dies ein gewisser Anton
Schniebs, im ganzen Orte unter dem Namen
Papp-Anton bekannt, weil er sein Haus, das
ihm der Sturmwind abgedeckt, mit einem Papp-
dach versehen hatte. Dieses Pappdach war das
einzige in seiner Art in Ehrenwolmsdorf, —
Grund genug, den Besitzer danach zu benennen. —
Papp-Anton war seines Zeichens ein Vieh-
händler, und eben zum Einkaufe von Jungvieh
auf Reisen. Daß Papp-Anton ein geriebener
Bursche war, davon wußte mancher, den er beim
Viehhandel über's Ohr gehauen hatte, ein Lied
zu singen. Zwar besaß Anton nur das rechte
Auge, das linke hatte er schon als Knabe durch
einen Steinwurf eingebüßt, aber mit dem einen
Auge blickte er verschmitzter drein, als mancher
andere mit zweien. — Man war allgemein der
Ansicht, Papp-Anton sei wie auserlesen für diesen
Zweck. Er verstand es, kannte vom Viehhandel
her seine Geschäftskniffe. Wenn man ihm eine
entsprechende Entschädigung versprach, würde er
die Sache gewiß gern besorgen.

Man beriet sofort ein Schreiben an Papp-Anton, das der schriftführende Schulmeister aufsetzen mußte; darin wurde der Viehhändler beauftragt, unverweilt nach Nickelsgrün zu fahren und sich nach dem dortigen Diakonus zu erkundigen. Aber um keinen Preis solle er sich etwas anmerken lassen von dem, was er wissen wolle, fügte man dem Briefe noch vorsichtshalber hinzu.

Anton war zunächst etwas verblüfft, als er diesen Brief aus der Heimat erhielt. Er kratzte sich hinter den Ohren. Junge Ferkel besorgen, Vieh zur Mast ankaufen, einen Zuchtbullen aussuchen, das hätte er zur Zufriedenheit ausführen wollen; aber einen Pastor . . . Doch beschloß er, nach einigem Überlegen, die Sache zu machen.

Gegen Abend kam er bei schlechtem Wetter in Nickelsgrün an. Der Ort war langgedehnt und die einzelnen Häuser und Gehöfte unregelmäßig im Thale hin verstreut. Da war nun guter Rat teuer. Was sollte er hier eigentlich anfangen? In das erste beste Haus gehen und anfragen, was der hiesige Diakonus für ein Mann sei? Die Leute würden ihn schön ange-

guckt haben! Außerdem war ihm ja auf die
Seele gebunden, er dürfe sich nichts anmerken
lassen von dem, was er wissen wolle. Das war
eine schwierige Sache! Er sah sich die Häuser
und Gehöfte von außen an. Besonders die
Stallungen beschäftigten ihn; was mochten sie
da wohl für Vieh drin haben? Er konnte der
diplomatischen Mission, in der er hier war, zum
Trotze, doch seinen Beruf nicht vergessen. Wenn
sich's doch nur um ein Gespann Ochsen gehandelt
hätte! Selbst ein Kalb zum Anbinden würde er
lieber besorgt haben, obgleich dabei nicht viel zu
verdienen war.

So schritt denn Anton bei strömendem Regen
durch das lange Dorf, grüßte die wenigen
Menschen, die ihm begegneten, und wurde wieder-
gegrüßt. Dann bat er jemanden um Feuer für
seine Pfeife, fragte dabei nach dem Wege, hauptsächlich, um eine Unterhaltung anzuknüpfen; aber
der Befragte ging nach kurzem Bescheid, des
schlechten Wetters wegen, in ein Haus. Des
Viehhändlers Laune verschlechterte sich mehr und
mehr. Auf diese Weise wurde nichts, das war
klar! Er beschloß, in den Gasthof zu gehen;

dort würde man vielleicht jemanden treffen. Beim Glase pflegten die Leute ja auch meist gesprächig zu sein. Es sollte ihm nicht darauf ankommen, die Zungen durch einen Freitrunk geläufiger zu machen; die Heimatgemeinde bezahlte ja! —

Es gab verschiedene Gasthöfe im Orte. Anton ging in den größten, ein stattliches, viereckiges Gebäude, mit vielen Fenstern, dessen sich eine Stadt nicht hätte zu schämen brauchen. Er begab sich in das bessere Zimmer. Der Auftrag, in dem er hier war — der ihn im Grunde doch mit Stolz erfüllte — erforderte, so meinte Anton, daß er sich als seiner Mann geriere. Darum bestellte er ein Glas Bayrisch, während er sich auf seinen gewöhnlichen Handelsreisen mit Einfach-Bier und Schnaps zu begnügen pflegte. Dann erkundigte er sich, was es in der Küche gebe; er wollte sogar warm essen. Das Fräulein nahm seine Bestellung mit zweifelnder Miene entgegen. Der kleine, häßliche, einäugige Mensch, mit struppigem Bart und wenig sauberer Kleidung imponierte ihr nicht besonders; sie mochte wohl bei sich denken, daß der füglich hätte im großen Zimmer Platz nehmen können. Anton versuchte

es, sich mit der vermeintlichen Kellnerin auf vertraulichen Fuß zu setzen; aber da kam er an die
Falsche. Sie gab ihm zu verstehen, daß sie die
Tochter des Hauses sei, und daß sie sich nur
aus Gefälligkeit um ihn bekümmere. Anton bat
um Entschuldigung; er sah das Mädchen nun
mit anderen Augen an. Sie war eine große,
blonde Person, mit frischem, hübschem Gesichte,
dunkel gekleidet, das Haar aufgesteckt, wie eine
Dame. Dem Viehhändler gefiel das Mädchen,
je länger er sie ansah, je besser. Ihm blitzte
bald der Gedanke auf, von diesem Mädchen könne
man am Ende etwas erfahren. Er beschloß, recht
schlau von hinten herum zu kommen. Es fiel
ihm nicht ein, ohne weiteres nach dem Diakonus zu fragen, bewahre! So wollte er nicht
mit der Thür ins Haus fallen. Erst sprach
er von der Feldwirtschaft, erkundigte sich nach
den Brot- und Butterpreisen, nach den Vereinen
des Ortes, nach Lustbarkeiten, Schützenfest und
wie oft hier Tanz sei. Auch nach den Verhältnissen
des Gasthofes fragte er, und erfuhr, daß der
Vater des Mädchens außerdem noch ein Bauerngut besitze mit zehn Kühen und zwei Paar

Pferden. Nachdem man vom letzten Schweine-
schlachten gesprochen hatte, faßte sich Anton ein
Herz, um mit kühnem Gedankensprunge vom
Wurstfest auf den Diakonus überzugehen. Die
Jungfrau dabei mit seinem einen Auge vertraulich
anzwinkernd, fragte er im besten Hochdeutsch,
dessen er fähig war: „Kennen Sie am Ende den
Diakonus Hegewald, Freilein?" Das Mädchen
erhob sich, purpurrot, und raffte seine Näherei zusammen. Anton fügte noch schnell hinzu: „Ich
bin nämlich ganz fremd hier; und da fragt man
eben so nach diesem und jenem, Freilein! —"
Sie ging aus dem Zimmer, ohne ihn einer Antwort zu würdigen.

Anton war ratlos. Was war denn mit dem
Frauenzimmer? Er hatte die Sache seiner Meinung nach doch so schlau eingefädelt. Irgendwas
hatte sie ihm übelgenommen! Das mußte er
wieder gut machen. Er beschloß bei sich, eine
halbe Flasche Wein zu bestellen und rief deshalb:
„Wirtschaft!" — Aber diesmal kam nicht die
Dame, sondern ein halbwüchsiger Junge zu seiner
Bedienung herbei. Anton überlegte, ob er nicht
doch in die vordere Stube gehen solle. Dort

waren Leute, er hörte das Lachen und Durcheinander der Stimmen. Dort konnte er seine Aushorcheverfuche vielleicht mit befferem Erfolge erneuern. Da that fich die Thür von der anderen Seite des Zimmers auf, und ein Mann trat ein.

Der neue Gaft wünfchte „guten Abend!" und meinte, es sei schlechtes Wetter draußen. Gleichfam zur Bekräftigung feiner Behauptung ließ er das Waffer von feinem Schlapphut auf die Zimmerdiele laufen. Unter dem Überzieher blickten ein Paar ftarke Schaftstiefel vor; der Fremde hatte nämlich die Beinkleider in die Stulpen gesteckt. Nachdem er den Mantel abgelegt und aufgehängt hatte, vertrat er sich die Füße und rieb sich die Hände. — Anton betrachtete den Fremden mit Intereffe. Er machte ihm mit feinem blühenden Geficht, feiner breiten kräftigen Geftalt einen vertrauenerweckenden Eindruck. Was der Mann auch immer fein mochte in feinem Berufe, der konnte zugreifen, das fah man. Seinem Benehmen nach fchien er hier gut bekannt zu fein; durch die halbgeöffnete Thür rief er in das vordere Zimmer: „Minchen!" Auf diesen Ruf erschien die Tochter des Haufes. Anton horchte fcharf auf die halblaut geführte Unterhaltung. Er konnte nur so viel verstehen, daß der fremde Herr sich ein Abendessen bestellte, dann verschwand das Fräulein wieder. Ein Glas Bayrisch war inzwischen für den neuen Gast hereingebracht worden, das auf einen Absatz bis zur Hälfte geleert wurde. Der Herr meinte scherzend, daß Feuchtigkeit von außen auch Feuchtigkeit von innen verlange. Anton stimmte dem bei. Der Fremde gefiel ihm; er war so recht, was man bei uns einen „gemeinen Mann" nennt. Der sieht nicht danach aus, als ob er mir Auskunft verweigern werde, dachte der Viehhändler im stillen. Der Herr fragte, ob es erlaubt sei, an dem gedeckten Tische Platz zu nehmen; auch er wolle nämlich warm essen, fügte er erläuternd hinzu. Anton war es natürlich recht. Nun saß man einander gegenüber, und ein Gespräch war schnell im Gange. Mit dem Manne unterhielt es sich mal gut! Er war, wie Anton vermutet hatte, hier vom Orte. Ein grundgescheiter Mann mußte er sein, das merkte man aus allem, was er sagte. Übrigens schien er kein Bauer zu sein, wie man seinen Händen ansah. Dem Biere sprach er tüchtig zu,

das mußte man sagen! Anton sah sein blaues
Wunder. Die Art und Weise, wie dieser Mensch
das volle Glas erst gegen das Licht hielt, mit
liebevollem Blicke betrachtete, dann mit einer gewissen Weihe zum Munde führte, ansetzte, kippte
und nun mit langsamen, gleichmäßigen, tiefaus-
holenden Zügen den Inhalt leerte, dann das Glas
kräftig auf den Filz niedersetzte — das war doch
noch einer, dem es schmeckte! — „Das Echte
habe ich hier eingeführt," sagte der Herr nach
dem dritten Glase, „früher gab es nämlich bloß
Einfaches und Lager hier." Seine Art zu trinken
hatte etwas Ansteckendes. Anton vertilgte auch
sein Teil. Er wollte diese Gelegenheit ausnutzen;
die Gemeinde mußte ihm ja alle notwendigen
Auslagen wiedererstatten. Ja, sein Auftrag! Er
zerbrach sich den Kopf. Wie sollte er's nur anfangen! Die soeben mit dem Mädchen gemachte
Erfahrung hatte er nicht vergessen. Inzwischen
kam auch das Essen. Während der andere mit
vollen Backen kaute, überlegte Anton. Das beste
Mittel blieb am Ende immer noch, er fragte ganz
ohne alle Umschweife. So platzte er denn auf
einmal los: Der Herr wisse ja über alles so gut

Bescheid, ob er ihm nicht sagen könne, was für
ein Mann der hiesige Diakonus eigentlich sei.
Der andere hatte gerade ein Schweinsrippchen
vor, das Knochenende guckte ihm aus dem Mund-
winkel. Bei Antons Frage blieb sein Gesicht für
einige Augenblicke in dieser Verfassung stehen.
Dann kaute er das Stück zu Ende, entfernte den
Knochen, nahm einen kräftigen Schluck, wischte
sich den Mund und fragte, wieso der Herr dazu
käme, sich um den hiesigen Diakonus zu beküm-
mern? — Anton meinte verlegen: „Nur so!"
weil er gerade auf der Durchreise hier wäre; er
interessiere sich für die Geistlichkeit. Im übrigen
hätte er nur gefragt, weil's ihm gerade so in
den Kopf gekommen. — Aber so sehr er sich auch
bemühte, die Sache harmlos hinzustellen, man
merkte ihm die Verwirrung doch allzu deutlich
an. Er hatte sich da richtig verheddert und ver-
haspelt. Der andere meinte: „Ach so -- hm!"
und betrachtete sich sein Gegenüber etwas schärfer.
Gleich darauf trat das Fräulein wieder in's
Zimmer. Der Herr rief ihr entgegen: „Minchen, denke Dir mal, hier ist jemand, der will
mich über unseren Diakonus aushorchen!" —

Das Mädchen antwortete: „Ja, mich hat er vorhin auch schon gefragt!" Darauf der Herr: „Da sind Sie ja gerade an die rechte Quelle gekommen! Hier das Fräulein kennt nämlich unseren Diakonus gut — recht gut sogar — nicht wahr? Da lassen Sie sich mal von der was erzählen, was für ein schrecklicher Mensch das ist." — Das Mädchen lachte und kicherte, aber mit der Sprache wollte sie nicht heraus, sie lief schließlich unter Gelächter von dannen.

„Na, dann will ich Ihnen was über unseren Diakonus erzählen!" sagte der Herr zu Anton. „Ich kenne ihn nämlich auch; ja, ich kann sagen, er ist mein intimster Freund!" — Dabei zündete der Mann sich eine Cigarre an und bot auch seinem Gegenüber eine aus seiner Tasche an. Der Viehhändler meinte, lange kein so gutes Kraut geschmeckt zu haben.

„Na, also unser Diakonus Hegewald!" — begann jener, lehnte sich in seinen Stuhl zurück und blies den Cigarrenrauch in schönen gleichmäßigen Ringen zur Decke empor. „Der ist mein Kamerad gewesen von früher Jugend auf. Ich kann sagen, ich habe ihn gekannt von dem Augen-

blicke an, da ich zum Selbstbewußtsein erwacht
bin. Tadeln möchte ich ihn nicht gern, denn
seine dummen Streiche sind auch die meinen gewesen. Ihn zu loben, geniere ich mich eigentlich,
denn was er etwa Gutes vollbracht hat in seinem
Leben, daran habe ich Anteil gehabt. Sie müssen
nämlich wissen, guter Mann, daß wir dieselbe
Schulbank gedrückt haben, Hegewald und ich.
Wir haben auch gemeinsam die Universität bezogen, dieselben Kollegien besucht, und manchmal
auch nicht besucht. Und schließlich sind wir auch
gemeinsam ins Examen gegangen und haben es
mit Gottes Hilfe schlecht und recht bestanden." —
Hier stärkte sich der Sprecher durch einen tiefen
Schluck, ließ eine Pause eintreten und blickte nach
der Decke; dabei lächelte er, als gedenke er in
Freuden der mit dem Freunde durchlebten Jugendzeit. Dann fuhr er, immer lächelnd, fort: „Wenn
Sie nun etwas Näheres über den Charakter meines
Freundes Hegewald wissen wollen, dann muß ich
Ihnen im voraus sagen, daß ich einen mir so
nahestehenden Mann nur mit größter Nachsicht
beurteilen kann. Ich stehe für Hegewald ein wie
für mich selbst. Aber so viel will ich Ihnen

sagen: es ist ein Kerl, an dem etwas ist, im
wirklichen und bildlichen Sinne gesprochen. Zwar
‚wir sind allzumal Sünder und mangeln des
Ruhmes‘ ... Sie wissen — das gilt ja auch
von ihm. Aber ‚Gott der Herr ist in dem
Schwachen mächtig!‘ Guten Willen hat mein
Freund Hegewald, er liebt sein Amt, ist voll Eifer,
und wird die Herde, die ihm der liebe Gott einmal anvertrauen will, am Herzen tragen. Seine
Gottesfurcht und sein Glaube sind festgegründet,
wie Fels. Er arbeitet an sich und kämpft gegen
die Sünde, die in ihm mächtig ist. Dabei ist
er aber durchaus kein Duckmäuser. Er meint
nicht, daß wir, weil dieses Leben eine Vorbereitung ist für ein besseres Jenseits, die Köpfe
hängen lassen und traurig sein sollen — nein!
Der liebe Gott hat seine Gaben wachsen lassen
für die Menschenkinder, daß sie sich daran erfreuen und laben mögen. Hegewald liebt einen
guten Trunk, gerade wie ich; aber nie werden
Sie es erleben, daß er mehr tränke, als er vertragen kann — allerdings will ich nicht in Abrede stellen, daß das ein erkleckliches Quantum
ist. Mein Freund und ich, wir vertragen unge-

fähr dasselbe. Wer dem anderen über ist, das
ist überhaupt noch nicht entschieden worden. Und
noch eins, um das Bild meines Freundes vollständig zu machen: Sie kennen Doktor Martin
Luthers Wort: ‚Ein Priester soll unsträflich
sein, eines Weibes Mann!' — Nun, so denkt
Hegewald auch! Darum hat er sich eine Braut
auserlesen — und was für eine! — Ein Mädel
... na! — In vierzehn Tagen soll Hochzeit
sein.' ... Bei den letzten Worten war der Red-
ner aufgestanden; er schien es auf dem Stuhle
nicht mehr auszuhalten. „Jawohl, in vierzehn
Tagen, lieber Mann!" Dann griff er nach dem
Schoppen, es war nur noch eine kleine Neige
darin. Fast bedauernd betrachtete er sich den
schäbigen Rest, spülte ihn aber doch hinunter.
„Für heute Abend ist's genug! Nun, mein Lieber,
ist hoffentlich Ihre Wißbegier befriedigt. Noch
eines wird Sie vielleicht interessieren: Hegewald hat eine alte Mutter von siebzig Jahren,
deren ganzer Stolz er ist. Die alte Frau hat
keinen sehnlicheren Wunsch, als den Sohn,
vor ihrem Ende, das in Gottes Hand steht,
noch als selbständigen Pfarrer im Amte zu

sehen. Und nun guten Abend und Gott be-
fohlen!" —

Papp-Anton war nicht mehr ganz nüchtern,
als der Herr ging, und er wurde es auch nicht
an diesem Abende. Am nächsten Morgen aber
reiste er in die Heimat zurück. Vor den Ehren-
wolmsdorfern that er sich nicht wenig darauf zu
gute, wie schnell und geschickt er seinen Auftrag
ausgeführt habe. Von Diakonus Hegewald wußte
er Wunderdinge zu berichten. Der sei der be-
liebteste Mann in ganz Nickelsgrün. Alle, die
er gesprochen habe, alt und jung, vornehm und
gering, Frauen und Männer, waren seines Ruhmes
voll gewesen. Er konnte sich gar nicht genug
thun im Erzählen. Vor Papp-Antons Bericht
mußten nun freilich die Verdächtigungen der
Gegner, des Fiedler-Bauern und seiner Sippe,
schweigen. Mit Majorität wurde Diakonus Hegewald aus Nickelsgrün zum Pfarrer in Ehrenwolmsdorf gewählt.

Sechs Wochen später sollte der neue Pfarrer
sein Amt antreten. Der Gemeindekirchenrat, die
Gemeindeältesten, Vereine, Schulen, die Jugend
beiderlei Geschlechts zogen ihm mit Musik ent-

gegen bis zur Grenze des Kirchspiels. Papp-
Anton marschierte mit den Honoratioren vorn an.
Er war heute eine wichtige Person; denn er hatte
ja der Gemeinde den neuen Pastor verschafft.
Es war ein Ehrentag auch für ihn. Aber im
geheimen bedrängte ihn so etwas, wie Gewissens=
bisse. Wenn der neue Pastor nun ganz anders
war, als er ihn dargestellt, wenn er nun schlecht
einschlug — würde dann nicht alle Schuld auf
sein Haupt kommen? Er hatte doch eigentlich
nur das Zeugnis eines einzigen Menschen über
den Geistlichen gehört, und ganz nüchtern war
er dabei auch nicht gewesen; wenn ihm der Herr,
dessen Namen er nicht einmal wußte, nun etwas
vorgestunkert hatte! — Die Sache war nicht
unbedenklich. Papp=Anton war ja gerade kein
Fanatiker der Wahrhaftigkeit — im Viehhandel
jedenfalls hatte er seine Moral für sich —, aber
schließlich eine ganze Gemeinde hinter's Licht
führen und noch dazu in geistlicher Angelegenheit,
dazu langte sein' Mut doch nicht aus. Niemand
sah dem neuen Pastor mit so ängstlicher Spannung entgegen als der Einäugige.

Endlich zeigte sich der Wagen in der Ferne.

7*

Man sah ihn schon eine ganze Strecke von Krumm-Bartelsdorf her durch die Felder heraufkommen. Der Kantor verteilte die Zettel unter die Schulkinder; denn es sollte ein Lied zum Willkommen gesungen werden. Der Gemeindevorstand blickte noch einmal in seinen Chlinder, ob auch die Rede die er halten wollte, an ihrem Platze, nämlich am Hutfutter, sei. Ein Böllerschuß fiel, und darauf begannen in Ehrenwolmsdorf die Glocken zu läuten. Pfarrer Hegewald hatte seine Parochie erreicht.

Papp-Antons eines Auge vergrößerte sich vor Schreck und Staunen, als er den neuen Pastor dem Wagen entsteigen sah. Während der Gemeindevorstand seine Ansprache hielt — wobei er nicht den Pfarrer, sondern den Hut ansah, — hatte Anton Zeit, sich etwas von seiner Bestürzung zu erholen. Das war also der Diakonus selber gewesen! Der Halunke! Ihn so auf's Eis zu locken. Jetzt aber nur nichts merken lassen den Anderen gegenüber; das war die Hauptsache! Der Pastor da würde schon auch so schlau sein und den Mund halten — der Halunke, der! . . .

Nachdem der Gemeindevorstand seinen Hut
wieder aufgesetzt, ertönte Gesang aus Kindermund.
Der Pastor hörte zu, mit freundlich-ernster Miene,
sichtlich ergriffen von der Bedeutung des Augenblickes. Er hatte einem kleinen Mädchen, das
gerade vor ihm stand und kaum bis an den
untersten Knopf seines langen Rockes reichte, die
Hand auf den blonden Scheitel gelegt. Einen
Blumenstrauß, der ihm von einer Weißgekleideten
überreicht wurde, gab er lächelnd in den Wagen
hinein. „Für meine Frau!" Papp-Antons eines
Auge folgte seiner Bewegung und musterte die
weibliche Gestalt im Wagen. „Dunnerwetter!"
In diesem einen Worte stauten sich alle seine
Gefühle. Das war die neue Pastorin! Wie
hatte er sie dort doch gleich rufen hören? „Mln-
chen!" Die Tochter aus dem großen Gasthofe.
Außerdem das Bauerngut des Vaters mit zehn
Kühen und zwei Paar Pferden. Na ja! diese
Pastoren wußten schon, wo sie blieben. Das war
auch so ein ausgefeimter, der neue! Einen Dummen wenigstens hatte er der Gemeinde nicht verschafft. —

Als Ansprachen und Gesänge vorüber waren,

mischte sich der Pastor unter die Leute. Er sah
sich um, als suche er jemanden. Endlich hatte
er den gefunden, den er suchte. Er ging auf
Papp-Anton zu: „Grüß Sie Gott, lieber Freund!
Wir kennen einander ja schon! Nun, Pfarrer
Hegewald wird halten, was Ihnen Diakonus
Hegewald von sich berichtet hat. — Mit Gottes
Hilfe!"

Die Beichte

Pater Vincenz war erst seit kurzem ordiniert. Seine Tonsur schimmerte, ein lichter, kreisrunder Fleck, aus dunklem Borstenhaar hervor. Der junge Priester hatte große, träumerische Augen, die freundlich und voll Phantasie in die Welt blickten. Vincenz errötete leicht, er hatte überhaupt, obgleich er sich täglich rasieren lassen mußte, viel von einem jungen Mädchen an sich. Im Seminar hatten sie ihn auch virgo genannt, seiner verschämten Gemütsart wegen.

Der Pater versah den Altardienst im Nonnenkloster porta coeli. Die geistlichen Jungfrauen, die dort hausten, erteilten Unterricht an Waisenkinder, und pflegten die Kranken, Siechen und Epileptischen, die von nahe und fern in das Krankenhaus des Klosters gebracht wurden.

Außer Vincenz waren noch zwei ältere Priester da. Hochehrwürden der Herr Probst war kränklich und häufig an's Bett gefeffelt. Der Prior war fünfziger, lang, hager und fleifchlos. Seine Tonfur hatte längft einer Platte weichen müffen, die von der Stirn bis in's Genick reichte. Nicht von übertriebener Askefe ftammte Prior Urbans Magerkeit. Speife und Trank, die er reichlich genoß, schienen bei diefem Manne nicht anschlagen zu wollen. Auch Vigilien und Nocturnen waren es nicht gewefen, die feine Wangen ausgehöhlt und feiner Haut die Farbe des Pergaments gegeben hatten. Nur zu bereitwillig überließ er es dem jüngeren eifrigeren Pater, die Früh- und Abendandachten zu halten. Des Abends faß er gern im Refektorium lange auf, bei Cigarre und Bier, las die Zeitungen und unterhielt fich mit den Kloftergäften.

Vincenz ließ fich durch folches Beifpiel nicht verführen. Er wußte, warum er die Faften ftrenge beobachtete, niemals fich Dispens erteilen ließ, vielmehr über das Vorgeschriebene hinaus Enthaltung hielt. Es hatte feine guten Gründe, warum er fo ftrenge Selbftzucht übte. Das priefterliche Cingulum umgürtete bei ihm einen gefunden Leib von kräftigen Bedürfniffen. Er

war ein Bauernsohn. Die fromme Mutter hatte
ihn zum Dank für die wunderbare Genesung
des Vaters aus schwerer Krankheit schon in frühen
Jahren der Kirche dargebracht. Des Vaters weiße
Hände verrieten nur noch in ihrer derbknochigen
Anlage, daß seine Vorfahren durch Jahrhunderte
den Pflug geführt hatten. Schwere Kämpfe
lagen hinter ihm. Seine kraftstrotzende Natur
rebellierte oft und gewaltsam gegen die Inne-
haltung des Priestergelübdes. Aber durch Gebets-
übung und strenge Observanz war es ihm gelungen, die Gelüste des Fleisches zu ertöten. Er
hatte gesiegt, Dank der Fürbitte der Jungfrau
und der Heiligen. Selten und seltener stiegen
ihm sündhafte Gedanken und verführerische Gesichte auf. Und nun gar, seit er in die Welt-
abgeschiedenheit des Klosters gekommen war, wo
sein Auge nichts Arges erblickte, nur die grauen
Mauern der Klausur und die geheiligte Pracht
der Kirche und Sakristei, da waren dem Versucher
gewissermaßen alle die Pforten versperrt; die
Lust zum Bösen fand hier keinerlei Nahrung.

Zum Kloster porta coeli gehörte eine nicht
unbedeutende Landwirtschaft. Da waren Stallungen

für Pferde und Rindvieh, Schweine und Schafe,
in den Gärten wurden Früchte und Gemüse für
den Bedarf des Klosters gezogen, eine Brauerei
lieferte weitberühmtes Klosterbräu. Pater Vincenz
kümmerte sich nicht um diese Dinge. Obgleich er
als kleiner Knabe, ehe er in geistliche Zucht kam,
mit dem lieben Vieh den vertrautesten Umgang
gehabt hatte, mied er jetzt die Ställe, deren wür-
zige lebensschwangere Atmosphäre ihm in seiner
jetzigen Seelenstimmung zuwider war. Alles
das erinnerte an die Tierheit, die auch in der
Menschennatur steckte; die Sorge um Speise und
Trank appellierte an menschliche Bedürfnisse, die
er am liebsten verleugnet hätte. Alles Profane
war ihm verhaßt. Er verabscheute die Derbheit
in jeder Gestalt. Das Schimpfen der Knechte,
das rohe Wesen in der Gesindestube war ihm
ein Greul. Und nun gar die hochaufgeschürzten
Mägde mit bloßen Armen und drallen Waden —
unwillkürlich schlug er die Augen nieder, wenn
sich ihm dergleichen aufdrängte. Er wußte es
nur zu gut, daß die Nacktheit das gefährlichste Gewand des Verführers ist.

Da war Prior Urban ein ganz anderer, der

verließ nur zu gern die Klausur. Er war auch
mit dem Inspektor befreundet, mit dem man ihn
nicht selten einen Probetrunk in der Brauerei
thun sah. Der Inspektor war noch jung, ein
stattlicher Mann, mit langem, blondem Schnurrbart, dem er offenbar sorgsame Pflege angedeihen
ließ. Pater Vincenz hatte von Anfang an eine
starke Abneigung gegen dieses Weltkind gefaßt.
In seinem Klerikerstolz fühlte er sich hoch über
diesen Laien erhoben, aber etwas wie Neid bohrte
doch im tiefsten Grunde der Seele, daß jener so
skrupellos das süße Leben genießen durfte, von
dem er durch eine Scheidewand getrennt war.
Ein Mann, wie der Inspektor, wußte es schließlich
nicht besser; aber, wie ein Priester so ganz seines
auserwählten Berufes vergessen konnte, wie dieser
Prior — das erschien dem auf Askese gewandten
Sinne des jungen Paters ein arger Frevel. Der
erfahrene Prior wieder hatte für den jugendlichen
Eiferer nur ein überlegenes Lächeln. Das Zwinkern
seiner schlauen Äugelchen schien sagen zu wollen:
Warte nur, Brüderchen, wenn du erst dreißig
Jahre in der Stola hinter dir haben wirst, wollen
wir uns wieder sprechen!

So befand sich Vincenz ganz in der Vereinsamung. Keine Seele, die mit ihm gefühlt hätte,
niemand, der dem Suchenden auf steinigem Pfad
zur Seite geschritten wäre. Und dabei besaß der
Priester ein warmes, nach Menschenliebe dürsten-
des Herz. —

Tauchte da eines Tages ein neues Gesicht
innerhalb der Klostermauern auf, und zwar ein
recht niedliches. Eine Jungfrau war der An-
kömmling, Renate mit Namen. Für sie bedeutete
die porta coeli nicht die Pforte zu einem durch
entsagende Weltflucht gewonnenem besseren Leben.
Renate war nicht als Novize eingetreten. Sie
war die Nichte des Sakristans und sollte der
Wirtschafterin im Haushalt zur Hand gehen.

Das Mädchen war siebzehnjährig, schlank und
weiß wie eine Lilie, das ovale Gesicht von tauben-
sanftem Ausdruck, flachshaarig, mit Wangen wie
zarte Rosenblätter, die Psychebüste eben auf-
knospend.

Als sich Renate dem jungen Pater zum ersten
Male mit dem: „Gelobt sei Jesus Christus!"
nahte, vergaß er beinahe die Antwort auf den
Gruß. Wie lähmender Schreck hatte es ihn be-

rührt, als er in dieses Gesicht blickte. Notdürftig
faßte er sich und murmelte: „In Ewigkeit, Amen!"

Von da ab sah Vincenz Renaten oft. Sie
ging in der Probstei aus und ein. Sie trug die
Speisen von der Küche in das Refektorium, sie
war in den Kreuzgängen, im Garten, kurz überall, zu treffen. — Einer weißen Taube glich sie,
sanft, freundlich und vertraulich. Wie ein wohlig
erwärmendes Rieseln übergoß es den jungen
Mann, wenn er dieser Mädchengestalt mit ihren
runden Formen und anschmiegenden Bewegungen
auf seinen Wegen begegnete.

Anzureden wagte er sie nicht, obgleich er oft
Gelegenheit dazu gehabt hätte; denn sobald sie
des Paters ansichtig wurde, eilte sie auf ihn zu
und sprach den frommen Gruß. Die großen,
leuchtenden Rehaugen, mit denen sie ihn dabei
anblickte, versetzten ihn stets in wonnige Verwirrung. Mehr, als ihm lieb war, drängte sich
Renate in seine Gedanken. In Stunden der
Kontemplation, ja selbst an geweihter Stätte,
mitten im Gebet, überraschte ihn jählings die
Vision dieses Frauenbildes. Er ahnte eine neue
Tücke Satans, der ihm in dieser Verkleidung bei-

kommen wollte. In ihren Blicken, mochten sie
noch so unschuldig scheinen, lauerte am Ende die
Verführung. Weib blieb Weib! Auch dieses
süße Geschöpf mit den Reizen eines Engels, war
doch eine Tochter jener Ersten, welche die Sünde
in die Welt gebracht hatte. Ihre Schönheit war
die Brücke, über die der Versucher von neuem
bei ihm eindringen wollte.

Am Tage zwar bezwang er sich durch strenge
Überwachung seiner Gedanken und Gefühle, aber
er konnte es nicht hindern, daß die Zurückge-
drängten sich des Nachts im Traume an ihm
rächten. Diese Heimsuchungen seiner Sinne
erschreckte ihn, stürzte ihn in große Unruhe.
Im tiefsten Grunde seines Ichs mußte also
doch eine ungeheiligte Stätte geblieben sein,
aus der solch unreine Dünste aufstiegen. Aber
auch diesem Krankheitsherde wollte er beikommen.
Alles wollte er in sich austilgen bis auf den
letzten Keim der Sinnenlust. Unbarmherziger
noch als zuvor ging er gegen den eigenen Leib
vor mit seelischer und körperlicher Marter. Er
magerte ab bis zum Schemen und seine Augen
lagen in tiefen, düster umschatteten Höhlen. In

der Selbstpeinigung fand er verzweifelte Befriedigung. Dem Mädchen zu begegnen vermied er.
Wenn er ihren blonden Zopf erblickte, sah er in
die entgegengesetzte Richtung. Ihren Gruß erwiderte er streng, mit bewußter Härte, beinahe finster.

Darüber verging eine Spanne Zeit. Allmählich
wurde es ruhiger in dem Blute des jungen Priesters.
Renatens verführerisches Bild blieb seinen Träumen
fern, ja selbst ihr Begegnen verursachte ihm keine
Beklemmungen mehr. Diesmal schien es ihm ge-
glückt zu sein mit seiner Taktik. So wurde er
sicherer. Er lächelte jetzt selbst über seine anfängliche Beunruhigung, ja eine Art von Triumph-
gefühl begann ihn zu erfüllen, über den er-
rungenen Sieg.

Renate war eine beliebte Persönlichkeit auf
Klostergrund, bei Geistlichen wie Profanen. Des
Priors lüsterne Äugelchen leuchteten auf, sobald
ihr knospende Mädchenfülle in seinem Gesichts-
kreise auftauchte, und der Inspektor strich sich schnell
noch einmal über den Schnurrbart, wenn die
blonde Renate sich von weitem zeigte. Pater
Vincenz allein hatte sich ihr bisher in düsterer
Strenge ferngehalten.

Eines Tages aber redete er sie doch an. Er
erkundigte sich im würdevoll ernsten Tone des
Seelsorgers — und ach, mit wie klopfendem
Herzen! — nach ihren Familienverhältnissen: wo
sie zur Schule gegangen und von wem sie gefirmt
sei. Sie antwortete ihm ehrfurchtsvoll und bescheiden, wie es sich dem geistlichen Herrn gegenüber geziemt. Er erfuhr zu seiner freudigen
Überraschung, daß sie von geistlichen Jungfrauen
unterrichtet worden. Aus ihren Worten, aus
ihrem ganzen Gebahren, merkte er sehr bald, daß
sie eine geförderte Christin sei, und frommer An-
hänglichkeit für die Kirche voll. Mit Handkuß
verabschiedete sie sich von ihm.

Er sah das Mädchen fortan in ganz verändertem Lichte. Nichts hatte sie jetzt mehr für ihn
von jener Schönheit der verbotenen Frucht, vor
deren unheiligen Reizen man die Seele bewahren
muß; als etwas Hohes, Geweihtes erschien sie
ihm. Sie war jung, rein und unberührt. Hatte
nicht Gott der Herr selbst den Leib eines solchen
Wesens begnadet, um durch ihn das größte
Wunder zu wirken! Er vermeinte, das Mysterium
der jungfräulichen Geburt mit einemmale zu ver-

stehen; bisher hatte er das Wunder im Glauben
umfaßt, als ein heiliges Geheimnis. Ganz anders
betete er jetzt das Ave Maria, das er, wie viel
tausend Mal schon, gedankenlos über seine Lippen
hatte ziehen lassen. Jetzt, da er in diesem
Mädchen das Göttliche weiblicher Keuschheit erkannt hatte, konnte er dem Bilde der Gottesmutter,
die ihm bisher die unnahbare Himmelsfürstin,
die Heilige der Heiligen, gewesen war, ein anderes
Bild unterschieben, das der reinen Jungfrau,
der menschlichen Mutter.

Er überreichte dem Mädchen ein Brevier mit
bunten Abbildungen, die sieben Freuden und die
sieben Schmerzen Mariä darstellend. Lange hatte
er gezaudert, ob er ihr dieses Geschenk machen
dürfe. Aber die züchtige Art, wie sie es ent-
gegennahm, die Dehmut und Innigkeit, die in
ihren großen Augen ausgesprochen lag, überzeugten
ihn, daß er seine Gabe an keine Unwürdige ver-
schwendet habe.

Der junge Priester benutzte jede Gelegenheit,
um mit Renaten zu sprechen. Ein ganz bestimmter
Plan war in ihm herangereift. Wie, wenn man
versuchte, diese Seele der schnöden Weltlichkeit zu

8*

entreißen! Wenn man sie dem Zustande jener
Auserwählten gewann, in welchem das Irdische
geläutert wird durch gottgefällige Entsagung. Dann
war sie die Braut des himmlischen Bräutigams,
dann diente sie der Jungfrau der Jungfrauen in
ewiger Reinheit. Dann war sie, gleich jener, eine
aus Dornen unverletzt gewachsene Lilie, ein ver-
schlossener, ewig ungetrübter Brunnen, der ver-
siegelte Garten Eden. — Sein verzückter Sinn
weilte gern bei solchen Bildern. Dann würden
sie beide in erlaubter Weise vereinigt sein, in
ewiger Liebe, die ein Gottesdienst war der reinen
Geister. — Er betete inbrünstig für das Mädchen.
Etwas, wie eine Verbindung der Seelen glaubte
er zwischen sich und ihr hergestellt. Die Art,
wie sie ihm antwortete, ihre Blicke, ihr schamhaftes Erröten, ließen ihn darauf schließen, daß
Großes in ihr vorgehe, daß die frommen Gedanken, die er in sie gesenkt, Wurzel geschlagen
hatten.

Freilich konnte er sich in nüchterneren Augenblicken nicht verleugnen, daß Renate noch sehr
am Weltlichen hänge. Es klebten ihr noch
mancherlei Mängel des Irdischen an. Sie hatte

noch soviel mit unheiligen Dingen und Menschen
zu schaffen.

So fand er sie eines Abends in vertraulicher
Unterhaltung mit dem blondbärtigen Inspektor
diesem Manne, der ihm seines leichten Sinnes
wegen so zuwider war. Die beiden merkten gar
nicht im Eifer des Gespräches, daß der Pater
nahte. Der Inspektor lehnte nachlässig an einem
Thorflügel, gestiefelt und gespornt, eine Reitgerte
in der Hand. Renate stand vor ihm — viel zu
nahe, dünkte es dem Priester. Für das Mädchen
errötend, mit klopfendem Herzen, ging er schnell
vorüber. Sie scherzten und lachten da zusammen.
Daß Renate so lachen konnte! Dieses Lachen
wollte nicht aus seinen Ohren. O, es war hohe
Zeit, daß er diese Seele aus den Gefahren rettete,
die ihre Reinheit rings bedrohten. Noch konnte
sie nicht verloren sein! Sie war ja so jung.
Der Ausbruck ihrer engelhaften Züge durfte nicht
trügen! Der Hauch der Sündhaftigkeit hatte den
Spiegel ihrer Seele nicht getrübt.

Immer kostbarer wurde ihm dieses Kleinod,
immer heißer sehnte er sich danach, seinen Schatz
in die ewigen Scheuern zu bergen. Schon

hatte er mit der Frau Äbtissin von seinem Plane
gesprochen. Wenn das Mädchen selbst den Wunsch
aussprach, Profeß zu thun, konnte sie als Novize
eintreten; es war alles vorbereitet.

Pater Vincenz wurde deutlicher und deutlicher
in seinen Winken Renate gegenüber. Ob sie ihn
wohl verstand, wenn er von der Seligkeit derer
sprach, die für vergänglich irdisches Glück die
Liebe des himmlischen Bräutigams eintauschten?
Sie sagte nicht ja und nicht nein, seinem Werben
gegenüber. Den blonden Scheitel gesenkt, mit
niedergeschlagenen Augen, stand sie vor ihm. Wie
er sie liebte in solchen Augenblicken! — mit einer
Seelen-Inbrunst, die mit fleischlicher Brünstigkeit
nichts zu thun hatte. War ihr schamhaftes Er-
zittern unter seinen Worten nicht verwandt jenen
heiligen Schauern, in denen die Jungfrau der
Jungfrauen einst die Befruchtung des Geistes
empfangen hatte! —

Der kränkelnde Probst mußte von seinen Amts-
pflichten mancherlei abgeben. Prior Urban und
Pater Vincenz vertraten ihn im Beichtstuhle. Das
Beichtregister belehrte den Pater, daß Jungfrau

Renate an der Reihe sei, ihr Sündenbekenntnis abzulegen. Wie erbebte der junge Priester, als er durch das Gitter das Angesicht der Knieenden erkannte! Bald drang die wohlbekannte, weiche Stimme flüsternd an sein Ohr.

Lieblich wie immer, mit taubenhaftem Angesicht, erhob sich Renate nach einiger Zeit von den Knieen. Ihre Wangen mochten ein wenig gerröteter sein, als gewöhnlich; sonst merkte man dem Mädchen nichts an, welches Geständnis soeben von ihren Lippen gekommen.

Der Priester saß wie gelähmt im Stuhle. Bleich schlich er von dannen, ein gebrochener Mann; wie einer dem sein Liebstes geschändet worden ist.

Das Beichtsiegel verschließt dem Priester den Mund. Renate hat niemals den Schleier genommen.

Der Widerchrist

✻

Karl Lucke war einer von jenen unglücklichen
Knaben, die von Natur dazu bestimmt scheinen,
den Sündenbock abzugeben für ihresgleichen. Der
Fanatismus und die angeborene Grausamkeit
der Jugend brauchten Opfer. Wie die Indianer
um einen Kriegsgefangenen tanzen, so umzingeln
die jugendlichen Quälgeister, einen solchen Mär-
tyrer und schleudern giftige Pfeile und ver-
wundende Äxte gegen den nackten Leib des Ver-
femten.

Lucke war häßlich, und zwar von jener Häßlichkeit, die sich nicht auswächst. Sein Gesicht
war eines von den vorzeitig fertigen, welche in
ihrer Starrheit wie aus Holz geschnitzt erscheinen,
ungesund, ohne Frische und Farbe, vergrämt,
der Kopf groß, der übrige Körper schwach entwickelt. Der Knabe machte den Eindruck eines
Buckeligen, ohne doch eigentlich verwachsen zu sein.

Warum dieser Knabe, der doch eher das Mitleid verdiente, seinesgleichen so zur Wut reizte,
ist schwer zu sagen. Seine Nähe wirkte auf die
andern, wie die Witterung des Uhus auf Krähen
und Raubvögel. Karl Lude that niemandem
etwas zuleide. Eine gewisse Verschlossenheit und
Heimlichkeit an ihm kam wohl nicht von angeborener Tücke her, war vielmehr nur die natürliche
Folge der Behandlung, welche der Knabe durch
Jahre von seiten seiner Schulkameraden erfahren
hatte. Daß ein derartig Mißhandelter sich all-
mälich eine Kruste anschafft, zum Schutz gegen
raffinierte Quälerei, ist wohl nicht zu verwundern.

Auch bei den Lehrern war dieser Zögling
nicht beliebt. Man hielt Karl Lude allgemein
für einen „schwierigen Charakter". Zu den
Dutzendnaturen gehörte der Junge nicht, das ist
gewiß! In diesem großen Schädel wohnten
mancherlei Gedanken, die man bei einem Sechzehnjährigen nicht vermutet hätte. Seine kleinen, tiefliegenden Augen verrieten davon nichts. Er war
schweigsam und beobachtend, und gerade darum
den Lehrern nicht angenehm, weil seine Nähe
ihnen das Gefühl gab, von einem frühreifen

Beobachter kritisiert zu werden. Karl Lucke war
zweifellos scharfsinnig; in seinen Antworten und
Arbeiten kam ein Zug von selbstgerechter Überlegenheit zum Ausdruck, der nicht geeignet war,
ihm Freunde zu machen.

Lucke lernte gut und saß, seiner Leistungen
halber, ziemlich hoch in der Klasse. Er beteiligte
sich niemals an den Streichen der anderen. Seine
Führungszeugnisse waren immer die besten.
Schon lange herrschte eine stumme Wut gegen
ihn, ein schwelender Neid. Man mißgönnte ihm
seine Vorzüglichkeit. Vor allem aber fürchtete
man im stillen, daß er noch einmal Klassen-Erster
werden könne. „Das Scheusal Lucke" Klassen-
Erster! — Das wäre eine Schmach gewesen, die
unerträglich schien.

Ereignete sich da in den letzten Wochen vor
Ostern — die Versetzung war nicht mehr weit —
etwas ganz Außerordentliches, eine „große Klassengeschichte". Es war nach der Religionsstunde.
Kandidat Molpitz, der als Hilfslehrer angestellt
war und auf eine ordentliche Lehrerstelle wartete,
hatte über die Person Jesu Christi vorgetragen.
Der Kandidat hatte auf der Universität die Kollegien

mit Fleiß besucht, und eifrig nachgeschrieben.
Jetzt kam ihm das zu statten; unter zu Grunde-
legung des eigenen Kolleghestes konnte er den
Knaben über Christologie, nach dem neuesten
Stande der Dogmatik, vortragen. Am Schluße
der Stunde diktierte der Kandidat, wie gewöhnlich,
und die Klasse schrieb nach. Der Kandidat war
als streng bekannt, und wer in der nächsten Stunde
etwa die zwei Naturen, zwei Stände und drei
Ämter des Heilands nicht hätte am Schnürchen
aufsagen können, wäre sicherlich bestraft worden. —
Der Lehrer hatte kaum das Klassenzimmer verlassen, da sagte Karl Lucke zu seinem Nachbar,
dem dicken Faber, der sich von ihm das Lösch-
blatt geborgt hatte, „glaubst Du das alles
wirklich?" auf das Nachgeschriebene weisend.
Und da ihn Faber ob dieser Frage verwundert
anblickte und „natürlich!" sagte, erwiderte Lucke
spöttisch lächelnd: „Ich nicht! Ich glaube, daß
Jesus Christus ein Mensch gewesen ist."

Der dicke Faber, harmlos von Natur, wie er
war, hielt das für einen „gelungenen Ulk" und
hatte nichts eiligeres zu thun, als Luckes Äußerung
während der Pause zu kolportieren. Bald lief

es von Mund zu Munde, was Lucke behauptet
hatte. Je nach Temperament und Verstand
nahmen die Einzelnen den Ausspruch sehr verschieden auf. Einige lachten, einer meinte, Lucke
könne schon recht haben, er habe das auch schon
mal wo gelesen. Der große Patzig benutzte die
Gelegenheit, um Lucke ein paar Püffe in die
Rippen zu versetzen, für die „Frechheit". Karl
Lucke selbst schwieg; aus seinen topfversteckten
Augen blitzte überlegene Verachtung auf die feindliche Schar um ihn her.

Bei den meisten war dieser Vorfall schnell
vergessen; ein paar Köpfe jedoch in der Klasse
ließ er nicht zur Ruhe kommen. Otto Bartuch,
der Sohn des Pastor Primarius und Fritz
Kampmeier, der Sohn eines Brauereibesitzers,
tuschelten während der ganzen nächsten Stunde
mit einander. Das durfte man sich entschieden
nicht gefallen lassen. Was Lucke da gesagt hatte,
war vielleicht eine Handhabe, um dem „ekligen
Kerl" mal was am Zeuge zu flicken. Noch in
der nämlichen Stunde ging ein Zettel von Hand
zu Hand, von Otto Bartuchs Hand geschrieben,
der die Erklärung enthielt, Lucke müsse für die

Frechheit, so was zu behaupten, gestraft werden.
Es folgte die Frage, was mit ihm zu geschehen
habe.

Die Antworten lauteten verschieden. Einige
waren für Lynchjustiz, andere schlugen den „großen
Klassenverschiß" vor. Eine Anzahl Knaben, darunter die Versender der Liste, stimmten für
Anzeige beim Lehrer. Andere meinten dagegen,
man solle nicht „petzen".

In der Freiviertelstunde kam die Frage zur
mündlichen Verhandlung, vor das Forum der
Klasse. Man hatte sich zur geheimen Beratung
in einen Winkel des Schulgartens zurückgezogen.
Wie ein Bienenstock, der schwärmen will, klebten
sie dort an einander. Otto Bartuch führte das
große Wort. Man war moralisch entrüstet.
Längst war Lucke reif. Von allen Seiten hagelten
die Verdächtigungen. Seine Herkunft, seine
Familienverhältnisse, wurden bekrittelt. Fritz
Kampmeier erzählte, daß sein Alter gesagt habe,
Lucke's Vater sei ein „völlig gesinnungsloser
Mensch". Andere wußten noch Schlimmeres zu
berichten. Die ganze Familie war niederträchtig.
Jemand wollte Luckes Schwester kennen, die sei

triefäugig und habe eine Nase — so! . .

Ein anderer Knabe, der als Sohn des Bürgermeisters immer die neuesten Nachrichten über Alles
hatte, wußte etwas ganz besonders Gravierendes
vorzubringen: Neulich hatte im „Postillon" ein
Artikel gestanden, ein „Brandartikel" — so meinte
der Sohn des Bürgermeisters, — und man habe
Grund, anzunehmen, daß Luckes Vater der Verfasser sei. Er war überhaupt ein Roter! Kurz,
von allen Seiten häufte sich das Belastungsmate-
rial gegen Karl Lucke.

Schließlich wurde Otto Bartuch in aller Form
von der Versammlung beauftragt, Luckes Äußerung
dem Kandidaten zu melden. Nach Schluß der
letzten Vormittagsstunde begab er sich vor die
Lehreraula und trat dem Kandidaten mit bedeutungsvoller, dem Zwecke seiner Mission entsprechender
Miene, entgegen. Ob er den Herrn Kandidaten
Molpitz in einer Angelegenheit sprechen dürfe?
Der Lehrer war gern bereit, dem Sohne des
Pastor Primarius Gehör zu schenken, und forderte
den Schüler auf, mit ihm nach seiner Wohnung
zu kommen. Als er erst begriffen, um was es
sich handle, meinte der Kandidal mit hoch empor-

gezogenen Brauen, diese Sache sei allerdings von
höchster Wichtigkeit. Er erkundigte sich eingehend
nach allen Nebenumständen. Er sprach von der
„symptomatischen Bedeutung", die der Fall habe,
das dürfe man auf keinen Fall durchlassen!
Schließlich entließ er den Angeber unter Dank
und Lob für sein Verhalten, daß er eine solche
„bodenlose Verworfenheit" zur Anzeige gebracht
habe.

Kandidat Molpitz, der erst seit kurzem im
Lehramte war, machte das Sprichwort wahr:
neue Besen kehren gut! Mit düsterer Miene und
einer Stimme, in der Entrüstung zitterte, trug
er dem Direktor der Anstalt den Fall vor.

Der Direktor war ein Mann, der wegen seiner
kühlen Ruhe bekannt war; heute fiel er ganz
aus der Rolle. Sichtlich erregt, unterbrach er den
jungen Lehrer. Kandidat Molpitz traute seinen
Ohren kaum, als er das Wort: „Ketzerriecherei"
aus dem Munde seines Vorgesetzten vernahm.
Der Kandidat wies dem gegenüber auf die Ver-
werflichkeit der Gesinnung hin, welche Lucke an
den Tag gelegt, er sprach von der Gefahr für die
Gemüter der anderen Schüler, welche durch die

Blasphemie des Einen leicht vergiftet werden könnten. „Ach was!" rief der Direktor ärgerlich. „Bauschen Sie die Sache nicht unnötig auf, Herr Kandidat! Der Junge ist sich der Bedeutung seiner Worte schwerlich bewußt gewesen." — „Aber das Ärgernis, das gegeben wird, Herr Direktor!" — „Sie schaffen Ärgernis, Herr Kandidat! Ich warne Sie dringend. Bei mir wenigstens finden Sie keine Unterstützung, wenn Sie uns hier ein Autodafé anrichten wollen."

Pfeist der Wind aus der Ecke! dachte Kandidat Molpiß bei sich, als er von seinem Vorgesetzten derartig in Ungnade beschieden worden war. Er hätte es ja eigentlich ahnen können, daß der Direktor auch einer von jenen „lauen Geistern" sei. Konnte man denn von einem Naturwissenschaftler Besseres erwarten! — Aber, der Kandidat ließ sich nicht verblüffen. Das Recht lag zu deutlich auf seiner Seite. Der Fall war wie geschaffen, den Direktor mit seiner liberalen Anschauung in's Unrecht zu setzen, und die eigene gut orthodoxe Gesinnung darzuthun. Der Kandidat beschloß daher bei sich, die Sache nicht ruhen zu lassen.

Zwei Tage darauf hatte er wieder Religions-

unterricht zu erteilen. Die Klasse ahnte, daß
etwas erfolgen würde. Einem heraufziehenden
Gewitter gleich, schwebte es in der Luft. Man
beobachtete Lude mit schadenfroher Neugier. Der
Knabe war ruhig und in sich gekehrt, wie gewöhnlich,
als sei nichts vorgefallen. Aber diese Ruhe war
jedenfalls erheuchelt.

Der Kandidat betrat das Katheder. Besonderer
Ernst lag auf seinem jugendlichen Gesichte, das
sich, bartlos und rund, nicht allzuviel von dem
der Durchschnittsschüler unterschied. Zunächst über-
hörte er das Diktat der vorigen Stunde. Der
Lehrer ging dabei der Reihe nach. Lude war der
einzige, den er ausließ. Dann begann er seinen
Vortrag. Er wolle heute von der Widersachern
der reinen Lehre sprechen, sagte er. Zu allen
Zeiten habe es solche Verblendete gegeben, die sich
vermessen hätten, das Wunder der Inkarnation
anzuzweifeln. Er führte die Auflehnung des
Ebionitismus an, beleuchtete die Irrtümer der
Monarchianer, Hypostasianer und Modalisten,
widerlegte den Nestorianismus und Monophysitis-
mus. Aber der wahre Glaube habe doch schließlich
alle Häresie besiegt, mit der allein gültigen öku-

menschen Definition vom Wesen des Gottessohnes:
wesensgleich mit Gott Vater, nicht ungezeugt wie
der Vater und nicht geschaffen wie der Mensch,
sondern in ewiger Weise vom Vater gezeugt. —
Nachdem der Lehrer die historischen Grundzüge
der Christologie festgelegt, sprang er über zur
neueren Zeit. Gerade in unseren Tagen, so führte
er aus, seien wiederum Frevler am Werke, welche
das hehre Geheimnis der Gottmenschheit Christi
in Zweifel ziehen wollten, ja, die am liebsten
den Gottessohn zum Menschen machen möchten.
Das sei die Auflehnung des Reiches der Finsternis
gegen das Licht, das sei der Antichrist, von dem
Johannes sagte: „Das ist der Geist des Wider-
christs, von welchem Ihr habt gehöret, daß er
kommen werde, und ist jetzt schon in der Welt!‘

Der Kandidat fand eindringliche Worte, und
sprach schneidig, und mit volltönendem Pathos.
Die Klasse folgte ihm in atemloser Spannung.
Niemand konnte mehr im Zweifel sein, auf wen
alles das gemünzt sei. Lucke sah geisterbleich aus,
er saß regungslos da, blickte unverwandt den Lehrer
an, mit unheimlich leuchtenden Augen.

Der Kandidat hielt inne. Er sah nach der

Uhr. Nur noch fünf Minuten! „Ich werde heute
nicht diktieren. Ein Paar Fragen noch! Wo ist
denn das Glaubensbekenntnis für die gesamte
Christenheit in ewig giltiger Form niedergelegt?
Wer sagt mir das!" — Es kamen erst einige
Antworten, die dem Lehrer nicht genügten, bis
Otto Bartuch endlich mit der rechten Antwort kam:
„Im apostolischen Glaubensbekenntnis." — „Ja-
wohl, im apostolischen Symbolum, das erste der
drei ökumenischen Bekenntnisse, welches im zweiten
Artikel vom Glauben an Gott, den Sohn, handelt."
Darauf wandte sich der Lehrer plötzlich an Lude:
„Sagen Sie mir den zweiten Artikel auf, Lude!"
Der Knabe erhob sich langsam und sah den Lehrer
mit festem Blicke an, aber es kam kein Wort von
seinen Lippen. „Haben Sie Ihr Glaubensbe-
kenntnis schon vergessen seit der Konfirmation?"
Keine Antwort! „Finden Sie den Anfang nicht,
Lude?" Keine Antwort! „Ich will Ihnen einhelfen
lassen. Bartuch, sagen Sie mal den ersten Satz vor!
— „Ich glaube an Jesum Christum, seinen einge-
borenen Sohn, unseren Herren, der empfangen ist
vom heiligen Geiste, geboren" ..... „Halt!
Nun wird er's schon können. Lude, Sie sind

doch sonst nicht so auf den Kopf gefallen. Nach-
sprechen werden Sie wohl noch können!" Der
Knabe blieb stumm. „Haben Sie das Sprechen
verlernt?" Eine längere Pause trat ein. „Nun,
das ist dann eben Auflehnung!"

In diesem Augenblicke klingelte es. Der
Kandidat packte seine Bücher zusammen. „Ich
will Ihnen noch eine Gnadenfrist geben, Lucke!
Nehmen Sie Ihren Katechismus vor; lernen Sie
den zweiten Artikel und wenn Sie ihn können,
dann kommen Sie zu mir. Ich werde bis um
zwei Uhr zu Haus bleiben. Ich gebe Ihnen den
Rat, trotzen Sie nicht!" — damit ging der
Lehrer.

Kandidat Wolpitz war mit sich zufrieden. So
mußte man's machen. Die Häresie war glänzend
abgeführt. Er blieb in jedem Falle Sieger, mochte
der Junge nun weiter trotzen, oder klein beigeben.
Im Keime mußte man die Saat des Unglaubens
ersticken! Das mit dem „Antichrist" war nicht
schlecht gewesen. Auf die Jungens hatte es sichtlich Eindruck gemacht. Er kam sich wie ein rechter
Drachentöter vor, der junge Theologe.

Bis um zwei Uhr wollte er zu Haus warten,

keine Minute länger. Hatte der Junge wirklich
die Frechheit, nicht zu kommen, dann half es nichts,
dann mußte er die Sache melden. Was der
Direktor wohl für ein Gesicht machen würde dazu!
Trotz seiner liberalen Gesinnung würde er doch
einschreiten müssen gegen den Aufrührer. Der
Kandidat fühlte sich tapfer selbst zum Kampfe mit
dem Schulgewaltigen. Denn er war ja in seinen
Rechte und, was noch mehr bedeutete, er wußte
die Schulbehörde hinter sich.

Es war um ein Uhr. Der Junge hatte also
noch eine Stunde Zeit. Der Kandidat nahm ein
gutes Buch zur Hand. Übrigens war er heute
nicht recht bei der Lektüre. Die Sache hatte ihn
innerlich doch sehr erregt; er befand sich in einiger
Spannung. Würde der Junge kommen? Er
glaubte es bestimmt. Höchstwahrscheinlich würde
er ganz zerknirscht sein, der junge Sünder. Der
Kandidat beschloß in seinem Herzen, Milde walten
zu lassen. Er wollte dem Knaben recht ernst in's
Gewissen reden, ihn durch großmütige Nachsicht
gänzlich zu Boden drücken.

Um halb zwei Uhr klopfte es an seine Thür,
nicht stark, schüchtern, wie es sich für den reuigen

Sünder geziemt. Aha, das ist er! Der Kandidat rief ein kräftiges: „Herein!"

Wie erstaunte er, als nicht der erwartete Schüler, sondern ein älterer Mann auf der Schwelle erschien. Der Vater! Die Ähnlichkeit war nicht zu verkennen: Derselbe große Kopf auf gebrechlicher Gestalt, die nämlichen tiefliegenden Augen. Die Mundpartie allerdings war anders; Lucke senior trug einen ins graue spielenden Vollbart.

Dem Kandidaten klopfte das Herz. In welcher Absicht kam der Alte zu ihm? Doch jedenfalls, um Rechenschaft zu fordern, dem Lehrer den Standpunkt klar zu machen, oder dergleichen. Der junge Theologe war auf Böses gefaßt, und wäre in diesem Augenblicke lieber wo anders gewesen, als in einem Zimmer allein mit diesem verdächtig aussehenden Menschen.

Der Alte verbeugte sich und nannte seinen Namen, der Kandidat murmelte den seinen. „Bitte, wollen Sie nicht gefälligst Platz nehmen, Herr Lucke!" — „Ich danke! Ich kann stehen." Er räusperte sich. „Ich komme, um meinen Sohn bei Ihnen zu entschuldigen, Herr Kandidat! Sie haben ihn hierher bestellt, damit er Ihnen ein aufgegebenes Pensum hersagen soll." . . . „Den zweiten Artikel!" fuhr der Kandidat dazwischen.

„Ganz recht! Es handelt sich um den zweiten Artikel des christlichen Glaubensbekenntnisses." —

„Ihr Sohn hat sich geweigert, ihn aufzusagen."

„Das hätte er nicht thun sollen; es war unrecht von ihm. Auch die Bemerkung, die er neulich seinem Klassennachbar gegenüber hat fallen lassen, und die wohl der Grund gewesen ist, weshalb Sie ihm heute das Glaubensbekenntnis abfragten, diese Bemerkung war, ich erkläre das ausdrücklich, nicht am Platze, war sogar unziemlich."

Dem Kandidaten war der Mut wesentlich gewachsen, da er merkte, daß der Andere keineswegs schroff auftrat. „Ich weiß denn doch nicht, Herr Lucke," sagte er, „Ihre Auffassung des Geschehenen scheint mir allzu milde."

„Meine Auffassung mag milde sein. Ich hoffe sogar, sie ist milde. Denn danach strebe ich in der That, milde zu sein, Herr Kandidat, als Christ!" — Der alte Mann lächelte bei diesem Worte. Sein Lächeln reizte den jungen Theologen, wie überhaupt die ganze eigenartig, sanfte, ver-

innerlichre Ruhe dieses Mannes, der gar nicht so
war, wie er ihn sich gedacht hatte.

„Ja, erlauben Sie mal, Herr Lude!" rief er
ziemlich gereizt, „erlauben Sie mal! Milde ist
ja was sehr Schönes, und Toleranz, am rechten
Flecke — nur am rechten Flecke! Ihr Sohn hat
sich schwer vergangen, er hat Ärgernis gegeben,
er hat eine Gotteslästerung ausgesprochen" . . . . .

Hier unterbrach ihn der Andere, der nun auch
lebhafter wurde. „Ärgernis ja! Ärgernis hat
mein Sohn insofern gegeben, als er eine Ansicht
aussprach, die einen anderen leicht in seinem religiösen Empfinden verletzen konnte. Und das soll
man nicht, das ist intolerant. Ich habe ihm darum
ernst gerügt. Aber das andere, was Sie ihm
vorwerfen: Gotteslästerung! — Gott gelästert
hat er n i ch t, wenn er Jesus von Nazareth einen
M e n s ch e n genannt hat" —

„Nun, das muß ich denn doch sagen! —
In so frühem Alter an den Grundfesten des
Glaubens rütteln, — ich habe keine Bezeichnung
für so etwas!"

„Der Knabe hat nur ausgesprochen, was seine
Überzeugung ist."

„Seine Überzeugung?" . . . . .

„Darf ein Sechzehnjähriger nicht auch eine Überzeugung haben?"

Hier lachte der Kandidat.

„Pardon! — Aber, Herr Lucke, das ist doch keine Überzeugung — das ist Unglaube."

Der alte Mann lächelte, beinahe melancholisch. Eine kurze Pause trat ein. Dann fragte der Alte und blickte dem Jüngeren dabei fest in die Augen: „Können Sie sich nicht in die Seelenverfassung eines Menschen denken, Herr Kandidat, dem der Gedanke, daß Jesus Christus Mensch, unser Mü= menschh, „der Menschensohn" gewesen — und nichts gewesen ist, als dies — daß dieser Gedanke, dieses Bewußtsein, untereinem das Herrlichste und Größte bedeutet auf der Welt? — Denn sehen Sie, darin liegt eine Hoffnung, eine Verheißung, die uns Kraft giebt, diesem Vorbilde nachzustreben. — Das Bewußtsein, daß er kein Gott, nein, ein Mensch gewesen ist, wie wir, das allein giebt uns den Mut, zu leben und zu dulden. Können Sie sich dahinein nicht versetzen?"

Der Kandidat antwortete ehrlich erschrocken mit: „Nein!"

„Nun, sehen Sie, das ist meine Überzeugung! Dieses Bewußtsein bedeutet mir das, was Ihnen der Glaube an den Gottessohn bedeuten mag."

„Dann allerdings!" rief der Kandidat mit empörter Miene, „dann kann man sich ja nicht wundern, wenn der Unglaube seine Früchte trägt. Der Apfel fällt eben nicht weit vom Stamme!"

Diese Bemerkung schien den Alten empfindlich zu treffen. Seine Augen leuchteten auf. „Ich habe dem Knaben nicht meine Ansicht aufgenötigt, Herr Kandidat!" rief er mit leicht bebender Stimme. „In diesen Fehler der Orthodoxie bin ich nicht verfallen. Die Eigenanschauung ist mir etwas so Heiliges, beim Kinde zumal, daß ich sie um keinen Preis durch ein Dogma binden möchte. Um meines Gewissens willen möchte ich das nicht thun. — Der Knabe ist von selbst dazu gekommen. Er ist religiös von Natur."

„Religiös, sagen Sie?"

„Jawohl, religiös. Und weil er das ist, begnügte er sich nicht mit dem, was ihm die Schule bot, — konnte sich damit nicht begnügen. Sehr früh hat er sich seine eigenen Gedanken gemacht, weil

er eine ernste Natur ist, die nicht an der Oberfläche
haften bleibt, die alle Gedankenlosigkeit instinktiv
haßt. Darum hat er früh begonnen zu grübeln. Die
Zweifel haben seiner jungen Seele keine Ruhe gelassen, und so ist er endlich zu mir gekommen und hat
mich gebeten, unter Thränen gebeten, ihm zu sagen,
wie ich zum Glauben stünde. Ich wollte nicht
gegen Ehre und Gewissen handeln, und habe ihm
gesagt, was meine Überzeugung ist. ‚Welcher ist
unter Euch Menschen, so ihn sein Sohn bittet
um Brot, der ihm einen Stein biete?‘ — Ich
kann Ihnen versichern, Herr Kandidat, erst seit
ich dem eigenen Kinde gegenüber den Mut der
Offenheit gefunden habe in dieser größten aller Fragen, bin ich frei und fühle mich als ehrlicher Mann."

Dem jungen Theologen war längst schwül zu
Mute geworden. So etwas durfte er wohl
eigentlich gar nicht mit anhören? Er war doch
staatlich angestellter Lehrer!

„Herr Lucke, ich muß Ihnen bemerken" sagte
er, und fuhr sich nervös durch die Haare, „daß
Sie eines ganz übersehen: die Lehrautorität!
Was soll denn aus dem Ansehen der kirchlichen
Lehre werden, wenn schon die Kinder anfangen" ....

„Haben Sie keine Sorge, Herr Kandidat!"
meinte der alte Mann, „mein Sohn wird die
Lehrautorität nicht gefährden, wenigstens in Ihrer
Anstalt nicht. Ich bin hier, um Ihnen zu sagen,
Sie möchten nicht umsonst hier auf ihn warten.
Zugleich wollte ich Ihnen auch erklären, daß mein
Karl Ihren Unterricht weiterhin nicht besuchen wird."

„Sie wollen Ihren Sohn wegnehmen?"

„Er selbst will fort! Alles, was ihm früher
Arges zugefügt worden ist, von seiten der Mit-
schüler, hat er erduldet, aber das hier hat ihn zu
tief getroffen — in seinem Heiligsten, — das zu
ertragen geht über seine Kräfte. Ich habe kein
Recht, ihn zum Bleiben zu zwingen. Er ist zu
schwer gekränkt worden. Und darum mag er
gehen. Aber, ich fürchte, ohne Schaden für sein
Gemüt ist dieses Erlebnis nicht geblieben." —

Der alte Mann senkte das Haupt und seufzte.
Thränen standen auf einmal in seinen Augen.
Nun war es dem Kandidaten doch beinahe leid;
soweit hatte er es nicht treiben wollen. Er fragte,
ob sich denn nichts machen lasse. Der Knabe solle
nur zurücknehmen, was er gesagt habe. Das sei
doch so einfach! Er werde ganz besondere Sorgfalt

auf Karl verwenden in Zukunft. Vielleicht lasse
er sich doch noch zum rechten Glauben zurückbringen.

Der alte Mann sah den Kandidaten mit weit
geöffneten Augen an. Wirklich, jener schien ganz
im Ernste gesprochen zu haben! Ein Lächeln
erhellte die bekümmerten Mienen des Alten.

„Ja, wenn der Glaube ein Gewand ist, das
man ausziehen und anlegen kann, nach Belieben,
da möchte das schon angehen. Für uns ...."
Hier unterbrach er sich selbst durch eine abwehrende
Bewegung. — „Ach, das ist ja ganz umsonst
alles! Ich fürchte, Herr Kandidat, darüber werden
wir zwei uns niemals verständigen können. Und
darum will ich lieber gehen." —

Kandidat Wolpitz blieb in eigentümlicher
Seelenverfassung zurück. Merkwürdig, höchst merkwürdig war das alles! Gottlos sein und sich
dabei noch etwas einbilden auf seine Gottlosig-
keit! — Nächstens würden diese Atheisten noch den
Anspruch erheben, fromm genannt zu werden.
Und dabei schien es dieser Mann ganz ernsthaft zu nehmen; ja, der Kandidat konnte sich
des Gedankens nicht erwehren, daß der alte

Lude im Grunde gar kein böser und verworfener Mensch sei. Was das für Widersprüche waren! —

Der junge Theologe wollte darüber nicht tiefer nachdenken. Grübeln war nicht gut. Man konnte da leicht auf die sonderbarsten Gedankengänge kommen. Was dabei herauskam, — beim Nachdenken nämlich, — das sah man wieder mal an diesen Ludes.

Eigentlich konnte er ja ganz zufrieden sein mit dem Ausgang, den die Angelegenheit genommen hatte. Das räudige Schaf war ausgemerzt aus der Herde. Die gute Sache hatte einen entschiedenen Triumph gefeiert durch ihn. Aber in seinem menschlichen Gewissen, das vom theologischen Eiferer noch nicht ganz mit Beschlag belegt war, regte sich doch ein geheimer Vorwurf.

Er mußte immer und immer wieder an den Blick des alten Mannes denken. Wenn nun doch etwas Wahres .... Mit Hast schnitt er solche Gedanken ab. Ein Lehrer, der auf Anstellung wartete, durfte sich auf dergleichen nicht einlassen.

Aber, es ist das unvergängliche Wesen der Wahrheit, daß sie nicht tot ist, sondern lebendig,

daß sie wie ein fließendes Gewässer anschwillt
und die Dämme übersteigt, die ihr entgegengesetzt
werden. Während sie die willige Seele fortreißt
mit ihrer Flamme, brennt sie in der widerwilligen,
heimlich zehrend, wie glühende Kohle.

Auch der junge Kandidat sollte diese Rache
des lebendigen Feuers gegen den, welcher es zu
unterdrücken sich vermißt, noch am eigenen Gewissen erfahren.

Abdul

❧

10❉

Wieder einmal sollte unsere Gegend um einen Aussichtsturm reicher werden. Als ob es nicht schon genug solcher langweiligen Steinwarten gegeben hätte! Kaum eine unserer lieblichen Höhen haben sie frei gelassen. Überall giebt es jetzt Wegweiser im Walde, Steine mit Angabe der Kilometerzahl; jedes lauschige Plätzchen ist durch eine Holzbank verdorben. Und nun gar erst im Sommer die Reisenden, die Sommerfrischler, Touristen, Radfahrer, die Ozonbedürftigen, die nervenkranken Opfer unter Civilisation! —

Ich liebe den Waldesfrieden unserer Berge in seiner jungfräulichen Spröde. Und nun mit ansehen zu müssen, wie sie lärmend herangezogen kommen! wie sie die Verbildung der Großstadt, die Moden der Boulevards, die ganze parfümierte Atmosphäre moderner Überkultur hineinschleppen in unsere reine Waldluft! Wie sie umherstolzieren

unter unseren Tannen, diese Löwen des Trot-
toirs! Wie der Duft des Kiens und der Nadelstreu
doch die Blasiertheit aus ihren engen Seelen nicht
herauszuräuchern vermag! Wie sie nichts mitbringen, was uns frommen kann, wie sie unseren
Frieden mit fortnehmen, ohne sich ihn doch
selbst zu gewinnen! —

Den Erdenwinkel, in dem ich lebe — wo ich
eine Zuflucht gefunden habe vor mancher Kränkung
— hatte der Heuschreckenschwarm bisher gnädig
verschont. Das Thal liegt ein wenig abseits, be-
sitzt keine sogenannten Sehenswürdigkeiten; seine
Reize drängen sich nicht auf. Aber den, der sie
einmal erkannt hat, fesseln sie mit inniger Kraft.

Nun hatten sie denn auch dieses traute Stück-
chen Erde ausfindig gemacht. Bald standen an
den Wegescheiden die Tafeln des Gebirgsvereins.
Erstaunt lasen unsere Holzfäller und Steinarbeiter,
wie viel Meter über dem Spiegel der Ostsee sie
all die Zeit über gelebt hatten. Eine Sekundär-
bahn schloß uns an das Eisenbahnnetz der großen
Welt an. Villen in imitiertem Schweizerstile
schossen pilzartig aus dem Boden auf, fremdartig
herausragend über die Strohdächer unserer Fach-

werkhütten. — Ja selbst der Kellner mit Frack, ausgeschnittener Weste und Serviette blieb uns nicht erspart.

Mir ward zu Mute, wie einem, der ein holdes Geschöpf lange Zeit für sich allein besessen und nun plötzlich die Preisgegebene voll grimmiger Eifersucht in den Armen anderer erblicken muß.

Mein Trost war, daß sie mir den Berg, der meinem Fenster gegenüberliegt, — auf den ich blicke, wenn ich mich früh erhebe, den ich wie oft schon vorm letzten Sonnengruß verbrämt in Dämmerung habe verschwinden sehen — daß sie mir den Berg mit seiner felsgekrönten Spitze noch nicht schimpfiert hatten. In seinem hundertjährigen Tannenforst war eine Zufluchtsstätte für mich und meine weltfremden Gedanken.

Und siehe da, eines Tages, als ich mich der Kuppe nähere, höre ich die Axt des Holzschlägers durch den Wald schallen. Ich eile hin ... Die große Tanne lag bereits, die ich so sehr liebte, die ich bewundert und beneidet hatte, wie sie auf magerem Felsen ihre Wurzeln in die Spalten und Risse getrieben, den Boden in der Tiefe suchend, den ihr das harte Gestein versagte. Ein

Wunder schien mir die Zähigkeit des knorrigen
Baumes, wie er so freudig zum Himmel strebte.
Woher nahm er die Kraft? — Kein noch so
scharfer Westwind hatte ihn bisher zu Falle gebracht, obgleich er ganz einsam stand.

Dieses Symbol der auf sich selbst gestellten
Größe sank vor der gierigen Säge dahin. Und
als ich herantretend nach dem Grunde solchen
Frevels forschte, hieß es, der Baum sei im Wege
gewesen; hier solle ein Aussichtsturm herkommen.

Steinmetz und Maurer waren am Felsen thätig.
Gesprengt sollte werden, um Material für den
Unterbau des Turmes zu gewinnen. Das Spreng-
pulver war bereits in die Löcher gefüllt, die Keile
gesteckt, die Zündschnur angelegt; die Leute zogen
sich hinter die umstehenden Bäume zurück und
rieten mir, ein gleiches zu thun.

Ich stellte mich hinter eine klobige Buche ...
Die Explosion erfolgte. Polternd rollten die
Felsstücke zu Boden.

Als alles still war, wagten wir uns aus
unseren Verstecken vor. — Ein großes Stück des
Felsens war herabgebrochen, mehr als die Leute
beabsichtigt hatten. Man erkannte jetzt erst wie

morſch und bis in den Kern hinein verwittert der
Stein geweſen, von tiefen Riſſen und Spalten
durchſetzt. Traurig muſterte ich die angerichtete
Verwüſtung.

Da machten mich Rufe der Arbeiter ſtutzen.
Rufe der Überraſchung, als ſeien ſie auf Außergewöhnliches geſtoßen. Ich trat zu ihnen, die,
in eine Gruppe zuſammengedrängt, eine Vertiefung
umſtanden.

Zunächſt konnte ich nicht erkennen, was es ſei,
das ihr Erſtaunen erregte. Zwiſchen Felstrümmern
und Schutt lag da etwas Braunes — wie altes Holz.

Einer der Leute bückte ſich und hob ein Stück
davon auf. Befremdet erkannte ich einen menſch-
lichen Schädel.

Etwas lief mir über den Rücken — ein
Schauer — obgleich es heller Mittag war; den
abgehärteten Burſchen von Arbeitern mochte es
ähnlich gehen. Sie ſprachen in gedämpftem Tone
ihre Vermutungen aus, wie wohl der Schädel an
dieſen Ort gekommen ſein mochte.

Es war ein kleiner Schädel, pergamentfarben,
hart wie Stein — von hohem Alter, wie mir
ſchien.

Mein Forscherinteresse war rege geworden. Ich bat die Leute, nicht weiter zu arbeiten, ehe wir alles untersucht hätten. Bei näherem Zusehen fanden wir ein vollständiges Gerippe in einem Felsspalt, der durch die Sprengung frei gelegt war, wie in ein steinernes Grab eingebettet.

Lange mochte die Leiche hier gelegen haben, viele Jahrhunderte vielleicht. Die Beinmasse hatte sich gut erhalten an dem kühlen Orte. Das Gerippe war klein, seine schwache Knochen, wie von einem Weibe, oder Halberwachsenen.

Von Haar= oder Kleiderresten war keine Spur zu entdecken; wohl aber fiel mir plötzlich etwas Blinkendes in die Augen. Vorsichtig griff ich zu, löste einen runden Gegenstand, der an einem Kettchen hing, von dem Wirbelknochen des Skeletts.

Ich wog den Fund in der Hand. Es war offenbar eine Münze. Mein Messer hervorholend prüfte ich das Metall. Es war Gold. — Nachdem ich den grünbraunen Überzug notdürftig beseitigt hatte, erkannte man auch die Prägung: Ein bärtiger Kopf mit einem Turban, darüber ein Halbmond auf dem Rande krause Zeichen: arabisch, wie mir scheinen wollte. Das Kettchen, an dem dieses Amulett — oder was es sonst war — hing, bestand aus einer Menge unendlich feiner, goldener Schuppen, es schmiegte sich in die Hand wie eine Schlange.

Wir sammelten alles, was wir finden konnten, durchstöberten den Schutt in allen Richtungen nach weiteren Schätzen. Es blieb bei der Münze und den Knochen.

Dann wurde beraten, was mit dem Funde zu geschehen habe. Den Leuten war natürlich nur das Goldgeschmeide von Wichtigkeit, sie wollten es dem Besitzer des Grund und Bodens überbringen und ihren Finderanteil geltend machen.

Ehe sie sich von neuem an die Arbeit machten, betrachtete ich mir die Stätte noch einmal genau. Der Leichnam konnte nur von oben in den Spalt geraten sein. Kein unterirdischer Gang, keine Seitenhöhle führte zu dem natürlichen Grabe. Von Menschenhänden war nicht die geringste Spur an dem Gestein zu entdecken.

Merkwürdig! War der Leichnam von anderen hier geborgen worden? war hier ein Mensch einsam verendet? oder lag ein Verbrechen vor,

— ein Mord? — Wahrscheinlich war das nicht, denn weder an Schädel noch an Knochen war eine Verletzung zu entdecken.

Ich bat die Arbeiter, mir den Schädel zu lassen. Sie waren gern dazu bereit; dergleichen hatte keinen Wert für sie. —

Während ich mit meinem eigenartigen Funde in der Hand nach Hause schritt, kamen mir allerhand Gedanken: die arabische Münze am Goldkettchen — hier mitten im germanischen Norden! —

Ich hatte manchen Schädel in Händen gehalten. Das zierliche Ding hier sah nicht aus, als ob es einem unserer knochenstarken Vorfahren angehört hätte. Wer weiß, woher der fremdländische Vogel sich an diese Stätte verflattert hatte, um hier sein Ende zu finden! .. Welches Geheimnis lag hier begraben, das nie seine Aufklärung finden würde? —

Die allzeit geschäftige Phantasie machte sich daran, die Lücken zwischen dem Vorgefundenen schnell zu überbrücken, aus dem Wenigen ein Bild zusammenzustellen. Strich fügte sich an Strich, Zug an Zug, und bald wußte ich, als hätte ich's

selbst erlebt, wie dereinst die Dinge sich zugetragen hatten. — — — —

* * *

Es war zu der Zeit, da die abendländische
Ritterschaft das Kreuz auf sich nahm, um es dorthin zu tragen, woher es einstmals gekommen, zu
der Stätte „mit Namen Golgatha, das ist ver-
deutschet Schädelstätte."

Der Ruf: „Gott will es!" war auch in unser
waldbekränztes Gebirgsthal gedrungen.

Hier saß seit Kurzem auf der Burg seiner
Väter Herr Gero, dem Jugendmut und Kraft
die Adern füllten. Für ihn fiel in diesem
Falle das, was Gott wollte, schön zusammen
mit dem, was sein eigener, thatendurstiger und
ehrgeiziger Sinn begehrte: Abenteuer, Beute und
Ruhm. Den Muselmann, den Schänder des heiligen Grabes, wollte er züchtigen, und schließlich,
reich an Schätzen und Kriegsruhm, zurückkehren
in die Heimat, als ein christlicher Streiter, zu
Ehren Gottes und der heiligen Jungfrau.

Und als der Papst zum erneuten Kreuzzuge

aufforderte, weil die heilige Stadt abermals in
die Hände der Heiden gefallen war, da rüstete
auch Herr Gero, und stieß mit einem Fähnlein
zum Heere des Königs.

Den Ruhm, den er gesucht, fand der Ritter,
und auch die Beute. Mit eigener Hand erschlug
er den Emir al Omra und erhielt zum Lohne
seiner mutigen That das Zelt des Fürsten mit
allem Inhalt: Weibern, Schätzen und Waffen,
zugesprochen.

Unter den Gefangenen befand sich auch ein
Knabe, Abdul, der Sohn des erschlagenen Emirs.
Herr Gero erwog eine Zeit lang, ob er das Kind
laufen lassen solle; denn es erschien unnütz,
so viel Ballast mit sich herumzuschleppen. Dann
kam ihm ein anderer Gedanke: er wollte den
Fürstensohn mitnehmen, um ihn der Herrin seines
Herzens als Geschenk darzubringen. So ließ er
denn den braunen Knaben laufen und behielt ihn
in seinem Gefolge. —

Abdul hatte eine Haut wie Bronze, langes
seidenschimmerndes Haar, das an Schwärze mit den
blitzenden Augensternen wetteiferte. Schlank war er
wie ein Palmenstämmchen und flink wie eine Gazelle

Anfangs wollte er nichts essen. Hungers
sterben erschien ihm erträglicher, als die Schmach,
dem Manne zu folgen, der seinen Vater, den
großen Emir, besiegt hatte. Aber sie zwangen
ihm Speise und Trank ein.

Als ihn der Priester dreimal untergetaucht
hatte bei der Taufe, schüttelte sich Abbul und
sprach einen Fluch, den niemand verstand. Von
da ab hüllte er sich in Schweigen und trug einen
Ausdruck stolzer Verachtung zur Schau, wie er
seiner fürstlichen Abstammung würdig war.

Bald darauf entzweiten sich die Kreuzfahrer,
und ohne das heilige Zion gesehen zu haben,
zogen viele von ihnen heim; unter ihnen Herr Gero.

Auf dem Rückmarsche packte den Ritter ein
bösartiges Fieber; viele Monde durch mußte er
in der Fremde liegen. Mit kleinem Gefolge und
verminderter Beute setzte er endlich die Heimreise
fort.

Ein siecher Mann kam Herr Gero endlich in
der Heimat an. An dem Sohne des Nordens
hatte sich das Morgenland gerächt, mit dem
Schlangengift, das unter seinen üppigen Reizen
lauert.

Abdul war mitgekommen. Zweimal unterwegs hatte der Knabe versucht, zu entweichen, aber die Leute des Gefolges hatten den Wegeunkundigen wieder eingefangen.

Den schönen Plan, der Herrin seines Herzens den Fürstensohn zum Geschenk zu machen, mußte Herr Gero fahren lassen. Sie war die Frau eines anderen geworden und aus der Gegend fortgezogen.

Kein Mensch kümmerte sich nun um Abdul. Sie hatten alle an Anderes zu denken. Zwecklos war er hierher geschleppt worden in das fremde Land. Kaum, daß man ihm etwas zu essen und Lumpen gegen die Kälte gab.

Wie war er herabgekommen, der Fürstensohn! — Die Haut hatte ihren Glanz verloren, ganz aschfahl war sie geworden, das Haar verwildert, zum Skelett abgemagert der geschmeidige Körper. — Aber die tiefliegenden Augen funkelten wie die eines Panthers, vor Haß gegen die Mörder — die Christen.

Einen gefangenen Königsadler, der im engen Käfig von Sprosse zu Sprosse hüpft, glich Abdul. Wie häßlich war dieses Land! Immer unwirtlicher wurde es. Novemberstürme heulten um die Burg. Der Winter kam heran.

Was wußte Abdul vom Winter! Dort wo er geboren, herrschte ewiger Sommer.

Er schleppte sich nur noch so dahin, zum Tode elend. Es war eine Frage der Zeit, wer von den beiden eher würde dran glauben müssen: Herr Gero, der oben in seinem Gemache voll eigensinniger Lebensgier mit dem mächtigsten aller Kämpfen rang, oder der fremde Knabe, den das Fieber der Heimatssehnsucht langsam aufzehrte.

Abdul schlief in einem Verließ mit den Rüden. Er liebte die Tiere; sie waren besser, als die Menschen. Außerdem wärmten sie ihn und leckten ihn mit ihren rauhen Zungen; das that ihm wohl.

Er war wieder einmal hineingekrochen zur Abendzeit in das elende Loch, begrüßt von den Kötern, die ihn kannten, da warf er sich in's Stroh und rollte sich zusammen, wie ein Tier. So kalt war es noch nie gewesen, wollte ihn bedünken. Das war wohl der Tod? — Wenn er doch nicht mehr hätte aufzuwachen brauchen, war sein letzter Wunsch, ehe er einschlief . . . .

Und doch wachte er wieder auf am nächsten
Morgen.

Als er hinaustrat aus dem Verließ, welch
ein Wunder! — Alles weiß!

Abdul rieb sich die Augen. Wo war er?
Die ganze Welt mit einer glitzernden Decke über=
zogen, lichter als alles, was er bisher gesehen
hatte, lichter als der weiße Turban seines Vaters.
Tausend Krystalle erfunkelten allerorten, glänzender
als Edelgestein. War das Zauberei?

Abdul sah sich um. Dort stand die Burg,
massig und gedrungen. Sonst war sie so grau ge=
wesen, und jetzt, überall auf dem steilen Dache,
den spitzen Zinnen, lag es weiß wie Zucker. Der
runde Turm hatte eine Haube davon. Und rings=
um auf dem Boden dasselbe. Die Rüden schienen
sich nicht davor zu fürchten; sie sprangen darin
herum und wälzten sich, daß es stiebte.

Ob man es anfassen konnte? Er wagte es.
Es fühlte sich kühl an und weich. — Er versuchte,
seinen Fuß darauf zu setzen; der sank ein bis
zum Knöchel.

Nun that er einige Schritte, anfangs zaghaft;
allmählich aber fand der Knabe, daß es sich.

angenehm darauf gehe — so weich und nach-
gebend.

Die Neugier trieb ihn an, zu sehen, ob es
außerhalb des Burghofes auch so aussehe. Er
trat vor das Thor.

Wunder über Wunder! Weit lag die Landschaft vor ihm, wie erneut. Die düsteren Wälder
waren verschwunden, die braunen Äcker zugedeckt
— alles eine unendliche, unter Sonnenstrahlen
glitzernde und gleißende Fläche. Und in der Ferne
bläuliche Höhenzüge, die freundlich herüber blinkten.
Er konnte es nicht lassen, er mußte weitergehen
in dieses Zauberland hinein.

Allerhand merkwürdige Gedanken und Hoffnungen kamen da dem Kinde: Seine Leiden
waren nun wohl vorüber. Durch ein Wunder
schien alles verändert. Seine Rettung war gewiß
nahe. Vielleicht hatte er all' die Zeit über nur
geträumt.

Weit und breit kein Mensch — keiner seiner
Peiniger nahe. Abdul fühlte sich auf einmal so
frei, als brauche er nur weiterzuschreiten, um der
Gefangenschaft für immer zu entgehen.

Und so eilte er vorwärts. Er dachte zurück

11*

an feine fchöne Jugend, an die edlen Knaben,
die ihm zu Gefpielen beigefellt waren, an die
Schar der Diener und Dienerinnen; wie er
geehrt worden war und geliebt. Vor allem feines
Vaters gedachte er, der ihn unterwiefen hatte im
Waffenhandwerk. Er fah im Geifte das ftolze
Roß des Emirs vor fich, das keinen anderen auf
feinem Rücken litt, als den Fürften.

Jetzt war er in den Wald gekommen. Er-
ftaunt fah fich der Knabe um. Der Boden war
braun, wie zuvor, aber die Bäume ftanden in
lichte Gewänder gehüllt. Das Weiße mußte
alfo wohl von oben gekommen fein — vom
Himmel.

Von neuem fann er dem Wunder nach. Gewiß, das bedeutete feine Befreiung!

Er lief weiter; aber feine Phantafie eilte ihm
weit voraus, fo leichtfüßig er auch war. Heute
noch würde er in der Heimat fein; er mußte es
genau. Sicher warteten fie feiner dort, die Getreuen. An Stelle des Vaters würde er der
Emir al Omra fein — er, Abdul! Und fürchterlich wollte er die ihm angethane Schmach an den
Chriftenhunden rächen! —

Der Pfad führte bergan. Abbul wollte die Höhe gewinnen. Unterrichten mußte er sich, welchen Weg er einzuschlagen habe. In die Burg würde er nie und nimmer zurückkehren.

Auf dem Gipfel angelangt, erklomm er den Fels. Rings lag das weite Bergrund vor seinen Augen, Kette an Kette sich reihend, Wälder, Thäler, alles in ein weißes Tuch gehüllt.

Bei diesem Anblick wurde dem Knaben bange. Viel, viel größer doch war die Welt, als er es gedacht. Wie den Weg zur Heimat finden? Weit, sehr weit mußte sie von hier sein. Hatten sie denn nicht ein Jahr gebraucht, um hierher zu kommen? . . .

Erschöpft setzte er sich. Der Marsch hatte ihm den letzten Rest seiner Kräfte geraubt. Abbul wollte kleinmütig werden. Er blickte hinab nach der Burg. Da unten lag sie, mit sonnenbeglänzten Zinnen.

Nein! In dieses Gefängnis wollte er nicht wieder zurück. Die Heimreise sollte noch heute angetreten werden; aber zuvor wollte er rasten.

Hell schien die Sonne herab. Das Weiße, das hier das Gestein zum weichen Pfühl machte, lockte zur Ruhe. Er huschelte sich ein, dann blickte er zum Himmel. Es flimmerte ihm vor den Augen, rote Ringe tanzten hernieder. Durch den Körper rieselte es wie ein Schauer. Etwas Kaltes drang ihm zur Seele.

Er wollte die Hand bewegen; es ging nicht. Die weiße Decke schien schwerer zu werden, ihn von allen Seiten fest zu umstricken. — Das war ein eigenes Gefühl; aber schmerzlich nicht.

Ein Reiter sprengte am hellen Himmelsgewölbe dahin auf schwarzem Rosse, mit blitzendem Diadem über dem Turban; mit der Spitze des Säbels wies er in die Ferne.

Dann sah Abdul nichts mehr . . . .

Rhanit, die Richterin

※

Rhanit war aus adeligem Stamm entsprossen. Von ihrem Geschlechte waren seit Vätergedenken die Jungfrauen zum heiligen Richteramte berufen worden. Denn in dem Lande, wo Rhanit zu Hause war, gab es Richterinnen.

Sie hatten über Liebesvergehen zu richten. Jedoch wurden ihnen nur solche Verbrechen überwiesen, welche von Männern an Frauen begangen worden waren. Über ihr eigenes Geschlecht sollten sie nicht zu Gerichte sitzen.

Die Richterinnen waren unabsetzbar. Sie hatten sich vor niemanden zu verantworten, als vor dem eigenen Gewissen. Sie bildeten kein Kollegium; jede stand für sich, führte die Untersuchung, fällte das Urteil und vollzog in eigener Person die Strafe an dem Verbrecher. In ihren Urteilssprüchen waren sie an keinen Kodex gebunden; einzig dem Maßstabe der eigenen gerechten Seele

hatten sie zu folgen. Weibliches Feingefühl ward
in diesem Lande über die von Männern künstlich
erklügelten Paragraphen der Gesetzbücher gestellt.

Nur in einem waren die Richterinnen gebunden: jungfräulich mußten sie bleiben bis
zum Ende. Die Liebe, die sie richteten, durften
sie selbst nicht genießen; der Umarmung des
Mannes sollten sie sich enthalten, sie, denen Leib
und Leben vieler Männer in die Hände gegeben
war.

Rhanit zählte zwanzig Jahr. Das war das
Alter, in welchem, nach harter Vorbereitung und
strenger Prüfung, die Richterinnen ihr Amt antreten durften. Sie trug die kühnen Gesichtszüge
ihres Stammes, dessen Jünglingen allein der
Liebesgenuß gestattet war, während die Jungfrauen in selbstgewählter Entsagung des geheilig-
ten Standes herb und einsam durch's Leben
schritten.

Rhanit war strenger und härter, als man vor
ihr je eine Richterin gekannt hatte. Gefürchtet
wurde ihr Blick, mit dem sie die Seele des
Verbrechers bis in die verborgensten Falten durchschaute. Denn sie urteilte nicht nach dem äußeren

Hergange; nicht die That, die Gesinnung des
Thäters verdammte sie. Indizien, Thatbestand,
Zeugenaussagen, Verhöre, all die Notbehelfe, mit
denen sonst wohl Richter den Schuldbeweis umständlich zu konstruieren pflegen, hatte sie nicht
nötig. Wo der Mann beobachtet und schließt,
weiß die Frau. Rhanil blickte dem Schuldigen
ins Angesicht und wußte. — Lüsternheit, Gier,
Wollust, alle gemeinen und niedrigen Triebe
der Mannesseele, lagen vor der reinen Jungfrau aufgedeckt, wie ein Buch, in welchem
sie las.

Die Unlauterkeit verkroch sich winselnd vor
dieser Gestalt, wenn sie auftrat im blütenweißen
Gewande der Richterin, mit eherner Stirn, in
der keuschen Schönheit ihrer Marmorzüge. Es
schien dieser Busen, vernichtende Keile die kargen
Worte, ein blitzendes Richtschwert der Blick des
Auges.

Mit Beben und Zittern traten die Männer
vor die Schreckliche. Der Schuldige war gerichtet,
in seinem Bewußtsein, noch ehe sie das Urteil
gefällt, durch den bloßen Anblick des unberührten
Weibes. Kein Erbarmen, nicht einmal Mitleid,

gab es in ihrem Gemüte für den Sünder. Mehr
als ein schuldiges Haupt hatte ihr sehniger Arm
vom Rumpfe getrennt.

Da wurde eines Tages ein Gefangener vor
sie gebracht, der hieß Balthasar.

Gleich ihr stammte er aus edlem Geschlecht,
gleich ihr war er schön, gleich ihr war er jung.

Balthasar war des schwersten Verbrechens angeklagt, das es in jenem Lande gab: ein Mädchen betrogen zu haben. Rhanit sollte über seine
That befinden. Erkannte sie ihn für schuldig,
dann war ihm der Tod von ihrer Hand gewiß.

Balthasar war der erste Mann, der erhobenen
Hauptes vor die Richterin trat. Er blickte ihr
frei in die durchbohrenden Augen, denn sein Gewissen war frei. Rhanit las in seiner Seele und
erkannte, daß er unschuldig sei. Sie reinigte ihn
von dem Verdachte, der fälschlich auf ihn geworfen war.

Aber, die Richterin selbst war von Stund an
nicht mehr frei. Rhanit fühlte, daß ein Fremder,
und doch Ebenbürtiger, vor sie getreten war, einer
der ihr mehr bedeutete, als ein bloßer Angeklagter,
einer der selbst fordern durfte. —

Diesem Manne gegenüber, der ihr furcht-
los in's Angesicht geblickt, hatte sie etwas Neues
empfunden, etwas das sie hassen wollte, und
das doch zu süß war, um sich hassen zu
lassen.

Zum ersten Male in ihrem Leben war Rhanil
sich bewußt geworden, daß sie Weib sei.

Er hatte sie das gelehrt, und es kam ihr vor,
als müsse sie ihm dafür dankbar sein. Damit
wußte sie auch, daß sie nie wieder über einen
entblößten Männernacken das Richtschwert schwin-
gen dürfe. Sie war nicht mehr Jungfrau, nicht
in dem Sinne war sie es, wie das heilige
Amt der Richterin es verlangte. Ihre Augen
hatten erkannt — Sie legte freiwillig das Rich-
teramt nieder.

Balthasar und Rhanil wurden ein Paar.
Freilich fand sich kein Priester, der sie zusammengegeben hätte. Denn es schien Frevel gegen alt-
hergebrachte, geheiligte Ordnung, daß ein Weib,
welches einmal das Gelübde der Keuschheit abgelegt, die Gefährtin eines Mannes würde. Die
beiden aber, die sich selbst Gesetz waren, wagten
es, der Keuschheit einen anderen Sinn zu geben,

Fesseln zu brechen, die durch Erkenntnis sinnlos geworden waren.

Die herbe Entsagungskraft, mit der Rhanit, die Jungfrau, ihren Busen umpanzert hatte, schmolz dahin in Balthasars Umarmung, wie im Frühling das Eis vor den Blicken der Sonne schmilzt. Schön blieb sie noch immer, aber, es war eine andere Schönheit, als jene herbe, kalte der Richterin. Schwellendes Sehnen sprach aus den anschmiegenden Bewegungen, den weichen Linien des Leibes. In Antlitz, Blick, Gebärden leuchtete jene bräutliche Güte des Weibes, das alles zu gewähren bereit ist, jene gesättigte Glückssinnigkeit der Mutter, die empfangen hat. —

Rhanit gebar einen Knaben. Weitere Kinder folgten nicht; ihr Schoß schien fortan verschlossen.

Das Kind wuchs heran. An Schönheit, Kraft und Adel wollte es ein Ebenbild der Eltern werden.

Eines Tages wurde der Knabe beim Blumenpflücken von einer Natter gebissen. Er erlag dem Gifte.

Rhanit trauerte, wie eine Mutter trauert.

Ihr Haar erbleichte, ihre Schönheit schwand dahin. Mit diesem Kinde war ihre Jugend von ihr gegangen. Rhanil wußte, daß sie einem anderen nicht mehr Leben geben könne. Sie welkte, wie die Pflanze, nachdem sie ihre Frucht getragen hat.

Balthasar blieb ihr treu, in Thaten, wie in Gedanken. Er verriet den Geist der ersten Liebe nicht, auch da er ihre Schönheit dahinwelken sah. Als liebeertötender Kummer sie ihm unnahbar machte, achtete er die Majestät des Schmerzes. In Entsagung beugte er sich vor ihrem Willen, liebte fortan in frommem Gedenken das Glück, welches sie ihm ehemals gewährt.

Rhanil aber wollte nicht allein sein. Jugend brauchte sie um sich, sie zu erwärmen. Sie hatte eine nachgeborene Schwester. Als Waybi Waise wurde, nahm Rhanil sie zu sich.

Waybi war fünfzehnjährig. Eine Krone von goldenem Haar, die fast zu schwer schien für das zarte Hälschen, schmückte das lieblichste Haupt. Einer Knospe glich sie, die rosig und still, darauf wartet, daß der Sommer komme, sie zu entfalten. Nichts von dem Stahle der

Schwester war in dieser unschuldig, zutrau-
lichen Taube. Nur in ihren Augen schlummerte etwas Unentdecktes, Zukunftlauschendes,
Vieldeutiges: das stumme Bekenntnis, daß sie
Weib sei.

Die Jungfrau lebte fortan bei den beiden.
Rhanit fand in ihr eine Ahnung des Jugend-
glücks, das sie, die Richterin, selbst niemals
gehabt hatte.

Waybi schlief bei der Schwester. Rhanit
fühlte des Nachts ihren leichten Atem an der
Wange, und das gleichmäßige Schwellen des
jungen Busens an dem ihren.

Allein Balthasar schien nicht glücklich. Er
zeigte sich hastig in seinem Thun, unsicher in
seinen Reden. Oft erschien er unnatürlich heiter,
dann wieder tief in Gedanken versenkt. Irgend
ein Kummer fraß an seiner Seele, ein Gefühl,
ein Bewußtsein, eine Sehnsucht, ließ ihn keine
Ruhe finden.

Nun Rhanit zufrieden war, schien er sich zu
verzehren in Schwermut und Gram.

Rhanits durchdringender Blick erkannte gar
bald, was es sei, das Balthasar so verwandelt

hatte. Sie erschrak nicht bei der Erkenntnis, aber ward unendlich traurig.

Also, auch er!

Und sie konnte ihm nicht einmal einen Vorwurf machen. War es denn nicht das Natürliche so? Sie war alt geworden, und er stand in der Blüte männlicher Kraft. Hatte sie nicht die Schwester zu sich genommen, damit sie ihr das Blut wärmen sollte, weil sie sich vor dem Erkalten fürchtete? Und er! — Sollte er in der Fülle der Kraft entsagen? —

Sie empfand inniges Mitleid mit ihm. „Geh auf Reisen, mein Freund!" sagte sie zu Balthasar. „Suche Dir Zerstreuung! Genieße!"

Aber er schüttelte das Haupt und blieb.

Eines Tages machte Rhanit eine außerordentliche Entdeckung. Sie hatte Wahbi gebeten, daß sie Balthasar zureden möge, auf Reisen zu gehen. Da war das Mädchen in verzweifeltes Weinen ausgebrochen. Nun fiel es Rhanit wie Schuppen von den Augen. Sie, deren Blick die Herzen der Männer zündete, hatte nicht in derer Seele lesen können, welche doch von ihrem Geschlechte war.

Da ging Rhanit tief in sich, stellte sich ganz vor sich selbst — denn nur so konnte sie das finden, was sie suchte: das Gerechte.

Und da sah sie den Weg, den sie gehen mußte, deutlich vor sich. Es war der Schmerzensweg der Einsamkeit. Glücklich konnte sie doch nie wieder werden; dann sollten es wenigstens diese beiden sein! —

So beschloß sie denn, die beiden zu prüfen, den Mann und das Weib, ob sie auch des Glückes würdig seien, das sie ihnen zugedacht.

Zunächst ging sie zur Schwester, und fragte: „Waydi, liebst Du ihn?"

Das Mädchen sah sie mit großen Augen an, die sich langsam füllten.

„Ja!"

„Weißt Du denn nicht, daß er mir gehört?" fragte Rhanit.

Vor dem drohenden Ernste der Schwester senkte Waydi die Lider; hatte keine Antwort weiter, als Thränen.

Rhanit meinte im stillen, daß die Schwester die Prüfung gut bestanden habe. Sie kannte die Liebe, und wußte, daß sie am wahrsten ist, wenn

sie schweigt. Wozu brauchte Liebe auch der Verteidigung? Sie trägt ihre Gesetze in sich selbst!
So hatte die Richterin einst selbst gehandelt, als
sie, einer Welt von Vorurteil zum Trotze, Balthasar zu ihrem Geliebten machte.

,Werde ich ihn ebenso wahr erfinden, wie
das Mädchen?' fragte sich Rhanit, als sie nunmehr zu Balthasar ging.

„Balthasar, liebst Du?" fragte sie ihn.

Er erbleichte, denn er erkannte in ihren Augen
den spähenden Blick der Richterin. Doch faßte
er sich schnell und erwiderte:

„Jawohl, ich liebe Dich, Rhanit. Das solltest
Du doch wissen!"

„Keine andere liebst Du?"

„Keine andere als Dich!"

„Und Wahdi?"

„Wahdi — o gewiß! Sie ist ja Deine Schwester."

„Ob Du sie liebst? verstehst Du wohl — liebst,
wie der Mann das Weib liebt? Darauf will ich
Antwort haben!" sagte Rhanit mit zornfunkeln-
den Augen.

„Sie ist ein so gutes, liebes Geschöpfchen;
man kann nicht anders, als ihr gut sein."

12*

„Balthasar?" rief da Rhanit, bleich wie Marmor. Sie hob den Arm, als halte sie das Richtschwert in der Hand, wie ehemals.

„Antworte mir die Wahrheit! Du entscheidest Dein Geschick durch Deine Antwort."

Balthasar blickte voll Schrecken in ihre Züge. Das war sie wieder: die Richterin! —

Aber diesmal durfte er nicht erhobenen Hauptes, mit freiem Blicke, vor ihr stehen, denn er fühlte sich schuldig. Ihr selbst, der Richterin, hatte er die Treue gebrochen, in Gedanken und Wünschen sich befleckt mit einer anderen. Den Blick zu Boden senkend, sagte er: „So wie Du denkst, liebe ich Waydi nicht!"

Rhanit ließ den Arm sinken, wandte ihm den Rücken. Nun hatte er sich sein Urteil selbst gesprochen! —

Als Waydi des Nachts an dem Busen der Schwester eingeschlummert war, wie immer, erhob sich Rhanit vom Lager. Sie zündete Räucherwerk an, mit dem sie die Schwester betäubte. Als die Jungfrau in festen Schlaf gefallen war, entkleidete Rhanit sie, daß Waydi da lag in hüllenloser Pracht. Mit Vorsicht band sie ihr das Haar

empor, damit Genick und Hals frei würden. Nun
beugte sich Rhanit über die Schlummernde, weinte
über ihr, küßte ihr die geschlossenen Augen, den
sanft atmenden Mund, den schwellenden Busen
und den weißen Leib. — Die rührende Schönheit
dieses Anblicks wollte ihr das Herz brechen.

Sie sprach zu der schlafenden Wahdi: „Liebe
Schwester! Du wirst es nicht fühlen, und es
wird Dich vor namenlosem Schmerze bewahren.
Die Schmachvolle Demütigung des liebenden
Weibes, die einer jeden von uns widerfährt, soll
Dir erspart bleiben! — Denn sie sind alle Be-
trüger, wenn nicht in Thaten, dann in Gedanken.
Und feige sind sie, o so feige! — Der, welchen
Du, Ärmste, liebst, hat Dich schon betrogen. Er
schämt sich der Liebe. Sein Mund hat Dich
verleugnet, noch ehe er Dich geküßt. Aber, Du
wirst nicht sein Opfer sein. Dieser Leib soll
nicht entweiht werden, auch nicht durch den
Blick des Mannes. Rein sollst Du hinfahren,
in ungetrübter Schönheit; sollst ein Opfer sein
und eine Rache für mich und Dich und alle
Frauen. Denn er hat das große Verbrechen
begangen gegen den Geist der Liebe. Eine

Richterin sei für unsere Schmach, über ihre
Feigheit!"

Und nun nahm sie ihr scharfes Richtschwert
zur Hand, das lange Jahre geruht hatte, und
waltete ihres Amtes.

Dann nahm sie den blutüberströmten Körper,
wusch ihn, balsamierte ihn mit kundiger Hand
und legte ihn in einen metallenen Sarg, wie sie
es von ihrem Berufe her wußte.

Als dieses traurige Geschäft beendet war,
richtete sie eine Bahre auf, die verkleidete sie mit
weißen Linnen, Seide und Spitzen. Sie häufte
Blumen, Kränze und Blütenzweige darüber. In
dieses duftige Grab bettete sie das Haupt der
Schwester mit dem aufgelösten Goldhaar, daß es
aussah, als schlummere Wahbi unter Blumen.
Dann streute sie Weihrauch und sprengte sinn-
berückende Wohlgerüche um das Lager. Eine
Ampel von dunkelrotem Lichte zündete sie über
dem bräutlichen Lager an.

Sie selbst kleidete sich in Schwarz, und so
trat sie vor Balthasar hin.

„Balthasar!" sagte Rhanit, „ich bin alt und
müde. Das Leben macht uns schneller welken,

als Euch. Ich bin eine Matrone; Du ein rüstiger
Mann. Ich weiß es, Du bist meiner satt. —
Schweig! Lüge nicht unnütz! Ich sehe alles
ganz klar, und zürne Dir auch nicht darum.
Das ist der natürliche Lauf der Dinge, wie es
scheint. Laß uns auseinandergehen, wie ver-
nünftige Leute!"

Da warf er sich vor ihr auf die Kniee und
schwor, daß er sie liebe, wie am ersten Tage,
daß er nie ein anderes Weib neben ihr geliebt
habe, oder je lieben werde. Thränen standen
ihm in den Augen und seine Stimme zitterte
vor Rührung.

Rhanil sah die Thränen, fühlte die Glut seiner
Küsse auf ihren Händen; und durchschaute, daß
alles falsch war.

Falsch, ohne das er es selbst wußte. Er
glaubte wohl, daß er sie noch liebe. Und seine
Wehmut war doch nichts als Rührung über die
eigene Großmütigkeit. Er fühlte sich gut und
groß, daß er ihr, der Gealterten, noch etwas
Liebe bewahrt hatte.

All' das sah Rhanil; denn sie verstand den
männlichen Egoismus.

Und nur noch bitterer ward ihre Verachtung
und nur noch härter ihre Zufriedenheit über die
Strafe, welche des Ahnungslosen harrte.

„Steh auf Balthasar!" sagte sie. „Ich habe
ein großes Glück für Dich in Bereitschaft. Wahbi
liebt Dich. Sie ist jung und schön. Glücklicher
der Mann, dem sie sich ergiebt. Ich schenke sie
Dir! Da drinnen wirst Du sie finden. Das
Brautbett ist für Euch gerüstet. Sie schläft.
Wecke sie mit dem Kusse des Bräutigams. —!"

Balthasar war auf die Füße gesprungen.
Ihre Worte hatten ihm Feuer in die Adern ge-
gossen. Seine Augen sprühten Flammen, sein
Atem flog. Jetzt war sein Gebaren echt. Sie
hatte es wohl verstanden, die männliche Begierde
zu voller Glut zu entfachen.

„Rhanit!" stammelte er, „Rhanit! liebste
Rhanit!" . . . . .

„Nun thue nur noch das eine für mich.
Balthasar!" sagte Rhanit mit verschleierter Stimme.
„Wenn Du mich je geliebt hast, gestehe ein, daß
Du jetzt meiner überdrüssig bist. Sei ehrlich! In
diesem einen sei ehrlich! Zum Abschied thue
mir das!"

Er wurde weich, als er sie so reden hörte

„Nein, Rhanit, bei allem, was mir heilig ist: Ich liebe Dich doch! Immer noch liebe ich Dich! Willst Du nicht bei uns bleiben, bei mir und Wahdi? Wir werden Dich behalten. Siehe, wir könnten so glücklich sein, zusammen!"

„O, wie Du roh bist!" sagte sie nur. Dann stieß sie mit der Hand die Thür zum Nebengemache auf. Da sah man die Braut liegen, Goldhaar-umflossen, auf einem Lager von Blumen. Sie schlummerte, bleich und keusch.

Balthasar stand verzückt.

„Ich gehe jetzt von Dir, Balthasar!" sagte Rhanit, und blickte ihn mit tiefem Ernste an. „Hast Du mir noch etwas zu sagen, so thue es; denn wir sehen uns nicht wieder."

„O bleibe Rhanit, bleibe! Ohne Dich wird unser Leben traurig sein!"

„Mußt Du denn bis zum Schlusse lügen!" sagte sie seufzend. Dann schritt sie zur Thür und verschwand in der Nacht.

———

Das Ärgernis

*

Vor dem Landgericht zu Bergißfelde sollte ein interessanter Fall zur Verhandlung kommen. Es handelte sich um § 183 des Strafgesetzbuches.

„Wer durch eine unzüchtige Handlung öffentlich ein Ärgernis giebt, wird mit Gefängnis bis zu zwei Jahren, oder mit Geldstrafe bis zu fünfhundert Mark bestraft. Neben der Gefängnisstrafe kann auf Verlust der bürgerlichen Ehrenrechte erkannt werden."

Der Fall war, wie gesagt, nicht ganz alltäglich und hatte schon im Voraus einiges Aufsehen erregt. Nicht blos in Juristenkreisen war man neugierig auf den Ausgang der Verhandlung. Auch in der Bürgerschaft des Städtchens wartete man mit Spannung, wie das Verdikt der Strafkammer ausfallen würde. Waren doch nicht weniger als sieben bis dahin unbescholtene junge Männer angeklagt.

Es war daher nicht zu verwundern, daß ein
stärkerer Andrang als gewöhnlich zum Sitzungs-
saale stattfand. Verwandte und Bekannte der
sieben Angeklagten wollten doch sehen, wie es den
jungen Leuten wohl ergehen werde, ob sie wirklich mit dem Gefängnis Bekanntschaft machen
sollten, oder ob sie mit Geldstrafe wegkommen
würden. Andere lockten auch wieder andere
Gründe, sich die Verhandlung mit anzuhören.
Eine heikle Sache! — Eine äußerst heikle Sache!
— Skandalsüchtige Leute, deren es auch in Bergis-
felde gab, waren auf allerhand Enthüllungen
gefaßt.

Aber leider machte der Gerichtshof einen Strich
durch die Erwartungen eines neugierigen Publi-
kums, indem er kurzer Hand die Öffentlichkeit der
Verhandlung ausschloß. Man sah sich also gezwungen, einstweilen im Vorzimmer und auf den
Wandelgängen die Verkündigung des Urteils abzuwarten.

Auf der Anklagebank hatten die sieben Angeklagten Platz genommen; lauter stramme junge
Männer. An ihrem frischen gepflegten Äußern
konnte man erkennen, daß sie die Dienst-

zeit noch nicht lange hinter sich hatten; sie
hielten etwas auf ihren äußeren Menschen. Samt
und sonders waren sie wohlrasiert und mit reinen
Manschetten und Hemdkragen erschienen. Vor
ihnen saß der Rechtsanwalt, den sie sich gemein-
schaftlich ausersehen hatten, ihre Sache zu führen.
Der Advokat war ein junger Mann, noch nicht
lange am Orte, hatte sich aber bereits den Ruf
eines gewandten und findigen Verteidigers zu
erwerben verstanden. Ein solcher Mann war
aber auch nötig für die Angeklagten; ihre Sache
stand nicht zum besten. Der Staatsanwalt
hatte gesprächsweise bereits die Absicht ver-
lauten lassen, „die sieben Kerls ellig reinfliegen
zu lassen." — Es müsse einmal ein Exempel
statuiert werden zur Abschreckung. Darum werde
er Gefängnis beantragen, mit Geldstrafe wollte
er die Angeklagten diesmal nicht durchlassen. —

Es waren nur zwei Zeugen geladen; zwei
Frauen, eine ältere und eine jüngere: Fräulein
Zuckel und Therese, ihr Dienstmädchen.

Es begann die Vernehmung der Angeklagten
über ihre persönlichen Verhältnisse. Die sieben
Männer befanden sich durchweg im Alter von

zwanzig bis fünfundzwanzig Jahren, sie stammten aus kleinbürgerlichen Familien, waren Handwerker, oder Gesellen. Ledig waren sie alle. Das Strafregister ergab, daß nur einer von ihnen, der lange Wenzel, wegen Ruhestörung bereits zu drei Tagen Haft verurteilt worden war, die übrigen sechs Jünglinge waren unbeschriebene Blätter.

Der lange Wenzel, ein Kunstschlosser von Gewerbe, stand als Flügelmann in der Anklagebank. Er antwortete schnell und schlagfertig; seine klugen Augen verfolgten den Eindruck seiner Antworten auf den Gesichtern der Richter.

In üblicher Weise kündete der Vorsitzende jetzt den Zeugen an, daß sie den Saal zu verlassen und draußen zu warten hätten, bis man sie wieder hereinrufen würde. Fräulein Zucker und ihr Mädchen verließen darauf, vom Gerichtsdiener geleitet, das Lokal.

„Wenzel!“ hieß es nun, „erzählen Sie uns mal, wie sich die Sache eigentlich zugetragen hat. Es war, nach Ausweis der Akten, an einem Sonntag Nachmittag, im Juli, Abends gegen sieben Uhr . . . .“

„Nein, Herr Gerichtsdirektor, es ging schon stark auf acht.“

„War es schon dunkel?"

„So ziemlich!"

„Aber man konnte doch noch ganz gut sehen, nicht wahr, Wenzel? denn darauf kommt es hier an."

„Das weiß ich nicht, Herr Gerichtsdirektor. Ich meine, wenn eins einmal was sehen will, dann kann eins immer was sehen." —

Der Staatsanwalt ließ hier ein Zeichen von Unwillen blicken; den Vorsitzenden machte die Antwort stutzig.

„Was wollen Sie damit sagen, Wenzel? drücken Sie sich deutlicher aus! ‚Wenn eins was sehen will'..... wer hat was sehen wollen?"

„Die Alte hätte doch bloß nich hinzugucken brauchen, wenn's ihr nich paßte, daß wir dort badeten."

Abermals ein feindlicher Blick des Staats-anwalts.

„Sie wollen doch nicht etwa behaupten, Wenzel, dem Fräulein Zuckert habe es Vergnügen gemacht, daß sich hinter ihrem Gartenzaun sieben junge Menschen am hellen lichten Tage gebadet haben — noch dazu in seichtem Wasser? —"

Der Richter sah den Angeklagten forschend an.

Wenzel machte ein vielsagendes Gesicht und
zuckte mit den Achseln.

„Wollen Sie behaupten, so etwas sei ange-
nehm für die Anwohnenden? Nein! Fräulein
Zuckert ist mit Recht entrüstet gewesen über Eure
Schamlosigkeit, noch dazu, da auch ihr Mädchen
Zeuge des unanständigen Vorgangs geworden ist.
— Aber, erzählen Sie jetzt mal weiter! Also
es war um sieben Uhr Abends — wo kamt
Ihr her?“

„Wir kamen von der Forstschenke.“

„Was hattet Ihr dort getrieben?“

„Kegel geschoben!“

„Hattet Ihr den Plan, zu baden, schon vorher gefaßt?“

„Nein! Es war furchtbar heiß gerade den
Tag ..“ ..

„Der betreffende Teich liegt am Wege nach
dem Forsthaus. Es ist eigentlich nur eine Pfütze.
Der Gartenzaun von Fräulein Zuckert läuft daran
lang. Ich habe mir die Lokalität angesehen daraufhin.“ — Dies sagte der Vorsitzende mehr zu den

Beisitzern. — „Das Haus von Fräulein Zuckert liegt einsam. Der Gartenzaun, um den es sich handelt, ist ein gewöhnlicher Lattenzaun, ziemlich dicht. — — Also weiter!"

„Es war furchtbar heiß gerade den Abend, und wir kamen vom Kegeln. Da sage ich, als wir an dem Teich vorbeikommen: hier wäre gerade ein hübsches Fleckchen zum Baden; hier kann uns niemand sehen."

„Sagten Sie: ‚Hier kann uns niemand sehen?'"

„Ja, das habe ich gesagt!"

Der Vorsitzende fragte die übrigen, ob sie das: ‚Hier kann uns niemand sehen' gehört hätten. Sie bejahten die Frage einstimmig. Der Rechtsanwalt nickte zufrieden mit dem Kopfe.

„Erzählen Sie weiter, Angeklagter Wenzel!"

„Also, wir nicht lange gesackelt, weil's doch eben so heiß war, und weit und breit kein Mensch zu spüren. Die Kleider herunter vom Leibe." . . . .

„Badehosen hatten Sie nicht?"

„Aber Herr Gerichtsdirektor!" meinte Wenzel mit überlegener Miene. „Wir hatten's uns doch garnicht vorgenommen, baden zu gehen."

13*

„Nun gut! — Also, Sie entkleideten sich. Was habt Ihr mit den Kleidern gemacht?"

„Die hingen wir auf einen Pfahl, der dort stand."

„Der Pfahl stand wohl nicht ganz zufällig da. Auf diesem Pfahl befand sich nämlich eine Tafel; und was stand auf der Tafel geschrieben, Wenzel?"

„Das haben wir nicht gelesen."

„Es stand darauf geschrieben, schwarz auf weiß, mit großen leserlichen Buchstaben: „In diesem Teiche ist das Baden bei Strafe verboten!" — Über diese Tafel also habt Ihr Eure Kleider gehangen. — Was wurde nun?"

„Dann haben wir uns eben gebadet, und als wir damit fertig waren, uns wieder angekleidet."

„Halt mal! da lassen Sie doch wohl Einiges aus, Wenzel! Habt Ihr einfach nur gebadet?"

„Ja, es war so warm den Abend, Herr Gerichtsdirektor!"

„Und weil es so warm war, da mußtet Ihr durch Lärmen, Toben und allerhand Narrenpossen Euer Mütchen kühlen, nicht wahr?"

„Wir sind Turner, Herr Gerichtsdirektor!"

„Turner! — Soll das eine Entschuldigung
sein? Turner! — Was habt Ihr denn da geübt?"

„Bockspringen und die Sieben-Männer-Stand-
Pyramide."

„Sieben-Männer-Stand-Pyramide, was ist
das?"

„Zu unterst stehen zwei Mann die halten,
zwei auf den Schultern und zwei auf den
Armen, und zuoberst steht einer auf dem Kopfe;
das war ich."

„Wenzel! wenn Sie das im Turnsaal üben,
im Kostüm, da ist nichts dagegen zu sagen. Aber
im Freien, öffentlich, in der Nähe von Wohn-
häusern. — — War Ihnen das Unzüchtige ihrer
Handlungsweise denn nicht bewußt?"

„Wir denken doch nicht, daß uns Leute zusehen werden!"

„Wußten Sie garnicht, daß ein Fräulein
in dem Hause wohnt, allein, mit ihrem Mädchen?"

Ein eigentümliches Lächeln glitt über Wenzels
Züge. Er schwieg.

„Kennen Sie die beiden Frauen da in dem
Hause, Wenzel?"

„Das Mädel habe ich wohl mal gesehen — die Alte, von der weiß ich nichts."

„Da Ihnen bekannt war, daß dort Frauen, unverheiratete Frauen, wohnten, mußten Sie da nicht doppelt vorsichtig sein, kein Ärgernis zu geben! Habt Ihr Euch das garnicht überlegt, daß Euer Benehmen schweres Ärgernis geben würde? Ist keinem von Euch Sieben der Gedanke gekommen?"

Die Angeklagten schwiegen, der Rechtsanwalt rückte unruhig hin und her auf seinem Platze.

Endlich meinte Wenzel:

„Ja, Herr Gerichtsdirektor, wir haben's doch den Weibsbildern nicht geheißen, durch die Latten zu gucken. Wenn die uns was abgeguckt haben, da können wir doch nichts dafür!"

Der Staatsanwalt fuhr halb von seinem Stuhle in die Höhe.

Der Vorsitzende verwies dem Angeklagten die Dreistigkeit. Man werde den wahren Sachverhalt ja von den Zeugen zu hören bekommen. Er beauftragte den Gerichtsdiener, zunächst mal die Zuckert hereinzurufen.

Das Fräulein erschien. Ihr Gesicht war

spitz, zeigte eine ungesund gelbliche Farbe. Über
den Ausdruck des Auges konnte man nicht recht
klug werden; sie trug eine rauchfarbene Brille.
Verlegen schien sie durchaus nicht; mit halb
spöttischem Lächeln trat sie vor die Richter hin.

Die Dame wurde zunächst über ihre Personalien
vernommen. Sie war 56 Jahr alt, evangelisch,
Hausbesitzerin, ledig, mit keinem der Angeklagten
verwandt oder verschwägert.

Sie wurde vereidigt.

Der Vorsitzende hatte kaum den Mund zum
Fragen geöffnet, als die Zuckert schon losplatzte:
Sie sei an jenem Sonntag Nachmittag in ihrem
Garten gewesen, nichtsahnend, da auf einmal ein
Schreien, Johlen, Plantschen im Wasser, Männer-
stimmen! — Sie des Todes erschrocken! Habe
gleich Niedertracht gewittert, in die Erde habe sie
versinken wollen vor Entsetzen und Scham über
solche Frechheit ......

Der Vorsitzende unterbrach ihren Redefluß.
Sie solle sich mehr an die Thatsachen halten, und
nur berichten, was sie wahrgenommen habe.

„Was sie wahrgenommen habe?"—

Deshalb seien die Sieben dort ja verklagt!

Alles das sei ihr ja nur zum Schabernack geschehen, das wisse sie ganz genau, das könne sie
beschwören. Man habe sie ärgern wollen, und
verhöhnen, weil sie ein anständiges Frauenzimmer
sei, dem niemand nichts nachsagen könnte. Und
sie hoffe, den Sieben werde es ordentlich einge-
tränkt werden, besonders aber dem Menschen,
dem Wenzel, denn der sei der Rädelsführer gewesen.

Der Vorsitzende schüttelte mißmutig den Kopf.
Aus so einem Frauenzimmer sollte einer mal ein
vernünftiges Zeugnis herausbekommen!

„Erkennen Sie die Angeklagten wieder, Fräulein Zuckert?" fragte er. „Sind das die Leute,
die damals neben Ihrem Grundstück gebadet
haben?"

Die Zeugin wandte sich nach der Anklagebank
um, und fixierte die Einzelnen durch die Brille.

„Natürlich! das sind die Menschen alle?"

Hier erhob sich der Rechtsanwalt und bat
festzustellen, wie weit die Zeugin imstande gewesen sei, von dem „inkriminierten Vorgange"
etwas zu erkennen. Es werde behauptet, daß
Fräulein Zuckert sehr schlecht sehe.

Die Zeugin mußte zugeben, daß ihr Augenlicht schwach sei.

„Deshalb also wohl, um die Badenden genauer zu sehen, trat sie an den Lattenzaun heran, Fräulein Zuckert, und guckten durch eine Klinze?" fragte der Rechtsanwalt.

Die Zuckert blieb darauf die Antwort schuldig, blickte nur mit giftiger Miene auf den indiskreten Menschen von einem Advokaten.

Der Vorsitzende ließ nun die andere Zeugin hereinrufen.

Therese trat ein. Sie war ein niedliches Ding. Niedergeschlagenen Blickes trat sie vor. Offenbar stand sie zum ersten Male vor Gericht; das Herz klopfte ihr.

Sie war zwanzig Jahre alt, Dienstmädchen bei Fräulein Zuckert, evangelisch, ledig, mit keinem der Angeklagten verwandt oder verschwägert.

Nachdem er sie vereidet, fragte der Vorsitzende die Zeugin, ob sie die Angeklagten kenne. Ein verschmitztes Zucken auf dem Gesicht des langen Wenzel; er suchte den Blick des Mädchens zu fangen, als sie sich nach der Anklagebank umwandte.

Ein leises „ja!“ kam von Theresens Lippen. Sie kannte die Angeklagten sämtlich.

Woher denn wohl? wollte der Vorsitzende wissen.

Nun von der Schule her, auch von der Straße und — das Letztere kam schüchtern heraus — mit einem oder dem anderen habe sie auch schon getanzt.

Ob sie die jungen Männer neulich beim Baden wiedererkannt habe?

Das Mädchen errötete tief; ihr „ja!“ war kaum zu vernehmen.

Ob sie denn auch mit durch den Lattenzaun geguckt habe?

„Ja.“

Wozu denn? Was sie denn dazu veranlaßt habe? —

Längere Pause!

Der Vorsitzende redet dem Mädchen zu, das zu schluchzen beginnt. Sie solle nur getrost alles sagen, sie sei verpflichtet, „nichts zu verschweigen“, wie sie vor Gott beschworen habe. —

Da endlich kam das Geständnis: sie habe erst garnicht hingucken wollen, ihre Herrin hätte sie an den Zaun heran gerufen; durchgucken habe sie sollen, und sagen, was sie sehe, weil doch das Fräulein selbst nicht gut sehen könne.

Die Richter sahen sich bedeutungsvoll an.

„Wird noch eine Frage an die Zeugen gewünscht? sonst schließe ich das Verhör," erklärte der Vorsitzende.

Der Staatsanwalt bat, beide Zeugen darüber zu vernehmen, wie weit sie an dem Vorgange Ärgernis genommen hätten.

Die Zuckert verfehlte nicht, zu beteuern, wie entrüstet sie gewesen sei.

Schwieriger war es, eine genügende Antwort darüber aus Therese herauszubekommen.

Ob sie Ärgernis genommen habe?

„Ärgernis!" — das Wort stand offenbar nicht in dem Lexikon des Mädchens. Der Staatsanwalt, der sich die Erlaubnis erbeten, die Zeugin zu befragen, gab sich die größte Mühe, ihr den Begriff des „Ärgernisses" klar zu machen.

Ob sie sich verletzt gefühlt habe, ob ihre Schamhaftigkeit, ihr „weibliches Zartgefühl", ihr „sittliches Bewußtsein" sich entrüstet, empört, aufgelehnt habe? mit einem Wort: ob sie sich nicht geärgert habe an dem Gebahren der Angeklagten? —

Therese überlegte, sie war gewissenhaft von Natur.

Ärgernis? —

Sie kannte die jungen Männer ja alle so gut, Wenzel vor allen, ihren Lieblingstänzer! Liebe Kerle waren es alle Sieben und dabei tüchtige Burschen, wenn auch etwas wild. —

Daß sie sich gebadet hatten, was war da weiter dabei? Daß sie nichts dabei angehabt hatten, das war ja allerdings zum Erröten gewesen, und daß sie, Therese, jetzt darüber Rede und Antwort stehen mußte, daß man sie vor den Angeklagten so etwas fragen konnte, das war wirklich schlimm, und deshalb hatte sie auch weinen müssen. — Aber „entrüstet und empört" und was der Herr Staatsanwalt alles wollte, oder gar „geärgert" — nein, geärgert hatte sie sich wirklich nicht daran.

Der Staatsanwalt mußte es schließlich aufgeben, ein „Ärgernis" bei dieser Zeugin zu konstatieren. Es war traurig! Auf ein so „mangelhaft entwickeltes Schamgefühl", wie dieses Mädchen hier an den Tag legte, waren die Gesetze eben nicht zugeschnitten. —

Nachdem die Verteidigung im Namen der sieben Angeklagten auf weitere Fragen und Erläuterungen verzichtet hatte, erhielt der Vertreter der Staatsanwaltschaft das Wort.

Der Beamte hielt „die Beschuldigung allenthalben aufrecht". Die Erfordernisse des § 183 seien formell wie materiell erfüllt. Über die Unzüchtigkeit der Handlung sei kein Zweifel. Die Öffentlichkeit könne auch nicht in Abrede gestellt werden, und das Ärgernis sei wenigstens bei einer Person konstatiert. Mildernde Umstände könnten nicht geltend gemacht werden. Die Handlungsweise der Angeklagten sei vielmehr als besonders roh und verwerflich anzusehen, weil dadurch eine fein organisierte und schamhafte Frauennatur, die Zeugin Zuckert, in ihren Gefühlen auf's tiefste verletzt worden. Er beantrage daher strenge Bestrafung der Angeklagten.

Der Herr Staatsanwalt sprach kurz klar, und schneidig, wie dies seine Art war.

Der Verteidiger betonte in seinem Plaidoyer vor allem, daß ein vom Gesetze erfordertes wesentliches Merkmal nicht vorhanden sei: das „Ärgernis". Die eine Zeugin habe es ihrer-

seits in Abrede gestellt, und die andere Zeugin
habe zwar behauptet, Ärgernis genommen zu
haben, aber es sei die Frage, worin ihr Ärgernis
eigentlich bestanden; ob nicht vielleicht darin, daß
sie nicht genug habe sehen können, von dem, was
sie offenbar nur zu gern gesehen hätte? — —

Hier unterbrach ihn der Vorsitzende; er ersuchte den Herrn Anwalt nicht ohne Not die
Zeugen zu verdächtigen.

Der Verteidiger fuhr fort: Es komme nicht
viel darauf an, was Fräulein Juckert gesehen
oder nicht gesehen habe, denn selbst, wenn sie im
Besitze des schärfsten Sehvermögens wäre, würde
er ihr niemals ein „Ärgernis” zutrauen. Gewiß
habe der Gesetzgeber recht, wenn er das Anstands-
gefühl und die Schamhaftigkeit schütze, und Sorge
dafür trage, daß durch Überschreiten des Sitten-
gesetzes kein Schaden gestiftet werde. Aber man
dürfe nicht blos fragen, ob eine Handlung ob-
jektiv geeignet sei, Ärgernis zu erregen, sondern
vor allem, ob, subjektiv, eine Person fähig sei,
Ärgernis zu empfinden. Der Satz: „Dem Reinen
ist alles rein” sei auch umgekehrt wahr: „Dem
Unreinen ist alles unrein!”

Hier eine abermalige Unterbrechung durch den Vorsitzenden.

Unbeirrt fuhr der Advokat fort: Es frage sich hier, was schlimmer sei, sieben badende junge Männer — wenn auch ohne Badehosen — oder hinter einem Lattenzaun eine, wie der Herr Staatsanwalt sie genannt habe: ‚sein organisierte und schamhafte Frauennatur', die ihre schlechten Augen durch die ihres einfältigen Dienstmädchens zu ersetzen suche. Auf Entscheidung dieser Frage komme es hier einzig und allein an. Mit Freisprechung des einen Teiles sei der andere verurteilt. Er könne keinen Augenblick im Zweifel darüber sein, wie der Spruch des Gerichtes ausfallen werde. Er beantrage Freisprechung seiner Klienten.

Und der Gerichtshof besaß Humor genug, dem Antrage des Verteidigers gemäß, auf kosten, lose Freisprechung sämtlicher sieben Angeklagten zu erkennen.

Buchdruckerei Roigsch vorm. Otto Rood & Co.

Verlag von F. Fontane & Co. Berlin W.

Effi Brieſt

Roman
von
Theodor Fontane

geh. M. 6.—; geb. M. 7.—

Auszüge aus den Beſprechungen.

Berliner Börſen-Courier: „Effi Brieſt" iſt ein vornehmes Buch, noch richtiger ein nobles Buch; das Fremdwort drückt doch mehr aus. In der Art, zu erzählen, ſo perſönlich, oft ſogar ſalopp ſie iſt, — darin liegt der ſtille, freundliche Ein-druck, der eigentliche Fontane-Zauber. Sicher nicht im Stoff. Der iſt unzählige Mal dageweſen, — eine Ehebruchsgeſchichte. Ein paar Sätze genügen, um die ganze Handlung zu umreißen. Aber wie der Dichter verſchleiert und andeutet, nicht mit dem frechen Lächeln der inneren Freude über die Schlechtigkeit ſeiner Effi, ſondern keuſch, zart, faſt ſchüchtern, wie eine Mutter, die von ihrem gefallenen Kinde erzählen will und doch nichts er-zählt, nur entſchuldigt, — das iſt bewundernswert.

Berliner Zeitung: Die wertvollſte Romandichtung der letzten Jahre iſt das jüngſt erſchienene, geiſtvolle Werk von Theodor Fontane „Effi Brieſt", von all dem Schönen, das dieſer unſer gegenwärtig größter Erzähler geſchrieben hat, wohl das Allerſchönſte nach der dichteriſchen und künſtleriſchen Seite hin, erfüllt von weltmänniſcher Lebenskenntnis, von milder Ironie und rührender Reſignation.

Berner Bund: In „Effi Brieſt" hat Fontane der Welt ein Buch geſchenkt, das in der Form ſanft und lieblich hin-gleitet wie ein guter, freundlicher Wieſenbach, in Bezug auf Ideengehalt aber einer Landſchaft von weiteſtem Horizont gleicht, über der ein heiterer ſchöner Herbſthimmel ſteht, mit einer milden ſegenvollen Sonne.

Breslauer Zeitung: Der erſtaunlichen, unverſieglichen Schaffenskraft Fontanes, die ihn in ſeinem hohen Alter dem deutſchen Publikum ein jugenfriſches Meiſterwerk nach dem andern schenken läßt, ist in dieser Zeitung oft genug mit höchster Bewunderung gedacht worden: ein Ermüden, ein Nachlassen scheint es für den merkwürdigen Mann nicht zu geben, wie es jeder neue seiner Feder entstammende Roman von neuem offenbart. „Effi Brief" hält den Vergleich mit den Fontaneschen Arbeiten des letzten Jahrzehnts, in dem der Dichter eigentlich erst den Höhepunkt seiner litterarischen Bethätigung erreicht hat, nach jeder Richtung hin aus. Die Frau, die im Mittelpunkt der Erzählung steht und ihr den Titel gegeben, ist die Tochter eines norddeutschen adeligen Gutsbesitzers, die von ihren Eltern als halbes Kind einem reichen, älteren Manne vermählt worden ist. In dem kleinen pommerschen Neste, wo das junge Weib die hochfliegenden, ehrgeizigen Träume, in denen sie sich ihre Zukunft gestaltet hat, nicht in Erfüllung gehen sieht, verliert sie Halt und sichere Lebensführung und vernichtet schließlich ihres Mannes und ihr eigenes Glück. Die eminente dichterische Kraft Fontanes in der Verlebendigung der Charaktere und der Veranschaulichung aller Verhältnisse, deren Einfluß in die dargestellten Begebenheiten hineinragt, bewährt sich auch in seinem jüngsten Werke, daß zu den hervorragendsten Erzeugnissen der modernen Romanlitteratur gehört.

Cosmopolis: Ein Buch, wie „Effi Brief", ist ein Triumph echter, nicht bloß der deutschen, Kunst; für den Liebhaber bei jeder neuen Lektüre voll neuer Anregung; ein Werk, das für kommende Jünger des Berliner Romans so lehrreich und vorbildlich werden kann, wie das die „Bovary" für Zola und Daudet wurde; die selbstgeprägte Goldmünze eines stolzen, großen Herrn, die kleine Erben umwechseln und als abgegriffene Nickel- und Kupfermünzen unter die Leute bringen werden.

Das Magazin: Der Dichter führt den Leser mit sich auf den Berg der Weisheit, man überblickt mit ihm die Menschen und ihre Geschicke.

Der Kunstwart: Wie köstliche Schilderungen des märkischen und pommerschen Volkes, insbesondere des Adels, wir von ihm schon haben: in Ernst und Scherz so vollendete wie dieses Mal, — dieses Mal, wo er als Mann im achten Lebensjahrzehnte geschrieben hat! — hat uns Fontane kaum je gegeben. Es ist schlichtweg wundervoll, welche Fülle von Charakteristik zwischen diesen fünfhundert Seiten lebt. Die Darstellungsweise ist ganz die alte ruhige, behagliche, gehaltene, überlegene, aber doch versteht es Fontane eben mit ihr so zu fesseln, daß ich wenigstens bekennen muß: ich habe ganz selten nur mit so beinahe ängstlicher Erregung vor der Peripetie einer Dichtung gestanden, wie hier. Bei jedem Stockwerk größere Sicherheit im Abwägen der Haupt- und Nebenmassen beim Bau, so daß

1

wir bei Betrachtung des Ganzen einfach sagen müssen: ein
Meisterwerk, wie auch dieser Meister kein besseres geschaffen hat.
Herrlich ist die warme Milde, die alles Empfinden und
Urteilen des Dichters wie mit stiller Herbstsonne umleuchtet.
Eine der ganz seltenen Schöpfungen haben wir hier, in denen
die Errungenschaften eines langen Lebens, die Stärken des
Greisenalters sich bezeichnenden künstlerischen Ausdruck schaffen,
ohne daß seine Schwächen die Freude daran trüben. Nicht
jene „Güte" der Bequemlichkeit oder der Mattheit, sondern die
Güte, die bei allen edeln Naturen gerade durch das Bewußtsein kraftvoller innerer Gesundheit gefördert wird, verbindet
sich hier mit der in Fleisch und Blut übergegangenen Erfahrungs-
weisheit vom Alles Verzeihen weil Alles Verstehen.

Der Bazar: Es ist wohl eine außerordentlich seltene Erscheinung, daß ein sechsundsiebzigjähriger Dichter mit einer
geistigen Frische denkt und schreibt, um die ihn alle unsere
jungen Schriftsteller beneiden können. Die Lebendigkeit der
Darstellung, die Schärfe und Genauigkeit der Charakterschilderung,
welche jede fontanesche Gestalt auszeichnet, kommt gerade in
dem vorliegenden Roman ganz meisterhaft zur Geltung. „Effi
Briest", die liebliche, muntere Tochter des behäbigen Land-
edelmanns, die liebebedürftige Gattin des klugen, stets korrekten
und kühlen Regierungsbeamten, ist eine der entzückendsten
Figuren der ganzen deutschen Litteratur. Der Verfasser versteht es, sie uns mit ihrem liebenswürdigen, jugendfrischen
Wesen so sympathisch zu schildern, daß wir für ihr Vergehen
kein verurteilendes, sondern nur innig teilnehmendes Mitgefühl
haben. Scharf und lebenswahr ist jede Figur des Romans
gezeichnet. Mit wenigen, aber treffenden Strichen werden uns
oft die feinsten, psychologischen Vorgänge von dem seelenkundigen
Dichter analysiert. Die reiche Lebenserfahrung und die nach-
sichtige, milde Beurteilung menschlicher Schwächen, die meist
erst die Vorzüge des Alters sind, kommen diesem jüngsten
Werke des Verfassers, das wir unsern Lesern als genußreiche
Lektüre warm empfehlen können, in ganz besonderer Weise
zugute.

Deutsche Litteraturzeitung: So waltet in dem Roman die
reifste künstlerische Oekonomie. Aber höher noch als diese be-
wunderungswürdige Technik, als die so glänzende Schilderung
der adeligen und Beamtensphäre, als den bezaubernden Plauderton in den Dialogen, als die elegante Causerie, kurz als die
eigentlich dichterische Leistung möchte ich den prächtigen Geist
schätzen, auf dem das Werk im Ganzen ruht. Hier spricht die
reichste Welterfahrung und eine wahrhaft weise Weltanschauung,
die in herzgewinnender Unparteilichkeit jeder Erscheinung des
Lebens gerecht wird und dem Schönen wie dem Häßlichen, dem

Guten wie dem Schlechten seinen gebührenden Platz anweist. Schon aus F.'s Gedichten kennt man diesen kritischen resignierten, ich möchte sagen, melancholischen Optimismus, die schönste Errungenschaft eines an Enttäuschungen ehemals gewiß nicht armen Daseins, eines Daseins, das aber so glücklich war, äußeren Hemmungen eine reiche, innere Welt voll sinnender Betrachtung entgegenzusetzen und heute den höchsten Gewinn des Lebenskampfes davonträgt: die Harmonie der Seele.

Die Gegenwart: Es giebt manche Herbsttage, die sich dem Gedächtnis unauslöschlich einprägen. Alle Früchte sind schon reif, alles hat sich schon längst erfüllt, aber es fällt noch nicht und die Bäume stehen beschwert da in einer Luft, die so köstlich rein und weiß und klar ist, und eine große gütige Milde liegt über der ganzen Natur, die einen selbst so vollständig erfüllt, wenn man durch den Park geht. Eine gefaßte Heiterkeit ist in der Seele, und doch klingt schon ein leiser Ton der Wehmut darein, und alle Irrungen und Wirrungen lösen sich in einem hohen Frieden.

Man kommt nicht los von dieser Stimmung, wenn man Theodor Fontane's neuesten Roman liest. „Effi Briest" heißt er. Es ist der Roman der Milde, und gütige Greisenhände legen sich verzeihend und segnend darin auf Schuld und Sünde, auf ein zerfahrenes Leben. Je mehr man sich dem Schluße nähert, desto verklärter wird das Licht, das Herbstlicht, das die Dichtung bescheint; man fühlt sich im und gleichzeitig auch wieder so ganz über dem Menschlichen, und ein leises Sonntagsheimweh drängt aus dem Alltag zu Fernen, wo sich irdische Dissonanzen lösen. Alles Vergängliche ist nur ein Gleichnis.

Die Nation: Durch den Kontrast zwischen innerer Tragik und äußerer Ruhe wird die ergreifendste Wirkung erzielt. Das Abgedämpfte, Geklärte Tiefverstehende ist hier in der „Effi Briest" zur Vollendung gekommen. Ein ganzes Leben entschleiert sich uns mit allen Höhen und Tiefen.

Die Post: Wie sich zwei Menschenschicksale vollenden, wie sich das Verhängnis Schritt für Schritt unabwendbar naht, zeigt uns wieder den Meister tiefer Seelenkunde und lebensvollster Charakteristik.

Frankfurter Journal: Der 76jährige Autor hat wieder einmal bewiesen, daß er ein unvergänglich jugendliches Gemüt sich bewahrt hat, das in seltener Begeisterungsfähigkeit mächtig zu begeistern vermag.

Freisinnige Zeitung: Theodor Fontane ist heute 76 Jahre alt, aber sein neuestes Werk atmet wieder die Frische und

Lebendigkeit der früheren Romane. Eine kleine Handlung bietet ihm die Möglichkeit, ein breites Seelengemälde auszuführen. Wir lernen alle Personen so genau kennen, daß wir sie vor uns zu sehen vermeinen. Scharf heben sich die Hauptpersonen aus ihrer Umgebung heraus, und die Art, wie sich zwei Menschenschicksale vollenden, enthüllt uns wieder den Meister tiefer Seelenkunde und lebensvollster Charakteristik.

Hallesche Zeitung: Auf der Höhe seines besten Romans „Irrungen, Wirrungen", wenn nicht diesen noch übertreffend an plastischer Lebenswahrheit und farbenreicher, gemütvoller Stimmung ist „Effi Briest" ein Meisterwerk des ewig jugendfrischen Dichters. Die liebliche Gestalt der Heldin ist eine der entzückendsten Figuren der ganzen deutschen Litteratur und wenn uns ihr Schicksal so innig rührt und ergreift, so weiß der Verfasser doch auch eine Fülle des herzlichsten Humors überall einzustreuen. Die hohe Weisheit des Alters und die warme Empfindung der Jugend vereinigen sich hier, um ein Werk vor uns erstehen zu lassen, das nicht nur das Entzücken jedes Lesers bilden, sondern auch als eine erziehliche Lektüre im besten Sinne des Wortes erscheinen wird. Und das ist vielleicht der größte Vorzug dieses Buches, daß es wie kein anderes Gedanken anregt und entwickelt über die wichtigsten Fragen, die alltäglich die Familien bewegen.

Hamburger Fremdenblatt: Ein neuer Roman von Theodor Fontane ist immer ein litterarisches Ereignis. . . . . . Wenn man bedenkt, daß wir vor nunmehr bereits sechs Jahren den 70. Geburtstag des „alten Fontane" feierten, so ist es geradezu erstaunlich, daß uns der Nestor der deutschen Romanschriftsteller heute wieder mit einem Werk beschenkt von einer Zartheit und Jugendfrische, die unsere höchste Bewunderung herausfordert. Über dem Schaffen Fontane's liegt eine wunderbare Ruhe und Abgeklärtheit, aber eine Ruhe mit lächelnden Sonnenstrahlen, mit frisch quellendem Leben, nicht die Ruhe eines ausgebrannten Kraters. Auch in die Tragik von Effi Briest's Leben spielen die warmen Sonnenstrahlen hinein und erlösen jeden Ansatz zu kalter Reflexion. . . . . (folgt Inhalt) . . . . . Das Ganze durchzieht ein so liebenswürdiger Humor und die Darstellung ist von solch eigenartigem Reiz, daß wir immer von neuem gefesselt werden. In der Kunst des Plauderns ist Fontane von einer virtuosen Meisterschaft, und wie vortrefflich er es versteht, in diesem leichten Plauderton seine Figuren zu charakterisieren, zeigt der vorliegende Roman aufs neue. Alles in allem: ein künstlerisch hervorragendes Buch, etwas für Den, der im Roman mehr sucht, als eine bloße Zerstreuung gegen Langeweile.

Jlluſtr. Frauen-Zeitung: Des Meiſters vielleicht vollſtes, reiffſtes Werk, eine Geſchichte, in ihren Umriſſen denkbar einfach. Mit wenigen Worten kann man die Handlung fixieren: . . . . . (Inhalt) . . . . .

Nicht die äußeren Schickſale ſind es, die das Werk einzig herzbewegend machen; es iſt die Kunſt, mit der hier ganz ſchlicht, und ohne daß die Abſicht deutlich wirkt, uns Blicke in menſchliche Seelen geſchenkt werden.

Und ferner iſt es die herzensweite, abgeklärte, herbſtreife Lebens- und Menſchenanſchauung, voll milder Reſignation, die aus dem Buche ſpricht. Für niemand wird Partei genommen, nicht für Effi, die Adultera, nicht für Inſtetten, den Arzt ſeiner Ehre. Es wird nur gezeigt, wie alles ſo kommen mußte. Die Geſchichte der Ehe iſt mit den feinſten Zügen gezeichnet, dieſer ſo korrekten Ehe, in der der Mann ſo aufmerkſam und liebenswürdig gegen die junge Frau iſt, und in der doch die Herzenswärme und der verliebte Reiz fehlen, nach denen das phantaſievolle, arme, junge Blut ſich ſehnt. Und voll thränenbanger Herzenstraurigkeit iſt die einſame Buße der Schuldlos-Schuldigen geſchildert, wie ſie, von allen gemieden, ſich nach ihrem Kinde ſehnt. Als ſie es aber endlich ſehen darf, da ſteht eine Eiswand zwiſchen ihnen, das Kind findet der Mutter gegenüber keinen Gefühlston, und Effi merkt, daß ſie nun ganz allein iſt.

Und für alle weiß der Dichter bei dem Leſer ein Verſtehen zu erwirken, keine Zuſtimmung oder Verurteilung, nur ein Verſtehen, daß Menſchen in dieſer Lage ſo und nicht anders handeln konnten.

Kieler Zeitung: Ein Meiſterwerk des ewig jugendfriſchen Dichters.

Kölniſche Zeitung: Einzelnes möchte man in dem Buch immer wieder leſen, ſo köſtlich iſt es.

Königsberger Hartungſche Zeitung: Aus dem Fluthſtrom der Belletriſtik, der kurz vor Weihnachten ſeine ſtärkſten Wogen wirft, ragt eine künſtleriſche „Inſel der Seligen" empor, auf die wie unſere erſchöpften Sinne richten: Effi Brieſt.

Leipziger Jlluſtrierte Zeitung: „Effi Brieſt", der neueſte Roman Theodor Fontanes, erinnert nach keiner Seite des Inhalts und der Geſtaltung an die Thatſache, daß der Dichter faſt gleichzeitig mit der Ausſendung dieſes Werkes ſein 76. Lebensjahr vollendet hat. Spricht uns auch die milde Weisheit einer gereiften Lebensanſchauung wohlthuend aus dem Geſamtbilde der Erzählung an, ſo iſt es doch ſprühende Luſt und Freude, Bangen und Träumen, Verſchuldung und Verhängnis blutwarmer Jugend, wofür der Verfaſſer mit dem verſtändnisvollen

Hineinfühlen, der unverminderten Lebhaftigkeit eines selbst noch jugendfrisch gebliebenen Empfindens unsere Teilnahme zu gewinnen weiß. . . . . . (folgt Inhalt) . . . . . Dies alles ereignet sich vor uns ohne die Mittel des herkömmlichen Romanstils, ohne erschütternde Verzweiflungsszenen, ohne sensationelle Überraschungen, in Situationen und Gesprächen, die an sich und trotz mannigfacher Geistesblitze eleganter Konversation kaum jemals über die Linie gewohnter und lebenswahr geschilderter Alltäglichkeit hinausgreifen. Als buntschimmernder Einschlag hat aber die Summe solcher anscheinend unbedeutenden Züge ihre charakterisierende Bedeutung für die ganze Entfaltung dieses reiz- und stimmungsvollen Gemäldes aus dem Leben der heutigen Gesellschaft, dessen fesselnde und ergreifende Wirkung nicht wenig erhöht wird durch das straffe und drastische Tempo Fontane'scher Diktion, durch den Humor seiner belebenden Detailmalerei und die beträchtliche Reihe erquicklicher, zum Teil höchst ergötzlicher Gestalten.

Münchener Neueste Nachrichten: Theodor Fontane zu loben wäre so anmaßend, wie ihn zu tadeln; aber dankbare Verehrung dürfen wir ihm aussprechen, der mit diesem edlen und vollendeten Werk uns beschenkt und die deutsche Poesie um ein unvergängliches Kleinod bereichert hat.

National-Zeitung: Fontane hat sein Thema von einem menschlichen Standpunkt erfaßt und die volle Empfindungswärme, die ihn auszeichnet, in seinen Roman überfließen lassen.

Neue Preußische (Kreuz) Zeitung: Unter den in Haltung und Ziel durchaus modernen Romanen dieses Jahres dürfte dies wohl der bedeutendste sein. Fontane hat nach einem langen Entwickelungsgange, voll mancherlei Schwankungen, die hohe Kunst der Schlichtheit und Wahrheit erlangt. Er schildert Menschen, Dinge und Schauplatz, daß man Schilderung und Erzähler vergißt und wirklich die Leute handeln sieht und reden hört, ohne an eine Absicht des Verfassers erinnert zu werden. Es geschieht alles aus sich heraus und ergibt sich in freier Naturnotwendigkeit. Ein ruhiger und sicherer Zug von Wahrheit giebt die Überzeugung, daß es sich nicht um Anleihen bei der Wirklichkeit handelt. Die Geschichte ist bei vielseitigem reichem Humor von einer tief erschütternden Traurigkeit, ja von ergreifendem Ernste. Sie ist ohne religiöse Tendenz, fern von allem moralisieren und zeigt doch mit Strenge und Schärfe gewisse Mängel der Gegenwart auf dem Gebiete der Erziehung und Geselligkeit. Wer die jugendliche Heldin von ihrer übermütigen, naturfrischen Mädchenzeit an durch den gedankenlos unternommenen großen Schritt der Heirat mit dem älteren Manne in das Spukhaus der kleinen pommerschen Stadt begleitet, der empfindet allmählich mit ihr die Öde des Daseins, dem sittlich-religiöse Mächte stets ebenso fremd blieben, wie die befriedigende Thätigkeit der Pflichterfüllung und die unmittelbar beglückende Gewißheit gegenseitiger verständnisfroher Neigung. Unter der kühlen erzieherischen Gewalt des stets nach hoher Laufbahn strebenden Gatten unbehaglich und verschüchtert, inmitten der schalen Geselligkeit der Kleinbürger und Gutsbesitzer von Langeweile geplagt, ohne religiösen Halt und beunruhigt von einem heißen Temperament, vermag sie der frivolen Gewissenlosigkeit eines routinierten Verführers von gewinnendem Äußern nicht zu widerstehen und stürzt dann in quälende Angst und Gewissensnot. Die glänzende Beförderung ihres Mannes führt sie nach der Residenz und macht der innern Not ein Ende. Doch die quälende Sorge bleibt und nach sechs Jahren kommt durch leichtsinnig aufbewahrte Briefe die Entdeckung. Der ehrgeizige Mann erschießt den Verführer im Duell und entfernt die schuldige Frau aus dem Hause. Auch das Elternhaus wird ihr verschlossen. Das stille Hinwelken der Einsamen, der allmählich mit dem Leiden einkehrende innere Friede und die Erkenntnis, daß ihr nur Recht geschehen sei, die ergebene und glückliche Dankbarkeit dafür, doch endlich noch daheim sterben zu dürfen, und dann der mit furchtbarer Naivetät auftauchende Zweifel der Eltern: „Ob wir nicht doch vielleicht schuld sind?" — das alles erweckt den Leser grade durch die einfache, thatsächliche Weise des Vortrags zur tiefsten Empfindung des Mitgefühls.

Rheinisch-Westfälische Zeitung: Zuweilen kommt es mir vor, als ob an dem alten Märchen vom Jungbrunnen doch etwas wahres wäre. Zum Beispiel, wenn ich ein neues Werk von Fontane lese. . . . Ob er wohl dem Jungbrunnen auf die Spur gekommen ist? Da hat er nun die siebzig hinter sich und schreibt ein jugendfrisches Werk wie Effi Briest, so voll Kraft und Klarheit, so voll nachdenksamer Tiefe und gesundem Realismus. Das Buch ist eine Oase in der großen Sahara unserer modernen Romanproduktion.

St. Galler Blätter: Was diesen Roman von Ehebruchsromanen anderer Autoren merkbar unterscheidet, ist seine ruhig-einfache Entwicklung. Als wolle Fontane absichtlich zeigen, daß man auch ein heißes Sujet ohne jegliche Sensation, ohne sinnliche Spannung behandeln könne, so hat er die Handlung durchgeführt. Das Hauptgewicht legt er auf die Schilderung des Milieus in dem elenden Provinznest. Während alle anderen Schriftsteller mindestens durch eine große Ehebruchsscene zu packen gesucht hätten, vermeidet Fontane das sonst Selbstverständliche; er haßt den Knalleffekt. Er denkt nur an, wie Effi aus ihrem melancholisch machenden Spukhause verschwindet, der

Ehebrecher taucht dabei gar nicht auf. Und als die Schuld der Frau an den Tag kommt, unterbleibt auch die Abrechnung Auge in Auge.

Man könnte dem Roman trotz des schweren Vergehens seiner sogen. „Heldin" den Tugendpreis für eine durch und durch moralische Lektüre zuerkennen.

St. Petersburger Zeitung: Es ist als thäte man einen Blick in das Leben selbst, so plastisch heben sich die Gestalten vom gesunden, preußischen Mutterboden, lauter wirkliche, lebendige Menschen in ihren Vorzügen und Fehlern. Es ist ein Ehebruch-Roman, denn die reizende Effi, voll Geist und Charme, scheitert an einem Treubruch gegen ihren Gatten, der trotz seiner Klugheit sie nicht versteht und sie nicht zu behandeln versteht, weil er ein Streber und ein liebeleerer, trockener Patron ist. Und wie diskret, wie taktvoll ist das schlimme Thema behandelt! Ein prächtiges, kluges, zum Nachdenken anregendes Buch, trotz seines tieftragischen Grundcharakters doch voll Humor!

Vossische Zeitung: . . . .
. . . Diese Schuld verzeichnet der Katechismus im sechsten Gebot; im Gesetzbuch heißt sie Ehebruch. Doch weder Ehebruch noch sechstes Gebot wollen zu dem recht passen, was Effi Briest begangen hat oder richtiger, was mit ihr vorgegangen ist. Der große seelenkundende Dichter, der das Schicksal Effi Briests erzählt, hat in der Weisheit seines hohen Alters und in der kindlichen Unschuld seines Mitempfindens unendlich zart, unendlich behutsam dafür gesorgt, daß alle rüden Moralbegriffe hier unstatthaft sind. Auch Effis Schuld rächt sich auf Erden. Der Dichter verteidigt sie nicht. Aber er erklärt, wie alles kam. Nein, er erklärt nicht einmal. Vielen wird vieles beim ersten Lesen unklar bleiben. Wir erfahren weder Ort noch Stunde des Ehebruchs. Der Dichter erspart uns die zudringliche Rolle des unbefugten Spions. Für die feine Weise, mit der er, hier noch mehr als in früheren Romanen, unseren Verkehr mit seinen handelnden und leidenden Personen vermittelt, finde ich im Roman selbst ein Gleichnis, das mir auch hier zu treffen scheint. Die geschiedene Frau Effi hat es durchgesetzt, daß ein einziges mal ihr Kind sie besucht. „Man war mittag. Endlich wurde geklingelt, schüchtern, und Roswitha ging, um durch das Guckloch zu sehen. Richtig, es war Annie. Roswitha gab dem Kinde einen Kuß, sprach aber sonst kein Wort, und ganz leise, wie wenn ein Kranker im Hause wäre, führte sie das Kind vom Korridor her erst in die Hinterstube und dann bis an die nach vorn führende Thür". Ganz leise, wie wenn ein Kranker im Hause wäre: das ist die Art Theodor Fontanes, sobald er uns an ein schweres Schicksal — Schuld und Schicksal sind ihm oft identisch — herantreten läßt. Wir dürfen nicht ins Kranken-

zimmer selbst; der Geruch der Mixturen, die dumpfe Luft, Fieber-
glut und Schweiß mit all ihren Widerwärtigkeiten kommen uns
nicht zu nah. Wir bleiben nebenan; nur unsere Gedanken,
Wünsche, Sorgen schleichen durch die Thür. Das aber genügt;
wir wissen Bescheid aus den Worten derer, die drinnen waren.
Darum ist Fontanes Art ein „Erklären" so wenig wie ein Entschuldigen oder Beschönigen. Es ist Erzählen im Flüsterton,
Andeuten und Winken. In dieser Art, in der was vom Sama-
riter liegt, hat er nichts feiner, zarter, milder, leiser erzählt
als das Schicksal der armen Effi Briest.

Verlag von F. Fontane & Co., Berlin W

Wilhelm von Polenz

Der Büttnerbauer

Roman

Dem deutschen Nährstande gewidmet

geh. M. 6.—; geb. M. 7.50

Aus den Urteilen der Presse:

Blätter f. litt. Unterhaltung: . . . . Eine große
und ernste Aufgabe hat hier den rechten Mann gefunden, einen
Erfahrenen und einen Dichter zugleich, der alle Werte seines
Stoffes zu heben versteht, der ihn beherrscht und über ihm
steht und doch in ihn sein ganzes, stark fühlendes Ich versenkt
hat. Ein tiefgründiges, gehaltvolles und aufrüttelndes Werk,
das seinen Urheber in die ersten Reihen unserer
zeitgenössischen Romanschriftsteller rückt.

Frankf. General-Anzeiger: . . . . . . Ein Buch, das von
sich reden machen wird und soll, schon deshalb, weil es der
erste wirklich große Wurf, die erste starke That auf dem
Felde des Romans ist, die aus den Reihen des jungen litterarischen Geschlechts hervorgeht.

Konservative Monatsschrift: Polenz kennt die Denkweise
der ländlichen Bevölkerung aus dem Grunde, jene eigentümliche
Mischung von Schlauheit im kleinen und Beschränktheit im
großen, von Ehrenhaftigkeit, Frömmigkeit und festem Halten
an der Sitte einerseits und roh-materialistischem Eigennutz
andererseits. Und er kennt sie nicht nur, sondern er weiß sie
zu schildern und Typen vor uns auftreten zu lassen, die nicht
im Studierzimmer erfunden, sondern im freien Felde studiert
sind, und daher Fleisch und Blut haben, als wären sie lebendig.
Im Hintergrunde stehen aber die großen wirtschaftlichen und
sozialen Probleme der Gegenwart; die Hypothekenslaverei des
Kleinbesitzers, in dessen Hand der Wechsel ein unheilvolles
Instrument ist, oder auch dessen Aufsaugung durch den Großgrundbesitz, die Entvölkerung des platten Landes, das Ein-

dringen fozialdemokratischer Anschauungen in die ländliche Bevölkerung, die Sachsengängerei, der Zug nach dem Westen ꝛc.
Der Verfasser leitartikelt wenig oder gar nicht. Aber er zeigt
an Perfonen und Zuständen, daß die Dinge fo kommen müffen,
wie fie kommen. Auch die Streiflichter, die gelegentlich auf
das Leben und Treiben der befitzenden Klaffen fallen, find
meifterlich.

Kieler Neuefte Nachr.: Wer an der Wandlung unferer
fozialen Mißftände mitarbeiten will, der darf den „Büttnerbauer" nicht ungelefen laffen; jeder wird mit Nutzen von demfelben Kenntnis nehmen. Somit kann diefer neue Roman von
Wilhelm v. Polenz recht eigentlich als eine fchriftftellerifche
That bezeichnet und Allen, welche noch ein Herz für unfer
Volk haben, empfohlen werden, fich mit demfelben bekannt zu
machen.

Kunftwart: Das vorliegende Buch bringt nicht allein das
befte Werk Wilhelms von Polenz, fondern einen der beften
Romane der modernen deutfchen Litteratur überhaupt.

Leipziger Volkszeitung: . . . . . . Der befte Agrarroman,
der in deutfcher Sprache bis jetzt erfchienen ift!

Norddeutfche Allgem. Zeitung: Ohne Zweifel gehört Polenz zu den Modernen, aber er ift einer der Wenigen unter
ihnen, deren Leiftungen die tröftliche Verficherung geben, daß
die fogen. moderne, naturaliftifche Bewegung, trotz ihres über-
wiegenden Gehaltes an Ephemerem, doch im ganzen eine
Förderung der deutfchen Litteratur bedeutet. Wir erkennen
diefen Fortfchritt, außer in einer Erweiterung des Stoffkreifes,
in einer Verfeinerung der Sinne, die es dem modernen Künftler
ermöglicht, mit feiner Beobachtung in Natur und Seele tiefer
einzudringen, als die Früheren, und Beziehungen und Fäden
zu fehen, phyfifche Regungen aufzudecken, Stimmungsnüancen
aufzufaffen, die Jenen verborgen bleiben mußten. Man kann
diefen Kern auch noch in vielen der Übertreibungen und Aus-
wüchfe erkennen; der Werke, die ihn rein enthalten, find leider
bisher nur wenige. Polenz' neuefter Roman gehört ohne
Zweifel zu ihnen: er muß künftig unter den beften Romanen
der Gegenwart überhaupt genannt werden. . . . .
(Inhalt) . . . . Das jeweilige Milieu — mag es nun das
fchlefifch-laufitzifche Stammgut der Büttners, mag es die nahe
Kreisftadt fein, das Komptoir der ifraelitifchen Geldgeber oder
die Rübengüter des Weftens, das gräfliche Schloß oder die
ärmliche Hütte — ift mit genaufter Sachkenntnis und forg-
fältiger Erfaffung der Sonderftimmung gezeichnet. Die Sprache

der Bauern macht in ihrer Mischung von Dialekt und Schrift-
sprache den Eindruck vollkommener Lebenswahrheit und Un-
gekünsteltheit. Kurz, in allem merkt man den ernsten, nach
dem höchsten strebenden Künstler, dessen Werk jeder vorurteils-
lose Beurteiler mit hohem Interesse lesen und — wieder
lesen wird.

Neue Preußische (Kreuz-) Zeitung: Ein Zeit-Roman „dem
deutschen Nährstande gewidmet". Er schildert in dem alten
Büttnerbauern den tragischen Untergang des deutschen Bauernstandes, in den Büttnerschen Söhnen und Töchtern die Prole-
tarisierung der bäuerlichen Nachkommenschaft. Die große Not
der Zeit schaut mit verzweifeltem Blicke aus diesen Lebens-
schicksalen und Zuständen, die der Verfasser wie kein anderer
lebender Dichter kennt, begreift und darstellt. Ich wüßte
diesem Romane nur Gustav Freytags „Soll und
Haben" zu vergleichen.

Pan: Ein soziologischer Roman wie der kürzlich erschienene
„Büttnerbauer" von W. v. Polenz müßte in Tausenden von
Exemplaren auf Staatsunkosten durch die Dörfer Ost- und
Mitteldeutschlands Verbreitung finden.

Posener Tageblatt: Das meiste, was an litterarischen
Novitäten erscheint, ist Lesefutter, welches von dem der Sensation
und Spannung bedürftigen Publikum verschlungen und schnell
wieder vergessen wird. Auf den vorliegenden Roman, den wir
deshalb ganz besonders der Beachtung unserer Leser empfehlen
möchten, paßt diese Charakteristik nicht; wir haben es hier
vielmehr mit einem ernsten, unermüdlich strebenden Autor zu
thun, der nach der Seite der Form in schlichter, einfach ge-
haltener Darstellung den höchsten Ansprüchen gerecht zu werden,
nach der Seite des Inhalts klar und anschaulich und tief in
die Sache hineinsteigend ein wahrheitsgetreues Bild von den
Zuständen und dem bedrohlichen Verfall unseres kernfesten
Bauernstandes zu zeichnen bemüht und, wie die zahlreichen
Besprechungen des Buches, die in unsere Hände gekommen
sind, einmütig bezeugen, dieses doppelte Ziel auch voll zu erreichen verstanden hat.

Straßburger Post: Der bekannte Verfasser des „Pfarrers
von Breitendorf" hat auf Grund reicher unmittelbarer Er-
fahrung die gewaltige Aufgabe unternommen, die Lebens- und
Leidensgeschichte des heutigen Bauernstandes zu erzählen. Der
Titelheld seines Romans „Der Büttnerbauer" ist ein echter
Typus des Bauern in Ehrenhaftigkeit, Zähigkeit, Frömmigkeit,
Arbeitsamkeit, aber auch in Beschränktheit, Mißtrauen, Roheit
und Trotz. Seine Kinder stellen schon teilweise entartete Spiel-

arien des modernen Bauerntums dar, zu denen sich in seiner
Verwandtschaft auch Repräsentanten der zu Städtern dege-
nerierten Bauern gesellen. Alle sozialen Elemente, mit denen
der Bauernstand in Berührung tritt, greifen mit charak-
teristischen Persönlichkeiten in die Handlung ein: so das Magnaten-
tum und das ländliche Wuchertum, Zwischenhändler und Güter-
schlächter. Wir begleiten das Leben des Bauern durch den
Wandel der Jahreszeiten, fast von Tag zu Tag; wir lernen
die verschiedenen Formen des bäuerlichen Lebens im Osten
und Westen unseres Vaterlandes kennen; auch der bäuerliche
Zug „nach dem Westen", die Sachsengängerei, tritt in Erscheinung. Im Hintergrunde stehen die großen wirtschaftlichen
und sozialen Probleme der Gegenwart: die Aufsaugung des
Kleinbesitzers durch den Großgrundbesitz, die Verschuldung länd-
licher Grundstücke, die Entvölkerung des platten Landes, das
Eindringen sozialdemokratischer Anschauungen in die ländliche
Bevölkerung u. s. w. Der eigentliche Held des Romans ist der
deutsche Bauernstand. Daß ein solches Buch heute erscheint,
ist ein bedeutsames Zeichen der Zeit, und wir meinen, daß
nicht nur der Litteratur- und Kunstfreund, sondern auch der
Sozialpolitiker und jeder, der die Entwicklung der Geschicke
unseres Volkes mit Anteil begleitet, ihm Aufmerksamkeit wid-
men muß.

Universum: Modern ist dies Buch, ganz modern, d. h. der
Verfasser, welcher schon mehrere vielversprechende Proben seines
großen Talents gegeben hat, packt wirklich mit sicherem Griff
einen ganz modernen Stoff und verarbeitet denselben in geradezu
großartiger Weise. Jedes Wort ist zielbewußt geschrieben,
kein Wort, um einer Liebhaberei des Schriftstellers zu genügen
oder um den Leser damit zu überraschen oder anzuziehen.
Wahrlich ein vom künstlerischen Standpunkt aus vornehm geschriebenes Werk, obgleich es sich in der Hauptsache mit ganz
einfachen, simplen Bauernleuten beschäftigt. Die große Frage
der Agrarbewegung, das unsagbar melancholische Sinken, schuld-
lose Verkommen des guten, alten Bauernstandes bis zur fast
völligen moralischen Zerrüttung seiner jüngsten Generation,
das ist es, was uns der Verfasser in einer erbarmungslos
wahrheitsgemäßen Schilderung mit fast dramatischer Kunst vor
Augen führt. Jeden denkenden Staatsbürger muß das Buch
ergreifen und erschüttern, mit einem tiefen Ingrimm erfüllen,
daß es so ist und so weit kommen durfte und mußte. W. von
Polenz tritt mit diesem Werke einen Riesenschritt
heraus aus der Masse moderner Schriftsteller. Fast
möchte man sagen, das Buch gehört auf den Arbeitstisch der
Männer und nicht in den Salon. Nur mit vollster Hochachtung
für des Verfassers künstlerisches Streben und Können wird man
das Buch aus der Hand legen.

. . . . . . Ohne Zorn und ohne Eifer hat er die Menschen geschildert, die sich im Kampf ums Dasein gegenüberstehen; die einen, für diesen Kampf nur ausgerüstet mit ein paar derben, arbeitskräftigen und arbeitslustigen Fäusten, zufrieden, wenn die von ihnen bearbeitete Scholle bescheiden lohnt; die anderen, unfähig zu produktivem Schaffen, aber listig und verschlagen, gierig und unersättlich, im Hinterhalt lauernd, bis die Frucht ihnen reif erscheint, gewaffnet mit allen Hilfsmitteln, die unsere moderne Gesetzgebung dem „Klugen" bietet, um den Dummen zu fangen. Wilhelm von Polenz hat die einen nicht idealisiert, die anderen nicht karikiert. Warm macht ihn nicht die Not der Menschen, oder er verbirgt sein Mitgefühl unter der Objektivität des schöpferischen Künstlers, der über seinen Geschöpfen steht und fürchten mag, die in ihren kräftigen Konturen vielleicht ganz einzig dastehende Charakteristik zu verweichlichen. Aber sein Buch ist wie ein gellender Notschrei des bedrohten Landes, das willig durch Jahrzehnte Früchte getragen hat und sich jetzt von dem Schicksal bedroht sieht, von Ausbeutern ausgeraubt zu werden. . . . . Es ist ein Werk von so wuchtiger Kraft und so außerordentlichem Können, daß die Nation alle Ursache hat, auf den Verfasser stolz zu sein.

Versöhnung: Vom schriftstellerischen Standpunkte aus darf man das Buch als ein Kunstwerk bezeichnen; vom sozial-erzieherischen Gesichtspunkt aus gehört es zu den wertvollsten Leistungen der Neuzeit. W. von Polenz ist einer der geübtesten und ernstesten Beobachtern unter unseren Schriftstellern; in seiner Darstellung unbedingt wahr; einzig von dem Gedanken geleitet, der Ganzheit zu dienen; von Polenz arbeitet nicht als Künstler, wiewohl er auf dem Gebiete der Darstellung zu den hervorragendsten Künstlern unseres Volkes gehört, er arbeitet als Charakter. Im „Büttnerbauer" hat er etwas noch Vollkommeneres geleistet als im „Pfarrer von Breitendorf". So viel Leben, so viel wahres Leben, so viel Lebenswahrheit, so viel Gegenwartsleben finden wir in solcher Treue selten zusammengetragen. Leben und Verhältnisse, die sich nicht auf einen kleinen Kreis beschränken, sondern ungezählte Tausende unserer Volksgenossen berühren, und die doch eben so viel Tausenden heute noch ganz fremd sind.

Wir müssen einander lernen lernen; wir müssen solche Bücher lesen. Es ist gewiß erlaubt und als Erholung sehr schön, sich mit den „Ahnen" zu beschäftigen; wer Gefallen an der „Ägyptischen Königstochter" findet und Zeit zu derartigen Vergnüglichkeiten erübrigt, ist auch nicht zu tadeln. Vorerst aber haben wir Pflichten: den Bauer kennen zu lernen, ist unsere Pflicht. Das Leben und Schicksal des Büttnerbauers ist uns so notwendig zu erfahren, wie das Leben und Schicksal irgend eines Patriarchen, irgend eines Reformators, irgend eines Helden, irgend eines Künstlers aus der grauen oder aus der näheren Vorzeit; notwendiger, denn im Büttnerbauer tritt uns die Gegenwart vor die Seele: es ist der Gott der Lebendigen, der sich in uns regt.

Verlag von r. rontane & Co. Berlin W.

Moderne Belletristik

Fontane's Zwei Mark Bücher

F. v. Bülow: Ludwig von Rosen

Ernst Clausen: Judas

E. Eschricht: Unter dunklen Menschen

H. Gerlach: Die vom Hinterhaus

W. Hegeler: Und alles um die Liebe

Rudolf Lindau: Schweigen

Erzählungen eines Effendi

G. Frhr. von Ompteda: Vom Tode

Freilichtbilder

Die sieben Gernopp

W. von Polenz: Die Versuchung

Karline

C. G. Reuling: Zwischen Licht und Dunkel

Fragwürdige Gestalten

Heinz Tovote: Fallobst

Ich

Heimliche Liebe

Der Erbe

Maupassant: Yvette

Heisses Blut

E. v. Wolzogen: Die rote Franz

Heiteres und Weiteres

Th is Book is Due

image
not
available

image
not
available

image not available

01 06

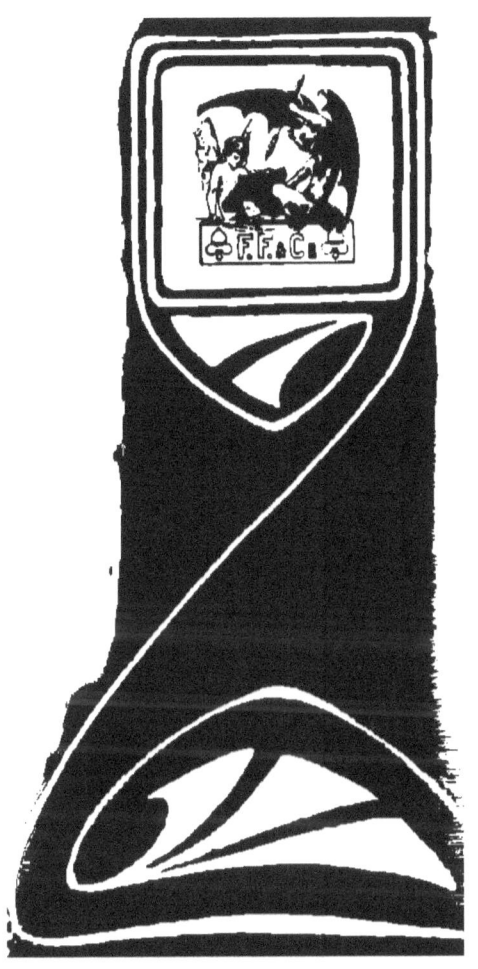

Thekla Lüdekind

Erster Band

Verlag von F. Fontane & Co., Berlin W

Es erschien von

Wilhelm von Polenz

Romane

Der Pfarrer von Breitendorf

Der Büttnerbauer | Thekla Lüdekind

Der Grabenhäger | Liebe ist ewig

Novellen

Die Versuchung

Karline | Reinheit

Wald | Luginsland

Theater

Junker und Fröhner.

＊

Thekla Lüdekind

Die Geschichte eines Herzens

von

Wilhelm von Polenz

Nicht mitzuhassen, mitzulieben
bin ich da.
Sophokles: Antigone.

Erster Band

Dritte Auflage

Berlin W
F. Fontane & Co.
1902

Erstes Buch

I.

In der Familie des Majors außer Dienſten von Lübe-
linb wurde Geburtstag gefeiert. Arthur, das älteſte Kind,
vollendete heut ſein achtzehntes Lebensjahr. Am frühen
Morgen, ehe Arthur zum Gymnaſium ging, hatte er auf
bem Frühſtüctstiſch eine Torte mit ſiebzehn brennenden
Lichtern barum und in der Mitte das Lebenslicht gefunden.
Das war aber nur die Einleitung geweſen. Als er bes
Mittags aus der Klaſſe zurücklam, fand er erſt den eigentlichen Geburtstagstiſch gebeckt, mit allerhand Geſchenken
praktiſcher Natur, die ſchon auf ſein zukünftiges ſelbſtänbiges
Leben hinbeuteten — Arthur ſollte zu Oſtern die Univerſität beziehen. — Daneben aber auch die rührenden kleinen
Gaben ſeiner Schweſtern: Thekla hatte ihm einen Waſch-
zeugſchoner genäht und Agnes, das Neſthäkchen, ſtiftete
einen geſtickten Bewahrer für Streichholztäſchen.

Arthur legte gebührende Freude an den Tag. Doch
fehlte ihm immer noch die Hauptſache, auf die er ſtark
rechnete; ja er hatte baraufhin bereits einige Schulden
gemacht beim Konbitor und im Cigarettenladen. Würden
es zwei Zwanzigmarkſtücke ſein diesmal, ober nur, wie das
letzte Mal, zehn blanke Thaler im Kranz um den Teller
gelegt? — Die ſo im voraus belaſtete Überraſchung kam

1*

zu ihm in Gestalt eines Portemonnaies aus rotem Juch-
tenleder, das gut gespickt war mit allerhand Münzsor-
ten, unter denen Arthur bei flüchtigem Überblick auch
den willkommenen Glanz einiger Goldstücke feststellte. Das
Kleinod war geschickt in seiner Serviette versteckt gewesen,
so daß ihm der Segen, an dessen Kommen er fast schon
verzweifelt, buchstäblich in den Schoß fiel.

So kamen die Überraschungen tropfenweise. Erdacht,
besorgt und eigenhändig aufgestellt war alles das, nicht
etwa von der Mutter, sondern von dem Hausherrn selbst.

Seitdem Major von Lüdekind den bunten Rock vor
einer Reihe von Jahren ausgezogen hatte, bildete die Für-
sorge für seine drei Kinder die Hauptbeschäftigung des
Pensionierten, die sein ganzes Tagesleben ausfüllte. Er stand
trotz seiner Fünfzig früh beim Morgengrauen auf, um am
Platze zu sein, wenn Arthur ins Gymnasium und Thekla
in die Töchterschule ging. Das zweite Frühstück zum mitnehmen, mußte die Köchin unter seinen Augen zurecht-
machen und in Pergamentpapier packen. Dann, wenn die
beiden älteren Kinder mit allerhand weisem Rat bezüglich
ihrer Gesundheit und ihres Verhaltens, entlassen waren,
kam die Sorge um die kleine Agnes an die Reihe. Herr
von Lüdekind brachte sie jeden Tag bis zum Thor des
Schulgebäudes und holte sie dort, die Uhr in der Hand,
nach Schluß des Unterrichts wieder ab. Ein „rührender
Vater“, das war das allgemeine Urteil, wenn man den
stattlichen, bereits etwas angegrauten Herrn mit den großen,
blauen, freundlichen Augen einherschreiten sah, sein blondes
Töchterchen an der Hand, die mit dem Schulranzen auf
dem Rücken im kurzen Kleidchen neben ihm hertrippelte.

Herr von Lüdekind ließ es sich wirklich Mühe und
Kopfzerbrechen kosten, seinen Kindern etwas zu sein. Noch
einmal versenkte er sich in die Probleme der Mathematik,

Phyfik, Geſchichte, Litteratur und in die neueren Sprachen,
um die Arbeiten ſeiner Kinder überwachen, ja um ſie mit-
machen zu können. Im Latein freilich und Griechiſch mußte
er das Rennen bald aufgeben, da er nur über Kadetten-
hausbildung verfügte. Aber er erreichte, daß Arthur, der
von Natur durchaus nicht mit Lerntrieb ausgeſtaltet war,
durch das ſtete Überwachen und Anſpornen des Vaters
ſich wenigſtens hielt. Als einer der Letzten in der Klaſſe
wurde er immer noch verſetzt. Thella hingegen machte durch
ihren Eifer und durch die guten Zenſuren, die ſie mit nach
Haus brachte, das einigermaßen wieder gut, was der Bruder
ſchuldig blieb.

Lübekind war auch ſchon derſelbe beſorgte Familien-
vater geweſen für ſeine Kompagnie und ſpäter für ſein
Bataillon. Er kannte jeden einzelnen Mann und ſorgte
für ſein Wohlergehen. Die Leute ſchwärmten für ihn, aber
die Vorgeſetzten fanden mit der Zeit heraus, daß Lübekind
die Mannſchaft zu ſehr „in Watte packe", wodurch Disziplin und Schneid angeblich leiden ſollten. Eine Beſich-
tigung, bei der er das Unglück hatte, nicht glänzend ab-
zuſchneiden, brach ihm dann den Hals.

Er empfand den Abſchied ſchwer. Denn wenn er auch
nicht gerade im militäriſchen Drill aufgegangen war, ſo
hatte er doch den Stand geliebt, für den er nun mal erzogen worden war. Es bedurfte der Jahre, um ihm die
unfreundliche Art vergeſſen zu machen, in der er den Abſchied erhalten hatte.

Major von Lübekind blieb in der Garniſonsſtadt,
wo er ſich durch ſein menſchenfreundliches Weſen manchen
Freund erworben hatte. Dort bewohnte er mit ſeiner
Familie ein ſchon in der Vorſtadt gelegenes Haus, das in
ein Gartengrundſtück eingebettet, die Annehmlichkeiten eines
beſcheidenen Landſitzes mit ſtädtiſcher Lage vereinigte.

Auch heute, an einem sonnigen Herbstnachmittage, wurde die Geburtstagsfeier im Garten begangen. Verschiedene Freunde des Hauses waren gekommen und wieder gegangen. In der Gartenlaube saß das Elternpaar und nahm Glückwünsche entgegen.

Frau von Lüdekind sah man es nicht an, daß ihr Sohn heute achtzehn Jahre alt wurde. Ihr freundliches Gesicht gehörte zu denen, die sich gerade darum so gut erhalten, weil ihnen ausgesprochener Charakter nicht eigen ist. Auch schien sie von seelischer Erregung sowohl wie von schwererem körperlichen Leid verschont geblieben zu sein; die Haut war glatt und faltenrein und die Gestalt elastisch, wie bei einer Zwanzigjährigen. Sie saß zufrieden lächelnd hinter dem weißen Kaffeegeschirr und dem großen Geburtstagskuchen. Auf einem besonderen Tischchen hatte der Major die Pfirsichbowle stehen, die man bereits bei Tisch gehabt, deren Ende aber völlig unabsehbar war, da Lüdekind, nach alter Gewohnheit vom Kasino her, nach jedem halben Dutzend Gläsern, die ausgeschenkt waren, eine neue Flasche aufgoß. Die Geste, mit der er dem Neugekommenen bedeutungsvoll mit den Augen zwinkernd das Glas entgegenhielt, war so verführerisch, daß ihm so leicht niemand einen Korb gab.

Die Kinder waren inzwischen im Garten und unterhielten sich mit ihrem Besuche. Gespielt wurde nicht, das hatte sich Arthur als Geburtstagskind verbeten. Er fühlte sich in seiner Oberprimanerwürde über Gesellschaftsspiele, die man wohl sonst bei solcher Gelegenheit getrieben hatte, hoch erhaben. Vielmehr ging er mit anderen Gymnasiasten, gleich ihm Offizierssöhnen, auf einem der Gartenwege langsam mit gewichtiger Miene auf und ab. Man rauchte Cigaretten, wozu die Erlaubnis erst kürzlich offiziell erteilt worden war. Arthurs Schwestern, Thekla und Agnes, standen von fern, in Bewunderung und Scheu vor dem Wesen und Treiben dieser jungen Leute.

Eben war zu den beiden Mädchen noch ein anderes Geschwisterpaar gestoßen: Gabriel und Ella Bartusch. Der Vater, von Beruf Geometer, war der Erbauer und Besitzer des Hauses, dessen zweite Etage er mit seiner Familie inne hatte, während die Lübekinds im Parterre und ersten Stockwerk wohnten. Zwischen den Kindern der beiden Familien bestand ein auffälliger Unterschied. Die Lübekinds blond, mit einer Haut wie Milch und Blut, von offenen, kindlich unentwickelten Zügen. Daneben die Kinder Bartusch, ein kleiner Menschenschlag, hager und beweglich, die Züge bereits in jungen Jahren fertig; Mädchen wie Knabe von dunkler Hautfarbe, mit lebhaften Augen, die besonders bei dem Jungen etwas unruhig Spähendes hatten.

Arthur Lübekind und Gabriel Bartusch, die ungefähr im gleichen Lebensalter standen, waren Spielgefährten und Rivalen. Arthur schien auf den ersten Blick manches vor Gabriel vorauszuhaben; einmal die Stellung seines Vaters und seinen adligen Namen. Sodann war er Gymnasiast, der Sohn des Geometers aber nur Oberrealschüler. Schließlich — und das steht bei Knaben nicht an letzter Stelle — war Arthur der stärkere. Daß Gabriel der gewandtere und schnellere, genügte nicht, das völlig auszugleichen.

Mit kaum verhehltem Mißbehagen betrachtete Gabriel die Gymnasiasten, wie sie breitspurig, ihre Stöcke zwischen zwei Fingern pendelnd, mit funkelnagelneuen Krawatten und eleganten Hüten dort einherstolzierten. Er wollte eigentlich zu Arthur hingehen, denn seine Mutter, die auf guten Ton hielt, hatte es ihm noch besonders anempfohlen nichts zu versäumen, was sich schickte. Aber die Gymnasiasten mit ihrem hochmütigen Gebaren waren ihm ärgerlich. Er wäre überhaupt nicht zu dieser Geburtstagsfeier gekommen, denn er haßte nichts mehr als Demütigungen, aber es gab in der Lübekindschen Familie für Gabriel einen starken Magneten: Thekla.

Sie galt eigentlich für eine Freundin Ellas, die ihr im Alter nahe stand; in Wahrheit war es Gabriel, der, ganz im Geheimen natürlich, eine Neigung für die blonde Vierzehnjährige nährte. Jetzt stand er dort bei dem Mädchen, ärgerte sich über die Anwesenheit der anderen jungen Leute, war eifersüchtig auf jeden Blick, den Thekla jenen gönnte, und mit sich selbst unzufrieden, daß ihm keine Einfälle kamen, die Aufmerksamkeit der Mädchen von den Gymnasiasten ab und sich zuzulenken.

Arthur hatte ihn natürlich längst bemerkt, aber es machte ihm gerade Spaß, sich zu stellen, als sehe er Gabriel nicht. Zwar war er nicht hämisch von Natur, aber die Jugend hat nun mal Freude an Grausamkeiten.

Auch noch jemand anderes wartete sehnsuchtsvoll auf Arthurs Gruß; das war die dunkeläugige Ella. Sie hatte diesem Geburtstagsfeste klopfenden Herzens entgegengeharrt. Würden die Lübekinds sie dazu auffordern, oder nicht? — Davon hing nämlich ein Plan ab, der ganz im stillen in ihrem Kopfe entstanden war; sie wollte Arthur, den sie früher nur einfach gern gehabt, vor dem sie aber neuerdings, seit ihm ein heller Flaum über der Oberlippe sproßte, eine Art von scheuer Bewunderung hegte, sie wollte ihn beschenken mit einer selbstgehäkelten grünseidenen Geldbörse. Wenn sie aber nicht eingeladen würde, konnte sie ihm das Geschenk doch unmöglich überreichen. Was hingen an diesem kleinen, unscheinbaren, sorgfältig in Seidenpapier gewickelten Gegenstande für Sorgen, Bedenken und Hoffnungen! Der Entschluß, zum Ankauf der Seide, die Wahl des Musters. Der Gedanke, wie er es auffassen, ob er die Börse auch in Gebrauch nehmen werde. Und schließlich.

immer wieder die Furcht, daß man überhaupt nicht eingeladen werden möchte.

Zuguterletzt erfolgte die Einladung doch. Der Major hatte sie selbst Ella zugerufen, als sie einander am Tage vorher auf der Treppe begegneten. Nun war sie also glücklich hier, ihr Geschenk fertig zum Überreichen in der Tasche; und dort ging Arthur auf und ab und würdigte sie nicht eines Blickes. Es war zum Weinen! Ella fühlte, daß sie diesen Zustand nicht mehr lange werde ertragen können.

Glücklicherweise machten jetzt die Gymnasiasten Anstalt, sich zu verabschieden. Selbstbewußt und steif, als ob höchste Würdenträger auseinandergehen, entfernten sie sich mit Verbeugung und Hutlüften. Nun kam Arthur über den Rasen herübergeschlendert und begrüßte auch die fremden Kinder.

War jetzt der Augenblick, die Börse zu überreichen? Ella war wieder ganz unschlüssig geworden durch sein kühles Wesen. Dann aber sagte sie sich, daß sie den Mut dazu überhaupt niemals finden werde, wenn nicht jetzt. Sie gab sich einen Ruck, und über und über errötend, hielt sie dem jungen Manne das in Seidenpapier verborgene Ding hin, halblaut stammelnd, daß sie hier auch etwas mitgebracht habe.

Arthur musterte den grünen Gegenstand erstaunt, seinen Zweck nicht erratend. Ella erklärte ihm schüchtern, daß es eine Börse sei. „Ach Gott!" rief er, „mein Vater hat mir heute schon ein Portemonnaie geschenkt von echtem Juchten. Seht mal das!" Damit zog er die neue wohlgefüllte Geldtasche hervor, garnicht ahnend, was er in Ellas Gefühlen für Verwüstung anrichte.

Ihre Augen füllten sich. Am liebsten hätte sie ihn gebeten, ihr die Börse zurückzugeben, die er so gering zu achten schien, aber sie fürchtete das Hervorbrechen der Thränen und schwieg, vor Kummer blaß.

Thekla war die einzige, welche die Bedeutung des Vor-
ganges sofort verstanden hatte. Sie begriff, was es der
Freundin für Überwindung gekostet haben müsse, Arthur
das Geschenk vor ihnen allen zu überreichen. Und nun
diese Aufnahme! Sie machte Arthur darauf aufmerksam,
daß Ella die Börse selbst gehäkelt habe für ihn; wie müh-
sam das sei und wie schön es ausgefallen. Dann ließ sie
sich etwas Geld aus dem Portemonnaie geben, steckte es
in die Börse und zeigte ihm, wie bequem sich das handhabe. Er war ganz erstaunt und fing an, das Geschenk
besser zu würdigen. Er werde das große Geld in der
großen Geldtasche lassen und die kleine Münze zum täglichen Gebrauch in der seidenen Börse bei sich führen, schlug
er schließlich selbst vor und dankte Ella, indem er das
Mädchen kameradschaftlich in die Wange kniff, was sie sich
errötend von ihm gefallen ließ.

Jemand schlug ein Spiel vor; Arthur als das Geburtstagskind solle entscheiden, was man spielen wolle. Tennis,
Reiten oder Croquet kamen in Frage. Arthur entschied
sich für Croquet, weil ihm in Tennis und Reiten Gabriel
stark überlegen war.

Eben machte man sich daran, die Croquet-Bügel auf-
zustellen, als von der Gartenlaube her Frau von Lübelind
zu den jungen Leuten herübergeeilt kam. Sie sagte, Tante
Wanda sei da und die Kinder möchten kommen, sie zu begrüßen. Arthur bezeugte dazu sehr wenig Lust. Warum
man sie immerfort störe, brummte er mürrisch. Tante
Wanda sei langweilig und außerdem wäre es zeitig genug,
wenn man sich beim Abendessen sähe. Aber die Mutter
ließ nicht locker. Sie streichelte den großen Jungen, der
ihr Liebling war, und redete ihm begütigend zu. Die
Tante habe ihm am Morgen doch auch das schöne Buch
geschickt, sie werde es übel nehmen, wenn er sich nicht be-

danke. Arthur warf den Hammer mit einer halblauten Verwünschung weg und ging mit der Mutter. Die anderen folgten langsam, auch nicht besonders erbaut über die Störung.

Tante Wanda, ein älteres Fräulein, deren weißes Haar die rosige Farbe ihrer Wangen Lügen strafte, saß bei Herrn von Lübekind, ihrem Vetter. Sie war das Bild der Sauberkeit und Zierlichkeit, mit ihren durchsichtig weißen Händchen, der zarten Gestalt und den fein ausgemeißelten Zügen. Wanda Lübekind mußte einstmals sehr hübsch gewesen sein, und war selbst jetzt noch bei Sechzig eine Erscheinung auf der das Auge gern ruhte.

Arthur, halb von seiner Mutter dazu gedrängt, näherte sich der Tante, küßte ihr die Hand und murmelte etwas von Dank. Der Vater schenkte ein frisches Glas Bowle aus, das er seinem Sohne reichte, auch Gabriel bekam eines. Die Mädchen wurden mit Kuchen abgefunden. Nachdem diese Genüsse aufgezehrt, fragte Frau von Lübekind, ob die Kinder zu ihrem Croquet zurück könnten.

„Um Himmelswillen" rief Tante Wanda, „nichts Schrecklicheres, als junge Menschen herumstehen zu sehen, die sich und andere langweilen."

Die jungen Menschen faßten das richtig als eine Aufforderung auf, sich zu entfernen, und beeilten sich, das Weite zu gewinnen. Der Major rief ihnen jedoch nach: „Bringt euer Croquet hier vorn auf den Rasenplatz! Wir wollen euch spielen sehen."

„Immer noch so vernarrt in deine Kinder?" fragte Tante Wanda mit spöttischer Miene den Vetter betrachtend.

„Es ist das einzige, was man hat. Das einzige, was einem immer fester an's Herz wächst auf der Welt, Wanda!" erwiderte er und rührte dabei in Gedanken mit der silbernen Kelle in seiner Bowle.

Wanda zuckte mit den Achseln und betrachtete ihn, wie eine Frau nur einen Mann ansieht, den sie sehr genau kennt. — Die beiden waren allein; Frau von Lübekind hatte sich in's Haus begeben, wohl um nach dem Abendbrot zu sehen.

„Du verwöhnst den Jungen!" sagte Wanda nach einer Weile, „du weißt, ich mische mich nicht in fremde Angelegenheiten, zu allerletzt aber in die Erziehung eurer Kinder. Aber ich sehe es kommen, daß euch der Bengel da über den Kopf wächst. Wundert euch dann nur bitte nicht zu sehr!"

„Nein, Wanda, das ist nicht wahr! Das scheint dir nur so. Du bist immer so fürchterlich strenge gewesen!"

„Man kann nicht strenge genug sein!" rief Wanda Lübekind mit einem gewissen grimmigen Eifer, den man hinter ihrer Zartheit garnicht gesucht hätte. „Sieh blos, wie sich der junge Mann dort von den Mädels bedienen läßt! Der Herr der Schöpfung ist bereits fertig!"

Arthur stand in der Mitte des Rasenplatzes und teilte Befehle aus, während Thekla und Ella dienstfertig sprangen und seiner Anweisungen gemäß die Bügel aufstellten und die Stäbe einhämmerten.

„Du siehst, Wanda, die Mädels thun es ihm zu Liebe."

„Natürlich! der Kopf kann ihm ja gar nicht zeitig genug verdreht werden!"

„Außerdem ist es gut für ihn in anderer Beziehung. Er übt sich früh im Disponieren. Ein Mann muß das verstehen. Wenigstens muß es ein Offizier verstehen. — Ich habe es nie recht gekonnt!" fügte er seufzend hinzu.

„Du bist ein Narr, Eberhardt!" sagte sie halblaut.

Er fuhr in demselben ruhigen, beinahe ergebenen Tone fort, ohne sich von ihrem scheinbar schroffen Wesen beirren zu lassen; wußte er doch, was sich dahinter verbarg.

„Glaube mir, Wanda, das einzige was man hat, sind
die Kinder. Wenn ich sie auch vielleicht ein bissel ver-
ziehe, es ist so schlimm nicht. Wer weiß denn, wie lange
man noch zusammen ist! — Es geht einem so manches
durch den Kopf an einem Tage wie heute. Wie lange ist's
denn her, da war ich auch so einer, wie der da! Und was
bin ich jetzt? Was hätte ich überhaupt noch für Wert,
wenn ich nicht versuchte, ein guter Vater zu sein! Man
hat eben sein Teil gehabt. Mit der Thatsache muß man
sich nachgerade abzufinden suchen, wenn's auch wehmütig
erscheint. Heute früh, als ich die Lichter dem Jungen
um die Torte stellte, fiel mir ein, daß ich meinen acht-
zehnten Geburtstag mit dir verlebt habe, Wanda, im
Hause deiner Eltern. Ich mußte eben Fähnrich geworden sein. Du warst zweiundzwanzig, meine große Cousine, vor der ich sogar ein wenig Angst hatte. Vier
Jahr, das macht in dem Alter einen großen Unterschied; und inzwischen habe ich dich längst eingeholt, ja,
jetzt kommst du mir um soviel jünger vor. Man ist auch
darin einander näher gekommen. Wunderlich ist dieses
Leben! Es ist doch als ginge man wie ein Blinder durch
die Welt. Und wenn man noch blind bliebe bis zum
Schluß; aber eines Tages gehen einem die Augen doch
auf, wenn's zu spät ist. — Achtzehn Jahr! Wie thöricht
war man und hoffnungsvoll! Wenn mir damals einer
mein Leben voraus gesagt hätte, ich würde ihm in's Gesicht gelacht haben. Wie gut war es, daß man nicht alles
voraussah, damals." —

Wanda sagte nichts hierauf. Ihre Züge hatten einen
merkwürdig weichen, nachdenklichen Ausdruck angenommen.
Innigstes Verstehen sprach aus dem Blick, den sie jetzt auf
ihrem Vetter ruhen ließ.

Die Frau des Hauses kehrte zurück und setzte sich zu

den beiden. Vor ihnen auf dem Rasenplatze nahm das Croquet seinen Verlauf. Arthur und Ella spielten auf der einen Seite, Gabriel und Thekla auf der anderen. Agnes war, weil noch zu klein, vom Spiel ausgeschlossen. Die Partie stand ziemlich gleich. Es wurde wütend croquettiert.

Auffällig war die verschiedene Art und Weise, in der die beiden Knaben ihre Partnerinnen behandelten. Während Arthur in einem fort ermahnte, belehrte und wenn Ella nicht nach Wunsch spielte, unsanft tadelte, schien Gabriel nur darauf bedacht, Thekla zu bedienen und ihren Ball stets in die beste Lage zu bringen. Sie spielte von den vieren am schlechtesten; aber er wußte das mit Geschick auszugleichen.

Die Erwachsenen beobachteten das Spiel der jungen Leute und machten ihre Glossen dazu. „Was für eine gute Figur Arthur bekommt, er wird groß," sagte Frau von Lübekind mit dem wohlwollenden Blicke der Mutter, Arthurs etwas ungelenken Bewegungen folgend. „Ich finde, er wird jetzt seinem Vater sehr ähnlich. Doch das mußt du eigentlich am besten beurteilen können, Wanda."

Wanda schien diese Frage überhört zu haben; wenigstens gab sie keine Antwort darauf.

„Die Größe stammt nicht aus unserer Familie," bemerkte der Major. „Die Lübekinds hatten eigentlich alle nur Mittelmaß, wenn sie nicht geradezu klein waren, wie unser Großvater."

Damit war man auf einmal mitten drin im Gespräch über Familienähnlichkeiten. Der Major wollte, daß Arthur Friemarsch aussehe — seine Frau war eine Friemar — Thekla hingegen vertrete den echten Lübekindschen Typus, während Agnes einen Rückschlag darstelle auf seine Großmutter mütterlicherseits.

Ganz anderer Ansicht war Tante Wanda, die ihren

Standpunkt mit Eifer, ja mit einer gewissen Leidenschaft-
lichkeit vertrat. Frau von Lüdelind mischte sich nicht tiefer
in dieses Gespräch ein; sie war gewohnt, ihren Mann und
Tante Wanda auf verschiedenem Standpunkte zu sehen.

* * *

Nach dem Abendbrot, das im großen Familien-Eß-
zimmer des Parterres eingenommen worden war, hieß es:
die verschiedenen Sachen, die im Gartenhause und auf dem
Spielplatze liegen geblieben waren, hereinholen. Die jungen
Leute eilten dienstfertig hinaus. Als man jedoch im Freien
war, verlockte der milde Abend zum Verweilen. Der eigentliche Auftrag war gar bald vergessen. Arthur wußte, daß
am Spalier die Pfirsiche anfingen reif zu werden. Er
raunte der brünetten Ella etwas in's Ohr; worauf diese
beiden plötzlich verschwanden.

Gabriel war nicht ungehalten darüber, daß er sich
auf diese Weise mit Thekla allein gelassen sah. Er hatte
lange auf den Augenblick gelauert. Schon seit Wochen
trug er sich mit dem Plane, dem Mädchen ein Geschenk
zu überreichen. Doch ganz im geheimen nur durfte das
vor sich gehen; jede Mitwissenschaft anderer wäre ihm als
Entweihung erschienen. Das Wertvollste, was er besaß:
sein Skizzenbuch, wollte er ihr schenken.

Obgleich er das Heft zu diesem Zwecke schon ungezählte
Male bei sich gehabt, so hatte er doch noch niemals Gelegenheit gefunden, es ihr zu überreichen. Auch heute
wieder steckte es in seiner Brusttasche, und sein siebzehnjähriges Herz pochte mächtig dagegen. Endlich war ihm
das Glück günstig! Konnte man sich eine bessere Gelegenheit wünschen? Das heimliche Dunkel unter den Baum-
gruppen; er allein mit Thekla! Sie war ihm heute tags-

über im festlichen Kleide mit dem Halsausschnitt lieblicher vorgekommen denn je. Und nun jetzt erst, wo ihr Haar in der Dämmerung leuchtete wie Gold, wo sie ihm in ihrem lichten Gewande vorkam wie eine Fee — es war überwältigend! Wie oft hatte er sich Wort für Wort vorgesprochen, was er zu ihr sagen wolle in dem großen Augenblicke. Und nun blieb er stumm, zermarterte sich den Kopf nach einem Anfang; das was er sich vorgenommen, paßte ihm alles nicht mehr.

Schließlich nahm er sich ein Herz, griff in seine Brusttasche, riß mit einiger Anstrengung das Skizzenbuch, welches sich im unrechten Augenblicke widerhaarig erwies, heraus, und überreichte es ihr. Dieses Buch, dem er sein Eigenstes und Bestes anvertraut habe, solle ein Andenken sein für sie, an ihn, für alle Zeiten. —

Thekla war ein wenig verblüfft. Sie stand da, den Gegenstand in der Hand, den sie in der Dunkelheit nicht mal recht erkennen konnte. Aber sie merkte doch, daß die Angelegenheit für Gabriel von Bedeutung sei. Da sie ihn gern hatte, wollte sie ihn um keinen Preis kränken. Sie reichte ihm die Hand und dankte. Dann fragte sie, ob man nicht in's Haus zurückgehen wolle, zur Lampe; hier sei es ja viel zu dunkel, um etwas zu erkennen.

Das war nun das letzte, was Gabriel erwünscht erschien. Er beschwor Thekla zu bleiben. Dabei drückte und preßte er ihre Hand. In seinem Eifer merkte er gar nicht, daß er ihr weh that. Sie schrie auf und entzog ihm die Hand mit einem Ruck. Dann wandte sie sich, auf einmal von Scheu erfaßt, und lief dem Hause zu. Er eilte ihr nach, an dem letzten Boskett holte er sie ein und brachte sie zum Stehen. Niemandem möge sie das Heft zeigen, bat er atemlos voll großer Eindringlichkeit. Keines Menschen Auge, außer dem ihren, dürfe das jemals sehen.

Sie müsse es jetzt verstecken und erst wieder hervorholen, wenn sie allein sei. Thekla konnte den Zweck solcher Geheimniskrämerei zwar nicht einsehen, aber da er so sehr bat, that sie ihm den Gefallen, versprach, niemandem davon etwas zu sagen, und verbarg das Heft, so gut sie konnte, in ihrem Kleide.

Gabriel war nur halb befriedigt; die Art, wie Thekla seine Gabe aufgenommen, freundlich zwar, aber doch ohne irgendwelche tiefere Bewegung, hatte ihm wieder gezeigt, daß sie nicht verstand, um was es sich eigentlich handle. Wie konnte sie in einem solchen Augenblicke „au!" schreien und weglaufen? —

Fast reute es ihn, daß er ihr das Geschenk gemacht hatte. War sie überhaupt reif dafür? Und nun gar, wenn er an die Zeilen dachte, die er ihr als Widmung hineingeschrieben hatte! — Wie würde sie seine Verse aufnehmen? Er war außer sich, bei dem Gedanken, daß sie lachen könne. Am liebsten hätte er das Heft gleich wieder von ihr zurückgefordert. Aber das ging nun nicht mehr.

Thekla fing von etwas anderem zu sprechen an, nicht ahnend, welche Gefühle den neben ihr Schreitenden bewegten. Sie sprach von ihrer Schule, und daß man zu Michaelis einen neuen französischen Lehrer bekomme. Gabriel bemerkte nichts dazu, so daß sich Thekla schon über seine Einsilbigkeit zu wundern anfing und ihn fragen wollte, was er habe. Da erklang die mütterliche Stimme von der Veranda her. Die Kinder sollen hereinkommen, sonst würden sie sich erkälten.

Thekla machte an diesem Abende besonders schnell beim Entkleiden. Sie wollte bald im Bett sein, um dann das Buch, das ihr Gabriel geschenkt hatte, in aller Ruhe sich ansehen zu können; denn sie war doch neugierig, was es enthalte.

Als sie endlich in ihr langes Nachthemd geschlüpft war, das ihr bis zu den Füßen reichte, kniete sie vor dem Bett nieder, das Gesicht dem einfachen Christusbild darüber zugewandt und sprach das Gebet, welches sie seit Jahren jeden Abend gebetet hatte, halblaut. Es war eigentlich ein Kindergebet, und Thella sollte demnächst den Konfirmationsunterricht besuchen; aber noch nie war ihr der Gedanke gekommen, daß diese traulichen Reime nicht mehr für sie paßten. Es war ihr so natürlich, wie das Ordnen und Aufflechten des Haares vor dem Schlafengehen.

Und als sie sich nun in ihr Mädchenbett eingekuschelt hatte, löschte sie nicht wie sonst das Licht aus, sondern griff nach dem in grauer Sackleinewand gebundenen steifen Heft, das in zierlicher Schnörkelschrift den Namen „Gabriel Bartusch" auf dem Umschlage zeigte.

Sie war doch sehr gespannt! Warum hatte er so geheimnisvoll gethan? Gewissermaßen machte es ihr ja Spaß dieses Bedeutungsvolle: wie er es ihr überreicht hatte im Dunkeln, mit rätselhafter Rede. Es lag etwas Aufregendes und für sie gänzlich Neues in dem Bewußtsein, eines anderen Menschen Geheimnis wahren zu müssen. Gabriel schien ihr dadurch auf einmal um soviel näher gerückt.

Sie begann zu blättern. Sie fand Landschaftsskizzen, Köpfe, Studien nach Gyps, auch manches Selbsterfundene. Thella bewunderte alles. Gabriel hatte sie ja hie und da etwas von seinen Arbeiten blicken lassen, wenn sie seine Eltern, die über ihr wohnten, besucht; aber daß er es in der Kunst so weit gebracht, ahnte sie doch nicht. Vielleicht war sie die erste, die das hier betrachten durfte. Wie begabt er doch sein mußte, um dergleichen machen zu können! Jetzt glaubte sie zu verstehen, was er damit meinte, wenn er sagte: „Laßt mich nur erst mal groß

und berühmt sein!" — Früher war ihr solche Rede anmaßend erschienen. Aber jetzt glaubte sie auf einmal an
seine Zukunft.

Sie blätterte noch einmal zurück, denn sie wußte, sie
werde ihm sagen müssen, welches Blatt ihr am besten gefallen habe. Da stieß sie vorn auf der ersten Seite des
Buches auf etwas Geschriebenes. Verse! Wahrhaftig, da
standen Verse! War das aufregend! Ein richtiges Gedicht!

Sie las:

>„Schon seit meinen frühen Jahren
>Hab ich dich gesehen.
>Niemals hat das Herz gesprochen,
>Doch nun ist's geschehen!
>
>Auf ging mir ein neuer Sinn,
>Blind war ich so lang,
>Bis das Wort: ich liebe dich!
>Mir im Herzen klang.
>
>Deiner Schönheit lieblich Bild
>Schwebt um mich bei Nacht,
>Und wie oft, wenn alles schweigt,
>Hab' ich dein gedacht.
>
>Tief verschwiegen trag ich's nun,
>Schmerz und höchste Lust.
>Bis der Tod sein Veto spricht,
>Schlägt für dich die Brust."

Thekla las es atemlos. Es kam ihr wunderschön
vor. Wie sich das reimte! Welcher Rythmus darin lag!
Sie hatte garnicht gedacht, daß Gabriel auch dichten
könne. Dichten! Das war doch etwas ganz Außergewöhnliches. Sie hatte es nur einmal versucht, als sie Schillers

Gedichte in der Klasse hatten, aber es war nichts daraus geworden.

Sie las es wieder und wieder, sagte sich die einzelnen Verse halblaut vor. Es that so wohl zu denken, daß dieses Gedicht an sie gerichtet sei, an sie allein. Kühn war es ja allerdings von ihm, sehr kühn! Niemals hätte er ihr so etwas sagen dürfen! Aber in Gedichtform konnte man das wohl nicht so streng nehmen.

Am besten gefiel ihr der letzte Vers, daß er es „tief verschwiegen" tragen wolle, bis zum Tode. Sie fand das edel von ihm. Nun verstand sie erst, warum er ihr das Buch mit solcher Heimlichkeit zugesteckt und sie hatte schwören lassen, es niemanden zu zeigen. Keines Menschen Auge würde es jemals zu sehen bekommen; Gabriel konnte ganz ruhig sein. Selbst ihrer Freundin, Lilly von Ziegrist, mit der sie jetzt am intimsten war in der ganzen Klasse, selbst ihr wollte sie es nicht zu lesen geben.

Ob Lilly jemals schon ein Gedicht bekommen hatte, das an sie gerichtet war? Thekla glaubte es nicht, denn Lilly würde sich sicher dicke damit gethan haben, so wie sie nun einmal war.

Im Augenblick freilich war die Versuchung groß, der Freundin das Skizzenbuch zu zeigen. Was würde die für Augen machen! Sie erzählte ja immer von allerhand Abenteuern, die sie hatte; aber die glaubte man ihr nicht recht, denn Lilly war bekannt in der Klasse für ihr Aufschneiden. Aber von einem Gedichte hatte sie noch niemals zu erzählen gewußt.

Der verführerische Gedanke ging jedoch ebenso schnell, wie er gekommen. Nein, das durfte sie Gabriel nicht anthun! So konnte sie seine edle Gesinnung nicht lohnen. Lilly würde sicherlich den Mund nicht halten; dann würde es bald in der ganzen Klasse herum kommen. Und das hätte sie nicht ertragen. Nein, solche Dinge behielt man für sich! —

Thekla las noch einmal das Gedicht durch. Dann schloß sie die Augen und wiederholte es. Sie konnte es schon auswendig. Nun stand sie auf, öffnete das Fach ihrer Kommode, wo sie ihre Schätze aufzuheben pflegte: die Geburtstags- und Weihnachtsarbeiten für die Eltern, ihr Taschengeld, Photographieen ihrer Freundinnen, Lieblingsbücher, und legte es dort zu unterst.

Darauf schlich sie in's Bett zurück, löschte das Licht und wandte das Gesicht der Wand zu. Sie wollte nun schlafen, denn morgen war Dictés, wo man als Klassenerste auf dem Platze sein mußte.

„Tief verschwiegen trage ich's, Schmerz und höchste Lust!" — flüsterte sie, schon halb im Traume.

* * *

Wie lange Zeit seitdem vergangen sei, hätte Thekla selbst am wenigsten angeben können, als sie jählings erwachte. Im Stockwerk unter ihr war ungewöhnliches Geräusch zu hören. Stimmen ertönten, Thüren wurden geschlagen, dann vernahm sie deutlich, wie sich die Hausthür öffnete, und jemand eiligen Schrittes auf dem steingepflasterten Gange nach dem Gartenthore lief. Das waren Laute, die man sonst in dem ruhigen Hause des Nachts niemals zu hören bekam.

Thekla horchte gespannten Ohres. Sie und Arthur wohnten allein hier oben, sonst gab es in diesem Stockwerk nur noch Fremdenzimmer. Darüber wohnte die Familie Bartusch. Herr und Frau von Lüdelind mit Agnes hatten das Parterre inne. Die Dienstboten waren im Kellergeschoß untergebracht.

Was konnte es nur geben? Dem jungen Mädchen wurde sehr bange zu Mut. Irgend etwas Schreckliches war da unten vorgefallen. Und sie war allein hier, fern von den Erwachsenen! Sollte sie rufen? Sollte sie ihren Bruder aufsuchen, der zwei Thüren von ihr schlief?

Sie entschied sich für das Letztere. Hastig warf sie ein paar Kleidungsstücke über und lief zu Arthur. Der Junge lag in seinem Bette und schnarchte aus vollem Halse. Thella berührte ihn am Arm, er merkte es nicht; sie mußte ihn rütteln. Als Arthur endlich aufgeweckt war, und zu begreifen anfing, was von ihm verlangt werde, zeigte er sich sehr unwillig. Was? Jetzt aufstehen und hinunter gehen! Sie war wohl verrückt? Deshalb weil sie unten laut gesprochen und mit den Thüren geschlagen hatten! — Vielleicht hätte Agnes wiedermal Zahnschmerz und plärre, wie neulich erst. Sie solle sich wegscheren! — Damit wandte er knurrend der Schwester den Rücken zu.

Thella mußte sich also allein auf den Weg machen. Ängstlich nach allen Seiten lauschend, tastete sie sich in der Dunkelheit die Stufen hinab, und klingelte. Sofort erschien Licht hinter den Scheiben der Vorzimmerthür. Ihre Mutter selbst machte ihr auf. „Ach du bist es! Was willst du?"

Die Mutter war ungehalten; sie hatte den Hausarzt erwartet. Thella fragte, ob jemand krank sei. Natürlich sei jemand krank, war die Antwort, und sie solle nur machen, daß sie wieder in's Bett komme, nützen könne sie hier ja doch nichts.

Thella wagte nicht hiergegen etwas zu sagen; sie sah, die Mutter befand sich in großer Erregung. Zu ihrem Glück kam jetzt Tante Wanda aus dem elterlichen Schlafzimmer herbei, Tante Wanda, die immer so besonders gütig gegen sie war. Thella eilte auf das alte Fräulein zu, warf sich ihr in die Arme und sagte ihr leise in's Ohr, sie bitte, bleiben zu dürfen.

„Du bleibst, mein gutes Kind, du bleibst hier!" rief Tante Wanda und küßte die Nichte wiederholt auf Stirn und Augen. Thekla fühlte, wie die Tante zitterte, und begriff nun, daß es der Vater sein müsse, der krank sei. Denn sie wußte, daß Tante Wanda den Vater sehr lieb habe. Sie begann zu weinen.

Tante Wanda wurde jetzt in's Schlafzimmer gerufen, wo der Kranke lag. Thekla wagte nicht, ihr dorthin zu folgen, sie drückte sich in eine Ecke des Vorzimmers neben einen großen Schrank, und blickte mit weitgeöffneten, starren Augen auf das, was sich nun entwickelte.

Die Dienstboten liefen hin und her, dann erschien wieder die Mutter, befahl etwas, widerrief es gleich darauf und jammerte, daß der Arzt noch immer nicht da sei.

Die einzige Ruhige und Besonnene in diesem Treiben war Tante Wanda. Thekla sah sie durch die offene Thür, wie sie am Lager des Vaters stand, ein Becken neben sich, ihm mit Hilfe von Tüchern Umschläge machend. Gelegentlich beugte sie sich über ihn, ob sie zu ihm spreche, konnte Thekla nicht erkennen.

Endlich kam der Arzt; Thekla erkannte ihn schon von weitem an der Stimme. Er sprach laut, entschuldigte sich damit, daß er in dieser Nacht bereits zum zweiten Patienten gerufen werde. In der Thür packte er in fliegender Hast seine Instrumente aus, fragte nach verschiedenem und versicherte, es werde schon nicht so schlimm sein. Der Herr Major habe ja eine „Riesennatur!" Thekla sah seine Glatze, den grauen Bart, die leuchtenden Brillengläser im Krankenzimmer verschwinden.

Dann war es lange Zeit still. Thekla befand sich noch immer in ihrer Ecke. Vor Ermattung war sie zusammengesunken und lauerte am Boden. Sie ahnte nun, daß es sich da drinnen um Tod und Leben handle. Obgleich sie noch nie einen Menschen hatte sterben sehen, wußte sie doch, was in diesem Augenblicke über dem Hause schwebe. Es war ihr offenbar geworden in dem Augenblicke, wo sie an Tante Wandas Brust gelegen und ihr Erbeben gefühlt hatte.

Sie hatte versucht zu beten zum lieben Gott, daß er ihren guten Vater wieder gesund werden lassen möge; aber die Gebetsworte waren auf ihren Lippen geblieben. Nun saß sie hier und sannte; aber nichts war zu vernehmen als hie und da ein halblaut geflüstertes Wort.

So also war es, wenn jemand starb! Ganz anders hatte sie sich das vorgestellt. Aus der Biblischen Geschichte wußte sie von Menschen, die gestorben waren: Henoch hatte Gott der Herr zu sich genommen, ohne daß er den Tod gesehen, Abraham und Isaak starben alt und lebenssatt. Andere wieder, wie Absalom, waren eines gottlosen Todes gestorben. Der Tod war ihr überhaupt bisher meist als etwas Schreckliches dargestellt worden, als eine Strafe. Der Herr schlug die Erstgeburt der Ägypter. „Der Tod ist der Sünde Sold!" — erst neulich war das im Religionsunterrichte dargelegt worden. Alle Menschen waren sündig von Geburt an und alle Menschen mußten darum sterben. Und auch ihr Vater, der so gut war, mußte sterben. Hatte auch er Sünde gethan? —

Und da durchzuckte es sie auf einmal blitzartig: Wie wenn sie selbst die Schuldige wäre? Wenn der Vater vielleicht ihr Unrecht büßen mußte? — War sie denn nicht eine große Sünderin? Täglich, ja stündlich beging sie Sünde. Wie oft hatte sie nicht im Laufe des vergangenen Tages gefrevelt gegen Gottes Gebote?

War es nicht ein großes Unrecht von ihr, daß sie das

Heft von Gabriel angenommen hatte, daß sie es bei sich verborgen gehalten und dann heimlich im Bette sich angesehen hatte? War das nicht Ungehorsam gegen die Eltern, ein schweres Unrecht!

Gewiß gewiß, es war so! Sie wurde gestraft vom lieben Gott. Ihr Vater hatte sicher keine Sünde begangen. Wie war es denkbar, daß er sich versündigen konnte!

Sie schlug die Hände vor die Augen, und begann zu beten. Jetzt fand sie die rechten Worte. Sie trug Gott ihren Kummer vor, und bat ihn, er möge es nicht ihrem armen Vater entgelten lassen, daß sie so schlecht sei. Und schnell kam die lindernde Wirkung des Gebetes über ihre Seele. Nun würde ihr Vater gesund werden; der liebe Gott würde sie erhören. —

Bald darauf that sich die Thür auf vom Krankenzimmer. Der Arzt erschien. Er holte ein Instrument aus seinem Überzieher. Bei dieser Gelegenheit sah er das Kind in der Ecke. „Ist das nicht Thekla?" fragte er, hob die Lampe hoch und betrachtete das Mädchen durch seine blitzenden Brillengläser, wie es ängstlich zu ihm emporblickte. „Wenn du deinen Vater noch einmal sehen willst, dann komm herein, mein Kind!" sagte Doktor Beermann in freundlichem Tone, reichte ihr die Hand und führte sie in das Krankenzimmer.

Wenn auch viele Einzelheiten dieser Nacht im späteren Leben Theklas Gedächtnis entschwunden sind, dieser Augenblick, wie sie mit dem alten Familienarzt in's Schlafzimmer trat, und der Anblick, der sich ihr da bot, sind ihr immerdar unauslöschlich geblieben. Auf seinem Bette, den Kopf durch Kissen hoch aufgerichtet, lag ihr Vater, die Hände vor sich auf der Bettdecke, die Augen weit geöffnet, mit einem Gesicht, das um ein Jahrzehnt gealtert schien. Tante Wanda stand ihm zu Häupten, sehr bleich und sehr ernst,

aber ohne Thränen. Wenn seine starren, nach oben gewandten Augen überhaupt noch etwas zu erfassen vermochten,
so schienen sie nach ihrem Gesichte gerichtet. In einer
Ecke des Zimmers, vor einem Stuhle zusammengebrochen
in fassungslosem Schluchzen lag die Mutter, die Hände
ringend.

Doktor Beermann beugte sich über den Sterbenden
und sagte:

„Hier ist Ihr Kind, Herr Major, Ihre Tochter!" Da
der Kranke kein Zeichen des Verständnisses gab, wiederholte
er dasselbe noch einmal lauter. Die Augen blieben leer
und die Mienen ungerührt. Der Arzt schüttelte trübe den
Kopf und sagte halblaut etwas zu Wanda Lüdelind.
Dann nahm er Thekla wieder an der Hand, geleitete sie
zur Thür und befahl ihr, sich zu Bette zu begeben.

Aber Thekla kam dem Befehl des Alten nicht nach.
Zu Bette gehen, schlafen, wo sie das erlebt hatte! —
Nein, jetzt wollte sie erst recht aufbleiben!

Eine Zeit lang stand sie unschlüssig im Vorzimmer,
dann überlegte sie, daß sich neben dem Schlafzimmer der
Eltern das Badezimmer befinde; niemand würde sie dort
suchen, dort würde sie ungestört lauschen können.

Sie fand in dem kleinen Raume die Dienstboten des
Hauses: die Köchin, die Jungfer, das Stubenmädchen und
die alte Kinderfrau, eng zusammengeschmiegt. Die Mädchen
fuhren erschreckt auf, als sich die Thür so unerwartet aufthat. Hanka die wendische Kinderfrau, die bereits bejahrt
gewesen, als sie in's Haus gekommen, hatte der Reihe
nach Arthur, Thekla und Agnes aufgezogen, und war
noch immer da. Der Major hatte sich nicht entschließen
können, den alten verdienten Dienstboten zu entlassen, obgleich sie zu nichts mehr recht nütze war, als zum Klatschen.
Hanka im weißen Haar, über dem sie die weiße wendische

Witwenhaube trug, saß auf der Ofenbank und äußerte
mit jener eigenartig gebrochenen Blechstimme ganz alter
Menschen ihre Ansicht zu dem Falle. Um sie herum waren
schon soviele Menschen verdorben und gestorben, daß das
Unglück für sie etwas Alltägliches bekommen hatte. Sie
sprach vom Sterben wie andere vom Wetter sprechen, dessen
steter Wechsel etwas Unabänderliches ist. Thellas Anwesenheit störte sie nicht.

„Kommt meine Thella zu mir? Hat meine Thella
Furcht?" sagte sie nach Wendenart langsam jede einzelne
Silbe betonend. „Setz dich hier, meine Thella ruh dich
aus!" —

Thella fühlte keine Angst vor dem alten, verwitterten
Rabengesicht, und diesen knochigen Händen, die sie jetzt
streichelten; hatten diese Hände sie doch durch Jahre gewartet, und dieses Gesicht hatte ihr erstes Lächeln gesehen.
Sie schmiegte sich an die Alte an, und lehnte, neben ihr
sitzend, den Kopf an die weiße Schürze, ohne welche
Hanka zu keiner Tageszeit zu sehen war. Die Alte fuhr
fort zu erzählen. Sie hatte jeden Todesfall in ihrer Umgebung bisher vorausgewußt, so auch diesen. Wie ihr
„Vater selig" verstorben — was jetzt an die fünfzig Jahre
her war — hatte sie ihn im Leichenhemde die Nacht vorher erblickt. Bei verschiedenen kleinen Kindern, die sie
verloren, war plötzlich das Totenlicht erschienen, das nahe
Ende anmeldend. Und hier beim gnädigen Herrn war es
das Fallen des Leichenbrettes gewesen, welches das drohende
Ereignis prophezeite. Sie rief die Mädchen zu Zeugen
auf, daß auch sie den dröhnenden Schlag vernommen
hätten, von dem das ganze Haus gezittert. Und da sie nun
mal im Zuge war, erzählte die Alte einen Fall nach dem
andern. Bei einer Familie, in deren Dienst sie gewesen,
waren kurz nach einander Großmutter, Tochter und ein

Enkelkind gestorben. Die Ärzte hatten es auf Ansteckung
zurückgeführt, aber da sei von Ansteckung keine Spur gewesen. Die hatten einander vielmehr eines nach dem
andern „nachgezogen". Denn das könnten die Toten.
Wenn der Verstorbene mit seinen weißen Lippen einen
Gegenstand berühre, den man ihm mitgegeben, dann müsse
auch der Geber von dannen. Das ist das „Leichenschmatzen".
Auch hierfür hatte sie mehr als ein Beispiel anzuführen.

Thekla hörte dem unheimlichen Berichte der Alten
mit Grauen zu. Sie glaubte alles wörtlich. Wie konnte
sie an dem zweifeln, was Hanka sagte! —

„Hört ihr's!" flüsterte die Wendin und hielt plötzlich
im Erzählen inne, ihr weißes Haupt mit der großen
Hakennase nach der Thür des Sterbezimmers wendend.
Von dort kam jetzt deutliches Schluchzen. „Gestern früh
um diese Stunde ist Leichenbreit gefallen. Jetzt ist er heim-
gegangen." Dabei machte sie mit drei Fingern der rechten
Hand das Zeichen des Kreuzes über Stirn und über Brust.
„Macht die Fenster auf!" befahl sie den Mädchen. „Macht
in ganzem Haus Fenster auf!" und als die jungen Dinger
noch zögerten, nicht verstehend, was sie meinte: „Seele
will Weg haben zu ewiger Seligkeit."

Hanka ging in das Sterbezimmer; als alter Dienstbote durfte sie sich solche Freiheit nehmen. Thekla schlich ihr
nach. Dort lag der Hausherr auf dem Bette, ausgestreckt,
mit geschlossenen Augen und gefalteten Händen. Neben
ihm knieten zwei weinende Frauen.

Die alte Hanka aber ging mit unhörbarem Schritte
zum Fenster, ohne ein Wort zu sagen und öffnete es weit,
daß der helle Morgen hereinstrahlte.

II.

Das Begräbnis war seit Monaten vorüber. Schon stand auf dem Grabe eine Marmorplatte mit goldener Inschrift, welche besagte, daß hier in Gott ruhe: Eberhardt Friedrich von Lüdekind, und darunter der Spruch: „Selig sind die Toten, die im Herrn sterben". Epheu war angepflanzt, eine Trauerweide erhob sich zu Häupten über der Ruhestätte. Trotz der rauhen Spätherbstwinde pilgerte die Witwe täglich zum Grabe.

Thekla brauchte einige Zeit, ehe sie sich an all das Neue und Wunderliche gewöhnte, das der Tod ihres Vaters im Gefolge hatte: die Witwentracht in der fortan ihre Mutter einherging, die schwarzen Kleider, die ihr selbst angemessen worden waren. Und die Kondolenzbesuche, die man empfing. Da waren immer und immer wieder dieselben mit kläglich bekümmerter Miene vorgebrachten Fragen nach den letzten Augenblicken des Verstorbenen, fast die nämlichen Ausdrücke der Teilnahme und der Tröstung, die von der Witwe mit kaum merklichen Änderungen beantwortet wurden.

Der Alltag fing an seine Rechte geltend zu machen. Im ersten Schmerze hatte Frau von Lüdekind bestimmt, in den Räumen, die der Verstorbene bewohnte hatte, solle für alle Zukunft alles so bleiben, wie er es verlassen; als ob er jeden Augenblick eintreten und seinen Platz wieder einnehmen könne. Aber diesem gutgemeinten Vorsatze zum Trotze wurde doch sehr bald an diesem und jenem gerüttelt. Manche Einrichtung, die das Familienoberhaupt getroffen, konnte weil jetzt nicht mehr passend, fürderhin nicht beibehalten werden.

So geht es: die Erde hat sich kaum über einem ge-

schloſſen, ſo beginnt auch ſchon die nüchterne Notwendigkeit des Weiterlebens Stich um Stich aufzutrennen, was
jener Wehrloſe da unten geſchaffen hat. Man will noch
das Andenken des Verſtorbenen ehren, will das Bewußtſein
des Schmerzes um ihn nicht abſterben laſſen, aber das
fortſchreitende Leben duldet 's nicht. Das Bild deſſen,
der unerſetzlich geſchienen, rückt weiter und weiter, bis es
nur noch ein blutleerer Schatten iſt, der über die Lebendigen keine Gewalt mehr hat.

Und ſchnell, grauſam ſchnell geht dieſer Prozeß vor
ſich in der Seele des jungen Menſchen. Während der
erſten Tage, nachdem man den Major von Lübekind zu
Grabe getragen, hielt bei ſeinen Kindern eine gedämpfte
Stimmung an, weil ſie die Erwachſenen ernſt und trauernd
ſahen. Dann wagte ſich allmählich ein lautes Wort, dann
ein Lachen vor, und bald tollte die kleine Agnes im Hauſe
umher wie früher, Arthur ließ auch nur noch durch den
ſchwarzen Flor um Ärmel und Hut erkennen, daß er den
Vater verloren. Einzig Thekla legte mehr Zurückhaltung
an den Tag; wie ein Schatten aus jener Todesnacht, die
nicht ohne Spur an dem jungen Gemüte vorübergegangen
war, lag es über ihr.

Gabriels Skizzenbuch lag in der hinterſten Ecke ihres
Kommodenfaches wohlverborgen. Sie hatte es nie wieder
aufgeſchlagen. Sie dachte nicht einmal gern daran. Es
ſchien ihr unheimlich; zu eng hing es mit jenem ſchrecklichen
Erlebniſſe zuſammen, als daß ſie es ohne Grauen hätte
betrachten können.

Wenn man einander begegnete — was bei Hausge-
noſſen oft genug geſchah — dann ging ſie nicht wie ehemals auf Gabriel zu und reichte ihm die Hand, ſie eilte
vielmehr ſo ſchnell ſie konnte von ihm weg. Der em-
pfindliche Knabe merkte dieſen Wandel in ihrem Benehmen

schnell genug. Anfangs grüßte er sie wenigstens noch, dann stellte er auch das ein.

Thella und Gabriel kannten einander nicht mehr. Gabriel nannte ihr Verhalten: „Verrat". Aus seinem Kummer um sie versuchte er, sich in Verachtung zu retten. Sie war eben doch zu jung und unreif für ihn. Seine Kameraden schwärmten meist für Damen, die älter waren. Was konnte man auch von einer erwarten, die in die Konfirmationsstunde ging!

Und doch war es ihm nicht recht geheuer zu Mute bei seiner Verachtung. Sie war eben doch einzig in ihrer Art, wenn auch noch ein Backfisch. Außerdem sah sie in dem halblangen, tiefschwarzen Kleide, das sie jetzt trug, viel erwachsener aus: wie eine richtige junge Dame.

Er nahm sich hundertmal vor, sich nicht um sie zu kümmern, aber der Anblick ihrer knospenden Gestalt, der für seine keimende Jünglingssinnlichkeit alles Begehrenswerte in sich schloß, warf sofort all die düsteren Pläne über den Haufen. In ihrer Nähe sein, dem Klange ihrer Stimme lauschen, ihr in die Augen blicken, mehr wollte er nicht, jetzt. Später ja später! Er hatte seine Pläne im Geiste fertig. —

Eine weitere schwere Beleidigung für Gabriel bedeutete es, als er eines Tages auf der Straße Thella mit ihrer Freundin Lilly von Ziegrist begegnete. Lilly war ihm sowieso verhaßt, denn er wußte, daß sie als Hofmarschallstochter die Nase rümpfte über seine Familie. Und nun mußte er es erleben, daß diese kleine anmaßende Person über seinen Aufzug, der allerdings im Augenblicke nicht besonders glänzend war, — er hatte die Schulsachen an — eine schnippische Bemerkung fallen ließ. So etwas konnte ihn furchtbar wurmen. Wenn er nur Thellas Gesicht dabei hätte sehen können. Ob sie gelacht hatte? —

Auch Thella hatte Kummer. Vor allem ihr Bruder Arthur und seine Freunde schufen ihr Verdruß. Sie wußte ja, daß die Jungens allerhand verbotene Sachen trieben. Früher hatte sie sich nichts dabei gedacht, ja hatte ihnen gelegentlich geholfen. Aber, daß Arthur so wenig Gefühl zeigte, vier Wochen nach des Vaters Tode bereits ein festliches Gelage zu geben, das verdachte sie ihm. Und sie sagte es ihm auch, aber es machte keinen Eindruck auf den verhärteten Sünder.

Von diesen geheimen Zusammenkünften der Abiturienten durfte die Mutter natürlich nichts wissen. Man trank Bier und rauchte, und übte sich vorzeitig im studentischen Komment. Die einzige die darum wußte, war Thella. Sie schlief auf demselben Flur nicht weit von Arthurs Zimmer, wo diese Zusammenkünfte abgehalten wurden. Sie hatte den Lärm aus erster Hand. Jeder Salamander, der gerieben wurde, machte sie aus dem Schlaf auffahren. Sie ängstigte sich für diese Jungen, vor allem für Arthur; sie sah über ihnen die drohende Strafe hängen. Und das Bewußtsein, Mitwisserin solchen Unrechts zu sein, bedrückte sie.

Ein anderer griff hier ein. Gabriels Vater, der Besitzer des Hauses, hatte von dem nächtlichen Treiben der Gymnasiasten Wind bekommen. Er beschwerte sich über die Ruhestörung bei Frau von Lüdekind.

Die Witwe neigte im allgemeinen dazu, alles was Arthur that, gut und schön zu finden, aber das hier war doch zu viel. Sie schalt den Jungen tüchtig aus; auch Thella bekam ihr Teil. Es war ja ganz klar, daß sie mit im Geheimnis gewesen sei, und Thella dachte nicht an's Ableugnen. Arthur hatte nur eine Sorge, nämlich die: der Vormund könne etwas erfahren.

Major von Lüdekind hatte in seinem Testament einen seiner Bekannten, den Finanzrat Sänger, zum Vormund

seiner Kinder eingesetzt. Sänger stand im mittleren Lebensalter und war viel im Lübekindschen Hause aus und ein
gegangen. Der Major pflegte scherzweise, ohne an die
Möglichkeit eines nahen Todes zu denken, von dem Finanzrat zu sagen, er habe ja als Junggeselle Zeit und müsse
für sein Ledigbleiben gestraft werden. In allerhand juristischen Fragen hatte Sänger der Familie geholfen, der
Verstorbene war ihm dafür dankbar gewesen, da er als
ehemaliger Offizier von diesen Dingen nicht allzu viel verstand. Vor der Geschäftskenntnis seines Freundes Sänger
hegte er die größte Achtung.

Arthurs Wunsch, daß der Vormund nichts von seiner
Ausschreitung erfahre, war begreiflich, und es gelang ihm,
die Mutter zu überreden, daß sie dieses Mal noch schweige.

Auch eine andere Person war, die nichts von Arthurs
Streichen erfahren durfte: Tante Wanda. Hier war es
Frau von Lübekind selbst, welche darauf hielt, daß das Geheimnis gewahrt werde. Denn die Mutter wußte nur zu
gut, daß Arthur nicht gut bei der Tante angeschrieben
stehe. Wanda hatte ja immer behauptet, daß der Junge
verzogen werde. Frau von Lübekind hegte eine gewisse
Angst vor dem scharfen Auge und dem schonungslosen
Urteil des alten Fräuleins. „Daß nur Tante Wanda das
nicht erfährt!“ war eine ihrer stehenden Wendungen.

Man durfte es mit Tante Wanda nicht verderben, sie
war ja reich, und wem sie mal ihr vieles Geld hinterlassen
würde, war noch ganz ungewiß. Man mußte sich manches von ihr gefallen lassen, im Hinblick auf die Zukunft.

Auch Thekla wußte nicht recht, woran sie mit der
Tante sei. Es war eine eigene Sache; seit dem Begräb-
nisse ihres Vetters kam Wanda Lübekind, die früher der
häufigste Gast gewesen, ja eine Art von „Schutzgeist des
Hauses“, wie der Major sie getauft, nur noch ganz selten

zu ihren Verwandten. Und wenn man sich in schwarzen
Trauerkleidern im Salon der Mutter auf den steifen Lehn-
stühlen gegenübersaß, dann vermochte Thella kaum in
diesen strengen und verschlossenen Zügen ihre geliebte Tante
Wanda wiederzufinden, die Freundin ihres guten Vaters,
die auch gegen sie immer so gütig gewesen war.

Was war mit der Tante? Warum hatte sie manchmal so etwas Abweisendes, ja geradezu Höhnisches? Besonders wenn sie mit der Mutter sprach, kam das heraus.
Die beiden waren fast immer entgegengesetzter Ansicht, selbst
in den kleinsten Dingen. So fand es Wanda Lübekind
geschmacklos, daß man die Kranzschleifen vom Begräbnis
gesammelt, und damit die große Photographie des Verstorbenen umgeben habe. „Der richtige Tapeziergedanke!“
rief Wanda Lübekind, als sie dessen gewahr wurde.

„Gefällt es dir nicht?“ fragte die Witwe. „Ich fand
es ein so sinniges Andenken.“

„Aufdringlich ist es, weiter nichts,“ erwiderte das
alte Fräulein, „und sieht Eberhardt so wenig ähnlich wie
möglich.“

Frau von Lübekind war durch diese Äußerung gekränkt.
Als Wanda gegangen, sagte sie: „So ist sie! Immer hat
sie behaupten wollen, daß sie ihn besser verstünde, als
irgend ein anderer Mensch.“ —

Für Thella hatte solcher Meinungszwist der Erwachsenen etwas Verwirrendes. Man konnte geradezu irre
werden an Tante Wanda. Daß sie so unfreundlich sprechen
konnte! Und doch fühlte sie sich mächtig hingezogen in
ihrem Herzen zu dem alten Fräulein, wie zu dem Menschen
auf der Welt, den sie am höchsten hätte verehren und bewundern mögen. Warum mußte das so sein? —

Es war ein Glück für Thella, daß sie etwas hatte
in dieser Zeit, das sie über Vieles tröstete. Das junge

Mädchen besuchte seit dem Oktober den Konfirmationsunterricht. Jetzt, wo der jähe Tod ihres Vaters sie besonders ernst gestimmt hatte, war ihr Gemüt gleichsam
vorbereitet für die geistliche Aussaat. Der Pastor, in dessen
Händen der Konfirmationunterricht lag, war ein älterer
Mann. Er hatte wohl schon manches Tausend junger
Menschen für die Aufnahme in den Bund der erwachsenen
Christen vorbereitet. Er fand sehr schnell heraus, welche
seiner Schüler in einem wirklichen Gemütsverhältnis zu
dem Lehrstoff standen. Thekla von Lüdekind wurde bald sein
Liebling unter den drei Dutzend Mädchen, die zu seinen
Füßen saßen. Er pflegte solche Fragen, für deren Beant-
wortung mehr als gutes Gedächtnis und Durchschnittsver-
ständnis gehörte, für diese bevorzugte Schülerin aufzuheben.

Mit Thekla gemeinsam besuchte den Konfirmationsunterricht Lilly von Siegrist. Die beiden standen ungefähr
in gleichem Alter. Ihre Freundschaft war mehr bedingt
durch Ähnlichkeit der äußeren Lebenslage und gemeinsame
Erlebnisse, als durch tiefere Neigung. Herr von Siegrist,
früher ebenfalls Offizier, hatte den Militärdienst quittiert,
um Hofmarschall zu werden. Lillys Eltern wohnten nicht
weit von der Familie des Majors von Lüdekind. Sie
waren unbemittelt und doch durch ihre Stellung gezwungen,
etwas vorzustellen. Wenn sie auskommen wollten, mußten
sie mit allerhand Ersparnissen und Erleichterungen von
anderer Seite rechnen. So benutzten sie, die selbst in einem
engen hohen Stadthause wohnten, mit Vorliebe den Garten
der ihnen befreundeten Lüdekinds. Und wiederum Frau
von Lüdekind sah es nicht ungern, daß ihre Tochter mit
einem jungen Mädchen umging, dessen Eltern engste Fühlung zum Hofe hielten.

Lilly war in vielem das gerade Gegenteil von Thekla.
Die beiden waren auch nicht jederzeit Freundinnen gewesen.

3*

Sie hatten ehemals als Rivalinnen gegolten; ja die Klasse hatte sich um ihretwillen in zwei feindliche Heerlager ge- spalten, die sich nach der Haarfarbe der beiden führenden Mädchen die „Blonden" und die „Brünetten" nannten. Aber das war in ganz früher Zeit gewesen, wo man sich noch gepufft, an den Haaren gerauft, ja gelegentlich ge- kratzt hatte. Jetzt konnte so etwas nicht mehr vorkommen; jetzt wurden solche Kämpfe höchstens mit der Zunge aus- gefochten.

Thellas und Lillys Freundschaft war ungefähr ein Jahr alt. Die Wandlung war so gekommen:

Der französische Unterricht wurde von einem Monsieur Lepellier erteilt, einem Herrn mit kahlem Kopfe und schwarzem Henriquatre, dessen Färbung nicht immer gleichmäßig er- schien. In der Klasse war es Mode, für Monsieur Lepellier zu schwärmen. Seine Lebensgeschichte wurde von einer Mädchengeneration der anderen übermittelt. Danach wäre er sehr unglücklich verheiratet gewesen. Madame Lepellier, die nach einer Lesart tot nach einer anderen nur von ihm geschieden war, wurden die ärgsten Dinge nach gesagt. Le- pellier hatte aus Kummer über sie in einer Nacht alles Haar verloren. Er solle sogar einen Selbstmordversuch gemacht haben, wurde behauptet.

Mochte nun der Franzose ahnen, welcher Sagenkreis sich um seine Person gewoben hatte, oder nicht, jedenfalls ließ er sich die Huldigungen dieser werbenden Damen gern gefallen. Er war sehr launisch und blasiert; konnte, wenn er wollte, den Unterricht anregend gestalten, an manchen Tagen jedoch spielte er sich auf den Leidenden, stützte den Kopf in die Hand, machte ein gelangweiltes Gesicht und ließ alles gehen, wie es gehen wollte. Die Klasse aber fand ihn, wenn er „melancholisch" war, natürlich am interes- santesten.

Unter den Mitschülerinnen war die Ansicht verbreitet, daß Lepellier für Thekla von Lübekind schwärme. Es war eines von jenen vagen Gerüchten, wie es nirgends leichter entsteht als in der Phantasie übermütiger Backfische.

Thekla hatte die Angewohnheit, wenn sie etwas gefragt wurde, was sie nicht zu beantworten vermochte, in Verwirrung die Hände gegeneinander zu reiben. Der Franzose hatte ihr bei einer solchen Gelegenheit einmal zugerufen: „Mais, mademoiselle, ne tordez donc pas ainsi vos jolies petites mains!" — Von diesem Augenblicke an stand es fest, daß Lepellier für Thekla etwas empfinde. Man fand das äußerst interessant, und manche von den jungen Dingern beneidete im stillen die Klassenerste um diesen Vorzug.

Eines Tages fand sich ein Brief in Theklas Schulpult vor, von unbekannter Hand auf Französisch geschrieben. Der Schreiber, der sich mit L. unterzeichnet hatte, bat sie, ob sie ihn nicht durch ihre kleine, reizende Hand für's Leben glücklich machen wolle.

Thekla lachte herzlich über den drolligen Brief, an dessen Echtheit sie natürlich keinen Augenblick glaubte. Sie dachte sich nichts dabei, ihn auch von anderen lesen zu lassen. Darüber, wer den Brief geschrieben, konnte kaum Zweifel sein; so beherrschte das Französisch in der ganzen Klasse nur eine: Lilly von Ziegrist.

Dieses Ereignis wäre, wie manche andere Klassengeschichte der Vergessenheit anheimgefallen, wenn nicht die Schwestern Kaltmeyer sich genötigt gefunden hätten, zu Haus davon zu erzählen. Der Vater des Schwesternpaares, Oberschulrat Kaltmeyer, war mit der Schulinspektion betraut. Daher schien es nicht unbegreiflich, wenn Fräulein Zuckmann, die Vorsteherin, ein offenes Ohr hatte für etwaige Klagen dieses Herrn.

Eines Tages wurde die Klasse zurückbehalten. Fräulein Buckmann und die nächstälteste Lehrerin stellten eine Untersuchung an über den französischen Brief. Vor allem wurde Thekla Lüdekind in's Gebet genommen. Nun stand Thekla ausgezeichnet mit der Vorsteherin, von ihrer Unschuld war man von vornherein überzeugt, aber man fahndete auf die Schreiberin des Billetdoux.

Wenn Fräulein Buckmann geglaubt hatte, von Thekla alles zu erfahren, dann hatte sie sich in dem Charakter ihres Lieblings getäuscht. Das Mädchen war verletzt, daß man das, was doch nur Scherz gewesen, in dieser Weise zu einem Skandal aufbauschte. Sie verweigerte jede Auskunft. Zum Staunen der Vorsteherin legte das sonst so willige und sanfte Kind geradezu Trotz an den Tag. Die anderen Mädchen sagten auch nichts, bis auf die Kallmeyers, welche die Rolle der Angeber weiter spielten. Thekla wurde schließlich der Befehl erteilt, den Brief nachmittags mit in die Schule zu bringen; wahrscheinlich sollten Handschriftenvergleichungen dran vorgenommen werden.

Auf dem Heimwege schloß sich Lilly an Thekla an, was sie bisher noch niemals gethan. Nur eng befreundete Mädchen gingen auf dem Wege von und zur Schule zusammen. Thekla sah, durch Lillys blasses Gesicht und unruhige Augen bestätigt, daß sie die Verfasserin des Briefes sei. Lilly fragte, ob Thekla nicht sagen könne, daß sie den Brief verlegt habe. Thekla erwiderte: sie werde den Brief verbrennen und sagen, daß sie ihn verbrannt habe, das sei viel einfacher. Lilly atmete erleichtert auf; das sei ein gescheiter Gedanke, meinte sie.

Am Nachmittag erschien Fräulein Buckmann abermals in der Klasse, und erklärte kurz: Thekla von Lüdekind sei hiermit als Klassenerste abgesetzt, da sie sich Ungehorsam

habe zu Schulden kommen lassen; sie werde fortan als
Letzte sitzen. Auf die Sache mit dem Briefe ging sie nicht
weiter ein, wahrscheinlich war die Vorsteherin selbst im
stillen froh, daß er aus der Welt geschafft war.

Thekla aber, die schweigend ihren Platz der Nachbarin,
Marie Kaltmeyer, einräumte, hatte die Bewunderung aller,
am meisten die ihrer alten Lehrerin, Fräulein Zuckmann,
für sich gewonnen. Nach vier Wochen nahm sie übrigens
ihren Posten als Klassenerste bereits wieder ein, da es sich
herausgestellt hatte, daß Marie Kaltmeyer nicht im stande
war, die Klasse nur einigermaßen zusammenzuhalten.

Eine bleibende Folge dieses Ereignisses aber war die
Freundschaft zwischen Lilly und Thekla. Sie gingen fortan
zusammen aus der Schule, soweit sie gemeinsamen Weg
hatten und auch in der Freiviertelstunde steckten sie bei einander. So hatte sich die anfängliche Rivalität in Kameradschaft verwandelt.

Lilly war ihrer Freundin in mehr als einer Beziehung
überlegen. In Toilettenfragen galt sie in der Klasse als
anerkannt erste Autorität. Lilly wußte genau, welche Farben
gut zu Blond standen und welche zu Braun. Sie verstand
es bereits, sich und andere hoch zu frisieren, obgleich das
verpönt war; die Mädchen sollten Zöpfe tragen. Sie legte
Wert auf den Sitz ihrer Handschuhe, Strümpfe und Schuhe.
Sie übte scharfe Kritik an der Art, wie sich viele andere
Mädchen anzogen. Ja, sie gab Urteile ab über körperliche
Mängel und Vorzüge. So erfuhr Thekla, daß sie schönes
Haar und guten Teint habe, aber daß ihre Füße eine
Kleinigkeit zu groß seien, und für ihre Taille noch viel geschehen müsse. Lilly war es auch, welche erklärte, als Thekla
zum ersten Male nach dem Tode ihres Vaters in Trauer
in der Klasse erschien, daß zu blondem Haar Schwarz
doch am besten stehe; und es schien fast, als beneide Lilly

die Freundin, daß sie durch den Todesfall zu neuen Sachen gekommen war, in denen sie wie eine Erwachsene aussah.

Auch in anderer Beziehung noch zeigte sich Lilly für ein Mädchen im Konfirmationsalter erstaunlich unterrichtet. Sie kannte jeden Kavallerieoffizier der Garnison, wenigstens dem Namen nach. Sie wußte über manche Vorfälle in der Hofgesellschaft so gut Bescheid, daß sie den Neid eines standallüsternen Reporters erregt haben würde. Gern erzählte sie davon mit Wichtigkeit. Manche thaten ihr den Gefallen, sie um solcher intimen Kenntnis einer höheren Welt zu beneiden, andere spielten die Gleichgültigen gegen das hochmütige Gebaren der Hofmarschallstochter. So die Kallmeyers, über deren Häßlichkeit und schlechtsitzende Kleider Lillys scharfes Mundwerk nicht zur Ruhe kam. Sie konnten wieder mit der genauen Kenntnis aller höheren Kirchen- und Schulbehörden prunken, zu denen ihr Vater, der Oberschulrat, in enger Fühlung stand.

Lilly hatte auch sehr ausgesprochene Ansichten darüber, mit wem man umgehen könne und mit wem nicht. So zum Beispiel mißbilligte sie den Umgang der Lübelinds mit ihren Hausgenossen den Bartuschs durchaus. Ein Mensch, der auf der Namenstafel im Hausflur angeschlagen hatte: „J. Bartusch, Geometer und vereidigter Markscheider" war nicht salonfähig, und seine Kinder auch nicht.

Dazu kam, daß Ella Bartusch eine Schule besuchte, die von Fräulein Buckmanns Schülerinnen als „gemein" betrachtet wurde. Die Mädels dort waren meist Töchter von Subalternbeamten und Kleinkaufleuten, sie trugen keine Handschuhe, und es hieß, daß sie es sich von den Lehrern gefallen ließen, einfach mit Familiennamen aufgerufen zu werden. Grund genug, solche Mädchen tief zu verachten.

Lilly nörgelte darum unausgesetzt an Thella herum, sie solle doch die Freundschaft mit Ella Bartusch aufgeben.

Ein Mädchen, das einmal Kinderlehrerin werden solle, sei nichts für sie. Aber Thekla ließ sich das zu einem Ohre hinein und zum anderen hinausgehen. Sie hatte ja Lilly gern, weil sie so lustig war, aber eigentlich stand ihr die sanfte Ella mit ihren schönen, dunklen Augen doch näher.

Einmal kamen Ella Bartusch und Lilly von Siegrist zufälligerweise in Theklas Zimmer zusammen. Lilly rümpfte die Nase und wollte kein Wort mit Ella sprechen. Ella war darüber ganz verwirrt und entfernte sich sehr bald. Aber Thekla nahm Partei für sie. Lillys Benehmen hatte sie diesmal gekränkt. Es war Thekla von Kindheit auf eigentümlich, nicht zu ertragen, daß Menschen, die sie liebte, ungerecht behandelt würden. Sie sagte Lilly ihre Ansicht deutlich, drohte ihr sogar mit Aufkündigung der Freundschaft. Lilly die durch das Auftreten der sonst so nachgiebigen Thekla völlig überrumpelt war, lenkte ein und versprach, um nur Theklas Zorn zu beschwichtigen, in Zukunft Ella Bartusch besser zu behandeln.

* * *

Der Turnunterricht wurde von einem älteren, wohlbeleibten Fräulein erteilt, das durch seine Schwerfälligkeit eigentlich für dieses Fach nicht gerade geeignet erschien. Aber Fräulein Zuckmann konnte es nicht über's Herz bringen, der altgedienten Person den Laufpaß zu geben.

Die Mädchen liebten die Turnstunden. Es war die Gelegenheit, wo am meisten Unsinn getrieben wurde. Fräulein Zengst aber, so hieß die Dicke, mußte, da sie sich ihrer Mängel wohl bewußt war, über Vieles ein Auge zudrücken, und war froh, wenn die jungen Damen wenigstens dann, wenn die Vorsteherin zum Inspizieren kam, Disziplin heuchelten. Die Erscheinung der Zengst, in einem Turn-

anzug, der ihr vor Jahren einmal gepaßt haben mochte,
ihre Kurzatmigkeit, ihr Eifer, sich die Unbeweglichkeit nicht
anmerken zu lassen, alles das gab unerschöpflichen Stoff zu
verstecktem und offenem Schabernack. Dazu der lächerlich
knabenhafte Anblick, den die meisten Mädchen im Turn-
kostüm boten, die Neckereien, die es bereits beim Anziehen
in der Garderobe gab, vermehrten die intime Komik dieser
Stunde. Alle Geister des Übermutes und des Alles waren
da in diesen vierzehn- und fünfzehnjährigen geweckt, als
hätten sie mit den langen Kleidern auch sofort alle Damen-
würde, die sie sonst so eifrig anstrebten, abgelegt.

Es war üblich, wenn man sich für die nächste Stunde
nach dem Turnunterricht schlecht vorbereitet wußte, zu
Fräulein Bengst zu gehen und zu bitten, daß man sich in
die Garderobe begeben dürfe. Es fiel daher nicht weiter
auf, als Thekla eines Tages mitten in der Turnstunde der
Lehrerin erklärte, sie wolle sich zurückziehen, da sie sich
nicht wohl fühle. Man nahm stillschweigend an, daß sie
noch Geschichtszahlen lernen wolle.

Aber Thekla war es wirklich nicht gut zu Mute.
Schon seit einigen Tagen fühlte sie eine bleierne Schwere
in den Gliedern. Heute war sie mit Kopfschmerz erwacht.
Aber sie hatte ihren Ehrgeiz als Klassenerste. Sie fand
es lächerlich, wie einige Mädchen das in Angewohnheit
hatten, wegen jeder Kleinigkeit wegzubleiben und sich womöglich durch ärztliches Attest entschuldigen zu lassen.

In der Garderobe traf sie Lilly, die dort mit einem
Buche in der Hand auf und abschritt. „Willst du Reformation repetieren?" fragte Lilly. Thekla erwiderte, daß sie
die Reformation könne, und ließ sich auf einen Stuhl nieder.
Ein eigentümliches Gefühl ergriff sie, wie Schwindel. Stiche
gingen ihr vom Rücken nach den Hüften. Was war mit
ihr? Sie hätte doch zu Haus bleiben sollen! —

Lilly schlug das Buch zu und meinte: Geschichte sei zu langweilig. Thekla möge ihr, falls sie drankomme, vorsagen. Darauf machte sie sich daran, die Kleider der Mitschülerinnen, die hier an Haken herumhingen, einer genaueren Musterung zu unterziehen. Plötzlich brach Lilly in lautes Gelächter aus. „Siehmal hier, Thekla!" rief sie und hielt eine Taille hoch. „Das ist Marie Kalkmeyer! Längst habe ich mir's gedacht, daß es nicht echt ist bei ihr. Nun ist es raus! Marie Kalkmeyer, die heilige Marie!"

In ihrer Aufregung über diese wichtige Entdeckung hatte Lilly gar nicht darauf geachtet, was mit Thekla vor sich ging. Die saß da blaß mit verängsteten Augen und stöhnte.

„Was hast du denn?" rief Lilly endlich.

„Nichts!" flüsterte Thekla. „Rufe um Gotteswillen niemanden! Ich weiß nicht, was mit mir ist — seit ein paar Tagen" . . . . . .

Sie lehnte sich zurück und schloß die Augen. Schlaff sanken die Hände an den Seiten herab.

Lilly eilte in die Turnhalle und rief: Thekla sei in Ohnmacht gefallen. Alles stürzte in die Garderobe, die sofort überfüllt war. Ein Mädchen riet, ihr die Kleider zu öffnen, eine andere wollte den Arzt holen, eine dritte rief nach Riechsalz und Eau de Cologne. Von all den guten Ratschlägen wurde keiner ausgeführt. Man hatte den Kopf verloren, einige Mädchen mit schwachen Nerven begannen zu weinen.

Inzwischen hatte Thekla die Augen wieder aufgeschlagen und blickte erstaunt um sich. Ein Mädchen, das immer eine Schwärmerei für Thekla Lübelind gehabt, ein armes, wenig begabtes Ding, die sich mit ihrer Liebe der Klassenersten gegenüber niemals herausgewagt hatte, kniete vor ihr nieder und rief schwärmerisch: „Sie lebt! Unsere Thella lebt!"

Thella richtete sich ein wenig auf. „Ich möchte nach Haus!" sagte sie. Man wollte sie führen und stützen. Aber dann kam eine besonders Erleuchtete auf den naheliegenden Gedanken, daß Thella in ihren Turnkleidern doch unmöglich auf die Straße könne. Viele geschäftige Hände waren sofort bereit, ihr beim Umziehen zu helfen, man brachte ihre Kleider herzu, wollte ihr beim Auskleiden behülflich sein.

Aber Thella bat mit flehender Miene, man möge sie allein lassen. Alle sollten hinausgehen. Man war befremdet, die näheren Freundinnen sogar beleidigt. Was hatte sie denn, so zimperlich zu thun? — Da sie aber darauf bestand, allein zu sein, ging man endlich in die Turnhalle zurück.

Einige Mädchen standen in einer Ecke beisammen und tuschelten. Marie Kalkmeyer meinte: hier sei etwas nicht, wie es sein sollte. Sie habe Thella Lübekind niemals getraut. Das mit dem Briefe damals sei sehr bedenklich gewesen, und nun wieder diese Geschichte! Es werde noch ein Ende mit Schrecken nehmen mit ihr. Das Mädchen, welches vorhin vor Thella niedergekniet war, fing die letzten Worte auf. Sie war eine kleine, sommersprossige Person mit rotem Haar, für gewöhnlich eines der am wenigsten geachteten Mädchen in der Klasse; weil sie stets unordentlich angezogen ging und ihre Fingernägel ablaute, was als ein Zeichen von Gemeinheit galt. Aufgestachelt durch das eben Erlebte wagte es dieses sonst unterdrückte Wesen, sich gegen eine Große, wie Marie Kalkmeyer, aufzulehnen. Was? So sprach man von Thella Lübekind, von diesem Engel! Und damit fuhr die kleine Person wie eine Katze auf die lange Marie los und fuchtelte ihr vor dem

Gesichte herum, jeden Augenblick bereit, mit den Nägeln, die ihr nur angeblich fehlten, ihre Rede zu unterstützen.

Alles hatte sich um die beiden Streitenden versammelt. Man war in furchtbarer Erregung. So etwas hatte es ja seit Jahren nicht gegeben. Das war ein Rückfall in ganz frühe Zeiten. Schreckliche Beschuldigungen wurden laut. Lilly von Ziegrist hatte sich nun auch noch eingemischt und berichtete triumphierend die Entdeckung, welche sie soeben in der Garderobe an Maries Taille gemacht. Nun brach ein Höhnen los und Schmähen. Einige Mädchen führten einen wilden Reigen auf, wie Indianer, die um ein Opfer tanzen. Wo kamen bei diesen jungen Dingern nur auf einmal all die Ausdrücke her, die niemand bei ihnen gesucht hätte. Es war, als seien sie plötzlich von allen Geistern des Anstandes und der guten Sitte verlassen.

Marie Kaltmeyer stand an eine eiserne Säule gelehnt, wie an einem Schandpfahle, totenbleich, außer stande, sich zu verteidigen. Mit gefalteten Händen blickte sie zum Himmel empor, ein bekanntes Bild aus der Zeit der Christenverfolgung kopierend. Ihre Schwester Helene, neben ihr, weinte und schluchzte hysterisch. Fräulein Zengst lief keuchend umher und ersuchte die „Damen", doch „zu Verstand zu kommen". Alles umsonst! Die tosende See war nicht zu beschwichtigen.

In diesem Augenblicke, wo die Not am höchsten war, erschien „gottgesandt", wie sich Marie Kaltmeyer später auszudrücken pflegte, Fräulein Buckmann in der Turnhalle. Man merkte die Vorsteherin erst, als sie mitten drin war in dem Schwarm. Plötzlich standen alle wie gelähmt. Die Zengst rief ein schwaches „Antreten!" das überhört wurde. Mit schreckensbleichen Mienen hingen die Kinder an den Blicken der Schulgewaltigen. Was würde sie thun? — Sie that gar nicht viel, sagte nur ein paar Worte

halblaut zu der Lehrerin und fragte dann nach der Klassenersten. Es war eine von Fräulein Zuckmanns Eigentümlichkeiten, für Unordnungen, die vorkamen, zunächst immer
die Erste der betreffenden Klasse verantwortlich zu machen.
Darum pflegte sie auch zu diesem Posten nicht die Mädchen
auszusuchen, die am besten lernten, sondern solche, deren
Charakter sie am höchsten stellte.

„Wo ist Thekla von Lübelind?" fragte Fräulein Zuckmann. Man erklärte ihr, daß Thekla sich in der Garderobe
befinde, weil sie nicht ganz wohl sei.

Zehn Minuten später lag Thekla im Zimmer der
Vorsteherin auf dem Sofa. Fräulein Zuckmann saß bei
ihrer Lieblingsschülerin und hielt ihr die Hand. Es war
für das junge Mädchen wie ein Traum: eben nach Schmerz,
Scham und Verwirrung über einen unheimlichen Vorgang,
dessen Sinn sie nicht verstand, und nun befand sie sich in
dem Raume, den man nur mit Scheu betrat, zugedeckt von
Fräulein Zuckmanns eigenen Händen mit der seidenweichen
oft von Ferne bewunderten türkischen Decke, und neben ihr
saß sie, die für das Mädchen der Inbegriff war höchster
Würde.

Die wenigen Worte, welche ihr von der Vorsteherin
gesagt worden waren, hatten Thekla beruhigt. Es war
also nicht etwas, dessen man sich zu schämen brauchte,
was ihr geschehen war, nichts, wovor man sich fürchten
mußte; etwas ganz Natürliches vielmehr, etwas Gutes
sogar. Nicht alles, was die verehrte Lehrerin ihr sagte,
während sie fortfuhr, ihr Hand und Haar zu streicheln,
wurde Thekla vollkommen klar. Fräulein Zuckmann meinte
ja auch, daß sie späterhin alles das besser verstehen werde.
Aber das Kind fühlte sich gestärkt und geheilt, als sei ihr
von mütterlicher Hand lindernder Balsam gereicht worden.

Dr. Beermann, der alte Hausarzt der Familie Lübe-

kind, bestimmte, daß Thekla in den nächsten Wochen die
Schule nicht besuchen dürfe. Thekla war sehr niederge-
schlagen; sie liebte ihre Schule. Außerdem kam doch nun
die Oster=Abgangsprüfung heran, wo Fräulein Zuckmann
Ehre mit ihr einlegen wollte. Nicht einmal zu Haus nach-
arbeiten durfte sie; ganz still sollte sie sich verhalten. Wenn
Dr. Beermann etwas bestimmte, so stand es fest wie das
Evangelium. Also galt es, sich fügen.

Ihre Mitschülerinnen zeigten große Teilnahme. Es
hatte sich die Mode eingebürgert, Thekla Lübekind zu besuchen und ihr Blumen mitzubringen. Im Grunde ärgerte
sich Thekla über diese Besuche. Diese Mädels waren ja
aufdringlich! Allerhand wollten sie von ihr wissen, be-
trachteten sie mit großen, neugierigen Augen wie jemanden,
der sich in einem ganz außergewöhnlichen Zustande befindet.
Aber was wollte man machen? Verleugnen lassen, ging
doch nicht!

Viel mehr als zu ihren Klassengenossinnen fühlte sich
Thekla in dieser Zeit zu Ella Bartusch hingezogen. Die
war nicht so neugierig und so kindisch. Obgleich nicht besonders begabt, machte Ella in ihrem verständigen und
ruhigen Wesen schon ganz einen frauenhaften Eindruck.
Thekla ahnte es, daß sie in Ella eine Gefährtin habe.
Ein paar Worte klärten sie schnell darüber auf. Von da
ab fühlten sich die beiden Mädchen wie ein paar Schwestern.

Thekla eilte daher in ihrer unfreiwilligen Ferienzeit
oftmals die Treppe hinauf zu den Bartuschs, sorgfältig
Bedacht darauf nehmend, die Stunden zu wählen, wo Gabriel nicht zu Haus war. Sie hätte sich fürchten können
vor ihm. Kaum begriff sie es jetzt noch, wie sie sich mit
dem Jungen halte auf so intimen Fuß stellen können, ehemals. Hatte sie es ihm nicht sogar einmal gestattet, sie beim
Pfänderspiel zu küssen. Und nun gar das Skizzenbuch mit

dem Gedichte! Errötend nur vermochte sie daran zu denken, was er sich alles hatte herausnehmen dürfen gegen sie.

Es erschien ihr überhaupt vieles, was sie früher gethan und gedacht hatte, jetzt in ganz anderem Lichte. Als ob sich etwas in ihrem Verhältnis zu allen Dingen verschoben hätte, als ob ihr ein neuer Sinn aufgegangen sei.

Ihre Mutter hatte zu ihr gesagt: sie sei nun kein Kind mehr. — Wenn sie kein Kind mehr sein sollte, was war sie denn? Eine Dame, wie es Lillys Ideal war? Oder ein Backfisch, wie sie ihr Bruder nannte?

Schwer war es, sich in alledem zurecht zu finden. Und nun gar jetzt, wo die Schule keine Abziehung bot, wo man soviel Zeit hatte zum Nachdenken.

Es kamen ihr oft ganz wunderliche Gedanken. Aber sprechen konnte man darüber mit niemandem, mit der Mutter nicht, mit Lilly nicht, mit Ella am ersten noch.

* * *

Arthur hatte, unbekümmert des Versprechens, das er der Mutter gegeben, seine nächtlichen Schwärmereien wieder aufgenommen. Er war in den Besitz eines Hausschlüssels gelangt, und ging des Abends aus, während die Mutter glaubte, er sitze oben in seinem Zimmer über den Büchern.

Auch die nächtlichen Zusammenkünfte mit Freunden fanden wieder statt. Nach den gemachten schlechten Erfahrungen aber feierte man diese Gelage nicht mehr in Arthurs Zimmer, welches gerade unter dem Schlafzimmer des Hauswirts lag, man zog es vielmehr vor, in einem leerstehenden Fremdenzimmer zusammenzukommen, wo man sich unbewacht glaubte.

Die Sache wurde mit dem Ernst und Eifer der Geheimbündelei betrieben. Man schmuggelte Bier, Cigarren und Eßwaren ein. In einer Art Zigeunersprache wurde Buch geführt über diese Konventikel. Immerhin mußten verschiedene Personen in's Geheimnis gezogen werden: der Hausmann, der es wohl merkte, wenn in später Stunde die jungen Leute vorsichtig aus dem Hause entlassen wurden. Ferner das Stubenmädchen, die am nächsten Morgen die Aschenreste, Cigarrenstummel und manche anderen Zeugen des nächtlichen Gelages zu beseitigen hatte. Aber Arthur verstand es, mit freundlichen Worten und gelegentlichen kleinen Geldgeschenken, sich diese Leute soweit gefügig zu machen, daß sie reinen Mund hielten.

Schwieriger war es mit Thella. Ihr Zimmer war neben dem Fremdenzimmer gelegen, wo ihr Bruder die Freunde bewirtete. Obgleich man das Singen und Salamanderreiben als allzu verräterisch aufgegeben hatte, war doch noch mancher Laut zu vernehmen, und durch Schlüsselloch und Thürklinse drang der Tabaksqualm zu ihr ein und machte sie husten.

Thella hatte den Bruder schon einigemale gebeten, vernünftig zu sein und zu bedenken, was für ihn auf dem Spiele stehe. Es mußte ja doch herauskommen; und was dann? Arthur kannte seine Schwester richtig, wenn er darauf baute, daß sie ihn nicht verraten werde; dazu war sie ein viel zu guter Kamerad. Darüber, daß sie nebenan halbe Nächte nicht schlafen konnte, setzte er sich in der leichten Laune junger Leute hinweg, die auf ein Vergnügen erpicht sind.

Eines Abends, als Thella gerade beim Auskleiden war, bekam Arthur wiedermal Besuch. Bald sprangen die Pfropfen und die Gläser klirrten. Thella beeilte sich, in's Bett zu kommen. Sie zog die Decke über die Ohren, denn fie mochte nichts von alledem hören. Schlafen wollte fie, ohne sich um die ungezogenen Jungens nebenan zu kümmern.

Aber das war leichter geplant als ausgeführt. Ein oder der andere Laut drang doch zu ihr, selbst durch die doppelte Scheidewand der Thür und der Bettdecke. Sie waren heute ausgelassener denn je. Die Unvorsichtigen! Herr Bartusch würde sie sicher hören. Dann fiel ihr mit einemmale ein, daß Ella gestern erzählt habe, ihr Vater sei verreist. Daher also die Unverfrorenheit, weil sie sich vor ihm sicher wußten.

Und nun auf einmal hörte Thekla aus dem Chor der Stimmen nebenan eine ihr wohlbekannte heraus. Nicht Arthurs; nein, ihr Ohr täuschte sie nicht. Das war kein anderer als: Gabriel.

Wie kam er hierher? Was suchte er unter diesen Gymnasiasten? Sicher hatte ihn Arthur verführt. Das Herz pochte ihr unwillkürlich, als sie bedachte, daß er ihr so nahe sei. Er war einer der lautesten und wildesten da nebenan. Sie kannte ihn garnicht so.

Thekla begann sich nun auch um Gabriels willen zu ängstigen. Wußte sie doch, wie streng Herr Bartusch mit dem Sohne sei. Noch garnicht so lange her war es, daß er den Jungen körperlich zu züchtigen pflegte. Major von Lübelind hatte sich oft genug über diese harte Erziehungs- methode aufgehalten, und in seiner Gutmütigkeit die Kinder, so gut er konnte, in Schutz genommen.

Was dachte sich Gabriel? Er, der sonst so genau überlegte, was er sagte und was er that! Warum bramar- basierte er heute so? dieser Übermut kam ihm sicher nicht vom Herzen. Sollte er etwa gar sie, Thekla, damit ärgern wollen? —

Während sie sich beunruhigt durch diesen Verdacht im

Bett hin und her wand, klingelte es plötzlich stark an
der Vorsaalthür. Der Lärm im Nebenzimmer verstummte
sofort. Thekla setzte sich vor Schreck im Bett auf und
lauschte. Wer konnte das sein? Wer durfte um diese
Zeit Einlaß begehren?

Das Klingeln wiederholte sich, verstärkt durch ein
Klopfen, wie mit einem wuchtigen Stocke. Gleichzeitig ein
Rütteln am Thürschloß. Das war nicht ihre Mutter, an
die Thekla im ersten Augenblicke gedacht hatte.

Im Nebenzimmer beriet man flüsternd. Dem jungen
Mädchen stockte das Herz bei dem Gedanken, daß es der
Hauswirt sein könne. Sie sah Furchtbares herankommen.

Jetzt schurrte es an der Thür neben Theklas Bett.
Zugleich ließ sich Arthurs Stimme vernehmen: „Thekla —
hörst du — Thekla! —"

„Was soll ich?" fragte sie.

„Mach auf! Du mußt aufmachen! Wir sind ge-
klappt. Gabriels Alter ist draußen. Wir dachten, er wäre
verreist. Wenn er Gabriel findet, schlägt er ihn tot. Bei
dir wird er ihn nicht suchen."

Gleichzeitig donnerte es von neuem an der Vorsaalthür. Ein Überlegen gab es da nicht mehr. Thekla wußte
nur noch das eine: hier mußte sie helfen!

Mit bloßen Füßen sprang sie aus dem Bette, öffnete.
Jemand zwängte sich durch die Thür, die nur zu einem
schmalen Spalt geöffnet war. Wer es sei, wollte sie gar
nicht sehen; sofort war sie wieder ins Bett zurückgeeilt,
und hatte sich in den Kissen vergraben. Aber an einem
lauten stoßweißen Atmen merkte sie, daß ein Mensch nicht
weit von ihr im Zimmer sei.

Alles Weitere ist für sie wie ein Traum. Im Nebenzimmer bleibt's totenstill. Der Lärm an der Vorsaalthür
geht fort. Ganz deutlich vernimmt man jetzt eine erregte

4*

Männerstimme. „Aufmachen!" — Arthur scheint sich in den Vorsaal begeben zu haben. Es wird geöffnet. Schritte. Es ist wirklich der Hauswirt. Er stellt ein Verhör an; man antwortete ihm nur nachlässig, er ereiferte sich.

Jetzt huscht ein Schatten über das Bett des jungen Mädchens. Eine Stimme, die sie genau kennt, flüstert nahe ihrem Ohre: „Thekla! Liebe Thekla! Du bist mein guter Engel!"

Dann greift sich jemand an der Wand entlang, vorsichtig, der Thür nach dem Vorsaal zu. Ein Spalt öffnet sich, schließt sich wieder. Er ist hinaus, in Sicherheit; Gabriel ist gerettet! Thekla ist es zu Mute, als müsse sie ein Gebet sprechen, ein Dankgebet zu Gott, für ihn und für sich.

Nebenan wird weiter verhandelt. Der Hauswirt will die Namen der jungen Leute wissen, die ihm hartnäckig verweigert werden. Er droht mit Anzeige bei der Polizei wegen Ruhestörung und Hausfriedensbruchs. Darüber vergehen lange Minuten. Aber Thekla ist ruhig; Gabriel ist ja gerettet, sie hat ihn gerettet.

Schließlich entfernen sich die jungen Leute, und auch Gabriels Vater geht.

Arthur klopft bei seiner Schwester an und tritt ein. Er ist jetzt sehr kleinlaut. Die Sache kann sehr üble Folgen haben. Der alte Bartusch meldet sie sicher. Daß er aber auch heute Nacht nach Hause kommen mußte! Konnte es ein größeres Pech geben? Jetzt wo man gerade vor dem Examen steht! Diesmal kommt es vor die Lehrerkonferenz, womöglich giebt es ein consilium abeundi.

Thekla bedauerte den Bruder aufrichtig, sie hätte viel darum gegeben, wenn sie ihm hätte helfen können in dieser schlimmen Lage. Aber was war ihr Mitgefühl für Arthur, gehalten gegen die tiefe Befriedigung, daß Gabriel kein Un-

heil getroffen hatte, und daß sie es gewesen war, die ihn
davor bewahrt!

———

III.

Arthur war durch das Abiturientenexamen gefallen.
Er zeigte einige Tage lang große Niedergeschlagenheit,
dann tröstete er sich damit, daß er es ja zu Michaelis von
neuem versuchen könne.

Seine Mutter hielt ihren Sohn für begabt, und
fleißig war er doch ihrer Ansicht nach auch gewesen. Das
müde, blasse Aussehen, das er in letzter Zeit oft gehabt,
machte ihr Sorge; wenn Arthur sich nur nicht überarbeitet
hatte! —

Und nun dieser Mißerfolg! Frau von Lübelind war
geneigt, anzunehmen: hier müsse Ungerechtigkeit im Spiele
sein. Warum war gerade Arthur als Einziger in einer
Klasse von einigen dreißig Schülern durchgefallen? Das
konnte doch unmöglich mit rechten Dingen zugegangen sein!

Finanzrat Sänger, der Vormund, hielt mit seiner Ansicht hierüber zurück. Er wollte es mit Frau von Lübelind nicht verderben. Obgleich Junggeselle, war er soweit
Frauenkenner, um zu wissen, daß man einer Dame nicht
widersprechen soll in Fragen, wo mütterliche Eitelkeit mit-
spielt. Arthur habe wohl Unglück gehabt, sagte er, und
die Scharte lasse sich ja leicht wieder auswetzen.

Im übrigen wurde Arthurs Mißgeschick zum Anlaß
für den Finanzrat, noch öfter als sonst das Lübelindsche
Haus aufzusuchen. Er war stets gern dazu bereit, seinem

„jungen Freunde", so nannte er Arthur, beizustehen in seinen Arbeiten. Arthur war wütend. Er suchte sich so viel wie möglich dieser lästigen Überwachung zu entziehen; aber Sänger blieb zähe. Er sei das dem Verstorbenen schuldig, erklärte er, der ihm sein Teuerstes, seine Kinder, anvertraut habe. Gewöhnlich kam er in den Abendstunden, und es ergab sich dann ganz von selbst, daß er zum Abendbrot blieb.

Glücklicher als Arthur war Gabriel gewesen; er hatte bei der Abgangsprüfung gut bestanden. Er war von Natur ehrgeizig, und hinter ihm stand ein Vater, der den Knaben von frühester Jugend an zum äußersten Anspannen seiner Gaben angefeuert hatte.

Gabriels Eltern hatten bessere Tage gesehen. Durch Fleiß und Energie war Bartusch in den Besitz eines ganz netten Vermögens gelangt. Er hatte ein nicht mehr ganz junges Fräulein von adeligem Stande geheiratet, die nicht ohne Zögern seinetwillen ihren Namen aufgab. Dann, angefeuert durch seine Frau, die, da sie keinen vornehmen Mann bekommen hatte, wenigstens einen reichen haben wollte, ließ sich Bartusch in gewagte Grundstückspekulationen ein, bei denen er den größten Theil seines sauer erworbenen Geldes zusetzte.

Frau Bartusch hatte daher ihre Ansprüche bedeutend herabstimmen müssen. Sie war jetzt eine verbitterte alte Frau, die ihre Vergangenheit nicht vergessen konnte. Sie interessierte sich für Dinge und Personen, mit denen sie in gar keiner Verbindung mehr stand, las in den Zeitungen vor allem die Familiennachrichten und den Hof- und Gesellschaftsklatsch und regte sich daran auf. Ihre Häuslichkeit vernachlässigte sie mit einer gewissen Absichtlichkeit, weil es unter ihrer Würde sei, sich um dergleichen untergeordnete Dinge zu kümmern. Infolgedessen hatte sich der Gatte die Leitung des Hauswesens bis in die kleinsten Kleinigkeiten hinein angeeignet. Er war zum Kleinigkeitskrämer geworden, der jede Frage bis zur Kleidung der Kinder und zum Ankauf der Lebensmittel hinab, nach seinem Sinne entschied. Bartusch, nicht immer in bester Laune, hatte sich im Umgang mit den Seinen den barschen Ton des Haustyrannen angewöhnt. Von der Gattin wurde das mit Duldermiene ertragen; es war ihr eine Befriedigung, sich immer von neuem sagen zu können: daß sie sich mesalliert habe, und ihm wenigstens fühlen zu lassen, daß er keine Manieren habe.

Am meisten litten die Kinder unter diesen Verhältnissen. Ella war in steter Angst vor dem Vater und suchte sich allen seinen Wünschen im voraus anzupassen. Sie war in der Familie ein kleines, unselbständiges, verscheuchtes Wesen, lebte nur auf, wenn sie sich sicher vor des Vaters Zorn und der Mutter Laune wußte. Gabriel aber zeigte schon frühzeitig einen gewissen Hang zur Auflehnung gegen die väterliche Autorität. Die Mutter wollte darin den Einfluß ihres edleren Geblütes erkennen, das in ihm zum Durchbruch komme. Sie stellte sich unwillkürlich auf Seite des Knaben. Dadurch aber reizte sie nur den Vater, dieses Kind besonders streng zu behandeln.

Kein Wunder, daß ein empfindlicher, ehrgeiziger und geweckter Knabe, wie Gabriel, sich in solcher Lage nicht wohl fühlte. Früh schon suchte er sich für das, was ihm daheim versagt wurde, anderwärts schadlos zu halten. In der Familie des Majors von Lüdekind fand er alles, was ihm sonst an Lebensfreude abging. Wie von einem freundlichen Gestirn ging von dort Licht und Wärme aus, ihn anziehend, wie jeden, der im kalten und dunkeln steht, der Sonnenschein lockt.

Sein Vater begünstigte die Freundschaft mit den Lüde-

kinds nicht, weil er besorgte, seine Kinder könnten sich im
Umgang mit Reicheren und Höhergestellten verwöhnen. Aus
entgegengesetzten Gründen aber suchte und begünstigte seine
Frau den Umgang mit ihnen. Und in diesem einen Falle
erwies sich Frau Bartusch, die sonst ziemlich einflußlos war,
stärker als ihr Mann; die Freundschaft zwischen den Kindern der beiden durch Zufall in ein Haus zusammen-
geführten Familien gedieh.

Schweren Widerstreit gab es, als es galt, für Gabriel
einen Beruf zu wählen. Der Vater wollte, daß sein Sohn
Techniker werde. Der Junge habe dazu Beanlagung. Besonders im Hochbaufache, sei ein schönes Stück Geld zu verdienen. Die Mutter wiederum wünschte, Gabriel möchte
Offizier werden. Hätte sie ihn in schmucker Uniform gesehen,
das würde ein Pflaster bedeutet haben für ihren gekränkten
gesellschaftlichen Ehrgeiz.

Gabriel selbst hatte weder Lust, Techniker zu werden,
noch sehnte er sich nach dem Offiziers-Portepee; sein Ideal
war: Künstler. Das schmale Taschengeld des Knaben ging
fast ganz für Stifte, Farben, Papier und Leinewand auf.
Der Vater ließ die „Pinselei" zu, wie er es nannte, weil
er in dieser Thätigkeit keine üble Vorbereitung sah für den
Architekten. Als aber Gabriel ernsthaft davon sprach,
Maler werden zu wollen, trat er dem ganz energisch entgegen. Das sei weiter nichts als „geniale Faulenzerei",
erklärte er. Der Knabe, der mit Begeisterung an seinem
Plane hing, verteidigte ihn eine Zeit lang tapfer; schließlich mußte er sich aber doch dem Willen des Familien-
oberhauptes fügen, von dessen Unterstützung seine Existenz
nun mal abhängig war.

Nach glücklich bestandenem Abiturientenexamen sollte
er also seine Studien an einer technischen Hochschule beginnen. Der Abschied vom Elternhause fiel Gabriel nicht

sonderlich schwer; für ihn bedeutete er ja nur die Befreiung aus drückendem Joche. Und die akademische Ungebundenheit winkte vielversprechend.

Trotzdem ging er ungern. Das Haus, das er verlassen sollte, umschloß in seinen Mauern ein Kleinod. Um keinen Preis wollte er gehen, ohne von Thella Abschied genommen zu haben.

Er wünschte sie allein, unbeobachtet von irgend wem, zu sprechen. Aber das war so leicht nicht zu erreichen. Bei dem offiziellen Abschiedsbesuche, den er der Familie Lübekind abgestattet, waren Mutter und Geschwister dabei gewesen. Auf der Straße sie anzureden, war doch auch nur eine halbe Sache. So lag er denn auf dem Anschlage, ihr Aus- und Eingehen bewachend.

Endlich war ihm das Glück günstig. Thella ging ohne Hut, eine Schürze vorgebunden, in den Garten. Er eilte ihr nicht sofort nach, beobachtete sie vielmehr noch eine kurze Weile von seinem Fenster aus, sah, wie sie von Boskett zu Boskett und von Beet zu Beet schritt, hier eine Blume pflückend, dort einen Zweig brechend, dann begab auch er sich in den Garten, langsam schlendernd, sich anstellend, als ergehe er sich da ganz zufälligerweise.

Der Garten schmückte sich eben mit den Erstlingen des Frühlings. Schneeglöckchen, Narzissen, Stiefmütterchen und Anemonen leuchteten aus den Quartieren. Einzelne Sträucher waren schon ganz mit Grün behangen, andere hielten noch zurück. Ein paar Fruchtbäume standen im Schmuck ihrer unschuldigen Blüten wie von Schnee überschüttet. Das Pfirsichspalier glich einem Vorhang von duftig rosafarbenem Stoff.

Durch das helle Grün des Strauchwerks sah Gabriel eine blaue Schürze leuchten, und erkannte das blonde Haar der Gesuchten. Obgleich er das Schulwesen glück-

lich hinter sich hatte, klopfte sein siebzehnjähriges Herz
doch wie das eines Schülers. Er ging mit zagenden
Schritten über den Rasen auf Thella zu, die eben an
einem Beete kauerte und Schneeglöckchen in ihre offen-
gehaltene Schürze pflückte. Sie wurde seiner erst ansichtig, als er dicht vor ihr stand. Er lüftete den Hut.

Thella erhob sich. Von der Frühlingssonne war ihr
Gesicht schon rosig gefärbt, es rötete sich noch ein wenig
mehr, als sie ihm jetzt so von Angesicht zu Angesicht gegenüberstand.

„Ich wollte nur Abschied nehmen, weil ich morgen
reisen muß", begann er. Dann berichtete er in Hast, wo
es hingehe, was er vorhabe, welche Vorlesungen er hören
wollte. Alles war übrigens bei seiner Staatsvisite schon
durchgesprochen worden; er sprach auch nur, um sie zu fesseln.
Denn er fürchtete, sie könne ihm wieder entschlüpfen.

Thellas anfängliche Befangenheit legte sich schnell.
Sie war ihm nicht mehr böse, schon lange nicht mehr.
Herzlich hatte sie sich darüber gefreut, daß er sein Examen
so gut bestanden; ja sie hatte schon hin und her überlegt,
ob es schicklich sei, ihn dazu zu beglückwünschen. Wenn
noch ein Rest von Fremdheit zwischen ihnen gewesen wäre,
solchem Frühlingsmorgen mußte er weichen. Sie wußte
ja, daß er gehen wolle, vielleicht für lange Zeit. Es be-
schlich sie etwas wie eine bange Ahnung davon, daß man
sich so nicht wieder sehen würde, daß dies den Abschluß
bedeute ihrer und seiner Kindheit. Da sollte er wenigstens
nicht einen unangenehmen Eindruck von ihr mit fortnehmen.

„Wir werden uns also in nächster Zeit nicht sehen,
Thella" sagte er, ermutigt durch ihren freundlichen Blick.
„Vielleicht lange nicht sehen! Wirst du . . ." er zögerte,
denn es war auf Frau von Lübckinds Wunsch schon vor
einiger Zeit ausgemacht worden, daß sich die Kinder nicht

mehr dutzen sollten. „Wirst du noch manchmal an mich
denken?"

Sie sah ihn ehrlich und ganz ohne Scheu an: „Ja,
das werde ich gewiß thun!"

„Und ich werde immerwährend an dich denken, Thekla!"
rief er. Seine Stimme zitterte.

Sie gingen dem Hause zu. „Soll ich dir beim Blumenpflücken helfen?" fragte er, mit den Blicken flehend, daß
sie dieses Zusammensein verlängern möge.

„Ich danke dir, Gabriel. Ich habe genug Blumen.
Es ist für Vaters Bild. Die Mutter stellt jeden Tag einen
frischen Strauß davor."

„Und, Thekla, willst du nicht . . . ." begann er und
räusperte sich. „Willst du mir nicht ein Andenken mitgeben
an dich?"

Sie blieben beide stehen. Thekla senkte den Scheitel.
„Ich habe nichts, Gabriel!" sagte sie aufrichtig betrübt.
Aber gleich darauf kam ihr ein Einfall. „Hier nimm ein
paar Blumen!" Damit begann sie flink einzelne Blüten
aus ihrer Schürze hervorzusuchen, und wand sie zusammen.
„Sie werden freilich welken, aber du kannst sie ja auch
einpressen in ein Buch, wenn du durchaus ein Andenken
haben willst."

Sie reichte ihm das einfache Sträußchen mit lächeln-
dem Munde. Gabriel war so verwirrt durch ihre Güte,
daß er nur mit bebender Hand die Gabe hinnehmen konnte.
Ein heißes Begehren war plötzlich in ihm aufgestiegen,
sie, wie sie so vor ihm stand, in die Arme zu nehmen
und zu küssen, wie er es in der Kinderzeit gethan. Aber
er hielt an sich. Auch er fühlte es deutlich, die Kindheit
war für sie beide unwiederbringlich dahin. Die vor ihm
stand, war kein Kind mehr. Es war etwas an ihr, das
ihm Scheu einflößte.

Ziemlich kleinlaut sagte er nur: „Ich danke, Thekla! Ich werde deine Blumen pressen. Lebewohl! Ich gehe jetzt." Damit lüftete er den Hut. Innerlich war er wütend auf sich, daß ihm zum Abschied nichts Eindrucksvolleres eingefallen war.

An der Hausecke blieb er noch einmal stehen und sah sich um. Da stand sie auf dem Kieswege. Mit der einen Hand hielt sie die blaue Schürze, mit der anderen bedte sie die Augen gegen die blendende Sonne. Sie nickte ihm zu.

* * *

Theklas Einsegnung hatte stattgefunden. Gleichzeitig war das Ende ihrer Schulzeit herangekommen. Wenigstens hatte das junge Mädchen das, was der vorschriftsmäßige Lehrplan verlangte, nach Aussage ihres Abgangszeugnisses vollständig in sich aufgenommen.

Aber die Vorsteherin hätte sie gern noch länger behalten. Fräulein Zuckmann trug sich nämlich mit der Absicht, aus den begabtesten Schülerinnen der ersten Klasse eine Art Selekta zu bilden. Diese auserwählten Mädchen sollten freiwillig noch ein oder auch zwei Jahre lang weiter zur Anstalt kommen, und eine Reihe von Aufgaben und Stoffen durcharbeiten, die sonst nicht im Rahmen des gewöhnlichen Unterrichts behandelt wurden. Wer sich dazu befähigt zeigen würde, — so war der Plan — sollte später in den kleinen Klassen selbst Unterricht erteilen dürfen.

Thekla war für diesen Plan begeistert. Sie konnte sich nicht an den Gedanken gewöhnen, die Schule, der sie sechs Jahre lang angehört hatte, plötzlich und für immer verlassen zu sollen. Sie vermochte sich das Leben einfach nicht vorzustellen, ohne die Pflichten, die sie so lieb gewonnen hatte.

Ihre Freundin Lilly lachte sie aus. Jetzt wo man eine Dame war, wo endlich das schreckliche Backfischtum für immer überwunden war, noch einmal zur Schule gehen, und sich mit dem dummen Zeuge herumschlagen! — Das sollte Thekla doch lieber solchen Mädels überlassen wie den Kaltmeyerschen Zwillingen; die waren häßlich genug dazu. Aber für sie beide hieß es doch nun, ans Ausgehen denken.

Thekla stieß mit ihrem Plane, Fräulein Zuckmanns Selekta zu besuchen auch noch bei anderen auf Widerstand. Frau von Lüdekind behauptete, davon sei bei Lebzeiten ihres Gatten niemals gesprochen worden, und sie könne die Verantwortung nicht auf sich nehmen, etwas zuzulassen, was möglicherweise Eberhardt nicht gebilligt haben würde. Man müsse deshalb des Vormunds Ansicht hören.

Finanzrat Sänger hatte manches Wort zu der Angelegenheit zu sagen. Es wäre die Frage, meinte er, ob es überhaupt gut sei, daß ein junges Mädchen mehr lerne, als durch die Schulbehörde vorgeschrieben. Er beleuchtete den Gegenstand von verschiedenen Seiten, erwog die Gründe für und wider, gab aber sein Endurteil schließlich dahin ab: daß in unserer Zeit die Mädchen eher zu viel als zu wenig lernten, allzu große Gelehrsamkeit die echte Weiblichkeit gefährde, und drittens — und für ihn das Ausschlaggebende — daß man die Meinung des Verstorbenen hierzu nicht erfahren könne. Darum sei es angezeigt, ehe man etwas thue, was nicht in seinem Sinne sein möchte, von dem ganzen Plane abzusehen.

Thekla war sehr betrübt über die Wendung, die ihre Sache nahm. Es lag ihr wirklich garnicht soviel daran, gelehrt zu werden, ihr kam es vor allem darauf an, Fräulein Zuckmann, der sie für so vieles dankbar zu sein hatte, einen Gefallen zu erweisen. Sie wußte, daß von ihrem Zutritt oder Wegbleiben das Zustandekommen der Selekta — zu der sich nur wenige gemeldet hatten — abhängig gemacht war. Der Gedanke, ihrer Lehrerin eine Enttäuschung zu bereiten, war ihr schrecklich. Und doch hatte sie gar keinen Einfluß darauf; ihre Mutter und der Vormund entschieden darüber.

In ihrer Bedrängnis wandte sie sich an Tante Wanda. Wenn hier jemand helfen konnte, so war sie es.

Wanda Lüdekind hörte die Nichte ziemlich gelassen an, als Thekla aber berichtete, was der Vormund gesagt habe, verfärbte sie sich. Es war Wandas Eigentümlichkeit, leicht die Farben zu wechseln. Hier war eine ihrer empfindlichsten Seiten berührt worden.

Tante Wanda fand nämlich, daß dem Manne in der Welt sowieso viel zuviel Gewalt eingeräumt sei. Überall war die letzte Entscheidung in die Hand der Männer gelegt. Und wie sie meist ausfiel, sah man ja an den tausend Dummheiten und Ungerechtigkeiten, die jeden Augenblick geschahen. Hier wieder solch ein Fall! Hatte einmal ein Mädchen einen vernünftigen Wunsch — auch eine Seltenheit — so war sofort ein Mann da, ihr den zu untersagen. Sie kochte. Sofort wollte sie zu Theklas Mutter gehen, bei der sie lange nicht gewesen, um ihr zu sagen, daß Finanzrat Sänger sich nicht in die Angelegenheiten Theklas zu mischen habe, die ihr Patenkind sei.

In so aufgebrachter Laune trat Fräulein von Lüdekind zur Abendstunde bei ihrer Cousine ein. Die Witwe ahnte nichts Gutes; wenn Tante Wandas Wangen diese abgezirkelten roten Flecke zeigten, wobei ihr feines Näschen völlig weiß wurde, dann war Sturm im Anzuge. Außerdem paßte ihr der Besuch in diesem Augenblicke garnicht.

Finanzrat Sänger war bei Arthur oben und konnte jede Minute herabkommen. Die beiden, Wanda und Sänger, würden gewiß Streit beginnen. Auch war es der Witwe aus verschiedenen Gründen nicht recht, wenn die Cousine von des Finanzrats häufigem Hiersein Kenntnis erhielt.

Wanda Lübekind ging, wie es ihre Gewohnheit war, ohne Umschweif auf ihr Thema los. Thekla, die sich bescheiden entfernen wollte, mußte bleiben, denn um Thekla handelte es sich ja gerade.

Frau von Lübekind hatte in dieser Frage eine eigene Meinung nicht. Aber wie die meisten unselbständigen Naturen schwebte sie in steter Angst, jemand könne sie zu etwas überreden. So auch hier. Vorher hatte sie sich noch garnicht schlüssig gemacht, was nun eigentlich mit dem Mädchen werden solle. Als sie nun aber sah, daß Wanda Lübekind für Theklas Idee eingenommen sei, war sie dagegen, nur um jener nicht den Triumph zu gönnen, ihren Willen durchgesetzt zu haben.

„Du solltest froh sein, Ernestine, daß deine Tochter etwas lernen will," sagte Tante Wanda. „Überhaupt, daß sie einen selbständigen Gedanken hat und ihn sogar auszusprechen wagt; das ist schon etwas, bei einem Mädchen von heute!"

„Ich lege ihr ja auch gar nichts in den Weg!" erwiderte die Mutter. „Im Gegenteil! Ich habe mir das wohl überlegt und mit einem guten Bekannten auch schon darüber gesprochen. Es wird alles für ihre Ausbildung geschehen, was bei jungen Damen unseres Standes üblich ist. Thekla wird Malstunde erhalten, im Klavier soll sie sich weiterbilden . . . ."

„Hör auf!" rief Wanda. „Um Gotteswillen hör auf! Der ganze Jammer der höheren Töchtererziehung! Und damit soll das arme Kind da genudelt werden, auf daß ihre

famos gesunde Natur verkümmert, und solch ein schreckliches
Wesen, solch ein abgerichteter Papagei aus ihr werde, wie
die anderen dummen Dinger sind. Dann adieu herrliche
Natürlichkeit!"

Thekla die dabei saß, hörte mit Staunen zu. Also
die Tante fand, daß sie eine „famos gesunde Natur" und
„herrliche Natürlichkeit" besitze. Sie hatte bisher keine
Ahnung davon gehabt, daß man ihr solche Eigenschaften
zutraue.

„Leute, die was von Erziehung verstehen, sind auch
ganz meiner Meinung," sagte die Witwe beleidigt. Der
Ton, den die Cousine anschlug, reizte sie.

„Für mich kommt es darauf an, was Thekla selbst will",
erwiderte Wanda. „So jung sie ist, bleibt sie für sich
verantwortlich. Wir Frauen können gar nicht zeitig genug anfangen, uns in der Selbstverantwortung zu üben.
Hindert man Thekla an diesem Entschlusse, so thut man
ein großes Unrecht an ihr. Das ist meine Ansicht in der
Sache."

Wieder hörte Thekla mit Staunen, welche Auslegung
die Tante ihren Wünschen gab. Wahrlich, an so große
Dinge hatte sie dabei gar nicht gedacht! Aber es erwärmte sie doch und machte sie stolz.

Übrigens trat das, was Frau von Lüdekind die ganze
Zeit über befürchtet hatte, ein: Finanzrat Sänger kam nun
wirklich.

Mit selbstbewußtem sogar ein wenig spöttischem Lächeln
verneigte er sich vor Wanda Lüdekind, als wolle er sagen:
‚Sehen Sie, mein Fräulein, früher haben S i e in diesem
Hause die erste Violine gespielt, nun sind andere daran.
Die Zeiten ändern sich eben!" —

Wanda gehörte zu den Menschen, die ungemein starke
Antipathieen und Sympathieen haben. Sie liebte ihre

Freunde mit einer gewissen bewußten Blindheit; an den
Leuten, die sie nicht leiden mochte, aber gab es für sie
auch kein gutes Haar. Sänger war einer von den Menschen,
die ihr von Grund der Seele zuwider waren. Alles an
ihm reizte sie zum Widerspruch. Seine Erscheinung: diese
Mischung von philiströser Beamtenwürde und erkünstelter
Jugendlichkeit. Die geckenhafte Kleidung. Die umständliche
Art sich auszudrücken. Die burschikos gezierten Bewegungen,
und über alledem ausgegossen das arrogante Selbstbewußtsein eines Mannes, der sich für elegant, liebenswürdig und
geistreich hält. Wanda war den Männern im ganzen nicht
hold; aber sie mußte sich doch eingestehen, daß sie notwendig seien, ja sie gab sogar zu, daß einige von ihnen
wirklich gut und tüchtig sein konnten. Aber dieser Mensch
stellte gewissermaßen den Extrakt dar von allem, was ihr
den Mann widerwärtig und verhaßt machte. Sänger war
in ihren Augen geradezu eine unerlaubte Persönlichkeit.
Sie mußte alle ihre Erziehung zusammennehmen, ihm nicht
ihren Abscheu ganz ungeschminkt zu zeigen.

Gleichsam, um zu beweisen, wie gefestigt seine Stellung
hier sei, zog der Finanzrat das Cigarrenetui aus der
Brusttasche und fragte: „Sie gestatten doch wohl, Frau
Ernestine?" Die Witwe gestattete, obgleich sie gewünscht
hätte, daß er sich in Gegenwart von Wanda Lüdelind
nicht solche Freiheiten herausnehme.

Mit einem kleinen verlegenen Lachen sagte sie zu
Wanda: „Der Herr Finanzrat kommt manchmal nach
Arthur sehen. Ich bin ihm sehr dankbar dafür." Sie
sprach dann weiter über Arthurs Fleiß und wie er sich
neuerdings anstrenge, um zu Michaelis ein möglichst gutes
Examen zu bestehen.

„Wenn er so weiter macht, garantiere ich Ihnen
mindestens eine 2a," meinte Sänger, sich auf den Hacken

wiegend, während er die Hände in die Taschen seines kurzen Röckchens vergrub.

„Wie ich Ihnen schon oft gesagt habe, Frau Ernestine, Arthur ist gar nicht auf den Kopf gefallen. Daß er bisher nicht viel geleistet, liegt einfach daran, daß ihm die rechte Direktion gefehlt hat. Ich fürchte, mein verstorbener lieber Freund war etwas — wie soll ich sagen, um keinen verletzenden Ausdruck zu wählen — er war etwas zu nachsichtig gegen den jungen Mann. Übrigens ein sehr verzeihlicher Fehler! Als unbeteiligter dritter trifft man doch vielleicht eher das Richtige. Jedenfalls ist der junge Mensch jetzt auf dem rechten Wege. Sie haben nichts zu befürchten um seinetwillen, Frau Ernestine, wenigstens so lange es mir gestattet bleibt, ein wenig die Kontrolle über ihn auszuüben," damit klopfte er mit selbstgefälliger Miene die Asche in den nächsten Becher.

Frau von Lüdekind blickte besorgt nach dem alten Fräulein.

„Wir werden ja sehen, was der Erfolg sein wird," sagte Wanda Lüdekind nur.

„Wovon der Erfolg, gnädiges Fräulein?" fragte Sänger, und betonte dabei jede Silbe. Er spannte längst auf den Augenblick, mit Tante Wanda anzubinden; sein ganzer Vortrag war darauf berechnet gewesen.

Wanda Lüdekind wollte sich nicht zu einem Streit verführen lassen. Sie kannte sich selbst leidlich gut und wußte, daß sie leicht hitzig wurde. Es lag ihr gar nichts daran, sich heut mit Sänger zu streiten. Um Thellas willen war sie hier, Thellas Sache wollte sie in Ordnung bringen.

Sie sann noch nach, was sie antworten solle, als die kleine Agnes in's Zimmer gestürmt kam und direkt auf den Onkel Vormund zueilte, um ihn zu umarmen.

Agnes befand sich in jenem Stadium der Entwickelung, das für Mädchen am ungünstigsten ist. Ihre Kindesschönheit hatte sie eingebüßt, und dafür war noch kein Ersatz da. Sie erschien fast geschlechtslos mit ihrer flachen Brust und den knabenhaft eckigen Gliedmaßen. Verlegen sein zu müssen über ihre nackten Arme und den bloßen Hals, hatte sie noch niemand gelehrt. Ohne es zu wissen, bot sie in all ihren Widersprüchen einen beinahe komischen Anblick.

Sänger hatte von jeher mit Agnes auf Neckfuß gestanden. Mit der minder dreisten Thekla war ihm das nie gelungen. Aber für die kleine Agnes war er der spaßhafte Onkel, mit dem man sich jede Albernheit erlauben durfte. Sie ritt auf seinen Beinen, versteckte ihm das Taschentuch und kitzelte ihn. Er rächte sich dadurch, daß er ihr Grimassen schnitt, sie in die mageren Arme kniff, oder sie einfach festnahm und abküßte. Auch heute gab es wieder solchen Kampf, der damit endete, daß der Finanzrat erhitzt in einem Lehnstuhle saß, vor sich zwischen den Knieen die lachende und kreischende Agnes, die er an den Knöcheln festhielt, während sie wehrlos gemacht, ihm auf die Platte pustete, was er, wie sie wußte, gar nicht vertragen konnte.

Frau von Lübekind, die solche Schäkereien sonst als harmlosen Spaß duldete, war heute Tante Wandas wegen etwas strenger. Sie befahl Agnes, gute Nacht zu sagen und zu gehen. Es zeigte sich jedoch, daß das Mädchen keine besondere Eile hatte, dem mütterlichen Wunsche nachzukommen. Schon mußte mit Strafe gedroht werden, als Thekla eingriff.

„Ich gehe mit und bringe dich zu Bett, Nes!" — so war des Kindes Kosename — damit nahm sie die kleine Schwester an der Hand, die ihr willig folgte.

Wanda war es recht, daß Thekla gegangen. Denn sie war entschlossen, nunmehr die Zukunft ihrer Nichte mit

5*

Mutter und Vormund durchzusprechen. Sie sagte es rund heraus, daß sie es für durchaus zweckmäßig halte, wenn Thekla noch ein paar Jahre in Verbindung mit der Schule bleibe, und daß es sie freuen würde, wenn Thekla etwas Tüchtiges erlerne, vielleicht gar das Examen als Lehrerin ablege.

„Das hat sie doch wirklich nicht nötig!" rief Frau von Lübelind entsetzt.

„Grade weil sie es nicht nötig hat, halte ich es für gut und nützlich für sie. Für uns Frauen der sogenannten besseren Kreise sind die Jahre nach der Konfirmation die gefährlichsten. Man verlernt das bißchen, was man als höhere Tochter gelernt, denkt an allerhand Tand und Unsinn. Dabei wird der Kopf leer und das Herz arm. Ich dachte, Thekla wäre für was Besseres bestimmt als für solchen überlünchten Müßiggang!"

Die Witwe wußte, daß sie gegen Wanda Lübelind, deren geistige Überlegenheit sie mehr ahnte, als anerkannte, nicht aufkommen könne; hülflos sah sie sich nach dem Vormund ihrer Kinder um.

Finanzrat Sänger war der Unterhaltung der beiden Frauen mit ironischem Lächeln gefolgt. Hier, wo es sich um eine Frauenangelegenheit handelte, war er sich seiner Überlegenheit voll bewußt, denn alles was in dieses Fach schlug, betrachtete er als seine Spezialität.

Jetzt durch Frau von Lübelind direkt um seine Ansicht angegangen, räusperte er sich zunächst, legte die Cigarre weg und erklärte: „Wenn einmal die Prinzipienfrage aufgeworfen wird, dann sehe ich mich genötigt, Folgendes zu sagen: es ist nicht der Lebenszweck der Frau, über das ihr von der Natur gesteckte Ziel hinauszustreben. Es würde zuweit führen und würde auch nicht einmal für Damenohren ganz passend sein, wollte ich auseinandersetzen, weshalb alles dafür spricht, daß die Frau von Natur nicht zur Selbständigkeit bestimmt ist."

Jedes Wort, das er sprach, reizte Tante Wanda, aber sie dachte an Thekla und nahm sich zusammen. „Was hat denn das mit unserem Fall zu thun?" fragte sie nur.

„In unserem Falle hat das zu bedeuten: Ein junges Mädchen, das wie unsere Thekla das Glück genießt, in günstigen wenn auch nicht glänzenden Verhältnissen geboren zu sein, welches ferner das Glück genießt, die Mutter zu besitzen," — damit verbeugte er sich nach der Witwe hin — „das mit einem Worte eine Heimat hat, wenn auch das Familienoberhaupt leider allzu früh abgerufen worden ist, ein solches junges Mädchen würde unrecht thun, wollte es den gesicherten Port im Schoß der Familie, diesen großen Vorteil, aufgeben. Denn es ist und bleibt nun einmal wahr: das junge Mädchen gehört in die Familie."

„Thekla würde auch garnicht der Familie entfremdet werden," sagte Wanda, und wunderte sich dabei über die Ruhe, die sie zu heucheln verstand.

„Doch!" erklärte Sänger mit Gewicht. „Es ist eine alte Erfahrung: Frauen, die sich auf ein Gebiet begeben, das von Gottes- und Rechtswegen dem Manne gehört, ich meine also die ganze Klasse der emanzipierten Frauen, bekommen etwas Unweibliches. Der feinste Duft edler Weiblichkeit wird von ihnen abgestreift. Solche Frauen passen dann nicht mehr für das Familienleben. Erfahrungs-gemäß bekommen sie auch äußerst schwer einen Mann."

„Ja ist denn das aller Mädchenerziehung höchstes Ziel, für den Mann abgerichtet zu werden?" konnte sich Wanda Lübekind nicht enthalten auszurufen. Sofort aber bereute sie ihre Bemerkung, als sie Sängers höhnische Miene sah.

„Gewiß, Sie haben ja insofern recht, gnädiges Fräu-lein, nicht jedes Mädchen bekommt einen Mann, und nicht

jeder Mann nimmt sich eine Frau, wie man zum Beispiel
an uns beiden sieht. Aber immerhin werden Sie zugeben,
daß die Ehe das Normale ist und der ledige Stand die
Ausnahme. Darum soll eine junge Dame so erzogen
werden, daß kein Blaustrumpf aus ihr wird, sondern, daß
sie womöglich ihren Mann einmal glücklich macht."

„Und so niedrig schätzen sie also den Mann ein, daß
Sie annehmen, eine Gans wird ihn glücklicher machen als
eine Frau, die etwas aus sich gemacht hat!" rief das alte
Fräulein und lachte wild auf.

„Darüber will ich mich nicht mit Ihnen streiten, Fräu-
lein von Lübekind. Die Frage ist mir nämlich zu heikel.
Ich glaube, wir haben darin beide zu wenig Erfahrung.
Aber hier" — damit wieder eine Verbeugung gegen die
Witwe — „haben wir eine Mutter. Ihre Ansicht, gnädige
Frau, ist schließlich die ausschlaggebende."

Frau von Lübekind war dem Wortwechsel mit ge-
mischten Gefühlen gefolgt. Für sie gab es keine Prinzipien.
Auch dachte sie niemals weit über das Nächstliegende hinaus. Jede Entscheidung zerfiel für sie in eine Unsumme
von kleinen persönlichen Einzelfragen, die ihr schließlich
viel wichtiger waren als das Ganze.

In diesem Augenblicke lag ihr daran, daß die beiden:
Sänger und Wanda Lübekind, sich nicht verfeindeten, und
vor allen Dingen, daß Wanda sich nicht allzusehr gekränkt
fühle. Denn wenn sie selbst auch im Herzen auf Seiten
Sängers stand, dessen Ansicht sie unbesehen für die richtige
hielt, so sagte sie sich doch andererseits, daß man es mit
Tante Wanda nicht ganz verderben dürfe. Wer konnte
Wanda denn verhindern, im frischen Ärger eine Testaments-
veränderung vorzunehmen? —

Sie versuchte daher dem Gespräche eine etwas harm-
losere Färbung zu geben. Ihr Wunsch sei nur der, sagte

sie, ihr Kind soviel wie möglich bei sich zu haben. Deshalb würde sie es am liebsten sehen, wenn Thekla den Unterricht, den sie noch brauche, wie Klavier, Singen, Tanzen, möglichst im Hause genieße, oder wenigstens unter ihrer direkten Aufsicht.

„Bravo, so spricht eine Mutter!" rief Sänger. „Man muß nur an den Takt einer echten Frau appellieren, so bekommt man gewiß die richtige Antwort!" Dabei warf er einen triumphierenden Seitenblick auf das alte Fräulein. Der Hieb hatte gesessen.

Wanda Lüdekind verfärbte sich, weniger aus Ärger über die Malice als aus wirklichem Gram darüber, daß sie Theklas Sache so gut wie verloren sah. Sie wandte sich an ihre Cousine. „Ich weiß ja, Ernestine, daß mich das streng genommen nichts angeht, du hast die Erziehung deiner Kinder zu leiten, du ganz allein . . ."

„Entschuldigen Sie, gnädiges Fräulein, daß ich unterbreche," ließ sich hier Sänger vernehmen, „aber ich muß diesen Irrtum richtig stellen. Auch ich habe ein Wort mitzusprechen in solchen Fragen, obgleich natürlich nur im Einvernehmen mit der Mutter. Der Verstorbene hat mir nun mal die Ehre angethan, mich zum Vormund seiner Kinder zu ernennen."

Am liebsten hätte Wanda Lüdekind erwidert: „Ja, leider hat mein Vetter diese größte aller Dummheiten begangen!" Sie schluckte jedoch auch das herunter und immer wieder sich nur an die Cousine wendend, als ob der Mann da Luft für sie sei, fragte sie: „Ich will von dir eine Antwort, Ernestine. Was hast du vor mit Thekla? Willst du ihr erlauben, sich zu einem Menschen zu entwickeln, oder soll sie eine Puppe werden, wie die anderen? Du als Mutter hast allein die Verantwortung. Ich würde dir's sehr verdenken, wenn du dir dein Recht durch irgend wen verkümmern ließest."

„Ach weißt du was, Wanda!" gab die Witwe zur
Antwort, der die Fragestellung unbequem war. „Ich
glaube, du übertreibst etwas! Wir meinen es doch alle-
samt gut mit Thekla. Ich denke mir, es ist das Beste,
wenn es mit Thekla genau so gehalten wird, wie mit uns
allen. Ich habe kein Examen gemacht und du auch nicht,
und wir sind doch ganz gut durch's Leben gekommen.
Warum soll denn mit Thekla durchaus eine Ausnahme gemacht werden? Ich wünsche mir gar keine gelehrte Tochter.
Das würde auch schließlich nicht im Sinne meines guten
Eberhardt sein. Und ich muß mich doch nach dem richten,
was er gewollt hat!"

„Bravo, bravo!" applaudierte Sänger. „Jetzt haben
Sie das lösende Wort gefunden, Verehrte! Der Wille
unseres verewigten Freundes muß den Ausschlag geben.
Und hierin wenigstens wird uns Fräulein von Lübekind,
dessen bin ich sicher, nicht widersprechen."

„Allerdings widerspreche ich! Gerade dem widerspreche
ich!" rief Wanda und blitzte ihn mit tiefleuchtenden Augen
an. „Eberhardt würde auf meiner Seite stehen, wenn er
unter uns wäre, und nicht auf der euren."

„Das ist billig zu behaupten, aber beweisen können
Sie das nicht!"

„Was wissen denn Sie von Eberhardt?"

„Vielleicht ebenso viel, wenn nicht mehr als Sie, mein
Fräulein! Ich darf mich rühmen, sein Freund gewesen zu
sein. Und außerdem haben wir hier einen klassischen Zeugen:
seine Witwe."

„Ach!" machte Wanda Lübekind nur, mit einer ab-
weisenden Bewegung, als könne sie nicht ausdrücken, was
sie auf dem Herzen habe.

„Ich muß allerdings sagen," mischte sich hier Frau
von Lübekind ein, „ich glaube auch, Eberhardt würde dir

nicht beistimmen, Wanda. Obgleich wir ja leider niemals
darüber gesprochen haben bei seinen Lebzeiten."

„Und du willst behaupten, du hättest deinen Mann
geliebt, wenn du nicht einmal weißt, wie er über diese
wichtigsten Dinge gedacht hat!" rief Wanda Lüdekind außer
sich. „Haarklein will ich dir von jeder Sache sagen, wie
Eberhardt sie gewollt. Ihr anderen habt eben keine Ahnung
von seinem innersten Wesen!"

„Das muß ich denn doch sagen! In Gegenwart seiner
Witwe wollen Sie das aufrecht erhalten?"

„Ich weiß, was mir der Verstorbene gewesen ist,"
erwiderte Wanda stolz. „Und wenn ich hier über seine
Denkweise belehrt werden soll, so lache ich. Er hatte
seine schwachen Seiten; ich kannte sie besser als irgend
wer. Aber Engigkeit war niemals seine Schwäche."

„Ich kann mir nicht helfen, das nenne ich Pietätlosigkeit!" rief Sänger.

„Nein, Pietätlosigkeit ist es nicht, sondern ganz etwas
anderes," erwiderte das alte Fräulein, bitter lachend, und
erhob sich. „Ganz etwas anderes. — Jeden Morgen
Blumen vor Eberhardts Bild stellen, ist keine Kunst. In
seinem Geiste und Sinne leben, das wäre schon eher
etwas. Aber vieles, was hier vorgeht, ist gewiß nicht
nach seinem Herzen."

„Du wirst doch so nicht gehen!" rief Frau von Lüdekind, die schon wieder die Sorge plagte, Wanda könne
dauernd gekränkt sein.

Aber das alte Mädchen war bereits auf dem Wege.

———

IV.

Es war eine herbe Enttäuschung für Thella, als sie durch ihre Mutter erfuhr, daß ihr Wunsch verworfen sei. Natürlich gab es gegen diese Entscheidung keine Auflehnung. Sie hatte sich darein zu schicken, was die Mutter mit dem Vormund für gut befand, aber es bemächtigte sich ihrer doch etwas wie Verstimmung gegen die Erwachsenen. Sie fühlte heraus, daß man ihr nicht gerecht geworden sei. Und jedes Kind empfindet Ungerechtigkeit besonders bitter. Zum ersten Male kam ihr zum vollen Bewußtsein, daß sie verwaist sei. Welch unersetzlichen Verlust hatte sie durch den Tod ihres guten Vaters erlitten! —

Als Frau von Lübekind sah, daß sich Thella die abschlägige Entscheidung tiefer zu Herzen nahm, als erwartet, wurde ihr Mitleid rege. Sie war gutmütig, und vermochte in ihrer Umgebung ein vergrämtes Gesicht nicht zu ertragen. Sie betrieb es, daß Thella nun wenigstens Unterricht im Malen und in der Musik erhielt, wie ihr in Aussicht gestellt worden war. Später sollte dann auch noch das Tanzen dazu kommen, das jetzt, wo das Trauerjahr noch lief, für nicht passend befunden wurde.

Es wurde der Witwe nicht leicht, sich in der Lehrerfrage zu entscheiden. Der Rat des Vormundes ward angerufen, und Sänger, der sich auf sein Kunstverständnis gern etwas zu gute that, erklärte sich bereit, auch die Regelung dieser Angelegenheit in die Hand zu nehmen. Er brauchte lange Zeit zur Prüfung der Bewerber. Endlich kam er mit einem ältlichen Fräulein für Klavier, und mit einem Greise, der den Titel Professor führte, für Zeichen- und Malunterricht an. Er behauptete von ihnen, sie seien „Kapazitäten". Beide hatten das gemeinsam, daß ihre

Art zu unterrichten äußerst umständlich und altmodisch war, und daß sie bei ihren Schülern Interesse, Eigenart und Lust zur Sache sehr bald durch die eigene hoffnungslose Temperamentlosigkeit völlig lahm legten.

Thekla gab sich redliche Mühe. Aber sie merkte mit der Zeit, daß sie nicht vorwärts komme. Die Fingerfertigkeit, die man ihr beibrachte, für etwas Echtes zu nehmen, war sie zu ehrlich. Daß die Lehrer, welche man ihr gegeben, Stümper seien, die jedes Talent verderben mußten, ahnte sie nicht.

Sie hatte viel freie Zeit übrig, mit der sie nicht immer wußte, was anfangen. Das Spielen im Garten gab es nun auch nicht mehr. Die einzige Unterhaltung, die sie hatte, waren die Ausfahrten, welche sie in Gesellschaft ihrer Mutter und des Vormunds unternahm. Freilich da war auch nicht viel Zerstreuung dabei, in einem Mietwagen stundenlang auf staubiger Landstraße einhergezogen zu werden. Sie hätte viel lieber ihre jungen Gliedmaßen gerührt, wäre am liebsten jedem Schmetterling nachgesprungen; jede bunte Blume, wenn sie auch im dichten Getreidefelde oder auf sumpfiger Wiese stand, bedeutete eine Versuchung für sie. Warum konnte man nicht zu Fuß gehen? Auf die Berge, durch den Wald! Oder nach dem See, wo Kähne lagen, auf denen sie andere junge Menschen rudern sah.

Aber Finanzrat Sänger hielt dergleichen für unpassend, er eiferte gegen Tennis und Radeln, Dinge, die man in seiner Jugend nicht gekannt hatte. Dagegen war das Ausfahren im Mietwagen nach seinem Geschmacke. Das schien ein sicheres, solides und bequemes Fortkommen. Wenn es regnete, konnte man den Wagen ganz schließen lassen, und gegen die Sonne schützte das Halbverdeck. Wenn Bedürfnis dazu vorlag, wurde angehalten und ein

wenig ausgestiegen. Dann bot er der Witwe höflich den
Arm und schritt, den Überzieher auf dem Arme, mit behutsam kleinen Schritten voran; weil er sich einbildete ein
kleiner Fuß sei noch modern, trug er knappes Schuhwerk.
Hinter ihnen ging Thekla. Das Vorauseilen, oder gar
das Springen über Gräben und das Streifen auf Neben-
wegen war ihr streng untersagt.

Kehrte man ein, so geschah es wohl, daß sie für eine
Familie angesehen wurden: Vater, Mutter und Kind; worüber die Witwe stets errötete, Thekla sich im stillen ärgerte,
während Sänger den Irrtum ganz gern zu sehen schien.

Thekla hegte gewiß allen Respekt vor ihrem Vormund,
aber sie fand ihn manchmal recht herzlich langweilig. Sie
begriff ihre Mutter nicht, die sich am Schlusse einer
solchen Ausfahrt stets aufs lebhafteste bei ihm bedankte
und auch von Thekla verlangte, daß sie ihm Dank ab-
statte für das „Opfer" das er ihnen gebracht. Sänger
pflegte solchen Dank freundlichst anzunehmen, und meinte:
es sei seine Pflicht und eine „sehr angenehme Pflicht", die
Damen zu „zerstreuen".

So ging der Sommer hin. In ein Bad reiste man
nicht, obgleich Doktor Beermann davon gesprochen hatte.
Die Witwe erklärte, sie vermöge sich jetzt noch nicht vom
Grabe ihres Gatten zu trennen.

Thekla schien es, als sei die Zeit noch nie so geschlichen,
wie jetzt, wo sie soviel Zeit für sich hatte. Sie fühlte das
Bedürfnis nach Thätigkeit. Gelegentlich ging sie in die
Küche und half dort. Aber die Köchin, in der Angst, das
gnädige Fräulein könne ihr ein Gericht verderben, überließ
ihr nur ganz leichte Sachen. Im übrigen duldete sie als
echter Küchendrache solchen Besuch nur, wenn er ihr paßte,
und verstand es, selbst die Tochter des Hauses hinaus zu
komplimentieren. Mit Jungfer und Stubenmädchen ließ sich

Thekla nicht ein; die beiden nutzten jede Intimität sofort
aus und wurden aufbringlich. Anders schien darüber
Arthur zu denken. Er unterhielt sich in Abwesenheit der
Mutter gern mit der Jungfer, einem niedlichen kokett ge-
kleideten Dinge; und wie man aus dem Geflüster und Ge-
kicher schließen konnte, wurde dabei allerhand Kurzweil
getrieben. Thekla schämte sich für ihren Bruder, daß er
sich mit einer gewöhnlichen Zofe in Vertraulichkeiten einließ.

Am meisten noch hatte Thekla von dem Verkehr mit
der alten Hanka. Die saß den ganzen Tag in der Plätt-
stube, eine Näharbeit, die niemals fertig wurde, im Schoße;
denn Hanka brachte mit ihren schwachen Augen und den
zitterigen Händen nichts mehr zu stande. Die anderen
Dienstboten nannten sie die „wendische Eule". Und in
der That, mit ihrer Brille, der scharf gebogenen Nase,
und der aufgeplusterten Haube sah die Greisin diesem
drollig würdevollen Vogel nicht ganz unähnlich.

Thekla saß gern bei ihr. Sie liebte die altmodischen
Geschichten der Wendin. Alle Personen, die in Hankas
Leben eine Rolle gespielt, waren ihr vertraut. Menschen,
die sie mit Augen niemals gesehen hatte, die aber durch
die drastische Schilderung der Alten völlig lebendig vor
der Phantasie des Kindes standen.

Hankas Lebenslauf glich einem reichlich mit Schreck-
nissen und Abenteuern gespickten Romane. Ihr Mann war
ein Thunichtgut gewesen und hatte sie mit einem ganzen
Haufen kleiner Kinder sitzen lassen, um selbst mit einer
Gauklergesellschaft auf und davon zu gehen. Auch auf
einige von ihren Kindern war dieser Trieb zu unstätem
Lebenswandel übergegangen. Der eine Sohn hatte es
sogar bis zu fünf Jahren Gefängnis gebracht. Eine
Tochter — und die war der Stolz der Mutter — war
Garderobiere an einem Theater. All die Abenteuer ihres

Gatten und ihrer Kinder, sowie die eigenen Erlebnisse, die Schicksale all der Menschen, welche sie als kleine Kinder auf den Armen getragen, das zusammen bildete eine große Geschichte mit unzähligen Kapiteln, Haupt- und Nebenpersonen.

In diesem Labyrinth fand sich eigentlich nur noch Thekla zurecht. Sie hatte dieses abenteuerliche Durcheinander, das die Alte ohne jede Spur von Sentimentalität mit grausamer Nüchternheit vortrug, hingenommen, so wie Kinder eben alle Eindrücke in sich aufnehmen: die biblische Geschichte, wie die Mythologie, und die germanische Märchenwelt, kritiklos, als vollendete Thatsachen.

Jetzt, wo die Greisin allmählich die Personen und Ereignisse ihres eigenen Lebens zu verwechseln und durcheinanderzuwerfen anfing, kam ihr Thekla zu Hülfe. „Nein, Hanka, es war der Karl, der damals nach Amerika mußte, nicht der Traugott." Oder in einem anderen Falle: „Damals hast du aber erzählt, daß der kleine Egon sich die Nadel in den Fuß getreten hat, nicht die kleine Wally." So korrigierte sie das schwindende Gedächtnis der Alten aus dem, was sie selbst erst von ihr empfangen hatte. Der Schluß war dann immer, daß die Greisin mit zitterndem Haupte sagte: „Alte Leute sind zu nichts nich gut, meine Thekla! Hanka wird gnädige Herrschaft auch bald verlassen."

Am häufigsten sah Thekla noch Ella Bartusch von ihren Freundinnen. Ella hatte gleich Thekla zu Ostern die Schule verlassen. Doch damit sollte ihre Ausbildung nicht zu Ende sein. Ihr Vater verlangte, sie müsse mindestens das Lehrerinnenexamen bestehen. Die Mutter war dagegen, denn sie fand es unter ihrer Würde, eine Tochter zu haben, die ein Brotstudium betrieb. Auch Ella selbst, der das

Lernen von jeher schwer gefallen, war nicht begeistert für den Plan. Aber viel zu verschüchtert und dem Vater gegenüber an murrloses Gehorchen gewöhnt, wagte sie es nicht, sich solchem Beschlusse zu widersetzen.

Im geheimen manche Thräne vergießend, besuchte Ella ein Seminar, in welchem junge Mädchen für den Erzieherinnenberuf ausgebildet wurden.

Ein launisches Geschick wollte es also, daß Ella, welche keine Neigung zur Weiterbildung in sich spürte, durch den väterlichen Willen gerade zu dem gezwungen wurde, was Thella sich wünschte und was ihr untersagt worden war. Beide Mädchen seufzten, daß ihnen die verkehrten Lose zugefallen seien, aber ihr Mißgeschick wurde zum Anlaß, sich näher zu kommen. Thella ließ sich die Aufgaben zeigen, die Ella mit heim brachte und versuchte sich an ihrer Lösung. Auch all die Bücher, welche die Freundin jetzt zu studieren hatte, las sie mit durch. Und oftmals konnte sie der armen Ella helfen bei ihrer Arbeit.

Noch inniger aber verband die beiden jungen Mädchen das Interesse an den beiderseitigen Brüdern. Ella teilte Thellas Sorgen, daß Arthur abermals durchfallen könne. Thella wiederum ließ sich von Ella ganz gern die Briefe vorlesen, die Gabriel nach Haus schrieb. Er pflegte sein Schreiben an die Schwester und nicht an die Eltern zu richten. Manches darin mochte darauf berechnet sein, zu Thellas Ohren zu gelangen. Er hatte den Entschluß gefaßt, während der Sommerferien nicht nach Haus zurückzukehren, sondern seine Freiheit zu benützen, um zu Fuß eine Studienreise durch Süddeutschland zu unternehmen. Manche Aufnahme von Baudenkmälern, in der Eile hingeworfen, legte er seinen Briefen bei. Der Vater durfte dergleichen nicht sehen, denn er würde nur von neuem über Gabriels „unausrottbaren Dilettantismus"

gewettert haben. Thella aber, der Ella diese Zeichnungen
gern überließ, sammelte die Blätter mit Sorgfalt.

Auch Arthur lebte in einer ganz neuen Welt. Er
sprach kaum noch von etwas anderem als von militäri-
schen Dingen. Zum Herbst wollte er eintreten, um sein
Jahr abzudienen. Die große Frage war nun: welches Regiment? Es hätte nahe für ihn gelegen, bei dem alten Regimente seines Vaters einzutreten. Aber er hatte sich's nun
mal in den Kopf gesetzt, Kavallerist zu werden. Er unterhielt sich auch oft mit den Mädchen darüber. Thella riet
zu den Kürassieren, weil sie fand, Arthur habe die passende
Figur dazu. Ella hingegen wünschte, er möchte bei den
Ulanen eintreten, sie meinte die Tschapka müsse ihm ausgezeichnet zu Gesicht stehen. Ja, einmal war er ihr im Traume
als schneidiger Ulanenoffizier erschienen. Doch erfuhr das
einzig Thella unter dem Siegel tiefster Verschwiegenheit.

Auch mit Lilly Siegrist hatten die Beziehungen nicht
aufgehört. Bei Lilly war die Mauserung vom Backfisch
zur Weltdame äußerst schnell vor sich gegangen. Ihre
Lieblingsthemata waren: Kleidermoden, über die sie sich
durch ein französisches Damenjournal unterrichtete, Hof-
klatsch, in den sie durch ihren Vater, den Hofmarschall eingeweiht wurde, und gelegentlich auch ein kleiner Skandal,
den sie mit früherschlossenen Sinnen überall aufzufangen
wußte. Mit der Wahrheit hatte Lilly nie auf besonders
vertrautem Fuße gestanden, sie log nicht gerade grob,
die Klugheit sagte ihr, daß man damit meist hereinfällt,
aber sie schmückte aus. Debütieren sollte sie in der großen
Welt zwar erst im Winter, aber ihre Eltern nahmen sie
zur Vorbereitung auf diesen wichtigen Schritt schon jetzt
in kleinere Gesellschaften mit, angeblich um das gute Kind
an Menschen zu gewöhnen, damit sie ihre Schüchternheit
überwinden lerne.

Im Hochsommer gingen Herr und Frau von Ziegrist mit ihrer alten Herzogin nach einer ländlichen Residenz. Dort gab es für die Tochter natürlich keinen Platz. Daher erschien Frau von Lübekinds Vorschlag äußerst annehmbar, daß Lilly während der Abwesenheit der Eltern bei ihnen leben solle.

Thekla freute sich herzlich.

Lilly zeigte sich als der angenehmste Gast. Sie konnte liebenswürdig sein, wenn sie wollte; und hier hielt sie das für angebracht. Denn so jung sie war, wußte sie doch schon, daß man sich selbst am besten unterhält, wenn man die Menschen, mit denen man zusammen ist, zu unterhalten versteht. Und sich zu unterhalten war Lillys Lebenszweck. Es gelang ihr wirklich, einiges Leben in das Lübekindsche Haus zu bringen.

Man war dort gerade an dem Zeitpunkt angelangt, wo eine streng innegehaltene Trauerzeit anfängt, ihre Längen fühlbar zu machen. Ein Jahr beinahe war der Major nun tot. Die Witwe ging noch täglich an sein Grab, und sie und Thekla trugen der Augustsonne zum Trotze immer noch tiefes Schwarz. Man sah keine Gäste und nahm keine Einladung an. Aber doch eilten die Gedanken schon mit einer gewissen Ungeduld jenem Zeitpunkte entgegen, wo das Trauerjahr und sein natürlicher Zwang ihr Ende erreicht haben würden.

Die Witwe sah es daher nicht ungern, daß durch Lillys Besuch gewissermaßen die künstliche Mauer durchbrochen wurde, mit der man sich umgeben hatte. Die Ausfahrten mit dem Vormund nahmen einen etwas weniger feierlichen Charakter an. Lilly setzte es durch, daß zum Rudern und Tennisspielen Erlaubnis erteilt wurde. Sie wußte zu erreichen, was sie wollte. Selbst Finanzrat Sänger konnte ihr auf die Dauer nicht widerstehen. Am schlimmsten aber war es mit Arthur. So kurz vor dem Examen einen Gast wie Lilly im Hause! Der arme Junge verwickelte sich völlig in die Schlingen, die ihre losen Augen um ihn legten. Und was er bis dahin noch nicht an Wissen in sich aufgenommen hatte, das erlernte er in diesen schwülen Hochsommertagen sicher nicht.

Lilly schlief in Thellas Zimmer. Die Mädchen hatten sich's so gewünscht. Und Frau von Lübekind, die ein Fremdenzimmer für den Gast bereit gehalten hatte, fügte sich diesem Wunsche. Aus ihrer eigenen Jugendzeit wußte sie, daß eine Mädchenfreundschaft erst dann besiegelt ist, wenn man zusammen schläft.

Bis in die sinkende Nacht hinein wurde geschwätzt. Lilly wußte so unterhaltend zu plaudern. Sie war von erstaunlicher Offenheit, sprach von Dingen, an die Thella kaum zu denken sich getraute, mit einer Gemütsruhe, die das Gewagteste selbstverständlich erscheinen ließ. Manchmal entrüstete sich Thella und schalt die Freundin, aber Lilly wollte von „Moralpauken" nichts wissen. „So wie ich bin, bin ich nun mal!" war ihre einzige Entschuldigung.

Beim Ankleiden ging es mit großer Unbefangenheit zu. Staunend sah Thella, was Lilly alles mit sich vornahm. Von Natur hatte sie dünnes Haar, dem sie aber durch entsprechende Behandlung den Anschein von Fülle zu geben wußte. Überhaupt war Lilly mit natürlichen Reizen nicht verschwenderisch ausgestattet. „Hübsch bin ich nicht, das weiß ich, aber ich möchte pikant sein, denn das ist viel mehr!" erklärte sie. „Gott, wenn ich deine Figur hätte, Thella, was wollte ich anstellen! Donnerwetter, die Männer sollten stehen bleiben, mit offenem Munde!" —

Sie machte sich daran, Thella anzuziehen, denn davon habe diese keine Ahnung. Eigenhändig behandelte sie das Haar der Freundin und baute ihr eine Frisur auf. Dann

wurde eine alte Balltaille hervorgeholt, die man im Kleider-
schranke von Thellas Mutter entdeckt hatte, Lilly garnierte
sie mit Geschick. Thella mußte sich's gefallen lassen, daß
sie gepudert und parfümiert wurde — „wie man's macht,
ehe man in Gesellschaft geht". Lilly war in höchster
Ertase über ihr Machwerk, und erklärte mit leuchtenden
Augen, Thella sähe zum Auffressen aus.

Dann verschwand sie auf einige Zeit, um auf einmal
als Gigerl verkleidet wieder aufzutreten. Sie hatte dem
zufällig abwesenden Arthur einen vollständigen Anzug mit
allem, was dazu gehört, entwendet. Nun nahm sie eine
tiefe Stimme an und spielte den jungen Mann mit ausgesprochener Kennerschaft. Ihre Liebeserklärung und ihre
Küsse waren so feurig, daß Thella geradezu erschrak und
sich in plötzlich erwachtem Schamgefühl vor Lilly in das
Nebenzimmer flüchtete, das sie verschloß. Als man sich
später in natürlicher Tracht wiedersah, meinte Lilly, Thella
sein ein „Lamm", und verstehe keinen Spaß.

Am Abend ehe Lilly das Lüdekindsche Haus verlassen
sollte, saß sie zur Abschiedsfeier bei Thella auf dem Bette.
Man hatte eben darüber gesprochen, wie nett die Zeit
gewesen und wie schnell sie verflossen, als Lilly plötzlich
vollkommen unvermittelt fragte: „Sage mal, Thella, hat
eigentlich Finanzrat Sänger deiner Mutter den Hof schon
gemacht, als dein Vater noch lebte?"

Thella sah die Sprecherin mehr verständnislos als
erschreckt an.

„Jedenfalls besorgt er es jetzt gründlich. Du wärest
imstande, das gar nicht zu merken, Schäfchen! Hast du
die verliebten Augen nicht gesehen, mit denen er deine
Mutter immer ansieht."

Thella setzte sich kerzengrade im Bette auf. „Du bist
schlecht, Lilly!"

6*

„Ich sage das ja nur, um dich vorzubereiten. Früher oder später wird's doch so, daß mal auf! Du kriegst einen Stiefvater, weißt du, wie Lola Brizwall einen hat. Da verlobte sich die Mutter auch ein Jahr nach dem Tode des ersten Mannes. Kannst du dich besinnen? Lola bekam ein neues Kleid zur Hochzeit."

„O, Lilly, du bist schlecht!" wiederholte Thekla. Ihr wurde auf einmal so furchtbar bang zu Mute.

Lilly fuhr unbeirrt fort: „Du müßtest meiner Ansicht nach Stellung nehmen zu der Sache. Wenigstens würde ich das thun, wenn ich an deiner Stelle wäre. Dieser Herr Sänger bildet sich zwar sehr viel ein auf seine Erscheinung, trägt enge Schuhe und färbt sich das Haar, — aber ich denke ihn mir gar nicht nett als Vater. Außerdem ist er nur bürgerlich, und deine Mutter würde ihren Hofrang verlieren. Du mußt ihn tüchtig ärgern, Thekla. — Kind, was weinst du benn?"

„Du hast deinen Vater nicht verloren, Lilly!" schluchzte Thekla.

„Ach werde nur nicht traurig! Das nützt alles nichts. Deine Mutter hat sich ja auch schon getröstet. Du kriegst dann ein neues Kleid zur Hochzeit, wie Lola Brizwall. Und in gewisser Beziehung denke ich es mir ganz interessant, einen Stiefvater zu haben."

„O nein, nein!" jammerte Thekla und verbarg ihr Haupt in den Kissen.

*　　*　　*

Es kam eine wunderliche Zeit für Thekla Lüdekind. Sie fing eigentlich jetzt erst an, zu begreifen, daß sie nicht

mehr Schulmädchen sei. Ihre Freundin Lilly hatte wenigstens einen Lebenszweck, die wollte „pikant sein". Aber
Thella verspürte dazu weder Lust noch Begabung in sich.
Und niemand war da, der ihr irgend ein Ziel hätte vor-
stecken können, nach dem zu streben der Mühe wert gewesen
wäre.

Etwas wie matte Lässigkeit kam über das Mädchen.
In der Schule war sie den Mitschülerinnen als ein Muster
hingestellt worden von Fleiß, und jetzt konnte sie ganze
Stunden vertrödeln mit Nichtigkeiten. Sie schlief lange
in den Morgen hinein. Es gab ja nichts für sie, um des-
willen es sich verlohnt hätte aufzustehen. Wie war sie
früher aus dem Bette gehüpft, freudig und gespannt dem
kommenden Tage entgegen. Da hatten tausend kleine Interessen und Aufregungen gewinkt. Jetzt gab es von alledem
nichts mehr. Gähnend setzte sie sich nach dem Frühstück an's
Klavier und spielte zum hundert und soundsoviessten Male
ihre Fingerübungen durch, oder sie stickte an dem Rückenkissen,
das Mama zu Weihnachten als Überraschung bekommen
sollte; das Muster war bereits im Laden vorgezeichnet.
Schließlich las sie auch ein wenig. Aber die Bücher waren
meist langweilig. Der Vormund hatte sie ausgesucht.

Frau von Lübekind war überzeugt, eine gute Mutter
zu sein, und glaubte der Tochter gegenüber ihre Pflichten
in jeder Beziehung zu erfüllen. Sie sorgte dafür, daß die
Kinder gut genährt wurden, sich reinlich hielten, und jederzeit passend angezogen seien. Und auch für Geist und Gemüt wurde etwas gethan. Thella hatte eine, allgemein
als gut renommierte, höhere Töchterschule besucht, war
konfirmiert worden, bekam Unterricht im Malen und Klavier. Jetzt sollte dazu auch noch Tanzstunde kommen;
was wollte man mehr! Frau Ernestine hatte es in diesem
Alter genau so gehabt. Alle Töchter aus den besseren

Familien bekamen in diesem Alter Unterricht im Malen,
Klavier und Tanzen. Es war das Korrekte so, und außerdem schien es auch die passendste Ausfüllung der Zeit in
jenem schwierigen Alter, wo die Mädchen nicht mehr
Kinder sind, und doch auch nicht Damen vorstellen können.
Auf diese Art und Weise waren sie doch wenigstens auf
einige Stunden des Tages untergebracht.

Arthur war nun auch fort. Er hatte zu Michaelis
sein Examen gemacht, zwar auch jetzt noch nicht mit Glanz,
aber für ihn war die Hauptsache erreicht: das Pennälertum
hatte nun sein langersehntes Ende gefunden. Dann war
er eingetreten als Freiwilliger. Er hatte sich schließlich
doch für die Ulanen entschieden. Ellas Traum war also
in Erfüllung gegangen.

Schlimm war es für Thekla, daß sich auch Tante
Wanda nicht mehr recht um sie kümmern wollte. Das
alte Fräulein hielt sich überhaupt den Verwandten fern
seit der letzten stürmischen Auseinandersetzung. Thekla empfand eine gewisse Scheu vor der Tante. Sie hatte es
früher gar nicht so bemerkt, daß das alte Fräulein auch
unfreundlich sein konnte. Sie, Thekla war doch nicht die
Schuldige, wenn aus ihrem Plane nichts geworden war!
Aber die Tante meinte höhnisch: „Du hast keinen Unter-
nehmungsgeist mein Kind. Wenn man etwas wirklich will,
setzt man es auch durch. Aber du verfällst bereits der
Lübekindschen Bequemlichkeit. Geh mir! In dir habe ich
mich getäuscht."

Wirklich, Tante Wanda war schwer zu verstehen. Sie
war doch selbst eine Lübekind! Und welche Verehrung hatte
sie für den Verstorbenen gehabt! Sicherlich, sie war ungerecht! Ob die Mutter nicht doch recht hatte, wenn sie
sagte: „Wanda ist eine alte verbitterte Jungfer!" —

Es kam so weit, daß Thekla anfing, Tante Wanda

zu meiden. Nur hin und wieder mußte sie ihr eine Anstandsvisite machen; darauf hielt Frau von Lüdekind. Die Witwe
wollte nicht alle Verbindung mit der Cousine verlieren;
wer weiß wozu Wanda noch einmal gut sein konnte! —

So pilgerte Thekla denn als gehorsames Kind gelegentlich nach dem Häuschen, in welchem das alte Fräulein
völlig für sich wohnte. Doch war es nicht mehr das alte
vertrauliche Verhältnis zwischen den beiden Fräuleins von
Lüdekind, der Sechzigjährigen und der Sechzehnjährigen.
Die Herzen waren weit von einander entfernt.

Am lustigsten ging es noch in der Tanzstunde zu.
Die Lehrerin, eine ehemalige Ballettänzerin, jetzt eine
würdevolle Dame, verstand es, den Ehrgeiz ihrer Schülerinnen
anzustacheln. „Nicht jede Dame kann schön sein," das war
einer ihrer Leitsätze, „aber jede Dame kann graziös werden,
wenn sie will und wenn sie in die richtige Behandlung kommt."
Übrigens schien sie für ihre Behauptung selbst das be-
redteste Beispiel. Ihrer auseinandergegangenen Figur zum
Trotze mußte sie auf zierlichen Füßchen behende und leicht
jeden Pas zu tanzen. „Sehen Sie, so, meine Damen,
mit Gefühl! Das Herz muß in den Füßen sitzen, wenn
Sie tanzen. So!.." Und sie hob ihre Röcke leicht mit
den Fingerspitzen auf, daß man den koketten Halbschuh sah.
„Sehen Sie, so! Und wenn Sie dazu mit den Augen
noch die nötige Begleitung geben, dann garantiere ich
Ihnen, daß kein Männerherz widerstehen kann."

Ihr Gatte, ebenfalls Tänzer von Beruf, ein Mann
mit volltönendem italienischem Namen, leitete die Herren-
klasse. Beiden Parteien wurde in Aussicht gestellt, daß
man sie bei guten Leistungen schließlich zu einander führen
wolle. Thekla war Kind genug, diesem Ereignis voll
Aufregung, ja mit Bangen entgegenzusehen. Sie gab sich
die größte Mühe, den Grad von Grazie zu erreichen, den

die Lehrerin für notwendig erachtete, um gewürdigt zu
werden, mit Schülern Sandrinis, des Professors der Tanz-
kunst, zu tanzen. Wußte Thekla doch auch von ihrem
Bruder Arthur her, der im Jahr zuvor diese Dressur durchgemacht hatte, daß die jungen Herrn sofort mit Kritik und
Spott zur Hand waren, wenn ein Mädel ihrer Ansicht nach
„ledern tanzte".

Zweimal in der Woche fand der Unterricht statt. Er
bildete eine angenehme Unterbrechung in der grauen Ein-
tönigkeit der Wintermonate, wo man vom Garten nichts
hatte und Landpartien nicht unternehmen konnte.

Gelegentlich schlich sich Thekla, um der Langeweile
zu entfliehen, in die obere Etage zu Bartuschs. Ella verbrachte jetzt den halben Tag in ihrem Institut und zeigte
sich, wenn zu Haus, ziemlich ungenießbar. Obgleich ursprünglich gar nicht begeistert für ihre Thätigkeit, war sie
nun doch mit einem gewissen Eigensinne beflissen, durchzusetzen, was ihr die Natur eigentlich versagt hatte. Für
Thekla bedeutete es immer ein peinliches Gefühl, Ella
von ihrer Thätigkeit sprechen zu hören: was sie alles lernen
müsse und wie weit sie jetzt schon sei; ja, nächstens sollte
sie bereits eine kleine Kinderklasse probeweise übernehmen.
Thekla wurde dadurch immer wieder schmerzlich an das
erinnert, was sie selbst einmal gewollt.

Frau Bartusch nörgelte zwar viel über Ellas Thätigkeit und beklagte ihr eigenes trauriges Loos, aber gegen
ihre Gäste — deren sie nur wenige hatte — war sie die
Liebenswürdigkeit in Person. Fräulein von Lübekind erschien dieser Frau, die an fortgesetzter Langeweile litt, als
stets willkommener Besuch. Hier wurde Thekla von einer
Erwachsenen mal ganz als Vertrauensperson behandelt;
und welchem jungen Dinge verfehlte das Eindruck zu
machen? —

Gern brachte die Mutter das Gespräch auf ihren Sohn, der ihr Stolz war. Wenn sie von Gabriel sprach, dann konnten ihre sonst griesgrämigen Züge etwas wie Verklärung annehmen. Er war jetzt in der Schweiz, wo er den ganzen Winter über bleiben wollte. Selbst zu Weihnachten kam er nicht nach Haus, der Reisekosten halber. Sein Studium verschlang sowieso viel Geld.

Für Thekla hatten die Besuche bei Frau Bartusch noch etwas besonders Anziehendes: diese Dame las nämlich ungewöhnlich viel und hatte stets Bücher im Hause. Es braucht wohl kaum gesagt zu werden, daß sie ihr Bedürfnis durch die Leihbibliothek befriedigte. Theklas jüngst erwachter Lesetrieb aber fand seine Schranke in der lästigen Aufsicht, die Finanzrat Sänger ausübte. Sowie Frau Bartusch erst mal herausgefunden hatte, daß das junge Mädchen ihre Leidenschaft teile, wußte sie ihr Bücher genug in die Hände zu spielen. Thekla war ein dankbares Publikum. Von der modernen Unterhaltungslitteratur hatte sie so gut wie noch nichts kennen gelernt.

Anfangs las sie nur, wenn sie bei Frau Bartusch zu Besuch war, auf den Husch, hier ein Kapitel und da einen Abschnitt. Aber das war ein unvollkommenes Vergnügen! Als ihr aber die Bücher geradezu aufgedrängt wurden, nahm sie sie mit und las im Bett, oftmals bis in den Morgen hinein. Dann wunderte sich das Stubenmädchen über die tief herabgebrannten Kerzen, und Frau von Lüdekind über das blasse Aussehen und das verträumte Wesen ihres Kindes.

Hin und wieder aber schlug doch das Gewissen. Es war gewiß großes Unrecht, was sie that! Das Heimliche an solchem Treiben widerstrebte ihr. Sie nahm sich vor, das Lesen zu lassen, aber da trat die Versuchung in Gestalt von Frau Bartusch, die wieder ein „hochinteressantes-

Buch" entdeckt hatte, von neuem an sie heran. Der
Trieb war doch stärker als der gute Vorsatz; und in der
Nacht darauf lag das junge Mädchen, den Kopf aufge-
stützt, und durchflog mit glänzenden Augen und verhaltenem
Atem Seite um Seite irgend eines romantischen Abenteuers,
das sich eine blühende Dichterphantasie ausersonnen hatte.

Ihre Freundin Lilly sah Thekla in diesem Winter nur
selten. Lillys Zeit war ganz durch Geselligkeit mit Beschlag belegt. Sie lachte über Thekla, die noch Tanzstunde
nehmen mußte. Sie flog bereits von einem Ball zum
andren.

Der Argwohn, den Lilly in das Gemüt ihrer Freundin
gesenkt, war dort nicht eingeschlafen, im stillen wirkte er
fort. Mit minder arglosen Blicken sah die Tochter zu,
wenn die Mutter Vorbereitungen traf, für den Empfang
des Vormunds. Alles wurde ihm ja geradezu von den
Augen abgelesen; sein Wunsch war Befehl. „Der Herr
Finanzrat will es so!" das war das entscheidende Wort
für den ganzen Haushalt.

Die Witwe entschuldigte eines Tages ihr Verhalten
selbst. Der Herr Finanzrat thue ihr so leid. Es sei nicht
leicht für einen Junggesellen, das ewige Gasthofessen und
den Mangel einer wirklichen Häuslichkeit zu ertragen. Sie
halte es für ihre Pflicht, dem bewährten Freunde des
Verstorbenen das Leben etwas angenehmer zu machen.

Thekla wußte nun erst recht nicht, was sie denken
sollte. Die Verlegenheit ihrer Mutter war ihr nicht entgangen. Wenn Lilly doch recht haben sollte! — Alles
was gut und anständig war, schien sich gegen diesen Gedanken zu empören. Gewiß war es schlecht und unnatürlich von ihr, so etwas nur zu denken. Aber schließlich,
man konnte doch seinen Augen nicht verbieten, zu sehen!

Sänger selbst that übrigens nichts, was Theklas Verdacht hätte bestätigen können. Er sagte nach wie vor „gnädige Frau" zu der Witwe, und legte ihr gegenüber ein umständlich steifes Wesen an den Tag. Bei Tisch pflegte er wiederzugeben, was er an Neuigkeiten aus den Zeitungen aufgelesen hatte. Nach Tisch rauchte er seine Cigarre und philosophierte über den Weltlauf. Thekla fand ihn so uninteressant, wie nur möglich.

Eine Stunde etwa nach dem Abendessen, pflegte er nach der Uhr zu sehen und mit der stets wiederkehrenden Wendung zu sagen: „Wie die Zeit vergeht! Es ist schon wieder um neun Uhr. Ich werde nun bald an Aufbruch denken müssen."

Und als Echo darauf meinte die Witwe: „Thekla, du wirst müde sein. Junge Menschen brauchen Schlaf," oder etwas dergleichen.

Thekla sagte „Gutenacht" und ging nach ihrem Zimmer. Aber noch lange nicht gab ihr dann die Hausthürglocke das Zeichen, daß Sänger gegangen sei.

Schrecklich zu denken, daß die Mutter lügen könne! —

V.

Gabriel Bartusch war nach mehr als einem Jahre in's Elternhaus zurückgekehrt, auf Ferien. Seit er damals im Frühling Abschied von Thekla genommen, waren mit ihm Veränderungen vor sich gegangen, die auch schon äußerlich in's Auge fielen.

In den Jahren angehender Manneszeit wachsen die jungen Leute schnell in's Holz. Alles ist in Entwickelung,

die Züge nehmen Charakter an, der sprießende Bart ver-
leiht Männlichkeit, das Selbstbewußtsein erwacht, man
fühlt, daß man wer ist. Und dieses fröhliche Wachsen müsse
in alle Ewigkeit so fortgehen, wähnt man. Alles erscheint
dem Ehrgeize da erreichbar. Man ist der Mittelpunkt der
Schöpfung. Von den tausend Hindernissen, Stricken und
Fesseln, die das Leben für jeden in Bereitschaft hat, ahnen
wir da noch nichts; das wird man ja spielend überwinden
und sich seinen Weg bahnen.

Auch Gabriel trat mit dieser Siegermiene des flügge
gewordenen Helden zu Haus auf. Er fand, daß hier alles
unendlich philisterhaft, eng, beschränkt und verkümmert sei.
Und mit der Rücksichtslosigkeit der intoleranten Jugend
sprach er diese Ansicht offen aus.

Das paßte nun freilich schlecht zu den Verhältnissen,
wie er sie zu Haus vorfand. Zunächst geriet er mit dem
eigenen Vater in Widerstreit. Der Alte sah zwar, daß er
den Jungen nicht umsonst auf Reisen geschickt habe, es
konnte ihm nicht entgehen, daß Gabriel seinen Horizont
erweitert und sein Auge geschärft hatte, aber gerade das
reizte auch wieder die väterliche Eifersucht. Der Laffe
sollte sich nur ja nicht etwa einbilden, daß er ihm, seinem
Vater imponiere! Irgend welche Anerkennung wollte Bartusch
senior ihm auf keinen Fall merken lassen. Nach wie vor
krittelte er an dem jungen Menschen herum, und was der
von Aufnahmen, Skizzen und Grundrissen vorlegte, die
Frucht seiner Reisen, wurde für jugendlich unfertig und
dilettantenhaft erklärt. Vor allem aber bekam der junge
Mensch zu hören, daß er pekuniär völlig vom Vater abhängig sei. Als ob Gabriel das nicht selbst gewußt und
schmerzlich genug empfunden hätte!

Um so mehr Anklang fand der Sohn bei der Mutter.
Sie nahm mit mütterlichem Stolz die Veränderung wahr,

die mit seiner Erscheinung vor sich gegangen, wie gewählt er sich jetzt kleidete und wie sicher er auftrat. Den Sinn für das Feine konnte er ja doch nur von ihr haben. Darin wollte sie den alten Tropfen Blutes wiedererkennen, der ihrem Sohn durch sie in den Adern floß. Und sie hatte damit nicht ganz unrecht: Gabriel Bartusch war ein Mensch von verfeinerten Bedürfnissen, von unruhigem Blute, dessen Nerven gegen die spießbürgerliche Atmosphäre des Vaterhauses beständig revoltierten.

Gabriel machte, bald nachdem er angekommen, bei den Lüdekinds Besuch. Er traf die Mutter an und Thekla.

Das junge Mädchen kam ihm mit unbefangener Herzlichkeit entgegen. Sie hatte bereits gehört, daß er da sei und sich auf seinen Besuch gefreut. Auch sie war angenehm durch die Vervollkommnung überrascht, die mit Gabriel vor sich gegangen. Man hatte einen Herrn vor sich.

Das Gespräch war naturgemäß auf seine Reise gekommen. Er erzählte von Städten, Kirchen und Profanbauwerken. Frau von Lüdekind, für die ein Gebiet der Kunst dem anderen glich, wie ein Ei dem anderen, sprang mit einem kühnen Satze vom Dom zu Speyer über zu Theklas Malerei. „Gieb mir einmal die Veilchen dort von der Wand mit den Maikätzchen und dem aufgeschnittenen Apfel, die du gemalt hast, mein Kind! Herr Bartusch wird sich als Künstler dafür interessieren."

Für Thekla hätte die Mutter kaum einen ungelegneren Wunsch aussprechen können. Sie wußte, daß an ihren Sachen nicht viel war, und fürchtete Gabriels kritischen Blick. Zögernd kam sie dem mütterlichen Befehle nach.

Gabriel war höflich genug, mit ein paar nichtssagenden Worten über die „unverkennbaren Fortschritte", von dem Blatte, das er in Wahrheit furchtbar unbedeutend und ohne jede persönliche Note fand, abzugehen. Er sprach

von Mufik, erwähnend, daß er in Mailand einer Wagner-
aufführung beigewohnt habe, und verbreitete sich weiter
darüber, wie sich Wagner, für den er begeistert war, jetzt
doch den ganzen Erdball erobert habe.

Auch hier wieder ergriff Frau von Lübekind die Gelegenheit, Thekla in ihren Talenten vorzuführen. Wozu
ließ man denn dem Kinde für viel Geld Klavierstunden
geben? —

Thekla sträubte sich zwar und erklärte, sie schäme sich
vor jemandem, der das Beste gewöhnt sei, ihre Leistungen
zu zeigen; aber die Mutter bestand so hartnäckig darauf,
daß es ein Ausweichen nicht gab. Sie spielte ein paar
von den „Liedern ohne Worte“ herunter, so gut sie es eben
vermochte, und Gabriel murmelte, als sie geendet, etwas
von „leichtem Anschlag“, und das Instrument sei vorzüglich
im Klang.

Es war dem jungen Mädchen wirklich lieb, daß er
bald darauf ging. Sie hatte den verhaltenen Hohn in
seinen Zügen wohl gemerkt. Daß die Mutter ihr auch so
etwas anthun mußte, gerade vor ihm!

Gabriel fühlte sich von seinem Besuche nur wenig erbaut. Früher war ihm der Lübekindsche Kreis als das
Höchste erschienen an Vornehmheit und Eleganz, was er
kannte. Wie war auch das jetzt verblaßt! An die Erfahrung schien man sich nachgerade gewöhnen zu müssen,
daß einem, nachdem man einen Blick gethan in die Welt,
daheim alles zusammenschrumpfte.

Aber eine hätte er doch gern ausnehmen mögen:
Thekla! Von ihr das Bild hatte er überall bei sich ge-
tragen im Geiste. An sie hatte er gedacht, als er in einer
oberitalienischen Fremdenpension in den Kreis eleganter
Frauen aus aller Herren Länder geriet, die ihm mit hohler
Schöngeisterei zu imponieren versuchten; da hatte er sich

durch den Gedanken an Theklas Schlichtheit zu retten gewußt. Und in Genf, als der junge Mensch der Schwäche
seiner Grundsätze und der Gewalt seiner Sinne zum ersten
Male den unausbleiblichen Zoll entrichtet, da hatte er
in dem trostlosen Zustande, der solcher Erfahrung folgt,
sich gesagt, daß er damit sein Ideal für immer entweiht
habe.

Vielleicht, weil er sie in der Phantasie ausgeschmückt
hatte mit allen höchsten Gaben, konnte Thekla diesem Bilde
in Wirklichkeit nimmermehr entsprechen. Gabriel fühlte sich
enttäuscht, nachdem er sie wiedergesehen. Nicht daß ihre
Erscheinung verloren hatte! Im Gegenteil; seinem geschärf-
teren Blicke entging nicht, wie die Linien ihrer Gestalt
sich verfeinert hatten und welchen Schmelz ihre Haut zu
entwickeln begann.

Ganz etwas anderes war es, was ihn störte. Sie
kam ihm unbedeutend vor. Das Stilleben mit dem
aufgeschnittenen Apfel und die Lieder ohne Worte hätte
er ihr noch verzeihen können; denn sie hatte wahrscheinlich
stumpfsinnige Lehrer. Aber er fand, daß sie sich überhaupt nicht weiter entwickelt habe. Sie war genau das
geblieben, was sie zuvor gewesen: das gute, wohlerzogene
Mädchen, die das that, was die Mutter sie hieß. Es
fehlte ihr — ja, was war es eigentlich, was ihr fehlte?
Er sann lange nach dem rechten Ausdruck dafür. Dann
meinte er, das Richtige getroffen zu haben, wenn er meinte,
daß ihr „Persönlichkeit" fehle.

Er sah sie unter günstigeren Umständen wieder. Es
gelang ihm, mit ihr zu sprechen in Augenblicken, wo die
Anwesenheit der Mutter nicht auf ihr lastete. Ihre Anmut
entzückte ihn, und er war verliebter in sie denn je.

Aber wenn er in nüchternen Augenblicken über sein
Verhältnis zu ihr grübelte, dann störte ihn einmal die

Beobachtung, daß sie eigentlich gegen jedermann von der gleichen Zuvorkommenheit und Freundlichkeit war, und dann mußte er sich auch sagen, daß doch ein tiefer Gegensatz klaffe zwischen seiner und ihrer Weltanschauung.

In ihm war etwas Gährendes, etwas das sich auflehnen wollte gegen Sitte und Ordnung. Er war, wie die meisten geistig frühreifen Menschen in diesem Alter, radikal. Er that sich selbst etwas darauf zu gute, gottlos und anarchistisch zu sein.

Er vermutete richtig, daß Thekla nicht die Person sei, diese Seite seines Wesens zu verstehen, geschweige sie gelten zu lassen. Er versuchte es einmal, als sie unter vier Augen waren, das Gespräch auf das religiöse Gebiet zu spielen. Aber er sah sofort an ihrer Miene, daß sie über seine Freigeisterei erschrecke. Sie war wirklich ein Lämmchen, dem man nichts anderes zu bieten wagen durfte, als den gewohnten Grünklee frommer Gesinnung.

Wie würde das später werden? — Würde er es ertragen, mit einer Frau zusammenzuleben, die er nach allem was er sah, für geistig nicht auf der Höhe halten konnte? —

Aber vielleicht würde es ihm gelingen, sie mit der Zeit zu seinem Standpunkte emporzuziehen. Er empfand eine gewisse Genugthuung bei dem Gedanken, wie sehr er ihr überlegen sei. Und er dachte jetzt bereits ernsthaft darüber nach, wie er sie zu bilden und was er mit der Zeit aus ihr zu machen gedenke.

*   *   *

Arthur hatte, nachdem er sein Freiwilligenjahr glücklich abgedient, die Universität bezogen. Er dehnte die Oster-

ferien so lange es ging aus, um, wie er Thekla gestand,
seine Kasse zu stärken. Das Studium sei doch viel teurer
als man sich's vorstelle, seufzte er. Als aber seine Schwester
ganz harmlos die Frage an ihn richtete, ob denn die Herren
Professoren so viel Geld für ihre Vorlesungen bekämen,
lachte er unbändig, ließ sich aber auf weitere Erklärungen
des Sachverhalts nicht ein.

Er hatte im Laufe des ersten Semesters gewaltig an
Körperumfang zugenommen. Er war ein junger Riese
mit aufgeschwemmtem Fleisch, wie es übertriebener Bier-
genuß hervorbringt. Wie's schien, pflegte er auch mehr
mit dem Gesichte als mit dem Rappiere zu parieren. Aber
er war sehr stolz auf seine kaum verheilten Schmisse.

Arthur fand, daß Finanzrat Sänger auffällig oft bei
ihnen sei. Er meinte, „dem alten verhungerten Kerl"
scheine Mutters warmes Abendbrot zu gefallen. Weiter
ging sein Verdacht nicht. Und Thekla scheute sich, ihrem
Bruder gegenüber auszusprechen, was sie darüber dachte.

Daß Sänger an Frau von Lüdekinds Geburtstag, der
in diese Zeit fiel, zu Tisch geladen wurde, schien selbstverständlich. Früh schon war ein Bouquet von ihm gekommen,
mit einem Briefe, der seine kleine pedantische Handschrift
zeigte. Die Witwe griff, als sie an den von Thekla auf-
gebauten Geburtstagstisch trat, danach zuerst. Sie lachte
gezwungen, steckte den Brief dann zu sich und war offenbar noch lange mit seinem Inhalt beschäftigt. Zerstreut
dankte sie den Kindern, schien aber für ihre Gaben nur
wenig Interesse übrig zu haben.

Als der Finanzrat erschien, war er besonders festlich
gekleidet. Arthur stieß Thekla an und raunte ihr zu: er
glaube, der alte Narr habe sich die Locken brennen lassen.

Auch bei Tisch legte die Witwe eine gewisse hastige
Unruhe an den Tag. Thekla bedauerte die Mutter. Was

spielte ihr nur so mit? Etwas von der Beklemmung, welche die Hausfrau beherrschte, teilte sich auch Thekla mit. Sie fühlte sich durchaus nicht festlich gestimmt, trotz der Blumen und des Geburtstagskuchens. Ihr war, als liege heute etwas Unheilvolles in der Luft. Arthur freilich merkte nichts. Er war zwar wenig davon erbaut, daß sich der Vormund neuerdings angewöhnt hatte, ihn mit „mein junger Freund" anzureden, aber der Verdruß darüber war doch nicht so groß, um seinem Behagen Abbruch zu thun darüber, daß es heute ein besonders reichliches und aus- erlesenes Mittagbrot gab, und daß Champagnergläser aufgestellt waren, zum erstenmale, seit der Vater nicht mehr lebte.

Sänger schien in besonders angeregter Laune, er kam aus dem bedeutungsvollen Lächeln nicht heraus, und sprach dem Weine tüchtig zu, so daß seine Wangen bald glühten. Auf „gute Kameradschaft" trank er mit seinem Freunde Arthur. „Auf daß die Freundschaft kein Loch bekomme!" rief er Thekla zu, und daß sie ihn immer „gut behandeln möge, auch wenn er mal alt sei", erbat er sich von Agnes.

Beim Braten erhob sich Sänger zum Toaste. Er begann mit pastorenhaftem Tonfall und Gestus von dem Trauerfalle, der vor nunmehr zwei Jahren dieses Haus getroffen habe. Es sei Ehrenpflicht, auch an einem Tage wie dem heutigen, des teuren Verstorbenen zu gedenken. Er dürfte wohl annehmen — und dabei senkte er die Stimme — daß der selig Entschlafene vielleicht gerade in diesem Augenblicke herabschaue auf sie, und an ihrem Bei- sammensein unsichtbar teilnehme.

Thekla war ganz abgezogen durch das, was sie an ihrer Mutter wahrnahm. Frau von Lüdekind saß da wie von Blut übergossen und zitterte so stark, daß es die Tochter neben ihr deutlich fühlte.

Warum mußte der unselige Mensch die Mutter so quälen, und sie alle mit ihr? Sie wußten doch, was sie an dem Vater verloren hatten, auch ohne ihn!

„Aber das Leben ist nun mal so!" rief Sänger, plötzlich den Grabeston fallen lassend. Man könne nicht ewig trauern, auch der berechtigtste Schmerz kenne seine Grenzen, und das Glück wolle sein Recht haben. Wie man schon vor einem Jahre die Trauerkleider abgelegt habe, so solle der heutige Tag nun auch den Abschluß bilden des inneren Kummers; denn er sei ein Freudentag in doppeltem Sinne. Einmal weil heute der Geburtstag der Hausfrau und Mutter dieser Familie gefeiert werde, sodann aber auch — hier stockte er einen Augenblick und nickte dem Geburtstagskinde ermutigend zu — sodann aber auch halte er sich für verpflichtet, nunmehr zu erklären, was sie wohl schon ahnten. Keine bessere Gelegenheit könne er sich denken, als dieses Fest, das sie wie eine einzige Familie bereits vereine. Mit kurzen Worten denn: er wolle die Kinder zu Zeugen machen seines und ihrer Mutter Glück, denn sie seien Verlobte.

Damit schloß er und schaute sich mit siegesgewissem Lächeln im Kreise um. Agnes, die von früheren Geburtstagsreden her wußte, daß man bei solcher Gelegenheit tüchtig „Hoch" rufen müsse, ließ denn auch ihre helle Stimme erschallen und war sehr erstaunt, daß niemand einfiel. Thekla saß wie erstarrt und blickte auf die Mutter. Arthur gab sich keine Mühe, sein unmutiges Erstaunen zu verbergen.

Es waren peinliche Minuten. Frostig fiel die Frage Sängers in die allgemeine Verstimmung: ob die Kinder denn nicht mit dem Brautpaare anstoßen wollten.

Als niemand dazu Anstalten machte, ergriff er noch einmal das Glas und ging um den Tisch. Er umarmte

7*

und küßte Arthur, der nicht wußte, wie ihm geschah. Auch Thekla fühlte auf einmal seinen weinfeuchten Schnurrbart an ihrer Wange. Einzig von Agnes erhielt Sänger einen herzhaften Kuß zur Entgegnung. Das Kind fand den Gedanken zu spaßig, daß ihre Mama einen Bräutigam habe.

Die Erwachsenen waren froh, als dieses Mittagsmahl zu Ende ging. Auch Sänger hatte inzwischen gemerkt, daß Arthur und Thekla über die Aussicht, ihn zum Stief= vater zu bekommen, wenig erfreut schienen. Das befremdete ihn, denn er hatte wirklich geglaubt, die Kinder müßten hochbeglückt sein.

Thekla ging nicht mit in den Salon zum Kaffee, sie begab sich auf ihr Zimmer, wohin ihr Arthur sehr bald nachfolgte. Das Mädchen schluchte an Thränen. Arthur lief im Zimmer auf und ab und erging sich in lauten Verwünschungen. Sänger wäre der widerwärtigste Mensch von der Welt, und nun solle er ihn zum Stiefvater be- kommen. Was das für eine schreckliche Blamage sei! Er getraue sich gar nicht mehr, vor seine Korpsbrüder zu treten, die würden ihn schön auslachen! Auch noch einen Bürgerlichen zu nehmen! Hatte denn die Mutter gar nicht bedacht, wie sie sich degradiere? —

Thekla war von solcher Sorge sehr weit entfernt. Ihr Kummer entsprang ganz anderen Empfindungen. Sie fühlte vor allem die Schmach, die man dem Toten anthat. Sie wußte, daß das, was ihre Mutter vorhatte, seiner nicht würdig war. Der Vater lag da draußen unter dem kalten Steine mit der goldenen Inschrift, und konnte nichts dazu sagen, nichts dagegen thun. Ihm geschah bitteres Unrecht.

Thekla hatte Arthur noch nie so aufgeregt gesehen. Er sprach davon, daß er in seiner Ehre gekränkt sei, und daß er Sänger fordern werde. Aber dem Ton, in welchem

er das vorbrachte, war anzuhören, daß er wohl selbst nicht
an den Ernst solcher Drohung glaubte.

Übrigens entschlüpfte ihm in der Erregung ein Geständnis der Schwester gegenüber: er habe Schulden gemacht, schon in der Militärzeit, und könne sie jetzt von
seinem Wechsel nicht bezahlen. Das Schlimme sei, die
Mutter, auf die er gerechnet habe, werde in Zukunft wohl
nichts thun, als was ihr geliebter Sänger gut heiße. Und
der sei der „schofelste Knauser", den es nur gebe. Da müsse
er eben noch das ganze Jahr zu Ende warten, bis er
in den vollen Besitz seines väterlichen Erbteils gelange.
Solange würden die Gläubiger wohl noch stunden. Wenn
er erst mündig sei, dann könne ihm kein Stiefvater mehr
was reinreden.

Thekla ahnte, daß darin etwas Bedenkliches liege.
Sie bat den Bruder, offen zu sein gegen die Mutter; sie
selbst verstand zu wenig von diesen Dingen, um ihn wirklich beraten zu können.

Am Abende dieses ungewöhnlichen Tages kam die
Mutter zu ihr. Es war lange Zeit her, seit Frau von
Lüdekind ihre Tochter zuletzt im Schlafzimmer aufgesucht
hatte. Thekla war schon halb entkleidet, und warf schnell
einen Mantel über, als sie sah, daß sich die Mutter wohl
zu einer längeren Aussprache häuslich bei ihr niederließ.

Das Kind wußte, wovon gesprochen werden solle;
zwischen ihnen gab es doch heute nur ein mögliches Thema.
Und doch sprach Frau von Lüdekind von allem anderen
eher, als von dem Außerordentlichen, das ihrer beider
Seelen bewegte.

Als Thekla noch klein gewesen, da hatte sie wohl
manchmal etwas verbergen müssen vor den Eltern, um der
Strafe zu entgehen. Und selbst später — es war noch
gar nicht so lange her — hatte sie nicht immer ein ganz

reines Gewissen gehabt in Gegenwart der Mutter. Und
nun schien sich das in's Gegenteil verkehrt zu haben. Die
Mutter schämte, fürchtete sich wohl gar vor ihr! —

Thekla war ja nicht ganz unvorbereitet gewesen auf
das, was sich heute vollzogen hatte. Aber damals, als
Lilly mit dreister Rede auf die Beziehungen zwischen der
Witwe und dem Finanzrat anspielte, da hatte sie empört
den Gedanken einer solchen Möglichkeit zurückgewiesen.
Und immer, wenn seitdem ihr Verdacht nach dieser Richtung
gelenkt wurde, hatte sie versucht dagegen anzukämpfen, wie
gegen etwas, das ihrer Mutter nicht würdig sei. Um so
bestürzender wirkte daher jetzt die Erkenntnis auf sie, daß
Lilly richtig beobachtet hatte. Damals also schon, wo der
Vater noch kein Jahr tot war — — Thekla wollte dem
gar nicht weiter nachsinnen; man kam da auf zu häßliche
Gedanken.

So saßen sich Mutter und Tochter gegenüber und
keines sagte dem anderen offen, was es meinte. Bis die
Witwe sich, ein Herz fassend, plötzlich erklärte, ohne Thekla
dabei anzusehen: Der Vormund sei sehr betrübt gewesen,
daß Thekla und Arthur, was er ihnen heute eröffnet, so
wenig freundlich aufgenommen hätten.

Thekla erwiderte nichts darauf. Die Mutter fuhr
ziemlich erregt fort: Der Finanzrat sei ein ausgezeichneter
Mann. Der Verstorbene habe ihn auch sehr hoch geschätzt und
sie thäten sehr unrecht daran, ihrem Vormund den schuldigen
Respekt zu versagen. Sänger habe Besseres um sie verdient.

Dann verteidigte sie den Schritt, den sie vorhatte.
Sie habe lange und reiflich überlegt, was sie thun solle.
Es sei ja keine Kleinigkeit für sie in ihrem Alter. Aber
sie fühle sich so schutzlos und verlassen in der Welt. Eine
Witwe habe es schwer. Sie sei auch fest überzeugt, daß

der Verstorbene nichts dagegen gehabt haben würde. Und
sie habe nicht anders gekonnt.

Thekla vernahm die Worte, aber sie überzeugten sie
nicht im geringsten. Frau von Lüdekind mußte aus dem be-
harrlichen Schweigen des Kindes den Vorwurf wohl heraushören. „Mein Kind!" sagte sie mit weicherer Stimme
als bisher, „du mußt mich nicht hart beurteilen. Es mag
ja ungewöhnlich erscheinen, was wir vorhaben. Vielleicht
wird es mir auch sehr verdacht werden von den Menschen.
Aber ich glaube bestimmt, daß du mich verstehen wirst,
Thekla, wenn du erst einmal wissen wirst, was Liebe ist."

Damit küßte Frau von Lüdekind die Tochter und ging
weinend aus dem Zimmer.

Die letzten Worte hatten Eindruck gemacht auf das
Mädchen. Die Mutter sprach von „Liebe". War es denkbar, daß sie den Mann liebte? —

Liebe! Sie hatte sich darunter etwas ganz anderes
vorgestellt. Liebe war etwas unsagbar Hohes und Herr-
liches. Eine Ahnung davon glaubte sie gewonnen zu haben
in jenen frühen Tagen, wenn ihr Vater ihr sanft über
das Haar strich, und so freundlich mit ihr sprach, wie sonst
kein Mensch auf der Welt sprechen konnte. Und in der
Schule hatte sie Fräulein Buckmann geliebt, wenn Liebe
Bewunderung ist und der Wunsch, gut zu sein aus Dankbarkeit. Liebe war wohl auch das, was sie für Tante
Wanda empfand, wenn es da auch manchmal gestört wurde
durch das Beängstigende, schwer zu Verstehende an dem
alten Fräulein. Liebe war vor allem das Gefühl der
Demut vor Gott und der Hingebung gegen den Heiland,
wie es der Konfirmationsunterricht in ihre Seele gepflanzt
hatte.

Und dann gab es eine ganz andere Liebe, von der
sie in Büchern gelesen hatte. Das war die Liebe irdischer

Art, die Wellluſt, die zu jener göttlichen Liebe im Gegen-
ſatze ſtand. Sie empfand einen geheimen Schauer vor
ſolchen Dämonen; aber doch hatte es etwas ſüß Lockendes,
ſich in Gedanken bis an den Vorhof dieſes Geheimniſſes
zu wagen.

Von alledem hatte das Verhältnis zwiſchen ihrer Mutter
und dem Vormunde nichts. Da war nichts Hohes dabei
und nichts Liebliches. Und doch hatte die Mutter von
„Liebe“ geſprochen.

Sie ſolle das ſpäter verſtehen! — Wann würde das
ſein? — Ein Fröſteln überlief plötzlich ihren jungen Leib.
Sie hüllte ſich feſter in die Bettdecke ein.

———

VI.

Am nächſten Morgen nach dem Frühſtück rief Frau
von Lübelind ihre Tochter beiſeite. Thella könne ihr
einen großen Gefallen thun, wenn ſie ſogleich zu Tante
Wanda gehe. Sie möge der Tante von dem neueſten
Familienereignis Mitteilung machen. Eigentlich hätte ſie
es ja ſelbſt auch thun können, fügte die Witwe etwas
haſtig hinzu, aber Thella ſtehe doch nun mal ſo gut bei
der Tante; und wer weiß, die nehme es am Ende gar
übel. Man wiſſe ja bei Wanda Lübekind niemals recht,
woran man ſei.

Thella that, wie ihr geheißen, holte zunächſt Hut
und Handſchuhe. Die Witwe kam ihr nachgeeilt. „Höre
noch eins, mein gutes Kind! Wenn dich die Tante einladen ſollte — ich weiß ja nicht, ob ſie es vorhat, aber

es wäre doch möglich — wenn sie dich also auffordert, bei ihr zu wohnen für einige Zeit, so nimm's an. Sie wollte dich ja schon früher immer haben. Und jetzt würde es gerade mal gut passen."

So mit Instruktion versehen, begab sich Thekla zur Tante. Das gnädige Fräulein sei aus zu Armenbesuchen, versicherte Kathinka, Wanda Lübekinds wichtigster Dienstbote, ein Mittelding zwischen Dienstmädchen, Jungfer und Wirtschafterin. Thekla beschloß also zu warten, denn die Aufträge, die ihr die Mutter gegeben hatte, konnte sie doch unmöglich Kathinka anvertrauen.

Sie wäre nur gar zu gern hier geblieben; dazu brauchte ihr die Mutter wahrlich nicht erst zuzureden. Schon früher einmal, als Arthur das Scharlachfieber gehabt, hatte Thekla einige Wochen bei der Tante verlebt.

Wie vertraut ihr die Räume waren! Wanda Lübekind hatte, um die ewigen Nöte mit dem Hauswirte los zu sein, das Häuschen mitsamt dem Gartengrundstück angekauft. Sie hatte mehr Platz darin, als für ein alleinstehendes Mädchen nötig ist. Die Besitzung paßte auserlesen zu ihren Gewohnheiten und Bedürfnissen, und gab ihrer Persönlichkeit recht eigentlich den Rahmen, der zu ihr gehörte.

Das Häuschen lag etwas von der Straße zurück, hinter einem Kranz von alten Flieder- und Goldregen-Sträuchern, über die es gerade nur mit den ovalen Dachfenstern hervorguckte. Einige unausbringliche Verzierungen über Thür und Fenstern gaben ihm einen gewissen Stil und hoben es als etwas Besonderes ab von den übrigen grauen, schmucklosen Kästen, die mit ihren vielen Etagen hierherum aufstiegen. Zu ebener Erde lag außer der Küche und der Vorratskammer nur ein winziges Eßzimmer und ein kleiner Salon neben dem schmalen Hausflur. Zum

Dachstockwerk führte eine Holztreppe empor. Oben ein viereckiger Platz mit alten Nußbaumschränken umstellt, hinter weiß angestrichenen Thüren die freundlichen Schlafzimmer.

Der Salon zu ebener Erde blickte am schmalen Ende durch ein großes Fenster auf den Garten. Dieser Garten mit seinen sauber abgezirkelten, von niederem Buchsbaum eingefaßten Blumenbeeten schien nur die Fortsetzung dieses Zimmers, dessen Wände eine altmodische Tapete wie mit einem Gitterwerk von Blumenguirlanden und Laubgewinden verzierte. Über zierlichen Empirekommoden, Rokokoetageren, Tischen und Stühlen im Biedermeierstile, hingen an der Wand eine Anzahl von jenen zarten und doch so sprechenden Pastellporträts, wie sie zur Zeit unserer Urgroßmütter gemalt wurden. Das Ganze war anheimelnd und gemütlich, wenn auch nicht gerade einheitlich. Auf Wanda Lübekind, als die letzte eines Familienzweiges, waren allerhand Erbstücke aus den verschiedensten Einrichtungen gekommen. Der Neid behauptete von ihr, sie sei geizig und scharre Vermögen zusammen. Das Gegenteil davon war ungefähr richtig; die Hilfsbedürftigen ihrer Umgebung wußten das. Allerdings haßte das alte Fräulein die Verschwendung.

Thekla musterte all die guten Bekannten unter den Bildern. Alles befand sich noch am alten Platze. Nur ein Bild war neu hinzugekommen, ein großes, das auf einer Staffelei ganz für sich stand. Das junge Mädchen erschrak geradezu, als sie die Züge ihres Vaters in voller Lebendigkeit vor sich erblickte.

Wie kam Tante Wanda zu dem Bilde? Thekla wußte genau, daß sich der Vater niemals hatte malen lassen. Oft hatte die Mutter darüber geklagt, daß sie nur Photographien von ihm besitze.

Das Porträt stellte den Verstorbenen dar in dem

Alter, wie er aus dem Leben geschieden war. Im schlichten, grauen Anzug, wie man ihn meist gesehen hatte, seit er den Abschied genommen. Sinnend, ein wenig melancholisch, blickten seine großen, blauen Augen aus dem treuherzigen Gesichte auf den Beschauer herab. Thekla stand davor mit angehaltenem Atem. Ihr war, als sei der Verstorbene gegenwärtig in Fleisch und Blut. Ja, das war freilich etwas ganz, ganz anderes, als die steifen Photographien daheim! Wenn man das sah, dann konnte man wahrhaftig meinen, der Vater sei gar nicht für immer gegangen, hier hatte er eine Heimstätte gefunden. Und hier gehörte dieses Bild auch her! Das fühlte Thekla deutlich, je länger sie sich in diesem Zimmer aufhielt, das von diesem Porträt völlig beherrscht wurde.

Wanda Lübekind kam endlich und mochte wohl dem Mienenspiele Theklas ablesen, was es sei, das die Nichte so ergriffen habe. „Du kanntest es noch nicht?" fragte sie. „Ist es schön?" —

Dann erzählte sie, wie das Porträt entstanden sei. Sie hatte dem ersten Maler der Stadt, welcher den Verstorbenen bei Lebzeiten gekannt hatte, den Auftrag gegeben, ihn unter Zuhilfenahme einiger Photographien zu malen. Vor einigen Tagen erst war das Bildnis fertig geworden. „Es überwältigt mich selbst immer noch durch sein Leben!" meinte Wanda, dabei liebkoste sie das Porträt mit einem langen Blicke.

Dann riß sie sich los und sagte in freundlichem Tone, die Augen noch groß von Ergriffenheit: „Leg ab, Thekla! Es freut mich, daß du deinen Weg mal wieder zu mir gefunden hast. Du darfst nicht gleich wieder gehen, mein Kind! Wie steht's bei euch?" —

Jetzt erst, wo sie sprechen sollte, wurde es Thekla klar, daß ihr Auftrag doch ein recht schwerer sei. Vor den klaren Augen des alten Fräuleins fühlte sie sich von Scheu befallen.

„Was hast du denn, Kind? Du siehst mir so eigentümlich aus. Ist bei euch was passiert?" —

Da löste sich bei Thella die unnatürliche Spannung, in der sie sich seit gestern befand; sie begann heftig zu weinen.

„Du großer Gott!" rief Wanda, „was hat denn das Mädel! Haben sie dir was gethan? Rede doch nur!"

„Gestern war Mamas Geburtstag" . . . . begann Thella schluchzend.

„Das habe ich gewußt!" rief die Tante. „Ich wollte kommen, habe mir's aber anders überlegt. Der Herr Finanzrat war doch gewiß bei euch — wie?"

Diese Frage gab Thella Gelegenheit zu reden. Sie trat ganz nahe an die Tante heran, ihren Arm um den Hals des alten Fräuleins legend, flüsterte sie ihr die Nachricht in's Ohr.

Wanda verfärbte sich. Ihr kleiner, zierlicher Körper reckte sich mit einem Male ganz stramm und steif empor. Mit blitzenden Augen rief sie aus: „Hab's gewußt! Hab's kommen sehen! Pfui Schande und Schmach!" Dann ging sie im Zimmer auf und ab, kaum noch auf die Anwesenheit der Nichte achtend. Vor dem Bilde ihres verstorbenen Vetters blieb sie stehen: „Das hast du nicht verdient! Nein, das nicht!"

Mit einem Male wandte sie sich und stellte sich vor Thella hin: „Sage deiner Mutter von mir . . . . . Nein, sage ihr nichts! Sie ist ja Eberhardts niemals würdig gewesen. Vielleicht hat sie jetzt den gewählt, der zu ihr paßt."

Als sie jedoch an Thellas Bestürzung sah, daß das doch wohl nicht die angemessene Sprache der Tochter gegen-

über sei, hielt sie an sich und fragte in etwas milderem
Tone: „Und du, was soll denn nun aus dir werden?"

Das Mädchen umarmte das alte Fräulein von neuem.
„Darf ich nicht bei dir bleiben Tante?" fragte sie ängstlich leise.

„Hier bleiben, bei mir? Gar kein übler Gedanke,
Kind! Daheim wirst du jetzt auch nur das fünfte Rad am
Wagen sein. Dort werden sie nun Brautpaar spielen.
Ekelhaft!" Das Letzte sagte sie mehr für sich. „Natürlich,
du bleibst bei mir! Du kannst gleich wieder in dein altes
Zimmer ziehen, oben; das hat nur auf dich gewartet."

* * *

Für's erste blieb also Thekla im Hause der Tante.
Der Umzug war schnell bewerkstelligt. Ihre Mutter deutete
dabei an, daß sie möglicherweise nicht wieder in ihr bis-
heriges Zimmer im Elternhause zurückkehren werde, da man
die Wohnung gekündigt habe. Der Finanzrat wolle nicht
hier wohnen bleiben, weil die Wohnung zu weit von seinem
Büreau gelegen sei. Nach der Hochzeit aber werde man
ein Quartier in der inneren Stadt beziehen.

Es war das erste Mal gewesen, daß sie der Tochter
gegenüber von der Hochzeit gesprochen hatte. Für wann
der Termin in's Auge gefaßt sei, erfuhr Thekla nicht,
sie fragte auch nicht danach.

Arthur hatte wieder die Universität bezogen. Das
Brautpaar war also sich selbst überlassen, denn Agnes wurde
in ein ländliches Pfarrhaus gegeben, wo sie den ganzen
Sommer über bleiben sollte. Es hatte sich mit einem
Male herausgestellt, daß das Mädchen nervös sei, und daß
sie der Kräftigung in frischer Landluft bringend bedürfe.

Thekla vermißte das Elternhaus so gut wie gar nicht. In wenigen Tagen schon war ihr zu Mute, als sei dies hier ihr eigentliches Heim.

Bei Wanda Lübekind wurde zeitig aufgestanden, des Abends saß man nicht zu lange auf, die Mahlzeiten mußten pünktlich angerichtet sein. Der kleine Hausstand rollte wie am Schnürchen ab. Als die Tante merkte, daß Thekla sich nützlich machen wollte, wies sie das junge Mädchen an, erklärte ihr, warum dies und jenes so gemacht werde und ließ sie mit zugreifen in der Häuslichkeit.

Wanda hielt überhaupt sehr viel von der Thätigkeit. Sie meinte, man werde fett und phlegmatisch, wie so viele Frauen der besseren Stände, wenn man nicht den ganzen Tag über beschäftigt sei.

Thekla setzte ihren Mal- und Klavierunterricht auch im Hause der Tante fort. Wanda, die dem Unterricht beiwohnte, sah sich das eine Weile lang mit an, ohne etwas zu sagen. Dann fragte sie eines Tages die Nichte, ob sie Vergnügen habe an den Stunden. Thekla war offen genug, das zu verneinen. Dann müßten sie abgeschafft werden, je eher je besser, erklärte Wanda, denn das sei ja nur Geldverschwendung und Quälerei obendrein. Thekla meinte, die Malstunden würde sie ohne Kummer fahren lassen, aber in der Musik möchte sie es gern weiter versuchen.

Die Tante lachte sie aus, daß sie das nicht längst gesagt habe. Dann lohnte sie den alten Professor der Mal- und Zeichenkunst ab, und ebenso die Konservatoristin. Es wurde nach einer neuen Lehrkraft für den Klavierunterricht gesucht.

Eine tüchtige Lehrerin war nach einiger Zeit gefunden, zu der Thekla in's Haus ging, weil die Tante nur ein ungenügendes Instrument besaß. Freilich war das eine andere Sache! Thekla fühlte, daß sie bei der neuen Lehre-

rin in einer Stunde mehr lerne als vordem in Monaten.
Eines Tages kam sie glückstrahlend und berichtete der Tante,
die Lehrerin sage, daß sie eine schöne Stimme habe und
sie müsse Singstunden nehmen, könne aber noch ein halbes
Jahr damit warten, bis sie noch fester im Klavier sei.

„Wundert mich gar nicht!" meinte Wanda. „Dein
Vater hatte auch eine schöne Stimme. Später ist ihm die
Lust am Singen vergangen, wie an so vielem anderen."

„In der Schule bei Fräulein Zuckmann habe ich doch
auch gesungen, Tante. Aber kein Mensch hat mir gesagt,
daß meine Stimme der Ausbildung wert wäre."

„Gott, wie du deinem Vater ähnlich bist, Thekla!
Der verstand auch nie, etwas aus sich zu machen. Das
hast du von ihm!"

Thekla bekam es oft von der Tante zu hören, sie sei
viel zu weichherzig. So komme man heutzulage nicht
durch die Welt. Das Leben werde sie noch arg in die
Schule nehmen. Hart müsse man werden.

Wanda Lübekind konnte sich, wenn sie auf dieses Thema
kam, geradezu ereifern. Die Frauen begingen fast alle den
Fehler, behauptete sie, daß sie die Welt durch die Brille
ihrer Gefühle ansähen, sich vom Herzen statt vom Kopfe
führen ließen. Dadurch allein bekämen die Männer das
Übergewicht. Denn die Frauen seien unbedingt die klüge-
ren, feinfühlenderen und besseren. Aber alle diese Vorzüge büßten sie wieder ein, indem sie ihr Gefühl be-
fragten statt den Verstand. „Wir müssen nüchtern werden,
und hart, ganz hart, wie von Eisen!" konnte Wanda am
Schlusse eines solchen Vortrags ausrufen.

Thekla wußte hierzu nicht allzuviel zu sagen. Sie
machte nur im stillen die Bemerkung, daß die Tante in
ihrem Bestreben „hart" zu werden, noch nicht allzu weit
gediehen zu sein schien.

Die meisten ihrer Handlungen entsprangen nämlich der reinsten Herzensgüte. Niemand konnte seine Dienstboten besser halten und gerechter behandeln als Wanda Lübetind. Die Armen und Notleidenden aber bekamen ihre Barmherzigkeit erst recht zu spüren. Thekla staunte, in welchem Umfange die Tante ihr Leben der Mildthätigkeit widmete. Nicht etwa, daß sie wahllos mit vollen Händen von ihrem Reichtum weggeschenkt hätte; von Almosen-geben hielt sie nicht viel. Aber sie gehörte mancher gemeinnützigen Anstalt an, stand in Verbindung mit allen wichtigeren Persönlichkeiten der Stadt, welche sich der Charitas widmeten, und führte eine weitläufige Korrespondenz mit auswärtigen Instituten. In diesen Teil von Wandas Leben bekam Thekla erst nach und nach Einblick, weil die Tante davon nicht viel Wesens machte.

Man konnte nicht gut soviel Energie täglich am Werke sehen, ohne einen Ansporn zu Ähnlichem zu spüren. Thekla bat die Tante, sie doch auf ihre Gänge in die Armenviertel mitzunehmen. Wanda that das, mit vorsichtiger Auswahl der Fälle. Sie wußte, daß die Nichte noch nicht reif sei, das Elend in jeder Gestalt zu sehen.

Es schien Thekla, als sehe sie jetzt erst, wozu sie auf der Welt sei. So schien das Leben wirklich des Lebens wert. Wenn sie zurück dachte an die langen Monate des vergangenen Winters, wo sie die Tage in Müßiggang zugebracht hatte, höchstens unterbrochen von schaler Romanlektüre und fadem Klatsch mit Frau Bartusch, dann begriff sie, was sie jetzt gewonnen hatte, in seinem vollen Werte. In Tante Wandas Gesellschaft kam man nie zur Langeweile. Sie hatte etwas an sich, das im anderen die Lebensenergie stärkte. Nicht immer war es bequem, mit ihr zusammen zu sein, denn sie beobachtete scharf, und war schnell mit einer Rüge zur Hand.

Aber Wanda ging auch für ihre Freunde durch dick und
dünn, wenn es darauf ankam. Hatte sie einen Menschen
gern, so konnte er schon große Fehler und Schwächen
haben, sie hielt dennoch in Liebe an der Persönlichkeit
fest.

Wanda Lüdekind war nicht gänzlich ohne geselligen
Umgang. Die Leute, die sie bei sich sah, waren solche,
denen man sonst nicht in Gesellschaft zu begegnen pflegte.
Da war ein Geistlicher, das Haupt der freireligiösen Gemeinde. Wanda hielt im allgemeinen nicht viel von der
Geistlichkeit. Zuviel Opportunismus und Abhängigkeit bemerkte sie in und um diesen Stand. In diesem Manne
hier sah sie einen, der eine eigene Meinung zu haben wagte,
auch im Religiösen, und der aufrecht und unabhängig auf
dem stand, was er für wahr hielt. Obgleich sie der freireligiösen Gemeinde nicht angehörte, so waren seine Predigten
doch die einzigen, die sie besuchte.

Ferner sah man bei ihr häufig einen Mann, den
Thekla vom Elternhause her gut kannte: Doktor Beermann.
Er war auch Tante Wandas Hausarzt und ihr Freund.
Sie schätzten sich gegenseitig hoch, stritten sich aber oft.
Wanda Lüdekind war eine schlechte Patientin und sehr
unvorsichtig. Sie lachte den Arzt aus, wenn er ihr sagte,
sie zehre vom Kapital ihrer Gesundheit, das sowieso kein
allzu großes sei.

Am vertrautesten aber stand Wanda Lüdekind mit
einem jungen Advokaten. Sie hatte Rechtsanwalt Reppiner
kennen gelernt durch einen Prozeß, den er für sie geführt.
Seitdem war er ihr Sachwalter und Berater in allen
Geschäftsfragen. Es hatte sich damals um ein Wege-
servitut gehandelt, das angeblich auf Wandas Grundstück
ruhen sollte. Durch viel Scharfsinn war es Reppiner gelungen, die Unhaltbarkeit dieses Servituts, welches das

Grundstück stark entwertete, nachzuweisen, und seiner Klientin zum Siege zu verhelfen.

Wanda Lüdekind wußte den jungen Mann nicht bloß darum zu schätzen, weil er ein geschickter Advokat und tüchtiger Geschäftskenner war, sie hatte überhaupt, wie sie selbst sagte, für gescheite Menschen eine Schwäche. Vor allem aber empfand sie Mitleid für Reppiner. Er war von Natur ein feinfühlender Mensch, überaus empfindlich und leicht verstimmt. In Gesellschaft der meisten seines Volkes fühlte er sich nicht wohl, und unter den Christen, die ihn höchstens duldeten, konnte ihm auch nicht behaglich zu Mute werden. Der Sarkasmus, den Reppiner zur Schau trug, war ein Notbehelf, mit dem er sich über seine verzweifelte Lage, überall der Hund im Kegelschube zu sein, hinwegzusetzen versuchte.

Wanda verstand die Tragik solchen Daseins, ohne daß er sich ihr eröffnet hätte. Sie pflegte Reppiner in der Woche mindestens einmal einzuladen, aber immer allein. Überhaupt liebte sie es, ihre Gäste möglichst einzeln zu haben; sie behauptete, daß sie sich dann am natürlichsten gäben und am unbefangensten ihr Wesen zeigten.

Thekla hörte mit Staunen der Unterhaltung zu, wie sie bei solchen Gelegenheiten gepflogen wurde. Für manches, was sie anfangs nicht verstand, ging dem jungen Mädchen mit der Zeit das Verständnis auf. Zu Haus hatte sie dergleichen nie erlebt. Ihr Vater war ja auch ein kluger Mann von mancherlei Interessen gewesen, doch so offen, wie Tante Wanda im Kreise ihrer Freunde, hatte er nie gesprochen. Mit dem Geistlichen unterhielt sie sich über Religion und Philosophie, mit Doktor Beermann über Naturwissenschaft und Verwandtes, mit Reppiner schließlich pflegte sie zu politisieren. Da gab es wirklich kaum ein Thema, das nicht berührt wurde, und selten nur geschah es, daß

Wanda durch einen Wink oder eine kurze Bemerkung die Grenze bezeichnete, über die in Theklas Gegenwart nicht gegangen werden sollte.

Der Kreis von Tante Wandas Gästen erweiterte sich in dieser Zeit noch um einen. Gabriel Bartusch, der wieder mal auf Sommerferien zu Haus war, hatte Thekla seinen Besuch gemacht und war von Wanda aufgefordert worden, gelegentlich des Abends zu kommen. Gabriel ließ sich das natürlich nicht zweimal gesagt sein. Dem jungen Mädchen war etwas bange, wie die freie und selbstbewußte Art des ehemaligen Spielkameraden hier aufgenommen werden würde; aber siehe da: Gabriel Bartusch fand Gnade vor Wanda Lübekinds Augen. Sehr bald meinte Thekla sogar, daß die Tante den Gast allzusehr für sich in Anspruch nehme. Wanda liebte an dem jungen Menschen das Stürmische, Rechthaberische, Unausgegohrene, sie fand, daß es sich wundervoll mit ihm streiten lasse. Gelegentlich, wenn sie sich einmal recht verbissen hatten, rief sie dann der Nichte, die stumm dabei saß zu: „Thekla, warum sprichst du denn nicht? Sage doch deine Ansicht!" und zu Gabriel gewendet: „Sie könnte nämlich sehr gut, wenn sie nur wollte. Denn im stillen hat sie ihre Ansicht über jede Sache." Dann ging es wieder weiter zwischen den beiden.

Auch das Gebiet des Glaubens wurde bei solchen Gelegenheiten berührt. Gabriel machte kein Hehl daraus, daß er auf den Materialismus schwöre, und daß ihm aller Supranaturalismus „Blödsinn" sei.

„Thekla!" rief dann wohl die Tante. „Es schadet dir nichts, wenn du auch mal so was mit anhörst. Aber du versprichst mir, von dem Unsinn, den er da redet, kein Wort zu glauben!"

Thekla war anfangs entsetzt. Noch nie bisher hatte

ein Wort des Unglaubens ihr Ohr gestreift. Aber sie
hatte von den Gottesleugnern gehört, und nun mußte sie
es erleben, daß Gabriel Bartusch, ihr Freund, zu dieser
Menschenklasse gehörte, die sie zu den Verworfensten zu
zählen, gewöhnt war. Eigentlich wollte sie sehr traurig
sein darüber, aber sie sah, daß Tante Wanda die Sache
nicht so furchtbar ernst nahm. „In zehn Jahren wird er
darüber ganz anders denken. Das ist seine Jugend, die sich
so radikal gebärdet," sagte Wanda zuversichtlich, und Thekla
hoffte, daß sie recht behalten möge.

Derselbe Gabriel aber, der sich mit Wanda Lübekind
über die Existenz Gottes und andere Weltprobleme stritt,
daß die Funken stoben, konnte doch auch wieder ganz sanft
und elegisch, ja sentimental erscheinen. Wenn er mit
Thekla allein war, schien der Freigeist in ihm gebändigt.

Er machte jetzt Thekla oft das Leben schwer. Gänzlich unaufgefordert erschien er in Augenblicken, wo sein
Besuch vielleicht gar nicht am Platze war. Und er verlangte von dem Mädchen jene Vertraulichkeit als sein
gutes Recht, die, als sie Kinder gewesen, begreiflich erschienen sein mochte. Das junge Mädchen konnte nicht
mehr im Zweifel sein über seine Absichten. Nein, so hatte
sie es niemals gemeint! Gute Kameraden wollten sie
bleiben; aber das andere, was seine heißen Augen von
ihr heischten, gab ihr ein Gefühl, als schlösse sich etwas
zu in ihr. Er war ihr Freund, der beste wohl, den sie
hatte; nichts mehr und nichts weniger. Er hätte diese
Grenze selbst erkennen müssen. Die Tante war ja die
Güte und Nachsicht in Person, aber sie konnte in ihrem
Hause doch Rücksichten verlangen! Aber Rücksichtnahme war
gerade das, wovon Gabriel nichts wissen wollte. Seine
Stimmung war wechselnd wie Aprilwetter, einmal melancholisch düster, dann wieder erregt, immer aber wie es

Thekla schien, übertrieben. Man hätte ihm wirklich ernsthaft böse sein sollen! Aber Thekla wußte, daß er es
nicht gut habe zu Haus, daß das Verhältnis zwischen
ihm und seinem Vater von Tag zu Tag unleidlicher wurde;
darum meinte sie, müsse man ihm manches zu Gute halten.

Es war ein eigenes Ding! Sie vermochte Gabriel,
so gern sie ihn hatte, nicht ganz ernst zu nehmen. Lag
es daran, daß man sich schon so lange kannte? — Er
mochte eine noch so tragische Miene aufsetzen, er mochte
noch so gewichtige Worte im Munde führen, für sie blieb
er Gabriel Bartusch, ihr Jugendgespiele, mit dem sie sich
geneckt, gebalgt, ja umarmt hatte. Überall blickte ihr aus
seiner neuen Manneswürde der Knabe heraus. Er imponierte ihr nicht im mindesten. Sie fühlte sich ihm überlegen, trotz aller seiner Klugheit und der vielen Dinge, die
er gelernt hatte. Niemals hätte sie sich vorzustellen vermocht, daß er ihr Mann werden könne. Ja dieser Gedanke: sie mit Gabriel verheiratet, hatte geradezu etwas
Komisches für sie.

Eines Vormittags kam er auch wieder. Die Jungfer
hatte ihm zwar am Eingange gesagt, das „gnädige Fräulein" — womit sie ihre Herrin meinte, (von Thekla sagte
Kathinka nur: das „junge Fräulein") — sei ausgegangen.
Gabriel aber ging nun erst recht, da er Thekla allein
wußte, in den kleinen Salon, wo er die Ersehnte auch
wirklich traf. Sie las.

„Meine Tante ist aus zu Krankenbesuchen!" erklärte
Thekla, nachdem sie ihm die Hand gereicht.

„Ist mir bereits vorn gesagt worden! Ich kam auch
nicht Ihrer Tante wegen, sondern um Sie zu sehen. Oder
ist das etwa unpassend?"

Thekla warf ihm als Antwort nur einen strafenden
Blick zu.

Er meinte: „Sie werden ja jetzt so koloſſal kokett! Man weiß kaum noch: darf man Sie mit Ihrem Namen nennen, oder muß man ‚gnädiges Fräulein‘ ſagen?“ —

„Für Sie bin ich: Thella! Das wiſſen Sie ganz gut!“

Nach einer Pauſe, während der er mürriſch zu Boden geblickt hatte, fragte er plötzlich: „Warum leſen Sie nicht weiter?“

„Weil Sie hier ſind, Gabriel!“

„O, wie höflich!“

„Gabriel!“ rief ſie, vor Unwillen errötend. „Was ſoll das? Dazu kommen Sie zu mir, um dann ſo zu ſein! Das iſt wirklich häßlich von Ihnen! Ich verſtehe nicht, was ſeit einiger Zeit mit Ihnen iſt! Sie haben ſich ſo ganz verändert!“

„Wenn du wüßteſt, wie mir zu Mute iſt!“ — — Und mit einem Male lag er zu ihren Füßen und bedeckte ihr die Hände mit Küſſen. Thella war völlig überrumpelt. Sie verſuchte aufzuſpringen.

„Gabriel — ich glaube — Sie ſind nicht geſcheit! Laſſen Sie mich!“

„Nur einmal — nur ein einziges Mal . . . .“

Es war ihr gelungen, ſich loszumachen. Sie flüchtete vor ihm hinter den großen, runden Tiſch.

Er war aufgeſtanden. Sie betrachtete ihn geſpannten Auges. Wenn er ihr nachkommen ſollte, dann wollte ſie die Thür zu erreichen ſuchen. Aber er ſchien ſich eines Beſſeren beſonnen zu haben. Wie ein düſterer Schatten flog es über ſeine Züge, er wandte ihr den Rücken, warf ſich in einen Stuhl und bedeckte die Augen mit der Hand.

Thella hatte ſich ziemlich ſchnell von dem erſten Schrecken erholt. Es war ja nur Gabriel geweſen! Und doch, ihre Pulſe flogen. Welchem Mädchen von ſiebzehn follte auch nicht das Herz klopfen, halb vor Angst, halb vor Wonne, wenn es einen Jüngling zu seinen Füßen fieht! —

Und nun faß er da, hielt die Augen bedeckt und ftöhnte! Sie genoß das Aufregende der Situation. Aber je länger es währte, defto deutlicher empfand fie, daß fie etwas thun müffe. Tante Wanda konnte kommen, oder das Mädchen. Was würde man denken von ihr, hätte man fie beide fo vorgefunden! —

Sie trat vorfichtig an ihn heran, und legte ihm die Hand auf die Schulter.

„Gabriel!" Er antwortete nicht. „Gabriel! Hören Sie nicht?"

„Was wollen Sie?" Er fah fie noch immer nicht an.

„Sie müffen vernünftig fein!"

„Vernünftig — oh! Sie find es ja für zweie!"

„Verfprechen Sie mir, daß Sie das nie wieder thun wollen!"

„Was nicht thun?"

„Nun, das von vorhin — dort!" Sie wies nach der Stelle, wo er gekniet hatte.

„Köftlich!" rief und lachte wild auf. „Wahrhaftig, Sie find die Tugend in Perfon! Haben Sie keine Angft; ich werde Ihnen nichts anthun! Bleiben Sie ruhig hier bei Ihrer Tante, in Gottes Namen! Ich will Ihnen nicht mal fagen, was ich vorhatte. Sie könnten noch nach- träglich in Ohnmacht fallen, fonft. Sie hätten nicht den Mut gehabt dazu. Nein, Sie nicht! Sie werden immer bleiben, was Sie find."

Mit diefen rätfelhaften Worten ging er. Thella wußte nicht recht, follte fie weinen oder lachen. Was wollte er denn? Wozu hätte ihr der Mut gefehlt? Was hatte er vorgehabt mit ihr? — — —

Eine ganze Woche lang kam Gabriel nicht mehr in ihre Nähe. Er war zu tief gekränkt, und glaubte wieder einmal, sie zu hassen. Es war zum Verzweifeln mit dem Mädchen!

Sein Plan war kein geringerer gewesen, als mit ihr zu entfliehen. Er hatte gehört, daß es für Liebende in England leicht gemacht sei, sich trauen zu lassen. So viel Geld, um mit Thella bis London zu kommen, hatte er sich erspart. Wenn einmal dort, hoffte er sich weiter durchzuhelfen. Deutschen Unterricht wollte er geben, sich einem Baubureau anbieten als Zeichner. Um die Mittel zur Existenz war ihm nicht bange; wenn es ihm nur gelang, das Mädchen für seinen Plan zu gewinnen.

Und bei dem ersten Anlaufe war er so kläglich gescheitert!

Nun wollte er sich Thella ganz aus dem Kopfe schlagen. Sie war doch eben ein kleiner Geist!

Aber acht Tage nach seiner Niederlage saß er schon wieder bei den beiden Damen, debattierte mit Wanda über große Fragen und warf verstohlene Blicke nach Thella, die ihm liebenswerter erschien denn je; doppelt verführerisch und verwirrend in der vorwurfsvollen Zurückhaltung, die sie seit jener Szene an den Tag zu legen für geboten fand, und aus der doch ihre Nachsicht deutlich genug hervorleuchtete.

Wanda Lüdekind sah, was hier vor sich ging. Sie sah es mit Augen, welche die Erfahrung geschärft hatte, fühlte es mit dem Instinkte eines Herzens, dem die Widersprüche und Unberechenbarkeiten der Liebe nichts Fremdes sind. Sie stand auf Gabriels Seite; denn dieses alte Mädchen liebte die starken Leidenschaften. Der Junge hier hatte sein ganzes Herz verloren, das war klar. Aber ebenso fest stand, daß er keine Gegenliebe finde.

Wie sich alle Verhältnisse wiederholten in der Welt! —

Aber man konnte nicht helfen, mit aller Erfahrung nicht, die man sich in bitterem Leid selbst erworben hatte. Das mußte durchgekämpft und erlitten werden; jeder für sich!

In keiner Angelegenheit des Lebens stand der Mensch so allein, so unter eigenster Verantwortung wie in der Liebe.

Wenn sie sich ihre Nichte Thekla betrachtete — und sie sah mit dem Auge eines Weibes, das ihrem eigenen Geschlechte bis auf den Grund blickte — so erkannte sie, daß bei diesem Kinde, welches doch schon Jungfrau war, noch alles zusammengefaltet lag, wie in einer Knospe, die noch nicht aufgebrochen ist. Nur nicht vorzeitig einzelne Blätter lösen! Von selbst mußte das werden. Die Blüte war eine von den spät kommenden. Sie würde sich erschließen, wenn ihre Zeit da war.

Zweites Buch

I.

Die schöne Zeit bei Tante Wanda fand ihr Ende, als der Termin von Frau von Lübekind und Finanzrat Sängers Hochzeit herankam.

Wanda Lübekind wollte das nicht mit erleben; sie verreiste in ein Bad, das sie sich selbst verordnete.

Thekla kehrte zur Mutter zurück. Zunächst kam der Umzug, denn die Hochzeit sollte im neuen Quartiere begangen werden. Thekla hatte der Mutter dabei zu helfen.

Das war eine traurige Umwälzung. Das neue Quartier lag mehr im Centrum der Stadt. Freilich war da alles viel neuer und feiner; aber ein noch so glänzendes Treppenhaus und all das Bunte, Schimmernde und Geschnörkelte an den Decken und Tapeten, konnte die Gemütlichkeit der alten Wohnung nimmermehr ersetzen. Einen Garten gab es auch nicht, dafür aber den Blick auf ein eben so hohes, langweiliges Haus gegenüber, und dazwischen eine mit Läden besetzte, stark befahrene Straße. Wie fremd nahmen sich in den neuen Zimmern die lieben, alten Familienstücke aus. Früher, in der ihnen zukommenden Umgebung, hatten sie den Eindruck des Heimlichen und Behaglichen gemacht; hier wirkten sie altmodisch und abgenutzt.

Die Wohnzimmereinrichtung des Verstorbenen und die

Dinge seines alltäglichen Gebrauches waren nicht mit in das
neue Quartier gewandert. Nur einiges Wenige hatte sich
die Witwe behalten zum Andenken. Seine Möbel, Bücher
und Kleider aber wurden Arthur überlassen.

Alles das war ja eigentlich nur natürlich; aber Thella
konnte sich schwer darein finden. Es schien ihr unerhört,
daß so die Erinnerung an ihren guten Vater immer mehr
ausgelöscht werden sollte. Wie gut, daß Tante Wanda
sein Bild hatte malen lassen; daß wenigstens seine Züge
nicht in Vergessenheit geraten konnten.

Thella erzählte der Mutter einmal von diesem Bilde.
Die Witwe war sehr erstaunt; sie hatte bisher nichts davon geahnt. Sie war geradezu beleidigt. „Das sieht
Wanda ähnlich!" rief sie. „Hinter meinem Rücken so was
zu machen!" Thella widersprach: Die Tante war der
beste und liebste Mensch, den es gab, und sie werde hier
immer ungerecht beurteilt. Das gab Frau von Lüdelind
Gelegenheit, der Tochter zu antworten: Wanda habe ihr
nun auch das Vertrauen ihres Kindes gestohlen, wie sie
ihr früher die Liebe ihres Mannes gestohlen habe. Und
das alles aus Haß und Eifersucht. So sei Wanda ihr
Lebtag gewesen, hochmütig und intrigant. Und nun, wo
sie eine alte Jungfer, werde das immer schlimmer. Die
ganze Sache mit dem Bilde laufe auf weiter nichts heraus,
als auf einen schlechten Streich gegen sie, die Witwe. Damit es so aussehe, als liebe und verehre Wanda den Toten
mehr, als die eigene Familie.

Der Abschluß dieser gereizten Auseinandersetzung waren
Thränen auf beiden Seiten. Thella vermochte die Mutter
nicht mehr zu verstehen. Die war jetzt häufig in solch
aufgeregtem Zustande, wußte dann kaum noch, was sie
sagte und that. Leid hätte die Mutter einem thun können,
wäre sie nicht so ungerecht gewesen.

Finanzrat Sänger leitete jetzt alles, als sei er bereits
der Hausherr. Er hatte andere Dienstboten angenommen
und die früheren ohne Ausnahme entlassen. Sänger meinte,
daß sich durch die Leute die Fehler des alten Hauswesens leicht auf das neue übertrügen, und das wolle
er nicht haben. Auch Hanka, die alte Wendin, wurde bei
dieser Säuberung nicht verschont. Thekla war machtlos,
etwas für das alte, gute Wesen zu thun, die dem Hause
manches Jahr in Treue gedient hatte; sie schrieb deshalb
an Tante Wanda um Hilfe. Und Wanda Lüdekind, die im
Vorstande des „Altenheims" saß, verschaffte der Greisin
dort eine Ruhestelle.

Die Hochzeit fand im kleinsten Kreise statt. Von
Seiten des Bräutigams waren zwei Schwestern erschienen,
alte Jungfern. Die größte Besorgnis dieser Damen schien
zu sein, jemand könne sich einbilden, ihr Bruder sei seiner
Erwählten nicht in jeder Beziehung ebenbürtig. Sie deuteten
an, daß er jede hätte haben können, nach der ihm gelüstet,
und brüsteten sich mit den Herzen, die er ehemals gebrochen. Von Frau von Lüdekind war der einzige Bruder
da, ein älterer Mann, pensionierter Beamter, der fast ganz
taub war, aber nichtsdestoweniger über jedes Wort, das
gesprochen wurde, auf dem Laufenden erhalten sein wollte.

Diese Hochzeitsgesellschaft vervollständigte ein Geistlicher, der all die Taktlosigkeit — zu der es hier für den
günstig Veranlagten Gelegenheit in Fülle gab — soweit
er solche nicht bereits am Altare angebracht, bei den Tisch-
reden, deren er dreie hielt, nachzuholen für notwendig fand.

Für Thekla war der einzige Lichtblick, daß sie Arthur
und Agnes wiedersah, von denen sie Monate hindurch getrennt gewesen war. Arthur sollte während der Sommerferien seine Wachtmeisterübung machen. Agnes war nur
für die Hochzeit aus ihrer Landpension beurlaubt worden

und follte gleich darauf wieder zu der Pastorsfamilie zurückkehren. Thekla aber, so war verabredet, würde zu
Tante Wanda gehen, um ihr während des Badeaufenthalts
Gesellschaft zu leisten. Das neuvermählte Paar schließlich
hatte eine längere Flitterwochenreise nach dem Süden vor.

So ging denn schon am Tage nach der Hochzeit die
ganze Familie wieder auseinander. Zum ersten Male in
ihrem Leben machte Thekla eine längere Eisenbahnfahrt
allein. Nach eintägiger Reise befand sie sich in einem
entzückenden Badeorte Süddeutschlands.

Sie lebten dort zu zweien, von Bekannten nicht ge-
stört, ganz ihrem Wohlbefinden und ihrer Gesundheit.
Einem Badearzt gab man sich nicht in die Hände. Wanda
Lüdekind hatte über Ärzte, Medizin, und alles was damit
zusammenhing, sehr ausgesprochene Ansichten. Von männ-
lichen Händen lasse sie sich nicht berühren, war einer ihrer
Grundsätze. Und sterben werde sie auch ohne ärztliche
Hilfe.

Vom Sterben sprach sie überhaupt gern. Sie hatte
Thekla gegenüber schon mehr als einmal erwähnt, welche
Stücke ihrer Einrichtung sie ihr hinterlasse und was da-
von Kathinka, ihre Jungfer, erhalten solle.

Das alte Fräulein, das selbst so unvorsichtig war,
zeigte sich, wenn es sich um die Gesundheit der Nichte
handelte, sehr streng. Thekla wurde zeitig zu Bett geschickt und mußte früh aufstehen. Auch in Bezug auf
Nahrung und Kleidung hatte Tante Wanda ausgesprochene
Prinzipien, die sie der Nichte auferlegte. Die Bäder,
Ruhestunden und Spaziergänge, welche sie dem jungen Mädchen nach ihrem Ermessen verordnete, wurden strengstens
innegehalten.

Thekla erschien es manchmal wirklich etwas viel. Sie
fühlte sich doch ganz gesund, und wurde dabei wie eine

Patientin behandelt. Sie hätte gern die Konzerte der Kurkapelle besucht, oder gelegentlich mal auf einer der wöchentlichen Réunions den Versuch gemacht, ob sie das Tanzen noch nicht gänzlich verlernt habe. Aber Tante Wanda fand das für unnötig.

Diese unerfüllten Wünsche waren aber auch wirklich der einzige Schatten des Badeaufenthaltes. Man lebte in wundervoller Luft und in herrlicher Landschaft. Die Bewohner waren freundlich und zuvorkommend, weil sie ja von den Gästen lebten. Wanda Lübekind aber, die hier mal von ihrer sonstigen Thätigkeit völlig ausspannte, schien um viele Jahre jünger. Thekla begriff jetzt, was ihr einmal ihr Vater gesagt hatte von Tante Wanda: sie sei vor dreißig und mehr Jahren das reizendste junge Mädchen gewesen, das man sich nur vorstellen könne.

Mit einem gewissen Bangen sah Thekla der Zeit entgegen, wo sie würde nach Haus zurückkehren müssen. Hatte sie denn überhaupt noch ein Heim? — Nichts winkte ihr in der Zukunft, was sie hätte locken können: keine Thätigkeit, keine Freude, kein Mensch, von dem sie hätte sagen dürfen, daß sie ihm und daß er ihr zugethan sei. Wie öde war der vorige Winter gewesen, und wie viel trüber noch würde der kommende sein! Sie seufzte oft im stillen, wenn sie dachte, was ihrer nun harrte. Schon hatte Frau Sänger geschrieben — wie der Tochter der Name ungewohnt klang — daß sie das „liebe Kind“ nun wieder zurückhaben wolle.

Es war an einem der letzten Abende vor Theklas Abreise. Wanda lag auf dem Sofa, sie fieberte ein wenig, hatte sich bei rauhem Wetter erkältet. Richtig zu Bett legen wollte sie sich nicht, sie komme sich so dumm vor, wenn sie am Tage im Bett liegen solle. Thekla hatte ihr aus der Marterbank eines Chambregarnie-Sofas mit Hilfe

oon Decken und Kiſſen ein leidlich bequemes Lager zurecht-
gemacht. Nun ſaß ſie bei der Tante und las ihr aus
einem Bande vor, den man ſich aus der Leihbibliothek des
Badeortes geholt hatte. Plötzlich rief Wanda: ſie ſolle aufhören, die Geſchichte langweile ſie. Dem jungen Mädchen
that das leid, denn ſie hatte den Roman ſpannend gefunden.

„Es iſt zu thöricht von den Schriftſtellern,“ ſagte
Wanda, „daß ſie immer Gefühle ſchildern wollen, von
denen ſie unmöglich etwas verſtehen können. Was wiſſen
ſolche Menſchen überhaupt, wie es in einer Frau ausſieht,
wie's uns zu Mute iſt, wie wir fühlen. Ganz, ganz anders iſt Frauenliebe, als in den Büchern zu leſen ſteht —
ganz anders!“

Die Hände unter dem Kopfe, lag ſie und blickte mit
glänzenden Fieberaugen ſtarr vor ſich hin. „O, ganz anders!“ hörte Thekla noch einmal. Sie wunderte ſich im
ſtillen, was die Tante wohl von Liebe wiſſe. —

„Ach, Dummheiten!“ ſagte Wanda Lüdekind plötzlich
laut zu ſich ſelbſt, als ſchüttle ſie etwas ab, und wandte
ſich dann mit veränderter Miene der Nichte zu. „Du
kommſt jetzt wieder nach Haus zurück, Thekla — oder doch
in das Haus deiner Mutter. Haſt du dir denn ſchon
etwas ausgedacht für den Winter? Denn die Zeit ſo
vertröbeln, wie im vorigen, das wirſt du doch nicht
wollen!“

Thekla ſchwieg und rückte näher an die Tante heran.
In ihrer hoffnungsloſen Miene lag die Antwort zu leſen.
Die Frage, welche die Tante eben geſtellt, laſtete ja ſchon die
ganze Zeit über wie ein Alp auf ihr. Am liebſten hätte
ſie geantwortet: „Wenn ich nur bei dir bleiben könnte,
Tante!“ Aber ſie wagte nicht einen ſo großen Wunſch
zu äußern, wußte ſie doch auch, daß er unausführbar ſei.

Wanda betrachtete die Nichte eine Weile mit unver-

hohlener Zärtlichkeit. „Gieb mir deine Hand, Kind! —
So! — Wie warmes Blut ihr jungen Menschenkinder habt.
— Weißt du, Thekla, ich verstehe das. Ich war auch
einmal jung wie du, freilich ein ganz anderes Wesen.
Thörichte, unerfüllbare Wünsche hatte ich. Aber das
ist ja Sache für sich! — — Ich wollte sagen: ich kann
mit dir fühlen. Du wirst es zu Haus nicht gut haben.
Das Leben will einen erziehen, wohl dem, der das zeitig
einsieht! Du bist weich und schüchtern; wenn du überhaupt Bewußtsein hast, so ist es ein tief im Innern
verborgenes. Du kennst dich selbst nicht, und was in dir
ruht. Das Leben aber wird schon dafür sorgen, daß deine
Schätze an's Tageslicht kommen. Jetzt führst du noch
ein Dasein, wie die Pflanze so ähnlich, aber du wirst
erwachen; mir ist nicht bange darum. — Du verstehst
mich nicht, ich sehe es dir an. Merke dir nur, was ich
sage; vielleicht später, wenn ich längst tot bin, wirst du
wieder an meine Worte denken. Wenn du jetzt nach
Haus kommst, in die neuen Verhältnisse, so nimm eine
klare Stellung ein von vorn herein zu allem. Wie du
dich im einzelnen verhalten sollst, das kann ich dir
nicht sagen. Du wirst sicherlich auch dort Pflichten
finden, die zu erfüllen sich verlohnt. Vergiß dich dabei
aber selbst nicht, mein Kind. Du bist uneigennützig und
gutmütig bis zur Selbstvernichtung. Halte die Augen
offen, sonst werden dir die Menschen grausam mitspielen.
Dabei magst du dich ganz der Sache hingeben, die du er-
wählt hast, aber laß dich, auch wo du liebst, nie zur
Sklavin eines Menschen machen. Wir Frauen brauchen
klares Bewußtsein und festen Willen, denn wir tragen
genau dieselbe Verantwortung wie die Männer. Suche
dich zur Selbstverantwortung durchzuarbeiten; das ist das
Höchste, was man im Leben erreichen kann. —

9*

Vielleicht ist dir dies alles auferlegt zur Erziehung! Darum gehe mutig an das heran, was dir sehr schwer und bitter erscheinen mag im Augenblick. Wenn dir aber die Dinge doch zu kraus werden sollten, und du glaubst allein damit unmöglich fertig zu werden, dann weißt du ja, daß du eine Freundin hast. Dann kommst du zu deiner alten Tante. Hörst du, mein Kind!"

* * *

Thekla war wieder nach Haus zurückgekehrt. Es galt nun für alle Teile, sich in den veränderten Verhältnissen zurecht zu finden.

Am schwersten wurde es für Thekla, in der Frau des Finanzrats Sänger ihre Mutter zu sehen. Gewiß, es war ja noch dasselbe Gesicht, dieselbe Stimme, dieselben altgewohnten Redewendungen, und doch war was Fremdes in alledem. Es schien Thekla, als habe die Mutter etwas eingebüßt, etwas Reines, Hohes, etwas, das sich für das Kind mit dem Namen „Mutter" unzertrennbar verband. Dieses Besondere war unwiederbringlich abgestreift.

Herr und Frau Sänger waren zwar kaum ein halbes Jahr verheiratet, aber der junge Ehemann hatte sich erstaunlich schnell in die Rolle des Herrn und Gebieters eingelebt. Sänger war nicht gerade ein bärbeißiger Tyrann, er kleidete sein Regiment vielmehr in milde Formen. Nie versäumte er, selbst wenn er tadelte, seine Frau mit „Liebe Ernestine!" oder „Mein gutes Kind!" anzureden. Auch die Kinder seiner Frau patronisierte er, liebte es, sich in der patriarchalischen Rolle eines Familienvaters zu zeigen. Wenn er etwas befahl, so gab er stets die Gründe an, warum er das so und nicht anders haben wolle. Seine

Umgebung solle im steten Gefühl seiner unbedingten Überlegenheit erhalten bleiben. Aber seine weitschweifigen
Reden und umständlichen Formen machten die Rechthaberei
doch nicht leichter erträglich. Er hatte die Taktlosigkeit,
seine Frau auch in Gegenwart der Kinder oftmals zu schul-
meistern. Er mäkelte an ihren Toiletten, bei Tisch sprach
er über das Essen. Jedes Thema, das er anschlug, gab
ihm Gelegenheit, Belehrungen daran zu knüpfen.

Theklas Augen waren jetzt geschärft genug, zu erkennen, daß die Mutter sich nicht glücklich fühle. Gerade
weil sie krampfhaft versuchte, ihre Empfindungen vor den
Blicken der älteren Tochter zu verbergen, wurde sie durch-
schaut.

Für Thekla war es schwer genug, ihre Stellung dem
Stiefvater gegenüber zu wahren. Sänger fühlte sich berufen, auch sie zu erziehen. Manchmal drohte es dem
jungen Mädchen zu viel zu werden. Aber ein Blick auf
das unglückliche Gesicht ihrer Mutter hielt sie immer wieder
davon ab, sich aufzulehnen.

Am besten den Hausherrn zu nehmen, verstand es
schließlich die kleine Agnes. Er imponierte ihr gar nicht,
sie behandelte ihn nach wie vor wie einen komischen, alten
Onkel, neckte ihn, fuhr ihm über den Mund, ja machte
sich offenkundig über ihn lustig. Angedrohte Strafen nahm
sie nicht ernst, und wurde sie wirklich einmal bestraft, dann
ertrug sie auch das mit der ihr eigenen Dickfelligkeit.

Thekla fühlte sich durch die Entwickelung, die Agnes
nahm, beunruhigt. Früher war das Kind ganz von ihr
abhängig gewesen, hatte sich willig der Überlegenheit der
älteren Schwester gefügt. Aber im Laufe des letzten Sommers
war auch darin eine Änderung eingetreten. Agnes hatte
in dem ländlichen Pfarrhause, wo sie sich ihrer Kräftigung
halber und um für den Konfirmationsunterricht vorbereitet

zu werden, aufgehalten, viel mit den halbwüchsigen Pastors-
jungens herumgetollt. Ob sie in der Religion große Fortschritte gemacht habe, erschien fraglich; soviel stand fest:
ihre Manieren hatten nicht gewonnen, ebensowenig ihre
Sprache, die durch eine Anzahl Kraftausdrücke bereichert
war, wie sie in den männlichen Flegeljahren gang und
gäbe sind. Sie war wieder ein ganzes Stück gewachsen,
und bot mit ihrer Stupsnase, dem runden Gesicht, den eckigen
Gliedern und den schalkhaften Augen, die über alles, sich
selbst eingeschlossen, immerwährend zu lachen schienen, einen
ungraziösen, unreifen, geradezu komischen Anblick.

In einem halben Jahre sollte Agnes nun also einge-
segnet werden. Unwillkürlich verglich Thella die Schwester
mit dem, was sie in jenem Alter gewesen war. Täuschte
man sich so über sich selber? Es wollte Thella bedünken,
als sei sie selbst minder verwildert, unmanierlich und verzogen gewesen damals. Freilich, sie hatte es ja soviel
besser gehabt als die kleine Schwester: der Vater am Leben,
ein glückliches, gefestigtes Leben in der Familie, nichts von
der Unrast und Unsicherheit, die jetzt über sie alle gekommen war.

Agnes lernte nicht leicht, trotz ihrer Aufgewecktheit.
Thella sah ihr die Schularbeiten durch und hörte ihr die
Aufgaben ab. Sie fand, daß Agnes sehr zerstreut, gedankenlos und nachlässig sei und daß sie so gut wie kein Interesse
habe an dem, was sie trieb. Sie brachte schlechte Censuren
mit heim. Die Mutter klagte und der Stiefvater tadelte;
beides blieb ohne Eindruck.

Thella konnte sich über das Mädchen nicht genug
wundern. Wäre ihr so etwas begegnet in der Schulzeit,
wie würde sie sich geschämt und gegrämt haben! — Sie
redete dem Kinde in's Gewissen; das schien nicht ganz ohne
Eindruck auf Agnes zu bleiben, wenigstens weinte sie und

versprach Besserung. Aber die nächste Censur zeigte keinerlei Fortschritt.

So entschloß sich denn Thekla, einmal selbst zu der
Vorsteherin zu gehen. Fräulein Zuckmann empfing ihre
alte Schülerin mit großer Freude. Sie beklagte es nur,
daß Thekla nicht öfters komme. Dann sprach sie von
früheren und jetzigen Schülerinnen und meinte: „Eine Thekla
Lübelind habe ich nie wieder bekommen. Wenn doch Ihre
kleine Schwester etwas von Ihnen hätte! Aber Agnes ist
ein rechtes Sorgenkind für uns."

Und nun schüttete Fräulein Zuckmann ihr Herz über
Agnes aus. Thekla bekam eigentlich nur bestätigt, was
sie bereits wußte. Agnes sei leichtfertig und besitze weder
Respekt noch Feingefühl, sonst könnten sie Tadel und Strafen
doch nicht so gleichgiltig lassen, meinte die erfahrene Erzieherin. Alles das sei aber nicht so schlimm, wenn bei
einem Mädchen nur das „Gemüt" in Ordnung sei. „Und
das ist mir eben so merkwürdig, ja geradezu unfaßlich,
daß eine Schwester von Ihnen dessen ermangeln sollte!" —

Nach diesem Gespräch mit Fräulein Zuckmann fühlte
sich Thekla doppelt verantwortlich für die kleine Schwester.
Ersetzen ließ sich ja freilich nicht, was einmal fehlte; aber
man konnte das Kind doch vielleicht vor manchem bewahren.
Helfen wollte Thekla. Agnes war doch ihre Schwester.
Hier erwuchs ihr in Wahrheit eine Aufgabe, eine, der sie
sich gern unterwinden wollte.

Die nächste Zeit brachte für Thekla noch ein anderes
Interesse. Die Klavierlehrerin erklärte ihr, daß sie sie
nun für fest genug in den musikalischen Grundsätzen halte,
um neben Klavier fortan auch ihre Stimme auszubilden.

Ganz erfüllt von der Freude darüber, erzählte Thekla
das arglos zu Haus. Sänger, der sowieso beleidigt war,
daß man die von ihm selbst ausgesuchten Lehrkräfte ab-

geschafft hatte, legte jedoch sein Beto ein. Er wußte es ganz genau: aus dem Singen konnte nie und nimmer etwas werden, Thekla hätte keine Stimme.

Es war das erste Mal, daß Thekla sich gegen den ausgesprochenen Willen des Stiefvaters aufzulehnen wagte. Die Mutter that ihr leid, aber hier handelte es sich um Wichtiges, um ihre Entwickelung. Darum blieb sie standhaft.

Sie wußte durch Arthur, daß der Vater ihr gleich den anderen Geschwistern ein kleines, selbständiges Vermögen hinterlassen hatte. Bisher war es ihr sehr gleichgiltig gewesen, was mit ihrem Gelde 'geschehe. Jetzt fiel ihr zur rechten Zeit ein, daß sie nicht gänzlich mittellos sei. Sie fragte, ob sie nicht die Singstunden von ihrem eigenen Gelde bestreiten könne.

Sänger sah sie daraufhin etwas verdutzt an. Solche Selbständigkeit war er an der älteren Tochter seiner Frau nicht gewöhnt.

Daß sie die Stunden, falls sie welche nähme, von ihrem eigenen Gelde bezahlen müsse, sei selbstverständlich, erklärte er schließlich. Aber als ihr ehemaliger Vormund und jetziger Stiefvater, müsse er darauf halten, daß sie ihr Geld — es sei sowieso nicht allzuviel — nicht zum Fenster hinauswerfe. Er sprach dann noch des Längeren darüber, ob es im Prinzip wünschenswert sei, daß junge Mädchen sängen; aber Thekla wußte nun, daß er ihr weiter keine Hindernisse würde in den Weg legen können.

So hatte sie sich ihre Singstunden erkämpft. Sie wußte, daß Tante Wanda diesmal mit ihrer Haltung zufrieden sein würde.

* * *

Gabriel Bartusch machte eines Tages ganz unerwartet bei Sängers Besuch. Thekla war überrascht, denn sie wußte, daß er jetzt gar keine Ferien habe.

Er wurde dem Finanzrat, den er nicht kannte, vorgestellt. Auch in dem neuen Hause war er natürlich noch nicht gewesen. Es war für Thekla ein peinlich verlegenes Gefühl, den Jugendgespielen unter solchen Verhältnissen wiederzusehen. Was würde er mit seinem kritischen Blick nicht alles hier auszusetzen finden!

Wenn Gabriel kritisierte, so ließ er sich's diesmal jedenfalls nicht anmerken. Aus seinem Wesen konnte man wiedermal nicht klug werden. Er war zerstreut. Dabei legte er eine unnatürliche Lustigkeit an den Tag. Thekla kannte ihn ja: wenn er Witze machte, dann war er unglücklich. Was hatte er? Scheinbar nebenbei ließ er fallen: es werde wohl auf lange hinaus das letzte Mal sein, daß man sich sehe. Thekla fragte ihn, ob er zu verreisen beabsichtige. Er meinte: Verkriechen wolle er sich! Offenbar hinderte ihn die Anwesenheit der Sängers, sich deutlicher auszusprechen.

Durch Ella Bartusch hatte Thekla bereits erfahren, daß es zwischen Gabriel und seinem Vater zu heftigen Auseinandersetzungen gekommen sei, die mit einem völligen Bruch geendet hatten. Mit ihm hier darüber zu sprechen, war ausgeschlossen; auch sie fühlte sich durch die Gegenwart der anderen gedrückt.

Und nun wollte es auch noch das Unglück, daß Sänger, als er hörte, daß Gabriel Bartusch Architekt werden wolle, von Baukunst zu reden begann, in seiner pedantisch dozierenden Art. Thekla sah in Gabriels Zügen ein Gewitter aufsteigen. Sie wußte, was kam, wenn er so mit gespannter Miene zuhörte, den Hohn, der ihm um den Mund zuckte, nur mit Mühe zurückhaltend.

Es handelte sich um einen Museumsbau, den die Regierung kürzlich hatte ausführen lassen. Sänger pries das Werk, und zollte dem Baumeister das höchste Lob.

Als er endlich schloß, überzeugt, daß er dem jungen Menschen durch soviel Kunstverständnis und Sachkenntnis mächtig imponiert habe, erwiderte Gabriel: für die Eingeweihten sei es ja längst ein offenes Geheimnis gewesen, wie rückständig und schlecht beraten die Regierung in diesen Dingen sei, aber nun habe sie durch diesen Bau endlich ein weithinleuchtendes Denkmal ihrer Geschmacklosigkeit gesetzt.

Gabriel ahnte nicht mal, wie tief er durch dieses wegwerfende Urteil den Finanzrat traf. Die Pläne zu der Anlage waren seiner Zeit zur Prüfung des Kostenpunktes auch durch Sängers Hände gegangen, und er rechnete sich daher um das Zustandekommen des Ganzen ein hohes, persönliches Verdienst an. Es war sein Museum, das hier angegriffen wurde.

Sänger sah sich den jungen Menschen, der sich solches Urteil anmaßte, von oben bis unten an — ein Blick, dem Gabriel mit kühlem Lächeln begegnete — und meinte dann: die Jugend möge sich gefälligst erst auf die Hosen setzen und etwas lernen, ehe sie sich eine Kritik herausnehme an Bewährtem.

Gabriel lachte laut auf und rief: das pflegten die alten Herren meist zu sagen, wenn sie keine anderen Argumente mehr wüßten.

So endete dieser Besuch Gabriels sehr wenig erquicklich. Der Finanzrat machte, als er gegangen, seinem Herzen gehörig Luft, sprach von unerzogenen, jungen Leuten, die noch nicht trocken seien hinter den Ohren, und machte seiner Frau und Thekla Vorwürfe, daß sie solche Bekanntschaften hätten.

Thekla wünschte zwar auch, daß Gabriel etwas be-

schiedener aufgetreten wäre, aber sie nahm doch seine Partei
gegen den Stiefvater. Gabriel sei ein sehr gescheiter Mensch
und werde es einmal sehr weit bringen. Jeder neue Vorwurf, den Sänger gegen ihn vorbrachte, reizte sie, einen
neuen Vorzug an ihrem Freunde hervorzuheben. Wie gut
er zeichne und male, wie er sich in Sprachen und Weltkenntnis vervollkommnet habe. Sie wunderte sich selbst,
wieviel sie von Gabriel wußte und was sie alles zu seiner
Verteidigung anzubringen verstand.

Wenige Tage darauf, als Thekla auf dem Heimwege
war von Tante Wandas Hause, eben im Begriff, die
städtische Promenade zu kreuzen, hörte sie Schritte hinter
sich, als gehe ihr jemand nach. Unwillkürlich schlug sie eine
schnellere Gangart ein. Aber bald war sie eingeholt; neben
ihr schritt Gabriel und lüftete den Hut.

Das Wiedersehen kam ihr unerwartet, da er bei seinem
Besuche neulich erklärt hatte, daß er am Tage darauf ab-
reisen werde.

Sie fragte ihn, ob er seinen Plan aufgegeben habe.
Er antwortete: Es seien besondere Verhältnisse eingetreten,
die es ihm wünschenswert gemacht hätten, noch ein paar
Tage zu verziehen. Dann fragte er sie, ob sie es sehr
eilig habe. Thekla erklärte, daß sie zu Tisch zu Haus sein
müsse, der Stiefvater verlange Pünktlichkeit.

„Ach Gott ja, Ihr Stiefvater!" rief Gabriel und
schien eine Bemerkung zu verschlucken.

„Sie werden doch zu Weihnachten nach Haus kommen,
Herr Bartusch?" fragte Thekla absichtlich steif.

„Nein!" rief er heftig. „Weder zu Weihnachten noch
zu Ostern, noch überhaupt, so lange es meinem Vater gefällt, mich wie einen dummen Jungen zu behandeln."

Thekla sah ihn voll Befremden an. Wie seine Nasenflügel zitterten! Er war blaß, seine Augen umrändert,

er sah nicht gesund aus. „Aber Sie sollten doch versuchen, sich mit Ihrem Herrn Vater besser zu stellen, Gabriel!" sagte Thella, unwillkürlich in die alte Angewohnheit verfallend, ihn beim Vornamen zu nennen. „Er meint es doch sicher gut mit Ihnen.

„Sagen Sie mir das auch!" rief er, sich noch mehr erregend. „Verflucht alle guten Absichten, wenn er mich nicht verstehen will. Und doch ist man abhängig von diesen alten Leuten! Das weiß er und pocht darauf. Es ist eine Rohheit, einem das auf jedes Butterbrot zu schmieren, dieses: du hast nichts und du bist nichts, lerne erst was, und du bist mir Gehorsam schuldig und Dankbarkeit. Wahnsinnig könnte einen so was machen. Es ist unwürdig! Ich mag sein Brot nicht weiter essen. Er hat gelacht dazu; aber er soll sehen, daß es mein Ernst ist."

„Was haben Sie vor, Gabriel?" rief Thella. „Sie können sich doch unmöglich von Ihren Eltern trennen!"

„O es geht alles, was man will! Mein Vater hat sich's selbst zuzuschreiben, wenn sein einziger Sohn ihn verläßt. Er hat sich nie die Mühe gegeben, zu fragen, was mir frommt. Immer nur seinen Kopf durchsetzen! — Wissen Sie noch, Thella, wie ich Künstler werden wollte? Nun, jetzt bin ich ein paar Jahre älter. Ich denke, ich werde mir mein Leben selbst bauen nach meinen Bedürfnissen. Ich will selbständig sein vor allen Dingen. Sie haben keine Ahnung von dem Schneckengang in der Staatscarrière. Erst vier Jahre auf der Hochschule, dann dreijährige praktische Ausbildung. Also nach sieben Jahren wäre man glücklich am Anfange angelangt. Das ist nichts für mein Temperament. Was habe ich davon, ob ich mal vor meinen Namen ein „Regierungsbaumeister" oder „Oberbaurat" schreiben kann! Lächerlich, mein Vater, der selbst das Staatsexamen nicht gemacht hat, sieht darin das

Höchste, was der Mensch erreichen kann. Und sehen Sie, darüber ist der Streit entbrannt. Was mir vorschwebt, ist kurz gesagt folgendes: Ich will nur die Vorprüfung bestehen an der Hochschule, und mich dann in Privatdienst begeben. Ingenieure, Architekten, technische Beamte aller Art sind jetzt gesuchte Ware. Korporationen und Private reißen sich nach uns. Und ist es nicht hier zu Lande, dann auswärts. Aber meinem Vater kommt das abenteuerlich vor. Darüber ist es zwischen uns zum Bruch gekommen."

„Ihre Mutter muß es sehr betrüben!" warf Thella ein.

„Ist nicht zu ändern! Zuerst kommt die Pflicht, die man gegen sich selbst hat. Man muß sich frei machen von den Alten. So lange man das nicht fertig gebracht hat, ist man wie ein junges Huhn, dem die Eierschalen ankleben."

Thella sah ihn erschrocken an. Das widersprach allem, was ihr bisher gelehrt worden war.

Sie schritten eine Weile schweigend nebeneinander her. Dann sagte Gabriel plötzlich mit veränderter, leiser, bittender Stimme: „Ich wollte Sie auch noch fragen, Thella, ob ich manchmal an Sie schreiben darf?" —

„Natürlich! — Gewiß! Schreiben Sie mir nur, Gabriel!"

Er sah sie forschend an. Viel würde er darum gegeben haben, hätte er sie jetzt durchschauen können.

Wie gern hätte er ihr gesagt, daß er von einer geradezu kindischen Angst gefoltert wurde, sie könne ihm verloren gehen, nun wo er nicht um sie sein würde, sie zu bewachen. Er hätte wünschen mögen, etwas möchte ihr Gesicht entstellen, damit nur kein anderer auf sie aufmerksam würde. Daß er hätte sprechen dürfen! Aber sie war ja so schreckhaft. Er wußte, wenn er nur eine Andeutung

machte, dann zog sie sich zusammen wie eine jener scham-
haft empfindlichen Pflanzen, welche nicht die leiseste Berührung erdulden wollen. Konnte er denn jetzt vor sie
hintreten und um sie werben? Er, der nichts hatte und
nichts war! Und darum knirschte er mit solchem Ingrimm
in den Zaum der Abhängigkeit. Arbeiten, etwas aus sich
machen, unabhängig werden, Geld verdienen — waren die
Stufen, die er zunächst erklimmen mußte, ehe er daran
denken durfte, sein Auge zu ihr zu erheben.

„Und werden Sie mir denn auch antworten, wenn
ich an Sie schreibe?" fragte er, sie immer wieder mit dem
scharfen Blicke des Eifersüchtigen musternd.

Thekla zögerte mit der Antwort. Bedenken, daß es
unpassend sei, ihm darin zu willfahren, kamen ihr nicht,
aber es deuchte sie, als nehme sie mit einem solchen Versprechen etwas auf sich, das sie nicht so würde halten
können, wie er es erwarten mochte. „Ich will Ihnen
gern schreiben," sagte sie nach einiger Zeit. „Aber ich
fürchte, daß ich gar nichts zu schreiben haben werde."

Was er nun sagte, kam schnell und überstürzt. Er sah
nur noch eine kurze Strecke Weges, die sie gemeinsam hatten,
vor sich. „Ich bin so furchtbar einsam. Keinen Menschen
habe ich bisher gefunden, der mir etwas wäre. So wie Sie,
Thekla, kenne ich niemanden. Schreiben Sie mir nur alles,
hören Sie! Denken Sie nicht, daß es etwas Besonderes
sein muß. Jedes, auch das kleinste Lebenszeichen ist von
Bedeutung für mich. Ich habe Ihnen das sagen wollen!
Ich bin nur deshalb nicht abgereist. Bei meinen Eltern
wohne ich nicht. Die denken, ich bin längst von hier abgereist."

„Das war nicht recht von Ihnen! Das hätten Sie
nicht thun sollen!"

„Ach, recht und nicht recht! Es giebt Zustände, in

benen man nicht fragt, was sich schickt. In solcher Verfassung bin ich! Meine Lage ist verzweifelt. Mein Vater
versucht, mich auszuhungern. So lange ich mich seinem
Willen widersetze, will er mir keinen Zuschuß geben. Nun,
es wird wohl noch einen Juden geben, der einem Geld
borgt! Von meinem Vater nehme ich keinen Pfennig
mehr an. Wenn er mir morgen das Geld schickte, ich
schick's ihm mit wendender Post zurück."

„Gabriel! — Haben Sie sich das überlegt?"

„Ich hasse ihn. Er tritt zwischen mich und mein
Glück. Wenn ich denke, wie es sein könnte! — — Aber
Sie wollen nach Haus! Hören Sie nur noch ein paar
Worte geduldig mit an! Weil wir uns doch so lange
nicht sehen werden! Sie kommen jetzt in das Alter, wo
jungen Mädchen der Hof gemacht wird. — Lassen Sie mich
ausreden! Auch Ihnen wird der Hof gemacht werden. Ich
sehe die Männer schon sich um Sie drängen! Wie ich
die Laffen hasse! Vergiften könnte ich jeden . . . . . .
Thekla, Sie haben mich schon oft abgewiesen. Schon als
wir Kinder waren, damals als ich Ihnen das Skizzenbuch
überreichte, und erst jüngst wieder — mehr als genug!
Sie weichen mir aus. Sie sehen mich nicht für voll an.
Ich bin ja nichts, habe nichts, kann Ihnen nichts bieten.
— Wenn ich dächte, daß Sie . . . . Versprechen Sie mir!
Nein, es würde auch nichts nützen! Halten Sie nur die
Augen offen, darum flehe ich Sie an! Jeder Mann ist
ein Egoist, und die meisten sind auch noch Lumpen dazu.
— Leben Sie wohl!"

Mit diesem wunderlichen Abschied ging er, oder vielmehr er lief von Thekla. Sie stand vor dem Hause ihrer
Eltern und blickte ihm bestürzt nach. Wie ein Wirbelwind
war das über sie dahingefahren.

———

II.

In der erſten Zeit, nachdem Thekkas Mutter geheiratet hatte, ſah die Familie nur wenig Freunde bei ſich. Man war zunächſt zu ſehr mit der Ordnung des gegenſeitigen Verhältniſſes beſchäftigt, um an Geſelligkeit zu denken. Aber nun, wo die Dinge eine feſtere Form angenommen hatten, legte Sänger die Abſicht an den Tag, geſellig zu leben.

Dieſem Wunſche kam die Neugier der Freunde ent- gegen, zu ſehen, wie die friſch gebackenen Eheleute wohl mit einander auskämen, ob ſie zärtlich ſeien, wer das Regiment führe, wie die Stiefkinder behandelt würden, und ähnliche hochintereſſante Fragen.

Die Wißbegier ſollte Befriedigung finden. Sängers machten Beſuche.

Vor dem Vorwurfe der Vergnügungsſucht wußte der Finanzrat ſich zu ſchützen. Thekla war ja längſt dran zum Ausgehen. Sänger ſagte es jedem, der es hören wollte, daß er allein ſeiner Stieftochter zu Liebe ſich in die Geſelligkeit ſtürze. Es ſei eine große Unbequemlichkeit, die er ſich des Kindes wegen auferlege, aber er halte es für ſeine Pflicht, da er doch nun einmal der Stellvertreter ſeines verſtorbenen Freundes Lüdekind geworden ſei.

Lilly Siegriſt rümpfte zwar die Naſe darüber, daß Thekla nicht am Hofe ausgeführt werde. Sie ſprach von „zweiter Geſellſchaft“, und bedauerte Thekla, daß ſie von vornherein in eine ganz „ſchiefe Poſition“ komme. Sie würde niemals ein „Sort“ machen auf dieſe Art.

Thekla nahm ſich das nicht allzu ſchwer zu Herzen. Die Dinge, welche ihrer Freundin Lilly als höchſtes Ideal vorschwebten, suchte sie gar nicht. Vor allen wollte sie flott tanzen, denn davon hatte sie seit der Tanzstunde sehr wenig gehabt.

Die Vorbereitungen allein schon, das Aussuchen der Toiletten, das Anprobieren und die Einkäufe, waren eine Freude für sich, die sie als etwas völlig Neues genoß. Dann das Besuche-Fahren. Man lernte eine Menge Menschen und Häuser kennen. Sie knüpfte Beziehungen zu jungen Mädchen von neuem an, die sie in der Schule und im Konfirmationsunterricht kennen gelernt hatte. Die meisten ihrer Altersgenossinnen waren bereits ein oder gar zwei Winter ausgegangen. Man fand es sehr richtig, ja dringend notwendig, daß sie nun auch ausgeführt werde, und deutete an, daß sie manches nachzuholen haben werde.

Und nun liefen die ersten Einladungen ein. Welche Aufregung! Auf einem Balle sollte Thekla eingeführt werden. Endlich würden sich auch ihr die Pforten aufthun jener wunderbaren Welt, genannt „Gesellschaft", von der sie soviel Widersprechendes gehört und gelesen hatte. Thekla erwartete sehr viel. Nun würde das Leben erst eigentlich beginnen! Jetzt erst trat sie in die Zahl der erwachsenen Menschen ein. Was war man, wenn man noch keinen Ball mitgemacht hatte? Nicht viel mehr als ein Backfisch! Dame „wurde" man doch erst, wenn man in Gesellschaft ging. Wie eine zweite Konfirmation kam es ihr vor, was ihr bevorstand, ohne die Weihe der eigentlichen, aber doch von großer Bedeutung. Ja, es war ein wichtiger Augenblick ihres Lebens.

Und das Verhalten der Erwachsenen bestärkte sie in der Annahme, daß sie außerordentlichen Erlebnissen entgegengehe. Es wurde zu Haus kaum noch von etwas anderem gesprochen, als von dem Balle. Die Mutter gab Ermahnungen und korrigierte jetzt häufig an Theklas Hal-

tung und Benehmen. „Das und das darfst du in Gesellschaft nicht thun oder sagen," hieß es, „das ist nicht
Mode!" oder „das sieht dumm aus!" wohl auch „das ist
nicht mädchenhaft!" Der Stiefvater ließ es an guter
Lehre nicht fehlen. Nicht zu frei dürfe eine junge Dame
auftreten, sonst gelte sie leicht als kokett, aber auch wiederum
nicht zu schüchtern, sonst werde sie für einfältig gehalten.
Zu oberflächlich solle man nicht sein in der Unterhaltung,
aber auch nicht zu gelehrt und gründlich, denn das ermüde.
Kurz immer den rechten Mittelweg! „Und vor allem laß
das eine nicht außer Acht, Thekla, denn das ist die Quint-
essenz: immer weiblich! Euer schönster Schmuck ist doch
die echte Weiblichkeit!"

Der Erfolg von so vielen guten Lehren war, daß
Thekla den Dingen, die da kommen sollten, mit einer gewissen Befangenheit und Unruhe entgegensah. Die Herren
schienen doch furchtbar kritisch zu sein und sehr viel zu
verlangen. Ob sie genügen würde? —

Sie musterte ihr Gesicht jetzt manchmal vor dem
Spiegel, mit anderen minder gleichgiltigen Blicken, als
sie es vordem zu thun gepflegt hatte. Sie war in dem
Bewußtsein aufgewachsen, nicht gerade häßlich zu sein.
In der Klasse hatte sie ja sogar zu den anerkannten „Schön-
heiten" gezählt. Aber was verstanden Mädchen schließlich
davon! Würde sie auch im Ballsaale bestehen? Lilly
Siegrist war der Ansicht gewesen, daß Thekla eine „Figur"
habe, und es schien ihr fast selbst so, wenn sie beim Aus-
und Ankleiden einen Blick in das Glas warf. Aber ihr
Gesicht! War das hübsch? Man hatte darüber selbst
so wenig Urteil, man kannte sich so genau. Wie konnte
das, was einem so alltäglich und uninteressant vorkam,
anderen besonders gefallen? Sie unterwarf ihre Züge einer
genauen Musterung, wie man sich das Gesicht eines fremden

Mädchens betrachtete. Mit manchem darin konnte sie zufrieden sein. Sicher konnte niemand schönere Zähne und
reinere Farben besitzen, als sie. Aber Ella Bartusch zum
Beispiel hatte eine feinere Nase, und dann die dunklen
Augen mit den langen Wimpern, die sie so interessant fand
an der Freundin. Ach, davon konnte sie bei sich nichts
entdecken! Wie ihre Augen in Wahrheit seien, das wußte
sie gar nicht, denn sich selbst im Spiegelbild in die Augen
zu blicken, davor schämt man sich doch! Überhaupt — das
war eine von jenen rätselhaften Erscheinungen, denen man
besser nicht nachdachte, weil sie verwirrten — sie schämte
sich des eigenen Körpers.

Als sie dann zum ersten Male das Ballkleid an hatte,
und das merkwürdig kalte Gefühl der entblößten Schultern
und Arme fühlte, das feine, knisternde Rauschen des Kleides
und der Röcke hörte, dazu das künstliche Gebäude einer
hohen Frisur, von der Friseuse sachgemäß hergestellt, und
Puder, den ihr die Mutter im letzten Augenblick auf
Wangen und Nase gethan, um ihre „lebhaften Farben"
etwas zu dämpfen, kurz nachdem alles an ihr vollendet
war, eine Arbeit, die Stunden in Anspruch genommen hatte,
kam sie sich so fremd vor, so beängstigend fremd. Sicherlich das war nicht sie, nicht Thekla Lübekind, diese große,
elegante Dame, von der ihr der Stehspiegel im Salon
ein glänzendes Bild vortäuschen wollte.

„Du siehst allerliebst aus, mein Kind," raunte ihr
Frau Sänger zu und küßte sie. Es machte fast den Eindruck, als sei die Mutter gerührt. Und auch der Stiefvater gab seinen Segen, indem er beifällig schmunzelte
und behauptete, Thekla sähe ihrer Mutter ähnlich.

Dem jungen Dinge war so ernst und feierlich zu Mute,
gar nicht als solle es zu einem Vergnügen gehen. Man
machte soviel Wesens von ihr, sie war auf einmal die

Hauptperson geworden. Die Eltern schienen stolz auf sie. Man erwartete soviel von ihr. Geradezu angst werden konnte einem! Wenn sie nun nicht gefiel! Wenn sie vielleicht gar nicht tanzte. Wie enttäuscht würde da die Mutter sein! Am liebsten wäre sie gar nicht gegangen. Als ob sie zu einem Examen müsse oder etwas ähnlich Schrecklichem, kam es ihr auf einmal vor.

Nach einer Wagenfahrt, bei der sie sich in dem ungewohnten Kleide erst recht unbehaglich fühlte, betrat sie, verzagten Herzens und auf ein sicheres Durchfallen gefaßt, den Ballsaal. Hier benahmen ihr die starken Eindrücke von Licht, Stimmendurcheinander, Farben, Duft und menschlichen Gesichtern geradezu den Atem. Vor ihren geblendeten Sinnen verschwamm alles in einem großen Chaos. Erst wurde sie von ihrer Mutter herumgeführt bei den „Müttern"; denn die zu begrüßen sei das Wichtigste. Mechanisch machte sie ihre Verbeugung, mechanisch antwortete sie auf die an sie gerichteten Fragen. Dann brachte ihr Stiefvater einen Herren zu ihr, den Vortänzer, der brachte wieder neue Herren herbei. Eine Tanzkarte wurde ihr in die Hand gedrückt. Zehnmal hintereinander und mehr erklang die Frage: „Haben gnädiges Fräulein noch einen Tanz frei?" Und nun begann ein Verhandeln und Vergleichen der Herren mit ihr und den Herren unter einander, bis alles klappte und ihre Tanzkarte besetzt war.

Dann erklang der erste Geigenstrich, und Thekla flog durch den Saal. Ihre Sorge, daß sie das Tanzen verlernt habe, erwies sich als unbegründet. Sehr schnell war sie in dem Rhythmus wieder drin. Und es war doch etwas ganz anderes jetzt, als damals bei der Sandrini, auf einem guten Parkett, bei richtiger Tanzmusik, im Arme eines wirklichen Herrn, überhaupt auf einem Balle. Und von da an rollte alles gleichsam von selbst ab. Man mußte nur

Zutrauen faſſen, es war gar nicht ſo ſchwer. Auch die Unterhaltung ging beſſer, als ſie gedacht hatte. Die Herren redeten meiſt ſehr lebhaft. Nach einigen Tänzen allerdings ſchon machte ſie die erſtaunliche Entdeckung, daß ſie alle ſo ziemlich dasſelbe ſagten.

Bei Tiſch ſaß ſie mit einer Anzahl anderer junger Leute, Herren und Damen, an einer beſonderen, kleinen Tafel, welche der Vortänzer belegt hatte. Man gab ihr zu verſtehen, daß ſie, wie ſie hier beiſammen ſäßen, die Crême ſeien der Crême.

„Halten Sie ſich nur immer zu uns, Fräulein von Albe-kind," ſagte ihr nach dem Souperwalzer eine von den jungen Damen. „Wir ſind faſt alle adelig, oder doch wenigſtens Offiziorstöchter! Die beſſeren Elemente müſſen zuſammen-halten. Mit Kaufmannstöchtern zum Beiſpiel ſoll man ſich nicht einlaſſen. Und mit ſolchen Herren, wie der junge Hepmeier, dürfen Sie nicht wieder tanzen. Sein Vater iſt getauft worden. Aber das konnten Sie doch nicht wiſſen!"

Thella mußte erfahren, daß ſie noch mancherlei zu lernen habe. Es gab da Fineſſen, von denen man, wenn man nicht eingeweiht war, kaum eine Ahnung haben konnte. Ähnlich wie einſtmals in der Klaſſe war es: eine Anzahl Mädchen hielt zuſammen und blickte auf alle anderen, nicht zu ihrer Clique gehörigen, mitleidig über-legen herab. Auch beſtanden gewiſſe Geſetze und Regeln, die darum nicht minder ſtreng beachtet wurden, weil ſie nirgends aufgeſchrieben waren. Es gab Geheimniſſe, in die man eingeweiht wurde unter dem gewichtigen Verſprechen, ſie heilig zu wahren. Und was für harmloſe Geheimniſſe waren das zumeiſt? — Es gab Anekdoten, Neckerrien, Verſchwörungen und Intriguen. Es gab einige Mädchen, die den Ton angaben. Und auch einige räudige Schafe waren da, um Freude und Triumph der anderen vollkommen zu machen, die hielten sich von der Herde abseits und waren der allgemeinen Verachtung preisgegeben.

Dieses wenig beneidenswerte Los teilten die Schwestern Kaltmeyer, die Thella nur zu gut von der Klasse her kannte. Sie hatten nicht an Schönheit zugenommen seit jener Zeit. Niemand wußte eigentlich recht, warum sie ausgingen, denn sie waren stets schlechter Laune und betrugen sich schnippisch und gereizt gegen jedermann. Es ließ sich nicht entscheiden: waren diese Mädchen so unliebenswürdig, weil sie schlecht behandelt wurden, oder wurden sie so schlecht behandelt, weil sie unliebenswürdig waren? — Sie tanzten nur bei größtem Damenmangel.

Aus einer Art von kameradschaftlichem Gefühle heraus, das sie für jedes Mädchen, das Fräulein Buckmanns Schule besucht hatte, empfand, versuchte es Thella, mit Helene und Marie Kaltmeyer auf freundschaftlichen Fuß zu kommen. Aber dieser Versuch scheiterte an dem Hochmut der beiden. Sie fühlten sich als Töchter ihres Vaters, der inzwischen zu hoher Stellung im Kultusministerium befördert worden war. Genau wie ehemals in der Klasse hielten sie sich für berufen, auch im Ballsaale die Moralwächter zu spielen. Thella bildete einen Gegenstand großer Entrüstung für diese Mädchen. Sie war leichtsinnig und hoffährtig; denn wie wäre es sonst zu erklären gewesen, daß Fräulein von Lüdelind in einem fort tanzte, und daß sie in einem fort saßen? Das konnte doch nur an der Koketterie liegen, mit der diese junge Dame, wie die meisten anderen, die Herren an sich zu ziehen wußte. Die einzig Tugendhaften waren sie: Helene und Marie Kaltmeyer. Aber die Männer ließen sich ja leider immer vom hohlen, gleißenden Scheine anziehen und verachteten das gediegene Gold der echten Sittsamkeit!

Nach einigen Wochen schon fühlte sich Thekla in dem geselligen Treiben gänzlich heimisch. Sie kannte nun eine große Anzahl von Leuten und lernte bei jeder Gelegenheit neue kennen. Und sie kannte sie nicht allein mit Namen, sie sprach zu ihnen, grüßte sich mit ihnen auf der Straße, kannte ihre Eigentümlichkeiten, ihren Leumund, wie sie untereinander verwandt waren, ob sie reich seien oder arm, und was sie in der Welt vorstellten. Kurz, das junge Mädchen nahm teil an den intimen Beziehungen, den Interessen, dem Klatsch eines großen Kreises, der ihr bis vor kurzem völlig fremd gewesen war.

In dieser Zeit erhielt sie einen Brief von Gabriel Bartusch, der freilich auf eine ganz andere, ernstere Tonart gestimmt war. Von Arbeit schrieb er und Studien. Verkehr habe er keinen, wenigstens nichts was diesen Namen verdiene; wünsche sich auch keinen. Die Gegenwart sei dunkel; und er würde dieses elende Dasein von sich werfen als wertlos, wenn er nicht den Schimmer einer Hoffnung hätte für die Zukunft. Was für eine „Hoffnung" er meine, sagte er nicht.

Thekla verspürte etwas wie schlechtes Gewissen, als sie eines Morgens, nach einer langen Ballnacht noch im Bette liegend, diesen Brief erhielt. Sie sah Gabriel im Geiste in angestrengtester Arbeit, ohne Freunde, ohne Erholung, halb verzweifelt. Von ganzem Herzen that er ihr leid. Sie machte sich Vorwürfe, daß sie selbst das Leben so leicht nehmen konnte.

Es war schwer, ihm auf diesen Brief etwas zu antworten. Sie hatte ja versprochen, ihm zu schreiben. Aber konnte sie ihm die tausend Nichtigkeiten berichten, in denen sie jetzt stand? Welches Kleid sie vorige Nacht getragen, wer sie zu Tisch geführt, mit wem sie den Cotillon getanzt! —

Ihre Antwort fiel sehr mager aus; eigentlich war es nur eine Ermahnung an ihn: brav zu sein, und der Lohn werde schon nicht ausbleiben. Als sie ihren Brief durchlas, fühlte sie selbst, daß er unbedeutend sei. Sie glaubte Gabriels spöttische Miene zu sehen beim Lesen. Gleichviel! Es war so immer noch besser, als wenn sie etwas geschrieben hätte, was sie nicht empfand und was er hätte mißverstehen können.

Eine erstaunliche Entdeckung an sich selbst machte Thella in dieser Zeit; sie fand, daß sie in Gesellschaft eine ganz andere Person sei, als sonst im alltäglichen Leben. Sie sprach anders, sie bewegte sich anders, ja sie glaubte, daß sie ein anderes Gesicht habe dort als daheim. Man lachte über Dinge, über die gar nicht zu lachen war, man redete über Sachen, die einem gar nicht am Herzen lagen, man war befangen, geziert, bald unnatürlich zurückhaltend, bald unnatürlich lustig, und alles das ohne irgendwelchen vernünftigen Grund.

Was war das eigentlich? Warum that man das? That man's den anderen Mädels nach? Auch die Herren schlugen meist einen gespreizten lauten Ton an. Wozu spielte man sich diese Komödie vor? Konnte man sich dagegen nicht auflehnen? Sie wollte es versuchen! Aber ehe sie sich's versah, war sie wieder mitten drin in dem Ton, der ringsum alles beherrschte.

Wäre sie auf gesellschaftlichen Erfolg sehr erpicht gewesen, wie einige ihrer Bekannten es waren, so hätte Thella zufrieden sein können; ihre Tanzkarte war immer im Nu gefüllt, und an Extratouren und Cotillonbouquets fehlte es ihr nicht. Und trotz alledem fühlte sich das junge Mädchen eigentlich nicht befriedigt. Im Augenblicke selbst machte ihr dieses Treiben ja Spaß, ja sie hatte oftmals ein starkes Gefühl des Triumphes, aber die hoch-

gespannten Erwartungen auf das Außerordentliche, das sie
erleben würde, hatten sich nicht erfüllt.

Es war doch etwas Ernüchterndes auf dem Grunde
all dieser Faschingsfreude. Das, was Vergnügen sein sollte,
glich manchmal fast einem Geschäft. Man betrieb es wie
Sport. Eigentlich das Widersinnigste, was man sich denken
konnte. Von einem wirklich erhebenden Glücke war keine
Rede. Von Herzen froh wurde man nicht dabei, und besser
erst recht nicht.

Es war für das junge Mädchen ein Glück, daß sie
Erholung und Auffrischung haben konnte, so oft sie ihrer
bedurfte, bei Tante Wanda. Mit ihr durfte man über
alles sprechen, auch über Ballerlebnisse. Wanda Lübekind
war in ihrer Jugend selbst eine flotte Tänzerin gewesen
und machte kein Hehl daraus, daß sie mit achtzehn Jahren
nicht viel anderes im Kopfe gehabt habe, als: Toiletten-
sorgen, Tanzengagements und Cotillonflitter. Sie ersah
aus den eifrigen Erzählungen ihrer Nichte, daß die Welt
in den vierzig Jahren, die seitdem verflossen waren, auch
nicht viel anders geworden war. Daß Thekla gehuldigt
werden würde, hatte Wanda Lübekind erwartet; aber mit
Genugthuung sah sie aus allem, was Thekla ausstrahlte,
daß sich das Mädchen den Kopf nicht hatte verdrehen
lassen. Die Tante war nach dieser Richtung hin nicht
völlig frei gewesen von Sorge. Sie wußte, wie es in
Gesellschaft zugeht, wieviel Berechnung auf die jungen
Dinger lauert, die ahnungslos zum ersten Male ihre
weißen Schultern im Lichte des Tanzsaales ausstellten.

Sie achtete darum mit aufmerksamem Ohre, ob aus
den Erzählungen Theklas ein Ton klänge, der ihren Argwohn bestätigen konnte. Aber sie hörte weiter nichts heraus, als jugendlich arglose Freude an den bunten Erlebnissen.

Daß Thekla anscheinend so gänzlich aufging in diesen Dingen, erschien unbedenklich. Das würde im Laufe der Tage sich schon alles wieder zurechtrücken und in das richtige Verhältnis finden. Die Hauptsache blieb doch die Erkenntnis, daß das junge Mädchen in ihrem Gemüt durchaus heiter, harmlos und frei geblieben sei.

Wanda hatte richtig beobachtet darin: Theklas Herz war frei geblieben. Wohl bevorzugte sie gewisse Tänzer. Sie war sich dessen voll bewußt, daß dieser Herr angenehmer und netter sei, als jener. Der war hübsch, elegant und flott, jener häßlich und ungeschickt. Mit dem einen tanzte es sich gut, mit dem anderen floß die Unterhaltung besser. Aber im Großen und Ganzen waren ihr die Herren doch eine ziemlich dunkle, eintönige Masse geblieben. Sie kamen ihr manchmal vor, wie beim Spiele die Gegenpartei. Sie mußten eben da sein, sonst gab es keinen Spaß. Fast wie ein notwendiges Übel erschienen sie. Wenn man sich auch noch so gut mit ihnen unterhielt, in irgend welche tieferen Beziehungen, so wie etwa zu einer Freundin, trat man nicht zu einander. Man wußte ja nichts von ihnen, außer das, was sich im Laufe eines Diners oder einer Ballunterhaltung sagen läßt; und das war herzlich wenig. Was waren sie eigentlich anderes, wenn das Fest vorüber war, als Namen auf der Tanzkarte? — Wenn Tante Wanda sie gelegentlich fragte, was sie von dem oder jenem ihrer Tänzer halte, war sie in Verlegenheit um die Antwort. Sie dachte nie länger an einen, als er gerade bei ihr war.

Thekla war daher ziemlich verwundert, als ihre Mutter sie gelegentlich fragte, warum sie den Souperwalzer diesmal nicht mit Herrn von Deistel getanzt habe. Bis dahin hatte sie es für bloßen Zufall gehalten, daß dieser junge Herr sie einigemale gerade zum Souper engagiert hatte.

Herr von Deistel gehörte auch zu denen, die sie nur im Gesellschaftsanzuge kannte. Aus seiner Tischunterhaltung hatte sie sich nur soviel gemerkt, daß er Assessor sei und am Gericht arbeite. Er radelte mit Passion, machte sich aber nichts aus Jagd und Reiten. Von einer verheirateten Schwester, die hier am Orte lebe, hatte er auch gesprochen, bei ihr erhole er sich am Sonntag von dem Junggesellentisch der Woche. Daß er Forelle lieber esse als Lachs, hatte er gelegentlich auch verraten. Seinen Schnurrbart, den er nach der neuesten Mode gerade aufgebürstet trug, schien er mindestens ebenso zu verehren, wie seine langgezogenen Fingernägel. Thekla fand, daß Herr von Deistel, abgesehen von einer etwas gezierten Sprache, die sie zum Lachen reizte, zu den Netteren gehöre, wohl vor allem darum, weil er so gut tanzte.

Gegen Schluß der Wintersaison machte Herr von Deistel Besuch bei den Sängers und wurde angenommen. Seine Schwester, die Frau eines Landgerichtsrats, lud Thekla und ihre Eltern zu einem kleinen Diner ein, wobei Herr von Deistel und sie die einzigen jungen Leute waren. In diesen Vorgängen fand Thekla nichts Außerordentliches. Auch der Umstand, daß die Einladung der Landgerichtsrätin von Seiten der Eltern sehr schnell erwidert wurde, öffnete ihr noch nicht die Augen.

Es kam daher wie ein Blitz aus heiterem Himmel, für das junge Mädchen, als ihr Stiefvater sie eines Morgens nach dem Kaffee in sein Zimmer rief und ihr dort in

Gegenwart ihrer Mutter eröffnete: Herr von Deistel habe um ihre Hand angehalten.

Thekla hörte die Worte ganz deutlich, aber sie glaubte nicht, was sie vernahm. Es war ja unmöglich!

Wie konnte ein Mensch, der ihr ein völlig Fremder war, sie zur Frau haben wollen! Es kam ihr vor wie ein schlechter Witz, den man sich mit ihr erlaubte. Sie sah ihre Mutter fragend an, die nicht ohne Erregung schien, aber doch zu jedem Worte ihres Mannes beifällig nickte.

„Ein sehr wohlerzogener junger Mensch, dieser Herr von Deistel!" sagte der Stiefvater. „Ich habe mich genau nach ihm erkundigt. Man hört nur Gutes von ihm. Er ist im stande, eine Frau zu ernähren, hat, wenn ein Onkel stirbt, sogar noch ein Übriges zu erwarten. Die Familie ist sehr achtbar. Kurz, man kann dich nur beglück-wünschen, Thekla!"

„Ja — aber ich kenne ihn doch gar nicht!" stotterte das junge Mädchen.

„Seit Monaten macht er ihr den Hof, und sie will ihn nicht kennen!" rief Sänger. „Komisches Mädchen! Wir haben euch doch genug Gelegenheit gegeben! Ich habe seinen Antrag längst erwartet."

Thekla wußte in diesem Augenblicke wirklich nicht, ob sie weinen solle oder lachen. Sie mußte an Herrn von Deistel denken, ganz deutlich stand er vor ihr: sehr höflich, sehr korrekt, ein wenig geziert mit seinen runden, immer etwas erstaunten Augen. Und der hielt um sie an, der wolle — — nein, das war zu wunderlich! Das Komische in der Vorstellung überwog. Sie lachte hell heraus.

Aber Sänger nahm eine strafende Miene an und sagte im Tone der Entrüstung: „Mein Kind, ich finde dein Lachen geradezu frivol. Die Ehe ist eine heilige

Sache. Unser Familienleben, ja unsere ganze Gesellschaft ruht auf dieser Institution" .... Er verlor sich in einem national-ökonomischen Vortrag.

Endlich besann er sich, daß er auf's Bureau müsse. Ehe er ging, sagte er mit bedeutungsvollem Blicke zu seiner Frau: „Ernestine, ich überlasse dir das. Hier beginnt dein Amt!" Und Thella machte er darauf aufmerksam, daß sie sehr thöricht zu nennen wäre, wenn sie diesen Antrag aus-schlüge, einmal weil sie schwerlich einen besseren erwarten könne, und sodann, weil es eine Beleidigung sei für den Herrn. Es grenze an „Koketterie", sich die Annäherung eines jungen Mannes gefallen zu lassen und ihm dann einen Korb zu geben.

Die letzten Worte hatten das junge Mädchen mehr getroffen, als alles, was er von der „Heiligkeit des Instituts" gesagt hatte. Sie eilte auf die Mutter zu. War das wahr? Hatte sie irgend etwas gethan, Herrn von Deistel anzulocken? Durfte man ihr „Koketterie" vorwerfen?

Frau Sänger suchte Thella zu beschwichtigen. Die Vorwürfe des Vaters seien vielleicht etwas hart gewesen. Aber allerdings das könne sie nicht leugnen, auch sie habe geglaubt, Herr von Deistel gefalle Thella, und daß sie ihm Eindruck gemacht habe, sei ja allen klar gewesen, die sie zusammen gesehen hätten. Ja sie, die Mutter, habe sich schon innig für ihr Kind gefreut, denn Herr von Deistel sei doch ein so reizender Mann und sein Antrag sehr ehrenvoll für die ganze Familie.

Thella wußte nicht mehr, was sie denken solle. Also ihre Mutter hatte stillschweigend angenommen, daß sich die Tochter einen Bräutigam erobere. Und andere Leute schienen dasselbe gedacht zu haben. Jetzt wurde dem jungen Mädchen mit einem Male Verschiedenes klar: Blicke, Worte, kleine Zufälligkeiten, die doch keine gewesen waren, Bemerkungen und Winke, die sie wohl gehört, aber ihrem eigentlichen Sinne nach nicht verstanden hatte. Brennende Scham überfiel sie bei dem Gedanken, wofür all die Menschen sie gehalten haben mußten.

Sie blieb lange in tiefes Nachsinnen versunken. Ihre Mutter wurde ungeduldig und meinte, daß man dem jungen Manne auf seinen Brief doch eine Antwort schuldig sei. Thekla hatte darüber schon gar nicht mehr nachgedacht. Die Frage ob sie „ja“ oder „nein“ sagen solle, war ja längst entschieden.

Sie wußte nichts von der Ehe, sie wußte überhaupt nicht viel vom Leben, aber das lebte als sicheres einge- borenes Gefühl in ihr, daß man mit diesen Dingen nicht scherzen solle. Viel, viel ernster nahm sie die Frage, als ihr Stiefvater, obgleich sie über die „Ehe“ lange nicht so schön zu sprechen verstand, wie er. Der Instinkt lehrte sie, es war das Wichtigste im Leben der Frau.

Nein, sie kannte diesen Menschen wirklich nicht! Wenn sie hundertmal freundlich mit ihm gesprochen, scheinbar intim, so hatte das nichts zu bedeuten, ihr Herz war sich daran nicht des geringsten Anteiles bewußt. Wenn er das anders aufgefaßt, mehr darin zu sehen geglaubt hatte, so war das nicht ihre Schuld.

Die Mutter konnte das nicht verstehen. Sie sah eine ihr teure Hoffnung schwinden, die Gründe, welche ihre Tochter anführte, schienen ihr auf Einbildung zu beruhen. Sie klagte über die Unannehmlichkeiten, die es nun geben werde mit der Familie des Abgewiesenen. Die hatten mit dieser Partie jedenfalls schon wie mit einer abgemachten Sache gerechnet.

Dann fragte sie Thekla, ob sie überhaupt nicht heiraten wolle. Der Verdacht, daß das Mädchen etwa eine andere Neigung hege, war ihr plötzlich gekommen.

„Ich bitte dich, Mutter, quäle mich nicht!" bat Thella, und begann zu weinen. Frau Sänger schüttelte unwillig den Kopf. Konnte man aus diesem Mädel klug werden!

Sie warf der Tochter Eigensinn vor und Ungehorsam. Ihre Eltern hätten nicht Mühe, nicht Kosten gescheut, sie in die Welt zu führen, ihr Bekanntschaften zu vermitteln, und nun sei der Erfolg, daß sie sich mit einer befreundeten Familie wahrscheinlich für alle Zeiten überwerfen würden.

Es gab dem jungen Mädchen einen Stich durch's Herz, die Mutter das sagen zu hören. Daß die anderen so dachten, war ihr nicht weiter verwunderlich, aber ein solches Urteil aus dem Munde der Mutter, kam ihr wie Erniedrigung vor. Hatte sie denn gar keinen Stolz? Fühlte sie denn nicht die Kränkung, die ihrem Kinde angethan war? Sie sprach von einem „ehrenvollen Antrage". Das war doch geradezu Hohn! Ein Mensch, dem sie nicht das geringste Unrecht gegeben zu irgend welchen Hoffnungen. — Ein Mann, der ihr gleichgiltig war bis zur Lächerlichkeit. —

Jäh wurde sie aus ihrem Mädchentraume gerissen; die Wirklichkeit hatte davor keinen Respekt. „Liebe", das Wort, das schon mehr als einmal bedeutungsvoll in ihr Ohr geklungen, war auch heute wieder gefallen. In Herrn von Deistels Brief hatte es gestanden; der Finanzrat hatte es mit einer Betonung gebraucht, als habe er einen Leckerbissen auf der Zunge. Thella war es vorgekommen, als ob ein geweihter, unendlich geheimnisvoller Gegenstand von rohen Händen an's Tageslicht gezerrt würde.

Das Erlebte griff sie weit mehr an, als es anfangs geschienen. Ihre Eltern machten es ihr auch nicht leichter zu tragen. Der Finanzrat, welcher sich ja für einen besonderen Kenner der Frau hielt, hatte triumphierend schon

erklärt: er blicke seiner Stieftochter bis auf den Grund des
Herzens, und was er dort ganz deutlich erkenne, sei ein
Verlobungsring. Nun war er entrüstet, daß Thekla die
Vermessenheit gehabt hatte, eine so witzige Behauptung
zu widerlegen.

Eines Tages, als ihr die schlechte Laune und die
Vorwürfe zu viel wurden, mit denen die Luft zu Hause
jetzt geladen war, besann sich Thekla, daß sie ja noch ein
zweites Heim besitze bei Tante Wanda! Daß sie an die
nicht schon eher gedacht hatte!

Sie ging nach dem kleinen Hause, das ihr wie eine
friedliche Bucht vorkam, in die sie sich nach schwerem Sturme
retten durfte.

Es gab keine großen Erklärungen. Wanda Lübekind
erkannte auf den ersten Blick, daß die Nichte ihrer bedürfe.
Fast schien es, als habe sie auf das Kind gewartet.

Natürlich mußte Thekla erst ihre Eltern fragen, ob
sie für's nächste wieder zu Tante Wanda gehen dürfe.
Sie erhielt ungemessenen Urlaub. Es schien, als lasse man
sie zu Haus gar nicht ungern ziehen.

* * *

Bei der Tante bekam Thekla wieder ihr altes Stübchen im ersten Stockwerke, mit den hellen Tüllgardinen,
den grünen Epheuranken im Tapetenmuster und der Stuck-
decke mit Engeln, Fruchtgewinden und Füllhörnern aus
weißem Gyps, die sie so gern im Halbschlaf betrachtete;
alles so wunderlich altmodisch und traulich.

Die Tante ließ die Nichte für's erste ganz in Ruhe.
Wollte das Mädchen sich mitteilen, dann würde sie schon

von selbst kommen. Wanda gehörte nicht zu den Neugierigen. Thekla wußte ihr Dank für ihr Schweigen. Sie
brauchte kein Mitgefühl. Allein die Thatsache, in Tante
Wandas Gesellschaft sein zu dürfen, schuf ihr Linderung.

Die Luft war so gesund in dieser sauber und akkurat
gehaltenen Häuslichkeit. Oft, wenn Wanda sie nur anblickte mit ihren klaren Augen und ihr ermutigend zu-
lächelte, ohne ein Wort zu sagen, dann ward es dem
jungen Dinge zu Mute, als streiche ihr eine unsichtbare
Hand unendlich sanft über den Scheitel.

Wanda Lüdekind behandelte die Nichte neuerdings
vielmehr wie ihresgleichen. Thekla schien nicht mehr für
sie das unreife Wesen, das geleitet und gelegentlich gemaß-
regelt sein muß, sie trat ihr jetzt mehr wie eine Schwester
gegenüber. Sie mochte wohl ahnen, daß Thekla in dieser
letzten Zeit vom Ernste des Lebens berührt worden sei,
daß sie nun auch zu der unsichtbaren Gemeinde der Frauen
gehöre, die etwas erlebt haben. Darum konnte sie sie als
gleichberechtigt anerkennen, als eine Leidensgefährtin.

Im übrigen war alles beim alten geblieben. Man
konnte thun und lassen, was man wollte in diesem kleinen
Eldorado, wenn man nur pünktlich war. Thekla betrieb
ihren Gesang jetzt eifrig, den sie während der Ballsaison
etwas vernachlässigt hatte. Abends las man, oder Wanda
sah Gäste. Es war noch derselbe kleine Kreis von Freunden wie vormals.

Am häufigsten kam Reppiner. Wanda Lüdekind hatte
zwar im Augenblicke gerade keinen Prozeß im Gange,
zu dem sie seines Beistandes bedurft hätte, aber sie liebte
es, Reppiners Urteil in tausend Dingen zu hören, die ihren
regen Geist beschäftigten.

Das alte Fräulein hielt sich ein Blatt von ziemlich
extremer Richtung. Sie war mit den regierenden Gewalten

sehr unzufrieden. Wäre es nach ihrem Kopfe gegangen,
so hätte man eine fröhliche Revolution gemacht. Es freute
sie, wenn sie las, daß die Leute irgendwo, fern oder nah,
krawallierten. Sie war instinktiv immer auf Seite derer,
die als „unruhige Köpfe" galten.

Mit Reppiner pflegte sie zu politisieren. Ihm trug
sie all ihre Empörung über die Zustände vor. Warum
ging es so ungerecht zu in der Welt? — Warum trium-
phierten überall Korruption, Borniertheit, Denkfaulheit?
Warum gelangten Wahrheit und Freiheit nirgends zum
Durchbruch?

Als echte Frau nahm sie alle Fragen höchst persönlich. Sie glaubte ihrem Blatt auf's Wort und wollte
nichts von Reppiners stehender Antwort wissen, daß
man den Fall kennen müsse, um ihn beurteilen zu können.
Das müsse geändert werden, rief sie und drohte mit ihrer
zierlichen Hand in die leere Luft hinaus. Ja, sie war im
stande, den Freund für das gerade vorliegende Unrecht
verantwortlich zu machen, weil er ihre Entrüstung nicht
teilte. Der zuckte dann mit trübem Lächeln die Achseln; er
war doch wirklich der letzte, der irgend welchen Einfluß
auf den Gang der Dinge da draußen in der Welt hatte! —

„Ja, aber Sie sind ein Mann!" rief Wanda und
blitzte ihn feindlich an. „Ihr seid an allem Unrecht
schuld."

„So!" erwiderte Reppiner komisch, „die Bibel behauptet, daß eine Frau den Sündenfall verschuldet habe."

„Ach, Sie wissen ganz gut, wie ich's meine, Reppiner!
Die Welt wird vom Manne regiert. Es sind eure Einrichtungen, in denen wir leben. Und sie sind miserabel
genug! O, ich sollte nur ein Mann sein."

„Ja, Sie säßen längst hinter Schloß und Riegel!
Und wir können auch recht zufrieden damit sein, daß Sie

keiner von uns find; dann gäbe es ein famoses Weib
weniger."

Wanda Lübekind brauchte diese Art Entladungen wie
das tägliche Brot. Wenn sie sich gründlich aussprechen
konnte, dann erst fühlte sie sich wohl. Mit Doktor Beermann stritt sie sich über Medizin. Denn stets war sie
anderer Ansicht als die Fachleute. Der alte erfahrene Arzt
nahm ihre Eigentümlichkeit, Widerspruch zu üben um des
Widerspruchs willen, mit gutem Humor hin.

Bedenklicher schien es dem Arzte, daß sie seine Rat-
schläge für ihre eigene Gesundheit mit Hartnäckigkeit in
den Wind schlug. Beermann kannte sie und ihre ganze
Familie seit Jahren. Und obgleich sich Wanda nicht
untersuchen ließ — weil sie das ganz unerträglich fand —
wußte er, daß ihre Lunge angegriffen sei; ein Leiden, an
dem schon andere Lübekinds zu Grunde gegangen waren.

Doktor Beermann ermahnte das alte Fräulein ernstlich, auf ihrer Hut zu sein. Die Badereisen im Sommer
nützten ihr gar nichts, behauptete er. In der warmen
Jahreszeit solle sie ruhig hier im Norden bleiben, aber im
Winter müsse sie wärmere Klimate aufsuchen.

Wanda erklärte ihm frank und frei: was er rede, sei
vollendeter Unsinn. Sie denke gar nicht daran, im Winter
ihr warmes Nest zu verlassen, und wenn's zum Sterben
ginge, wollte sie das wenigstens im eigenen Bette besorgen.
Gegen solche Einwände war allerdings nichts auszu-
richten.

Das gespannte Verhältnis zwischen Wanda Lübekind
und den Sängers bestand nach wie vor. Seit Thellas
Mutter die zweite Ehe eingegangen war, hatte Wanda
ihre Schwelle nicht mehr übertreten. Sie vermied es, wenn
es irgend sich machen ließ, den Namen „Sänger" überhaupt
in den Mund zu nehmen. Thella aber blieb, wenn sie

auch bei der Tante wohnte, doch natürlich im Zusammenhang mit den ihren.

Einmal kamen auch Agnes und Arthur, die Tante zu besuchen. Agnes war zu Ostern konfirmiert worden, und Arthur hatte wiedermal Ferien. Er näherte sich höheren Semestern und dachte mit Schrecken daran, daß er auch mal Examen machen müsse.

Jedenfalls hatten die beiden gehörige Instruktion von zu Haus mitbekommen, wie sie sich bei der Tante zu verhalten hätten. Arthur setzte Thekla in Erstaunen, durch die weisen und wohlgesetzten Reden, die er führte, und Agnes, die ein halblanges Kleid an hatte, trug Bedacht, ihre Beine in Ruhe zu halten, und nur zu antworten, wenn sie gefragt wurde.

Thekla hätte gern gewußt, wie ihre Geschwister der Tante gefallen haben mochten. Wanda äußerte nichts, sie lud auch die beiden nicht ein, worauf eigentlich wohl gerechnet worden war.

Es hatte nach wie vor den Anschein, als solle sie die einzige von ihrer Familie bleiben, seit der Vater gestorben war, die Gnade vor Wanda Lüdelinds Augen fand.

* * *

III.

Es war Frau Sänger in den letzten Monaten nicht gut gegangen, sie klagte über Müdigkeit und herumziehende Schmerzen und schien plötzlich um Jahre gealtert.

Ihr Gatte war schnell mit der Erklärung da: sie habe sich im vergangenen Winter beim Ausführen ihrer

Tochter Thekla überanstrengt; aufgeopfert war sie worden
im Dienste der Mutterpflichten. Der Hausarzt wußte einen
anderen Grund. Frau Sänger stand in einem für die
Frauennatur kritischen Alter. Doktor Beerwald verordnete
Ruhe und Kräftigung und meinte, daß sie solche nur
außerhalb des täglichen Getriebes ihres Hauswesens finden
könne. Der längere Aufenthalt in einem Luftkurort wurde
für das geeignetste befunden. Thekla und Agnes sollten
die Mutter begleiten, denn auch ihnen könne der Land-
aufenthalt nichts schaden.

So sah sich denn Thekla eines Tages mit Mutter
und Schwester in einem bekannten Luftkurort. Doktor
Beerwald hatte ihr die Mutter noch besonders übergeben
und ihr an's Herz gelegt, daß sie vor allem seelische Er-
regungen von der Leidenden fern halten möge.

Man wohnte in einer größeren für weibliche Patienten
eingerichteten Villa, deren Besitzer und Leiter ein Arzt war.
Frau Sängers Kur bestand in ausgestrecktem Liegen, im
Genusse freier Luft und in Massage. Thekla fand Beschäftigung genug. Die Mutter mit Kunst bewegungslos
gemacht, brauchte vom frühen Morgen ab mancherlei Hand-
reichungen. Wenn sie dann in der Hängematte untergebracht war, las Thekla ihr vor oder suchte sie sonst wie
zu unterhalten. Das Fräulein, welches die Massage aus-
führte, zeigte Thekla die leichteren Handgriffe, die auch der
Laie, ohne Schaden anzurichten, ausüben mag.

Schwierig war es, für Agnes eine passende Beschäftigung ausfindig zu machen. Vor Kraft und Ausge-
lassenheit strotzend, langweilte sich dieser Backfisch in Gesellschaft der kranken Mutter. Am Lesen hatte Agnes noch
nicht Geschmack gefunden, und das Arbeiten fand sie überflüssig. Sie erklärte bald nach Ankunft in der Villen-
kolonie, daß dies das „ledernste Nest der ganzen Welt"

sei. Ihr fehlten die Pastorsrangen, mit denen sie im Jahre
vorher herumgetollt war. Hier gab es nur sehr viel
leidende Damen, aber keine Mädchen im Alter von Agnes
und Jungens erst recht nicht. Sie saß also den lieben
langen Tag da, gähnend, eine Handarbeit im Schoße und
stahl dem lieben Gott die Zeit.

Endlich erschien die Erlösung aus diesem qualvollen
Zustand für Agnes in Gestalt einer russischen Familie.
Diese Leute kamen mit einem Schwarm von Dienstboten
und Kindern in allen Altern. Die Bekanntschaft war
schnell angeknüpft. Von da ab kam das junge Mädchen meist nur noch zu den Mahlzeiten mit den ihren
zusammen; die übrige Zeit verbrachte sie in Gesellschaft
der Russen. Gelegenheit zu Croquet, Luftkegel und Tennis
gab es im nahen Kurpark genug. Für Thekla wurde das
Amt, die Mutter zu pflegen, wesentlich erleichtert, von dem
Augenblicke ab, wo dieses Quecksilber von Schwester untergebracht war.

In Abwesenheit ihres Mannes zeigte sich Frau Sänger
als eine ganz andere Frau: freier und heiterer. Zwar
hatte ihr der Finanzrat genaue Vorschriften mitgegeben,
wie sie sich zu verhalten habe im Wachen wie im Schlafen.
Aber der Arzt kümmerte sich natürlich sehr wenig darum.
Die Kranke machte gute Fortschritte und erhielt nach
einiger Zeit die Erlaubnis, von der liegenden Lebensart
zu mäßiger Bewegung überzugehen.

Thekla hatte bis dahin keinerlei Bekanntschaften unter
den Kurgästen gemacht. Wer an diesem Orte weilte, war
zumeist mit der Pflege seines siechen Leibes beschäftigt und
nicht geneigt, Verkehr zu suchen.

Eines Tages, als Thekla mit ihrer Mutter langsam
in einer Allee des Kurgartens auf- und abschritt, wo man
nachgerade auch schon jedes Gesicht und jede Toilette

kannte, fiel ihnen als neue Erscheinung ein Herr auf, in
dem sie, als er näher kommend grüßte, Herrn von Ziegrist
erkannten, Lillys Vater. Einige Tage darauf begegnete
man auch Frau von Ziegrist, mit der es eine Aussprache
gab.

Das Ehepaar befand sich im Dienste der Herzogin
Witwe hier, deren Hofmarschall Herr von Ziegrist war.
Die alte Dame besaß ein Schlößchen in der Nähe, das sie
jeden Sommer auf einige Monate zu besuchen pflegte. Es
war manches Jahr her, daß Theklas Mutter, als sie, noch
Frau von Lübekind, am Hofe ausging, ihr vorgestellt
worden war. Die Ziegrists, als echte Hofleute beständig
auf der Suche nach Neuigkeiten, die sie brühwarm ihrer
Hoheit mitteilen mußten, erkundigten sich eingehend nach
Frau Sängers Leiden.

Eines Tages hatte man denn auch das Glück, die
alte Herzogin ausfahren zu sehen. Frau Sänger, die auf
diesen Augenblick schon längst gespannt hatte, machte mit
Thekla Front und brachte ihren schönsten Hofknix an.
Sie hatte die Genugthuung, ein freundliches Kopfnicken
als Gegengruß zu empfangen.

Dieses Ereignis weckte bei Frau Sänger die Erinnerungen an ihre Hofzeit auf, die nur einen leisen Schlum-
mer hatten. Thekla bekam in den nächsten Tagen viel
von Fürstlichkeiten und ihren verwickelten Verwandtschafts-
verhältnissen zu hören, von Hofschleppen, Neujahrscouren
und dergleichen.

Bei dieser Gelegenheit erfuhr das junge Mädchen,
daß die Verbindung ihrer Eltern recht eigentlich am Hofe
entstanden war. Ihr Vater hatte seinen Antrag gemacht
am Morgen nach einem Hofballe, wo er mit der bereits
Angebeteten den Souperwalzer getanzt. Überhaupt erzählte
Frau Sänger in jener Zeit viel von ihrem ersten Gatten.

Sie sagte selbst, sie müsse jetzt soviel an Eberhardt denken, und oft sei er im Traume bei ihr. Sie sprach manchmal von ihm wie von einem Lebenden.

Thella stand vor einem Rätsel. Die Mutter mußte den Vater doch sehr geliebt haben, ja sicher liebte sie ihn noch. Ganz glücklich und jung und wie verklärt konnte sie erscheinen, wenn sie von ihrem Brautstande sprach, von den Geschenken, mit denen er sie überrascht hatte, wie sie in der ersten Zeit als junges Leutnantspaar mancherlei komisches Mißgeschick gehabt; und was dergleichen intime Züge mehr waren.

Und wo war alles das nun hin? Hatte sich seit jener Nacht, wo der geliebte Mann den letzten Atemzug ausgehaucht hatte, nicht eine ganze Welt zwischen sie und ihre erste Liebe geschoben? War das dieselbe Frau, die dann ein zweites Mal am Altare mit den nämlichen Worten einem anderen Treue gelobt hatte? Und dieser andere, den sie doch auch lieben mußte, hatte, wie man sah, nicht die Erinnerung an jenes erste Glück aus ihrem Herzen verdrängt! —

Das junge Mädchen konnte sich darin unmöglich zurecht finden. Jugend weiß eben nicht, was Jahre zu bedeuten haben, wie wandelbar alles Menschliche ist und wie die Zeit den Keim der Untreue, der in jeder Liebe ruht, begünstigt.

Man sprach gelegentlich auch von Tante Wanda. Thella hatte ihren Namen oft auf den Lippen, und meist mit überschwänglichen Begleitworten der Bewunderung. Aber Frau Sänger schien das nicht sonderlich zu lieben; sie äußerte keine eigentliche Ansicht über Wanda Lüdekind. Als aber Thella einmal rühmend Tante Wandas Wohlthätigkeit erwähnte, da meinte sie: „Nun ja, Wanda ist reich! Sie kann so etwas leicht. Aber im Grunde ist sie doch egoistisch. In ihrem ganzen Leben ist sie stets nach ihrem alten eigensinnigen Kopfe gegangen. Ich bin übrigens sehr gespannt, wem sie mal ihr ganzes Geld hinterlassen wird. Davon hätte sie euch auch längst was abgeben können, statt es alles für sich zu behalten! Und du sollst sehen, wenn's so weit sein wird, vermacht sie es gar nicht der Familie! Seitdem euer Vater tot ist, thut sie ja so wie so, als habe sie gar nichts mehr mit uns zu schaffen. Früher ging mir ihre Intimität oft zu weit, aber jetzt spielt sie sich auf die Gekränkte. So ist Wanda immer gewesen. Ich könnte dir manche Erfahrung mit ihr erzählen."

Wenn Thekla dann die Abwesende in Schutz nahm, erregte sich die Mutter nur noch mehr, und das sollte doch nicht sein; der Arzt hatte ja jede Gemütsbewegung als schädlich bezeichnet. Die Tochter vermied es daher in Zukunft, dieses leidige Thema zu berühren. Die Abneigung gegen Tante Wanda mußte doch tief sitzen bei der Mutter.

Thekla lernte jetzt ihre Mutter viel besser begreifen. Wenn auch vielleicht ihre Achtung vor der Frau, die ihr das Leben geschenkt, nicht zunahm, so wuchs doch ihre verstehende Teilnahme.

Eines Tages machte Herr von Siegrist seine Aufwartung bei Frau Sänger. Er erklärte den Zweck des Besuches sofort: Ihre Hoheit, die Herzogin Witwe, hatte den Wunsch ausgesprochen, Fräulein von Lüdekind kennen zu lernen. Er komme, um die Zeit der Vorstellung mit den Damen zu besprechen.

Frau Sänger geriet über diese Nachricht in die größte Aufregung. Der Hofmarschall setzte allerdings sofort einen Dämpfer darauf, indem er andeutete: die Herzogin wünsche nur das junge Mädchen zu sehen, da man es Frau Sänger bei ihrem Körperzustande natürlich nicht zumuten wolle,

sich irgendwie anzustrengen. Aber vielleicht könne sie die
Tochter doch hin und wieder für ein paar Stunden ent-
behren. Es sei ja wohl bekannt, fügte er verbindlich hinzu, welch gnädigen Anteil Ihre Hoheit gerade an jungen
Damen der Gesellschaft nehme. Übrigens brauche man
sich wegen Toiletten keine Sorge zu machen; die Herzogin
sei auf dem Lande und erwarte keinerlei Aufwand.

Dann erklärte der vorbedachte Mann noch für Thekla
besonders: sie möge sich nur ganz ungeniert geben; Ihre
Hoheit liebe die Ungezwungenheit, besonders wenn sie in
„Uhlenstein" sei, so hieß ihr Landsitz.

Thekla hatte zwar durch ihre Freundin Lilly schon
viel von Fürstlichkeiten erzählen hören, selbst aber noch
niemals mit solchen zu thun gehabt. Ihre Mutter erklärte
ihr, von welcher Bedeutung diese Bekanntschaft für sie
werden könne. Das junge Mädchen bekam als völliger Neu-
ling im Hofton manche gutgemeinte Weisung mit auf
den Weg.

Die Herzogin Witwe war als Gattin des verstorbenen
Landesherrn einige Jahrzehnte hindurch die erste Frau
des Landes gewesen. Es hieß sogar in eingeweihten Kreisen,
sie habe mehr regiert als ihr kränklicher Gatte. Da ihr
Nachkommenschaft versagt geblieben, war die Regierung
an ihren Neffen, den jetzigen Herzog, übergegangen.

Zwischen den beiden Hofhaltungen, der alten und der
jungen, bestand eine gewisse Rivalität, die sich vor allem
auf geselligem Gebiete fühlbar machte. Durch Alter, Vermögen und Erfahrung war die Herzogin Witwe die vor-
nehmere und bedeutendere; die Jungen aber hatten den
politischen Vorrang, da sie am Regimente waren. In
der Gesellschaft gab die Alte noch immer den Ton an.
Zu ihrem Kreise zu gehören, war daher das Bestreben aller,
die gesellschaftlichen Ehrgeiz hegten.

Dem jungen Mädchen klopfte das Herz doch etwas, als zur angesagten Zeit eine Hofequipage vorfuhr, um sie nach Schloß Uhlenstein zu führen. Man hatte so wunderliche Dinge von der alten hochgestellten Frau gehört.

Der Wagen fuhr nicht ganz bis vor das Schloß — das eigentlich mehr ein Landhaus war und nur seiner fürstlichen Besitzerin halber diesen stolzen Namen führte; Thella wurde bedeutet, daß sich Ihre Hoheit in den Anlagen aufhalte.

In einiger Entfernung sah man vor einem Sommerhause eine alte Frau sitzen. Ob sie das war? — Thella strich sich ihr einfaches helles Kleid zurecht und machte sich auf den Weg. Frau von Ziegrist kam ihr entgegen, wie immer äußerst elegant gekleidet. Das junge Mädchen erhielt nochmals die Weisung, sie solle sich nur nicht ängstigen. Ihre Hoheit sei übrigens heute in gnädigster Laune. Das letztere wurde von der Ziegrist halblaut getuschelt, denn man näherte sich der alten Dame.

Sie saß in einem Strandstuhle, über den Füßen eine Decke, das Haar mit einem breitrandigen Strohhute bedeckt, die Augen durch eine rauchschwarze Brille gegen die Sonne geschützt. Neben ihr spielte ein Foxterrier mit dem Häkelknaule, den die Herzogin hatte fallen lassen. Thella machte ihren bei der Mutter eingeübten Hofknix. Die alte Dame hielt ihr die Hand entgegen, die zu küssen, das Mädchen Geistesgegenwart genug fand.

„Setzen Sie sich dorthin, Fräulein von Lübelind!" sagte die Herzogin mit einer entsprechenden Handbewegung. Ihre Stimme klang nicht unangenehm. „Mein Knaul!" rief sie dann, worauf Frau von Ziegrist sich diensteifrig bückte, um dem Hunde das völlig entstellte Garn zu entreißen. „Bringen Sie das, bitte, wieder in Ordnung, liebste Ziegrist!"

„Nun, mein gutes Kind, erzählen Sie mir mal ..." damit wandte sie sich Thekla zu. „Ihr Vater war der Major von Lübelind; wie hieß er doch gleich mit Vornamen? — Eberhardt, ganz richtig! Und Ihre Mutter ist eine geborene von Friemar. Sehen Sie, Beste" — das war wieder an die Ziegrist gerichtet, — „mein Gedächtnis ist doch nicht so schlecht; ich habe Ihnen gleich gesagt, daß sie eine geborene Friemar sei!" Die Hofdame murmelte einige Worte der Bewunderung.

Darauf fuhr die Herzogin fort, Thekla nach verschiedenen ihrer Verwandten aus der vorigen Generation auszuforschen, von denen das junge Mädchen gerade nur die Namen gehört hatte. In einem Falle mußte sie bekennen, sie wisse nichts von diesem Onkel. Die Herzogin erklärte: „Er war Rittmeister bei den Dragonern, machte Schulden — das heißt, nein, er machte keine Schulden; er machte sonstige Dummheiten, und ging um die Ecke. War ein hübsches Kerlchen und tanzte fix. Ich sehe ihn noch! Damals wurde noch Wert auf das Tanzen gelegt, überhaupt auf Tenue. Heutzutage — nun, ich habe Charly meine Ansicht gesagt!" Charly war ihr Neffe, der regierende Herzog.

Nach dieser Abschweifung fragte die Herzogin ziemlich unvermittelt:

„Und jetzt hat Ihre Mutter einen Herrn Sänger geheiratet?" Als Thekla schüchtern bejahte: „Hm, ich halte nicht viel davon, wenn Witwen heiraten."

Damit schien das junge Mädchen für's erste abgethan. Die Herzogin unterhielt sich mit ihrer Dame, und Thekla hatte Zeit, ein wenig zu beobachten, wozu sie bisher über dem Staunen gar nicht gekommen war.

So hatte sie sich eine Fürstin im Leben nicht vorgestellt.

Nun kamen Erdbeeren. Die Herzogin trank ein Gläs-
chen starken Wein. Thekla mußte sich den Teller ein
zweites Mal füllen. Sie hatte ihre anfängliche Befangenheit fast ganz verloren. Die alte Dame mochte eine sonder-
bare Frau sein, aber sie war voll Wohlwollen. Ihr Blick
ruhte öfters freundlich auf dem jungen Mädchen. „Sie ist
reizend, sie ist wirklich reizend!" sagte sie plötzlich zu ihrer
Dame. Die Ziegrist bejahte eilfertig, wie sie jede Bemerkung
bejaht hätte, die ihre Hoheit zu machen geruhte.

Dann wurde Thekla gefragt, wo sie zur Schule gegangen sei. Hier mischte sich Frau von Ziegrist in's Gespräch. Sie wußte die eigene Tochter in Erinnerung zu
bringen: Lilly und Fräulein von Lübekind seien zusammen
gewesen in einer Klasse und jetzt noch intim befreundet.

Die alte Dame nickte. „Ja, Jugend! Ich gäbe
mein halbes Vermögen, nein, dreiviertel von allem dafür,
wenn ich mir neue Beine beschaffen könnte!"

Gelegentlich fragte die Herzogin, ob Fräulein von
Lübekind Klavier spiele. Thekla bejahte und fügte schüchtern
hinzu, daß sie auch ein wenig singe.

„Sie singt!" rief die alte Dame in jugendlicher Lebhaftigkeit. „Liebste Ziegrist, sie singt!"

Nun hieß es, das junge Mädchen müsse sofort etwas
vortragen. Thekla wandte ein, sie habe keine Noten mit,
und außerdem sei sie auch nicht gewöhnt, sich selbst zu begleiten.

Die Herzogin hatte sich's aber nun mal in den Kopf
gesetzt, Thekla singen zu hören. Hindernisse gab es nicht
in den Augen einer Persönlichkeit, die gewöhnt war, daß
sich alles auf ihren Wunsch einrichtete. Ein Lakai wurde
zu Frau Sänger entsandt, sie möge ihrer Tochter die Noten
schicken. Vor allem aber galt es, jemanden zu finden, der
begleiten konnte, denn die Ziegrist war unmusikalisch.

„Rufen Sie doch Ihren Mann, Liebste!" meinte die
Herzogin. Die Dame ging und holte den Hofmarschall.
„Mein guter Ziegrist!" rief die alte Dame ihm entgegen.
„Sie müssen uns sofort einen Menschen verschaffen, der be-
gleiten kann. Ganz gleich, wer und was er ist!"

Herr von Ziegrist, ein äußerst steifer und feierlicher
Herr, der in keiner Lebenslage den Hofmarschall vergaß,
antwortete mit deutlichem Ärger über die ihm zugedachte
Mission: er glaube kaum, daß sich so Hals über Kopf
jemand geeignetes finden lassen werde.

„Ach, seien Sie nur nicht langweilig!" rief die Herzogin. „Irgend eine menschliche Seele ist sicher unter den
Kurgästen da unten, die ein bißchen klimpern kann. Sehen
Sie sich nur um! Thuen Sie mir das zu Liebe, mein
guter Ziegrist!"

Der Hofmarschall verbeugte sich schweigend und ging.
Wahrscheinlich verwünschte er im Inneren das junge Mädchen, die ihm diese Unbequemlichkeit auferlegt halte.

Die Damen begaben sich nach dem Hause. „Die
Kleine da mag sich inzwischen im Garten ergehen, bis alles
beisammen ist, dann wollen wir hören, was sie kann!"
sagte die Alte und entließ das junge Mädchen am Eingang
des Schlosses.

Thekla ging, einem schmalen Pfade folgend, nach einer
kleinen Anhöhe, von der aus man einen schönen Rundblick
über Park, Villen, Wald und die Dörfer und Felder der
Umgegend genoß. Sie ließ sich auf einer Bank nieder, die
dort stand.

Der herrliche Sonnenuntergang, der nur auf sie gewartet zu haben schien, ließ sie kühl. Kaum daß sie dem
Schauspiel Beachtung schenkte; sie war beunruhigt. Warum
halte sie nur gesagt, daß sie singe? — Die Herzogin war
sicher sehr verwöhnt. Und was konnte sie bieten! Schwer-

lich würde sie genügen. Fast wünschte sie, Herr von Ziegrist möchte niemanden finden.

Ihr Wunsch sollte sich nicht erfüllen. Sie hatte noch keine halbe Stunde hier oben gesessen, als ein Lakai erschien und ihr die Aufforderung brachte, hereinzukommen. Vom Schlosse her hörte sie Musik; es klang, als probire jemand das Instrument. Nun half es nichts! nun galt's sich zusammen nehmen und sein Bestes geben!

Der Lakai öffnete ihr. Sie trat in einen geräumigen Gartensaal. Dort fand sie die Herzogin in einem Armstuhle. Die alte Dame rief gutgelaunt: „Da ist sie ja doch! Wir dachten schon, sie hätte Schulfieber bekommen!"

Thekla bemerkte vor dem Flügel einen kleinen Herrn mit schwarzem, buschigen Haar und Schnurrbart, der aufsprang und ihr einen tiefen Diener machte, wobei sie seine Augen wunderlich anfunkelten. Der Hofmarschall stellte ihn ihr als: „Herr von Gablonsky" vor.

Der kleine Mann wollte in gebrochenem Deutsch, das den Polen verriet, eine Ansprache an das junge Mädchen halten, welche „Ehre" es ihm sei, mit „gnädiges Freilein" vor so erlauchter Zuhörerschaft sich „produziren" zu dürfen. Herr von Ziegrist schnitt ihm jedoch das Wort ab, indem er die Künstler ersuchte, sich zunächst einmal darüber zu einigen, was vorgetragen werden solle. Thekla kramte in ihren Noten und nannte ein Lied. „Charrmant!" rief der Pole. „Kenne ich! Werde ich machen!" Er schlug ein paar Akkorde an, mit Geläufigkeit und schönem Anschlag.

Das Lied kam besser heraus, als es Thekla jemals für möglich gehalten hätte. Mit jeder Strophe wurde ihre Stimme fester. Die Begleitung schmiegte sich durchaus dem Gesange an.

Die Herzogin applaudierte und verlangte ein Gleiches von dem Ehepaare Ziegrist. Thekla mußte noch mehr fingen. Übrigens merkte sie, daß die alte Dame den Gesang summend begleitete; allerdings mit mehr gutem Willen, als richtigem Gehör.

Nach einigen Liedern erklärte die Herzogin, es sei genug, Fräulein von Lüdekind sei nun müde. Wie das gesagt wurde, vertrug es keinen Widerspruch. Dann dankte sie Herrn von Gablonsky freundlich, aber doch in einer Art, die keinen Zweifel darüber aufkommen ließ, daß er sich entfernen dürfe. Der Pole ging, nachdem er der Herzogin zweimal, den anderen Damen einmal die Hand geküßt hatte, und hinterließ den betäubenden Duft eines süßlichen Parfüms, so daß die alte Dame lachend befahl, hinter ihm sämtliche Fenster zu öffnen.

„Wo haben Sie denn diesen putzigen Slovaken aufgelesen, mein guter Siegrist?" rief die Herzogin. „Das Kerlchen spielt übrigens gut Klavier, und hat ein Wesen wie ein Mailäßchen." —

Der Hofmarschall erzählte mit viel Umständlichkeit, wie er Herrn von Gablonsky ausfindig gemacht habe, der Oberkellner vom Kursaal spielte eine Rolle dabei. Er sei hier in Begleitung seiner Schwester, einer Gräfin, mit fabelhaft klingendem Namen. Übrigens glaube man nicht recht an dieses Geschwisterpaar. Mit einem Blick auf Thella schloß Herr von Siegrist seinen Bericht.

„Glauben Sie, daß er eine Brillantnadel annimmt?" fragte die Herzogin. Der Hofmarschall überlegte und meinte dann: der Oberkellner habe durchblicken lassen, daß Herr von Gablonsky kein pünktlicher Zahler sei. Siegrist riet, daß man ihm die Mühe, die Nadel zu versetzen, ersparen möchte.

Die Herzogin war höchlich belustigt. Siegrist müsse über dieses polnische Geschwisterpaar noch mehr in Erfahrung bringen. „Die Kleine hier mag aber nun zu ihrer

Mutter zurückkehren!" Damit sprach sie das erlösende
Wort, auf das Thekla schon längst gewartet hatte.

Das junge Mädchen wurde in der Folge noch einigemale aufgefordert, zur Herzogin zu kommen. Ganz wie
beim ersten Male durfte sie anfangs mit der alten Dame
eine Weile zusammen sein, dann erschien Herr von Gablonsky, sie zu begleiten.

Der Pole begann neuerdings, sich in die Unterhaltung
zu mischen, ja einmal versuchte er es, den Damen starke
Liebenswürdigkeiten an den Hals zu werfen; jedoch kam
er damit nicht weit. Man gab ihm zu verstehen, daß er
allein zur Klavierbegleitung gebeten sei.

Es bedeutete eine angenehme Überraschung für Thekla,
als ihr eines Tages durch einen Lakaien mitgeteilt wurde,
sie brauche die Noten nicht mitzubringen, solle sich aber
zu einer Ausfahrt im offenen Wagen ankleiden. Die
Herzogin liebte Abwechselung. Der Hofmarschall aber in
seiner Verlegenheit, neue Zerstreuungen zu beschaffen, hatte
vorgeschlagen, Ausfahrten in die umliegenden Dörfer zu
unternehmen.

Frau Sänger, die eigentlich schon an Rückkehr gedacht
hatte, da ihre Kur beendet war, gab noch etwas Zeit zu;
es that so wohl zu sehen, welcher Ehren ihr Kind gewürdigt
wurde.

In ihren Briefen an den Finanzrat ließ sie ihrer Befriedigung freien Lauf.

Die unmittelbare Folge davon war, daß der Finanzrat schrieb, er habe sich Urlaub erbeten und werde zu ihnen
kommen.

So trat er denn eines Tages in dem Kurorte auf,
angethan mit einem neuen, grauen Cylinder, den seiden-
gefütterten Sommerüberzieher auf dem Arme, die Hände
in strohgelben Handschuhen, in seinen engsten Lackstiefeletten.

Auch ihm schmeichelte es nicht wenig, daß Thekla in
direkte Beziehungen zum Hofe getreten war. Er fühlte sich
als Stiefvater dieses Kindes und war geneigt, sich selbst
ein Verdienst um diesen Erfolg zuzuschreiben.

Sein Hauptbestreben war, sich der Herzogin Wittwe
bemerklich zu machen. Früh am Morgen war er schon in
der Nähe des Schlosses anzutreffen. Wenn er in den Anlagen saß, seine Zeitung lesend, schielte er mit einem Auge
stets über das Blatt hinweg, ob nicht irgend etwas von
Ihrer Hoheit zu erblicken sei. Aber mit Ausnahme eines
Lakaien, der eine Tasche zur Post trug, kam ihm niemand
vom Hofe in den Wurf. Eine tiefgehende Erregung bemächtigte sich seiner, als Thekla abermals zu einer Ausfahrt mit der Herzogin aufgefordert wurde. Er kleidete
sich daraufhin besonders feierlich an, als sei er selbst der
Geladene.

Als das junge Mädchen am selben Nachmittage auf
dem Rücksitze einer Hofequipage der Herzogin und Frau
von Ziegrist gegenüber saß, lachte die alte Dame plötzlich
vergnügt auf — wie sie es that, wenn ihr etwas Komisches
in's Auge fiel. Sie rief: „Wer war denn dieser alte Geck?
Hat man je etwas Possierlicheres gesehen!"

Thekla sah sich um, und erblickte ihren Stiefvater, der
am Wege stand und mit tiefabgezogenem Hute dienerte.
Sie erröthete, mehr für ihre Mutter als für sich selbst.
Noch nie zuvor war ihr beigekommen, daß ihr Stiefvater
auch als Narr aufgefaßt werden könne. Sie war froh,
daß man ihre Beziehungen zu dem „alten Gecken" nicht
erkannt hatte.

An einem Zwischenfalle wie diesem konnte sich die alte
Dame lange belustigen. Stets wollte sie etwas Unter-
haltendes sehen oder erleben. Das Weltgetriebe war ihr
eine Komödie, der sie von der Hofloge aus beiwohnte. Aber

sie war dabei durchaus nicht blasiert. Ein Hund, der eine
Katze in einen Obstbaum hinaufjagte, konnte sie ebenso
amüsieren, wie ein alter Bummler mit roter Nase, zer-
rissenen Schuhen und abenteuerlichem Hute. Auch ein
gut Teil Naivität hatte sich die Greisin bewahrt. So
wunderte sie sich beständig, daß es in den Dörfern, durch
die man kam, gar keine Bauern gäbe. Sie hatte bei verschiedenen Gelegenheiten ihres langen Lebens Bauernfestlich-
keiten beigewohnt, die ihr zu Ehren veranstaltet worden
waren. Sie wußte also, was Bauern seien. Diese Leute
trugen Hüte mit Blumensträußen und Bändern, Kniehosen
und weiße Strümpfe. Davon war aber hier nichts zu
sehen, und sie klagte, daß es in dieser Gegend gar keine
Bauern gäbe.

Dies sollte übrigens Theklas letzte Ausfahrt mit der
Herzogin gewesen sein. Die alte Dame, deren Aufenthalt
auf Schloß „Uhlenstein" ursprünglich für den ganzen
Sommer berechnet gewesen war, änderte ihre Dispositionen
in einer ihrer jähen Launen, und zog mit ihrem Hofstaate
plötzlich nach einem andern Sitze.

Der Finanzrat sah darauf keinen vernünftigen Grund
mehr, hierzubleiben. Auch bei Sängers wurde die Abreise
nunmehr festgesetzt.

IV.

Bald nachdem Thekla in die alten Verhältnisse zurückgekehrt war, erhielt sie einen Brief von Gabriel Bartusch.
Er schrieb:

12*

„Liebe Thekla! Ich stehe jetzt in einer bedeutungsvollen Zeit, mitten in den Examenarbeiten. Daß ich bestehen werde, weiß ich. Endlich, endlich soll dann die
Freiheit anbrechen, die Selbständigkeit! Endlich werde
ich mein Leben selbst bestimmen dürfen, nicht mehr ge-
gängelt von einem Vater, der mich in meinen höchsten
Bedürfnissen nicht versteht. Endlich, endlich werde ich auch
äußerlich das erscheinen können, was ich vor mir selbst
längst bin: ein Mann!

Warum es mich in dieser Zeit drängt, immer und
immer an Sie zu denken, Thekla, ja mir geradezu die
Feder in die Hand zwingt, an Sie zu schreiben? — Ich
weiß es nur zu gut, und Sie sollten es auch verstehen!

Zwar ich schrieb Ihnen neulich: Der Mann müsse
vor allen Dingen danach trachten, sich frei zu machen,
von inneren wie äußeren Fesseln und Hemmnissen.
Man dürfe sich niemals ganz an einen Menschen verlieren. Unser Lieben müsse einer großen Sache gelten,
einer Idee. So ungefähr schrieb ich an Sie. — —
Glauben Sie kein Wort davon, Thekla! Ich selbst
habe es damals auch nicht geglaubt. Es war bittere
Philosophie, traurige Resignation. Ich schrieb es nur,
um mir selbst zu entfliehen, um mich zu trösten. Als
sehne ich mich nicht aus tiefster, durstigster Seele nach
eben jenem Glück, das zu verschmähen ich vorgab! Was
sind große Ideen, was ist Wissenschaft, ja was ist
selbst die Kunst gehalten gegen die Liebe? —

O, wenn ich doch endlich mal etwas Sicheres hätte,
eine Gewißheit, die mir als leitender Stern dienen
müßte, in der Dunkelheit! Wozu strebe ich, wozu strenge
ich alle meine Kräfte an zum Zerspringen, wenn ich
keine Hoffnung habe? Ohne Ziel arbeiten ist sinnlos!

Verstehen Sie, wie ich's meine, Thekla? Ich fordere

keine bindende Erklärung von Ihnen, nur um Eines bitte ich Sie: rufen Sie mir ein Wort zu, ein gutes, tröstendes Wort. Sagen Sie mir, daß Sie meiner gedenken, daß Sie all die gemeinsamen Erlebnisse, Worte, Gedanken, Blicke, noch nicht ganz vergessen haben, daß Sie gleich mir daran festhalten in Treue. Ich zittere bei dem Gedanken, daß Sie mir entfremdet werden könnten. Ich muß etwas haben, woran ich mich halten kann. Versetzen Sie sich in meine Lage! Ich bin ein armer Studierender, Sie sind eine Dame der Gesellschaft. Vielleicht gefeiert, vielleicht umworben — ich weiß es nicht, mag es nicht wissen! Ich will hier etwas aussprechen, was mich schon lange quält; es muß heraus, sonst ersticke ich daran. Es ist mir so vorgekommen, als behandelten Sie mich in letzter Zeit kälter, als wollten Sie los von mir, als blickten Sie gar auf mich herab. Ist es vielleicht deshalb, Thella, weil ich keine Person von Stand bin, weil ich äußerlich betrachtet, so wenig zu bieten habe? — — Der Gedanke wäre unerträglich! Alles will ich erdulden, nur nicht Geringschätzung. Denn ich bin stolz, bin es immer gewesen und denke, ich habe Grund, es immerdar zu bleiben.

Nehmen Sie diesen Brief auf, als das, was er ist, Thella! Als den Notschrei eines Menschen, der sich in verzweifelter Lage befindet. Sie müssen mich verstehen und Sie werden mir helfen. Sie können es durch ein Wort. Antworten Sie mir bald! Ich warte.

Ihr

Gabriel."

Thella war über diesen Brief sehr bestürzt. Dazu hatte sie Gabriel keinen Grund gegeben. Weder zu dem,

was er ihr vorwarf, noch zu dem, was er von ihr forderte,
besaß er ein Recht. Wahrlich, niemals hatte sie nach Rang
und Stand und äußeren Verhältnissen gefragt bei ihm.
Es war unzart von ihm, den Verdacht auszusprechen, daß
sie sich von solchen Erwägungen habe leiten lassen. Und
das andere, was er zwischen den Zeilen lesen ließ. — Wie
konnte er sie abermals vor diese Frage stellen? Hatte sie
ihm denn nicht offen genug darauf geantwortet, damals
in Tante Wandas Salon? —

Dieses rücksichtslos blinde Vorgehen der Männer!
Er mußte doch einsehen, daß das, was er wollte, unmöglich sei! Er berief sich auf das Vergangene; gewiß, auch
sie gedachte der glücklichen Kinderzeit. Keines der gemeinsamen Erlebnisse hatte sie vergessen. Die Erinnerung
daran war ihr teuer. Sie war seine Freundin, ja! Sie
nahm Interesse an seinen Schicksalen, inniges, lebhaftes
Interesse. Es freute sie von Herzen, wenn es ihm gut
ging, und sie war betrübt, wenn er Kummer und Sorgen
hatte. Ihre Gedanken waren viel um ihn beschäftigt.
Aber konnte man sich zur Liebe zwingen? —

Das, was sie für ihren Jugendfreund Gabriel Bartusch empfand, dieses trauliche, der Gewohnheit mehr als
irgend einem gewaltigen Müssen entsprungene Gefühl,
konnte unmöglich die große Liebe sein! Nein, nein, die große
Liebe war anders, mußte ganz anders sein. Die kam über
einen wie ein Gewitter, schrecklich zugleich und schön, in
Schauern des Glückes und der Furcht. Etwas Erhabenes
müßte sie haben, wie Religion, etwas Berauschendes, wie
Musik, etwas Liebliches, wie der Duft von Blumen. Und
darüber hinaus noch das große Geheimnis, das Heilige,
das Wunderbare; so war die Liebe.

Aber von alledem hatte ihr Verhältnis zu Gabriel
Bartusch nicht das Geringste. Ihr Herz schlug nicht stärker,

wenn sie seiner gedachte. Wenn er eine andere geheiratet hätte und mit ihr glücklich geworden wäre, sie würde die erste gewesen sein, sich darüber zu freuen. Sich selbst vermochte sie nicht an seiner Seite sich vorzustellen. Nein, sicherlich, wenn sie ihn geliebt hätte, sie würde so ruhig nicht darüber haben denken können. Und sich durch ein anderes, schwächeres Gefühl binden zu lassen, wäre ihr wie ein Unrecht gegen sich selbst, ja, wie Unehrlichkeit vorgekommen.

Aber in welcher Weise ihm antworten auf seine Frage? Sie wußte ja, wie empfindlich er sei. Um keinen Preis wollte sie ihn betrüben, ihn, der sich das Leben selbst schon so schwer machte. Vor allem sollte er sie nicht der Untreue bezichtigen dürfen!

Thekla mußte sich sagen, daß sie in dieser Sache ja nicht völlig frei sei von Schuld. Nimmermehr hätte sie es soweit kommen lassen dürfen. Hatte sie ihm nicht das Recht eingeräumt, an sie zu schreiben! Hatte sie ihm nicht Freundschaft und Vertraulichkeit gestattet! — Das stammte freilich aus einer Zeit, wo noch keine Erfahrung sie gelehrt hatte, auf ihrer Hut zu sein. Jetzt war sie kein Kind mehr. Und man durfte nicht so zu ihr sprechen, als sei sie es noch. Sie wollte versuchen, ihm das klar zu machen, so schonend wie möglich.

Lange sann sie nach, ehe sie sich daran machte, seinen Brief zu beantworten; denn sie sagte sich, daß es hier auf jedes Wort ankomme. Schließlich meinte sie aber doch, es sei das Beste, ihm so zu schreiben, wie es ihr um's Herz war. Und sie schrieb:

„Lieber Gabriel! Bitte, glauben Sie mir, daß ich wirklich Ihre Freundin bin. Ich habe nicht vergessen, wie gut und freundlich Sie stets gegen mich gewesen sind. Ich denke auch oft an Sie und wünsche Ihnen das Beste für Ihr Leben. Daß Sie jetzt in Ihrem Examen stehen und daß Sie hoffen, es zu bestehen, hat mich sehr interessiert zu hören. Sie werden gewiß ein glänzendes Zeugnis mitbringen, und ich freue mich schon darauf, Sie dann beglückwünschen zu können. Denn hierher zu Ihren Eltern müssen Sie kommen, hören Sie! Ich weiß, wie sich Ihre Mutter nach Ihnen sehnt. Und mit Ihrem Vater wird dann gewiß auch die Aussöhnung kommen. Dann werden Sie mir vieles erzählen müssen. O, wie ich mich darauf freue!

Aber, Gabriel, um eines muß ich Sie bitten: schreiben Sie mir nicht wieder solchen Brief, wie der letzte war! Sehen Sie, ich möchte Ihnen nicht wehe thun, aber das muß ich Ihnen sagen, so war es nicht gemeint, als Sie mich damals fragten, und ich Ihnen zusagte, daß Sie mir schreiben könnten, und daß ich Ihnen antworten würde. Ich kann Ihnen ja doch nicht schreiben, was Sie von mir haben möchten. Alles andere würde ich so gern für Sie thun! Werden Sie mir nun sehr böse sein, daß ich das gesagt habe? Aber sehen Sie, lieber Gabriel, ich muß doch ehrlich sein, ich muß doch sagen, wie ich's empfinde, besonders da Sie selbst mich danach gefragt haben.

O, hätten Sie doch diesen Brief nicht geschrieben! Wir waren so gute Freunde, und ich weiß gar nicht, wie es nun werden wird. Denn ich ahne, daß Sie das traurig machen wird. O, ich bin sehr unglücklich!

Wenn wir uns wiedersehen, will ich versuchen, ganz so zu sein wie früher. Ich bin wirklich Ihre Freundin! Leben Sie wohl! Ich habe das schreiben müssen! Mit herzlichen Grüßen

Ihre

Thella von Lübelind."

Als sie ihren Brief fertig hatte, kam er ihr fürchterlich thöricht vor. Aber würde sie einen besseren schreiben können, wenn sie diesen auch zerriß? — Gabriel war ja klug, er würde schon herausfinden, wie sie es meinte. Er mußte doch schließlich einsehen, daß sie im Rechte sei.

So trug sie denn den Brief selbst zum Postkasten, im Innersten unsicher, ob sie das Richtige getroffen habe.

*　　*　　*

Seit Thekla im Sommer den Vorzug genossen hatte, bei einer Herzogin aus- und einzugehen, war ihrem Stiefvater Sänger das Selbstbewußtsein bedeutend gewachsen. Er fand, es sei nun an der Zeit, daß er avanciere; der Titel „Finanzrat" war doch eigentlich für einen Mann mit Verbindungen, die bis nahe an den Thron reichten, sehr unscheinbar. Er hoffte allerhand und wälzte Pläne, vor allem aber wollte er die einmal glücklich mit der Hofgesellschaft angeknüpfte Verbindung nicht wieder einschlafen lassen.

Sobald er in Erfahrung gebracht hatte, daß die Herzogin Witwe wieder in der Stadt sei, machte er mit seiner Frau den Ziegrists einen Besuch, den diese, sehr korrekt, baldigst erwiderten. Mit ihnen kam Lilly, „die liebe Thekla" zu besuchen, um welche sie sich in den letzten zwei Jahren in Wahrheit herzlich wenig gekümmert hatte.

Aber auch in Lillys Augen war Thekla durch den Umgang mit der Herzogin bedeutungsvoller geworden. „Du wirst den Winter natürlich bei uns ausgehen!" sagte sie in protegierendem Tone. Mit dem „bei uns" meinte sie den Kreis der Herzogin Witwe, die eine besondere Hofhaltung hatte, und deren kleine Gesellschaften als das Erlesenste galten, was man hatte, erlesener noch als die Hoffestlichkeiten bei dem regierenden Paare.

Und wie Lilly vorausgesagt hatte, kam es: Thekla ging in diesem Winter in dem Kreise aus, der im Salon der alten Herzogin seinen Mittelpunkt sah. Da Sängers durch mangelnden Rang hiervon ausgeschlossen waren, nahm es Frau von Siegrist auf sich, das junge Mädchen zu beschützen. Diese Dame, welche ihre völlige Vermögenslosigkeit gelehrt hatte zu rechnen, war anfangs gegen Thekla eingenommen gewesen, weil sie in ihr, wie in jedem heiratsfähigen Mädchen, eine Rivalin sah für Lilly. Als sie aber erkannte, daß ihre Herzogin nicht von der unbegreiflichen Schwärmerei lasse für das junge Ding, meinte auch sie, mit Fräulein von Lüdekind ernstlich rechnen zu müssen. Sie beschloß, sich Theklas mütterlich anzunehmen; so behielt man doch noch am ersten Einfluß auf sie, und konnte vielleicht verhindern, daß sie gefährlich wurde.

Thekla fühlte sich in dem neuen Kreise bald heimisch. Es war eine ganz andere Art der Geselligkeit, als sie sie im Winter vorher kennen gelernt hatte, intimer, vornehmer und anmutiger. Verhältnismäßig wenig Personen gehörten dazu, mit denen sah man sich aber desto häufiger. Bälle, wo einem ein paar Dutzend Tänzer vorgestellt wurden, gab es hier nicht. Die Herzogin lud gern zu kleinen Abendgesellschaften ein, wo gelegentlich auch getanzt wurde, wenn genug junge Leute da waren. Sonst musizierte man, stellte lebende Bilder, führte Charaden auf. Von allem Mummenschanz war die alte Herzogin eine große Freundin. Sie liebte es, wenn die Anregung dazu aus der Gesellschaft selbst hervorging. Alles was sich in den

Grenzen des Graziösen hielt, ließ sie gelten. Sie wollte, daß sich ihre Gäste amüsierten, damit sie selbst sich an ihrer guten Laune unterhalten könne. Am liebsten würde sie es gesehen haben, wenn aus ihrer Umgebung sich ein Paar junge Leute in einander verliebt und vor ihren Augen verlobt hätten. Sie liebte die kleinen Aufregungen, die mit solchem Ereignis zusammenhängen. Es erinnerte sie das an die eigene Jugend, die nicht frei gewesen war von Schäferspiel und Abenteuern. Aber zu ihrem Leidwesen schienen die jungen Leute von jetzt viel vernünftiger und gesetzter, als sie es zu ihrer Zeit gewesen. Seit Jahren schon hatte es keine richtige Liebelei mehr in ihrem Kreise gegeben.

Der Löwe dieses Salons und der ausgesprochene Liebling der Herzogin-Witwe war ein Regierungsassessor von Wernberg. Er besaß weit mehr Geschmack und Geschick, als der steife und enge Hofmarschall von Ziegrist. Da er wirklich gute Einfälle hatte, war Herr von Wernberg für die Belustigungen, welche die alte Dame liebte, der gesundene Organisator.

Leo von Wernberg war einer von jenen Menschen, denen, wo immer sie sich bewegen, ganz von selbst, ohne daß sie sich besonders anstrengen, die Führung zufällt. Wie es unter den Pflanzen und Tieren ja auch bestimmte Exemplare giebt, die kraft eines ihnen von Natur innewohnenden Triebes von Anfang an über alle anderen ihrer Gattung hinauswachsen. Auf welchen Eigenschaften dies im einzelnen Falle beruht, ist nicht leicht zu entscheiden. So besaß Wernberg außer einer schlanken Figur und einem gut geschnittenen Gesicht eigentlich nichts, was ihn besonders vor jungen Leuten seines Alters ausgezeichnet hätte. Und doch beugten sich Männer, die älter waren als er und reicher an Erfahrung und Verdienst, unwill-

türlich vor ihm. Ob das an der Sicherheit seines Auf-
tretens lag, oder ob diese Sicherheit eine Folge war der
Beachtung, die man ihm schenkte, wäre schwer zu sagen
gewesen.

„Ein wohlerzogener junger Mann!" Das war das
Lob, welches ihm jedermann gern zukommen ließ. Im
übrigen wußte man von ihm, daß er auch in seinem Berufe Tüchtiges leiste. Er galt für klug und unterrichtet.
Man nahm an, daß er Carrière machen werde. Alles,
was er anfaßte, schien zu glücken. Mancher beneidete ihn
um sein „unverschämtes Glück"; vielleicht aber bestand
das Geheimnis seines Erfolges einfach darin, daß er
nichts erstrebte, was außer dem Bereiche seiner Gaben lag.

In jedem Worte, jeder Bewegung merkte man ihm
die gute Kinderstube an. Er war unterhaltend, konnte
witzig sein, wenn er wollte, legte sich aber für gewöhnlich
eine gewisse Zurückhaltung auf.

Es konnte nicht fehlen, daß auf einen Mann von
solchen Vorzügen manche Mutter einer unvergebenen
Tochter die Augen richtete. Über Herrn von Wernbergs
Vermögensverhältnisse zwar war näheres nicht bekannt.
Er trat auf wie einer, dem es an nichts gebricht. Sein
Vater, seit einigen Jahren tot, war Minister gewesen in
einem benachbarten Kleinstaate. Seine Mutter lebte für
sich. Die Schwestern waren durch vornehme Heiraten
glänzend versorgt.

Er wäre also wohl in der Lage gewesen, eine Frau
zu ernähren, selbst wenn sie ihm nichts zugebracht hätte.
Übrigens war als sicher anzunehmen, daß die Herzogin-
Witwe, wenn ihr Liebling Wernberg sich verlobt hätte,
alles gethan haben würde, um die Verbindung zu er-
möglichen.

Aber Regierungsassessor von Wernberg hatte bisher

nicht die geringsten Anstalten gemacht, darauf hin
deutend, daß er gesonnen sei, diesen Wunsch seiner
Gönnerin zu erfüllen. Das einzige junge Mädchen,
welches er im vorigen Winter ausgezeichnet hatte, war
Lilly von Ziegrist gewesen. Im übrigen bevorzugte er
die jungen Frauen. Mit denen könne man ungenierter
verkehren, sagte er, und außerdem würde man dann nicht
immer gleich verlobt gesagt, wenn man mal mehr als
drei Worte mit einer gesprochen habe.

Lilly hatte eine Art ehrfurchtsvoller Verehrung für
Leo Wernberg. Vor soviel überlegener Sicherheit, wie
dieser junge Mann entwickelte, machte ihr loses Mundwerk, das sonst so leicht niemanden verschonte, Halt.
In ihm erkannte sie gewissermaßen ihren Meister. Die
beiden hatten in vielen Dingen verwandte Anschauungen
und ähnlichen Geschmack; aber Wernberg war als der
ältere welterfahrener und überlegter. Er hütete sich wohl,
obgleich auch er eine Neigung zum Verspotten seiner Umgebung besaß, diesem Hange allzusehr die Zügel schießen
zu lassen, wie es Lilly oft zum Schaden ihres Rufes that.

Bisher hatten die beiden auf einem gewissen Scherz-
fuße gestanden, der intim schien und doch nichts Tieferes
bedeutete. Frau von Ziegrist war es, welche die Beziehungen, soviel sie konnte, enger zu knüpfen suchte. In
ihren Augen wäre Regierungsassessor von Wernberg das
Ideal eines Schwiegersohnes gewesen. Lilly hatte, wenn
die Mutter alles überschlug, was an jungen Herren in der
Gesellschaft augenblicklich vorhanden war, kaum Aussicht, eine
bessere Partie zu machen. Daß es mit dem Vermögen der
Wernbergs nichts Glänzendes sei, hatte Frau von Ziegrist
zwar längst in Erfahrung gebracht, aber in dieser Beziehung
baute sie auf die Herzogin. Im übrigen aber war alles
glatt und in schönster Ordnung, wenn er nur anhalten

wollte. In diesem Winter hoffte sie auf eine Entscheidung, denn es war Zeit, daß Lilly unter die Haube kam, man konnte ihr schon die dritte Tanzsaison nachrechnen.

Für den Kreis, den die Herzogin-Wittwe um sich versammelte, schien dieser Winter besonders lebhaft und lustig werden zu sollen. Ein paarmal war getanzt worden; lebende Bilder und Charaden hatte es auch schon gegeben. Nun regte Wernberg eine neue Idee an: man wollte die bekanntesten Porträts aus dem herzoglichen Museum zur Darstellung bringen. Das Museum enthielt eine Anzahl wertvoller Niederländer und Franzosen.

Der Gedanke wurde originell gefunden, die Ausführung schien nicht allzu schwierig, denn man hatte den alten Herrn von Wächtelhaus da, den Intendanten der herzoglichen Hofbühne. Der erklärte von vorn herein, die Theater-Garderobe stünde zu diesem Zwecke selbstverständlich zur Verfügung.

Die Bilder sollten, um eine möglichst der Wirklichkeit entsprechende Wirkung auszuüben, in Rahmen erscheinen, die denen der Originale nachgeahmt waren, und so gezeigt werden, als hingen sie an der Wand.

Natürlich ging es bei den Vorbereitungen hierzu nicht ohne Eifersüchteleien ab. Vornehmlich die Damen wollten ihre besonderen Pläne und kleinen Herzenswünsche nicht hinter dem Zwecke des Ganzen zurücktreten lassen. Die Wenigsten von ihnen waren mit dem Porträt zufrieden, das gerade sie darstellen sollten. Und nur der Umstand, daß es der allgemein beliebte Wernberg war, der die Rollen verteilte, beschwichtigte die Murrenden.

Ein besonders beliebtes Porträt in der Gallerie, bekannt unter dem Namen: la belle chasseresse, stellte eine reizende Blondine dar, im grünen mit Goldbrokat besetzten Jagdkleide, einen Hut mit Straußenfedern auf

dem gelben Haar. Der Maler war unbekannt; der Auffassung nach gehörte das Bild einem Niederländer der
nachklassischen Periode zu. Berühmt waren die blauen,
träumerischen Augen der belle chasseresse, die Grübchen
in dem rosigen Fleisch und der weiße Hals, dessen zarten
Ansatz der Brustausschnitt des Kleides gerade noch blicken
ließ. Über die Persönlichkeit der Dargestellten war man
sich ebenfalls nicht ganz klar; es existierten verschiedene
Versionen darüber. Jedenfalls mußte sie eine Dame von
Stand gewesen sein.

Wenn ein Porträt dargestellt zu werden verdiente, so
war es dieses. Es besaß zwar nicht gerade Weltruf, erfreute sich aber bei den Einheimischen um so größerer Be-
liebtheit.

Aber gerade hierfür war die Wahl der Darstellerin
äußerst schwierig. Diese Mischung von Weib und Mädchen,
eine solche Vereinigung von Naivität und Kindlichkeit, wie
sie der Maler in die Züge zu legen verstanden hatte,
war nicht so leicht aufzutreiben. Leo Wernberg hielt
diesen Platz offen, nachdem er alle anderen Rollen bereits
besetzt hatte. Verschiedene Damen, die noch unverwendet
waren, mochten sich im stillen der Hoffnung hingeben,
für die belle chasseresse in Frage zu kommen. Schließlich entschied sich Wernberg für Fräulein von Lüdekind.
Die Herren gaben ihm durchweg recht, die Wahl sei eine
gute. Die Damen hüllten sich in Schweigen.

Es fanden verschiedene Kostümproben statt, für welche
man einen bekannten Historienmaler zugezogen hatte, ferner
den Theaterschneider und verschiedene weibliche Wesen aus
dem Stande der Putzmacherinnen und Friseusen. Theklas
Kostüm war ein Gegenstand besonders eingehender Erwägungen. Es wurde dem jungen Mädchen ganz eigentümlich zu Mute, wildfremde Menschen über Sitz und

Farbe eines Kleides verhandeln zu hören, das sie tragen
sollte, über ihre Frisur und wie sie sich schminken müsse.

Lilly Siegrist sollte eine italienische Tänzerin darstellen
von braunem Teint, in papageienbuntem Kostüm. Der Reiz
dieses Bildes lag in der graziösen Stellung, welche die Tan-
zende, auf den Fußspitzen schwebend mit zurückgebeugtem
Oberkörper, das Tamburin mit beiden Händen über dem
Haupte, einnahm. Allgemein wurde Lillys Ausdauer und
Geschick in der Durchführung dieser schwierigen Rolle bewundert.

Lilly war hierbei überhaupt in ihrem Element. Das
zigeunerhafte Durcheinander von Künstlern, Theaterange-
stellten, Herren und Damen der guten Gesellschaft, die
öffentliche Diskussion intimster Toilettenfragen, die Anwen-
dung von allerhand künstlichen Mitteln zum Hervorbringen
gefälliger Effekte, alles das war so recht nach ihrem Geschmacke.

Thekla und Lilly teilten ein Ankleidezimmer. Lilly
war seit jener Zeit, wo die beiden als Backfische vertraute
Schlafkameraden gewesen waren, keineswegs zurückhaltender geworden. Lillys Ideal war gegenwärtig Herr von
Wernberg. Wenn sie Thekla gegenüber von ihm sprach,
nannte sie ihn mit Vorliebe: beau Leo. Was er gesagt
hatte, wurde getreulich berichtet. Der Sitz seiner Anzüge
fand eingehende Würdigung. Sein schmaler Fuß, seine
aristokratische Hand, sein schneidiger Schnurrbart, die Farbe
seiner Augen waren für Lilly Dinge, über die sie mit einer
Mischung von Kennerschaft und Ehrfurcht unerschöpflich zu
sprechen vermochte. Was sie damit bei Thekla für Em-
findungen errege, fragte sie nicht, ganz erfüllt von diesem
interessantesten Thema. „Weißt du! Ich muß mich gegen
irgend jemand aussprechen. Ich schwärme für beau Leo.
Das heißt, ich bin nicht verliebt, das brauchst du nicht

zu denken. Einfach Schwärmerei! Wenn du diesen Unterschied verstehst!" —

Es war keine kleine Aufgabe, der sich Leo Wernberg
mit der Inscenierung der historischen Porträts unterzogen
hatte. Er hatte alle Hände voll zu thun. Sein Ruf,
der liebenswürdigste junge Mann der Gesellschaft zu sein,
geriet in diesen Tagen einige Male stark in's Schwanken.

Die Vorstellung war ein großer Erfolg. Jedes Porträt
wurde zunächst einzeln gezeigt, darauf sämtliche Bilder an
einer großen Wand vereinigt. Die belle chasseresse
und das Bildnis eines Van Dyk'schen Greises stritten um
den ersten Preis.

Das regierende Paar war zu diesem Feste eingeladen.
Es kam dabei ein wenig Eifersüchtelei zur Geltung gegen
die andere Hofhaltung. Man wollte mal zeigen, was man
könne.

Herzog und Herzogin sprachen mit einzelnen der Dar-
steller. Auch Thekla wurde durch eine Ansprache beehrt.
Das Hofgesinde aber beeilte sich daraufhin sie zu beglück-
wünschen. Die alte Herzogin aber ließ „die kleine Lübekind" zu sich rufen und versetzte ihr vor aller Welt einen
richtigen, weithin hörbaren Kuß.

Nach dem Souper, das den Vorführungen folgte,
wurde auf höheren Wunsch noch etwas getanzt. Hofmarschall von Siegrist hatte zu diesem improvisierten Balle
in aller Eile die Musik auftreiben müssen. Da es keine
Tanzkarten gab, wurden nur Extratouren getanzt. Was
bei den historischen Porträts mitgewirkt hatte, blieb im
Kostüm. Und die bunten, aus den verschiedensten Jahr-
hunderten, und Ländern zusammengestellten Trachten, ein-
gesprengt zwischen Fracks, Uniformen und moderne Damen-
toiletten, gaben ein farbenreiches, eigenartiges Bild.

Thekla wurde ineinemfort geholt, kaum daß sie zu

Atem kam zwischen den einzelnen Touren. Nach ihrem heutigen Erfolge war sie in Mode gekommen. Die „kleine Lübekind" reizend zu finden, war nunmehr von allerhöchster Stelle aus gewissermaßen sanktioniert.

Auch Lilly tanzte flott. Sie strahlte vor übermütigem Selbstbewußtsein. Leo Wernberg hatte sie zu Tisch geführt, und nun tanzte er den Souperwalzer mit ihr. Man mußte wissen, was das hieß. Leo Wernberg ein junges Mädchen zu Tisch führen, er, der sonst nur Frauen diese Ehre anthat! Wenn das nicht etwas zu bedeuten hatte! — Frau von Ziegriß, die schon angefangen hatte, den Mut zu verlieren, schöpfte neue Hoffnung, in Herrn von Wernberg doch noch den langersehnten Schwiegersohn zu begrüßen.

Auch Thekla entging es nicht, wie intim sich die beiden da drüben unterhielten. Er und sie, niemand anderes schien für das Paar da zu sein.

Eigentümliche, widersprechende, hassenswerte Gefühle beschlichen das junge Mädchen bei diesem Anblick. Beneiden hätte sie Lilly mögen, beneiden um ihre Unbefangenheit. Wie sie übermütig lachte, wenn er ihr etwas zuflüsterte, wie sie ihm dreist in die Augen blickte, wie herausfordernd ihr ganzes Wesen war. Wie konnte, wie durfte sie das!

Und er, wie verhielt er sich dazu? War es möglich, daß er Gefallen an ihrer Koketterie fand? O sie gefiel ihm, es war nur zu klar!

Reizend apart sah sie ja auch aus in ihrem Kostüm, dessen grelle Farben so raffiniert gut zu ihrem dunklen Teint standen. Und wie leicht und graziös sie tanzte! Die Verkleidung schien ihrem freien Gebahren einen Freipaß zu gewähren.

Und zu denken, daß das ihre Freundin war! Lilly, gerade Lilly, die man so genau kannte in allen ihren kleinen und großen Schwächen! Lilly, von der man wußte, wie vieles unecht an ihr war in Erscheinung und Wesen.

Immer wieder mußten Thellas Augen da hinüberschweifen, wo die beiden saßen, wie sie in lässiger Haltung abwechselnd ihre niedlichen, roten Schuhe und dann wieder ihn anblickte, während er ihr mit dem Tamburin Kühlung zufächelte. Thella wurde ganz zerstreut darüber und hörte gar nicht mehr auf das, was ihr Herr ihr auseinanderzusetzen sich bemühte.

Hätte sie an Lillys Stelle sein mögen? Thella legte sich selbst die Frage vor. O nein, sie sehnte sich nach diesem Platze ganz und gar nicht. Sie gönnte es Lilly, daß ihr der Hof gemacht wurde, da es mit solchen Mitteln erkauft war. Man hätte sich für das Mädel schämen mögen; sie warf sich ihm ja vor aller Welt an den Kopf! Und konnte man ihn verstehen, daß er sich so etwas gefallen ließ! —

Bei dem nächsten Tanze holte Wernberg Thella. Als er sie auf ihren Platz zurückgeführt hatte, sprach er eine Weile mit ihr in höflich zuvorkommender Art. Keine Spur von den Freiheiten, die er sich soeben noch Lilly gegenüber herausgenommen hatte. Wie gern hätte Thella dem Herrn, der sie von ihm weg zu einer Extratour bat, einen Korb gegeben; aber leider ging das nicht an.

Darauf wurde Damenengagement angesagt. Thella stand unschlüssig; sollte sie ihn holen? Dort tanzte er eben mit Lilly. Die hatte sich natürlich kein Kopfzerbrechen gemacht, ihn aufzufordern! War es nicht lächerlich, sich so zu ängstigen, wie ein junges Ding, das eben herauskommt? Was war denn dabei, hingehen und ihm eine Schleife anstecken? Der Tanz würde darüber noch vorbeigehen, und sie hätte schließlich weder ihn noch irgend einen anderen geholt. Wozu hatte sie sich dann die Schleife, die sie in der Hand hielt, vom Kissen genommen? —

13*

Das Herz klopfte ihr, als sie auf ihn zuschritt durch
den Saal. Sicher alle Anwesenden blickten auf sie, sahen,
was sie that! Errötend verbeugte sie sich. Und natürlich
kam sie nicht in den Takt beim Antanzen. O, wie sie sich
schämte! Ganz sicher hatte er etwas gemerkt, ganz sicher
hatte sie sich verraten.

V.

Niemand in der Gesellschaft wußte, wie es um Thella
in Wahrheit bestellt war. Niemand von den ihren daheim
ahnte, welch tiefe Unruhe sich unter der stillen Oberfläche
ihres äußeren Verhaltens verbarg. Konnte sie sich doch
selbst nicht mal Rechenschaft darüber geben, wann und
wo sich ihrer jener starke Eindruck bemächtig hatte, der sie
nun nicht mehr los ließ. Niemand hatte sie jemals gelehrt, was Liebe sei. Zu gewissen Dingen braucht man
eben nicht der Schulung, gewisse Ereignisse kommen wie die
Blüten am Baume, wie der Gesang des Vogels, über
Nacht, von selbst, aus der Luft, vom Himmel. Die Liebe
war auch nicht gekommen in ihr Herz, plötzlich und er-
schreckend, wie ein Gewitter aufzieht. Nein! Wie der An-
bruch des Tages, still, aber unaufhaltsam in ruhig sieg-
hafter Kraft.

Jene feine Unterscheidung, welche ihre Freundin Lilly
aufgestellt hatte, zwischen Schwärmerei und Verliebtsein,
machte Thella nicht; für sie gab es nur: die Liebe.

Nicht ohne Kampf hatte sie sich ergeben. Ihre
Mädchensprödigkeit setzte sich zur Wehr gegen das unheim-

lich Neue, gegen das Unerhörte, das Besitz ergreifen wollte von ihr. Umsonst! Wie wollte man das bekämpfen, was in geheimen Tiefen der Natur sich entwickelte, was keimte und wuchs, genährt von unsichtbaren Kräften. Es war eben da, in ihr, eine Thatsache, wie der Frühling eine Thatsache ist.

Ihre Sinne waren die weit geöffneten Thore gewesen, durch welche das Wohlgefallen an seiner männlichen Persönlichkeit Einzug gehalten hatte. Sie liebte es, den Ton dieses sonoren Organes zu vernehmen, sich von diesem starken, elastischen Arme im Tanze getragen zu fühlen. Wenn das tiefe Leuchten seines Auges sie traf, war ihr, als bringe etwas Gefährliches auf sie ein. Er brauchte nicht zu sprechen, und seine Gegenwart redete doch zu ihr. Die geringfügigste Handlung hatte Bedeutung in ihren Augen, weil sie von ihm ausging. Wenn er im Zimmer war, schien die Luft verwandelt. Sie glaubte ohne aufzublicken zu wissen, ob sein Blick auf ihr ruhe.

Und dabei war er für sie ein ganz fremder Mensch. Sie wußte nicht viel mehr von ihm als das Wenige, was Lilly von ihm erzählt hatte. Thella selbst hatte nur hie und da sich mit ihm unterhalten, wie man sich in Gesellschaft eben unterhält, flüchtig, über die gleichgiltigsten Dinge. Und noch dazu war sie sich bewußt, sich ihm gegenüber ganz besonders unglücklich und linkisch benommen zu haben.

Denn das war ja gerade das Verwirrende: der Mann, zu dem es sie gewaltsam hinzog, für den sie etwas unsagbar Gutes und Inniges empfand, derselbe Mann war ihr ein Gegenstand des geheimen Grauens. Sie hätte fliehen mögen aus seiner Nähe, ihr Haupt verbergen vor Scham. Welche Gewalt war ihm gegeben, sie so zu

verstriden! Wie kam er dazu, sich einzudrängen in ihre
heimlichsten Gedanken und Träume! —

Um keinen Preis der Welt sollte er erfahren, was
sie um seinetwillen litt. Sie zitterte, sich durch einen
Blick, ein Erröten zu verraten. Aber wenn man das
nur in der Gewalt gehabt hätte! Aus Scheu, entdeckt zu werden, zog sie sich zurück vor dem, zu dem es
sie doch mit allen Fibern des Herzens trieb. Er sollte
den Triumph nicht haben, sich zu sagen, daß auch sie ihm
zugefallen sei. Sie mied ihn, that, als sähe sie ihn nicht,
wenn er sie begrüßen wollte, ja behauptete einmal, bereits
engagiert zu sein, als er sie um einen Tanz bat. Und
welche Qualen der Angst empfand sie dann, daß er ihre
Lüge gemerkt haben könne. O, ihr Herz war thöricht,
war kindisch thöricht!

Daraus werden konnte ja niemals etwas! Sie,
Thessa, war ihm höchst gleichgiltig! Er sah in ihr ein
Gänschen, wahrscheinlich! Vielleicht dachte er noch schlim-
mer von ihr, hielt sie für eigensinnig und launenhaft.
Berechtigt war er dazu, wie sie sich ihm gegenüber auf-
geführt.

Zwar, er hatte sie gelegentlich auch ausgezeichnet. Er
war stets höflich gewesen gegen sie; aber das war bei ihm
Erziehungssache. Zur belle chasseresse hatte er sie wohl
nur ausersehen ihres blonden Haares und ihrer blauen
Augen wegen, die zufälligerweise dem Bilde entsprachen.

Lilly gefiel ihm doch am kleinen Finger besser als
sie! Man sah es ja, wen er bevorzugte. Nein, nein,
nur gar nicht daran denken, und vor allem sich nichts anmerken lassen! Die Demütigung wäre zu furchtbar
gewesen, wenn jemand geglaubt hätte, sie könne Lillys
wegen eifersüchtig sein.

Dann wurde sie, ohne es zu wollen, Zeuge einer

Unterhaltung, die während des Kotillons hinter ihrem Stuhle geführt wurde von ein paar älteren Herren. Der eine meinte, die Saison würde nun doch wohl noch ihre Verlobung sehen. „Wenn Sie auf die beiden da spekulieren, werden Sie sich wohl verrechnen!" erwiderte der andere, den Thekla an der Stimme als den alten Wächtelhaus erkannte. „Wernberg ist ein doppelt Genähter. Der wird den Deibel thun, und ein Mädel ohne Geld heiraten. Dem kommt's nur auf den Flirt an. Zum Amüsieren ist die kleine Ziegrist wie gemacht!"

Thekla konnte lange nicht den Gedanken an das Gehörte loswerden. Es wurde ja so vieles in der Gesellschaft gesprochen ohne Grund, und Herr von Wächtelhaus war zudem bekannt für seine böse Zunge. Sie konnte sich nicht denken, daß Leo Wernberg so einer sei. O nein, dazu war er viel zu vornehm und edel denkend! Sicher, mit solchem Verdacht wurde ihm schreiendes Unrecht gethan.

Am schwierigsten wurde es für Thekla, ihren Gemütszustand vor den ihrigen zu verbergen. In Gesellschaft trug jeder mehr oder weniger eine Maske; aber zu Haus, wo sie einen von Jugend auf kannten, wo es auffiel, wenn man schweigsamer war als sonst, verriet sich alles. Dazu kam Sängers aufdringliche Art, zu fragen, und die scharfen Augen und Ohren von Agnes. Die Mutter aber, welche ihr Recht, die Tochter auszuführen, an Frau von Ziegrist abgetreten hatte, hielt sich für berechtigt, zu erfahren, wie es jetzt in Hofkreisen zugehe, und wetteiferte mit ihrem Manne in eingehenden Fragen.

Eines Tages, als Thekla mit ihrer Mutter auf einem Besorgungsgange war, begegnete ihnen Herr von Wernberg. Thekla sah ihn erst, als er dicht vor ihr auftauchte und den Hut zog. Sie erschrak, ärgerte sich über ihr Erschrecken und errötete. Frau Sänger mußte wohl davon etwas bemerkt haben, sie fragte sofort, wer der Herr gewesen sei, und in der Folgezeit erkundigte sie sich des öfteren bei Thekla, ob sie mit Herrn von Wernberg getanzt habe, ob er liebenswürdig sei, woher er stamme und so weiter. Dieses Ausgefragt-werden wurde zu einer wahren Tortur. Sie wußte doch nur zu gut, was die Mutter wollte und erwartete. Die Erfahrung vom vorigen Winter mit Herrn von Deistel war ihr noch in zu guter Erinnerung. In jedem jungen Manne sah Frau Sänger einen Heiratskandidaten.

Thekla fing an, das zu begreifen, was sie bisher den Dichtern, die es in allen Tonarten versicherten, nicht hatte glauben wollen, daß Liebe und Leid Geschwister seien. Sie hatte bis zu dieser Erfahrung immer gemeint, die Liebe sei etwas unaussprechlich Erhabenes und Hohes, der Religion Verwandtes, dabei Freundliches und Erquickendes, ein Vorschmack des Himmels. Nun mußte sie erkennen, daß ein Bodensatz irdischer Unvollkommenheit auch diesem Glücke eignete. War es nicht, wenn sie von der Liebe manch ein dunkles, vieldeutiges Wort gehört oder gelesen hatte, wie ein heiliger Schauer über ihren jungen Leib gegangen? Hatte sie nicht erwartet, daß sobald ihre Augen dieses größte aller Geheimnisse erkennen würden, dann die ganze Welt vor sich liegen zu sehen wie einen Blumengarten voll herrlicher Freuden! Dann sollten Friede und Klarheit kommen in all ihre Unruhe und Dunkelheit!

Aber es war alles anders gekommen. Wieviel Bitternis lag dem Gefühle kurzer Beseligung zu Grunde! Und noch schlimmer! Sie fühlte sich nicht geläutert und gebessert, eher gedemütigt, in Zweifel gestürzt und zerrissen. Es gab soviel Verwirrendes in diesen Gefühlen. Bis in ihr Mädchenbett hinein verfolgten sie häßliche Gedanken.

Schlechter, egoistischer hatte sie die Liebe gemacht, Neid und Eifersucht in sie gepflanzt und andere verabscheuenswürdige Empfindungen.

Sie weinte, wenn sie des Abends allein war, oftmals über sich. Sie betete zu Gott und zum Heiland um Hilfe und Erleuchtung. Aber selbst in ihre Andacht mischten sich fremde, zerstreuende Gedanken ein. Es war nicht mehr die stille Gebetsflamme, wie sie einstmals aus ihrem Herzen rein zum Allerhöchsten aufgelodert war. Inbrünstiger war jetzt ihr Fordern, verzweifelter ihr Ringen, aus einem gefolterten Gemüte kam ihr Schreien.

Aber stets war es auch hier, als sei sie nicht allein. Selbst in geweihter Stunde suchte sie eine fremde Gestalt heim, wollte sich eindrängen in ihre Andacht. Wenn sie auf den Knieen liegend, die Hände erhob zu dem Christus über ihrem Bette, war es etwas ganz anderes, als der leidende Heiland, das sie aus dem Bilde anstarrte. Wohin fliehen davor? War ihre Liebe zu Gott so klein, ihr Glaube so schwach gegründet, daß er sie vor solcher Versuchung nicht zu schützen vermochte? O Gott, was war aus ihr geworden! Wohin war sie gekommen!

Und verzweifelt grub sie sich in die Kissen ein, um sich vor den Gesichten zu retten, die sie verfolgten.

* * *

Der Erfolg, den man mit den historischen Porträts gehabt hatte, verlockte, es nun auch noch mit Komödie spielen zu versuchen. Die erste Frage war natürlich: was sollte man aufführen? Eine ganze Anzahl Stücke wurde in Betracht gezogen, doch verwarf man sie alle. Bei dem einen eignete sich der Stoff nicht, ein anderes konnte nicht besetzt werden, dieses wurde unpassend gefunden, jenes zu wenig pikant. Schließlich einigte man sich auf ein ziemlich harmloses Stück, halb Schauspiel, halb Schwank.

Es wurde der Vorschlag gemacht, den Regisseur des Hoftheaters anzunehmen, zur Einstudierung. Doch sagte man sich bald, daß dadurch die Intimität des Ganzen leiden würde. Man wollte unter sich bleiben. Aller Blicke richteten sich daher von neuem auf Leo Wernberg. Man erwartete von ihm, daß er der Mann sei, auch den Posten eines Regisseurs auszufüllen. Er nahm das Amt an, unter der Bedingung, daß man ihm unbedingt gehorche. Man versprach ihm lachend alles, im voraus des guten Gelingens sicher, wenn er die Sache in die Hand nahm.

Dem gegebenen Versprechen zum Trotze, ließen es sich einige Damen natürlich nicht nehmen, allerhand kleine Intriguen anzuspinnen, um in den Besitz solcher Rollen zu kommen, die sie gerade für ihre Person als besonders vorteilhaft ansahen. Es gab in dem Stücke eine wenig sympathische, weibliche Rolle: eine Kokette, die in ihrer ganzen Schändlichkeit schließlich entlarvt wird. Dieser Charakter war noch dazu einem angejahrten, heiratslustigen Mädchen angedichtet, dem von einer jüngeren, hübscheren und liebenswürdigeren Person der ersehnte Bräutigam schließlich vor der Nase weggeschnappt wird. Von seinem Rechte als Regisseur Gebrauch machend, hatte Wernberg entschieden, daß Fräulein von Ziegrist diesen stark chargierten Charakter darstellen solle, weil er ihr die Gabe scharfen Charakterisierens zutraue.

Das war sehr wenig nach Frau von Ziegrists Sinne. Sie fühlte sich als Mutter beleidigt. Warum mußte gerade Lilly die Partie der alten Jungfer übernehmen? In jeder anderen Rolle hätte sie sie lieber gesehen. Denn schließlich konnte das zu einem bösen Omen werden für Lilly. — Aber was konnte sie thun! War es doch unbegreiflicherweise Leo Wernberg selbst gewesen, der so gewählt hatte. Und Lilly, klüger als ihre Mutter, nahm die Rolle an, ohne eine Miene zu verziehen, wohl wissend, daß sie sich mit einer Weigerung lächerlich gemacht haben würde.

Leichter war es, die Partie des jüngeren Mädchens zu besetzen. Hier kam es nur auf Jugend, sympathische Erscheinung und die Fähigkeit an, sanfte Zurückhaltung zum Ausdruck zu bringen, aus der sich schließlich unter dem Einflusse der Liebe die Zärtlichkeit des Weibes wie von selbst entwickelt. Außer diesen beiden, in starkem Gegensatz gehaltenen Mädchengestalten, gab es noch eine Reihe von Nebenfiguren. Den Helden sollte ein Rittmeister geben, der mit martialischem Schnurrbart und mächtiger Kommandostimme ausgestattet, annahm, daß er damit alles besitze, was man von einem Liebhaber verlangen könne. Die Aufgabe, die glückliche Braut darzustellen, hatte Wernberg Fräulein von Lübekind zugedacht. Thekla schien nach Erscheinung und Wesen für diesen in freundlichen Farben gehaltenen Charakter ausgezeichnet zu passen. Sie wollte ablehnen, sie getraue es sich nicht, so viel auswendig zu lernen, die Aufgabe sei zu groß. Aber Wernberg redete ihr zu: sie solle mal sehen, es werde wundervoll gehen. Sie unterschätze sich selbst, er kenne sie besser. Der Charakter sei wie für sie geschrieben, sie brauche sich nur selbst zu spielen.

Er ahnte nicht, wie seine Rede sie traf. Stundenlang grübelte sie am Abende dieses Tages darüber nach, was er mit solchen Worten gemeint haben könne. War es Höflichkeit gewesen, Schmeichelei vielleicht gar? Hatte er sie auf diese Weise zur Annahme der Rolle bewegen

wollen? Oder bedeutete es mehr; hatte er wirklich eine so
besondere Meinung von ihr? Er kenne sie besser, als sie
sich selbst, hatte er gesagt. War das eine von jenen
Redensarten, wie Herren sie gebrauchten, um Eindruck zu
machen, oder war es mehr? Wer ihr darüber hätte die
Wahrheit sagen können! —

Zunächst fand eine Leseprobe statt. Lilly mußte durch
die witzige Art, wie sie ein eifersüchtiges und mißgünstiges
Frauennaturell zu parodieren verstand, alles zum Lachen
zu bringen. Thekla brachte das Gegenstück dazu ebenfalls
gut heraus. Wernberg nickte ihr verschiedenfach ermutigend
zu, als wolle er sagen: habe ich dich nicht richtig taxiert!
Auch die Nebenfiguren: Heldenmutter, komischer Onkel,
Dienstboten machten ihre Sache zur Zufriedenheit. Nur
der Held war völlig ungenügend. Der schöne Rittmeister
kopierte einen Heldendarsteller der Hofbühne, der in Schiller-
schen Rollen die Herzen aller kleinen Bürgermädchen er-
oberte. Das falsch verstandene Pathos wirkte in zweiter
Auflage natürlich nur noch drastischer. Die Zuhörer
lachten. Der Rittmeister nahm das leider für eine er-
wünschte Wirkung auf. Es war sehr schwer, ihn zu überzeugen, daß er für diese Rolle nicht passe, und ihn zum
Rücktritt zu bewegen. Aber Leo Wernberg brachte auch
dieses Kunststück schließlich fertig.

Nun war die große Frage: wer sollte an Stelle des
glücklich Beseitigten die frei gewordene Rolle übernehmen?
— Niemand von den jüngeren Herren riß sich darum,
denn die Partie war umfangreich. Es war Herr von
Wächtelhaus, der den Vorschlag machte: Wernberg möge
doch selbst in die Bresche springen; er wünsche sich für
sein Theater keinen besseren Vertreter des Liebhaberfaches
als ihn. Wernberg hielt es für notwendig, sich zunächst
zu weigern, und sich noch ein wenig bitten zu lassen;

schließlich nahm er aber an. Die Regie ging, da er nun selbst zu den Darstellern gehörte, auf Herrn von Wächtelhaus über.

Bei der nächsten Probe sollte die Handlung von den Darstellern mit den ausgeschriebenen Rollen in der Hand andeutungsweise gespielt werden. Wie immer bei Liebhaberaufführungen war es das Schwerste, Leute, denen das Komödiemachen nicht zur zweiten Natur geworden ist, dazu zu bringen, daß sie aus sich herausgehen. Der richtige Schauspieler lebt schon längst in seiner Rolle, während der Dilettant sich noch abmüht, von seinem eigenen Wesen loszukommen.

Wächtelhaus hielt vom ersten Augenblicke an darauf, daß wirklich gespielt werde. Es wurde in dem Stücke, besonders gegen Schluß, ziemlich ausgiebig umarmt und geküßt. Spötter, der er war, meinte Wächtelhaus: da wolle er sich nicht einmischen, man könne es getrost den jungen Leuten überlassen, auch ohne Anleitung hierin die Natur zu treffen.

Im Gegensatz zu Wernberg war der neue Regisseur mit Fräulein von Lübekind durchaus nicht zufrieden. Es war, als ob das junge Mädchen seit der letzten Probe eine ganz andere Person geworden sei. Sie machte den Eindruck der Ängstlichkeit und Befangenheit. Wächtelhaus deutete an, daß er eine Naive, die Angst habe, ihren Partner zu umarmen, nicht gebrauchen könne. Feuer und Bewegung verlangte er. „Sie müssen sich vorstellen, Sie liebten diesen jungen Mann. Sie dürfen im Moment keinen anderen Gedanken haben, als ihm gefallen zu wollen. Wenn Sie das nicht können, mein Kind, dann haben Sie kein Theaterblut.“

Thekla bat am Schlusse der Probe, daß man ihr die Rolle abnehme. Man redete ihr zu: sie solle den Mut nur nicht verlieren, es werde schon besser gehen das nächste Mal.

Auch Wernberg war unter denen, die ihr zusetzten. Aber sie erklärte schließlich unter Thränen, sie könne nicht.

Hier sah Frau von Siegrist den Augenblick für gekommen, zum Eingreifen. Thekla war ihr anvertraut, sie hatte alles Recht, sich als die mütterlich besorgte aufzuspielen. Sie hielt es für ganz richtig, daß das junge Mädchen zurücktrete; Zwang dürfe ihr auf keinen Fall angethan werden. Es sei ja nicht jedermanns Sache Theater zu spielen. Sie belobte Thekla sogar, daß sie so verständig sei.

Für Neubesetzung der Rolle wußte Frau von Siegrist Rat. Sie selbst bot sich an. Zwar nicht für die Partie der Naiven, denn dazu sei sie zu alt; aber sie wolle gern das ältere Mädchen spielen, wenn sie damit der Sache zu dienen vermöge, und Lilly könne dann an Fräulein von Lübelinds Stelle treten.

Man war anfangs etwas befremdet über diesen Vorschlag, der Frau von Siegrist gar nicht ähnlich sah. — Sie hielt sonst sehr auf Korrektheit und höfische Würde. — Aber schließlich fand man ihn annehmbar, besonders als Lilly bei einem Versuche bewiesen hatte, daß sie sich auch in diese Rolle gar nicht so übel zu finden verstand.

Einer war in der Gesellschaft, der Frau von Siegrists Verhalten vollkommen durchschaute: der alte Wächtelhaus. Er gehörte nicht zu den Spaßverderbern. Ihn amüsierte es, zu sehen, was für Widrigkeiten eine Mutter im stande ist, auf sich zu nehmen, wenn es gilt, einen Mann für die Tochter zu erobern. Der Gedanke, daß aus dem Braut- und Bräutigam-Spielen schließlich Ernst werden könne, war ja vertrackt schlau. Aber Wächtelhaus kannte Leo

Wernberg; der schien ihm nicht der Mann, sich so leicht das Netz überwerfen zu lassen.

Wenn ihr die Rolle auch nicht eigentlich lag, so besaß Lilly doch jene Unbefangenheit, die Herr von Wächtelhaus an Thekla vermißt hatte, in hohem Grade. Sie genierte sich nicht im geringsten, sich von ihrem Partner küssen zu lassen und ihn zu umarmen. Und Wächtelhaus konnte ihr das ironische Kompliment machen, daß sie es wundervoll verstehe, sich in die „unangenehmsten Situationen zu versetzen."

* * *

Der Aufführung wohnte Thekla nicht bei. Sie ging überhaupt nicht mehr in Gesellschaft. Aber niemand durfte merken weshalb. Wer hätte verstehen können, was ihr widerfahren war! — Als Vorwand, für ihr plötzliches Fernbleiben von aller Geselligkeit, mußte ihr Tante Wandas Unpäßlichkeit dienen.

Das alte Fräulein war spät im Herbst vom Sommerausfluge zurückgekehrt mit einer starken Erkältung. Den Winter über kränkelte sie, wollte sich aber nicht werfen lassen. Nun mußte sie ihren Trotz büßen; eine starke Grippe fesselte sie an's Bett.

Herr und Frau Sänger konnten nicht begreifen, wie Thekla um der Erkrankung der Tante willen, all die „ehrenvollen Einladungen" ausschlagen mochte, die sie zum Schluß des Karnevals besonders zahlreich erhielt. Sänger war entrüstet über diesen „neuesten Eigensinn" seiner Stieftochter. Er machte ihr ernste Vorstellungen, was für Aussichten sie sich möglicherweise verderbe. Thekla

widersprach ihm nicht; was hätte es auch genutzt! Aber
gerade dieser stille Widerstand reizte ihn. Mit jedem Jahre
wurde die Unbotmäßigkeit bei diesem Mädchen schlimmer.
Ein wahres Kreuz war ihm mit diesem Kinde seiner Frau
auferlegt worden.

Er ließ sich hinreißen, ihr zu sagen: wenn sie sich
solche Schrullenhaftigkeit angewöhne, könne sie sich nicht
wundern, daß sie keinen Mann bekomme. — Agnes, die
diesem Ausbruch beiwohnte, spitzte neugierig die Ohren.
Thekla aber stand, ohne ein Wort zu erwidern, auf und
verließ still das Zimmer.

Sie ging in diesen Tagen viel zu Tante Wanda,
froh, in der Sorge um die Erkrankte etwas gefunden zu
haben, das ihre Gedanken abzog. Wenn sie dann abends
nach Haus kam, begab sie sich gleich auf ihr Zimmer;
von den ihren wollte sie so wenig wie möglich sehen.

So trübe endete dieser Karneval für sie, der so lustig
begonnen hatte.

Thekla hatte angenommen, daß sich Leo Wernberg
und Lilly noch vor Ablauf der Saison verloben würden.
Vielleicht war es gut so, vielleicht gehörten diese beiden
zusammen! Ja sie waren wohl von Anfang her für einander bestimmt. Einem ungewöhnlichen Menschen, wie
Leo Wernberg, möchte es ja auch vielleicht gelingen, aus
Lilly eine gute Frau zu machen. Sagte man nicht, die
Liebe sei im stande, Wunder zu wirken? — Thekla ging
in der Selbsttäuschung so weit, daß sie schließlich zu
wünschen glaubte, aus diesen beiden möchte ein Paar
werden.

Aber es kam und kam keine Verlobungsanzeige. Die
Fastenzeit hatte begonnen, und nichts verlautete, daß der
Wunsch der alten Herzogin sich endlich mal erfüllt habe.

Eines Tages machte Frau von Ziegrist mit Lilly

Besuch bei Sängers. Thekla war sicher, daß nun die Mitteilung kommen müsse. Anstatt dessen erklärte Frau von Siegrist, daß Lilly Abschied nehmen wolle, sie sei Hofdame geworden bei einer fürstlichen Dame.

Die Sängers gratulierten. Thekla war so erstaunt, daß sie für's erste keine Worte der Beglückwünschung fand.

Lilly fing an zu berichten: von jeher sei das ihr größter Wunsch gewesen. Hofdame sei eine „ideale Stellung". Und zudem habe sie es besonders angenehm getroffen. Ihre Fürstin wäre eine sehr große Dame, habe zwar kein Land, aber sei dafür enorm reich, und — ein weiterer Vorzug — kinderlos. Einen großartig vornehmen und liebenswürdigen Mann besitze sie. Man sei ganz international, spreche französisch, englisch und russisch; das Letztere werde sie noch erlernen. Sie werde sehr viel reisen mit dem Fürstenpaare, die Welt sehen, überall in der allererſten Gesellschaft verkehren. Kurz, ihr Lebens-ideal sei erfüllt.

Es war auffallend, wie eifrig Lilly sich bemühte, der Freundin klar zu machen, daß sie glücklich sei. Thekla kannte Lilly von klein auf, wie sich nur Klassengenossinnen kennen. Sie wußte, wie Lilly aussah, wenn sie log. Es stand für Thekla fest, daß Lilly alles andere sage, als die Wahrheit.

Also Leo Wernberg hatte Lilly sitzen lassen! — Es war so gekommen, wie der alte Wächtelhaus prophezeit hatte. Und Lillys „Lebensideal" war nun auf einmal: Hofdame zu werden.

Gefühle und Gedanken sehr gemischter Natur stürmten auf Thekla ein. Wie Triumph wollte es über sie kommen. Also Lilly hatte ihn nicht erobert! Ihre Anschläge waren zunichte geworden. Es lag Gerechtigkeit darin. Aber sie suchte das in sich niederzuringen. Schadenfreude war etwas so Niedriges. Sie hatte schon als Kind nicht verstehen können, wie man sich über das Unglück einer Kameradin freuen könne.

Arme Lilly! Welche Enttäuschung mußte sie fühlen, sie, die sich ihrem Ziele so nahe geglaubt hatte! Ob sie wohl im stande war, wirklich tiefen Kummer zu empfinden? Oder ob es bloß Ärger war und gekränkter Ehrgeiz, was aus ihrem neuesten Entschlusse sprach. In beiden Fällen war sie zu beklagen. Thekla gab sich die größte Mühe, freundlich von ihr zu denken.

Und doch strömte aus dem Mißerfolg der Freundin etwas wie Balsam in die eigenen Wunden. Für sich selbst erhoffte Thekla darum nichts. Sie wußte: aus dem Traum, den sie geträumt, konnte nie und nimmer etwas werden. Leo Wernberg war ihr nicht bestimmt. Aber es war ihr doch wenigstens erspart geblieben, ihn an Lillys Seite zu sehen.

Jetzt, wo das nicht mehr drohte, vermochte sie über sich selbst und das Erlebte ruhiger zu denken. Wie uns nachts ein Albdrücken überfällt, so war sie plötzlich unter eine fremde Gewalt geraten. War das aus ihrem Innern emporgestiegen? Gab es dort solche unheimliche, unkontrolierbare Mächte? Diese Sehnsucht, dieses stürmische Fordern, dieses unklare Begehren! War es nicht schrecklich, zu denken, daß so etwas Besitz von der Seele ergreifen konnte, wie eine Krankheit den Leib überfällt, und man ist dem machtlos übergeben! —

Ging das anderen auch so? Sicherlich, andere Frauen hatten Ähnliches erlebt! Aber wer hätte darüber sprechen wollen! Irgendwo und irgendwann würde sie schon eine Antwort erhalten darauf; dessen war sie sicher.

So klärten sich ihre Gefühle. Sie war doch nicht schlecht gewesen. Sie brauchte sich ihrer Handlungsweise

nicht zu schämen! Sie hatte sich doch nicht weggeworfen
Sein Herz verlieren, konnte doch nimmermehr Sünde und
Schande sein. Sich selbst antragen, wie es Lilly getan
hatte, darin lag die Schmach. Das war ein Brandmal, das
man nie wieder los wurde. Sie durfte den Kopf hoch
tragen; nichts hatte sie sich vergeben.

Es kam ihr auf einmal bei, Gabriels Briefe, alles,
was sie an Erinnerungen an ihn besaß, von dem Skizzen-
hefte mit dem Gedicht angefangen, wieder vorzunehmen.
Ein neues Verständnis ging ihr auf für ihn. In gänzlich
verändertem Lichte erschien ihr sein Werben um sie, da
sie zwischen den Zeilen las, wie heiß sie geliebt worden
war. Was sie ehemals kalt gelassen, was sie überhaupt
kaum gemerkt hatte, ergriff und rührte sie mit einemmale
zu tiefer Sympathie.

Ja, das Leben war wunderlich eingerichtet! Aber
es war doch nicht so unerträglich, wie es ihr in ihren
dunkelsten Stunden vor kurzem noch erschienen. Zu
sterben wünschte sie sich nicht mehr. Sie konnte jetzt
schon darüber lächeln, wenn sie dachte, daß sie in ihrer
schlimmsten Not den lieben Gott gebeten hatte, er möge sie
von dieser Welt nehmen, da sie darinnen zu unglücklich sei.

Ihre Melancholie wich allmählich einer gesünderen
Stimmung. Es gab doch noch Pflichten, die zu erfüllen
waren, Möglichkeiten und Hoffnungen, an die sie glauben
durfte, trotz allem. Sah die Welt nicht ganz anders aus!
War es nicht, als sei ihr ein neuer Sinn aufgegangen!

Sie wußte nicht, daß es die erste wirklich große
Enttäuschung war, die ihr den Schleier der Kindlichkeit
von den Augen genommen hatte und ihr nun die Farben
aller Dinge tiefer und die Züge aller Erlebnisse bedeutsamer
erscheinen ließ.

14*

VI.

Mit Wanda Lüdekind ging es wieder etwas besser. Aber nun, wo sie transportfähig war, verlangte Doktor Beermann energisch Luftwechsel für ihre angegriffene Lunge. Das Außerordentliche geschah: Wanda fügte sich einmal dem Rate ihres Hausarztes und erklärte sich bereit, nach dem klimatischen Kurort in der Schweiz zu gehen, den er als geeignet für sie bezeichnet hatte.

Das alte Fräulein war sich, nachdem sie ein eingehendes Gespräch mit Doktor Beermann gehabt hatte, nun doch ein wenig klarer geworden über den Ernst ihres Zustandes. Bisher hatte sie die Ansicht verfochten, daß, wer nur recht energisch gesund sein wolle, auch nicht krank werden brauche. Und ihr Befinden war wirklich eine Art von Stützung dieser Paradoxe gewesen. Beermann hatte ihr einmal ganz offen heraus gesagt: Der ärztlichen Wissenschaft nach müsse sie eigentlich längst im Grabe liegen. Wandas lachende Antwort darauf war gewesen: sie halte so wenig von der Wissenschaft, daß sie nunmehr sicher erwarte, hornalt zu werden.

Thekla hatte sich angeboten, die Tante zu begleiten. Wanda lehnte das freundlich, aber bestimmt ab. Thekla war ihr zu jung. Wenn es wirklich, wie Doktor Beermann behauptete, etwas Ernsteres mit ihrem Befinden auf sich hatte, dann wollte sie dem Kinde einen so traurigen Eindruck ersparen.

Dafür nahm sie Reppiners Anerbieten, sie bis zu dem Luftkurort zu begleiten, an. Dort sollte er sie den Händen eines Arztes übergeben, mit dem Doktor Beermann in Verbindung stand. Außerdem ging auch noch Kathinka ihr altes Mädchen, mit ihr. Tante Wanda reiste also, wie sie selbst fand: mit „fürstlichem Gefolge".

Thekla war zur Abfahrt auf den Bahnhof gegangen, auch Doktor Beermann fand sich dort ein. Die einzig heitere bei diesem Abschiede war die Reisende selbst. Thekla weinte, Kathinka heulte nach Dienstbotenart ohne Maß und Halt, Reppiner hatte seine übliche Regenmiene aufgesetzt, heute nur noch um einige Grad trüber, und Beermann war bärbeißig und grob, ein sicheres Zeichen, daß er gerührt sei. Nur Wanda Lübekind zeigte sich zu Scherzen aufgelegt und lachte sie alle aus wegen ihrer Leichen-bittermienen.

Thekla fragte Doktor Beermann, als sie gemeinsam den Bahnhof verließen, ob er glaube, daß Wanda volle Herstellung ihrer Gesundheit finden werde. Die Frage kostete ihr einige Überwindung, denn sie hatte dem alten Hausarzt ihrer Familie gegenüber immer noch nicht jene Scheu ganz überwunden, die sein rauhes Wesen und seine ungewöhnliche Erscheinung ihr als Kind einzuflößen pflegten. Er runzelte die Stirn, ganz wie in alter Zeit und funkelte sie unter seinen Brillengläsern mit den großen, grauen Augen an. Dabei hatte sein Gesicht die Farbe eines kollernden Puterhahnes angenommen. Das sei eine ganz kindische Frage, platzte er los. Ob sie denn glaube, ein Doktor sei allwissend, wie der liebe Gott! — Da hatte sie's! Nun war er böse, und sie so gescheit wie zuvor.

Für Thekla galt es zunächst, sich zu Haus wieder zu-recht zu finden. Jetzt, wo Wanda Lübekind abgereist war, hatte sie nicht mehr die Entschuldigung, bei der Tante notwendig zu sein, wenn sie oft ganze Tage den ihren fern bliebe.

Arthur befand sich wieder mal auf Ferien im Eltern-hause. Er mußte nun an's Arbeiten denken, denn die erste

Staatsprüfung rückte näher. Ein Freund der Gelehrsamkeit war er nie gewesen.

Wie gern hätte Thekla sich an den Bruder ange-schlossen. Bruder und Schwester waren doch von Natur zur Freundschaft bestimmt! Aber er schien nicht das Bedürfnis zu haben, sich irgend jemandem mitzuteilen. Bei Tisch war er ein beinahe stummer Gast. Daß er keine große Lust hatte, sich mit Sänger zu unterhalten, konnte nicht verwundern, aber er hatte auch den Damen so gut wie nichts zu sagen. Höchstens Agnes, die ihn mit seiner Körperfülle aufzuziehen liebte, brachte ihn gelegentlich aus der Ruhe heraus zu verdrossener Abwehr solcher Angriffe.

Thekla bedauerte es, daß sie so wenig von diesem Bruder hatte. Sie wußte doch, was für ein guter, im Grunde tüchtiger Mensch er sei. Warum umgab er sich mit einer solchen Kruste von Zurückhaltung? War es das Mißvergnügen über die unbehaglichen Zustände in der Familie, was ihn so bedrückte?

Ob er etwa liebte? — Thekla fragte sich das im geheimen, wenn sie sein merkwürdig gedrücktes Wesen be-obachtete, seine Scheu vor aller Geselligkeit, seine schlecht verhehlte Melancholie. Früher hatte er ja sein Herz nur allzuleicht verloren, man brauchte nur an Ella Bartusch denken! Wem mochte seine Neigung jetzt gelten? Vielleicht liebte er unglücklich! —

Von dem Augenblicke an, wo sich Theklas diese Ver-mutung bemächtigt hatte, betrachtete sie den Bruder mit verdoppeltem Interesse, fühlte für ihn mehr als schwester-liche Sympathie.

Eines Tages, als Thekla zu Besorgungen in einer der belebtesten Straßen ging, fiel ihr Blick von ungefähr auf ein Paar, das in einiger Entfernung vor ihr herging. Dieser breite Rücken mit den mächtigen Schultern konnte

niemandem anderes angehören als Arthur, und die zierliche
Gestalt neben ihm, war keine andere als Ella. Sie waren
in ihr Gespräch vertieft und ahnten wohl kaum, daß
sie beobachtet würden. Sie konnten einander vielleicht zufällig begegnet sein, und Arthur hatte sie aus alter Freundschaft angesprochen. Was aber Thekla stutzen machte, war,
Arthur so lebhaft zu sehen; er sprach, gestikulierte und
lachte. Das war ja ein ganz anderer Mensch, den man
da vor sich hatte!

Thekla dachte daran, Arthur und Ella einzuholen —
was leicht gewesen wäre, da sie langsam gingen. Dann
unterließ sie es. Sie hatte eine Ahnung, als dürfe sie
die beiden da nicht stören. Sie überließ also Arthur und
Ella einander, aber es gab ihr im stillen viel zu denken.

War es nicht merkwürdig, daß Ella, die als Lehrerin
doppelt vorsichtig hätte sein sollen, sich an der Seite eines
jungen Herrn auf der Straße sehen ließ. Von Arthur
war es ja eher begreiflich. Vielleicht wußte er nicht mal,
wie leicht er seine Jugendfreundin auf diese Weise in
schlechten Ruf bringen konnte. Sie beschloß, ihn darauf
aufmerksam zu machen, um Ellas willen.

Arthur zeigte sich, sobald sie nur das erste Wort geäußert hatte, auf's höchste erregt; in einer geradezu feind-
lichen Art, wie sie ihn gar nicht kannte. Er erklärte, daß
diese Angelegenheit niemanden etwas angehe, zum wenigsten
seine junge Schwester. Er wisse, was er zu thun und
was er zu lassen habe.

Seine Heftigkeit konnte Thekla nur in der Ansicht be-
stärken, daß hier etwas versteckt werden solle. Sie mußte
wissen, was diese beiden mit einander halten. Es war
mehr als gewöhnliche Neugier, was sie trieb, dem auf
den Grund zu kommen.

Sie beschloß daher, mit Ella zu sprechen. In der

Wohnung wollte sie die Freundin nicht aufsuchen, denn dort würde man unfehlbar mit Frau Bartusch zusammenkommen, und das gerade wollte Thekla vermeiden. Eine solche Sache, konnte man nur Mädel zu Mädel besprechen.

Es gelang ihr, Ella abzufangen, als sie in der Mittagspause die Anstalt verließ. Thekla forderte sie auf, mit auf ihr Zimmer zu kommen, sie habe mit ihr zu sprechen. Ella war sofort bereit dazu.

Die beiden waren seit längerer Zeit nicht zusammengewesen. Die Verschiedenheit ihrer Lage und ihres Verkehrs hatte zwischen den Jugendgespielen schließlich doch eine Art von Scheidewand aufgerichtet. Aber das war nach einigen Worten schon überwunden. Thekla fand die andre kaum verändert. Das war noch dieselbe zuthunliche, anschmiegende, freundliche Ella, mit ihrer kätzchenhaften Niedlichkeit und ihren schönen, verträumten Augen. Wie aus dem Ei geschält sah sie aus; selbst die Bücher, die sie trug, standen ihr gut.

Thekla begann, ohne viele Umschweife, einfach zu fragen, was Ella eigentlich mit Arthur habe. Ella legte außer einem leichten Erröten kein Zeichen größerer Bestürzung an den Tag. Sie freue sich, erwiderte sie, daß sie endlich mal mit jemandem darüber sprechen könne, denn die Heimlichkeit sei ihr selbst peinlich. Einmal müsse es ja doch an den Tag kommen: sie und Arthur seien verlobt.

Thekla fiel ein Stein vom Herzen, als Ella ihr das in aller Ruhe mitteilte. Im geheimen hatte sie Schlimmeres befürchtet. Ja, wenn das so stand, dann gab es ja gar keinen ersichtlichen Grund, warum Arthur und Ella einander in Zukunft nicht ganz angehören sollten.

Ella erzählte nun unaufgefordert mit glückstrahlender Miene, wie alles gekommen sei. Niemals waren die Beziehungen gänzlich abgebrochen gewesen zwischen ihr und

Arthur. Er hatte ihr geschrieben und sie ihm, und in den Ferien hatte man sich Rendezvous gegeben. Wann sie sich formell verlobt hätten, wußte Ella nicht anzugeben; das war ja auch gleichgiltig. Aber natürlich konnte Arthur, so lange er noch studierte, nicht als Bräutigam auftreten, daher die Heimlichkeit. Ihre Ringe trugen sie auch nicht, wie andere Verlobte, am Finger, sondern: sie eingenäht auf der Brust und er in der grünseidenen Börse, die sie ihm einstmals zum Geburtstag angefertigt hatte.

Das klang alles so einfach und selbstverständlich, wie es Ella erzählte, als hätte es gar nicht anders sein können. Es machte tiefen Eindruck auf Thekla. Sie bewunderte die Freundin aufrichtig. Wenn sie zurückdachte: Ella war ein unbegabtes, verschüchtertes Kind gewesen, unter anderen Mädeln hatte sie nie eine Rolle gespielt. Und wie war sie dabei zielbewußt und sicher ihres Weges gegangen, ohne Aufsehen in ihrer stillen Art. Nachgiebig und schwach, wie sie schien, hatte sie sich in ihrer Liebe durch nichts irre machen lassen. Was war es, was ihr diesen Mut gab? Was machte sie, die kleine unbedeutende Ella, bedeutend? Ihre Liebe. Früh hatte ihr Herz gesprochen. Nun hatte ihr Leben einen Inhalt, alles in ihr streckte sich nach dem einen Ziele: den Mann zu besitzen, den sie liebte. Mit dem ganzen lebendigen Herzen gab sie sich hin. So war die Liebe, die allein ihres Namens wert war.

Ja, wer das hatte, wer das konnte! —

* * *

Thekla stellte sich von Anfang an rückhaltlos auf Seite der beiden Liebenden. Wenn es ihre eigene Angelegenheit gewesen wäre, sie hätte sie nicht eifriger betreiben können, als sie jetzt um Ellas Glück sorgte.

Seitdem Arthur von seiner Braut erfahren hatte, daß Thekla von ihrem Plane wisse und wie freundlich sie sich dazu gestellt habe, zog auch er der Schwester gegenüber andere Saiten auf. Er sah nun in ihr eine wertvolle Bundesgenossin. Als Mann erkannte er in viel deutlicherer Weise die mannigfachen Schwierigkeiten, die sich dem Heiratsplane in den Weg stellten, als die beiden unerfahrenen Mädchen. Da war erstens Ellas Stand. Von den Verwandten und Freunden würde es ihm jedenfalls stark verdacht werden, daß er, ein Herr von Lüdekind und Sohn seines Vaters, eine simple Lehrerin heimführen wollte. Aber schließlich diesen Leuten den Mund zu stopfen, würde leicht sein. Ein ernsthafteres Hindernis bildete die Vermögensfrage. Ella hatte nichts, und es war fraglich, ob ihre Eltern in der Lage sein würden, ihr auch nur die Ausstattung zu beschaffen. Arthur, der vom Vater her ein kleines Vermögen besaß, hatte davon während des Dienstjahres und der ersten Semester schon ein gut Teil verthan. Dazu war das Examen noch nicht gemacht, und selbst wenn diese Staffel erklommen sein würde, mußte man mit einer Reihe von Jahren ohne Gehalt rechnen.

Thekla begriff jetzt, warum der Bruder nicht in rosiger Stimmung sein konnte, und verzieh ihm gern seine Schroffheit von neulich. Sie mußte ihm auch darin recht geben, daß er sein Verhältnis zu Ella vorläufig in Geheimnis hüllte. Die beiden konnten nichts thun, als warten und im stillen ihrem Ziele zustreben.

Die nächste Folge dieses Erlebnisses war, daß die Freundschaft zwischen Thekla und Ella neu auflebte. Es that Thekla jetzt von Herzen leid, daß sie die Jugend-

gespielin vernachläſſigt hatte. Aber es war ganz von
ſelbſt ſo gekommen. Für Thekla war Ella nun die Braut,
ein beſonders beglücktes, vor allen anderen ausgezeichnetes
Weſen. Man küßte und umarmte ſich viel. In dieſer
Beziehung mußte Thekla verſuchen, ſeiner Braut Arthur zu
erſetzen, der nun wieder auf Univerſität gezogen war.

Wenn Ella zu Thekla kam, was oft geſchah, unterhielten ſich die Mädchen begreiflicherweiſe immer über das
nämliche Thema. Daß Ella die Briefe ihres Verlobten vor-
las, verſtand ſich von ſelbſt. Gelegentlich benutzte Ella
auch dieſe Beſuche, um ſich auszuweinen. In ihrem Berufe hatte ſie viel Unerquickliches zu ertragen und zu Haus
ging es ihr auch nicht immer zum beſten.

Die Verhältniſſe in der Familie Bartuſch waren nach
wie vor mißliche. Der Vater tyranniſch und ſchroff, die
Mutter mißvergnügt und verbittert. Dazu die Nöte mit
Gabriel! Er hatte das Studium an der Hochſchule auf-
gegeben, Knall und Fall. Die ſeinen waren ganz ohne
Nachricht, wo er ſich aufhalte. Sie glaubten, daß er
nach Rußland gegangen ſei, weil das früher ſchon ſein
Plan geweſen war. Der Vater erlaubte nicht, daß
Gabriels Name fortan in ſeiner Gegenwart genannt werde.

Es hätte nahe gelegen für Thekla, die Freundin,
deren großes Geheimnis ſie ja nun kannte, dafür auch in
ihre Herzensangelegenheiten einzuweihen. Aber ihr Ge-
ſtändnis wäre zu traurig ausgefallen. Und ſoweit es
Gabriel betraf, hatte ſie wohl nicht einmal das Recht zum
Ausplaudern.

Im ſtillen war ſie voll Sorge um Gabriel. Unwillkürlich brachte ſie ſein jähes Abreiſen ohne Angabe
des Reiſezieles in Zuſammenhang mit ihrem Briefwechſel.
Sie hätte ihm dieſen Brief doch nicht ſchreiben ſollen!
Eine Abſage war ja notwendig geweſen, aber hätte ſich

nicht eine andere Form finden lassen? — Vielleicht hatte
er sich ihre Antwort zu Herzen genommen. Wer weiß,
was für Unbesonnenheiten er in gekränkter Laune begangen
haben mochte! —

Wenn sie nur gewußt hätte, wo er sich jetzt aufhalte!
Wie gern würde sie ihm geschrieben haben, ihm irgend
etwas Liebes zu sagen. Es war ihr sehr unbehaglich zu
Mute, daß er so lange schwieg; wie eine schwere Verantwortung lastete es auf ihr. So oft sie Ella sah, fragte
Thekla sie, ob noch keine Nachricht von ihrem Bruder
da sei.

Da brachte Ella eines Tages freudestrahlend die
Kunde, Gabriel habe einen langen Brief an die Mutter
geschrieben. Er sei in Kiew, befinde sich wohl und hätte
Thätigkeit gefunden. Ein Großindustrieller, Deutscher von
Geburt, habe ihn angestellt bei seinen großartigen, technischen
Unternehmungen. Arbeit gäbe es in Fülle, er verdiene
Geld und fühle sich in seinem Elemente. Nach Haus zu-
rückzukehren, verspüre er nicht die geringste Lust.

Wenige Tage, nachdem Thekla diese beruhigende Nachricht erhalten hatte, empfing sie selbst einen Brief von
Gabriels Hand.

„Gnädiges Fräulein! Ich bin Ihnen, so viel ich
weiß, noch einen Brief schuldig. Als ich vor etwa
einem Jahre Ihre Antwort erhielt, stand ich wie vernichtet; das Leben schien mir sinnlos geworden. So
war damals meine Stimmung.

Heute weiß ich, daß das, was ich ersehnt, was
durch Jahre den Inhalt ausgemacht hat, meiner Träume
und Hoffnungen, eine Illusion gewesen ist, eine echte
und rechte Jugendillusion.

Ihnen, gnädiges Fräulein, werde ich schwerlich
damit etwas Neues sagen. Sie haben das früher er-

kannt als ich. Und wenn ich an manches gemeinsam Erlebte zurückdenke, dann will es mir erscheinen, als seien Sie immer die kühlere und überlegtere gewesen. Ich habe Ihnen dankbar zu sein dafür. Das, was ich erreicht habe, was ich bin und kann, verdanke ich eigentlich Ihnen. Es war ein ganz bestimmter Wunsch, ein Ziel, das mich in solcher Eile vorwärts getrieben hat auf meiner Bahn. Sie wissen, welchen Sporn ich hatte. Ist es nicht sonderbar, daß nun, wo ich die Selbständigkeit erreicht, ich das ursprüngliche Ziel fallen lasse! — So geht es im Leben.

Warum ich Ihnen das schreibe! Mein Stolz nötigt mich dazu. Jetzt, wo ich etwas bin, ein Mann und mein eigener Herr, blicke ich zurück auf meine Jugend, und wenn ich da das Fazit ziehe von allem, dann sehe ich neben vielen anderen Demütigungen auch eine, die mir am heißesten auf dem Bewußtsein brennt: wie ein Bettler habe ich vor Ihnen gestanden. Gekniet habe ich und gebettelt. Das sollte ein Mann niemals thun. Denn wir sind zum Siegen bestimmt von Natur; das habe ich nunmehr erkennen gelernt! — Sie sehen, gnädiges Fräulein, ich habe mich sehr verändert, seit ich das letzte Mal an Sie schrieb. Ich halte es für richtig, daß Sie das erfahren sollten.

Und dann habe ich auch noch eine Bitte — mündlich sie vorzubringen würde mir kaum möglich sein, da wir uns wohl schwerlich jemals wiedersehen werden — sie betrifft meine Briefe an Sie. Wenn Sie noch etwas übrig haben für einen Jugendgespielen, so verbrennen Sie, bitte, alles, was Sie etwa an Erinnerungen besitzen von meiner Hand. Diese Dinge, mir einst so wertvoll, sind jetzt sinnlos geworden. Ihnen werden sie sowieso niemals viel bedeutet haben.

Leben Sie wohl! Es wünscht Ihnen aufrichtig
alles Gute für die Zukunft

Ihr

Gabriel Bartusch."

Thella stand vor diesem Schreiben auf's wunderlichste
berührt. Eigentlich hätte sie sich wohl darüber freuen
sollen. Nun war sie ja entlastet! Gabriel gab sie frei,
sprach sie jeder Verantwortung los und ledig. Er warf
ihr nichts vor, im Gegenteil, er sagte ihr Dank.

Und doch, und doch! — — War es nötig, das in
dieser Weise zu thun, in dieser bitteren Weise? — Hatte
sie das um ihn verdient?

„Jugendillusion" nannte er seine Gefühle für sie!
Gut, sie wollte ihm erlauben, daß er das jetzt so bezeichnete. Aber hätte, wenn die Illusion abgewellt war, nicht
Freundschaft zwischen ihnen erwachsen können? — War es
wohlgethan, so alles mit groben Händen auf einmal aus-
zuraufen und ihr vor die Füße zu werfen?

Sein „Stolz" nötigte ihn dazu, schrieb er. Eine
„Demütigung" war ihm das, was er empfunden hatte.
O, was hatte er für Begriffe von der Liebe! Wahrhafte
Liebe fand sich nicht gedemütigt, selbst wenn sie nicht erwidert
wurde. Davon hätte sie ihm manches zu sagen gehabt.

Er wollte, daß sie seine Briefe verbrenne! Sie mußte
diesem Verlangen wohl Folge geben? Nun suchte sie all
die Zettel und Blätter und Bogen zusammen; es war ein
ganzes Päckchen. Auch das Skizzenbuch mit dem Gedicht
trug sie herbei. Noch einmal las sie die kindliche Widmung darin durch:

„Tief verschwiegen trag ich's nun,
Schmerz und höchste Lust.
Bis der Tod sein Veto spricht,
Schlägt für dich die Brust."

So hatte der Schlußvers gelautet.

Oben auf legte sie seinen letzten Brief. Dann hielt sie das Bündholz an, und sah zu, wie die Flamme eines nach dem anderen der Blätter ergriff. Erst sengte und leckte das Feuer langsam, fast widerwillig daran; bis es plötzlich das ganze kleine Packet erfaßte und im Wirbel emporriß. Bald war nur noch ein Häuschen dunkler Asche übrig.

Thekla sah der Zerstörung mit Thränen zu. Es war ihr zu Mute, als begrübe sie ein Stück ihrer Jugend.

VII.

Wanda Lübekind kehrte in ihr Heim zurück, als auch im Norden der Winter zu weichen begann. Sie war befriedigt vom Erfolg ihrer Kur, behauptete, sich gekräftigt zu fühlen, und meinte, das müsse nun für lange aushalten. In der Einsamkeit der Fremde hatte sie sich allerhand Pläne ausgedacht, die nun zur Ausführung kommen sollten. Das alte Fräulein war voll Energie und Lebenslust.

Wenn man freilich Doktor Beermann hörte, dann sah man Wandas Befinden in anderem Lichte. Er hatte ihre Lunge untersucht und festgestellt, daß die Erkrankung, derentwegen er der Patientin die Luftveränderung vorgeschlagen, nicht aufgehalten worden sei. Der Kranken sagte er nichts über den traurigen Befund, aber er ließ die nächsten Freunde nun nicht mehr im Zweifel über seine Diagnose.

Es bedurfte einiger Zeit, ehe Thekla Doktor Beer-

manns Worte in ihrem ganzen Gewicht zu faſſen begann.
Zu gewöhnen vermochte ſie ſich nicht an den Gedanken,
der zu außerordentlich war für ihre Jugend, als daß er
durch die Zeit ſeine Schrecken hätte verlieren können. Sie
wußte ja, was der Tod bedeutete, denn ſie hatte ihren
Vater verloren; aber das war damals gekommen, wie ein
Blitz unvermittelt. Aber war das, was ſich hier vorbereitete, nicht viel, viel entſetzlicher noch. Die Auf-
löſung eines lieben Menſchen, der man mit wachen
Augen beiwohnte! — Konnte ſich Doktor Beermann nicht
täuſchen? Es gab, wie ſie ſchon gehört hatte, manchen
Fall, wo Patienten, nachdem ihnen der ſichere Tod vor-
ausgeſagt worden war, erſt recht geneſen, dem medi-
ziniſchen Gutachten zum Trotze.

Und Tante Wandas Erſcheinung und ganzes Weſen
gaben ihr ſcheinbar recht. Wer die klaren Augen und die
energiſche Beweglichkeit der noch im Alter anmutigen
Perſon ſah, konnte ſich ſchwer vorſtellen, daß dieſes lebens-
volle Weſen unentrinnbarem Siechtum verfallen ſein ſollte.

Eine gewiſſe Genußfähigkeit und Freude am Daſein,
die früher kein ausgeſprochener Zug in Wanda Lübekinds
Natur geweſen war, fiel jetzt ihren Freunden an ihr auf.
Sie wollte ſtets Geſellſchaft haben und Unterhaltung.
Wenn die Leute traurige Mienen zeigten, war ſie ungehalten, ſie verlangte, vergnügte Geſichter um ſich zu ſehen.
Ihr Geiſt war reger denn je. Oft ſtellte ſie eine ihrer
paradoxen Bemerkungen auf, nur um Widerſpruch heraus-
zufordern. Sie beklagte ſich, daß Reppiner, der früher
ſolchen Fehdehandſchuh willig aufgenommen hatte, jetzt
ſo fürchterlich langweilig und ſtumpf geworden ſei. Sie
konnte nicht begreifen, was den Freund bedrücke.

Auch ihre Kranken- und Armenbeſuche wollte ſie in
altgewohnter Weiſe wieder aufnehmen. Aber da mußte ſie

doch merken, daß dies über ihre Kräfte gehe. Sehr erstaunlich war ihr das. Sie konnte sich die rätselhafte Erscheinung, daß der Körper nicht dem Willen gehorchen
wolle, nur durch einen augenblicklichen Schwächezustand erklären, der bald weichen werde.

Und weil ihr das Alleinsein, das sie früher geliebt
hatte, neuerdings unbehaglich war, fragte sie eines Tages
die Nichte, ob sie nicht zu ihr ziehen wolle. Thekla zauderte
keinen Augenblick, dem Wunsche der Tante nachzukommen.
Zu Haus Urlaub zu erhalten, wurde ihr nicht schwer gemacht. Sänger klagte sowieso neuerdings ganz unver-
blümt, wie schwierig ein Hausstand mit zwei erwachsenen
Töchtern sei.

Thekla zog also wieder zu Tante Wanda; diesmal
allerdings nicht in ihr altes Stübchen mit den Rokoko-
engeln und Epheuguirlanden, sondern dicht neben das
Schlafzimmer des alten Fräuleins, um, sobald diese des
Nachts einen Wunsch äußerte, sofort zur Hand zu sein.

Doktor Beermann hatte eigentlich eine Diakonissin
verlangt, aber Wanda Lübekind wollte davon nichts
wissen. „Ihr thut doch gerade, als ob ich zum Sterben
krank wäre!" rief sie belustigt aus. Und da sie sich auch
weiterhin standhaft weigerte, ein „fremdes Gesicht" um sich
zu sehen, war der Arzt schließlich froh, in Thekla eine
Persönlichkeit zur Pflege zu besitzen, die einer so eigensinnigen Kranken angenehm war. Man durfte vielleicht
hoffen, daß das, was dem jungen Mädchen an Erfahrung
abging, die Liebe ersetzen werde.

Theklas Aufgabe, wie sie ihr Doktor Beermann aus-
einandergesetzt hatte, war: vor allem die Patientin zu
unterhalten und ihr das Dasein in jeder Weise leicht und
angenehm zu machen. Darüber hinaus fiel dem jungen
Mädchen das schwierigere Amt zu, die Patientin zu be-

wachen, daß sie den Vorschriften des Arztes gemäß lebte. Ferner hatte sie die Korrespondenz der Tante zu führen. Da waren die vielen Bittsteller, die sich an das wohlhabende alte Fräulein heranzudrängen suchten. Früher hatte Wanda Lübelind solche Gesuche selbst geprüft und je nach dem Falle abgewiesen oder erhört. Jetzt durfte das nicht mehr sein. Doktor Beermann hatte sein Veto eingelegt, jede Erregung solle von der Kranken ferngehalten werden. Da mußte denn Thekla auch hier einspringen, so gut sie es verstand. Die Bittsteller fuhren dabei nicht schlecht; denn das junge Fräulein von Lübelind verband mit angeborener Gutmütigkeit die ganze Arglosigkeit und das leicht ergriffene Herz der Jugend.

So kam der Sommer heran. Thekla merkte kaum etwas vom Gange der Jahreszeiten. Vom Krankenzimmer in den kleinen Gartensaal, wo ihres Vaters Bild hing, von da in den Garten und wieder in's Haus zurück, das waren die Gänge, die sie Tag ein, Tag aus ohne weitere Abwechselung hatte.

Die Stadt wurde allmählich leer. Wer es erschwingen konnte, ging wenigstens für die Hundstage fort. Sängers waren in's Gebirge gegangen. Arthur blieb in der Universitätsstadt, um während der Ferien zu arbeiten. Auch von Ella sah Thekla jetzt so gut wie nichts.

Ihr einziger Umgang waren Tante Wandas Freunde. Doktor Beermann erschien täglich, und nicht viel seltener kam Reppiner. Das gemeinsame Interesse an der Kranken führte die drei Menschen einander näher.

Reppiner war für Thekla früher eine unverständliche, oft unheimliche Persönlichkeit gewesen; sie hatte eigentlich Tante Wandas Vorliebe für diesen Sonderling nie recht begriffen. Es war nicht Reppiners Sache, jedermann seine Gefühle zu zeigen. Er pflegte sich mit sarkastischen Bemerkungen, oder mit einem bitteren Lächeln zu helfen, wenn ihn mal eine sentimentale Schwäche anwandeln wollte. Wanda Lübelind verstand das. Menschen, die herbe Erfahrungen durchgemacht haben, fürchten sich vor nichts mehr, als vor dem Anscheine der Weichheit, zeigen sich lieber selbst stachelig, als daß sie zugeben, daß sie ein Stachel getroffen hat. Wanda blickte durch die rauhe Haut, die dieser Mann, wie mancher seiner Stammesgenossen, zum Schutze gegen widrige Verhältnisse sich hatte wachsen lassen, in den weicheren Kern seiner Natur hinein. Sie verstand es, die milden Seiten seines Wesens herauszulocken. In ihrer Gesellschaft wuchsen diesem Vereinsamten Lebensfreude und Zutrauen; ähnlich wie ein vor Kälte Erstarrter in der linden Atmosphäre eines gastlichen Heims den Gebrauch seiner Gliedmaßen wiedergewinnt.

Meist erschien Reppiner in den frühen Abendstunden, wo die Kranke am besten aufgelegt war, Besuch zu empfangen. Da nahm er dann Thella das Amt, die Patientin zu unterhalten, ab. Es war wirklich rührend zu sehen, wie er jeden Tag etwas Neues zur Erheiterung des alten Fräuleins zu erzählen sich bestrebte. Er hatte es sogar zu einer gewissen Kunstfertigkeit gebracht im launigen Plaudern, und wer ihn da gehört hätte, ohne ihn sonst zu kennen, der würde ihn leicht für einen Causeur von Anlage gehalten haben. Wie wenig Reppiner zur Heiterkeit aufgelegt war, das merkte Thella, wenn er, allein mit ihr, sich nach Wandas Befinden erkundigte; wenn sie ihm dann sagen mußte, daß der Husten wieder schlimmer sei, oder daß die Kranke vor Atemnot nur wenig Schlaf gehabt habe in der letzten Nacht.

Dem jungen Mädchen fiel es jetzt manchmal auf, daß die Tante nachdenklicher war, als ob sie sich mit ernsten Gedanken beschäftige. Eine Nacht war besonders schlimm. Die Kranke konnte keine Ruhe finden; tiefe Seufzer entrangen sich ihrer Brust. Sie stöhnte, warf sich im Bett hin und her und bat, daß man ihr helfen möge. Zum ersten Male hatte Thekla das Gefühl, daß sich die Kranke ängstige. Das schnitt in's Herz. Wie furchtbar mußte die Macht sein, der sich eine Wanda Lübekind beugte? — Thekla reichte der Kranken ein linderndes Mittel, das sie nur geben sollte im Falle unerträglicher Beschwerden. Darauf wurde es nach einiger Zeit besser. Die Kranke fiel in Schlaf, und Thekla konnte der alten Kathinka den Rest der Nachtwache überlassen.

Am nächsten Morgen, als das junge Mädchen spät erwachte, galt ihr erster Blick der Kranken. Sie fand Tante Wanda wach und fieberfrei. Thekla begab sich in ihr Zimmer zurück, um sich anzukleiden. Nach kurzer Zeit jedoch vernahm sie ein Klopfen am Bettrande, das verabredete Zeichen, sowie man ihrer bedürfen würde.

Die Augen der Kranken sahen sie tief und durchbringend an. „Komm her, mein Kind, ich will dich etwas fragen! Setz' dich ganz nahe."

Thekla mußte auf dem Bettrande Platz nehmen.

„Sage mir die volle Wahrheit! Von den anderen erfahre ich's doch nicht. Wie steht es mit mir? Werde ich sterben müssen?"

Thekla war auf diese Frage nicht völlig unvorbereitet. Doktor Beermann hatte ihr anbefohlen, falls sie gestellt werde, solle sie sagen: Hoffnung auf Genesung sei nicht ausgeschlossen. Der Arzt wußte aus Erfahrung, wie gerade auf starke Persönlichkeiten die Erkenntnis völliger Hoffnungslosigkeit vernichtend wirkt. Thekla sagte gehorsam das, was ihr in den Mund gelegt worden war, obgleich es ihr wie eine Sünde erschien.

Aber Tante Wanda schüttelte unwillig den Kopf und rief: „Glaub's nicht! Es ist unrecht von euch! Ich muß doch wissen, wie lange ich noch habe. Wichtiges hängt davon ab. Ich weiß, daß es mit mir zu Ende geht."

Das Letzte wurde kaum hörbar gesagt. Für Thekla war es zu viel; sie bedeckte die Augen mit der Hand, um die hervorbrechenden Thränen zurückzuhalten.

„Ich wußte es!" sagte Wanda nach einiger Zeit und wandte ihr Gesicht der Wand zu. Thekla ging leise an's Fenster, blickte hinaus in das Grün der Bäume, und versuchte ihre Bewegung niederzuringen.

Als sie hörte, wie die Kranke sich regte, ging sie wieder zu ihr.

„Laß mir den guten Reppiner rufen!" sagte Wanda mit ruhiger Stimme. „Ich will meinen letzten Willen mit ihm durchsprechen."

Reppiner kam und blieb mehrere Stunden, während deren sich Thekla, auf Wunsch der Kranken, im Garten aufzuhalten hatte.

Thekla sah Reppiner nur von weitem einen kurzen Augenblick, als er ging. Er schaute noch ernster und gedrückter drein als gewöhnlich.

* * *

Nun wurde doch eine Diakonisse angenommen zur Pflege. Wanda Lüdekind ließ es geschehen. Sie wehrte sich überhaupt gegen nichts mehr, seit sie erkannt hatte, daß einer bei ihr angeklopft habe, gegen dessen Finger alle Auflehnung umsonst ist.

Die Pflegerin, von Doktor Beermann selbst ausgesucht, war ein Wesen, das man im Leben wie im Sterben gern um sich haben mochte. Schwester Sabina war noch jung; einen wunderbaren Gegensatz zu ihrer ernsten Tracht gab ihr rosiges Gesichtchen ab. Ein halbes Kind, in dessen Züge das Leben noch nichts geschrieben hatte. Und so eine ging von einem Krankenlager zum anderen, von Sterbebett zu Sterbebett!

Theklas Herz flog dem gleichaltrigen Mädchen sofort entgegen. Es machte ihr tiefen Eindruck, zu sehen, mit welcher inneren Freudigkeit Schwester Sabina ihren schweren Beruf erfüllte. In den Weg kamen die beiden Mädchen einander nicht. Wenn auch die Diakonisse jetzt die Pflege übernommen hatte, so blieb doch Thekla die eigentliche Vertraute Wandas. Die Nichte war schließlich das einzige Wesen, für das die Sterbende noch lebendiges Interesse an den Tag legte. Mit vielem anderen schien sie abgeschlossen zu haben, als hätte sie durch ganze Gedankenkreise und Gefühlsgruppen einen Strich gemacht. Reppiner konnte ihr die schönsten Geschichten erzählen, die er zu ihrer Erheiterung aus den Zeitungen zusammensuchte, Wanda hörte kaum noch darauf.

Dafür waren andere Dinge wichtig geworden für sie. Sie lebte und webte jetzt ganz in alten Erinnerungen. Das weit Zurückliegende erhielt erneute Bedeutung, als ob sie im Angesicht des Todes Kraft suchen wollte und Erquickung bei dem was längst entschwunden war.

Thekla mußte aus wohl verschlossenen Truhen und Fächern, zu denen bisher niemand Zutritt gehabt als Tante Wanda selbst, Bücher, Hefte, Briefe und Photographien herbeiholen. Diese Dinge breitete dann das alte Fräulein vor sich aus und verkehrte mit ihnen, wie mit lebenden Wesen. Zum Lesen kam es nicht. Sie schien auch die meisten dieser Briefe auswendig zu können. Es war mehr ein Durchblättern, ein Sich-in-Erinnerung-rufen verblichener Empfindungen, eine Rekapitulation des ganzen Lebens, ehe man endgiltig von ihm Abschied nimmt.

Die Sterbende schien ihren Schmerzen zum Trotze doch glücklich und heiter. Ihre Züge hatten etwas kindlich Sanftmütiges angenommen, das Gesicht verkleinerte sich zusehends, der früher schon überzarte Körper schien nur noch ein Gedanke zu sein. Sie lächelte jeden freundlich an, der an ihr Lager trat; dabei hatte man das Gefühl, kaum von ihr bemerkt zu werden. Ihr Geist schien sich mit Dingen zu beschäftigen, die in weiter Ferne lagen. Voll Sanftmut und Geduld ertrug sie ihr Leiden, alles war gut und schön, ihr ehemals so stark ausgebildeter, kritischer Sinn schien seine Schärfe völlig eingebüßt zu haben. Jetzt wo das Leben von ihr wich, brach jene Güte sieghaft durch, welche die wenigen Bevorzugten, denen Wanda Lübelind Zutritt zu ihrem Herzen gelassen hatte, längst als den eigentlichen leuchtenden Kern ihres Wesens erkannt hatten.

Reppiner saß, wenn er kam, meist am Fenster mit trüber Miene. Er machte keinen Versuch mehr, seine Freundin mit Anekdoten zu erheitern. Manchmal fiel bei solchem Besuche kaum mehr als die im Flüsterton gesprochene Frage nach dem Befinden der Kranken, und schließlich wurde auch diese nicht mehr gestellt, weil man die Antwort längst wußte. Dann herrschte ein Schweigen, in dem man den kleinsten Laut im Hause vernahm, wo einem das Summen einer Fliege wie Lärm vorkam. Alles wurde beredt: die Dinge, der Raum, die laufenden Minuten; während die Menschen in banger Scheu vor dem Unsichtbaren verstummten.

Oft war es, als unterhalte sie sich mit jemandem.

Man sah, daß ihre Lippen sich leise bewegten, und daß ihre Augen mit jenem wunderbaren in's Weite sich verlierenden Ausdrucke, der Sterbenden eigen ist, nach oben gerichtet waren. Thella meinte im stillen, sie bete vielleicht; obgleich Tante Wanda ja eigentlich niemals zu denen gehört hatte, die im Gebet ihre Zuflucht suchten.

Eines Tages rief Wanda Lübekind die Nichte an ihr Lager. Thella beugte sich über sie, um ihr das laute Sprechen zu ersparen. Durch eine Bewegung deutete Wanda an, daß sie ein wenig zurücktreten möge. Sie behielt die Hand des jungen Mädchens in der ihren und ließ das Auge voll auf ihr ruhen.

„Du siehst deinem Vater sehr ähnlich! Du bist wirklich sein Ebenbild!" sagte sie dann langsam. „Thue mir einen Gefallen, Kind! Bring mir sein Bild hierher! Ich will es immer vor Augen haben."

Thella holte Schwester Sabina herbei. Sie trugen gemeinsam das große Bild aus dem Gartensaal nebst der Staffelei, auf der es stand, heran, und stellten es so auf, daß die Kranke es ohne Beschwerde jederzeit betrachten konnte. Dann entfernte sich die Diakonisse schweigend.

„Und nun soll niemand mehr in dieses Zimmer kommen, der Doktor nicht, Reppiner nicht, auch die Schwester nicht mehr. Hörst du, Thella!" rief Wanda in einem Tone, der an ihre alte Energie erinnerte. „Keine Fremden mehr! Ich will nun ganz allein sein mit dir und mit ihm!"

Das junge Mädchen wagte nichts dagegen zu sagen. „Richte mich ein wenig auf!" bat die Sterbende. Thella that es in der Art, wie sie es der Pflegerin abgesehen hatte.

Lang ausgestreckt, das Haupt durch Kissen erhöht, mit gefalteten Händen, lag Wanda Lübekind und betrachtete das Bild des Verstorbenen. Thella hatte sich hinter das Kopfende des Bettes zurückgezogen.

„Du bist bei mir! — Ich habe dich nun!" hörte sie die Sterbende flüstern.

Der Arzt kam. Thekla ging ihm in den Flur ent- gegen und teilte ihm Tante Wandas Wunsch mit. Doktor Beermann meinte, man solle ihr jeden Willen lassen fortan, und ging. Später kam Reppiner. „Bin ich für Wanda Lübelind ein Fremder?" fragte er bitter. Aber auch er ging.

Als Wanda sah, daß sie ganz allein seien, rief sie: „Thekla, mein Kind, willst du mir ein wenig zuhören!" — Das junge Mädchen machte Vorstellungen, daß sich die Tante doch nicht zuviel zumuten solle. „O, laß mich doch!" meinte Wanda, fast wie ein Kind in bittendem Tone. „Ich fühle mich so — ich weiß nicht — so leicht wie seit langem nicht. Das hat der dort gemacht!" Sie wies auf das Bild von Theklas Vater. „Heut will ich noch mal jung sein mit euch beiden."

Ein Lächeln glitt über ihre Züge.

„Dein Vater konnte so lebenslustig sein, so von Herzen froh, wie ich nie wieder einen Menschen gesehen habe. Das kam, weil er so gut war. Nur reine Menschen können so glücklich sein und so beglücken."

Sie verfiel in langes Schweigen; ihr Blick war auf das Bild vor sich geheftet. „Du sollst wissen, mein Kind, wie es zwischen mir und deinem Vater gewesen ist," sagte sie dann. „Du bist jetzt soweit, daß du das ver- stehen kannst." Und nun begann Wandas Beichte. Sie sprach mit schwacher Stimme, oft Pausen machend, aber doch für Thekla verständlich.

„Ich habe deinen Vater gekannt, als er noch ein Knabe war. Da war er mein kleiner Vetter, von dem ich Huldigung gern hinnahm. Ich glaube, er bewunderte mich damals sehr. Und ich — nun ich hatte andere Dinge und

andere Menschen im Kopfe. In der Jugend machen ein
paar Jahre einen großen Unterschied. Ich war eine Dame
und er noch lange kein Mann. Ich hatte den Knaben
nur gern, weil er so offen war und so gutartig.

„Du weißt, daß ich eine schwere Jugendzeit durchgemacht habe. Meine Eltern starben kurz hintereinander,
ließen mich allein. Furchtsam war ich ja nicht, aber ich
war unerfahren. Ich will dir meine traurigen Erfahrungen
nicht aufzählen. Die Menschen, die mich damals gekränkt
haben, sind wohl alle nicht mehr am Leben. Mag ihre
Schuld mit ihnen ruhen. Nur das eine: ich verlobte mich.
Du wunderst dich! Das hast du nicht gewußt! Ja, mein
Kind, ich bin einmal Braut gewesen. Mein Bräutigam?
Nichts von ihm! Der Traum war kurz und fiel mit meinem
Glauben an den Mann.

„Damals sollte ich erfahren, was es heißt, einen wahr-
haften Freund besitzen. Dein Vater trat für mich ein.
Ich selbst wäre nicht ruhig und klar genug gewesen, um
mich aus solcher Verstrickung zu lösen. Das that Eberhardt
Lübekind für mich, that es in jener edlen, ritterlichen, selbst-
losen Weise, die nur Männern eigen ist, welche Ehrfurcht
haben vor der Frau. Er erklärte, nur für mich eingetreten
zu sein, weil ich eine Lübekind sei, und weil er es nicht
dulde, ein Mitglied seiner Familie beleidigt zu sehen. Wir
blieben Vetter und Cousine auch nach diesem Erlebnis. —

„Thekla, Frauenliebe ist anders geartet als Männer-
liebe. Wäre ich Mann gewesen, ich hätte meine Gefühle
zeigen dürfen, ohne mich zu erniedrigen. Verschämtheit
gilt für weiblich, ja, es soll eine Tugend sein; ich weiß
es. Aber sie kann zum Schleier werden, der den Sonnen-
strahl des Glückes nicht zu uns bringen läßt, so daß wir
im Dunkeln verblühen müssen.

„Eberhardt sah nicht, wie es in Wahrheit um mich

ſtand. Bei jeder anderen hätte er es geſehen; denn die Männer ſind ſchnell von Begriffen in dieſen Dingen. Mir gegenüber war er mit Blindheit geſchlagen. Ich war ihm vertraut von Kindheit an; nichts Neues, Außergewöhnliches, Rätſelhaftes, Verlodendes gab es an mir für ihn. Und ich ſelbſt — nun ich war zu ſtolz, ihm auch nur einen Schritt entgegenzugehen. Und ſo blieb es zwiſchen uns bei der guten Kameradſchaft.

„Und dann verlobte er ſich und heiratete. Behaupten, ich hätte ihn einer Frau gegönnt, irgend einer Frau und wäre ſie die beſte geweſen, würde eine Lüge ſein. Thella, wir ſind alle menſchlich, ſehr menſchlich, wenn wir lieben. — Gehaßt habe ich deine Mutter nicht; davon kann ich mich frei ſprechen. Ich habe mich ſogar daran gewöhnt mit der Zeit, ſie als Eberhardts Frau anzuſehen. Ja, als der Augenblick kam — er mußte ja kommen — wo er von der, die er gewählt, Schätze verlangte, die ſie nicht beſaß, da ſtellte ich mich auf ihre Seite. Er hatte kein Recht zu Vorwürfen, da er ſich als Mann ſein Schickſal ſelbſt beſtimmt hatte. Denn nun gingen ihm die Augen mit einem Male auf, über vieles. Auch mich maß er mit anderen Blicken, wo er gelernt hatte, zu vergleichen.

„Und Schlimmeres war ihm noch aufgeſpart. Das Schickſal fing an, ihn zu zauſen, man kränkte ihn, man ſchob ihn beiſeite in ſeinem Berufe. Wehe dem Manne, dem in ſolchem Augenblicke nicht die rechte Lebensgefährtin zur Seite ſteht! Eberhardt kam zu mir, hilfeſuchend, wollte bei der Freundin ſein Haupt ausruhen. Da mußte ich ihm ſagen, daß es zu ſpät ſei, daß er gewählt habe. — So wehe habe ich ihm thun müſſen! Aber viel, viel bitterer war mein Schmerz. Ich habe ſchwerer und länger zu tragen gehabt als er. Lange, ehe ihm eine Ahnung davon aufgegangen, wußte ich es: er war für mich bestimmt und ich für ihn. Anstatt dessen sind wir aneinander vorübergegangen, haben uns um das Herrlichste gebracht, was das Leben für uns in Bereitschaft hatte."

Wieder eine Pause. Die Sterbende seufzte tief. Dann mit visionärem Blicke:

„Aber das wird ausgeglichen sein, alles! Auch das wird von mir genommen werden. Er hat mir schon lange gewinkt."

Wanda war am Ende ihrer Kräfte angelangt. Thella reichte ihr ein wenig Eiswasser zum Labsal. Mit geschlossenen Augen und schmerzhaft verzogenen Zügen lag die Sterbende eine Weile. Die Atembeschwerden nahmen zu, erreichten einen Höhepunkt und ließen dann wieder langsam nach.

Als es vorüber war, lächelte Wanda der Nichte mit mattem Ausdrucke zu: „Das Sterben ist nicht so schwer, Kind, wenn man abgeschlossen hat. Ich habe abgeschlossen, als er ging."

Das nächste kam dann in einzelnen, kurzen Sätzen heraus, bedeutungsvoll, knapp; wie Denksprüche, die sich dem Kinde einprägen sollten: „Halte dich tapfer! — Mut! Das Leben tragen ist alles! — Sich selbst getreu bleiben! — Es ist echtes Gold in dir, mein Kind, das suche zu Tage zu fördern. — Wenn dir einer begegnet, den du der Liebe wert findest, den halte fest über alles. Laß dich nie irre machen an einem Freunde! — Vor allem aber habe keine Angst! Das Leben ist nicht so wertvoll, wie es scheint, und das Sterben nicht so schwer, wie man denkt." — —

Nach dieser letzten Kraftanstrengung sank die Kranke sichtlich zusammen. Thella nahm sich zusammen. Das hier konnte sie ja nie vergessen; es war Tante Wandas Testament an sie. Aber jetzt durfte sie solchen Gedanken nicht nachhängen; der Zustand der Sterbenden erforderte ihre ganze ungeteilte Aufmerksamkeit. Obgleich sie keine Erfahrung hatte, wußte sie doch wie durch Eingebung, daß sich hier die letzten Augenblicke vorbereiteten.

Wanda schlug die Augen groß auf. Es lag in dem Blicke, mit dem sie die vor ihr Stehende musterte, etwas Übernatürliches. Ihr Gesicht wurde maskenartig starr. Mit gespannter Aufmerksamkeit aller Sinne schien sie einem Etwas: einem Ton, einem Ruf, in weiter Ferne zu lauschen. Der Eindruck von Unerhörtem spiegelte sich in ihren Mienen.

Allmählich, ganz allmählich wich das Starre aus den Zügen. Das kleine Gesicht sah auf einmal so müde aus. Ein sehnsuchtsvolles Lächeln huschte wie ein Schatten darüber hin. „Bist du bei mir?“ flüsterte Wanda, den Blick in's Weite gerichtet, und hob ihre wachsbleiche Hand wie zu zärtlichem Gruß. „Bleibe doch bei mir! Warum bist du so lange von mir gegangen? —“

Immer noch einmal veränderte sich das Gesicht. Die straff angespannten Partieen lösten sich. Heiter und unendlich sanft wurde der Ausbruck. Der Atem ging nur noch unmerklich wie ein schwacher Hauch. Sie lächelte, wie Kinder im Traume lächeln. Ein Seufzer aus tiefster Brust. Thella beugte sich über das Bett, weil sie glaubte, die Sterbende habe noch einen Wunsch. Sie konnte das Flüstern nicht verstehen; nur zwei Worte fing sie auf: „Ich liebe . . .“ Das war das Letzte.

Der Tod war so sanft über Wanda Lübekind gekommen, daß das junge Mädchen im Zweifel blieb, ob es nicht Schlaf sei. Den Kopf ein wenig zur Seite geneigt, die Hände leicht übereinandergelegt, so schlummerte sie anscheinend. Als sich Thella endlich entschloß, die Ruhende zu berühren, merkte sie, daß der Körper schon im Erkalten begriffen sei.

Es war ja auch für Thekla klar gewesen in der letzten Zeit, daß es so kommen würde, und doch, als sie jetzt vor der Thatsache stand, wußte sie nicht, was damit anfangen. Thränen hatte sie noch nicht, der Schmerz schwieg, nur eine unsäglich bange Stimmung bemächtigte sich ihrer. Sie war allein gelassen in der Welt; weiter wußte sie nichts.

Rein mechanisch machte sie sich daran, das zu thun, wovon sie annahm, daß es in diesem Augenblicke das Richtige sei. Zunächst weckte sie die Diakonissin, die nach anstrengender Krankenwache endlich eine Nacht durch wieder geschlafen hatte. Schwester Sabina betrat das Sterbezimmer und nahm an der Leiche die nötigsten Handgriffe vor. Thekla sah ihr, daneben sitzend, wie geistesabwesend zu. Dann öffnete die Schwester das Fenster; der helle Tag drang in das Zimmer. Kathinka kam von einem Morgengange aus der Stadt zurück. Ihr standen die Thränen sofort zu Gebote. Wie Ungebildete häufig, schwelgte sie in einem Übermaß von Schmerzbezeugungen, warf sich heulend an der Leiche ihrer Herrin nieder, bis Schwester Sabina sie sanft aus dem Sterbezimmer entfernte, indem sie ihr auftrug, Doktor Beermann herbeizuholen.

„Haben wir keine Blumen?" fragte die Schwester. „Es sieht dann gleich viel freundlicher aus." Thekla besann sich, daß Reppiner am Tage vorher, wie er oft gethan, einige Rosenknospen mitgebracht hatte. Von Thekla waren sie in Wasser gestellt worden, und nun fand man sie voll erblüht. Die wurden der Verstorbenen in die Hände gegeben.

Und wie sie nun die Tote betrachtete, die erhabene Ruhe dieses Bildes, die vertrauten und in ihrer Unbeweglichkeit doch so fremden Züge, die feinen, weißen

Hände, die nicht mehr fühlten, daß man sie geschmückt, da war es aus mit aller Fassung. Endlich konnte sie dort niedersinken, wo ihr Platz war. Und nun rannen die Thränen heiß und bitter, aber erlösend.

Dann kam Doktor Beermann, später Reppiner. Beide waren ernst und ergriffen. Reppiner wies ein Schreiben vor, von Wanda Lübelind, das ihn zum Vollstrecker ihres Willens ernannte. Der Advokat fragte Thekla, ob sie ihm behilflich sein wolle, bei den nächstliegenden Anordnungen. Das junge Mädchen lehnte alles ab. Sie zog sich in das kleine Zimmer im ersten Stockwerk zurück, das sie ehemals innegehabt, und gab sich dort in der Einsamkeit ihrem Kummer hin. Was da unten vorging, wollte sie nicht sehen.

Reppiner fand Schlüssel, Wertsachen und Schriftlichkeiten genau an dem Orte, wo die Sterbende es in einem von ihrer Hand geschriebenen Verzeichnis angegeben hatte. Er verbrannte verschiedenes, anderes nahm er in Verwahrsam, wie es Wandas Bestimmungen entsprach.

Im Sterbezimmer standen die beiden Männer beisammen. „Sie sieht nicht aus, als ob sie schwer gelitten hätte," sagte Reppiner mit gedämpfter Stimme, als glaubte er, die Tote könne noch etwas vernehmen.

Sie standen eine Weile in Ehrfurcht vor der Vollendeten. Die Züge der Leiche hatten schon jenes abgeschlossen Vornehme, ja Selbstzufriedene, angenommen, das uns mit Scheu vor diesem Einsamen erfüllt.

Dann wandte sich Reppiner seufzend ab. Man kann so furchtbar wenig sagen, wenn einen ein Verlust wirklich in's Herz getroffen hat. Alle Worte sind unzulänglich und klingen so falsch. Leicht klammert man sich dann, um nur Abziehung zu finden, an das Alltägliche.

„Wie alt ist sie eigentlich geworden?" fragte der Advokat.

„Dreiundsechzig!" war die Antwort.

„Dieser Mann muß ihr sehr nahe gestanden haben!" meinte Reppiner vor dem Porträt, das noch immer am Fußende stand, in Anschauung versunken. „Sie war ein Herz geschaffen zur Liebe."

„Wissen Sie auch um diese alten Geschichten?" fragte der Arzt.

„Wanda sprach davon nicht; aber man fühlte es doch, wenn man sie kannte. Ich weiß nicht, trotz ihrer weißen Haare, hatte sie mir immer etwas wie eine Braut."

„Das haben Sie richtig erkannt. Das Bräutliche war das eigentliche Geheimnis ihres Wesens!" meinte Beermann.

„Ich will sehen, ob ich irgendwo einen blühenden Myrtenzweig auftreiben kann, ihr den mitzugeben," sagte Reppiner im Gehen.

Drittes Buch

I.

Wanda Lübekinds Testament hatte eine große Überraschung gebracht. Thekla war darin zur alleinigen Erbin
eingesetzt. Zum Testamentsvollstrecker hatte die Verstorbene
ihren Anwalt Reppiner ernannt; er sollte auch die Ver-
mögensverwaltung unter sich haben, so lange Thekla noch
nicht mündig war.

Auf das junge Mädchen hatte das, was mancher anderen als ein unerhörter Glücksfall erschienen wäre, zunächst keinen tieferen Eindruck gemacht. Sie staunte mehr
das große Vermögen an, in dessen Besitz sie so plötzlich
und unerwartet geraten war, als daß sie sich daran erfreut
hätte. Es rührte sie als ein neuer Beweis jener Güte
und Vorsorge, die sie nun missen sollte; nur noch schmerz-
licher ließ es ihr den Tod der Vielgeliebten erscheinen.
Was galt das, was ihr zugefallen, im Vergleich zu dem,
was sie verloren? Das einzige Erfreuliche an dieser Erbschaft war für sie, daß sie in Tante Wandas Hause wohnen
konnte; denn auch das Haus war ihr mit allem, was dazu
gehörte, vermacht worden.

Nachdem die erste Betäubung allmählich einer klareren
und bewußteren Stimmung gewichen war, empfand Thekla,
daß sie sich nun eine Art von Lebensplan machen müsse.

16*

Sie stand jetzt noch unter dem Einflusse derer, die von ihr gegangen war. Das viele Geld, das sie geerbt, erschien ihr wirklich mehr als etwas Zufälliges; Wert hatte es nur durch die Möglichkeit, die es ihr gab, im Sinne der Verstorbenen zu wirken. Denn sie wollte Wanda Lübekinds Leben weiterführen, ihr Werk dort aufnehmen, wo Wanda es hatte liegen lassen müssen. Nichts sollte geändert werden an Haus und Garten, als sei die Verstorbene gegenwärtig und könne jeden Augenblick eintreten. Nichts sollte auch sich verringern an den Beiträgen, die Wanda mit freigebiger Hand zu Stiftungen und an Hilfsbedürftige aller Art weggegeben hatte. Die Nichte wollte versuchen, diesen Verlassenen das zu werden, was Wanda ihnen gewesen war. Der hochherzige Sinn der Verewigten sollte der Leitstern sein ihres ganzen weiteren Lebens.

Mit dem Kapital, das ihr so unerwartet in den Schoß gefallen, war das Gefühl einer neuen Verantwortung über sie gekommen. Ja mehr noch als die Annehmlichkeiten, die es ihr gewähren konnte, sah sie die Pflichten, die ihr aus ihrem Vermögen erwuchsen. Noch zwar fühlte sie sich etwas neu in der Rolle einer wohlhabenden Person. Der Gedanke, daß sie jetzt in einer Woche vielleicht soviel zu verthun habe, wie ehemals ihr Jahres-Taschengeld betragen hatte, schien im ersten Augenblicke etwas Beängstigendes zu haben; aber ein Gefühl von größerer Freiheit, Unabhängigkeit und Bedeutung gab es ihr doch.

Wandas Tod war ein Abschnitt für sie gewesen, in mehr als einer Beziehung. Wie auf eine Warte gestellt, fühlte sie sich durch dieses Erlebnis, von der aus ihr das, was früher gewesen, fast lächerlich klein und unbedeutend erscheinen wollte. Und mehr noch als die greifbare Erbschaft, wirkte auf sie jenes unsichtbare Vermächtnis: die letzten Worte, die Wanda zu ihr gesprochen.

Was waren, gegen dieses Schicksal gehalten, ihre eigenen Erlebnisse? Was war die Episode ihrer Neigung, gesehen in diesem Lichte? — Wie verblaßte das, was sie an Enttäuschung und Kummer erlitten hatte, diesem Kampfe gegenüber, ausgefochten von einer Frau, ein Leben hindurch! — Nein, sie konnte ihr Geschick nicht an einem Tage nennen mit dem von Wanda Lüdekind!

Zu behaupten, daß Thekla niemals an Leo Wernberg gedacht habe, wäre Unwahrheit. Aber wenn sie sich im Geiste auch oft mit ihm beschäftigte, so war irgendwelche Leidenschaft doch nicht mehr im Spiele dabei. Sie sah ihn vor sich mit allen seinen Vorzügen: seiner Schönheit, seiner Unterhaltungsgabe, seiner Eleganz, aber es fehlte bei solchen Reflexionen die wirkliche warme Nähe. Die Erinnerung gab nur ein mehr und mehr verblassendes Bild, sie konnte den starken Eindruck der Wirklichkeit nicht erreichen. Zeit und Ereignisse hatten sich zwischen sie und diese erste stürmische Mädchenliebe geschoben. So etwas kam einmal im Leben und nicht wieder! Dieser Mann würde ihr immerdar etwas bedeuten. Er hatte eine ganz bestimmte wichtige Rolle in ihrem Leben gespielt, wegwischen konnte sie ihn nicht daraus, ihn, der das erste starke Empfinden in ihr ausgelöst hatte. Aber sein Bild lag tief in ihrer Erinnerung vergraben, wohlerhalten, aber doch tot, mumifiziert gewissermaßen. Sie glaubte nicht, daß er jemals zu neuem Leben erwachen könne aus der Gruft ihres Herzens.

Thekla hätte glücklich sein können und zufrieden, wenn nicht die Ihrigen beliebt hätten, sie zu quälen.

Da war erstens ihre Mutter. Seit Wanda Lüdekind gestorben, war Frau Sänger auf einmal ganz erfüllt von den Tugenden der „teuren Verewigten“, die sie früher doch nie hatte gelten lassen wollen. Sie sprach ganz naiv von ihr als von ihrer „liebsten Freundin", von dem „herben Verluste", den sie erlitten habe durch Wandas Tod. Auch der Finanzrat pflegte, wenn auf sie die Rede kam, eine schmerzlich bewegte Miene aufzusetzen. Denn, erklärte er, der Tod eines Menschen sei ja an sich ein schmerzliches Ereignis, welches einen an die eigene Hinfälligkeit erinnere, sodann sei aber bei der bekannten Freundschaft, die Tante Wanda mit ihrem verstorbenen Vetter Eberhardt verbunden, doch auch zwischen ihm, der das Glück genieße, mit dessen Witwe vermählt zu sein, und der kürzlich Verblichenen eine Art seelischen Konnexes hergestellt gewesen. — Sänger glaubte sich eben im Besitze der besonderen Begabung, in feinsinniger Weise Dinge auszudrücken, die andere lieber ungesagt ließen.

Früher hatte Sänger oft genug angedeutet, daß ihm mit den Kindern, besonders den Töchtern, welche seine Frau in die Ehe gebracht, ein großes Kreuz auferlegt sei. Jetzt, seit Thella eine Erbin war, sah er das in etwas rosigerem Lichte. Er riet dringend davon ab, daß Thella in das ihr von Tante Wanda vererbte Haus ziehe. Warum den „sicheren Port des Familienlebens" verlassen? Wollte sie sich auf das „klippenreiche Meer der Selbständigkeit" hinausbegeben? — Sänger wußte es ganz genau, welche Gefahren „seelischer und anderer Art" einem jungen, alleinstehenden Mädchen drohten, besonders wenn sie nicht der äußeren Reize entbehre, wie er wohl, ohne ihr damit schmeicheln zu wollen, sagen dürfe, daß sie Thella besitze. Frau Sänger, die ja nur sein Echo war, stimmte ihm darin bei.

Thella war jetzt soweit selbständig in ihren Handlungen geworden, daß sie sich kein Bedenken gemacht haben würde, dem Verlangen ihres Stiefvaters zum Trotze, umzuziehen. Wußte sie doch nur zu gut, was das

Zusammenleben mit den Ihren bedeutete, und mußte sie doch fürchten, daß die Familie sie hindern würde, auf ihrem Wege zu den neugesteckten Zielen voranzuschreiten.

Aber ein anderer noch riet ihr von dem Umzuge ab; einer, den sie als Freund und Berater von Tante Wanda gleichsam mitgeerbt hatte: Doktor Beermann. Der alte erfahrene Arzt erklärte ihr offen, daß er Bedenken trage, sie sofort in das Haus ziehen zu lassen. Bei Lebzeiten von Wanda Lübelind hatte er das Wort „Schwindsucht" nicht ausgesprochen, aber jetzt warnte er vor den Räumen, in welchen die Verstorbene ihre letzten Jahre zugebracht. Wenigstens ein Jahr möge Thella noch im Hause der Eltern verharren.

Solchen Gründen hatte sich Thella selbstverständlich zu fügen. Kathinka, die in ihren Dienst übergegangen war, blieb in dem Häuschen, um nach dem Rechten zu sehen. Und Thella hatte den Trost, jederzeit dorthin gehen zu dürfen, in den Zimmern zu räumen und in dem Garten zu verweilen.

Natürlich drängten sich Bittsteller aller Art an Thella heran, sobald erst bekannt worden war, welche Erbschaft dem jungen Mädchen zugefallen sei. Da waren alle vertreten: von der armen Witwe an mit einem kranken Manne und fünf unversorgten Kindern, bis zum verkrachten Aristokraten, der um Bezahlung seiner Schulden bat und ihr dafür die Ehre anbot, fortan seinen Namen zu tragen. Solche Dinge, an die jeder im Reichtum Geborene mehr oder weniger gewöhnt ist, verwirrten und ängstigten das Mädchen. Aber hier erwuchs ihr in ihrem Freunde Reppiner die beste Hilfe; er mußte die allzu Arglose vor Ausbeutung zu bewahren.

Eines Tages kam auch Thellas alte Lehrerin, Fräulein Zuckmann, mit einer Bitte. Sie klagte, daß ihr Institut zurückgehe. Der Grund sei: Konkurrenz durch eine andere Töchterschule, welche vermittelst einiger rein äußerlicher Vorzüge die Schülerinnen an sich ziehe. Das einzige Mittel, ihre eigene Schule vor dem Verfall zu retten, sei ein Umbau des Gebäudes, Beschaffung neuer Lehrmittel, Anstellung renommierter Lehrer, kurz eine gründliche Reform nach modernen Prinzipien. Sie hatte Pläne mit und Anschläge.

Thekla, die sich für ihre alte Schule stets ein reges Interesse gewahrt hatte, war sofort Feuer und Flamme für das Unternehmen. Sie empfand es geradezu als persönliche Kränkung, daß diese Pflanzstätte der Bildung und Erziehung durch den Wettbewerb einer andern, sicherlich minderwertigen Anstalt zu Grunde gerichtet werden sollte. Fräulein Buckmann fand es daher leicht, ihrer Bitte um ein Darlehen bei Thekla Gehör zu verschaffen. Das junge Mädchen hätte im Hochgefühl der Großmut am liebsten die verlangte Summe geschenkt; aber ihre alte Lehrerin war maßvoll genug, sie nur geborgt anzunehmen.

Mit diesem Plane machte Thekla sehr wenig Glück bei Reppiner. Der Advokat meinte, ihre Herzensgüte bedeute geradezu eine Versuchung zum Mißbrauch. Der ausgemachte Zinsfuß war nach seiner Ansicht ein viel zu niedriger, nach Theklas ein viel zu hoher. Es blieb für den vorsichtigen Freund nichts weiter zu thun übrig, als für genügende Sicherstellung des Geldes zu sorgen. Das Darlehen wurde als Hypothek mit Amortisation auf das Schulgrundstück eingetragen. Thekla als Gönnerin des Unternehmens, sollte fortan stetig von dem Fortgange des Unternehmens unterrichtet werden.

Sie, Protektorin von Fräulein Buckmanns Schule! — Wie lange war es denn her, daß sie mit der Mappe am Arm dorthin gewandert war? Es lag etwas Großartiges

in solchem Bewußtsein! Es hätte einen übermütig machen
können. Jedenfalls war es das erste Mal, daß Thella
von ihrem Gelde wirkliche Freude genoß.

Arthur hatte inzwischen sein erstes Staatsexamen abgelegt und war nun im Vorbereitungsdienste angestellt.
Die Frage, wann er heiraten würde, trat damit wieder in
den Vordergrund. Daß er dabei auf die Schwester blickte,
deren Verhältnisse sich in letzter Zeit so günstig gestaltet
hatten, war nur natürlich. Und Thella, der die Verbindung von Ella und Arthur am Herzen gelegen hatte,
als sie noch nichts besessen, war in veränderter Lage
natürlich gern zum Helfen bereit. Arthur erklärte, wenn
er für die ersten Jahre, während deren er kein Gehalt bezog, einen jährlichen Zuschuß von seiner Schwester sicher-
gestellt bekomme, glaube er, ohne Mitgift heiraten zu
können. Ihrem sonstigen Berater in Geschäftssachen, Reppiner, sagte Thella davon nichts, weil es sich hier nicht
um ihre eigene Angelegenheit handelte. Sie setzte vielmehr
nach Rücksprache mit ihrem Bruder die Höhe des Zuschusses
selbst fest. Arthur und Ella konnten zufrieden sein.

Thella hatte den Eindruck, daß Arthur sich unter
dem Einflusse der höheren Verantwortung, die neuerdings
auf ihm lag, sehr zu seinen Gunsten verändert habe. Er
hatte sich mal wirklich zusammenraffen müssen. Das war
zunächst seinem äußeren Menschen zu gute gekommen.
Er zeigte eine gesunde Farbe und hatte an Körperumfang
abgenommen. Daß er dem studentischen Komment entrückt
war, übte auf seine Lebensweise und sein Auftreten nur
einen günstigen Einfluß. Es war, als sei durch die glücklichen Aussichten, die sich ihm mit einemmale eröffneten,
ein neuer frischerer Zug in Arthurs ganzes Wesen gekommen. Seine Bequemlichkeit hatte einem rüstig männlichen Vorwärtsschreiten Platz gemacht.

Arthur hatte allerdings auch alle Energie nötig, denn Thekla ausgenommen fand er keinen Bundesgenossen. Seine Mutter war außer sich, daß ihr einziger Sohn ein Mädchen heiraten wolle, das schon darum in ihren Augen unmöglich war, weil sie Kindern Unterricht erteilte. Sänger mißbilligte die Partie vom Standpunkte der Vernunft und der Moral. Es sei eine leichtsinnig angeknüpfte Studentenliebe, erklärte er, und dergleichen dürfe man nicht durch Heirat sanktionieren. Ähnlich urteilten die meisten von Arthurs Bekannten. Man fand, daß er unter seinem Stande heirate. Thekla tadelte man, daß sie dem Bruder diese Heirat ermöglicht habe; ja, manche verurteilten das junge Mädchen geradezu als Anstifterin eines unvernünftigen Bundes. Danach zu fragen, ob etwa Pflichten vorlägen, die Arthur Ella gegenüber zu erfüllen habe, gaben sie sich nicht die Mühe.

Auch die Familie Bartusch war nicht unbedingt für die Partie eingenommen. Ellas Vater hegte eine alte Abneigung gegen alles, was Lüdekind hieß. Seiner Frau schmeichelte zwar der adelige Schwiegersohn, aber die Sache hatte doch auch in Frau Bartuschs Augen manchen Haken. Besonders, daß das junge Paar in seinem Einkommen zunächst von Theklas Gnade abhängen solle, war ihrem Hochmut zuwider.

Wie sich Gabriel zu der Sache stelle, war nicht zu erfahren. Er hatte auf den Brief, in welchem ihm Ella ihre Verlobung mit Arthur mitteilte, überhaupt nicht geantwortet. Für Thekla wäre es besonders erwünscht gewesen, zu erfahren, was gerade er über die zukünftige Verbindung der beiden Familien denke. Der Eifer, mit dem sie für Ellas Glück wirkte, war nicht frei von dem geheimen Wunsche, gut zu machen an der Schwester, oder doch zu mildern, was Gabriel ihr vorwerfen zu können vermeinte.

Die Hochzeit sollte etwa in einem halben Jahre stattfinden. Inzwischen würde man in Muße Wohnung suchen
und die Ausstattung beschaffen können. Die Braut hatte
das Unterricht-Erteilen eingestellt und bereitete sich für
ihren Beruf als Hausfrau vor.

Ein eigenartiges Zusammentreffen, das im Leben
übrigens nicht selten ist, wollte es, daß Arthurs Verlobung nicht allein blieb in der Familie. Agnes war den
Winter über flott ausgegangen in den nämlichen Kreisen,
in denen Thekla debutiert hatte, ehe sie an den Hof der
Herzogin-Witwe gezogen wurde. Sie war, wenn auch
nicht gerade auffällig hübsch, so doch eine von jenen Erscheinungen, die unter ein paar Dutzend jungen Mädchen
immer noch zu den auffälligen gehören. Sie besaß eine
schlanke Figur, schönes Haar und zarte Farbe, und überdies jugendliche Frische und Gesundheit. Daß sie nicht
unbeachtet bleiben konnte, dafür sorgten die ihr angeborene
Unbefangenheit, ihr schlagfertiges Mundwerk und ihr
munteres Augenpaar.

Thekla hatte in dieser ernsten Zeit begreiflicherweise
nicht allzuviel Interesse für die gesellschaftlichen Abzieh-
ungen ihrer kleinen Schwester übrig. Aber gewisse Erscheinungen waren ihr doch nicht entgangen, wie: Bouquets,
die abgegeben wurden, Briefe, die Agnes erhielt und schrieb,
ein zeitweises, geheimnisvoll zurückhaltendes Wesen, das
von dem früheren Übermut des Mädchens stark abstach.
Alles das redete seine Sprache. Frau Sänger deutete
zum Überfluß an, daß etwas im Werke sei.

Thekla hatte in letzter Zeit die Fühlung mit Agnes
so gut wie ganz verloren. Es war ihr angedeutet worden
von der Jüngeren, daß man nun auch erwachsen sei und
der Bevormundung entraten könne. Sie hütete sich also
wohl, irgend etwas zu thun, was den Schein der Auf-

dringlichkeit hätte hervorbringen können. Aber es that ihr leid um Agnes willen. Wie manches hätte sie dem jungen Dinge sagen können und mögen, das sie jetzt dort stehen sah, wo sie selbst vor wenig Jahren gestanden hatte.

Um so erfreulicher war es daher für Thekla, daß Agnes eines Tages unaufgefordert zu ihr kam und ihr unter dem Siegel tiefster Verschwiegenheit mitteilte, sie sei verlobt mit Leutnant von Seeheim.

Thekla kannte ihn flüchtig, wie man einen Herrn kennt, mit dem man ein paarmal getanzt hat. Der Eindruck, der sich bei ihr festgesetzt hatte, war kein ungünstiger. Sie entsann sich eines stattlichen, recht gesetzten jungen Mannes von guten Manieren. Als sie fragte, wie es gekommen sei, wurde natürlich ein wahrer Wirbelwind stürmischer Begeisterung entfesselt. Seeheim war ein „großartiger, entzückender Mensch“, Agnes liebte ihn „schrecklich“ und sie waren beide „unmenschlich glücklich“.

Dieser Enthusiasmus hatte etwas Ansteckendes. Thekla war bald von den außergewöhnlichen Vorzügen des Leutnants von Seeheim überzeugt und beglückwünschte die Schwester mit herzlichen Umarmungen. Sie wollte wissen, wann die Verlobung bekannt gemacht werden würde. Agnes erzählte voll Wichtigkeit: Egon habe zunächst noch auf die Erledigung verschiedener Angelegenheiten zu warten, unter anderem auf die Auszahlung einer Summe, die auf dem Gute seines älteren Bruders stand. „Formell“ werde er in den nächsten Tagen um sie anhalten, nachdem sie bereits vor einer ganzen Weile unter sich eins geworden. Agnes nannte den Ball und den Tanz, bei dem sich das Wichtige ereignet hatte. Es sei jetzt gar nicht mehr Mode, die Eltern vorher zu fragen, man teile ihnen einfach die fertige Thatsache mit, belehrte sie die ältere Schwester, als habe sie langjährige Erfahrungen hinter sich.

Thekla staunte. Sie stand hier einer ähnlichen Erscheinung gegenüber wie damals bei Ella. Wie verändert doch die Liebe einen Menschen! Wie ließ sie so ein Mädel selbstbewußter und bedeutender erscheinen! Was war diese Agnes bisher gewesen? Als Kind und als Backfisch gedankenlos. Und nun war ein Wesen daraus geworden, das ein tüchtiger Mann zur Lebensgefährtin begehren konnte! Sicherlich, er würde nicht schlecht mit ihr fahren. Die Liebe schien ein Zauberstab zu sein, der das Beste aus dem Menschen hervorlockte, ihn über sich selbst emporhob.

Thekla war im Innersten erwärmt. Agnes hatte nun das gefunden, wonach sich im Leben des Weibes alles streckt. Aber Theklas schwesterliche Freude war nicht ohne einen Beigeschmack von Wehmut. Niemals, so schien es, sollte für sie selbst diese hohe Zeit des Glückes kommen.

* . *

Das Brautpaar: Arthur-Ella gab Thekla mehr zu schaffen, als sie es anfänglich erwartet hatte. Frau Bartusch, die dem wirklichen Leben sehr fremd gegenüberstand, und die niemals viel über ihre gute Stube und den Leihbibliothekband hinausgeblickt hatte, fing an mit Ella von Geschäft zu Geschäft zu ziehen, um die Ausstattung zu besorgen. Es war ihr jederzeit gegenwärtig, daß auch sie einstmals vor ihrem Namen ein „von" gehabt hatte, sie hielt daher darauf, daß überall auf Wäsche und Tischzeug ein L mit der Krone deutlich sichtbar angebracht werde. Sie meinte, daß sie ihrer Tochter auf keinen Fall eine bescheidene Ausstattung mitgeben dürfe, wie sie in kleinbürgerlichen Kreisen wohl üblich sein mochte. So stellte es sich denn nach einiger Zeit heraus, daß sie die vom Hausherrn als Äußerstes ausgeworfene Summe bereits überschritten hatte, als viele wichtige Anschaffungen noch gar nicht gemacht waren. Es blieb nichts übrig, als sich an Thella zu wenden um Aushilfe, obgleich das für Frau Bartuschs Hochmut eine bittere Pille bedeutete.

Thella war in der angenehmen Lage, nicht einmal Reppiner behelligen zu müssen, der über der Unantastbarkeit des Kapitals mit Argusaugen wachte. Der Überschuß ihrer Zinsen, von denen sie nur den kleineren Teil verbrauchte, langte hierfür völlig aus.

Dann kam das Wohnungsuchen. Die Wohnung zu beschaffen, war ja eigentlich Arthurs, als des zukünftigen Hausherrn, Sache. Infolgedessen betrachtete es Frau Sänger als ihr gutes Recht, hierin die letzte Entscheidung abzugeben. Aber auch Frau Bartusch wollte gehört sein. Das gab eine wundervolle Gelegenheit, sich kleinere und größere Bosheiten zu sagen, wie sie nur eifersüchtigen Frauen zu Gebote stehen. Ella und Arthur standen zwischen den Müttern in keiner angenehmen Lage. Denn jede Mutter verlangte von ihrem Kinde, daß es ihre Partei nehmen solle. Man sah sich eine Menge Wohnungen an, ohne zu einer Entscheidung zu gelangen. Gefiel eine der Frau Sänger, so stand von vornherein fest, daß Frau Bartusch sie unmöglich finden werde, und umgekehrt. Bis schließlich Arthur, um dem unleidlichen Zustande ein Ende zu machen, auf eigene Faust eine Wohnung mietete, die ihm und Ella gleichmäßig gefiel, die aber die beiderseitigen Mütter — in diesem Falle zum erstenmale einig — durchaus ungeeignet fanden.

Dem anderen Brautpaare: Agnes - Seeheim wurde das Leben längst nicht so schwer gemacht; sie verstanden

es auch besser, sich mit ihrer Umgebung abzufinden. Agnes,
die trotz ihres Verlobtseins noch viel von dem alten Wild-
fang behalten hatte, neckte ihren Bräutigam beständig und
ersann die lächerlichsten Namen für ihn. Seeheim ertrug
das mit Anstand. Er gab in Kleinigkeiten ihren Mädchenlaunen nach, in wichtigen Dingen wußte er seinem Willen
durch Ruhe und Konsequenz um so sicherer Geltung zu
verschaffen. Thekla bewunderte seine Art und Weise, sich
in den gewiß nicht leichten Verhältnissen zurecht zu finden.
Er verstand es, sich mit allen auf guten Fuß zu setzen,
ohne sich dabei etwas zu vergeben. Seine schlichte, dabei
sichere Art flößte Respekt ein. Selbst der Finanzrat ließ
ihn gelten, als einen „wohlerzogenen, jungen Mann, den
er sehr gern in die Familie aufnehme“. Frau Sänger
schwärmte als echte Schwiegermutter natürlich längst für
den zukünftigen Gatten ihrer Tochter; und auch Thekla
befand sich sehr bald in freundschaftlichem Verhältnis zu
ihm, das auf Gegenseitigkeit beruhte, so daß Agnes gelegentlich eifersüchtig wurde, oder doch wenigstens vorgab,
es zu sein.

Die Familienverhältnisse, in welche Agnes durch ihre
Verheiratung kommen würde, waren die angenehmsten.
Seeheim stammte aus einer kinderreichen Familie. Er war
der Jüngste. Die Eltern lebten nicht mehr. Die Geschwister saßen ohne Ausnahme auf dem Lande. Die
Verwandten kamen gelegentlich in die Stadt, um die Braut
kennen zu lernen. Sie machten einen soliden, vertrauenerweckenden Eindruck. Biedere Grundbesitzer, welche die
neue Schwägerin ein wenig laut und breitspurig, aber mit
Herzlichkeit begrüßten. Mit solchen Leuten, besonders wenn
man sie nicht täglich sah, würde sich's leben lassen. Es
war klar, daß Agnes ein gutes Los gezogen hatte.

Wie viel schwieriger war im Vergleiche dazu die

Familie Bartuſch! Nicht bloß die beiden Mütter führten einen ſteten Guerillakrieg, auch Vater Bartuſch und der Finanzrat waren einander nicht günſtig geſinnt. Von Gabriel, der ſeiner Schweſter noch immer nicht gratuliert hatte, ganz zu ſchweigen!

Man war dahin übereingekommen, daß die beiden Paare gemeinſam vor den Altar treten ſollten. Der Herbſt war dazu als paſſende Zeit auserſehen worden.

Als Seeheim in's Manöver auszog, das diesmal mit Hin- und Rückmarſch vier Wochen dauerte, ſtellte ſich Agnes an, als begebe ſich ihr Bräutigam auf eine lange gefährliche Reiſe. Sie blieb thränenvoll, bis ihr jemand ſagte: zu einem richtigen Brautſtande gehöre auch eine Trennung, ſchon der Briefe wegen. Von dieſem Augen- blicke an war ſie getröſtet; nun fühlte ſie ſich Ella gegen- über ſogar überlegen, die ihren Bräutigam ſtets zur Hand hatte. Das war keine Kunſt! Aber täglich einen Brief ſchreiben und einen bekommen, das ſei ſchon eher etwas, erklärte ſie.

———

II.

So kam der Termin der Doppelhochzeit heran. Sie ſollte durch einen Polterabend eingeleitet werden. Dieſer Beſchluß war aber erſt nach langem Hin und Her zu ſtande gekommen. Die Bartuſchs waren gegen den Polter- abend aus dem einfachen Grunde, weil ſie niemanden wußten, den ſie dazu hätten einladen können. Agnes aber beſtand auf ihrem Polterabend. Eine ihrer Freundinnen hatte einen gehabt; und was die gehabt, konnte sie auch verlangen. Man kam daher auf den Ausweg, daß Frau Sänger das Fest geben sollte, die Bartuschs wollte man feierlichst dazu einladen. Das eigentliche Hochzeitsdiner nach der Trauung, zu dem die Sängerschen Räume sowieso nicht ausgereicht hätten, sollte dann von den beiden Familien gemeinsam in einem Hotel gegeben werden.

Bei der Entscheidung solcher Fragen wurde auch Thekla um Rat gefragt. Es war neuerdings Mode geworden, sie als die Stifterin von Arthurs und Ellas Bund anzusehen und ihr für dieses Paar gewissermaßen alle Verantwortung zuzuschieben. Wenn die Bartuschs etwas thaten, was nach Ansicht der Sängers nicht richtig war, so wurde ihr das zu Haus im Tone der Entrüstung vorgehalten. Und wieder Frau Bartusch ließ ihre schlechte Laune über den angeblichen Hochmut der Familie Sänger-Lübekind am liebsten an Thekla aus. Das Brautpaar selbst aber machte sie erst recht zur Vertrauten seiner mannigfachen Sorgen und Nöte. Und wenn es sich noch um Großes dabei gehandelt hätte! Aber es waren nur Nadelstiche, mit denen zwei Familien, deren Kinder mit einander glücklich werden wollten, sich das Leben unangenehm zu machen für notwendig fanden.

Thekla sah daher dem Hochzeitstage ihrer Geschwister nicht mit leichtem Herzen entgegen. Es war vorauszusehen, daß es eine wirklich harmonische Feier unter solchen Umständen nicht geben önne.

Und je näher der Termin heranrückte, desto schwerer fiel dem Mädchen noch eine andere Sache auf's Herz: würde Gabriel Bartusch kommen? Und wenn er kam, wie würde er sich aufführen? Sie fing an, eine lächerliche Angst vor dieser Begegnung zu hegen.

Weder Liebe hatte sie für ihn, noch Haß. Sie empfand

ihm gegenüber ein Gefühl, das kein anderer Mensch auf der Welt ihr einflößte: Beunruhigung.

Viel hätte Thekla darum gegeben, erfahren zu können, wie jetzt wohl seine Gesinnung ihr gegenüber sei. Verharrte er noch auf dem Standpunkte seines letzten Briefes, in welchem er sie mit verstecktem Hohne aller Verpflichtungen los und ledig gesprochen? — Aber seit diesem letzten Lebenszeichen waren nun auch schon wieder über zwei Jahre vergangen. Wie oft mochte ein unruhig unzufriedener Geist wie er, in solchem Zeitraume seine Ansicht geändert haben? Daß er zu seinen früheren Gefühlen für sie zurückgekehrt sein könne, nahm sie nicht an, und wünschte sie auch nicht.

Und doch war etwas in ihr, was eine Annäherung, oder besser gesagt: einen Ausgleich, herbeisehnte. Es deuchte ihr immer, wenn sie an Gabriel dachte, als sei das letzte Wort zwischen ihnen noch nicht gesprochen worden. So konnte man doch nicht auseinander gehen! Menschen, die in der innigsten Freundschaft zu einander gestanden als Kinder, mußten doch als Erwachsene einen Weg finden, den sie beschreiten durften, einander in Treue zugethan zu bleiben. Konnte nicht ein Verhältnis gedacht werden, das etwas Höheres noch darstellte, als das Ehegelöbnis. Auch Thekla lockte der alte von so vielen geträumte Traum: daß Jüngling und Mädchen, die nicht von derselben Mutter geboren sind, einander trotzdem Bruder und Schwester sein können.

In der Verbindung ihres Bruders mit Ella sah sie die Brücke dazu. Wie eine Art von Versöhnung kam es ihr vor, daß eine Bartusch einen Lübekind heiratete. Und darum ertrug sie die mannigfachen Plackereien, welche sie fortgesetzt mit diesem Paare hatte, willig, ja mit einer gewissen Freudigkeit. Frau Bartusch konnte sehr weit gehen in Launenhaftigkeit und Unart gegen sie, Thekla vergaß doch nie, daß sie in ihr Gabriels Mutter vor sich habe. Ihr Gewissen sagte es ihr nicht in klaren Worten, aber doch einem feinfühlenden Herzen verständlich genug, daß sie dem Sohne dieser Familie wehe gethan habe.

Über die äußeren Vorgänge seines Lebens war Thekla jetzt ziemlich genau unterrichtet. Ella erzählte oft von ihm. Er hielt sich noch immer in Südrußland auf. Dort hatte er sich selbständig gemacht und schien einer der gesuchtesten Bauunternehmer seiner Gegend zu sein. Ella sprach mit Stolz von den großartigen Anlagen, die er auszuführen habe.

Mit dem Vater schien sich eine Aussöhnung anbahnen zu wollen. Bei dem Alten mochte nun doch Sehnsucht nach dem einzigen Sohne die Oberhand gewinnen über den Groll, daß er nicht auf dem von ihm vorgezeichneten Wege geblieben war. Dabei wirkte selbstverständlich der Erfolg mit, den sich Gabriel ganz unerwarteter Weise in der Fremde erobert hatte. Einem verlorenen Sohne, der, die Taschen voller Geld, zurückkehrt, werden in den meisten Fällen die väterlichen Hallen offenstehen.

Eine Woche etwa vor der Hochzeit brachte Ella mit glückstrahlender Miene die Nachricht: Gabriel habe geschrieben, er sei unterwegs, um an dem Familienfeste teilzunehmen.

Nun sie diese Gewißheit hatte, war Thekla ruhiger. Der Begegnung mit Gabriel war nun doch einmal nicht aus dem Wege zu gehen. Besser, es geschah bald! Die Feier eines Hochzeitsfestes würde dem Zusammensein vielleicht noch am ersten eine gewisse Harmlosigkeit geben.

Es war im Familienrate beschlossen worden, daß Gabriel Theklas Brautführer sein sollte. Sie sträubte sich nicht dagegen. Es blieb ihr ja gar keine andere Möglich-

17*

zeit. Sie war das einzige Mädchen, er der einzige ledige
junge Mann aus der nächsten Verwandtschaft der Brautpaare. Die übrigen Brautführer und Brautjungfern
waren den Freunden und Freundinnen entnommen worden.

Thekla ließ sich nichts merken, was sie bei der Aussicht empfand, zum ersten Male, wo sie als Brautjungfer
auftrat, gerade Gabriel zum Partner zu haben. Wunderlich doch, wie launisch das Leben sein Spiel trieb!

Einige Tage vor der Hochzeit kam Gabriel an. Er
machte seinen Besuch bei Sängers und traf dort mit einer
Anzahl Seeheimscher Verwandten zusammen, ebenfalls
Hochzeitsgäste, die von auswärts zur Stadt gekommen
waren. Thekla ging, so ruhig und unbefangen es ihr vor
so vielen Augen überhaupt möglich war, auf Gabriel zu,
ihm die Hand entgegenstreckend. Er übersah das wohl
bei seiner Verbeugung. Ihre Hände berührten sich nicht.

Sie war verwirrt; denn in seinen Augen, als sie befremdet die verschmähte Hand zurückzog, hatte sie es wie
wilden Triumph aufblitzen sehen. Die kurze Begegnung
hatte genügt, sie wieder ganz in's Bild zu setzen, und den
kurzen Traum, ihn jemals versöhnen zu können, in sich
zusammenfallen zu lassen.

Während der zehn Minuten, die er blieb, nahm ihn
Frau Sänger in Anspruch, die es sich in den Kopf gesetzt
hatte, ihn nach seinen „Reisen" in Rußland zu fragen.
Den Seeheims gegenüber sollte nämlich ein Mäntelchen
über die Thatsache gehängt werden, daß der zukünftige
Schwager von Arthur weiter nichts als Architekt sei.
Sängers hätten ihn am liebsten zum Orientreisenden ge-
macht; denn das war doch etwas mehr!

Als Gabriel seinen Cylinder in die Hand genommen
hatte zum Gehen, trat er noch einen Augenblick zu Thekla
und teilte ihr in kühlster Form mit: seine Eltern fühlten

sich zu alt, an dem Polterabend teilzunehmen, und er
wolle ihnen Gesellschaft leisten. Zur Trauung aber werde
er die Ehre haben, sie zu führen, sagte er mit einer steifen
Verbeugung. Er fügte nur noch hinzu, daß er zur ange-
gebenen Zeit mit dem Wagen da sein werde; dann ging er.

Thella war über sein Verhalten tief bestürzt. Sie
schlief die nächste Nacht nicht. Also zwischen ihr und
Gabriel sollte in Zukunft Feindschaft bestehen! Denn
das hatte sein Wesen, zu dem sie den Schlüssel schnell
wiedergefunden hatte, gesagt. Sie hätte nach einer Richtung hin ja zufrieden sein können. Er setzte schließlich
nur sie in's Recht, indem er sie kränkte. Aber es schmerzte
sie doch, den Mann so wenig großmütig und vornehm
handeln zu sehen, den sie einstmals ihren Freund genannt
hatte. Wie's schien, hatte sie zu hoch von ihm gedacht,
zu viel von ihm erwartet. Eine Abweisung zu verzeihen,
war ein Mann wohl nicht fähig! —

Wenigstens Gabriel war dessen nicht fähig. Wie
hatte sie das auch nur für einen Augenblick hoffen können.
Er mit seiner krankhaften Empfindlichkeit! Gabriel, dessen
Charakter ein echter Abkömmling war der väterlichen
Schroffheit und des mütterlichen Hochmuts! Ja er war
stolz und verschlossen. Nur einer Einzigen hatte er bisher
gezeigt, daß er auch andere Seiten besitze, und diese eine
war sie, Thella. Eben das mußte einem Menschen wie ihm
die größte Demütigung bedeuten, sich von der weichen Seite
gezeigt zu haben. Hatte sie ihn denn nicht einmal sogar zu
ihren Füßen gesehen! — Vielleicht war das der letzte Antrieb
seiner Rücksichtslosigkeit! Vielleicht wollte er versuchen, auf
diese Weise den Eindruck der Schwäche bei ihr zu verwischen!

Sie sann lange und angestrengt in der Nachtstille
über ihn nach, suchte ganz auf den Grund seines Wesens
zu kommen. An manches Jugenderlebnis dachte sie. Seine

Eifersucht, sein frühreifer Ehrgeiz, standen deutlich vor ihr. Schon an dem Knaben war es eine ausgesprochene Eigenschaft gewesen, daß er nicht hatte vergessen können, wenn ihm jemand seiner Ansicht nach zu nahe getreten war. Niemals wollte er eine Kränkung ungerächt lassen. Thekla entsann sich ganz deutlich eines Falles, wo er ihr selbst noch glühend vom Triumph erzählt hatte, daß er einen Knaben, der ihn niedergeworfen im Ringkampf, später im Flußbade überfallen habe um ihn, überlegener Schwimmer der er war, unterzutauchen, bis jener nahe am Ertrinken gewesen. Seine Erzählung hatte sie damals erschreckt; heute erfüllte sie der Gedanke an die konsequente Entwickelung, die sein Charakter genommen, mit Schaudern.

Warum mochte er wohl die weite Reise von Südrußland hierher unternommen haben? Um die Hochzeit seiner Schwester feiern zu helfen? Er hatte es ja heute nur zu deutlich gezeigt, was er von dem Werte solcher Feier hielt. Wäre es denkbar, daß er nur darum hier war, um seinen Verdruß an ihr, an Thekla, zu kühlen, mit einem Worte, um sich zu rächen? —

Ihr Unbehagen wuchs. Sie sagte sich, daß sie auf der Hut sein müsse. Zuviel schon hatte sie in diesem Handel sich Unvorsichtigkeit zu schulden kommen lassen. Auf keinen Fall durfte es jetzt zu einer Auseinandersetzung kommen zwischen ihr und Gabriel. Sie mußte es versuchen, ihn, den Unberechenbaren, in Schranken zu halten. Sie war das Arthur und Ella schuldig und der ganzen Hochzeitsgesellschaft. Da würde sie müssen Vorsicht üben und politisch verfahren, sie, der alles diplomatische Talent versagt war! — Mit Bangigkeit sah sie dem entgegen, was die nächsten Tage bringen würden.

* * *

Der Polterabend übertraf Theklas Erwartungen durch seinen angenehmen Verlauf. Es war günstig für die Harmlosigkeit und Intimität des Festes, daß von der Familie Bartusch niemand erschien. Die Gesellschaft bestand hauptsächlich aus Verwandten und Regimentskameraden des Leutnants von Seeheim, Freunden Arthurs, untermischt mit Freundinnen von Agnes und Ella. Eine Menge Beziehungen wurden schnell zwischen Leuten angeknüpft, die einander bis dahin völlig fremd gewesen waren, und die sich vielleicht nur darum so leicht und liebenswürdig gaben, weil jeder wußte, daß es ja nur für diese eine Gelegenheit sei.

Die Leutnants führten ein Stück auf, das bisherige Leben des Heiratskandidaten darstellend, welches anspruchslos verfaßt und frisch dargestellt, gleich die richtige, muntere Polterabend-Stimmung schuf. Die Seeheimschen Brüder, Schwestern, Vettern und Cousinen: Landjunkerfamilien, die sich selten von ihren Sitzen bewegten, hatten die ausgesprochene Absicht, da sie nun einmal erschienen waren, sich auf Egons Hochzeit gründlich zu amüsieren. Sie zeigten sich ein äußerst dankbares Publikum für alles, was vorgeführt wurde. Schließlich ward auf Bitten der jungen Leute auch noch getanzt, obgleich die Räume der Sängerschen Wohnung dazu eigentlich zu klein waren.

Der Wirt fiel nicht unangenehm auf. Die Seeheims hatten sofort die richtige Stellung zu ihm genommen, indem sie ihn nicht ganz ernst nahmen; ja, ihn in ihrem Drange nach Belustigung als eine Art Extranummer des Programms auffaßten. Sänger befand sich übrigens in bester Laune. Er hatte vor einigen Tagen die längst ersehnte Rangerhöhung erfahren, durfte fortan ein „Ober-" vor seinen bisherigen Titel setzen. Die Hochzeit seiner „Kinder", wie er Agnes und Arthur nannte, fiel daher äußerst günstig für das Begehen dieser Auszeichnung. Einige Übelwollende behaupteten, er sei am Schlusse des Festes nicht ganz nüchtern gewesen; bösere Zungen erwiderten, daß er bei klarem Bewußtsein auch nicht besser sei.

Die eigentliche Königin des Festes war Agnes, die ihren Wunsch, einen lustigen Polterabend zu haben, nach jeder Richtung hin erfüllt sah. Das Brautpaar: Arthur-Ella trat etwas zurück vor dem anderen. Sie standen unter dem Eindrucke, daß von Ellas nächster Familie niemand gekommen war. Aber Ella in einem duftigen Mousselinkleide von zartester Lachsfarbe, die zu ihrem Teint ausgezeichnet stand, war wirklich schön. Sie stach in dieser Beziehung die etwas derbere Agnes sogar aus.

Am nächsten Morgen wurde mit Gabriels Visiten-karte ein kostbares Bouquet für Fräulein von Lübekind abgegeben. Thekla hatte keine Freude an den Blumen. Er that eben das, was jeder andere an seiner Stelle auch gethan haben würde. Aber von ihm kommend, empfand sie die konventionelle Gabe fast wie Verhöhnung.

Zur vorgeschriebenen Zeit fuhren die Wagen vor. Nachdem die übrige Hochzeitsgesellschaft aufgefahren, kamen die beiden Brautpaare, ihnen folgten die Brautjungfern mit ihren Führern. Die Fahrt zur Kirche war nur kurz, zum Glück für Thekla. Es kam ihr wie eine Strafe vor, mit Gabriel das zweisitzige Coupé teilen zu müssen. Die einzigen Worte, die zwischen ihnen fielen, betrafen die Blumen, für die sie ihm doch danken mußte.

Thekla würde sich unter gewöhnlichen Umständen wie ein Kind gefreut haben an einem solchen Feste. Aber heute lag ein Alp auf ihr. Sie mußte an sich halten, nicht zu weinen. Für sie war es ein trauriger Tag, trotz der festlich gestimmten Gesellschaft mit ihren glänzenden Toiletten und Uniformen, trotz der beiden Bräute, die im

Schleier sich ausnahmen rein und lieblich, wie weiße Lilien.

Leider hielt der Geistliche eine viel zu lange Rede, wohl in der Annahme, daß man bei einer Doppelhochzeit auch das Doppelte der landesüblichen Ansprache von ihm erwarte. Er war mit den Verhältnissen der beteiligten Familien nicht sehr vertraut. Es passierte ihm daher, daß er ein wenig durcheinanderwarf, Dinge von Arthur berichtete, die Egon erlebt hatte und Agnes Eigenschaften andichtete, die besser auf Ella gepaßt hätten. Es war dies peinlich. Die Seeheimsche Verwandtschaft, deren Bedürfnis nach Amüsement noch keineswegs gedeckt war, belustigte diese Vermischung der Brautpaare höchlichst. Sie sahen die heilige Handlung als eine willkommene Fortsetzung des Polterabends an.

Aber auch die wohlgemeinte Doppelrede des Geistlichen hatte ein Ende, und bald darauf saß man beim Hochzeitsdiner. Die Kapelle von Seeheims Regiment gab die Tafelmusik.

Neue Qualen waren hier für Thekla aufgespart. Sänger hielt eine Ansprache, die an Taktlosigkeit selbst das überbot, was er bei seiner eigenen Hochzeit gesagt hatte. Von Seiten der Seeheims antwortete der Senior der Familie, in derber, aber wenigstens nicht witzloser Weise. Vater Bartusch sprach kurz und wenig erfreulich. Er stellte eigentlich nur fest, daß der heutige Tag ihm ein Kind raube. Dann kam die ganze Reihe der üblichen Hochzeitstoaste. Unter anderem bekam man den Geistlichen noch einigemale zu hören, dem wohl Sängers Ruhm, bisher die unglücklichste Rede gehalten zu haben, keine Ruhe ließ.

Thekla, die zwischen einem Regimentskameraden Seeheims und Gabriel Bartusch saß, wurde erst von dem Offizier gut unterhalten, bis dieser sich in ein Gespräch mit der eigenen Dame verwickelte. Gabriel spielte die Rolle des stummen Gastes. Er hatte sich niemandem von der Gesellschaft, die ihm nur zum geringen Teile bekannt war, vorstellen lassen. Teilnahmslos, als gehe ihn die ganze Sache nichts an, blickte er drein. Nur, als sein Vater gesprochen, stand er auf und stieß mit den Seinen an. Frau Bartusch war erschienen, sie trug die Nase sehr hoch, um anzuzeigen, daß sie nicht gewillt sei, sich imponieren zu lassen.

Gabriel fiel schon dadurch auf, daß er im schwarzen Frack und gänzlich ohne Ordenskette war, doch konnte man nicht sagen, daß er gegen irgend einen der Anwesenden ungünstig abgestochen hätte. Die jungen Mädchen, in deren Augen er im Nimbus des „Orientreisenden" stand, waren geneigt, ihn „interessant und apart" zu finden, in seiner hochmütig unzufriedenen Zurückhaltung.

Thekla war befremdet über die Wandlung, die mit seiner Erscheinung vor sich gegangen war, in den drei Jahren, wo man sich nicht gesehen hatte. Er begann das Haar stark zu verlieren, zeigte Furchen und Falten, sah um zehn Jahre gealtert aus. Fast machte er ihr einen verlebten Eindruck. Daß seine Gesundheit nicht die festeste sei, wußte sie, und daß er unvernünftig lebe, war bei seinem Temperament anzunehmen. Früher würde sie offen nach seinem Befinden geforscht, ihm zugeredet haben, sich zu schonen. Aber heute konnte das als Aufdringlichkeit angesehen werden, deren sie sich ihm gegenüber zu allerletzt schuldig machen wollte.

Schließlich mußte sie doch wohl oder übel ein Gespräch mit ihm suchen. Man war nun einmal in Gesellschaft und durfte nicht Neugier und Befremden erregen, die durch fortgesetztes Schweigen eines Paares herausgefordert werden mußten.

Thekla hatte ihren Vorsatz, ihm gegenüber auf ihrer Hut zu sein, deshalb nicht vergessen. Sie sann auf ein Thema, das weder für sie noch für ihn etwas Peinliches enthalte, und glaubte in seinen russischen Erlebnissen ein neutrales Gebiet entdeckt zu haben. Gabriel ließ das anfangs an sich heran kommen, gab nur kurze und gleichsam widerwillige Antworten. Ja, die Landschaft sei schön und langweilig, jenachdem! — Vieles habe er anders gefunden als zu Haus, aber im allgemeinen sei die Welt doch auch dort rund. — Thekla kannte seinen Sarkasmus, und wußte, wie ihm zu begegnen sei. Herzlichkeit hatte ihn noch immer entwaffnet. Auch heute versuchte sie es damit. Indem sie ihm frank in die Augen blickte, sagte sie: es würde sie freuen, wenn er ihr ein Bild geben wolle von seiner Thätigkeit, wie es ihm ergangen sei, was seine Pläne seien für die Zukunft.

Es mochte ihn mit Genugthuung erfüllen, gerade ihr seine Erfolge darzuthun. Sie sollte es wissen, daß er nicht mehr der existenzlose, junge Mensch war, der arme Schlucker, der damals auf der Straße von ihr Abschied genommen hatte. Er erwärmte sich. War es ihr Anblick, wie sie mit großen Augen, die manche Erinnerung in ihm herauflockten, an seinen Lippen hing? Seine frostige Starrheit schmolz an ihrer Teilnahme dahin.

Er war im besten Zuge, als ihn zu Theklas Kummer ein Toast unterbrach. Ein Kollege von Sänger, ihm ähnlich an Pedanterie, hielt eine endlose Rede auf die Damen, in der viel Salbung, aber wenig Geist zu finden war.

Nachdem das Aufstehen und Anklingen der Gläser vorüber war, meinte Gabriel: „Was für eine naßkalte, steifleinene Gefühlsäußerung! Überhaupt unsere vielgepriesene Verehrung der Frauen! Mich überläuft allemal eine Gänsehaut, wenn einer meiner Landsleute von Frauen oder gar auf die Frauen spricht. Was nützt uns der Champagner, wenn wir keine Glut in den Adern haben! Ich komme aus Gegenden, wo eine gewisse Wildheit herrscht. Der korrekte Europäer nennt es „Halbbarbarei“. Dort hat die Civilisation noch nicht die primitive Kraft und Schönheit des Menschen ganz zu überzuckern vermocht. Dort giebt es, wie in der Landschaft so auch im Leben, eigenartige und tiefe Farben. Wirkliche Leidenschaften, echtes, rotes, warmes Blut fließt in den Adern. Menschen von herrlicher Unabhängigkeit. Ja, dort giebt es sogar vorurteilsfreie Frauen, die den Mut haben, ihrem Herzen zu folgen.“

Er ließ eine Pause eintreten, und blickte Thekla keck an, die Wirkung seiner Worte zu erspähen. Sie hielt den Blick aus. Was er von den Frauen sagte, verfehlte seinen Eindruck nicht. Sofort hatte ihr der Instinkt, — wie ihn so schnell und sicher doch nur Frauen haben — gesagt, daß hier eine ihres Geschlechtes im Spiele sein müsse.

Sie erwiderte nur:

„Vorhin sagten Sie, Herr Bartusch: Sie hätten es dort nicht sehr anders gefunden als zu Haus!“

„Dann haben Sie mich mißverstanden! Leben und Gesellschaft sind sehr verschieden von allem, was wir in Deutschland kennen. Ich möchte lachen, wenn ich mich hier umsehe! Lauter Gänseblümchen! Diese unbedeutenden Gesichter, diese zahmen Bewegungen! Furchtbar korrekt, decent und moralisch! Und dabei so selbstgerecht und spröde! Alles hübsch im Mittelmaß, der Zuschnitt, die Gespräche — alles!“

Sie hätte ihm antworten mögen, daß diese Frauen, die er so pries, es doch nicht verstanden zu haben schienen, ihm Feingefühl, oder auch nur Höflichkeit anzuziehen. Aber sie hütete sich wohl, etwas Ähnliches auszusprechen,

Ihrem Vorsatze getreu, jede Auseinandersetzung mit ihm zu vermeiden. Die Wendung, die er dem Gespräche gegegeben hatte, behagte ihr nicht, und seine Miene beunruhigte sie. Das war wieder der ganze Gabriel Bartusch! Wie die feinen Nasenflügel vibrierten und die tiefliegenden Augen leidenschaftlich blitzten. Und diese Verachtung, die ihm bei jedem Worte um die Lippen zuckte!

„Früher hätte mir ein solches Fest wahrscheinlich gewaltig imponiert," sagte er. „Wie man sich ja überhaupt als Knabe von so vielem übertölpeln läßt. Man nahm alles viel zu ernst damals. Inzwischen hat man hinter die Coulissen seiner eigenen Ideale geblickt. Da erkennt man erst, wie klein und eng und philisterhaft die Welt ist, vor der man staunend gestanden hat. Man schärft eben sein Auge in der Fremde. Jedenfalls danke ich Gott, daß ich meine Freiheit habe, und nicht genötigt bin, in dieser Enge mehr als einige Tage zu atmen."

Thella nahm die Herausforderung nicht an. Sie schwieg, ließ ihn nur durch einen Blick ihre Mißbilligung erkennen. Sie hatte doch noch nicht alle Gewalt über ihn verloren; denn er schluckte, was er etwa noch auf der Zunge hatte, herab.

Nach einiger Zeit sagte er in ganz verändertem Tone: „Ich habe mich sehr gewundert, als ich die Nachricht von Ellas Verlobung erhielt."

„Und Sie freuen sich, hoffe ich doch!"

Er überlegte.

„Nein!" erklärte er dann. „Das müßte ich lügen! Die Sache kam mir gemacht vor. Und ich kann mich bis zum heutigen Tage nicht darein finden."

„Das verstehe ich nicht!" rief Thella lebhaft. „Gerade Sie mußten doch wissen, wie alles gekommen ist.

Denken Sie doch nur daran, wie diese beiden einander immer zugethan gewesen sind."

Kaum hatte sie das gesagt, so bereute sie es auch schon. Sie sah, wie sich seine Brauen zusammenzogen.

„Jugendneigungen haben keinen Bestand," erwiderte er halblaut. „Fräulein von Lüdekind!"

Thekla erzitterte, atmete schneller; verlor aber die Fassung nicht gänzlich. Nach kurzer Pause hatte sie so viel Ruhe, um sagen zu können:

„Ich bin sehr glücklich über die Heirat. Ich glaube, daß sie gut ist. Arthur hat ehrenhaft gehandelt. Sie lieben einander."

„Von Ella glaube ich es! Ja, von ihr weiß ich es!" rief Gabriel. „Sie ist ja meine Schwester; und wenn in vielem ungleich geartet, so sind wir uns doch in dem einen sehr ähnlich, daß wir heiß und unmittelbar empfinden. Wie Ihr Bruder fühlt, das freilich entzieht sich meiner Beurteilung."

„Er liebt Ihre Schwester von ganzem Herzen. Das kann ich Ihnen versichern!" stieß Thekla mit wahrer Kraftanstrengung hervor.

„Wirklich! Thut er das?" erwiderte Gabriel bedachtsam höhnisch. „Sehen Sie einmal an! Das hätte ich einem Mitgliede Ihrer Familie gar nicht zugetraut, einen solchen Aufwand von Gefühl!"

Thekla war bleich geworden. Sie sah ihn nicht an. Während des Restes der Mahlzeit, die man ihrem Ende zueilte, sprachen sie kein Wort zu einander. Auf Gabriels Zügen lag es wie Befriedigung. Thekla mußte daran denken, wie er damals an dem Schulkameraden seine Rache zu nehmen verstanden hatte.

Sowie man sich erhoben und das allgemeine Verbeugen und Händeschütteln vorbei war, verschwand Gabriel.

Thekla atmete auf, als sie ihn nicht mehr unter den
Gästen sah.

———

III.

Kurze Zeit, nachdem die Hochzeit vorüber war, zog
Thekla in ihr eigenes, von Tante Wanda ererbtes Haus.
Es hatte nicht an Stimmen gefehlt, die sie davor warnten.
Vor allem ihre Mutter meinte, sie sei zu jung dazu, sie
werde sich in der Einsamkeit Schrullen angewöhnen, ja es
sei der Anfang zur Altjungfernschaft.

Solchen Bedenken zum Trotze führte Thekla ihren
Entschluß aus. Der Gedanke, eine alte Jungfer zu werden,
schreckte sie nicht im mindesten. Wenn sie nur eine solche
würde, wie Tante Wanda, dann wäre ihr Ideal erreicht
gewesen!

Sie dachte nun ernstlich daran, sich gänzlich von allem
Verkehr zurückzuziehen. Was hatte man davon? Wie
zerfahren war dieses letzte Jahr gewesen! Wenn sie an
die Entschlüsse dachte, die sie nach Tante Wandas Tode
gefaßt hatte — so gut wie nichts war davon zur Ausführung gekommen. Die Worte, welche die Sterbende an
sie gerichtet, klangen nur noch undeutlich wie aus weiter
Ferne in ihr nach. Das Leben mit seinen verwirrenden
Ansprüchen hatte sich dazwischen gedrängt.

Es war wieder so vieles geschehen, womit sie sich
innerlich erst abfinden mußte. Wo konnte sie das besser,
als in den Räumen, wo noch jedes Stück der Einrichtung
gleichsam von der sprach, die hier ein thätiges und be-

glückendes Dasein geführt hatte. Und dann besaß sie ja auch das, was Wanda Lübekind ihr als kostbarstes Vermächtnis hinterlassen hatte: die Sorge um ihre Verlassenen. Wozu war sie denn volljährig und im Besitze eines Vermögens? Im Wohlthun durfte ihr niemand Fesseln anlegen. Wenigstens darin mußte man doch seinem Herzen folgen dürfen!

Freilich, einer war, der wie eine Art Schildwache vor dem Geldschranke stand und drohend den Finger erhob, wenn sie es zu arg trieb mit dem Wegschenken: Reppiner. Von ihm mußte man sich Einspruch gefallen lassen. Sie hatte ihn ja übernommen, gewissermaßen wie ein Stück der Erbschaft, wie das Häuschen, die Möbel, die Porträts

Reppiner war ein sonderbarer Kauz. Die anfängliche Scheu, welche Thekla vor ihm gehabt hatte, war allmählich ganz gewichen, hatte einem vertraulichen Freundschaftsverhältnisse Platz gemacht. Er kam oft und zu den verschiedensten Tageszeiten, ungerufen, „mal nachsehen!" wie er es nannte. Sie fragte ihn in vielen Dingen um Rat, oft auch über solche, die er im Augenblick nicht zu beantworten wußte. Dann machte er sich einen Knoten in's Taschentuch und binnen heute und morgen, dessen konnte sie sicher sein, hatte Thekla die Antwort.

Er nannte sie nicht mehr wie früher: „gnädiges Fräulein", sondern „Thekla", und sie rief ihn bei seinem Familiennamen, ohne ein „Herr" davor zu setzen. Er brachte ihr Bücher, die er mit großer Sorgfalt daraufhin auswählte, ob sie passend seien für ein junges Mädchen. Dann und wann schickte er ihr auch Zeitungen, was sie darin lesen sollte mit starkem Bleistift angestrichen: Wirtschaftliches, Juristisches, oder auch Geldsachen. Vom Gesellschaftsklatsch brauche sie nichts zu hören und von Politik nichts

zu verstehen, aber es sei notwendig, daß sie die Welt
kennen lerne, in der sie lebe, mit ihren Gesetzen und Einrichtungen, damit sie nicht wie die meisten Frauen sich be-
trügen lasse.

Es war überhaupt Reppiners fixe Idee, daß Thekla
ausgebeutet werde. Er traute an sich einem Menschen nicht
so leicht über den Weg; Theklas Bekanntschaften aber
sah er sich mit doppelt mißtrauischen Augen an. Sie
mußte ihm genau Bericht erstatten, wen sie besuche und
wen sie bei sich empfange. Am liebsten würde er es gesehen haben, daß Thekla sich ganz abgeschlossen hätte von
der Welt. War er zufälligerweise anwesend, wenn von
ihren Verwandten oder Freunden jemand kam, dann entfernte er sich schleunigst, als könne er es nicht ertragen,
Thekla mit anderen Menschen zusammenzusehen. Die
Laune war ihm danach für Tage verdorben.

Gelegentlich einmal verdroß sie seine Pedanterie. So
verlangte er von ihr, daß sie sich an geordnete Buchführung
gewöhne. Auch behauptete er, es sei unrecht, mehr als
die Zinsen seines Kapitals zu verbrauchen. Darin mochte
er ja recht haben, nicht aber konnte ihm Thekla beipflichten,
wenn er sie einschränken wollte in ihren Ausgaben für
wohlthätige Zwecke. Wie oft, wenn sie ihm von Elend und
Kummer berichtete, die ein Unglücklicher ihr anvertraut hatte,
blieb er nicht bloß völlig ungerührt, nein, er behauptete
sogar in spöttischem Tone, sie habe sich wiedermal was auf-
binden lassen, ihr Geld sei zum Fenster hinausgeworfen.
Thekla war fest davon überzeugt, daß er unrecht habe.
So wurde man wohl als Advokat, wenn man soviel Unrecht und Verbrechen tagtäglich aus nächster Nähe zu sehen
bekam!

Eine andere von der Tante auf Thekla übergegangene
Persönlichkeit war die alte Kathinka. Von der Ver-

ſtorbenen war ihr eine kleine Leibrente ausgeſetzt worden,
die Thekla ihr zu zahlen hatte. Sie hätte ja nun die
Hände in den Schoß legen und ſich pflegen können, aber
Kathinka hatte die Anſicht, daß es ohne ſie nicht gehe.
Die neue Herrin war in ihren Augen ein Kind, das be-
muttert werden mußte. Unter Wanda Lübekinds Regiment
hatte Kathinka ſcharf herangemußt. Nun kam ſie doch auch
mal an die Reihe im Wirtſchaften, wonach ſie ſich zeitlebens
geſehnt hatte. Thekla ließ ſie gewähren, denn ſie ſagte ſich,
daß Kathinka, die bei Tante Wanda eine gute Schule durchgemacht hatte, es doch wahrſcheinlich beſſer verſtehe als ſie.
Und wenn Thekla ja einmal die Herrin herausſtecken wollte,
dann war Kathinka ſofort mit der Bemerkung zur Hand,
daß es bei dem „ſeligen gnädigen Fräulein“ ſo geweſen
ſei; ein Grund, vor dem Thekla ſtets die Segel ſtrich.

Für gewiſſe gröbere Arbeiten war Kathinka zu alt
und auch zu fein. Erſt half man ſich mit einer Scheuer-
frau, die jeden Morgen kam. Aber von dieſer Gattung
Weibern behauptete die erfahrene Wirtſchafterin, ſie äßen
zu viel und ſchleppten alles aus dem Hauſe; man ſolle
doch ein Stubenmädchen engagieren. Thekla fand das
eigentlich überflüſſig. Wozu brauchte ſie als einzelne
Dame mehr als einen Dienſtboten im Hauſe? Aber
Kathinka mußte es ihr klar zu machen, daß mit den Auf-
waſchweibern der Staub zunähme und die Vorräte ab.
Dann ſtellte ſie ein junges, niedliches Ding vor mit
klugen Augen, ihre Nichte. 'Eigentlich ſei das Mädchen
zu gut zur Boſe, aber ſie wolle für ihren eigenen zukünftigen Haushalt etwas lernen. Hedwigs Bräutigam ſei
nämlich bei der Poſt angeſtellt und ein ſehr feiner Mann.
Er geſtatte nur, daß ſeine Braut in Stellung gehe, wenn
ſie mit „Fräulein“ angeredet würde, und wenn ſie nicht
gezwungen ſei, eine Haube zu tragen. Thekla gefiel das

Gesicht des Mädchens. Die Bedingungen des Bräutigams schienen ihr außerdem so leicht zu erfüllen, daß sie „Fräulein Hedwig" sofort engagierte.

Es zeigte sich sehr bald, daß man einen guten Griff gethan habe. Hedwig war flink, aufmerksam und lernbeflissen. Thekla konnte sich nicht entsinnen, je ein so nettes und sauberes Mädchen im dienenden Stande gesehen zu haben. Sie hatte bisher stets Scheu gehegt, sich bei der Toilette bedienen zu lassen, aber von Hedwig ließ sie sich das Haar gern machen und beim An- und Auskleiden helfen. Sie hatte das Gefühl, daß Hedwig bescheiden sei und diskret, Eigenschaften, die man ihrer Tante nicht gerade nachrühmen konnte. Mit dem „Fräulein" war es nicht so gefährlich. Hedwig bat sehr bald selbst darum, daß man sich diese Titulatur ersparen möge. Der Postgehilfe kam hin und wieder des Abends, um im Hinterzimmer bei seiner Braut zu sitzen. Thekla sah ihn immer nur im Halbdunkel und fand, daß Kathinkas Behauptung: er sei ein „feiner Mann", nicht unbegründet sei. Er zeigte stets unter seiner Uniform leuchtend weiße Wäsche trat überhaupt auf, daß man ihn von weitem mit einem Leutnant hätte verwechseln können. Übrigens war der feine Mann immer so herablassend, von Kathinka ein Abendbrot anzunehmen. Reppiner, der ihm gelegentlich begegnete, hielt sich darüber auf und meinte, es gehöre eben eine Gutmütigkeit dazu wie die Theklas, um so etwas zu dulden. Selbst Hedwig schien das zu empfinden. Sie bat einmal förmlich um Entschuldigung, daß ihr Bräutigam so oft komme. Aber Thekla meinte, wenn sie dabei glücklich wären, freue es sie nur. Das warme Abendessen gönnte sie dem jungen Mann gern, denn sie wußte, daß er trotz seiner stattlichen Uniform eben nicht glänzend gestellt sei. Jedenfalls langte es zum Heiraten noch nicht. Inzwischen

18*

hatte Hedwig Zeit, da sie durch den Dienst bei Thekla nicht voll in Anspruch genommen wurde, an der Ausstattung zu nähen. Ihre junge Herrin nahm ein Interesse an dem Fortschritte dieses Werkes, als ob es sich um ihre eigene Aussteuer gehandelt hätte.

Was solche Mädchen für eine Passion hatten, unter die Haube zu kommen! War es denn wirklich so ein Glück, wie es sich jede Braut vorzustellen schien? —

In zwei jungen Ehen hatte sie nun dieses Glück aus nächster Nähe vor Augen. Die beiden Paare, die man im Herbst zusammengegeben hatte, waren über die Flitterwochen hinweg. Beide junge Frauen sahen sich übrigens bereits guter Hoffnung.

Sowohl Agnes wie Ella wußten keinen besseren Weg, als zu Theklas Häuschen, um sich hier ihre Sorgen und Nöte — sie hatten deren bereits — vom Herzen herunter zu plaudern. Ihre Klagen ähnelten sich sehr: zuerst natürlich die Köchin, der man hatte kündigen müssen; dann der Dienst, der ihnen die Männer vom Hause fern hielt und sie oft müde und mißgestimmt machte. An der Ausstattung fing man auch bereits an zu entdecken, daß nicht alles Gold ist, was glänzt. Abgesehen aber davon, behaupteten die beiden jungen Frauen immer noch, sich „glücklich" zu fühlen, und daß Arthur und Egon die besten Männer der Welt seien.

Thekla hatte sich früher immer vorgestellt, daß die Ehe einen Menschen von Grund aus verändern müsse. Zu ihrem Staunen sah sie nun, daß diese Frauen eigentlich ganz dieselben geblieben waren, wie sie sie als Mädchen gekannt hatte, nur ein wenig nüchterner beide. Zu denken, wie Ella geschwärmt hatte, und wie sich Agnes angestellt, als Seeheim in's Manöver auszog! Und nun, dieser Alltagston, als ob ihnen die Liebe schon ein abge-

tragenes Gewand geworden sei. Und das nach halbjährigem
Zusammenleben!

Sie sah dann als Gegenstück dazu die Männer.
Auch denen merkte man von einer besonderen Weihe durch
das ersehnte Glück nichts an. Der Geist der Nüchternheit herrschte in beiden Häusern. Arthur fing an, bedenklich in sein altes Phlegma zurückzufallen, und kümmerte
sich, wenn zu Haus, vor allem um Essen, Trinken und
Bequemlichkeit. Ella aber, statt ihn aufzurütteln, bestärkte
ihn darin, um ihn, wie sie selbst ganz offen gestand, bei
Laune zu erhalten.

Etwas anders lag der Fall bei den Seeheims. Er
war eben zum Hauptmann befördert worden und hatte eine
Kompagnie übernommen. Der Feuereifer des jungen
Abteilungsführers beseelte ihn. Agnes behauptete, er sei
mit seiner Kompagnie verheiratet und nicht mit ihr. Er
war nach wie vor der Mann von guter Erziehung, aber
die Berufsarbeit schien doch auch auf seine Nerven zu
wirken. Er kam oft abgespannt vom Dienst nach Haus,
war dann scharf gegen die Dienstboten und nicht immer
mit allem zufrieden, was seine junge Frau anstellte. Dann
gab es strafende Blicke von seiner Seite und ein schiefes
Mäulchen auf ihrer.

Jedenfalls hatte bei diesen beiden Paaren der Sommer
der Ehe nicht das gehalten, was der Frühling des Brautstandes versprochen. Sie waren ja nicht unglücklich, bewahre!
Ella wie Agnes würden sich ganz energisch gegen diese Annahme verwahrt haben. Aber das Ideal, das Thekla für die
Schwester und die Freundin geträumt hatte, war nicht erreicht. Dieses Ideal gab es wahrscheinlich überhaupt nicht! —

Es war das eine neue Enttäuschung für das junge
Mädchen, wenn auch nicht so groß wie die, welche sie an
ihrer eigenen Mutter erlebt hatte.

Man that jedenfalls gut, sein Herz zu verwahren! Sie wollte auf ihrer Hut sein!

Aber wenn etwa doch der Rechte käme? Ja, dann mußte es eben der Rechte sein; und den gab es wohl nicht für sie! —

. . .

Eines Tages bekam Thella unerwartet Besuch von Lilly Ziegrist. Sie hatte es zwar in der Zeitung gelesen, daß Lillys Fürstenpaar in der Stadt sei, aber nicht erwartet, daß die Hofdame im Trubel der Festlichkeiten, die gerade jetzt im vollen Gange waren, Zeit finden würde, sich um sie zu kümmern.

Seit ihre alte Gönnerin, die Herzogin-Witwe, vorm Jahre einem Schlaganfall erlegen war, hatte Thella vollends alle Fühlung mit diesen Kreisen verloren. An dem Hofe des Landesherrn war sie nicht vorgestellt. Früher hatte ja zwischen diesen beiden Hofhaltungen eine Art von Rivalität geherrscht, die nun auch erledigt war. Mit fliegenden Fahnen waren die Anhänger des alten Regimes, an der Spitze die Ziegrists, in das Lager der Jungen übergegangen, wo man sie gnädigst aufgenommen hatte.

Lilly also kam eines Vormittags vorgefahren in einer Hofequipage. Es traf sich gerade, daß Thella Besuch hatte von Fräulein Buckmann, die es für richtig hielt, Thella von Zeit zu Zeit über die Reorganisation ihres Instituts Bericht zu erstatten, da Thella doch nun mal das Geld dazu vorgeschossen hatte. Heute war sie hier, um Fräulein von Lüdekind, die „gütige Protektorin der Schule", zum demnächst bevorstehenden Osterexamen-Aktus einzuladen.

Lilly, eleganter denn je, schüttelte dem alten Fräulein vertraulich die Hand und überhäufte sie mit jenen honigsüßen Schmeicheleien, die dem echten Hofmenschen so leicht von den Lippen fließen. Die Zuckmann nahm alles das für bare Münze und that dieser liebenswürdigen Dame im Innersten Abbitte, daß sie sie früher für eine ihrer schlechtesten Schülerinnen gehalten hatte. Sie wäre vielleicht aus ihrem Entzücken zu der früheren Ansicht zurückgekehrt, wenn sie die Gassenjungen-Grimasse gesehen hätte, welche Lilly hinter ihr drein schnitt, als sie den Rücken gewandt hatte.

„Und was machst du, reizendes Geschöpf?" damit stürzte sich Lilly auf Thekla. „Du bist reich geworden inzwischen, hast deine alte Tante beerbt! Habe schon alles gehört! Nein, so ein Glückspilz! Wenn mir doch auch mal sowas passieren wollte! Ich weiß, was ich machte! Und du giebst alles den Armen, lebst wie eine Nonne. Ein Herr, ein sehr netter noch dazu, hat mir das nämlich erzählt. — Jetzt bist du neugierig, möchtest wissen, wer? Ja, du hast Verehrer, Thekla, die dich von weitem bewundern — platonisch! Oder hast du auch wirkliche? — Was machst du nur, dich so zu konservieren, Frauenzimmer? Nach meiner Rechnung mußt du jetzt im Dreiundzwanzigsten sein. Es ist wirklich was um das solide Leben! Aber es muß doch höllisch langweilig sein! Sage mir um himmelswillen, was treibst du den ganzen Tag? Denn das mit den Armenbesuchen ist doch hoffentlich nicht dein Lebenszweck. Singst du noch? Liest du viel? Gehst du ins Theater? Alles das ist ja ganz nett, und riesig nett denke ich mir's auch, Koupons abschneiden, so mit der Schere. Aber trotzdem, trotzdem, das genügt nicht! Man ist doch von Fleisch und Blut, man hat noch andere Bedürfnisse! — Nun errötet sie! Gott, was für ein Lämmchen! Gerade noch

wie damals, weißt du, wie ich bei euch zu Besuch war?
Wir schliefen zusammen. Deine Mutter war Witwe. Ich
weiß noch wie wütend du wurdest, als ich dir prophezeite,
deine Mutter würde diesen Herrn Sänger heiraten. Nun
sind sie längst ein Paar und haben sich wahrscheinlich
längst recht gründlich satt. Du kannst dich mir ruhig anvertrauen; ich klatsche nicht. Außerdem gehe ich in ein
paar Tagen mit meiner Fürstin über alle Berge; bin also
ungefährlich. Hast du Lust zum Heiraten? — Nicht!
Na, du kannst's ja an dich herankommen lassen, da du
eine Partie bist. Übrigens traue ich dir nicht, Thellachen!
Stille Wasser! — — Du hast immer mächtigen Anhang
gehabt, schon als Schulmädel. Und später sollst du Körbe
ausgeteilt haben. Und dann und dann — höre mal, da
fallen mir großartige Geschichten ein. Weißt du noch die
historischen Porträts bei der Herzogin-Witwe und das
Theaterspiel! Leo Wernberg, beau Leo, wie ich ihn nannte!
Ich habe ihn wiedergesehen hier am Hofe. Er ist ja nun
Regierungsrat geworden. Wie, das weißt du nicht? In
was für einer Welt lebst du denn, Kind? Dann weißt du
vielleicht auch nicht, daß Leo Wernberg bijou ist bei der
Landesmutter! Er hält sich ja natürlich seitdem noch für
viel begehrenswerter. Übrigens bin ich ganz froh, daß ich
ihn damals nicht geheiratet habe. Was hätte ich jetzt
davon? Frau von Wernberg! — Offengestanden, ich will
höher hinaus. Wenn's mal sein muß, dann wenigstens
Gräfin. Und Geld muß er haben, mächtiges Geld.
Wernberg hat nichts. Was laufe ich mir für seine Schönheit! Übrigens bekommt er schon graues Haar, nicht viel,
aber doch etwas an den Schläfen. Ich habe ihn geneckt damit.
Aber nett ist er doch noch immer, das muß man sagen!
Und ich bin jetzt, was Herren anbelangt, verwöhnt. Aber
heiraten? Nur mit höchster Vorsicht! Man kann sich

auch unverheiratet amüsieren. Dieses Dasein zu zweien
muß doch manchmal eine große Gêne sein, besonders bei uns
in Deutschland, wo es so sehr au pied de la lettre genommen wird. Ich möchte dich mal sehen an meiner
Stelle, Thellachen! Was du wohl für ein Gesicht machen
würdest zu manchen Dingen? Meine Fürstin ist eine
Frau von ganz großem Stile. Der Fürst sehr liebenswürdig — manchmal fast zu liebenswürdig! Ich halte
ihn mir vom Leibe; denn wozu könnte das führen? —
Bei ihm ist eben der Flirt Grundsatz. Wir fahren immerwährend in der Welt herum, denn wir sind verwandt mit
den Höfen Halb-Europas. Ein Land zu regieren haben
wir nicht, wofür der Fürst dem lieben Gott jeden Tag
besonders dankt. Aber Geld haben wir, großes Geld
von Seiten der Fürstin. Sie ist älter als er und Russin.
Er ist römisch, sie griechisch. Wenn wir unter uns sind,
sprechen wir natürlich nur französisch, und sehr frei, das
kannst du mir glauben! So, nun weißt du das Äußere.
Die intimeren Angelegenheiten kann ich dir beim besten
Willen nicht erzählen, weil man als Hofdame nicht in-
diskret sein soll. Das ist aber auch wirklich das Einzige,
was man nicht darf. Übrigens würdest du vieles nicht
verstehen oder wenigstens nicht richtig auffassen."

Thella hatte sich den Vortrag, den Lilly zum besten
gab, ruhig mit angehört. Sie erkannte Lilly wieder in
jedem Worte. Es belustigte sie im Grunde, zu sehen, wie
gleich sich die Jugendfreundin geblieben. Sie war der
gamin, der sie immer gewesen, trotz Hofdame. Richtig
böse konnte man ihr nicht sein; Lilly war eine von den
Personen, denen das Temperament einen Freibrief giebt.

Sie sah sich in der Wohnung um, bewunderte einiges
und fand anderes „lächerlich altmodisch". In einem
Atem behauptete sie: Thella mache schon ganz den Ein-

druck einer alten Jungfer, und gleich darauf: die Männer
müßten dümmer sein, als sie sie kenne, wenn Thekla nicht
heirate. Einen ganzen Haufen kleiner Kinder prophezeite
sie ihr; das läge so in einem undefinierbaren Zuge um
ihre Augen. —

„Lilly, du bist unglaublich!" rief Thekla.

„Das sagen sie hier alle zu mir. Ihr seid unglaublich zurück in den Anschauungen! Ich möchte wirklich
bloß mal auf ein paar Wochen herkommen, um die Gesellschaft aufzumischen. Der einzige Mensch, der mit der
Zeit fortschreitet hier zu Lande, ist Leo Wernberg. Übrigens: er läßt sich dir empfehlen, Thekla!"

„Wie komme ich zu der Ehre?" fragte Thekla ehrlich
erstaunt.

„Wir sprachen gestern abend von den tableaux vivants,
wo du die belle chasseresse darstelltest. Und als ich
ihm sagte, ich wollte dich besuchen, hat er mich, ihn bei dir
in Erinnerung zu bringen. Denkst du noch manchmal an
ihn?"

„Laß doch die alten Geschichten, Lilly!" sagte Thekla.
Sie hatte das deutliche Gefühl, daß sie sondiert werden
solle. Lilly wäre die letzte gewesen, der sie etwas anvertraut hätte von ihren Geheimnissen.

„Also du denkst noch an ihn!"

„Ich habe ja Zeit, an allerhand zu denken. Man
wird nachdenklich mit den Jahren, und wundert sich, was
man sich früher alles in seiner Unerfahrenheit gewünscht
hat."

„Thue doch nicht so, Thekla! Ich glaube dir das
einfach nicht, trotz deines sittsamen Augenniederschlags. Er
hat dir damals Eindruck gemacht, willst du das leugnen?"

„Ich habe seitdem ziemlich viel erlebt, Lilly. Dieser
ganze Winter am Hofe ist mir wie ein Traum!"

„Aber ein netter Traum — was? So was vergißt
sich nicht! — Übrigens von wem ist denn der Nelkenstock
da mit der rosa Manschette?"

Thekla überlegte einen Augenblick, ob sie Lilly eine
Unwahrheit zur Antwort geben solle. Aber dann fand sie
es doch nicht der Mühe für wert.

„Von Herrn Reppiner, meinem Rechtsbeistand," erwiderte sie.

„Ein jüdischer Advokat, der Blumenstöcke schenkt! —
— Thekla, begehe mir nur um Gotteswillen keine Geschmacklosigkeit! Alles würde ich dir verzeihen — —
aber . . . ."

Thekla lachte aus vollem Herzen.

„Diesmal bist du auf falscher Fährte, Lilly! Trotz
aller —" Sie wollte eigentlich sagen: „Neugier", sagte
aber: „Klugheit". — „Mein Freund Reppiner ist einge-
fleischter Frauenverächter!"

„Das sollen die Schlimmsten sein, wenn einmal be-
kehrt! Die Sache ist mir jedenfalls verdächtig! Du
hattest immer solch unterirdische Neigungen. Ich denke an
den kleinen Gabriel Bartusch! Du siehst, mein Gedächtnis
ist nicht schlecht. Acht Jahre wird's jetzt bald, daß wir
konfirmiert sind. — — Übrigens muß ich nun fort. Noch
einen Haufen Visiten zu machen. Leb wohl! Wenn wir
uns wiedersehen, ist eine von uns verheiratet, aber ich
hoffentlich nicht!" —

Damit umarmte sie Thekla, und eilte zu der Equi-
page, die auf sie wartete.

IV.

Es erging Thekla in der nächsten Zeit, wie es manchmal im Leben geht: eine Person wird einem urplötzlich in Erinnerung gebracht. Man denkt zunächst, es ist Zufall, legt der Sache kein Gewicht bei. Und, siehe da, dann tritt einem der Mensch überall in den Weg, drängt sich unserer Beachtung auf mit Eigensinn, so daß wir uns nicht vor ihm retten können, daß wir uns mit ihm beschäftigen müssen, wir mögen wollen oder nicht.

So ging es Thekla mit dem Herrn von Wernberg von dem Augenblicke an, wo Lilly seinen Namen ihr gegenüber erwähnt hatte.

Sie begegnete ihm auf der Straße, was ja auch vordem geschehen war; aber unwillkürlich fiel ihr jetzt sein Gruß mehr auf als früher. Dann wieder las sie in der Zeitung, daß die Herzogin eine Volksküche ausgezeichnet habe durch ihren Besuch, und daß Regierungsrat von Wernberg sie dabei geführt habe. Einige Zeit darauf war dieser selbe Wernberg unter denen vermerkt, welche die Erlaubnis erhielten, eine ihnen von einem ausländischen Fürsten verliehene Dekoration anzulegen.

Wo sie hinblickte: Wernberg! Und damit nicht genug, eines Tages hielt abermals eine Hofequipage vor Theklas Wohnung. Ihr entstieg diesmal nicht Lilly, auch nicht Herr von Wernberg, aber ein altes Fräulein von Wallamber, eine pensionirte Hofdame. — Thekla hatte sie flüchtig bei der verstorbenen Herzogin-Witwe kennen gelernt — Eine Tante von Leo Wernberg. „Mein Neffe Leo!" war damals ihr drittes Wort gewesen.

Fräulein von Wallamber, in dunkle Seide gekleidet,

mit gepufftem Haar, wie man es vor dreißig und mehr
Jahren zu tragen pflegte, sah sich mit unverhohlener Neugier im Zimmer um, aus runden, schlauen Mausäugelchen.
Sie erzählte, daß sie Tante Wanda gut gekannt habe,
und Thellas Vater sei einer ihrer Tänzer gewesen, am
Hofe. Darauf begann sie, Thellas Verwandte väter-
licher- und mütterlicherseits aufzuzählen. Alle wußte sie
mit Vornamen, als habe sie einen genealogischen Kalender
auswendig gelernt. Dabei lächelte sie kindlich zuthunlich
und zeigte eine tadellose Reihe falscher Zähne, unter einer
etwas bärtigen Oberlippe. Auch ihr Kinn war nicht ganz
frei von diesem fragwürdigen Schmuck.

Die alte Dame gefiel Thella auf den ersten Blick.
In ihrem Wesen war so etwas anheimelnd Altmodisches.
Wenn man nur gewußt hätte, was sie eigentlich hier
wollte? Aber das würde sich wohl noch herausstellen!

„Also mein liebes Fräulein!“ begann mit einemmale
in gänzlich veränderter Tonart, gewissermaßen die offizielle
Hofdamenmiene aufsetzend, Fräulein von Wallamber. „Ihre
Hoheit die Frau Herzogin“ — dabei nahm alles an ihr
den Ausdruck starrer Ehrfurcht an, — „hat, wie Sie jedenfalls
gehört haben werden, neulich den Damenhilfsverein gestiftet. Ihre Hoheit ist ja in landesmütterlicher Huld
jederzeit bemüht, der Not und dem Elend abzuhelfen“ . . .
Es folgte nun im großen und ganzen das, was Thella
vor einigen Tagen über die Stiftung dieses Vereines in
der Zeitung gelesen hatte. Die Wallamber holte, geschäftig
suchend, etwas aus ihrem Pompadour hervor, das aussah,
wie ein Statut, und überreichte es lächelnd dem jungen
Mädchen.

„Ich muß Ihnen zur Erklärung noch folgendes sagen,
mein liebes Kind. Der Damenhilfsverein entspringt den
eigensten Intentionen Ihrer Hoheit. Sie wendet sich dabei

aber nur an die besseren Stände. Ich brauche das wohl nicht erst auseinanderzusetzen? Leider sind ja nun die mit irdischem Gute Gesegneten nicht allzu zahlreich in unseren Kreisen. Man hat auch einige Kommerzienratsfrauen und andere derartige Elemente in die Liste aufnehmen müssen, was eigentlich schade ist. Aber die Herren, unter anderem mein Neffe Leo, hielten das für unumgänglich notwendig. Denn natürlich handelt sich's ja vor allem um Geld. Daß der Zweck der Sache ein hoher und edler ist, sehen Sie allein schon daraus, daß Ihre Hoheit das Protektorat übernommen hat. Es ist daher Ehrensache, dem Vereine beizutreten. Ich kann mir nicht denken, daß jemand, dem Wunsche unserer gnädigen Herzogin zuwider, sich hiervon fern halten sollte. Auch Sie, mein gutes Kind, stehen auf der Liste, da man annimmt, daß Sie sich der guten Sache anschließen werden. Es bestanden zwar anfangs Zweifel, ob man eine so junge Dame in das Komitee aufnehmen könne, aber mein Neffe Leo hatte keine Bedenken, er sagte: „Jugend sei einer der wenigen Fehler, die sich mit der Zeit auswüchsen. Sie kennen ihn ja, er macht immer solche guten Bemerkungen! Um die Ehre zu genießen, in das Komitee zu kommen, zahlen Sie eine Summe nicht unter fünfhundert Mark, außerdem verpflichten Sie sich zu einem Jahresbeitrage von fünfundzwanzig Mark. Im übrigen sind der Mildthätigkeit natürlich keine Schranken gesetzt. Die Namen der Stifter werden in den Zeitungen veröffentlicht werden."

Der Gedanke, einem Komitee anzugehören, hatte für Thekla nichts Anziehendes, und auch die Aussicht, ihren Namen in den Zeitungen zu lesen, lockte sie nicht. Aber trotzdem fühlte sie, daß sie sich dieser Sache nicht werde entziehen können. Wozu besaß sie denn das viele Geld? Tante Wanda hatte doch auch einen großen Betrag jährlich

für Wohltätigkeit ausgegeben. Und die Papiere standen
ja gut. Reppiner hatte ihr erst kürzlich zum Quartals-
wechsel berichtet, daß sie an der „Augustahütte" ein paar
Tausend verdient habe. Was frommte es ihr, Zins
auf Zins zu häufen, nur um von Reppiner gelegentlich zu hören, daß er wieder vorteilhaft für sie realisiert
habe.

Es hätte gar nicht so vieler Worte von Seiten des
alten Fräuleins bedurft, sie zu überreden. Nur darüber, wieviel sie stiften solle, war sie noch im Zweifel.
Das wollte sie doch noch mal mit Reppiner beraten.

Aber die Wallamber erklärte, daß es ein Überlegen
in dieser Sache nicht geben könne. „Ich muß Ihrer Hoheit
noch heute Bericht erstatten. Bedenken Sie, da wäre es
doch sehr genant für mich, und es würde auch keinen guten
Eindruck machen, wenn ich zu vermelden gezwungen wäre:
Fräulein von Lübekind will sich's noch überlegen! —
Außerdem wollen wir die Liste schließen. Hier sehen Sie,
mein Kind, was andere Damen gezeichnet haben," damit
zog sie einen Bogen Papier aus dem Pompadour und gab
ihn Thekla zur Durchsicht.

Da waren gut klingende Namen, vom Geburts-
sowohl, wie vom Geldadel. Thekla überzeugte sich, daß
Beträge in verschiedenster Höhe gezeichnet worden seien.
Sie kam zu dem Entschlusse, nicht allzuviel zu zeichnen.
Die hohen Posten kamen ihr so aufdringlich vor. Da
stand zuletzt Frau Kommerzienrat Mosen: zehntausend
Mark, über ihr dagegen Gräfin Reder mit sechshundert
Mark. Es wollte sie bedünken, als sei die kleinere
Summe doch die wertvollere. Und da auf einmal fiel
ihr Blick auf ein mit zitteriger Hand geschriebenes: „Un-
genannt: tausend Mark." War das nicht von allen der
wertvollste Posten? Ohne längeres Besinnen lief sie mit

dem Blatte zum Schreibtisch und schrieb unter die Kommerzienrätin: „Ungenannt: tausend Mark."

Errötend überreichte sie der Hofdame das Papier. „Noch ein Ungenannt!" rief sie. „Das ist eigentlich schade! Zwei gute Namen weniger. Wir haben so wie so die Rolure im Übergewicht. Können Sie das nicht noch ändern?"

Thekla schüttelte mit Entschiedenheit den Kopf.

„Das ist sehr edel von Ihnen, mein liebes Kind!" rief die Wallamber mit einem warmen Blicke auf Thekla, gar nicht mehr hofdamenhaft. „Es sieht übrigens Ihrem guten Vater sehr ähnlich. Er war ein vornehmer Mann, und was für ein guter Tänzer! Gott habe ihn selig! — In's Komitee können Sie dann aber nicht, wenn Sie durchaus auf dem ‚Ungenannt' bestehen. Das wird meinem Neffen Leo recht leid thun!"

Thekla lächelte über diesen Gedankengang. Nein, am Komitee lag ihr gar nichts, sie hatte davor sogar ein wenig Angst gehabt.

„Nun ich werde schon Sorge tragen," meinte die Wallamber und streichelte Theklas Haar, „daß Sie trotzdem von Ihrer Hoheit angesprochen werden." Damit ging sie, freundlich nickend.

Am Abend desselben Tages kam Reppiner zu Thekla. Ein wenig bange vor seiner Kritik, erzählte sie ihm, was sie heute gethan habe. Er war sehr ungehalten. „Sie sind eine Verschwenderin!" rief er. „Von Geldwert haben Sie keine Ahnung! Die Frauen sollte man alle unter Kuratel stellen! Denn ihr seid nun doch mal nicht besser als Kinder!" Dann schimpfte er noch ein weibliches über die offizielle Wohlthätigkeit und höhnte über den Gedanken eines „Damen-Hilfsvereins".

Thekla ließ ihn in ihrem Salon herumlaufen, den er

seiner Kleinheit wegen nur mit ganz kurzen Schritten durchmessen konnte. Sie kannte ihren Freund nun schon; er war eigentlich immer unzufrieden mit dem, was sie that, anfangs. Aber mit der Zeit schickte er sich darein, ja fand es schließlich gut, obgleich er sich das nicht gerne anmerken ließ.

Auch heute, als er abgebrummt hatte, meinte er: Thekla habe recht gethan, unter „Ungenannt“ zu zeichnen. Er würde es nicht ertragen haben, ihren Namen mit denen von so vielen eitlen Frauenzimmern durch alle Blätter gezerrt zu sehen. Schließlich erklärte er, sie sei doch eigentlich viel gescheiter, als man denke. Mit der Zeit könne aus ihr vielleicht noch eine zweite Tante Wanda werden. Das war in seinem Munde das höchste Lob; Thekla faßte es auch als solches auf und fühlte sich ganz stolz.

In den nächsten Wochen stand viel über die neue Stiftung in den Zeitungen zu lesen. Die dem Hofe nahestehenden Blätter priesen die hohe Protektorin und die edlen Stifter. Man stelle sich an, als sei hiermit alle Not mit einemmale aus der Welt geschafft. Andere Blätter jedoch gaben dadurch einen erneuten Beweis ihrer schlechten Gesinnung, daß sie die Sache etwas skeptischer auffaßten.

* * *

Nachdem der Damen-Hilfsverein in's Leben gerufen war, erhielt Thekla die Einladung, einer vertraulichen Versammlung der Stifterinnen beizuwohnen, zu der auch die Herzogin ihr Erscheinen huldvollst zugesagt habe.

Thekla begab sich zur angesetzten Zeit in das bezeichnete Lokal. Am Eingange stand Regierungsrat von Wernberg, die Honneurs machend. Kaum war er Thekla ansichtig geworden, so kam er auch schon auf sie zu, begrüßte sie und bat, mit ihm zu Fräulein von Wallamber zu kommen. Der wurde sie mit der Bitte übergeben: „Nichtwahr, Tantchen, du sorgst für Fräulein von Lübekind!"

Das junge Mädchen sah sich im Handumdrehen einer Anzahl älterer Damen vorgestellt. Aber niemand hatte recht Zeit und Lust zur Unterhaltung. Man war zerstreut und aufgeregt; denn jede hegte im stillen die Hoffnung, von der Herzogin angesprochen zu werden, und sah in der Nachbarin eine Rivalin, welche diese Möglichkeit verringerte. Alles drängte nach der Thür zu, aus der man das Hervortreten der hohen Frau erwartete.

Wernberg, der einzige Mann in der Gesellschaft, hatte im buchstäblichen Sinne des Wortes alle Hände voll zu thun, um eine Gasse frei zu halten, durch welche die Landesmutter schreiten sollte. Er war gerade der rechte Mann dazu, eine so heikle Aufgabe zu bewältigen. Voll überlegener Geistesgegenwart, niemals die Form vernachlässigend, immer sich bewußt, daß er es mit Damen zu thun habe, blickte er aus ziemlicher Höhe des Leibes ein wenig spöttisch auf diese merkwürdig zusammengesetzte Versammlung herab.

Als sie wieder dieses schmiegsam sonore Organ vernahm, war es Thekla, als würde sie um Jahre zurückversetzt. Über den Reihen der vor ihr stehenden Damen sah sie die bronzefarbene Silhouette seines Kopfes. Er hatte sich kaum verändert — obgleich ja auch ihr die von Lilly bemerkten weißen Haare an den Schläfen nicht entgingen. — Noch derselbe regelmäßig schöne Schnitt der Nase und Stirn war's. Die Mundpartie entsprach mit ihrem etwas stark entwickelten Unterkiefer nicht ganz den feinen Linien des Oberbaues. Sein Auge blickte kühl und gebieterisch.

Es war Thekla lieb, daß sie ihre hohe Meinung von ihm nicht herabzustimmen brauchte. Es wäre ihr schmerzlich gewesen, wenn sie ihn kleiner, unbedeutender, minder vornehm wiedergefunden hätte, als er in ihrer Erinnerung lebte. Nein, es war begreiflich, daß dieser Mann ihrem unerfahrenen, unbewehrten Mädchenherzen Eindruck gemacht hatte. Sie brauchte sich nicht zu verachten deshalb. Er hielt auch jetzt noch Stand vor ihrem geschärften Blicke, wo das Sinnbethörende, das er für die Achtzehnjährige gehabt, längst zur Illusion geworden war. Bezaubern würde er sie nicht mehr, aber wehmütiges Wohlgefallen konnte sie wohl noch empfinden für den, der sie alle Thorheit der Liebe kennen gelehrt hatte.

Thekla stand in der hintersten Ecke des nicht allzu großen Raumes. Vor ihr focht eine kleine Person mit den Ellenbogen gegen eine große Dame, die ihr den Weg verbarrikadierte. „Lassen Sie mich gefälligst durch! Ich gehöre vor!" keuchte sie.

Das Koloß rührte sich nicht von der Stelle. Die Kleine hob sich auf den Fußspitzen, zeigte ein vor Erregung dunkelrotes Gesicht und rief mit weinerlicher Stimme nach Fräulein von Wallamber.

„Was giebt's, Frau Mosen?" forschte die Hofdame.

„Man läßt mich nicht durch! Sie haben mir doch versprochen, ich sollte ganz vorn hinkommen. Diese Dame hier läßt mich nicht und hat nur fünfhundert Mark gezeichnet!"

Die Wallamber wollte zur Entscheidung dieses schwierigen Falles schon ihren Neffen Leo herbeiholen, als sich die Thür aufthat und die Herzogin in Begleitung einer Palastdame eintrat.

Die Herzogin war eine junge Frau von anmutigen Zügen. Auffällig an ihr war das für eine Hoheit unsichere, beinahe linkische Auftreten. Die Gabe, sich schnell zu orientieren, und ein passendes Wort zu finden — für Fürstlichkeiten so wichtig — ging ihr völlig ab. Sie that ein paar Schritte in's Zimmer, blickte auf die tief vor ihr knixende Damenschar, errötete, lachte und sah sich um, erwartend, daß etwas geschehen solle.

Regierungsrat von Wernberg trat auf sie zu. Er nannte ihr einzelne Namen und winkte den betreffenden Damen, heranzutreten; gleichzeitig gab er der Herzogin das Stichwort zur Unterhaltung mit ihnen. So ging die hohe Frau, den Souffleur hinter sich, die Gasse hinab. Was Ihre Hoheit sagte, war nicht besonders geistreich; aber das wurde auch nicht verlangt. Aller Augen waren voll Spannung, niemand hatte für anderes Sinn: wird sie dich anreden, oder wirst du zu den Übergangenen gehören? Wernberg erschien in diesem Augenblicke manchem klopfenden Frauenherzen wie ein Gott, der Regen und Sonnenschein verteilt.

Der kleinen Kommerzienrätin war es noch immer nicht gelungen, den mächtigen Block, der ihr den Zutritt versperrte zu der nahenden Hoheit, nur um Zollesbreite aus dem Wege zu rücken. Die Ärmste war jetzt kreidebleich und drohte zu ersticken; bis ein Blick Wernbergs sie in ihrer Klemme auffand. Auf sein allmächtiges Gebot teilte sich die Mauer, und vor schob sich die Spenderin von zehntausend Mark. Wernberg soufflierte ein paar Worte. Darauf reichte die Herzogin der Kleinen huldvollst die Hand und sagte, es sei sehr schön, wenn die Wohlhabenden einträten für die Armut, denn „das wirkte versöhnend". Diese Redensart wurde gleichmäßig an alle die gerichtet, zu denen die Herzogin sonst keine Beziehungen besaß.

Frau Mosen hatte die Absicht, etwas zu erwidern, um die Fürstin länger an sich zu fesseln, war aber zu sehr außer Atem von der vorausgegangenen Anstrengung. Ehe sie mit der Antwort heraus kam, schritt man weiter.

„Fräulein von Lübekind!" rief jetzt Wernberg, sehr zur Enttäuschung anderer.

Wer war Fräulein von Lübekind?

Sie stand ja nicht mal auf der Liste! Und als eine junge, nicht ganz häßliche Person vortrat, wurde der Verdruß keineswegs geringer.

„Sie haben damals so reizend bei den lebenden Bildern mitgewirkt!" sagte die Herzogin zu Thella, die sich tief vor ihr verneigte. „Stellen Sie öfters lebende Bilder, Fräulein von Lübekind?" Thella verneinte. „Ach, wie nett!" meinte die Herzogin zerstreut, nickte Thella zu und warf dann einen fragenden Blick auf Wernberg, als wolle sie sagen: ist es nun genug?

Wernberg machte es kurz. Noch eine Bankersfrau und die Gattin eines wichtigen Stadtverordneten; dann durfte die Fürstin sich entfernen, begleitet von ihrem Hofstaate. Vor dem Hinausgehen sagte sie noch etwas Freundliches im allgemeinen, das man nicht verstand.

Kaum hatte sich die Thür hinter ihr geschlossen, so war es aus mit dem ehrfurchtsvollen Schweigen. Jede dieser Damen hatte etwas zu erzählen. Die einen fanden die Herzogin „liebreizend und himmlisch"! Andere waren etwas zurückhaltender in ihren Äußerungen; man konnte annehmen, daß sie übergangen seien.

Thella stand bei Fräulein von Wallamber. „Was habe ich Ihnen gesagt, liebes Kind!" rief sie. „Die Landesmutter hat mit Ihnen gesprochen, besonders lange; ich glaube, beinahe zwei Minuten."

Wernberg kam zurück. Er eilte zu Thella und seiner

Tante. „Gott sei Dank, daß die Komödie vorbei ist!" sagte er halblaut zu den beiden, vorbedacht, daß kein unberufenes Ohr es vernehmen konnte.

„Leo!" rief die Wallamber. „Du hast deine Sache glänzend gemacht!"

Man brach gemeinsam auf. Wernberg besorgte die Garderobe der Damen, dann geleitete er sie auf die Straße.

„Wir haben ein Stück Weg gemeinsam; wenn Fräulein von Lüdekind nicht etwa einen Wagen hier hat." Thella verneinte das.

Man schritt zu dreien durch die Anlagen, die sich eben mit dem ersten Grün des Frühlings zu schmücken begannen.

„Ich will euch was sagen, Kinder!" rief das alte Fräulein. „Ihr kommt mit in meine Wohnung! Drei Treppen müßt ihr zwar steigen; aber das wird jungen Beinen nichts schaden! Wenn ihr oben seid, setzt es auch Kaffee und Anisplätzchen."

„Das ist nämlich eine Spezialität meiner Tante Sidonie!" erklärte Wernberg. „Anisplätzchen, dafür lasse ich mein Leben!"

Thella wußte nicht sofort, wie sie sich verhalten solle. Die Einladung, von dem alten netten Fräulein so freundlich vorgebracht, war schwer auszuschlagen. Sie würde ihr unbedenklich gefolgt sein, wäre Fräulein von Wallamber allein gewesen. Die Aussicht, mit Wernberg zusammen zu sein, war's, die sie unsicher machte. Aber diese Furcht war ja kindisch! Hätte es nicht geradezu Mangel an Mut und Selbstvertrauen bedeutet? Ja, mußte nicht, wenn sie ohne triftigen Grund die Einladung ausschlug, Herr von Wernberg auf Vermutungen kommen, die sie um keinen Preis bei ihm erweckt sehen wollte?

Sie sträubte sich nicht weiter. Man kam unter lebhaftem Plaudern an das Haus, das hoch und kahl in einer engen Straße lag. „Sie sind freilich verwöhnt, mein liebes Kind!" meinte die Wallamber. „Ein eigenes chez soi kann nicht jedermann haben. Leo, du müßtest einmal sehen, wie reizend Fräulein von Lübekind wohnt. Ein Häuschen mit einem Garten darum, das reine Idyll!"

Der Neffe reichte der Tante den Arm, um ihr beim Ersteigen der Treppe behilflich zu sein.

„Bei mir wird es sicher furchtbar unordentlich aussehen. Ich bin auf solchen Besuch nicht vorbereitet."

„Tantchen, du mußt entschieden umziehen, drei Treppen ist zu viel. Erste Etage oder noch besser Parterre wäre in deinem Falle das Richtige."

„Ach mein guter Leo, gieb mir das Geld dazu, dann will ich gern niedriger ziehen!"

Entgegen den Befürchtungen des alten Fräuleins fand man es bei ihr sehr ordentlich, das kleine Zimmer wie ein Schaukästchen aufgeräumt.

„Die Herrschaften entschuldigen mich für einen Augenblick. Leo, ich überlasse es dir, inzwischen die Honneurs zu machen. Ich muß mich um den Kaffee kümmern!"

„Meine gute Tante!" sagte Wernberg, als sie hinaus war, „sie macht sich, fürchte ich, eine Menge Umstände um unsretwillen! Ist es nicht ein Skandal, daß sie gezwungen ist, so zu wohnen? Da hat sie sich nun ihr ganzes Leben geschunden als Hofdame, und nun, wo sie alt und wackelig wird, hat sie das davon. Ein rührendes Wesen! Finden Sie nicht auch, gnädiges Fräulein?"

Thella stimmte bei. Man unterhielt sich eine Weile über die Tante. Der Neffe, der in ihren Sachen gut zu Haus zu sein schien, legte ein Album vor. Die ganze Hofgesellschaft aus der Zeit vor vierzig und fünfzig Jahren war darin. Man stellte Betrachtungen an über die da-

maligen Moden, und ob sich der Geschmack seitdem ver=
bessert habe. Wenn Thekla zuerst eine gewisse Scheu vor
dem Alleinsein mit Herrn von Wernberg empfunden hatte,
so wich diese allmählich, als sie sah, wie harmlos es sich
mit ihm plauderte.

Auch von seiner Mutter waren einige Bilder da, die
er mit sichtlichem Stolze vorzeigte. Sie mußte eine unge=
wöhnlich schöne alte Frau sein. Besonders ein Profilbild
aus den letzten Jahren, das sie in Witwentracht zeigte,
hatte geradezu etwas Antikes in seinen reinen und scharfen
Linien. Der Sohn sprach mit Begeisterung von seiner
Mutter. Thekla kannte ihn eigentlich nur als Weltmann.
Diese Wärme des Gefühls war ihr neu an ihm.

Einmal warf Fräulein von Wallamber einen flüchtigen
Blick in's Zimmer. „Der Kaffee wird gleich fertig sein!"
Dann verschwand sie wieder.

Sie unterhielten sich jetzt von Lilly und von anderen
gemeinsamen Bekannten. Thekla wunderte sich im stillen
über ihren Mut. Seine guten Manieren hatten so etwas
Beruhigendes. Da sah man erst, was die Kinderstube
wert war! Er würde nie etwas thun oder sagen, was
verletzen konnte. Und dieses Gefühl gab einem selbst
eine gewisse Leichtigkeit. Unwillkürlich mußte Thekla Ver=
gleiche ziehen. Nein, mit Reppiner konnte sie so nicht
sprechen! Sicherlich stand der Advokat ihr nahe, sie achtete
ihn hoch, aber bei aller Freundschaft war und blieb
Reppiner doch ein Fremder für sie. Warum wurde sie so
schnell intim mit einem Manne wie Wernberg? Das war
in letzter Linie wohl Nervensache, hing mit dem Geschmack
zusammen und mit dem anheimelnden Bewußtsein: Du bist
meinesgleichen!

Endlich kam das alte Fräulein. Sie habe einen
„halben Dienstboten", eine Frauensperson, die nur vor=

mittags käme; nachmittags müsse sie ihre eigene Aufwär-
tung spielen. Thekla bot sich an, das Kaffeegeschirr herein-
zubringen. Die Alte hatte ein wundervolles Silberservice
und auserlesene Meißner Tassen dazu. „Das und einiges
Andere erbt einmal Leo, weil er so gut zu mir ist," sagte die
Tante und streichelte dem Neffen zärtlich die Wange. „Ich
wünschte, es wäre mehr!" Dabei standen ihr die Thränen
in den Augen. „Aber denke nur auch mal an die alte
Sidonie Wallamber, mein Junge, und erzähle deiner Frau
von mir! Gott, wenn ich das noch erlebte! Ich vermachte
dir gleich alles mit warmer Hand."

Der Neffe sagte, was man eben in solchem Falle
sagt: er hoffe, daß sie sich noch recht lange Jahre ihres
Silberschatzes erfreuen möge, sie sei ja auch noch so rüstig.
Aber sie widersprach und klagte über Atemnot.

„Und dazu drei steile Treppen!" rief er. „Mein
Tantchen, das kann ich nicht dulden! Hier muß etwas
geschehen!"

Fräulein von Wallamber meinte, daß sie die Kün-
digungsfrist inne zu halten habe, ehe sie an's Umziehen
denken könne. Aber Wernberg erklärte: das sei seine Sache,
mit dem Hauswirt wolle er schon fertig werden. Und
er glaube, daß die Herzogin, wenn man ihr die Lage
richtig darstelle, auch etwas thun werde.

„Ja, mein guter Leo, wenn du das fertig brächtest!
Die Herzogin ist dir ja so gewogen! — Er hat sie nämlich
völlig in der Tasche!" fügte sie für Thekla hinzu. „Man
sagt sogar, der Herzog sei bereits eifersüchtig. Das ist ja
natürlich die reine Medisance. Aber ein Wort kannst du
schon für mich einlegen, Leo, das wird gewiß Wunder
wirken!"

Thekla gefiel die Art, wie Neffe und Tante mitein-
ander verkehrten, ungemein. Es war klar, die Alte hatte

eine Schwärmerei für ihn, er war ihr mehr als bloß:
„mein Neffe Leo!" Er ließ sich's mit guter Manier gefallen. Das Verhältnis stand beiden gut.

Nach der zweiten Tasse brach Thekla auf. Sie meinte,
die Tante würde den angebeteten Neffen gern ein Weilchen
für sich haben. Aber die Wallamber verlangte, Leo müsse
Fräulein von Lübekind begleiten. „Ich bin noch von der
alten Schule," erklärte sie. „Zu meiner Zeit durfte ein
junges Mädchen niemals auch nur einen Schritt allein auf
der Straße thun. Jetzt ist das freilich alles anders
geworden!"

Wernberg und Thekla lächelten sich unwillkürlich an.

„Ihr müßt ein sehr leichtsinniges Geschlecht gewesen
sein, Tantchen, daß solche Vorsichtsmaßregeln nötig waren.
Übrigens soll es wenig genützt haben, sagt man. Ihr habt
euch ganz gut amüsiert, was Tantchen?" —

Das Gesicht der Alten verklärte sich. „Ja, das haben
wir, mein guter Leo!" sagte sie aus voller Seele. „Ich
glaube fast, wir haben es damals doch noch besser verstanden als ihr!"

Unter Lachen über dieses offene Bekenntnis einer
Siebzigjährigen gingen Thekla und Wernberg. Sie kreuzten
die Promenade. Der Abend war mild. Die grünenden
Strauchpartien und Rasenplätze bildeten einen lebhaften
Vordergrund für die hohen Stadthäuser, die schon im
Dunste der Dämmerung verschwanden. Alles war so duftig
und heimlich. Der Lärm der Straßen brauste aus weiter
Ferne herüber.

Wernberg schlug vor, die Anlagen hinabzugehen, es
sei ja nur ein kleiner Umweg. Thekla erklärte sich einverstanden, obgleich ihr eigentümlich zu Mute war dabei.

Er sprach davon, wie schade es wäre, daß sie in den
letzten Jahren nicht ausgegangen sei, und daß man sich

auf diese Weise gar nicht gesehen habe. Freilich, fügte er gleich hinzu, er wisse ja, daß sie sich mit Armenpflege, überhaupt mit Wohlthätigkeit abgebe. Er bewundere das, er könne nicht sagen, wie sehr. Aber doch möchte er wissen, ob sie sich nicht manchmal nach dem Ausgehen zurücksehne?

Thekla erwiderte, daß sie die Geselligkeit bis jetzt eigentlich nicht entbehrt habe.

„Vielleicht haben Sie recht!" rief er. „Ich bin im Grunde auch kein Verehrer davon! Seit zwölf Jahren — nein, noch länger, seit meiner Studentenzeit, komme ich im Winter nicht aus dem full dress heraus. Und wenn ich mir's genau überlege, einige wenige Lichtblicke aus- genommen, war es doch eigentlich des An- und Ausziehens nicht wert. Wenn man denkt, solch ein Ballabend, oder gar eine von unseren schauderhaften Massenabfütterungen! Wann trifft man dabei mal auf einen Menschen, von dem man sagen könnte, die Bekanntschaft habe sich gelohnt? — Sie wundern sich, gnädiges Fräulein, daß ich so spreche, nicht wahr? — Es ist merkwürdig, die Menschen ver- kennen mich durchweg, halten mich für oberflächlich, für herz- und gemütlos. Ich zeige nur nicht gern meine Ge- fühle; welcher anständige Mensch thäte das auch! Man wird zu leicht mißverstanden. Viele beneiden mich, ich weiß es, weil mir manches gelungen zu sein scheint im äußeren Leben. Ach, wenn die guten Leute ahnten, wie wenig mir im Grunde am Erfolge gelegen ist. Ich bin nicht ehrgeizig und habe das Unglück, immer dafür ge- halten zu werden. Neulich bin ich wieder mal dekoriert worden. Es war eine Liebenswürdigkeit des betreffen- den Fürsten, für die ich ihm wohl verbunden sein müßte. Aber was kann einem im Grunde solcher Orden bedeuten? Man lächelt, wenn man ihn anlegt. Und so geht es mit allem. Ich habe Carrière gemacht, die Leute behaupten, ich hätte Zukunft. Hat man davon Befriedigung? — Als Kind ging es mir auch schon so. Ich aß über alles gern Gefrorenes, bekam es aber selten, weil es für schädlich galt. Einmal wünschte ich mir's zu meinem Geburtstag als Nachspeise. Meine Mutter that's dem Geburtstagskinde zu Gefallen. Ich hatte Freiheit zu essen, soviel ich wollte. Wie schnell war ich satt, und wie gering der Genuß im Vergleich zu dem, was ich mir vorgestellt hatte! — Sehen Sie, so ist es in allem! Illusion, eitel Illusion! Warum ich gerade Ihnen das beichte? Ich weiß es nicht. Oder doch! Es berührte mich vorhin so eigentümlich, als Sie sagten: Sie machten sich nichts aus Geselligkeit. Ich habe das bisher noch nie von einer Dame gehört. Wie eine verwandte Saite klang's in mir an. Sie haben recht; es ist wirklich so: im Welttrubel findet man das Glück niemals."

Damit schwieg er. Sie waren inzwischen nahe zu Theklas Hause gekommen. „Hier herum wohnen Sie, nicht wahr, gnädiges Fräulein?"

Thekla bejahte. Es war ihr lieb, daß ihr schützendes Dach nahte. Sie sehnte sich nicht, länger mit ihm zu gehen. Er war so ganz anders auf einmal, als das Bild, das sie von ihm hatte. Fast sentimental kam er ihr vor. Was sollte ihr das? Sie brauchte seine Eröffnungen nicht.

Sie standen vor dem äußeren Gitter, welches das Grundstück von der Straße abschloß. Thekla öffnete. Er trat mit ein. Das kleine Haus lag in der Abenddämmerung, umgeben von seinen Bäumen und Strauchpartien, wie ein Pastellbildchen.

„Ja, das lobe ich mir!" rief Wernberg, in Bewunderung stehen bleibend. „Hier läßt sich's leben! Da kann

ich's Ihnen freilich nicht verdenken, wenn Sie sich von
der Welt zurückziehen!"

„Ich danke Ihnen sehr für Ihre Begleitung, Herr
von Wernberg!" sagte Thekla ein wenig hastig. Sie stand
auf den Stufen zum Hause, die Thürklinke in der Hand,
er mit abgenommenem Chlinder vor ihr.

„Ich hoffe, Sie werden bald einmal wieder männlichen Schutz benötigen, gnädiges Fräulein!"

Sie reichte ihm die Hand und verschwand im Hause.

Man hatte die Herrin offenbar nicht erwartet; keine
Lampe war angezündet. Sie ging in die Küche, um nach
Hedwig zu rufen. Aber die Küche war leer. Nun begab sie sich in das Hinterzimmer, das eigenste Bereich
von Kathinka. Gegen das helle Fenster sah sie zwei
Köpfe, die schnell auseinanderfuhren. Das Übrige verbarg die Dunkelheit. Thekla ging schnell wieder hinaus. Wer konnte denn auch immer an das Brautpaar
denken! —

Als Hedwig bald darauf mit der Lampe erschien,
zeigte sie ungewöhnlich gerötete Wangen, und wagte nicht,
ihre junge Herrin anzublicken. Thekla sagte ihr: sie möge
auch über dem Klavier Licht machen. Sie besaß einen
neuen Flügel, den sie sich kürzlich angeschafft hatte. Ein
wenig üben wollte sie, vielleicht auch singen, wenn sie
Stimmung dazu fand.

Aber sie kam nicht weit damit. Immer wieder sanken
ihr die Hände von den Tasten herab. Verständnislos
starrte sie das Blatt vor sich an.

Das Erlebte ließ sie nicht zur Ruhe kommen. Daß
sie diesen Menschen hatte wiedertreffen müssen?! Wenn
sie nur gewußt hätte, welcher Sinn darin lag? — War
dieses Kapitel etwa doch nicht abgeschlossen, wie sie geglaubt? —

In seinem Wesen lag ein Rätsel. Was konnte ihm daran gelegen sein, sich ihr in vorteilhaftem Lichte zu zeigen? Denn darauf waren doch seine Worte berechnet gewesen! Er, der verwöhnte Weltmann, der Löwe des Hofes, er vom Weltschmerz geplagt! Ein solches Selbstbekenntnis hätte sie von ihm zu allerletzt erwartet. Und daß er sie in's Vertrauen gezogen hatte, gerade sie! — —

Ein Gedanke kam ihr, der sie erschrecken machte. Sie sprang in die Höhe und ging im Zimmer auf und ab. Nein, nein! das war es nicht! Das nicht! Hätte er für sie Interesse gehabt, so würde er das schon früher an den Tag gelegt haben. Damals hatte er sich für Lilly interessiert, nicht für sie. Und wer weiß, wem alles er seitdem den Hof gemacht hatte! — Aufmerksamkeit gegen Frauen war ihm wohl zur zweiten Natur geworden. Seine Tante Sidonie nannte ihn ja auch einen „mangeur de coeur." Heute hatte es ihm Spaß gemacht, mit ihr zu plaudern, morgen würde es vielleicht schon wieder eine andere sein, der er seine Liebenswürdigkeiten zuwandte. Das war kaum ernst zu nehmen! In wenigen Tagen schon würde er sie und den heutigen Nachmittag und alles, was er gesagt hatte, vergessen haben im Trubel jener Geselligkeit, die zu verachten er vorgab.

Mit dieser Annahme schien Thekla recht behalten zu sollen. Wernberg ließ nichts wieder von sich hören. Dann traf sie ihn einmal auf der Straße. Er grüßte sie höflich. Thekla sagte sich, daß er wahrscheinlich jede Dame seiner Bekanntschaft mit diesem, besondere Achtung ausdrückenden Blicke beehre. Lange Zeit sah und hörte sie dann nichts mehr von ihm. Bis sie eines Tages in der Zeitung las: Regierungsrat von Wernberg nehme als Begleiter des Herzogs an einer Nordlandsreise Teil, um dem

Landesherrn über die laufenden Regierungsgeschäfte Vortrag zu erstatten.

———

V.

In der ganzen Verwandtschaft herrschte Freude. Im Laufe ein und derselben Woche war Agnes von einem Knaben und Ella von einem Mädchen entbunden worden. Beide Mütter hatten ihr Stündlein tapfer überstanden, und die jungen Erdenbürger erfreuten sich ausgezeichneten Wohlbefindens. Alles, was man billiger Weise in diesem Alter von ihnen erwarten konnte, leisteten sie in befriedigender Weise.

Thekla war viel bei den jungen Müttern. Sie liebte beide, den kleinen Neffen, wie die junge Nichte; aber der Junge stand ihrem Herzen im Grunde doch näher. Es war eben ein Junge und ihre Schwester hatte ihn geboren! Aber Ella durfte davon um Gotteswillen nichts merken, sie neigte sowieso zur Eifersucht. Nieblich und süß war ja auch ihr kleines Mädelchen. Aber dieser Junge! —

Thekla hätte nie gedacht, daß man zu einem so winzigen Dinge in solch ein Verhältnis treten könne. Am liebsten wäre sie den ganzen Tag in der Wochenstube geblieben. Seeheim meinte scherzend, durch „Tante Thekla" hätte man sich die Kinderfrau ersparen können.

Das „Tante"-sein war eine ganz neue Erfahrung für Thekla. Überhaupt hatte sie noch nie mit so kleinen Kindern zu thun gehabt. Aber mit jener, den Frauen einmal angeborenen Gabe für diese Dinge erlernte sie alles, was zur Wartung des Säuglings gehört, im Handumdrehen, daß sie den Wöchnerinnen bald zur unentbehrlichen Stütze wurde.

Beide, Agnes wie Ella, sonst so verschieden, zeigten hier Gemeinsames: sie waren eigenwillig und launisch während der Wochen. Zunächst mußten ihre Männer darunter leiden. Aber auch von ihren eigenen Müttern wollten sie nicht viel wissen. Großmütter seien unpraktisch und verzögen nur die Enkel, behaupteten diese jungen Frauen. Frau Bartusch sowohl, wie Frau Sänger wurden nur zeitweise geduldet, während Tante Thekla ein immer gern gesehener Gast war. Es verstand sich von selbst, daß sie zu beiden Kindern als Pate gebeten wurde.

So aufrichtig Thekla den beiden auch das Mutterglück gönnte, einen herben Beigeschmack hatte dieses Erlebnis doch für sie. Agnes, ihre jüngere Schwester: Mutter! Agnes, die sie halb und halb aufgezogen hatte. Und Ella, ihre Jugendgespielin, in gleicher Weise gesegnet! Was für Gedanken konnten einen da beschleichen! —

Zwar das, was ihre Mutter ihr manchmal prophezeite: sie werde sitzen bleiben, hatte sie noch niemals ernsthaft geschreckt. Man konnte auch als alte Jungfer Weib sein bis in die Fingerspitzen. Verheiratet oder unverheiratet, für das innerste Wesen der Persönlichkeit blieb das ohne Unterschied! Und etwa danach, Rang und Stellung einer Frau einzunehmen, hatte sie's auch nicht gelüstet bisher. Nein, unbefriedigt, verbittert war sie nicht, davon durfte sie sich freisprechen.

Aber wenn sie eines dieser kleinen nackten Wesen im Bade erblickte, in seiner Unschuld und Hilfsbedürftigkeit, oder gar, wenn es ihr gestattet wurde, das Dingelchen in den Arm zu nehmen und in den Schlaf zu wiegen, dann kam Sehnsucht nach Unnennbarem über sie. Es mußte doch etwas

Eigenes fein, sich sagen zu können: das ist dein Kind! Unbeschreibliches Glück!

Wenn Thekla nach solchem Tage abends nach Haus ging und in ihrer Häuslichkeit stundenlang für sich war, überkam sie ein Gefühl großer Vereinsamung und Leere. War nicht alles schal und zwecklos, wenn man das nicht hatte, dieses Höchste! Die Freude an dem, was sie besaß, war ihr vergällt. Dann kam schwere Melancholie herangeschlichen. In solcher Stimmung war es am besten, man ließ niemanden zu sich. Gesichter waren unerträglich. Kein Mensch sollte davon etwas wissen!

Sie wußte es ja ganz genau, was sie alle von ihr wünschten und erwarteten! Ihre Mutter spielte darauf an: „Thekla, du bist dreiundzwanzig Jahre. Es wird nun Zeit!" Deutlicher noch sprach die alte Kathinka: „Gnädiges Fräulein, an Ihrer Stelle heiratete ich mir en Mann! Unsereens, ja das is was Andres! Unsereens kann nich, weil's Geld fehlt. Aber schließlich da wird och mal en Oge zugedrückt in jungen Jahren, ich meene bei unsereenem. Aber bei feinen Damen geht das nich. Drum spreche ich: Sie müssen sich eenen heiraten."

Kathinka war eine gewöhnliche Person, und ihre Auffassung gemein. Aber so wie sie, dachten im Grunde viele. Daß die Frauen nicht stolzer waren!

Überall, wohin Thekla blickte, warfen sich die Frauen weg. Hedwig in ihrer nächsten Nähe, dieses saubere, flinke und kluge Mädchen hatte sich an einen Menschen gehangen, dessen windige Art leider mehr und mehr zu Tage kam. Was mußte sie bei ihren Armenbesuchen nicht erleben an weiblicher Schwäche und Thorheit dem Manne gegenüber. Und benahm sich so eine wie Lilly denn sehr viel anders? — War der ihre Jagd nach dem Manne nicht ein wenig raffinierter bloß, im übrigen genau dasselbe? — Thekla fing jetzt an, Tante Wanda Recht zu geben, wenn sie über die Würdelosigkeit der Frauen, ihre Halbheit und Unselbständigkeit geklagt hatte.

Ja, wenn man die Geister der Entschlafenen hätte citieren können! Die Nichte hatte mancherlei auf dem Herzen, was sie Wanda Lübekind hätte vorlegen mögen.

• • •

Man hatte für einen Tag im Hochsommer einen gemeinsamen Ausflug auf's Land verabredet. Das Ziel bildete ein beliebter Ausflugsort nahe dem Walde. Ein geräumiger Stellwagen war gemietet worden, der das Ehepaar Sänger, Thekla, die beiden jungen Paare mit ihren kürzlich getauften Kindern fortbringen sollte. Die richtige „Familienfuhre", wie die Herren es bezeichneten.

Die Damen hatten vollauf mit den Babys zu thun. Kinderpersonen waren diesmal nicht mitgenommen worden, weil man sich den „Spaß" machen wollte, die Kleinen einmal ganz für sich zu haben. — Den Männern erschien der Spaß allerdings fraglich. — Wenn das eine glücklich aufgehört hatte mit Weinen, begann das andere zu schreien. Da nicht weniger als vier erwachsene Frauen um zwei Kinder beschäftigt waren, gab es ein fortwährendes Beschwichtigen, Hin- und Her-reichen, Umbetten, Wechseln der Windeln sogar. Endlich beruhigten sich die Schreihälse und schliefen ein. Die Herren aber saßen in ihrer Ecke, zufrieden erst, als sie die Erlaubnis erhalten hatten, die Cigarren in Brand zu stecken.

Es konnte nicht besonders auffallen, daß Ella still war; sie gehörte ja nun mal nicht zu den Redseligen.

Die Verwandten wußten zudem, daß die Familie Bartusch wieder Verdruß hatte mit Gabriel. Was es eigentlich sei, ob sich Vater und Sohn von neuem überworfen hätten, ob Gabriel etwa im Berufe Unglück gehabt habe, sagten sie nicht. Nur soviel erfuhren die Nächststehenden: Gabriel war im Lande, er schien Südrußland aufgegeben zu haben. Er suche nach Beschäftigung in der Nähe, hieß es.

Thekla wunderte sich um so mehr über diese Nachricht, als ihr nur zu gut in Erinnerung war, was Gabriel ihr vor einem Jahre selbst gesagt. Wie wegwerfend hatte er damals von der Heimat gesprochen! Und nun war er doch wieder hier. Merkwürdigerweise wohnte er aber nicht bei den Eltern. Ja, es schien überhaupt kein Verkehr zwischen ihm und den Seinen stattzufinden. Nicht einmal zur Taufe von Ellas kleinem Mädchen war er erschienen. Thekla hatte es bisher nicht gewagt, Ella unter vier Augen nach der Ursache dieser befremdenden Erscheinung zu fragen, von einer dunklen Ahnung erfüllt, daß sie nichts Erfreuliches erfahren möchte.

Es war von jeher Sängers besondere Gabe gewesen, wenn es in seiner Umgebung irgendwo etwas Unangenehmes, Heikles, Schmerzliches gab, über das jeder Taktvolle gern sich ausschwieg, einen solchen wunden Punkt erst recht fühlbar zu machen. Er hatte wohl gemerkt, daß man neuerdings in der Familie Bartusch es vermied, Gabriels Namen zu nennen. Das reizte seine Neugier. Er fragte Ella: warum sich denn ihr Bruder gar nicht blicken lasse? Neulich habe er ihn in der Stadt gesehen. Herr Bartusch sei da mit einer Dame gegangen, einer jungen Dame. Ob Ella ihm sagen könne, wer das gewesen?

Ella errötete und stammelte Unverständliches. Das

20*

peinliche Schweigen, welches entstand, belehrte den Finanzrat noch nicht. Er machte „Aha!" und zwinkerte den
Herren verständnisvoll zu. Seeheim wußte das Gespräch
auf ein anderes Gebiet zu leiten.

An Ort und Stelle angekommen, sonderten sich die
Herren bald ab, um ungestört durch Kindergeschrei, wovon
sie auf der Fahrt zur Genüge genossen hatten, ihre eigenen
Wege zu gehen.

Die Frauen breiteten sich inzwischen auf einer Wiese
nahe bem ländlichen Gasthause aus. Im Schatten einiger
alter Obstbäume ließ man sich mit den Babys nieder.
Die jungen Mütter stillten; das beste Mittel, die Kleinen
zur Ruhe zu bringen. Vorher hatte man sich das der
Herren wegen nicht getraut. Man fühlte sich unendlich
frei und behaglich. Es war ein herrlicher Tag, der Himmel
wolkenlos. Auf der Wiese, die auch als Bleichplan be-
nutzt wurde, lag Wäsche gebreitet, über die ein leichter
Wind strich, eine Wolke von feuchter Würze mit sich
führend.

Auf der Landstraße, die hinter der Weißdornhecke
lief, kamen jetzt ein paar Radfahrer vorüber, Herr und
Dame. Es war etwas in dem Gesichte der Frau, was
Thekla schärfer hinblicken machte. Ella, die neben ihr
saß, stieß einen Ruf der Bestürzung aus. Alle sahen verwundert auf; was hatte sie? Ella blickte dem Paare
nach, das hinter der Hecke verschwand. Ihr Gesicht hatte
sich verfärbt.

Frau Sänger und Agnes drangen in Ella, zu sagen,
wer das gewesen sei. Mit halblauter Stimme antwortete
Ella nur: „Gabriel!"

„Ist er verlobt, oder gar heimlich verheiratet?" rief
Agnes. „Ihr stellt euch ja alle so furchtbar geheimnisvoll
an! 's ist wohl was Unpassendes dabei? Jetzt, wo die

Männer glücklich fort sind, kannst du mal offen sagen, was eigentlich los ist, Ella!"

Ella schwieg. Als ihr Agnes aber noch weiter zusetzte, mit dem Bemerken, sie seien doch keine kleinen Kinder, berichtete sie, einen besorgten Blick auf Thella werfend: Gabriel lebe mit einer Person zusammen, die ihm aus Rußland nachgereist sei. In welchem Verhältnis sie zu einander stünden, wisse man nicht genau; ihr Vater nenne es: „wilde Ehe!"

Agnes war geneigt, das sehr interessant zu finden, Frau Sänger hingegen entrüstete sich. Sie bedauerte „die armen Eltern", in einem Tone, dem man deutlich die Schadenfreude anhörte. Thella sagte nichts.

Plötzlich hörte man Schritte. Neben ihnen in dem Gärtchen des Wirtshauses, nur durch einen niedrigen Holzzaun von der Wiese, auf der sie sich ausgebreitet hatten geschieden, erschien eine Dame in Radfahrertracht.

„Nun wird's brenzlich!" rief Agnes. Ella war aufgestanden und schien nicht übel Lust zu haben, wegzulaufen. Frau Sänger aber klagte, daß die Herren sie in solcher Situation im Stiche gelassen hätten. „Wir müssen thun, als sähen wir nichts! Thella, daß du nicht hinguckst, sonst haben wir das Frauenzimmer gleich auf dem Halse! Und du, Agnes, lachst nicht! Ella, wenn ihr solche Geschichten in der Familie habt, so ist das schlimm genug, wir wollen jedenfalls nicht damit in Berührung kommen. Wenn doch mein Mann bloß hier wäre!" —

Trotz des mütterlichen Verbotes blickte Thella gespannten Auges auf die Fremde. Die schien sich nach einem Platz zum Ausruhen umzuschauen. Ihre Figur, nicht besonders groß, war von seltenem Ebenmaß. In der kleinen zierlichen Hand hielt sie eine schwappige Gerte.

Auf dem kurzgehaltenen dunklen Lodenhaar saß keck der bunte Tamoshanter. Das helle Blusenhemd wurde in der Taille von einem Ledergürtel zusammengehalten. Ein wohlgestalteter Knabe, hätte man gesagt. Thekla konnte den Blick nicht von ihr lassen.

Nun bemerkte die Fremde die Gesellschaft auf der Wiese und trat dicht an den Zaun heran, über den sie sich lehnte. „Unverschämtheit!" rief Frau Sänger und setzte sich, mit dem Rücken gegen sie.

Thekla konnte nun die Züge genau sehen. Welch merkwürdiges Gesicht! Voll Kühnheit, Rasse und voll Eigensinn. Die Nase kurz, eine krause Stirn, das Auge kühl, ja verächtlich blickend, und dazu ein Kindermund mit blühenden Lippen zwischen vollen Wangen.

Nichts von der Aufregung ahnend, die sie erregte, blickte die Fremde auf die Gruppe von Frauen und Kindern unter den Obstbäumen. Sie lächelte träumerisch; ganz Weib für einen Augenblick. Dann wieder einem mutwilligen Knaben gleich, schlug sie mit der Gerte nach den Köpfen von Schierlingsstauden, die am Zaun entlang wuchsen. Ein befriedigtes Lächeln flog um den kleinen Mund, wenn ein Hieb saß. Thekla mußte an das denken, was Gabriel über Frauen zu ihr gesagt hatte vorm Jahr, als sie nebeneinandergesessen. Sie begriff es, daß diese Frau seine Leidenschaft hatte entzünden müssen. Wie sie jetzt leuchtenden Auges mit halbgeteilten Lippen aufhorchte, als erlausche sie in der Ferne einen bekannten Ton.

„Gabriel, hier bin ich! Komm doch!" Die Stimme klang schmiegsam und wohllautend; in der Aussprache verriet sich die Ausländerin nur wenig.

Ein Mann kam aus dem Hintergrunde des Gartens langsam nach vorn, er trat bis nahe an die Gefährtin heran. Dann blieb er mit einem jähen Ruck stehen;

sein Blick war auf die Gruppe unter den Bäumen gefallen.

Gabriels Miene verdüsterte sich, nahm jenen feindlich
verbissenen Ausdruck an, den Thekla so gut kannte. Er
that noch einen Schritt, faßte das Mädchen am Hand-
gelenk, raunte ihr etwas zu, riß sie weg. Sie folgte ihm,
halb gezogen. Für einen Augenblick wandte sie den Oberkörper und sah noch einmal zurück. Ihr Gesichtsausdruck
prägte sich Thekla tief ein.

Dann hatte er sie schon wieder erfaßt und zwang sie,
ihm zu folgen. Bald darauf hörte man ein Klingeln und
ein paar vornübergebeugte Gestalten sausten im Staube
der Landstraße davon.

Thekla hatte an diesem Tage noch viel zu leiden.
Natürlich erzählte ihre Mutter das Erlebte brühwarm den
Herren, als diese von ihrem Spaziergange zurückkehrten.
Sänger, dessen Spezialität alles war, was in das moralische Gebiet schlug, erging sich dann saftsam über die Ver-
werflichkeit solcher Verhältnisse im allgemeinen, und bedauerte Ella und Arthur und seine Frau, sich selbst, kurz
sie alle im besonderen, daß sie in ihrer nächsten Nähe
einen solchen Fall von „Dekadence" erleben müßten. So
daß Ella, die schon lange mit den Thränen gekämpft hatte,
schließlich zu weinen begann, Arthur einen roten Kopf bekam, und selbst Seeheim, der der Sache am fernsten stand,
eine verdrossene Miene annahm. Welche Folter Thekla
auszustehen hatte, ahnte niemand.

*   *

Einige Wochen nach diesem Erlebnis fragte Reppiner
bei einem seiner Abendbesuche:

„Sie sind doch, soviel ich weiß, durch Ihren Bruder mit der Familie Bartusch verwandt, oder doch um die Ecke rum verschwägert — nicht?"

Thekla bejahte.

„Und wenn ich nicht irre, waren Sie auch mit einem jungen Herrn dieses Namens bekannt? Ich kann mich entsinnen, ihn sogar hier bei Tante Wanda gesehen zu haben." —

Thekla meinte: weshalb er sie danach frage.

„Halten Sie viel von dem Betreffenden?" gab Reppiner zur Antwort. Thekla sah ihn erstaunt an. „Es steht nämlich heute etwas in den Blättern von ihm. Aber erfreulich ist es nicht, das sage ich Ihnen gleich."

Ihr Busen hob sich. Mit stockendem Atem fragte sie: was denn passiert sei? — Reppiner blickte sie aus mißtrauischen Augen forschend an. Er zog ein Zeitungsblatt aus der Brusttasche.

„Zu hören bekommen würden Sie's ja sowieso! Deshalb gebe ich's Ihnen lieber gleich. Da, unter Lokales!"

Sie las: „Ein beklagenswertes Verbrechen ist gestern in später Stunde verübt worden, das umsomehr peinliches Aufsehen zu erregen geeignet ist, als der Thäter den besseren Ständen angehört und ein Mann von Bildung ist. Ein Herr G. B., Sohn einer hiesigen angesehenen Familie, hatte vor einigen Monaten in einer Vorstadt-Villa Quartier bezogen. Dort wohnte er mit einer jungen Dame zusammen, mit der er aber durch kein legitimes Band verbunden war. Aus irgend einem bisher noch nicht aufgeklärten Grunde sind die beiden in Zwist geraten — man vermutet Eifersucht von Seiten des jungen Mannes. — Herr B. feuerte einige Revolverschüsse auf das Fräulein ab, von denen einer traf und die Beklagenswerte tödlich verletzte. Hausbewohner eilten auf die Schüsse herbei und verſuchten den B. zu entwaffnen. Es gelang ihm jedoch, die Waffe gegen ſich ſelbſt zu richten und einen Schuß abzufeuern, der nur die Stirn ſtreifte. B. befindet ſich außer Lebensgefahr. Das Fräulein iſt im Laufe der Nacht bereits ſeiner Verletzung erlegen. B. iſt verhaftet, verweigert aber vorläufig jede Auskunft über die Motive ſeiner That." —

Thella ſchlug die Hände vor die Augen. Sie ſah im Geiſte das junge Weib vor ſich, deſſen Züge ihr einen ſo tiefen Eindruck gemacht hatten, ſie ſah ihren letzten rätſel= haften Blick. War es zu faſſen? Dahin war es mit Gabriel gekommen! — —

„Herr Bartuſch ſelbſt iſt ja außer Lebensgefahr," ſagte Reppiner ſpöttiſch. „Es ſcheint leichter zu ſein, auf andere zu zielen, als auf ſich ſelbſt!"

„Ein armes, unſchuldiges Weſen zu töten!" rief Thella.

„Ja, es iſt die That eines Verrückten!" meinte Reppiner.

In Thellas Gemüt regte ſich noch keine Spur von Mitleid für den Thäter. Sie ſah nur die That, die ihr das Blut erſtarren machte.

„Ein ſehr excentriſcher Herr muß es ſein!"

Es reizte ihn, mehr aus Thella herauszubekommen. Vor allem hätte er gerne gewußt, ob es des Mädchens oder Gabriels Geſchick ſei, was ihr ſo nahe ging.

„Hat er ſchon früher ähnliche Anwandlungen gezeigt?" fragte er, genau ihre Züge beobachtend. „Sie haben ihn doch gut gekannt. Solche Anlagen pflegen ſich früh zu zeigen."

„Ich weiß nichts, ich weiß gar nichts! Quälen Sie mich nicht, Reppiner!" rief Thella außer ſich. „Sie ſehen doch, daß ich Ihnen darüber nichts ſagen kann."

Er stand auf und griff mit einer Miene, die deutlich seine Kränkung zeigte, nach dem Hute.

„Kommen Sie bitte morgen wieder, Keppinet," bat Thekla in versöhnlicherem Tone. „Verzeihen Sie mir! Ich muß mich erst fassen!"

Bald nachdem der Advokat gegangen, machte sich Thekla zu Ella auf den Weg. Sie fühlte das Bedürfnis, mit jemandem zu sprechen, den dieses entsetzliche Geschehnis auch etwas anging.

Sie fand nur Arthur zu Haus. Ella war, sobald sie das Unglück erfahren hatte, zu ihren Eltern geeilt. Arthur befand sich in begreiflicher Erregung, doch beschränkten sich seine Klagen darauf, daß er einen solchen Schwager besitze! Er sah in erster Linie das an dem Falle, was für ihn selbst unangenehm war.

Bei Arthur hielt es Thekla nicht lange aus. Einen Augenblick dachte sie daran, ob sie Bartuschs aufsuchen solle, die unglücklichen Eltern. Aber dann sagte sie sich, daß ihr Besuch leicht mißverstanden werden könne. Nein, sie hatte bei Gabriels Eltern nichts zu suchen, selbst in diesem Augenblicke nichts! Sie ging also wieder nach Haus.

Das erste Entsetzen, das sie hart und feindlich gestimmt hatte gegen Gabriel, war nun einer weicheren Stimmung gewichen. Wie furchtbar traurig war doch seine That! Er hatte sich mit Schuld bedeckt, die nie wieder gut zu machen war. Wie konnte er, diese That auf dem Gewissen, je wieder glücklich werden? Sein Leben war zerstört.

Während Thekla ruhelos in ihrem kleinen Salon auf und abschritt, suchte sie sich noch einmal Gabriels ganze Persönlichkeit zu vergegenwärtigen, wie sie ihn von Jugend auf gekannt. War er ein Mensch gewesen, dem man hätte

Brutalität zutrauen können? Sie konnte sich manches verwegenen Streiches von ihm entsinnen, aber niemals hatte er eine That begangen, die ihr roh oder gemein hätte erscheinen müssen. Und wenn sie sich den ganzen Menschen vorstellte, den Mann, wie er sich vor ihren Augen entwickelt hatte: hochgebildet, feinfühlig, für das Ästhetische empfänglich, eine Künstlernatur, nervös und heißblütig ja! Aber doch nicht wild, grausam, gewaltthätig! Nur wenn in seiner Ehre gekränkt, hatte er nicht vergessen können, und sein Haß war dann ein verzehrendes Feuer gewesen.

War es etwa die That eines Eifersüchtigen? Thekla rief sich noch einmal die Züge des Mädchens in's Gedächtnis zurück. Dieses feine Gesichtchen, den lieblichen Kindermund. Es war schwer an ein Verschulden von ihrer Seite zu glauben. Und selbst, wenn sie ihn auf's tiefste gekränkt hätte, blieb es nicht trotzdem die Handlung eines Barbaren, eine wehrlose Frau zu töten! —

Was mußte sich in dem Innern eines Mannes abgespielt haben, ehe er zu solchem Handeln kam! Erfolg, Ruf, seine ganze Existenz zu vernichten! War es ein Fortgerissenwerden in sinnloser Leidenschaft, die nicht hört und sieht, was sie thut? — So war Gabriel nicht veranlagt. Bei aller Heißblütigkeit hatte er sich doch immer erstaunlich in der Hand gehabt.

Immer dunkler wurde das Rätsel seiner That für Thekla, je länger sie darüber nachsann. Sie hätte sich wohl die Gedanken daran aus dem Kopfe schlagen sollen! Was nutzte es denn, wenn sie sich grämte? Geschehen war geschehen! Licht in das Dunkel würde wohl erst die Verhandlung bringen vor Gericht.

Aber es lebte in dem Mädchen eine dumpfe Ahnung, daß zwischen ihr und Gabriels That eine gewisse Ver-

binbung beſtehe. Darum war ſie ſo im Innerſten er-
ſchroden, als ſie von dem Geſchehnis erfahren hatte. Etwas wie Schuldbewußtſein, wie Mitwiſſen, bildete den
verborgenſten Untergrund ihrer Bangigkeit.

Gabriels That war die That eines Verzweifelten,
das ſtand für Thella feſt. Eine tiefgehende Wandlung
an ihrem Jugendgeſpielen war ihr im vorigen Jahre aufgefallen. Trotz ſeines abſprechenden Weſens, ſeiner Schroffheit, ja ſeiner Feindſchaft gegen ſie, ja vielmehr gerade
deshalb, hatte ſie ihn doch vollkommen durchſchauen können.
Er war einer, der eine innere Wunde zu verbergen ſuchte,
einer, der zu ſtolz war zu zeigen, wie unglücklich er im
Grunde ſich fühlt. Sein ganzes Weſen glich einem Ge-
fäße, das einen Sprung hat. Ein großer Schmerz, eine
ſchwere Enttäuſchung hatte ſein Gemüt verbittert und ihm
das Daſein zum Elel gemacht.

Wußte Thella etwa nicht, welches Erlebnis dies geweſen? —

Sie wollte den Fall einmal ganz zu Ende denken,
ſich nicht ſcheuen vor dem Peinlichſten. War ſie ſelbſt
etwa Schuld an Gabriels Verbitterung? An ſeiner Ver-
zweiflung und damit an ſeiner That? —

Wenn ſie ihn damals erhört hätte, wenn ſie einge-
willigt hätte, die Seine zu werden, wäre es für ihn die
Rettung geweſen? — Würde es ihr, jung und unerfahren
wie ſie beide geweſen, gelungen ſein, ſeinen Charakter von
Schlacken zu reinigen, ihn zu läutern? Würde ſie einen
beſſeren Mann aus ihm gemacht haben?

So hatte ſie wohl alſo ihre Pflicht verſäumt an
ihm? Vielleicht waren ſie von Anfang an für einander
beſtimmt geweſen, ſie, Thella Lüdekind und er, Gabriel
Barluſch? — Sie hatte die ihr vom Schickſal zugedachte
Aufgabe verkannt. Darum war wohl ihr Leben jetzt ſo-

schal und zwecklos, weil sie dieser Pflicht aus dem Wege
gegangen war? Furchtbar schwer fiel die Möglichkeit auf
Thellas Gewissen.

Aber sie hatte ihn ja doch nicht geliebt! War das
nicht ihre Entschuldigung? Konnte es Pflicht geben, wo
keine Liebe war?

Aber auch dieser Gedanke entschuldigte sie nicht vor
sich selbst. Hatte sie Gabriel wirklich niemals nahe gestanden, zu keiner Zeit ihres Lebens, wenn nicht in
Liebe, so doch in einer Freundschaft, die der Liebe sehr
nahe kam? War der Schmerz, den sie jetzt um seinetwillen empfand, denkbar, ohne daß Liebe voraufgegangen?
Wer wußte denn überhaupt zu sagen, wo einem Menschen
gegenüber die Liebe anfängt? Vielleicht hätte die Freundschaft sich mit der Zeit dazu ausgewachsen. Vielleicht
war sie, ohne es zu wissen, an der großen Liebe vorbei-
gegangen, hatte die höchste Bestimmung ihres Lebens
versäumt.

Es war ein dunkles Labyrinth voll qualvoller Fragen
und Selbstvorwürfe, in dem sie sich zu verirren drohte.
Und niemand war, der ihr den Weg in's Freie zurück
hätte zeigen können!

＊ ＊ ＊

Am nächsten Morgen ließ sich Reppiner zeitiger als
gewöhnlich bei Thella melden. Er wolle sich nach ihrem
Befinden erkundigen. Aber die Art, wie er die Frage
vorbrachte, ließ vermuten, daß sie wohl nicht der alleinige
Grund sei seines Erscheinens.

Bald fing er denn auch von dem „Falle Bartusch"

an. Seit gestern abend sei etwas mehr Licht in die Sache
gekommen. Damit zog er einen Packen Zeitungspapier aus
der Tasche. Einige Blätter leitartikelten sogar über die
„aufsehenerregende Affaire".

Thella warf einen flüchtigen Blick in eins der Blätter.
Dort war der Fall unter der Aufschrift „Liebschaft mit
tragischem Ausgang" behandelt. Aber die ersten Sätze
gleich flößten ihr solchen Abscheu ein, daß sie Reppiner
das Blatt zurückgab und die anderen keines Blickes würdigte.

Der Advokat steckte die Blätter wieder zu sich. Es
sei das beste, wenn sie sich nicht weiter um die traurige
Sache kümmere, meinte er. Sie sehe bereits ganz angegriffen aus. Ob es ihr nicht gut gehe? Thella beachtete
seine Frage nicht, sie habe eine Bitte an ihn, sagte sie: ob
es nicht möglich sei, daß er die Verteidigung von Gabriel
Bartusch übernehme? —

Reppiner sprang auf. „Thella, was denken Sie von
mir!"

Thella meinte: er habe ihr selbst erzählt, daß er
schon manchen Verbrecher mit Glück verteidigt hätte, und
überhaupt, er genieße doch Renommee als Verteidiger.

„Ja, aber dieser Fall! — Nein, das kann ich nicht!"

Warum es nicht gehen solle, wollte sie wissen. Gerade dieser Fall müsse ihn doch locken, seine Kunst zu zeigen,
habe sie geglaubt.

„Nein, es geht nicht, Thella! Und ich kann Ihnen
nicht mal den Grund sagen, warum ich diesen Mann und
gerade diesen Mann nicht verteidigen will."

„Wenn ich Sie darum bitte, Reppiner, als einen Dienst,
den ich Ihnen niemals vergessen würde!" —

„Ich kann nicht! Machen Sie es mir doch nicht
so schwer! Es ist eine Vorschrift für uns, daß wir die
Verteidigung nicht annehmen, wenn wir persönlich befangen

sind. Und ich bin diesem Menschen gegenüber nicht unbefangen, aus Gründen — die meine eigene Angelegenheit sind."

Thella drang hierauf nicht weiter in ihn. Sie ahnte, was er meine. Beide schwiegen eine lange Zeit.

„Seine eigene Verwundung ist unbedenklich," sagte Reppiner dann. „Er befindet sich in Untersuchungshaft. Ich habe mich heute nach allem erkundigt."

Wieder eine lange Pause, dann fragte Thella: „Was wird seine Strafe sein?"

„Das hängt von vielen unberechenbaren Dingen ab. Ich vermute, ja, ich glaube beinahe sicher, daß er wegen Totschlags angeklagt werden wird. Vielleicht billigt man ihm sogar mildernde Umstände zu, denn er scheint in Erregung gehandelt zu haben. Eifersucht ist im Spiele. Unter einigen Jahren Gefängnis wird es aber schwerlich abgehen. Viel kommt natürlich auch auf die Zusammensetzung der Geschworenenbank an und auf sein eigenes Verhalten bei der Verhandlung. Kurz, da sind allerhand Imponderabilien! Vorläufig verweigert er jede Auskunft. Das ist unklug von ihm, denn es macht den Eindruck der Verstocktheit. Man wird den Vorgang durch Zeugenaussagen doch schließlich feststellen. Die Wirtin ist bereits verhört. Sie giebt an, die beiden hätten sich nicht selten gestritten, das Mädchen ist oft in Thränen gesehen worden. Er scheint sie mit Eifersucht gequält zu haben. An dem Mädchen ist nichts weiter aufgefallen, als daß sie in der letzten Zeit viel Briefe empfangen und auch geschrieben hat. Wie's scheint, hat sie von ihm fliehen wollen. Es ist auch ein angefangener Brief von ihr aufgefunden worden, an einen Freund in Zürich, in welchem sie diesen bittet, ihr Reisegeld zu schicken. Ob wegen dieses Briefes der Zwist ausgebrochen ist, bleibt undurchsichtig.

Die Wirtin will übrigens schon früher gehört haben, daß er seine Geliebte bedroht hat. Wenn die Person das unter dem Eide aufrecht erhält, so wirkt's natürlich erschwerend. Es würde das Zuchthaus bedeuten für ihn; ja, dann kann Mord in Frage kommen."

Thella wehrte ihm, weiterzusprechen. Sie nahm das Taschentuch vor's Gesicht, um nichts zu sehen und zu hören. Reppiner entfernte sich mit leisen Schritten.

Es gingen Wochen in's Land. Die Untersuchung nahm ihren Gang. Thella wurde über den Stand der Sache von Reppiner auf dem Laufenden erhalten. Auch durch Ella erfuhr sie einiges. Die Seinen durften ihn sehen. Wenn sie ihn nur selten aufsuchten, so geschah es, weil Gabriel nichts von ihrer Gesellschaft wissen wollte und sich ihre Besuche verbat. Nach allem, was man hörte, befand er sich in rätselhafter Gemütsverfassung. Auf Ellas Frage, ob er keine Reue verspüre über seine That, hatte er höhnisch geantwortet: ob sie den Pastor spielen wolle bei ihm? — Die Schwester zweifelte an seinem Verstande.

Der langsame Gang, den die Sache, da Gabriel Bartusch bei hartnäckigem Schweigen verharrte, nahm, bedeutete eine Folter für die wenigen, die trotz allem was geschehen, noch Sympathien für ihn hegten. Thella hatte es schwer. Wie tief diese Angelegenheit sie berühre, durfte sie niemandem zeigen. Am offensten konnte sie noch gegen Reppiner sein, der nun doch einmal einen Blick gethan hatte in ihre Verfassung.

Wie er im Innersten zu der Sache stehe, ließ Reppiner nicht erkennen. Für ihn war es scheinbar nur der „Fall Bartusch", der sein Advokaten-Interesse mehr und mehr in Anspruch nahm. Über jede günstige Aussicht, die für den Angeklagten auftauchte, berichtete er, ebenso wie er seine ungünstige unterdrückte.

So nahte der Verhandlungstag heran. Reppiner erklärte, es komme viel auf den persönlichen Eindruck an, den der Angeklagte machen werde. Durch solche Äußerlichkeiten lasse sich der Laienrichter noch am ersten bestechen. Für eine günstige Zusammensetzung der Geschworenenbank werde schon der Verteidiger sorgen. Als Kollege stelle er dem von Bartusch gewählten Advokaten das Zeugnis größter Schlagfertigkeit und Gewandtheil aus. Der Vertreter der Staatsanwaltschaft sei zufälligerweise aber auch einer der schneidigsten seines Standes. Kurz, die Sache scheine sich zu einem interessanten Turnier zwischen Anklagebehörde und Verteidigung zu entwickeln. Im großen und ganzen aber ständen die Chancen nicht ungünstig für den Angeklagten, da die Hauptbelastungszeugin, eben jene Quartierwirtin, sich bereits bei der Vorverhandlung in arge Widersprüche verwickelt habe. Hier werde die Verteidigung jedenfalls mit Erfolg einsetzen.

Was interessierten Thekla im Grunde diese juristischen Spitzfindigkeiten! — Sie hoffte auf den redlichen Sinn der Richter, daß sie sich von Gerechtigkeit würden leiten lassen. Gabriels Unschuld sollte zu Tage kommen. Sie konnte den Glauben an ihn nicht fallen lassen. Es mußte etwas geben, das ihn entlastete. Sicherlich schwieg er nur darum jetzt so hartnäcig, weil er von seiner Unschuld durchdrungen war. Er würde in der Verhandlung auftreten und alle Vorwürfe zu nichte machen, mit ein paar Worten.

Alle um ihn her hatten ihn aufgegeben. Man interessierte sich nur noch dafür, wie hoch seine Strafe bemessen werden würde. Selbst die Seinen sprachen jetzt oft in wegwerfenden Ausdrücken von ihm. Sie sahen vor allem die Schande, die er über die Familie gebracht hatte.

Bei Thekla sprach allein das Mitleid. Sie sah nicht die That, nur den unglücklichen Thäter. Niemals hatte Gabriel ihrem Herzen so nahe gestanden wie jetzt, wo er von allen verlassen war, wo alle ein Recht zu haben glaubten, den Gefallenen zu verachten. Sie wußte, daß sie kein Recht habe, über den Jugendfreund den Stab zu brechen. Man zweifelte an seiner Reue. Wie schlecht kannten ihn die Menschen, wenn sie glaubten, Gabriel werde jemals ein Gefühl blicken lassen, das in seinen Augen Schwäche bedeutete. Sie allein kannte ihn in seinem Stolze. Die Richter mußten doch einsehen, daß sie es hier nicht mit einem gewöhnlichen Verbrecher zu thun hatten. O, sie hätte unter diesen Richtern sein mögen, ihnen zu erklären, wer dieser Gabriel Bartusch sei! Wozu überhaupt noch eine Strafe für ihn? War er nicht gestraft genug durch seine That?

Sie erwähnte Reppiner gegenüber einmal etwas dergleichen. Der wurde sehr ärgerlich und meinte: das seien weibliche Argumentationen. Sie solle sich angewöhnen, etwas mehr mit dem Kopfe zu denken, statt ihr Herz immer mit der Vernunft durchgehen zu lassen. Frauen hätten weder Logik noch Objektivität. Es kam Thella vor, als sei Reppiner selbst in dem Falle Bartusch sehr weit von der Objektivität entfernt.

Am Verhandlungstage befand sich Thella in großer Unruhe. Reppiner kam im Laufe des Vormittags, direkt aus der Verhandlung. Er war in großer Hast und teilte mit: Die Geschworenenbank sei die denkbar günstigste, der Angeklagte bis jetzt über Erwarten ruhig. Er müsse offenbar von seinem Verteidiger ausgezeichnet instruiert sein. Nun komme alles auf die Zeugenaussagen an. Damit eilte Reppiner wieder fort.

Thella fühlte sich durch die guten Nachrichten ermutigt. Ihr Glaube würde schon nicht zu Schanden werden! Sie war im stande, sich um häusliche Dinge zu kümmern.

Aber schon im zeitigen Nachmittag wurde ihre Hoffnung erschüttert. Ella trat auf. Sie hatte eben bei ihrer Mutter ein Billet gelesen, welches Vater Bartusch, der der Verhandlung beiwohnte, soeben vom Saale aus an die Seinen gerichtet hatte. Er schrieb: „Gabriel, vom Staatsanwalt gedrängt, fängt an, Geduld zu verlieren. Ich fürchte, die Aussichten verschlechtern sich."

Ella war begierig, so bald wie möglich neues zu erfahren und eilte darum wieder nach Haus. Kurz nach ihrem Weggange kam Reppiner. Auf seinem Gesicht war das Schlimmste zu lesen: „Er hat sich alles selber verdorben! Schließlich kam es soweit, daß er sich geradezu brüstete. Er sei in seinem guten Rechte gewesen, erklärte er, seine Ehre habe er verteidigt. Der Verteidiger gab sich alle Mühe, den schlechten Eindruck zu verwischen. Aber der Staatsanwalt hatte leichtes Spiel. Fünf Jahre Gefängnis! Unter diesen Umständen noch eine verhältnismäßig milde Strafe."

Fünf Jahre Gefängnis! Das war ja so gut wie zum Tode verurteilt. Was würde aus ihm werden in den fünf Jahren! Gabriel so ehrgeizig, so empfindlich! Er würde das nicht überleben.

Es kam ihr so trostlos vor, so unsagbar wehmütig. Es war der Verfall schönster Hoffnungen, die sinnloseste Vernichtung.

Dann löste sich die Spannung, in der sie sich während der letzten Stunden befunden hatte, in einem heftigen Weinanfall aus.

Reppiner hatte heute schon viel Verdruß gehabt. Daß ein Mensch sich aus purem Mutwillen dem Staatsanwalt auslieferte, mußte ja auch einen Advokaten verdrießen. Und Theklas Teilnahme für den Verurteilten hatte vollends einen bitteren Geschmack für ihn. Eifersüchtig zu

21*

sein auf einen, der eben zu fünf Jahren Gefängnis verurteilt worden war, erschien eigentlich widersinnig. Und
doch, als Reppiner Thella in Thränen sah, packte ihn der
Dämon der Eifersucht. Selbst ihre Vergangenheit wollte
er keinem andern gönnen.

Was sollte er nun thun? Dem Mädchen zureden,
sie trösten? Oder an ihrer Trauer sich beteiligen?
Sympathieen für einen Mann zu heucheln, dem Thella
zugethan gewesen, war er nicht im stande. Noch weniger
wollte er in den Verdacht kommen, zu triumphieren.

Und so wählte er denn das beste Mittel dessen, der
sich überflüssig fühlt: er ging.

———

VI.

Der Fall Bartusch war eben erst durch Gerichtsspruch
entschieden, als Thella dem Regierungsrat von Wernberg
auf der Straße begegnete. Wie immer grüßte dieser
Herr sie besonders zuvorkommend.

So war er also von der Reise mit seinem Herzog
zurückgekehrt! —

Thella dachte nicht lange an diese Begegnung, von
anderen Gedanken in Anspruch genommen, bis sie abends
einen Brief vorfand mit der Unterschrift: „Ihr gehorsamster Leo von Wernberg.“

Er schrieb, seine Mutter komme in diesen Tagen zu
ihm auf Besuch, und es sei sein lebhafter Wunsch, daß
Fräulein von Lübekind die Frau kennen lerne, die er am
höchsten verehre auf der ganzen Welt. Er schlug ein

Rendezvous vor bei seiner Tante, Fräulein von Wallamber, die übrigens eine neue Wohnung bezogen habe. Zugleich gab er die veränderte Adresse des alten Fräuleins an. Die Zeit der Zusammenkunft zu benennen, bat er Thella.

Sie fühlte sich von diesem Briefe ganz sonderbar angemutet. In der letzten Zeit hatte sie sich mit allem anderen mehr beschäftigt, als mit Herrn von Wernberg. Und nun rief er sich ihr in solcher Weise in's Gedächtnis zurück. Merkwürdig! —

Sie entsann sich ja, daß er von seiner Mutter mit großer Wärme gesprochen hatte. Das Bild, das sie von ihr gesehen, war noch frisch in ihrer Erinnerung. Seine Verehrung für die alte Dame hatte ihr ausnehmend gefallen. Ja, als sie schärfer nachsann, fiel ihr auch ein, daß er schon damals den Wunsch angedeutet habe, seine Mutter und Thella möchten einander kennen lernen. Daß das ihrem Gedächtnis hatte entfallen können! —

Der Brief war durchaus höflich und korrekt im Tone — bei Herrn von Wernberg, wie ihr schien, etwas durchaus Selbstverständliches. — Aber aus seinem Vorschlage, sich mit ihm und seiner Mutter bei Fräulein von Wallamber zu treffen, sprach eine Vertraulichkeit, die sie befremdete. Kannte man einander denn schon so genau? War es in gewissem Sinne nicht ein Zuviel, was er ihr zumutete? Und in anderem Sinne wiederum eine zu große Ehre, die er ihr anbot? Gerade, weil er seine Mutter so über alles verehrte, schien Thella dies hier eine Auszeichnung, die sie weder verdient, noch die sie verlangt hatte. Es lag ein Mißverhältnis in dieser Idee, eine übertriebene Freundlichkeit, ein Drängen, das sie bei einem anderen „Aufdringlichkeit" genannt haben würde. Da es Wernberg war, suchte sie nach Entschuldigungs-

gründen. Er war eben ein Herr, und vermochte wahrscheinlich nicht, sich in die schwierige Lage einer einzelnen
Dame zu versetzen. Wie's schien, konnten das die Männer
überhaupt nicht. Sie brauchte nur an die Erfahrungen
denken, die sie an Gabriel und erst kürzlich mit Reppiner gemacht hatte. Aber bei einem Manne von der
Erziehung Wernbergs war es doch erstaunlich.

Erstaunlich blieb auch, daß Herr von Wernberg, nach
so langem Schweigen, urplötzlich mit diesem Vorschlage
kam. Freilich, er war ja verreist gewesen. Er konnte
doch auch nicht wissen, daß ihr in ihrer augenblicklichen
Gemütsverfassung gar nicht danach zu Mute war, sich
seiner Mutter vorzustellen.

Unhöflich wollte sie nicht sein. Es wäre unfreundlich gewesen, den gutgemeinten Vorschlag einfach abzulehnen; das hätte er mit Recht übelnehmen können. Sie
konnte ja auch einen Grund zur Ablehnung anführen, der
nicht mal erfunden war: Thekla fühlte sich nicht wohl.
Sie schrieb's ihm mit dem Ausdrucke des Bedauerns, daß
sie auf diese Weise um die Ehre komme, Frau von Wernberg vorgestellt zu werden.

Als Thekla das erste Mal nach dem Stubenarrest,
welchen ihr ihr Befinden und Doktor Beermanns Befehl
auferlegt hatten, auf die Straße ging, wollte es der Zufall, daß ihr Herr von Wernberg begegnete. Er zog den
Zylinder und eilte auf sie zu. Also hatte er ihr die Ab-
sage nicht übel genommen!

Wernberg blickte besorgt in Theklas Gesicht. Er habe
sich die ganze Zeit geängstigt um sie, behauptete er. Erst
nachdem sie ihm versichert hatte, daß sie wieder ganz hergestellt sei, erklärte er sich für beruhigt.

Sie hatte das Gefühl, daß sie soviel Teilnahme doch
in irgend einer Form erwidern müsse und fragte ihn nach

feiner Reife. Er erzählte ihr im Fluge einiges von feinen Erlebniffen, in der amüfanten Art, die Thekla von früher her fo nett an ihm fand.

Dann plötzlich einen gefetzteren Ton annehmend, fragte er fie nach dem Befinden ihrer Verwandten. Er habe immer fchon den Wunfch gehegt, ihnen vorgeftellt zu werden; bisher habe fich leider noch keine Gelegenheit dazu geboten. Er bat, daß Fräulein von Lübekind ihn unbekannterweife empfehlen möge. Damit blieb er ftehen, machte ihr mit tiefabgezogenem Hut feine Verbeugung und entfernte fich.

Diefes Erlebnis bedeutete neue Beunruhigung für Thekla. Ein Gedanke, der fie fchon hin und wieder heim-gefucht hatte, niftete fich nun feft bei ihr ein: daß Wern-berg ein ganz beftimmtes Ziel verfolge.

Sie erfchrak in innerfter Seele. Schon wieder einer, der fich ihr näherte, ohne daß fie ihn gerufen! — Ernft-lich dachte fie nach, ob in ihrem Wefen etwas Herausfordern-des gefunden werden könne. Hatte fie fich etwa damals, als fie mit ihm bei der alten Wallamber gewefen, nicht richtig betragen? Hätte fie beffer gethan, feine Begleitung auf dem Rückwege abzulehnen? — Die Männer erblickten ja in der geringften Vertraulichkeit fofort Entgegenkommen!

Dann wieder dachte fie, ob fie nicht zuviel fehe. War es nicht lächerlich, fich zu ängftigen? Wernberg war doch ein anftändiger Mann! Er hatte ihr in korrektefter Form einen Brief gefchrieben und fie in höflichfter Weife auf der Straße angeredet; war das fo etwas Außer-ordentliches? Hatte es Sinn, darüber Nächte lang nicht zu fchlafen? Hieß das nicht, aus einer Mücke einen Ele-phanten machen? —

Ihre Mutter kam in fchlechtverhehlter Aufregung zu ihr geftürzt, um ihr mitzuteilen, daß foeben Regierungsrat

von Wernberg bei ihnen Karten abgeworfen habe; leider
sei niemand zu Haus gewesen. Bald darauf erfuhr sie das
nämliche von Ella und Arthur. Nur bei Seeheims war
er angenommen worden. Agnes sagte, sie sei ganz überrascht, was Herr von Wernberg, dieses „große Tier", für
ein netter, umgänglicher Mann sei. Er habe ihr geradezu
den Eindruck gemacht, als gehöre er bereits zur Familie.

Thekla wußte genug. Agnes hätte gar nicht nötig
gehabt, so auf den Strauch zu schlagen. Es war also
wirklich an dem: Herr von Wernberg freite um sie.

Es giebt keine Frau, welcher die Erkenntnis, daß ein
Mann sie ernsthaft zum Weibe begehrt, nicht tiefen Eindruck machte.

Daß dieser Fall anders liege, ganz anders als die
früheren, war Thekla klar. Wernberg war nicht mit einem
Herrn von Deistel zu vergleichen. (Der Brave schien sich
übrigens schnell getröstet zu haben. Thekla sah ihn gelegentlich mit Frau und Kind in den Straßen. Es gab
ihr stets ein Gefühl der Beruhigung, wenigstens diesen
ihrer Liebhaber versorgt zu sehen.)

Sie hätte die beiden: Deistel und Wernberg auch
gar nicht an einem Tage nennen mögen. Einen Menschen
abweisen, der niemals tieferen Eindruck auf ihr Herz gemacht, der sich mit seinem Antrage gar nicht mal an sie
gewandt, der die Eltern als die einzig maßgebende In-
stanz angesehen hatte, einem solchen Manne den wohl-
verdienten Korb zu erteilen, war nicht schwer gewesen.
Aber, wie sich verhalten einem Wernberg gegenüber? —

Hindernisse über Hindernisse sah sie zwischen sich und ihm.

Da war vor allem ihre Familie. So sehr sie ihre
Mutter liebte, konnte sie sich darüber keinen Illusionen
hingeben: zu Herrn von Wernbergs Schwiegermutter eignete
sich Frau Sänger nicht. In Wernbergs Gegenwart, das-

wußte Thekla, würde sie aus dem Erröten über die Schwächen der Mutter nicht herauskommen. Und gar um einen Sänger zu ertragen, war Leo Wernberg nicht der Mann.

Sie hegte auch starke Zweifel, ob sie selbst zur Ehe tauge. Mochte es nun Wernberg sein oder ein anderer, sie hatte sich alle Gedanken an's Heiraten überhaupt aus dem Kopfe geschlagen. Sie paßte wohl nicht dazu? Ihre vierundzwanzig Jahre machten ihr Bedenken.

Und war sie denn überhaupt frei? — Waren die Beziehungen zu Gabriel Bartusch aus ihrer Vergangenheit wegzuleugnen? — Seitdem erneute Annäherung zwischen ihm und ihr völlig aus dem Bereich der Möglichkeit lag, seitdem eigentlich erst fühlte sie in ganzer Schwere, was er ihr, und was sie ihm gewesen war. Mit Verstorbenen geht es einem wohl so; meist erkennt man ihre Bedeutung erst dann, wenn sich die Thür hinter ihnen für immer geschlossen hat. Und Gabriel war ja so gut wie tot. Grade weil ihr Gewissen nicht frei war diesem Unglücklichen gegenüber, fühlte sie das, was nicht mehr gut zu machen war, als eine Fessel, die sie unsichtbar band.

Trotz aller Bedenken aber konnte es ihr auf der anderen Seite doch nicht entgehen, wie viel Annehmenswertes in Wernbergs Antrage liege. Es war gar nicht nötig, daß ihre Mutter sie darauf hinwies, sie wußte es selbst: Wernberg war ein Mann, wie wenige Mädchen ihn ausschlagen würden. Sie hätte noch ganz andere Gründe zu seinen Gunsten anführen können. Aber selbst, wenn sie ihr Herz schweigen hieß, blieb noch genug, was für eine Annahme seines Antrages sprach. Vor allem würde sie mit einemmale aus der Zwitterstellung herauskommen, in der sie sich befand. Denn sie war doch nur scheinbar selbständig, in Wahrheit hing sie von vielen Dingen und Menschen ab. An ihm würde sie einen Beschützer und Berater haben, ihm traute sie zu, daß er als Gatte den Kavalier niemals vergessen werde. Man war doch als einzelnstehendes Mädchen ein allzu hilfsbedürftiges Wesen! Täglich erlebte sie Proben dafür. All die Zweideutigkeiten ihrer Stellung würden dann ein Ende nehmen.

Das sah Thekla, sah es klar und im nüchternsten Lichte. Die Aussicht, Frau von Wernberg zu werden, hatte sehr viel Verlockendes, wenn man an die Versorgung dachte. Und wäre sie ihrem Kopfe allein gefolgt, so hätte sie gar nichts sehnlicher herbeiwünschen können, als daß Wernberg endlich anhalten möchte.

Gerade weil sie ihr Herz einmal schon an ihn verloren hatte, hielt sie sich für berechtigt, Wernberg gegenüber die höchsten Anforderungen zu stellen. Der Wernberg von damals lebte ja nicht mehr, er hatte nur existiert in der Phantasie der Thekla von damals, jenes enthusiastischen Wesens, das ihr heute selbst so fremd war. Auferstehen würde er ebensowenig, wie sie um fünf Jahre jünger werden konnte. Es gab in ihrem Gefühlsleben zwar manche Brücke vom Jetzt zur Vergangenheit zurück, aber Thekla war auf ihrer Hut, mißtrauisch gegen das eigene Herz, durch Erfahrung vorsichtig gemacht. Kritiklos stand sie keinem Manne mehr gegenüber.

Sie war ja auch gewarnt gerade in Bezug auf Wernberg. Sie brauchte doch nur an ihn und Lilly Ziegrist zu denken. Hatte Leo Wernberg etwa nicht Lilly den Hof gemacht? Hatte nicht alle Welt, die Ziegrists an der Spitze, bestimmt angenommen, aus den beiden müsse ein Paar werden? War es schön von ihm gehandelt, bei einem Mädchen Hoffnungen zu wecken und sie nicht zu erfüllen? — Freilich eine große Entschuldigung gab es für ihn: es war Lilly gewesen, die sich ihm an

den Hals geworfen hatte. Vielleicht hatte ihn das ver-
drossen. Wer konnte denn wissen, was sich zwischen diesen
beiden zugetragen habe und auf wessen Seite die Schuld
lag! —

Leo Wernberg hatte ja immer für einen Kurmacher
von Profession gegolten. Das sprach in Thellas Augen
nicht so sehr gegen ihn, wie man hätte denken sollen.
Sie wußte nun schon soviel, daß jeder Mann zur Flatter-
haftigkeit neigt, bis er der Frau begegnet, die ihn für alle
Zeiten fesselt. Seine Vergangenheit wäre kein Grund gewesen, ihn abzuweisen. Woher wolle sie das Recht nehmen,
ihm einen Vorwurf zu machen?

Maßgebend war für Thella die Frage, ob er sie
liebe. Seine Art zu ihr zu sprechen, seine Blicke neulich,
etwas schwer mit Worten zu Bezeichnendes in seinem ganzen
Verhalten sagten deutlich das Wort, das eine kleine ausschlaggebende Wort, für das es hundert Ausdrucks-
weisen giebt.

Aber warum kam das so spät? War es nicht
sonderbar, daß er früher völlig achtlos an ihr vorübergegangen, daß jetzt erst sein Herz gesprochen haben sollte.
Freilich, damals war er ja ganz von Lilly in Anspruch
genommen worden. Seitdem konnte er sich geändert haben,
ebenso wie sie sich geändert hatte. Wer weiß, was für
Erfahrungen an ihm gearbeitet haben mochten! Er erschien ihr ernster, nachdenklicher, weicher jetzt als zu jener
Zeit wo er der verwöhnte Löwe im Salon der alten
Herzogin gewesen war.

Sie hielt ihn starker Gefühle für fähig. Seine
Augen, seine lebhaften, schönen, vielsagenden Augen sprachen
dafür. Es lag etwas in seinem ganzen temperamentvoll
auf's Ziel zuschreitenden Wesen, das Energie, Kraft, starke
Mannheit bezeugte.

Der Gedanke kam ihr einmal, daß in seinem Verhalten Berechnung liegen könne. Sie wies diesen Verdacht zurück, empört über sich selbst, daß er ihr überhaupt gekommen war. Sie hatte es doch mit einem vornehmen Manne zu thun! Was für ein Schauspieler müßte das sein, der Liebe zu empfinden vorgab, die er nicht fühlte! —

Obgleich sie ihm Falschheit nicht zutraute, so wollte sie ihr Ohr dennoch schärfen. Entscheidend sollte sein für ihren Entschluß, ob sie den Ton heraushören würde aus seinem Werben, den warmen herzlichen Ton echter Liebe. Denn das sagte ihr ein sicheres Gefühl: glücklich konnte sie nur werden mit dem Manne, der ihr ein Herz zu schenken hatte.

*   *   *

Mehr denn je fehlte ihr ein Mensch, mit dem sie sich mal offen hätte aussprechen können. Sie fand, daß ihre Gedanken, die sie fortwährend in sich selbst verarbeiten mußte, eine unnatürlich übertriebene, oft unheimliche Gestalt annahmen. Viel klarer und mutiger wäre sie sicher geworden, wenn sie manche Frage, die ihr Gemüt beschwerte, durch Mitteilung an einen Freund gleichsam aus sich heraus hätte stellen, sie am fremden Urteil hätte messen können.

Mit Reppiner war über irgend eine Angelegenheit, die einen anderen Mann betraf, nicht zu sprechen. Thekla wunderte sich, daß seine Eifersucht nicht längst etwas von dem, was sich vorbereitete, gemerkt hatte.

Und nun wollte es der Zufall, daß sich ihr der Ab-

Lokal abermals höchst nützlich erwies, und von neuem damit seine Unentbehrlichkeit für sie an den Tag legte.

Thekla war bestohlen worden. Es hatte sich ereignet, während sie auf einem kurzen Gange nachmittags in der Stadt gewesen war. Beim Nachhausekommen fand sie ihr kleines, von Tante Wanda ererbtes Schreibpult erbrochen. Es fehlte bares Geld, von dem sie glücklicherweise nicht allzuviel da gehabt, und einige Schmucksachen.

Im ersten Schrecken über den Einbruch schickte Thekla sofort zu Reppiner, der bald zur Stelle war. Er vernahm zunächst die Dienstboten. Hedwig war ruhig, die alte Kathinka wollte die Beleidigte spielen. Nach kurzem Verhör erklärte Reppiner, daß die beiden nach seiner Überzeugung unschuldig seien. Thekla hatte das auch nicht anders erwartet.

Während Reppiner noch darüber war, sich ein Verzeichnis der gestohlenen Sachen niederzuschreiben, ging die Klingel. Es war Hedwigs Bräutigam, der Postgehilfe. Die ganze Mordsgeschichte wurde ihm bereits im Vorsaal brühwarm aufgetischt.

„Rufen Sie mir diesen Postmenschen doch mal herein!" sagte Reppiner, „oder vielmehr, ich werde selbst mit ihm sprechen!" Damit ging er hinaus. In der hinteren Stube traf er den jungen Mann, der sich's eben beim üblichen Abendbrot wohl sein lassen wollte. Gänzlich unaufgefordert erzählte der Postgehilfe, daß er eben vom Schalter komme, er habe den ganzen Nachmittag über Dienst gehabt.

„Wollen Sie mir einen Gefallen thun, werter Herr?" fragte Reppiner. Der junge Mann erklärte sich gern zu jedem Dienst bereit.

„Ich muß zur Polizei, um den Diebstahl anzuzeigen. Inzwischen wäre es mir lieb, wenn das Haus nicht gänzlich ohne männlichen Schutz bliebe. Wollen Sie sich also hier bei den Frauen halten?" —

Der Postgehilfe war sofort dabei. Er legte überhaupt den größten Eifer an den Tag, fragte, ob man noch keine Spur von den Dieben habe und wieviel eigentlich Geld gestohlen sei?

Reppiner beobachtete scharf die Züge des Menschen und nannte eine viel größere Summe, als in Wirklichkeit fehlte. Der Postgehilfe blickte darob einigermaßen verdutzt darein. Der Advolat legte ihm dann die Bewachung des Hauses noch einmal dringend an's Herz und ging.

Nach einer Stunde etwa kam er wieder. In seiner Gesellschaft befand sich ein Fremder.

Der Postgehilfe meldete, daß sich in der Zwischenzeit nichts von Belang ereignet habe. „Freut mich zu hören!" sagte Reppiner. „Wir sind übrigens glücklich gewesen. Wir haben nämlich die gestohlenen Sachen sämtlich wieder." Der junge Mann schrak deutlich zusammen und verfärbte sich. „Bis auf etwas Geld, und das dürfte sich in Ihrer Tasche befinden."

Hedwig trat an ihren Bräutigam heran. Die Züge des Mädchens waren gänzlich verändert. Ihre Augen blitzten. „Ist das wahr? Hast du das gethan?" Er schwieg, wagte nicht, seine Braut anzusehen.

Der Polizist wollte nun ein Verhör anstellen mit den Frauen. Aber Reppiner verhinderte das. Er hatte bereits in Theklas Gesicht das größte Entsetzen gelesen. „Das nehme ich auf mich!" sagte der Advolat jenem in's Ohr. „Besorgen Sie nur den hier aus dem Hause." Der Polizist nahm den Dieb an der Hand, der nicht an Widerstand dachte. Er folgte seinem Führer gesenkten Hauptes mit schlotternden Gliedmaßen. Hedwigs

Bräutigam hatte entschieden sehr viel eingebüßt an selbstbewußter Haltung in den letzten zehn Minuten.

Kathinla beschwor heulend, sie habe nichts gewußt
davon, wie schlecht „der Kerl" sei. Hedwig aber erzählte
freiwillig, sie habe ihn neulich mal, als niemand da gewesen, in das Zimmer des gnädigen Fräuleins geführt.
Er hätte nämlich schon immer den Wunsch geäußert, die
schönen Sachen da drinnen sich ansehen zu dürfen, um
ähnliches für ihre Ausstattung zu bestellen. Da habe sie
ihm den Wunsch erfüllt. Heute aber müsse er sich ein-
geschlichen haben, vielleicht durch den Garten. Hedwig
gestand dann noch weiter, sehr zum Verdruß der Tante,
daß man ihm öfters Eßwaren mitgegeben habe aus den
Vorräten des Hauses.

Thella war natürlich auf's höchste bestürzt über dieses
Erlebnis. Sie hatte einen wirklichen Verlust nicht erlitten, aber viel schlimmer war es doch, zu sehen, daß man
getäuscht worden war von Menschen, die man für ehrlich
gehalten hatte. Vor allem war es ihr leid um Hedwigs
willen. Wo blieben nun die Heiratspläne des armen Dinges?

Kathinla, die den Tag darauf kündigte, sah Thella
nur darum ungern scheiden, weil sie sie von Tante Wanda
übernommen hatte; im übrigen machte sie sich nicht viel
aus der Alten. Hedwig hingegen, die ebenfalls gehen
wollte, ließ Thella nicht ziehen. Das Mädchen nahm die
Kündigung zurück, als die Herrin versichert hatte, daß sie
ihr nichts nachtrage.

Die Angelegenheit brachte noch mancherlei Unangenehmes für Thella im Gefolge. Sie wurde vernommen.
Reppiner stand ihr getreulich zur Seite. Er verstand es,
ihr die Angst vor dem Gericht, die Thella wie den meisten
ihres Geschlechtes eigen war, etwas zu nehmen.

Es war ja sehr bequem, einen so erfahrenen Berater,

wie Reppiner, jederzeit in Bereitschaft zu haben, aber der Gedanke hatte doch etwas Peinliches, daß man ihm soviel Mühe niemals würde vergüten können. Bei Tante Wanda war er der Anwalt gewesen, der für seine Leistungen bezahlt wurde. Thekla hatte niemals gewagt, von Bezahlung zu sprechen ihm gegenüber, da sie seine Empfindlichkeit kannte, und er selbst brachte die Rede nicht darauf.

Reppiner kam jetzt beinahe allabendlich. Er schien stillschweigend anzunehmen, daß ihre Abende für ihn da seien. Wenn Thekla mal bei den Ihren war, oder sonst außer dem Hause, ohne ihn davon benachrichtigt zu haben, dann sah sie ihm beim nächsten Wiedersehen den Verdruß darüber deutlich an.

Sie wollte ihm ja das Recht auf ihre Dankbarkeit gewiß nicht verkümmern; aber ein weitergehendes konnte sie ihm auch nicht einräumen, beim besten Willen nicht. Er war ja, seitdem sie Gabriel eingebüßt hatte, ihr bester Freund, und würde es immerdar bleiben. Aber sie mußte im stillen befürchten, daß er mehr verlange, daß er ganz bestimmte Hoffnungen nähre, die niemals erfüllt werden konnten. Er hatte neuerdings eine Art, sie anzublicken, sich angewöhnt, die sie tief beunruhigte. Es bedurfte ihrer ganzen Geistesgegenwart, ihn von gewissen Deutlichkeiten auf die er in der Unterhaltung, zusteuerte, abzuhalten.

Eine sehr schwierige Lage! Thekla wußte wirklich manchmal nicht, wie sie sich darin zurechtfinden solle. Was für ein unseliges Geschick verfolgte sie, daß sie sich keinen Mann als schlichten Freund erhalten konnte! —

Wäre nicht auch dieser unhaltbare Zustand schnell und für immer erledigt gewesen, wenn sie sich zu dem Schritte hätte entschließen können, auf den zu sie jetzt alles zu drängen schien? —

VII.

Als Thella abermals einen Brief von Leo Wernberg erhielt, erkannte sie seine Handschrift bereits.

Ihre Hand zitterte, während sie den Umschlag erbrach; sie glaubte zu wissen, was der Brief enthalte. Sie atmete daher beruhigt auf, als sie las:

„Verehrtes, gnädiges Fräulein! Ich sitze am Schreibtisch meiner guten Tante Sidonie. Wir haben soeben von Ihnen gesprochen. — Klangen Ihnen die Ohren nicht? — Meine Tante ist betrübt, daß sie neuerdings so wenig von Ihnen sieht, und läßt Ihnen sagen, daß sie ernstlich böse sei auf Sie. Aber unter uns gesagt, die Sache ist nicht so gefährlich! Tante Sidonie konnte niemals böse sein; das habe ich schon als Junge gewußt und gründlich ausgenutzt. Als Beweis, wie ungehalten sie ist, mag Ihnen dienen, gnädiges Fräulein: sie läßt Sie hierdurch feierlichst bitten, morgen um fünf Uhr nachmittags hierher zu kommen, zum Kaffee (mit Anisplätzchen natürlich), um die neue Wohnung kennen zu lernen. Ich bin auch dazu eingeladen. Also auf baldiges, hoffentlich recht vergnügtes Wiedersehen!

Ihr gehorsamster
Leo Wernberg."

„Nachschrift: Absagen werden nicht angenommen, sagt mir die Tante."

Gott sei Dank, das war ein Aufschub! Der Brief klang harmlos; jedenfalls nicht wie der eines drängenden Friers.

Thella schrieb ein paar Zeilen an Fräulein von Wallamber, in denen sie für die freundliche Einladung dankte und sagte: sie werde mit größtem Vergnügen kommen. Nicht ganz gleichgiltig, aber doch ohne tiefere Beunruhigung sah sie der Zusammenkunft entgegen. Was seine Absichten auch sein mochten, das sah sie wieder aus diesem Briefe, vor einem konnte man sich sicher fühlen bei ihm: er würde niemals taktlos oder schroff vorgehen. Alles, was er that, zeugte von Erziehung und Lebensart. Und gerade darin war sie von den Männern bisher nicht verwöhnt worden.

Als Thella bei dem alten Fräulein ankam, fand sie Herrn von Wernberg bereits vor. Die Wallamber brach jeder Schwierigkeit die Spitze ab durch die lebhafte und herzliche Art, wie sie Thella begrüßte. Sie wohnte jetzt viel schöner als früher. Mit Stolz zeigte sie alles, und berichtete: das verdanke sie dem „guten Leo". Er habe für sie die Wohnung ausgesucht, und die Hauptsache: er habe ihr die Pensions-Zulage erwirkt, ohne die sie niemals an solchen „Luxus" hätte denken können. Der Luxus war nicht so sehr groß, denn das ganze Quartier bestand aus drei Zimmerchen, von denen das eine, ihr Schlafzimmer, nicht betreten werden durfte. Nachdem alles genugsam bewundert war, setzte man sich zu dritt an den bereits zurecht gemachten Kaffeetisch.

Die Wallamber plapperte die ganze Zeit, während die jungen Leute schwiegen. Als die zweite Tasse eingeschenkt war, rief sie: „Aber was ist mit dir, Leo? Du verachtest meinen Kaffee! Du ißt nicht mal Anisplätzchen! Du sagst auch nicht ein Sterbenswörtchen! Dir geht was im Kopfe herum!"

„Du kannst recht haben, Tante," erwiderte er. „Mir geht was im Kopfe herum!"

Bald darauf stand das alte Fräulein auf und erklärte mit dem harmlosesten Gesichte der Welt: „Kinder, ich bin alt. Ich muß jetzt ein Nickerchen machen. Entschuldigt mich! Nichtwahr, Fräulein von Lübekind, Sie verzeihen? Und du, Leo, mach mir hübsch die Honneurs! Es ist sonst niemand in der ganzen Etage." — Damit nickte sie den beiden mit vielsagendem Lächeln zu und verschwand. Man hörte die jenseitige Thür gehen, die zu ihrem Schlafzimmer führte.

Thella ahnte, daß nun das Entscheidende kommen werde. Eine sinnbethörende Angst überfiel sie plötzlich, da sie sich mit ihm allein gelassen sah. Es war ihr zu Mute, als sei dieser kleine Raum ein Käfig, in dem sie gefangen gehalten wurde, als solle ihr hier Gewalt angethan werden. Dabei hatte sie das Bestreben, ihre Furcht nicht merken zu lassen. Aber ihr Zittern verriet sie. Sie rang nach Fassung.

Er fragte sie, ob er das Fenster ein wenig öffnen dürfe; es komme ihm schwül vor im Zimmer. „Ja, öffnen Sie das Fenster!" rief Thella gepreßt. Die halbe Minute, die er dazu brauchte, bedeutete ihr eine Erleichterung. Sie versuchte zu sich zu kommen, zu überlegen, wie sie sich verhalten solle.

Er kehrte zu ihr zurück und setzte sich neben sie. Sein Gesicht trug das gewohnte verbindliche Lächeln. „Ist Ihnen jetzt besser?" fragte er. „Ich sah es Ihnen an, daß Sie einen frischen Durchzug brauchten." Er wartete auf eine Antwort. Sie lächelte nur nervös.

Man schwieg. Was für ein lastendes beredtes Schweigen. Ihr war es, als vergingen Stunden. Sie hätte ihn bitten mögen, jetzt etwas zu sagen, sei es, was es sei, denn dieser Zustand war unerträglich.

Thella sah nicht die Veränderung, die in seinen

22*

Zügen vorging, merkte nur, daß er sich ein wenig nach
ihrer Richtung vorbeugte. Plötzlich hörte sie seine Stimme
gänzlich verändert, nahe ihrem Ohre: „Fräulein von
Lübekind" . . . Sie blickte scheu zu ihm auf, sein Auge
leuchtete, glühte. Schnell sah sie weg. Das Gesicht hatte
sie erschreckt in seinem Ausdruck. Sie fürchtete sich.

„Fräulein von Lübekind, hören Sie mich bitte an!"
sagte er mit einschmeichelnder Stimme. „Ich will es
nur gestehen, daß ich Sie hierher gebeten habe, um endlich ungestört mit Ihnen sprechen zu können. Worüber,
wird Ihnen kaum zweifelhaft sein! Vielleicht verargen
Sie es mir, daß ich mich mit meinem Antrage nicht zunächst an eine andere Stelle gewendet habe, an Ihre Frau
Mutter oder an Ihren Stiefvater. Aber es ist doch
schließlich eine Sache, die zwischen uns ausgemacht werden
muß, zwischen uns beiden allein. Von Ihnen will ich
mir die Antwort holen, die über mein künftiges Glück entscheiden soll."

Er schwieg und sah sie eindringlich an. Seine Hand
war bereit, sich nach der ihren auszustrecken. Sein Blick
suchte ihren Blick. Es war ihr, als werde sie von ihm
an beiden Händen gehalten und auf ein Ziel losgeschleppt,
gegen das sie sich sträubte.

Sie zog sich zurück vor ihm. Etwas Unbekanntes,
Unheimliches kam über sie, machte sie erstarren, legte die
Kräfte ihres Willens lahm. Daß einem Menschen solche
Gewalt gegeben war über einen anderen! Eine fremde
Macht umklammerte sie, verwickelte sie in unsichtbare
Fesseln. Schrecklich war es zu fühlen, wie die eigene Kraft
nachließ, zu wissen, daß man nicht würde entrinnen können.

Er fuhr fort, begann jetzt von sich zu sprechen, ihr
seine Verhältnisse auseinanderzusetzen. Sie war wie versunken, hörte kaum darauf.

„Entschuldigen Sie, gnädiges Fräulein, diese Dinge, so prosaisch sie klingen, gehören nun mal dazu! Ich halte es für meine Pflicht, die materielle Seite der Frage auch zu berühren."

Er mochte erkennen, daß er damit kein Glück mache. Schnell wechselte er das Thema, sprach von der wunderbaren Art, wie man sich kennen gelernt habe, die er als „Fügung" bezeichnete. Thekla habe ihm schon vor Jahren tiefen Eindruck gemacht, und er könne den Gedanken nicht los werden, daß sie von Anfang an für einander bestimmt gewesen seien.

Thekla war es, als spräche er das alles nicht zu ihr. Sie sah ihn kaum noch, obgleich sie die Augen jetzt fest auf ihn gerichtet hielt. „Wer ist das? — Wo befindest du dich?' fragte sie sich.

Der erste Ton, der sie packte, war, als er von seiner Mutter zu sprechen begann. In allem bisherigen hatte sie gerade das vermißt, was für sie den Ausschlag geben sollte: das Herz. Hier kam es endlich zum Durchbruch, als er sagte: „Meine Mutter ist alt. Sie hat nur den einen Sohn. Es ist ihr Herzenswunsch, mich verheiratet zu sehen. Wer weiß, ob sie noch sehr viel Zeit hat, zum Warten. Darf ich nun nicht der alten Dame schreiben, daß ich ihr eine liebe Schwiegertochter gewonnen habe?" —

Er schwieg und sah sie erwartungsvoll an. Thekla blickte zu Boden. Ihre Zaghaftigkeit war noch nicht überwunden. Zu groß schien, was er von ihr verlangte.

Sie fragte leise, ob er ihr denn nicht etwas Zeit gewähren wolle, sie könne sich heute noch nicht entscheiden.

Voll Lebhaftigkeit erwiderte er: Aufschieben sei so gut wie ablehnen! Unbedingt verlange er jetzt eine Antwort. Seit Wochen befinde er sich in einem Zustande des Harrens, der kaum zu ertragen sei. Zeit habe er ihr ja genug gelaſſen. Sie müſſe ſich doch längſt etwas gedacht haben. Was ſolle ſich denn noch ändern? Was noch kommen, das auf ihre Entſchließungen Einfluß haben könne? Die Zeit zum Bedenken ſei nun vorbei.

Er habe ja ganz recht. Thekla mußte ſich das ſelbſt ſagen. Es war auch für ſie beſſer, wenn die Entſcheidung heute fiel, beſſer ſicherlich als dieſe qualvolle Unentſchiedenheit! Schon wieder fühlte ſie ſich ein Stück weiter gezogen, tiefer verſtrickt, geſchwächt in ihrem Widerſtand.

Verzweifelt ſah ſie ſich um. Gab es denn keinen Fingerzeig, keinen Wink für ſie? Der innere Kampf malte ſich in ihren Zügen. Ohne zu wiſſen, daß ſie es that, ſeufzte ſie tief.

„Ich ſehe, daß Sie ſich quälen, gnädiges Fräulein!“ ſagte er. „Ich glaube faſt, Sie hegen eine vorgefaßte Meinung. Haben Sie irgend etwas Ungünſtiges gehört über mich?“

Thekla ſchüttelte den Kopf.

„Was bedrückt Sie? Was iſt denn ſo ſchlimm? Sie ängſtigen ſich! Ich ſehe es Ihnen an! Was iſt es? Sagen Sie mir’s! Vielleicht etwas aus — aus Ihrer Vergangenheit — verzeihen Sie! — — Vielleicht ſind Sie nicht ſo frei, wie ich angenommen habe?“

Es kam Thekla wie Erlöſung vor, als er das ſagte. Jetzt wollte ſie ſprechen. Wie er ſich zu dem ſtellen würde, was ſie ihm zu geſtehen hatte, ſollte ihr das erſehnte Zeichen ſein, das alles entſcheiden mußte.

Sie antwortete, er habe recht; in gewiſſem Sinne ſei ſie nicht frei. „Sind Sie verlobt?“ fragte Wernberg haſtig. Es war das erſte Mal, daß er Unruhe an den Tag legte. Thekla mußte unwillkürlich über dieſes Mißverſtändnis lächeln.

„Oder — iſt es eine unerwiderte Neigung?“ —

Thella erwiderte, es falle ihr sehr schwer, davon zu sprechen.

„Ich will keinen Namen wissen," meinte er. „Überhaupt, wenn es Ihnen allzupeinlich ist, davon zu sprechen, dann bescheide ich mich. Es hat sich gewiß nur um eine Mädchenschwärmerei gehandelt — nicht wahr?"

Thella schüttelte den Kopf. „Es ist weder von einer Verlobung noch von einer Schwärmerei die Rede, Herr von Wernberg!"

„Sie haben einen Antrag zurückgewiesen — ist es das?"

Thella nickte.

„Nun dann ist ja alles gut!" rief Wernberg erleichtert. „Solche Erfahrung ist nur gut! Übrigens war das zu erwarten. Eine junge Dame wie Sie kann dem kaum entgehen. Andere Männer haben doch auch Augen im Kopfe! Sie sind also frei! Gott sei Dank, Sie sind frei!"

Er hatte ja recht, gewiß, er hatte recht! Sie war frei; Gabriel Bartusch konnte ihr nichts mehr bedeuten. Es wäre Thorheit gewesen, sich durch Rücksicht auf ihn in der wichtigsten Entscheidung des Lebens beeinflussen zu lassen. Der Gedanke an ihn war ein Gespenst, das den hellen Tag scheute. Hier vor ihr stand die Wirklichkeit, in der sie leben sollte. Das Erlebnis mit Gabriel lag hinter ihr, tot in der Vergangenheit.

Und wie eine Antwort auf diese geheimen Erwägungen lauteten jetzt Wernbergs Worte: „Wissen Sie, gnädiges Fräulein, darf ich Ihnen mal offen etwas sagen? Ich glaube, Sie sind nicht glücklich! Ich habe mich schon immer gefragt, wie Sie das einsame Leben aushalten können? Hat es nicht etwas Unnatürliches geradezu? Wenn man Sie ansieht, man versteht es nicht! Viel zu gut sind Sie dafür! Fühlen Sie das nicht selbst?

Machen Sie dem ein Ende! Wahrhaftig, ich gebe Ihnen da keinen schlechten Rat. — Haben Sie Angst? — Jedes Mädchen ist ein wenig scheu vor dem Manne. Sie werden mal sehen, wie glücklich wir werden, wir beide! Ich will Ihnen alles abnehmen, alle Schwierigkeiten, alle Sorgen, alles Unangenehme. Ich werde Sie auf Händen tragen. Glauben Sie mir's! Wollen Sie denn nicht glücklich sein? Es kostet ja nur ein einziges, kleines Wort! Sagen Sie's doch!" —

Er hatte mit Wärme gesprochen, mit einer gewissen, herzlichen Dringlichkeit. Thella sah ihn groß an, wie träumend, und sagte langsam: „Ja!"

Er sprang auf und rief: „Nun sind wir verlobt!"

Im selben Augenblicke, wo sie das Wort ausgesprochen hatte, erbebte sie auch schon in innerster Seele. Was hatte sie gethan? Er sagte: sie seien verlobt! —

Wernberg aber ging im Zimmer auf und ab und rief: „Das ist der schönste Tag meines Lebens!"

Thella griff sich an die Stirn. Verlobt! Sie war verlobt? —

Er kam zu ihr geeilt, neigte sich über sie und fragte: „Darf ich jetzt die Tante rufen? Die wird sich freuen!"

Ohne die Antwort abzuwarten, lief er hinaus und kam gleich darauf mit der Wallamber zurück, die gar nicht danach aussah, als habe sie in der Zwischenzeit geschlafen.

„Tante, du bist die erste, die es erfahren soll; hier stelle ich dir meine Braut vor!"

„Ach Gott, Kinder, das habe ich ja gewußt! Wie reizend von dir, Leo, daß du das bei mir abgemacht hast!" Damit kam sie auf Thella zugeflogen, umarmte und küßte sie ausgiebig.

Nun setzte man sich wieder an den Kaffeetisch. Das

alte Fräulein trug abermals die Kosten der Unterhaltung
allein. Sie besprach alles, von den Anzeigen angefangen,
die man nun verschicken würde. Was der Hof dazu
sagen werde. Wo sie wohnen würden, ob in Thellas Hause
oder wo anders. Wann und wo die Hochzeit stattfinden
solle. Wernberg versuchte ihren Redefluß zu dämmen,
denn er vermutete mit Recht, daß Thella darunter leide.

„Das alles werden wir später besprechen, Tante!
Vor allem wird es darauf ankommen, was Fräulein von
Lübekind will.“

„Kinder!“ rief die Wallamber. „Nennt ihr euch denn
noch nicht ‚du‘? Habt ihr euch auch schon ordentlich geküßt?“ —

„Tante, das Temperament geht wieder mal mit dir
durch!“

„Ach Gott, verzeihe nur, Leo! Ich weiß nicht, wie
es modern ist; aber zu meiner Zeit küßten sich Brautpaare.“

„Nun, das soll auch heute noch vorkommen! Aber
jetzt haben wir an manches andere zu denken.“

Thella fühlte ihm Dank für seine Zurückhaltung. Von
Herzen froh war sie, daß er ihr in diesem Augenblicke
Zärtlichkeit ersparte. Am liebsten wäre sie ganz allein ge-
wesen, um nachdenken zu können.

„Sie sehen übrigens recht abgespannt aus, mein
Kind!“ sagte die Wallamber. „Fehlt Ihnen etwas?“

Thella bat, daß man sie nach Haus lassen möge.
Wernberg stand sofort auf und bat um Entschuldigung,
daß er nicht zeitiger daran gedacht habe; sie werde doch
wahrscheinlich mit ihrer Mutter sprechen wollen.

An ihre Mutter hatte sie noch keinen Augenblick gedacht. Sie sehnte sich nach ihrem Zimmer, nach dem Bilde
ihres Vaters. In ihrer eigensten Umgebung würde sie zu

sich kommen, dort würde sie ihr Gleichgewicht wiederfinden, einen Standpunkt gewinnen vielleicht zu dem, was sie gethan hatte.

Wernberg brachte sie zu einem Wagen.

„Ich komme morgen früh gegen zehn zu Ihnen! Ist Ihnen die Zeit recht?"

Thekla nickte.

„Auf Wiedersehen also morgen früh!"

Er hob sie in den Wagen und drückte ihr die Hand.

Im Abfahren sah sie durch das Fenster ihn stehen und ihr zuwinken. Sie wunderte sich, daß dieser große, elegante Herr ihr Bräutigam sei.

* * *

Thekla erwachte erst, als der volle Tag in ihr kleines Schlafzimmer leuchtete.

„Was ist eigentlich? Ist heute dein Geburtstag? Irgend etwas Besonderes hat sich mit dir zugetragen!" — So gingen ihre ersten, noch vom Halbschlummer umfangenen Gedanken. Dann fiel ihr mit einemmale ein, daß sie Braut sei.

Braut! Es klang so schön. Das bloße Wort war Musik. Sie entsann sich, daß es sie mit geheimem Entzücken erfüllt hatte, früher, so oft sie es vernommen. Was hatte man sich nicht alles dabei gedacht! Und nun war sie es selbst!

Sie schloß die Augen, um ganz ungestört ihrem Glücke nachsinnen zu können. Großes war ihr wiederfahren. Nun gab es kein Zagen mehr und Zweifeln. Alles vorausgegangene Trübe und Bittere war ausgewischt, gut ge-

macht, nun das Glück in reichster Fülle über sie gekommen.
Alles mußte ja gut werden! Ihre scheuen Mädchen-
hoffnungen blühten mit einemmale auf, als sei winter-
licher Schnee durch einen warmen Sonnenblick von ihren
zarten Kelchen genommen. Endlich, endlich durfte sie ihr
Herz sprechen lassen! Jetzt war es nicht mehr unpassend,
zu lieben. Vorüber die schreckliche Zeit des scheuen Ver-
bergens der Gefühle, des ängstlichen Lugens nach dem, was
sich schickt. Sie war Braut, und die Liebe ihr gutes
Recht.

Sich hingeben dürfen! Lieben um der Liebe willen,
rückhaltlos, kritiklos! Konnte das Leben noch Schöneres
in Bereitschaft haben? War es nicht die irdische Seligkeit? Die Erfüllung des schönsten aller Träume! Hatte
sich nicht alles in ihr danach gesehnt, unbewußt darauf
sich vorbereitet, ihre ganze Mädchenzeit hindurch?

Wie thöricht war sie gewesen, sich so lange zu
sträuben, wie kindisch und dumm ihre Angst vor ihm!
Hatte sie nicht noch gestern abend gezagt und sich gequält
mit Bedenken? War sie nicht unter Thränen eingeschlafen? —

Wie ganz anders sich alles ansah, heute beim hellen
Scheine der Morgensonne. Sie dankte Gott für ihr
großes Glück. Ihr Dasein war ja nun entschieden. Wie
gut es that, zu wissen, wo man hingehörte, einen Menschen zu besitzen, dem man sein Leben weihen konnte. Sie
wollte ihm eine gute Frau werden.

Ihre Gedanken eilten zu ihm, dem sie alles das ver-
dankte. Im Geiste sah sie ihn vor sich: eine Idealgestalt,
männlich schön, Kavalier durch und durch. Vielleicht dachte
er jetzt auch gerade an sie, sehnte sich nach ihr. Sie schloß
die Augen fest und breitete mit geöffneten Lippen die
Arme aus. O, daß er doch bald käme!

Als ihre Gedanken nüchterner gingen, sah sie nach der Uhr. Noch zwei Stunden! Sie war im Grunde froh, soviel Zeit zu haben; denn sie wollte sich vorbereiten auf sein Kommen. Er betrat zum ersten Male ihr Haus. Es würde bald ja auch sein Haus sein; denn für sie gab es keinen Zweifel, daß sie hier gemeinsam wohnen würden.

Sie wollte sich eben erheben, ihre Anordnungen zu treffen, als es an der Hausthüre klingelte. Jetzt schon Besuch? — Gleich darauf erschien Hedwig im Schlafzimmer ihrer Herrin, vor sich her ein Bouquet tragend von lose gebundenen Rosen, das in seiner Größe Hedwigs Oberkörper fast verbarg. Dabei befand sich seine Karte, auf die mit Bleistift geschrieben war: „Als einen Morgengruß!"

„Das hat eben ein Bote gebracht!" sagte Hedwig, die Miene voll Neugier.

Thella ließ sich die Blumen geben, hielt sie vor sich hin und blieb in ihrem Anblick versunken ganz still. Wirklich, etwas Reizenderes hätte er sich nicht ausdenken können! Niemals hatte man ihr Schöneres geschenkt!

Hedwig machte sich inzwischen im Zimmer zu schaffen, als erwarte sie irgend einen Auftrag. Thella aber war das Herz so voll, daß sie fühlte, irgend einer Menschenseele müsse sie sich mitteilen.

„Hedwig!" fragte sie, „was denkst du wohl, was das vorstellt?"

Hedwig errötete und blickte ungemein verschmitzt drein.

„Nun so sprich doch!"

„Daß gnädiges Fräulein sich verlobt haben!"

„Woher weißt du das?"

„Darf ich was fragen, gnädiges Fräulein: ist er alt?" —

„Alt? — Nein! Wie kommst du darauf?"

„Auf der Karte steht doch: Regierungsrat!" —

Thella lachte hell auf. „Es giebt auch junge Räte! Wie alt er ist, weiß ich noch gar nicht mal genau. Aber über Mitte dreißig kann's nicht sein."

Nun erhob sie sich und beriet mit Hedwig, was sie anziehen solle. Gegen den Wunsch ihrer Zofe, die durchaus eines der besten Kleider haben wollte, wählte sie schließlich ein ganz schlichtes, dessen Farbe gut zu den Rosen stand.

Gefrühstückt wurde in Hast. Wer hätte in solcher Stimmung Appetit gehabt; Essen und Trinken erschien so profan. Die Zeit verging mit Schmücken, Räumen, Abstäuben und Decken. Hedwig war in viel größerer Erregung, als ihre Herrin, sie fieberte ordentlich.

Thella hatte sich etwas ganz Besonderes ausgedacht, womit sie ihn überraschen wollte. Heute sollte er erfahren, daß er ihre Liebe gewesen war, schon vor Jahren. Wozu jetzt noch ein Geheimnis daraus machen, jetzt, wo der Erfolg ihrem Herzen recht gab? Leo sollte das erste Liebesgeständnis hören, das ihre Lippen jemals abgelegt.

Man war knapp fertig geworden mit den Vorbereitungen, als Wernberg erschien. Hedwig verließ sofort den Salon, nicht ohne einen bewundernden Blick auf den Bräutigam ihrer Dame geworfen zu haben, der sagen zu wollen schien: ‚Ja, so einen Regierungsrat lasse ich mir freilich gefallen!' —

Thella flog ihm entgegen und dankte ihm für die Blumen. Er benutzte die Gelegenheit, wo er sie so freudig erregt sah, ihr den ersten Kuß zu rauben. Sie war überrumpelt und nun doch ein wenig verwirrt. „Wollen Sie nicht Platz nehmen?" sagte sie befangen. Er that es lächelnd.

„Also so wohnen Sie!" meinte er, sich umsehend. „Nettes kleines Häuschen!" Das war aber auch alles, was er über Haus und Einrichtung verlor.

Am liebsten hätte ihm Thekla jetzt gleich alles gezeigt: die Stuben, die Möbel, ihre ganzen Schätze. Denn auf nichts war sie so stolz, als auf ihre Sachen. Aber ihr Bräutigam schien andere Dinge im Kopfe zu haben; er meinte: jetzt müsse man das „Notwendigste" besprechen.

Er ließ sich die vollen Namen ihrer Eltern sagen, die er sich aufschrieb. Ferner bat er, daß sie die Adressen ihrer Verwandten und Freunde für ihn aufschreiben möge, damit bei der Versendung der Verlobungsanzeigen niemand vergessen werde.

Thekla kam alles das äußerst unwichtig vor, aber er erklärte ihr: man müsse gerade bei solcher Gelegenheit zeigen, daß man wisse, was sich gehört. Dann sprach er von dem Besuche, den sie nun bei seiner Mutter machen würden. Er habe bereits gestern abend einen Brief an die alte Dame geschrieben, worin er ihr alles mitgeteilt und sie gebeten habe, einen Tag festzusetzen, an welchem er ihr Thekla vorstellen dürfe. Denn das müsse er hier gleich sagen: seine Mutter sei eine Dame mit sehr ausgesprochenen Ansichten, bei ihrem Alter und ihren Erfahrungen habe sie dazu auch volles Recht. Jedenfalls müsse man ihren Brief abwarten und sehen, was sie vorschlagen werde, um sich danach mit seinen Plänen einzurichten.

Thekla sah das ein. Es war ja ihr eigener lebhafter Wunsch, mit dieser Frau, von der sie das anziehendste Bild in der Seele trug, von vorn herein in das beste Einvernehmen zu kommen. Wernberg erzählte, daß er im Laufe des Vormittags noch vieles vorhabe. Unter anderem wollte er dem Minister seine Verlobung mündlich anzeigen. Deshalb müsse sie entschuldigen, wenn er jetzt bereits wieder aufbreche. Nachmittags gedenke er ihrer Mutter seine Aufwartung zu machen, er hoffe, Thekla dort wiederzusehen.

Dann einen Kuß, von der Thür aus eine Kußhand, und er war verschwunden.

Thekla blieb in keiner glücklichen Stimmung zurück. Ganz anders war dieses Zusammensein gewesen, als sie es sich gedacht. Wie konnte man in einem solchen Augenblicke so offiziell sein! Geküßt war sie worden, aber um ihre Gefühle hatte er sich nicht gekümmert.

Sie war enttäuscht. Das Bild ihres Vaters schien er nicht bemerkt zu haben, dafür aber hatte er sich seinen Namen und Titel genau aufgeschrieben. Sie seufzte, fühlte sich geneigt, zu weinen. Die sonnige Stimmung des Morgens war ihr gründlich verdorben, das, was sie ihm hatte anvertrauen wollen, ihr Geständniß, war sie auch nicht los geworden. Und alle diese ungesprochenen Worte lasteten nun auf ihrem Herzen und machten es schwer.

Es war gut, daß sie mancherlei naheliegende Geschäfte und Pflichten hatte, die sie von ihrem Kummer abzogen. Es war nun höchste Zeit, die Ihren zu benachrichtigen. Er sprach schon vom Drucken der Verlobungsanzeigen, und sie hatte noch nicht mal ihrer eigenen Mutter ein Wort davon gesagt.

Wie würden die Ihren staunen! Wie würden sich Agnes und Ella freuen! So eine Verlobung in der Familie war immer etwas Aufregendes! Jede Frau geriet darüber in Extase; Thekla wußte das von früher her. Und diesmal betraf es sie; diesmal war sie die Braut! —

Sie beschloß, sich zu den Ihren zu begeben. Von Leos Rosenstrauß, der jetzt auf dem Klaviere stand, nahm sie sich eine Blüte und steckte sie an ihr Kleid.

Indeffen trat Hedwig in's Zimmer und berichtete in haftigen Worten: soeben komme Herr Reppiner auf's Haus zu, ob sie ihn vorlaffen solle?

Thella verstand Hedwigs Aufregung. Sie war selbst bestürzt. Was sollte man thun? Inzwischen klingelte es bereits vorn.

„Laß ihn ein!" befahl Thella nach kurzem Überlegen. Er mußte es ja doch erfahren! Es kam ihr so feige vor, den Augenblick hinauszuschieben.

Reppiner trat, wie er öfters pflegte, ohne abzulegen, in's Zimmer. Ein Zeichen, daß er nur kurz vorsprechen, sich vielleicht nur erkundigen wolle, wie's gehe. Außer Hut und Stock hielt er noch etwas in Seidenpapier Gewickeltes in der Hand. Es gab Thella einen Stich durch's Herz, als sie sah, daß er Blumen bringe.

Er wollte ihr eben seinen Morgengruß sagen, als ihm ihre Verwirrung auffiel. Er verstummte und blickte sie mißtrauisch an. Wie er ihr leid that in diesem Augen-blicke! — Der Rosenstrauß auf dem Klavier entging seinem Auge ebensowenig, wie die Knospe an ihrem Busen.

„Reppiner!" sagte Thella und streckte ihm beide Hände entgegen. Mehr brachte sie nicht vor.

Er zuckte zusammen. Seine Miene verdüsterte sich zusehends. So stand man einander gegenüber, sie mit ge-senktem Scheitel. Etwas wie Spott flog um seinen Mund. Er betrachtete die Blumen in seiner Hand. „Meine sind bloß Maiblümchen, aber die hatte Tante Wanda gern!"

„Reppiner!" rief Thella. Weiter kommte sie nicht.

„Nun, mögen Sie glücklich werden, Fräulein von Lübekind!" Damit wandte er sich und schritt langsam zur Thür. Von da aus warf er einen Blick in das Zimmer zurück, als wolle er das Ganze noch einmal in sich auf-nehmen, und ging.

Thekla stand wie angewurzelt. Dann stürzte sie ihm
nach. Eben schloß sich die Hausthür hinter ihm. Vom
Fenster aus konnte sie ihn sehen, wie er über den Vor-
platz schritt, mit müden Schritten, das Haupt tief gesenkt.
Die Maiblümchen hielt er noch immer in der Hand.

VIIL

Frau von Wernberg hatte geschrieben, daß sie ihren
Sohn mit seiner Braut am nächsten Mittwoch erwarte.
Ein unglückliches Zusammentreffen wollte es, daß für denselben Mittwoch bereits Theklas Mutter das Brautpaar
zum Familiendiner eingeladen hatte. Wernberg bat, Thekla
müsse dafür sorgen, daß die Sängersche Einladung wieder
rückgängig gemacht werde; er könne seiner Mutter nicht
zumuten, einen anderen Tag zu wählen. Thekla erklärte
sich dazu bereit, obgleich es ihr leid that, daß Arthurs
und Seeheims, die schon zugesagt hatten, nun wieder aus-
geladen werden mußten.

Viel Kopfzerbrechen machte es dem jungen Bräutigam
auch, wie man reisen solle. Zu Zweien allein? — Das
würde die alte Dame sicher nicht billigen! Jemand müsse
schon dabei sein! Er wollte die Wallamber bitten, das
Amt zu übernehmen. „Tante Sidonie als Dame d'hon-
neur, was meinst du, Thekla? Ich glaube, sie wird sich
noch am ersten ertragen lassen; und meine Mutter kann
dann nichts mehr sagen."

Er suchte Thekla auf die Eigentümlichkeiten seiner
Mutter vorzubereiten; erzählte ihr, was sie gerne habe

und was sie verabscheue. Die alte Dame sei sehr konser=
vativ, lege großen Wert auf Respekt, und halte an allen
hergebrachten Autoritäten fest. Jede Art von Emancipa=
tion sei ihr ein Gräuel.

Thekla merkte sehr wohl, daß er ihr nahe legen wolle,
ihr Benehmen dem Geschmack der Mutter gemäß einzu=
richten. Sie fand die Sorge sehr unnötig. Sie war der
festen Überzeugung, daß sie ausgezeichnet mit der alten
Dame auskommen werde. Gerade das, was Leo ihr von
der Mutter erzählt hatte, über ihre Ansichten und ihren
Geschmack, vervollständigte für Thekla nur das Bild, welches
sie sich selbst schon von dieser Frau gemacht hatte. Natür=
lich, solche Grundsätze gehörten zu solchem Gesicht! Gerade
mit charaktervollen Frauen war Thekla immer gut ausge=
kommen. Sie dachte an die alte Herzogin, sie dachte an
Tante Wanda. Ohne Bangen sah sie dieser neuen Bekannt=
schaft entgegen.

Über die äußere Lebenslage und die Geschichte ihrer
Schwiegermutter war Thekla durch Leo unterrichtet worden.
Frau von Wernberg stammte aus gräflichem Hause. Sie
hatte sehr jung einen bedeutend älteren Mann geheiratet.
Außer Leo, dem jüngsten Kinde, stammten drei Töchter aus
dieser Ehe.

Herr von Wernberg war in einem Kleinstaat Minister
gewesen und hatte den Titel Excellenz geführt. Seine
Witwe lebte seit dem Tode des Gatten in einer mittel=
großen Provinzialstadt, die ihrer angenehmen Lage und
ihrer geringen Kommunalsteuern wegen von pensionierten
Offizieren und Beamten als Alterssitz bevorzugt wurde.
Eine Tochter der Excellenz wohnte am selben Orte mit
ihrem Manne, einem verabschiedeten Rittmeister. Dieses
Paar war kinderlos. Die beiden andern Töchter lebten
zur Zeit in Berlin, die eine an einen Offizier von der

Garde, die andere an einen Rat im auswärtigen Amt verheiratet.

Man reiste also zu dreien, und zwar mit einem frühen
Zuge, am selben Abende noch wollte man zurückkehren.
Frau von Wernbergs Räumlichkeiten waren beschränkte;
sie konnte das Brautpaar nicht für die Nacht unterbringen.

Wernberg hatte mit dem Schaffner ein Wort gesprochen; infolgedessen war man sicher, keinen weiteren Fahr-
gast in das Koupee zu bekommen. Die Wallamber setzte sich
sofort in eine Ecke und blickte unausgesetzt in die vorüber-
fliegende Landschaft hinaus. Sie fürchte sonst, „blind zu
werden", behauptete sie. Aber es gelang den beiden, ihr
diese Furcht zu nehmen; außerdem war sie auch viel zu
redselig, um es lange in der Abgeschiedenheit auszuhalten. Wernberg hatte eine Bonbonnière mit verführerischem
Inhalt den Damen zu Ehren mitgebracht.

Sidonie Wallamber versuchte es, Thella klar zu machen,
was für einen ausgezeichneten Mann sie bekomme. Seit
er die ersten Höschen trage, kenne sie Leo. Schon als
Primaner habe er Herzen gebrochen, und von seiner Stuben-
zeit wolle sie gar nicht sprechen, um Thella nicht eifersüchtig zu machen. Einen zweiten wie ihn gäbe es nicht.
Ärger und Nöte, wie andere Frauen, werde Thella überhaupt nicht kennen lernen. Denn Leo verstehe sich ja
auch auf Küche und Einrichtung und auf Toilette, kurz
auf alles. Nein, sie sei ein beneidenswertes Geschöpf!

Man hörte ihr lachend zu, wie sie sich immer mehr
ereiferte über ihr Thema. Thella beugte sich dabei ein
wenig vor, eine ihrer blonden Flechten löste sich. Leos
Blick entging das nicht; er half seiner Braut beim Auf-
stecken der widerspenstigen kleinen Haarlocke und benutzte die Gelegenheit geschickt, einen Kuß anzubringen.
„Tante, du brauchst deshalb nicht wieder Landschafts-

23*

ftubien zu treiben. Übrigens giebt es einen Tunnel; darauf wollte ich die Damen vorbereitet haben."

„Einen Tunnel!" rief die Wallamber. „Gott, in
einem Tunnel hätte ich mich ja beinahe einmal verlobt!"

Ihr Geständnis rief große Heiterkeit hervor, und
Wernberg verlangte durchaus zu wissen, wo und wann
das gewesen sei. Aber das alte Fräulein weigerte sich
standhaft, näheres zu erzählen.

Man befand sich in bester Stimmung. Das Wetter
war auch gut gelaunt. Ein glücklicher Stern schien über
diesem Ausfluge zu schweben.

Thekla war nun seit acht Tagen Braut, aber es kam
ihr selbst vor, als trenne sie ein viel längerer Zeitraum
von dem Tage, wo sie jenes entscheidende „ja" gesprochen
hatte. Sidonie Wallamber hatte recht, wenn sie sagte, daß
Leo ihr alles Schwere abnehmen werde; das fing jetzt
schon an. Er verwöhnte sie durch reizende Geschenke.
Sofort hatte er auch die Ordnung aller ihrer Angelegenheiten in die Hand genommen.

Von Reppiner hatte Thekla noch am Nachmittage
seines letzten Besuches ein Verzeichnis ihrer sämtlichen Papiere
zugeschickt erhalten, mit einem Rechenschaftsbericht über
die bisherige Verwaltung. Gleichzeitig hatte der Advokat
geschrieben, er bitte, ihn nunmehr seines Amtes zu ent-
binden, da er auf ungewisse Zeit zu verreisen gedenke.
Thekla schrieb ihm darauf einen Brief, in welchem sie aller
Freundschaft und Dankbarkeit, die sie für ihn empfand,
Ausdruck zu verleihen suchte; erhielt aber keine Antwort.

An der Hand des Reppinerschen Verzeichnisses wurde
es für Leo Wernberg nicht schwer, sich in den Vermögens-
verhältnissen seiner Braut zurecht zu finden. Er mußte
anerkennen, daß Theklas Geschäfte bisher tadellos geführt

worden seien, und erklärte offen, daß er „einem Juden"
so etwas eigentlich nicht zugetraut habe.

Thekla überließ ihrem Bräutigam nur zu gerne die
Sorge um die Geldangelegenheiten. Ihr Vermögen würde
ja doch einmal das seine werden. Den Bemühungen
Reppiners zum Trotze, ihr etwas Geschäftskenntnisse bei-
zubringen, hatte sie an allem, was Geld und Geldeswert
war, noch immer kein Interesse gewinnen können.

Sie stand ihrem Bräutigam nicht gänzlich kritiklos
gegenüber. Es störte sie oft, daß er so sehr viel Wert
auf das Äußere zu legen schien. Mehr Herzlichkeit hätte
sie von ihm gewünscht und mehr Offenheit; dafür hätte
sie seine Zärtlichkeiten gern in den Kauf gegeben. Sie
fand, er pochte ein wenig stark auf die Thatsache, daß
sie verlobt seien. Und dabei war man sich doch eigentlich nicht näher gekommen, wenigstens nicht so, wie sie sich
vorstellte, daß Menschen, die sich liebten, einander nahe
kommen müßten, mit den Herzen. Man war ja vertrauter
geworden, nannte sich ‚du‘, sie wußte eine Menge von
ihm — denn er erzählte ihr gern von seinen Erlebnissen
und Erfolgen — aber, hatte sie in sein Innerstes Einblick
gewonnen?

Mangel an Gemüt konnte das nicht sein! Er besaß
doch ein gutes Herz! Man brauchte ihn nur im Verkehr mit Tante Sidonie zu sehen! Was konnte er
denn davon haben, gegen die alte Jungfer nett zu sein?
Und ein guter Sohn war er auch. Jemandem, der so von
seiner Mutter sprach, durfte man nicht Gemütlosigkeit ver-
werfen. Vielleicht wollte er sein innerstes Empfinden nicht
zeigen; Männer thaten das wohl überhaupt nicht gern?

Man konnte nicht alles verlangen auf einmal, das
wußte sie. Vieles würde noch kommen; man mußte nur
vertrauen. Und vertrauen wollte sie! Soviel Beglückung

hatte er ihr ja schon geschenkt, daß es Vermessenheit gewesen wäre, unzufrieden zu sein.

Sie hegte immer noch eine gewisse Scheu vor ihm.
Wenn er sich Vertraulichkeiten erlaubte, fühlte sie recht,
daß er ihr ein Fremder sei. Seine Liebkosungen zu erwidern, trieb sie nichts.

Auch jetzt wieder hielt er ihre Hand in der seinen,
streichelte und drückte sie heimlich. Ihre Hand wollte sie
ihm noch am ersten lassen, die schien so weit von ihr entfernt, wie ein fremdes Glied beinahe. Aber vor seinem
leidenschaftlichen Kusse zog sie sich mit geheimem Grauen
zurück. Und heute war es ihr lieb, daß die Alte da mit
ihrem harmlosen Geplauder bei ihnen saß.

Man näherte sich dem Reiseziele.

„Tante, jetzt kommt der Tunnel!" sagte Wernberg.

„Ich halte mir die Ohren zu!" rief Sidonie Wallamber. „Kinder, sagt mir nur, wenn's vorüber ist!"

Wernberg schloß das Fenster, sowie durch den Pfiff
der Lokomotive das Einfahren in den Tunnel angezeigt
wurde, und setzte sich dicht neben Thekla. Sowie es
völlig dunkel war und das Getöse des Zuges jeden Ton
verschlang, zog er seine Braut mit einem Rucke an sich.
Sie fühlte seinen Mund auf dem ihren in einem Kusse,
wie sie noch keinen empfangen hatte. Ein Widerstreben
gab es nicht; wie erstarrt war sie, konnte kein Glied rühren.
Alles ließ sie mit sich geschehen.

Also das war es, was sie Liebe nannten! Das
hieß: einem Manne angehören! Das war ihre Zukunft! — — —

Als weißliche Rauchwolken hinter den Fenstern an-
kündeten, daß man sich dem Ende des Tunnels nähere,
gab er sie frei. Gleich darauf sah sie ihn am Fenster
stehen, beschäftigt, es herabzulassen.

Sidonie Wallamber schlug die Augen auf und nahm die Hände von den Ohren. Sie begann zu erzählen: es sei schrecklich gewesen. Im Geiste habe sie fürchterliche Gesichte gehabt.

„Und wie ist es euch beiden denn ergangen?" Die grambvoll leidenden Züge des jungen Mädchens fielen ihr auf. „Kind, du brauchtest doch keine Angst zu haben; du hattest doch Leo zum Schutz!"

Thekla lächelte; aber es sah fast nach Weinen-wollen aus.

Das alte Fräulein machte große Augen.

„Ach Gott, diese Tunnels! Und heute abend müssen wir wieder hindurch. Puuh!" . . . .

„Beruhige dich, Tantchen!" erwiderte ihr Leo scherzenden Tones. „Abends brennt ja die Lampe!"

* * *

Am Bahnhof nahm Wernberg einen Wagen. Die Excellenz wohnte am jenseitigen Ende der Stadt. Das Rattern der Mietkutsche auf dem Pflaster machte jede Unterhaltung unmöglich. Thekla empfand auch gar kein Bedürfnis, jetzt zu sprechen. Sie vermied Leos Blick, der sie geheimnisvoll vertraulich anlächelte, so oft sich die Augen doch mal trafen. Zum Fenster sah sie hinaus, als interessierten sie die Baulichkeiten, Menschen und Läden dieser fremden Stadt.

Die beiden Damen wurden bei der Ankunft zunächst von der Jungfer in ein Fremdenzimmer geleitet. Leo begab sich sofort zu seiner Mutter. Theklas Frisur war in Unordnung geraten, sie löste das Haar vor dem Spiegel

und steckte es von neuem auf. Sidonie Wallamber stand
hinter ihr und half.

„Nimm dich nur recht in Acht hier, Theklachen, mit
allem, was du sagst und thust!" flüsterte das alte Fräulein
und sah sich dabei scheu um. „Meine Cousine Irmgard
legt jedes Wort auf die Goldwage."

Thekla ärgerte sich über die Alte. Was wollten sie
nur alle mit solchen Ratschlägen! Sie wußte doch am
Ende selbst, was sich schicke!

Als die Jungfer wieder erschien, nahm Thekla bestimmt
an, sie werde nun zu der Dame des Hauses geführt
werden; aber sie wurden erst in's Eßzimmer gebeten, wo
ein Imbiß für sie bereit stand. Es werde erst um vier
Uhr gespeist, sagte das Mädchen.

Als sie einen Augenblick allein waren, raunte Sidonie
Wallamber Thekla zu: „Ganz meine gute Cousine Irmgard! Immer grande dame. Daß sie uns nicht mal hier
schlafen läßt, finde ich sehr wenig nett von ihr. Platz hat
sie genug in ihrem Hause, aber in ihrem Herzen ist keiner,
daran liegt's!"

Die Jungfer kam und meldete: Excellenz lasse nunmehr bitten.

Thekla fühlte wohl, daß sie in ein Zimmer trete, aber
ihre Augen sahen nur eines: Leos Mutter. Die Frau
war eher noch imposanter, als sie sie sich vorgestellt hatte.
Es fiel dem jungen Mädchen nicht schwer, beim Handkuß
sich vor ihr zu verbeugen, wie vor einer Fürstin. Die
alte Dame richtete Thekla auf und ließ aus kühlem Auge
einen forschenden Blick über ihre Gestalt gleiten, doch verrieten ihre Züge nichts von dem Eindruck. „Es freut
mich, Sie bei mir zu sehen, Fräulein von Lübelind!" sagte
sie in ruhigem Tone. Dann begrüßte sie ihre Cousine. „Ich
danke dir, Sidonie, daß du das Brautpaar begleitet hast!"

Auf einen Wink der Hausfrau setzte man sich. Leo hatte während des Empfanges hinter der Mutter gestanden und nickte jetzt seiner Braut befriedigt zu, als wolle er sagen: Du hast deine Sache gut gemacht!

Die Unterhaltung betraf ziemlich alltägliche Dinge. Frau von Wernberg richtete das Wort auch an Thekla, mehr aus Höflichkeit für den Gast, der zum ersten Male im Hause war. Thekla begriff das. Zum Aussprechen war jetzt noch nicht die Zeit, das mußte doch alles erst kommen! Es war ihr lieb, daß man sie nicht gleich mit tausend vertraulichen Fragen bestürmte. Zu vieles gab es hier, was sie erst in sich aufnehmen mußte.

Das Zimmer war nicht groß und dabei mit Möbeln ziemlich voll gestellt. Luxuriös war nichts, aber alles gediegen. Die Einrichtung schien Thekla der passende Rahmen für die Gestalt dieser Frau, für diese wie aus Stein gemeißelten Züge, die aufrechte, stolze Haltung und das gewellte Silberhaar des rassigen Hauptes. Pracht hatte so jemand nicht nötig, aber Gewöhnliches konnte man sich auch nicht gut zu ihrer Umgebung denken.

Am interessantesten war für Thekla ein großes Ölgemälde, das den verstorbenen Staatsminister von Wernberg darstellte. Er saß da in ganzer, dem Beschauer zugewandter Figur, im Gesellschaftsanzug, angethan mit allen Dekorationen. Ein alter, vornehmer, müder Mann. Es lag in diesen schmalen Händen, der welken Haut, dem klugen, ein wenig blasierten Ausdruck mehr Überfeinerung als Kraft. Leo sah ihm nur wenig ähnlich; er war das Ebenbild seiner Mutter in's Männliche übersetzt.

Je länger Thekla diese Frau betrachtete, desto mehr Züge fand sie heraus, in denen sich Mutter und Sohn glichen. Es war nur zu begreiflich, daß Leo die Mutter verehrte, von der er das Beste, was er besaß, empfangen hatte. Übrigens konnte man leicht erkennen, daß auch sie nicht wenig stolz war auf den Sohn. Nur im Verkehr mit ihm belebten sich ihre Züge zu Freundlichkeit und Milde.

Nach einiger Zeit erschien Leos Schwester, Frau von Erbmann, mit ihrem Gatten. Sie war der Mutter nicht zu vergleichen; die Züge kleinlicher, vor allem fehlte die Haltung. Erbmann stellte den Typus des abgehalfterten Kavalleristen dar. Platte, langer, sorgsam gepflegter Schnurbart, Offiziers-Civil. Er lahmte übrigens, was von einem Beinbruche herrührte.

Frau von Erbmann machte kein Hehl daraus, daß sie neugierig sei auf Leos Braut. Ohne weiteres setzte sie sich neben Thekla und verwickelte sie in ein Gespräch. Sie war kinderlos und ohne rechte Beschäftigung, und darum froh über jede neue Person, an die sie ihr Interesse hängen konnte.

Am Eßtisch herrschte dieselbe einfache Gediegenheit, welche schon im Salon auf Thekla Eindruck gemacht hatte. Zwei Mädchen bedienten. Champagnergläser waren nicht aufgesetzt.

Die Excellenz beherrschte durch das, was sie einzuwerfen für gut befand, die Tischunterhaltung. Es fiel Thekla auf, wie grundverschieden sie jeden einzelnen nahm. Was von Leo kam, fand ohne weiteres Beachtung. Das Geschwätz der Wallamber begegnete höchstens einem mitleidig spöttischen Lächeln bei der Cousine. Ihre eigene Tochter wurde von ihr geduldet wie jemand Gleichgiltiges. Ihren Schwiegersohn aber behandelte sie geradezu schlecht.

Thekla entsann sich, von Leo gehört zu haben, daß seine Mutter die beiden anderen Töchter, die vornehmer geheiratet hatten, bevorzuge. Erbmann sei ihr immer zu unbedeutend gewesen, und vollends habe er es mit ihr verschüttet, seit er hatte müssen den Abschied nehmen. Seine

Mutter könne Leute nicht vertragen, die Mißgeschick hätten,
und Erbmann sei ein ausgesprochener Pechvogel.

Beim Braten, zu dem alter Rheinwein in geschliffenen
Gläsern gereicht wurde, machte die Hausfrau ihrem
Schwiegersohne ein Zeichen, welches dieser nicht verstand.
Leo flüsterte ihm zu: „Mama wünscht, daß du uns leben
läßt!" Der unglückliche Rittmeister, der sich darauf nicht
vorbereitet hatte, geriet in jene qualvolle Erregung, die bei
Leuten, deren starke Seite das Sprechen nicht ist, einer
Tischrede vorauszugehen pflegt. Alles blickte ihn an.
Man schwieg erwartungsvoll, nur Frau von Erbmann
suchte durch krampfhaftes Reden über seine Verlegenheit
und ihre Angst hinwegzutäuschen. Die Excellenz aber schien
sich an den Qualen ihres Schwiegersohnes zu weiden.

Endlich erhob sich Herr von Erbmann und stoppelte
eine Rede zusammen, die nicht einmal den Vorzug der
Kürze hatte. Er sprach von der Überraschung, die Leo
der Familie bereitet habe, behauptete, daß jede Ehe
schließlich ein „Blindekuhspiel" sei, — da er für diesen
burschikosen Ausdruck einen strafenden Blick von seiner
Schwiegermutter auffing, korrigierte er sich, er habe „Hazard"
sagen wollen. Schließlich ging er zur Braut über, die
hoffentlich allen in sie gesetzten Hoffnungen entsprechen
werde. Übrigens könne man darüber beruhigt sein, Leo
sei ja klug und habe stets gewußt, was er thue. Darum
heiße er Fräulein von Lübekind in der Familie willkommen,
und das Brautpaar solle leben.

Nachdem die Gläser aneinander geklungen, sagte Leo
so laut, daß es die gesamte Tischrunde hören konnte: man
verlange wohl keine Antwort von ihm darauf. Er sei
kein Freund von Toasten in der Familie; es komme selten
etwas Gescheites heraus. Halblaut aber meinte er zu
Thekla: „Verzeih! Der arme Erbmann scheint bei seinem

Sturze nicht bloß auf's Bein gefallen zu sein. Ich dachte
mir gleich, was gemeint sei, als es damals hieß: Kein
edlerer Teil verletzt!" —

Nach Tisch zog sich die Frau des Hauses zurück. Zu
Theklas Leidwesen. Der Abend kam heran und das
Tête-a-Tête, das sie im stillen erhofft hatte mit der alten
Dame, wurde immer zweifelhafter. „Mama hat bestimmte
Gewohnheiten, von denen sie unter keinen Umständen eine
Ausnahme macht!" sagte Leo zur Erklärung.

Was hatte Thekla davon, sich mit Frau von Erbmann,
die ihr bereits das schwesterliche ‚du' angeboten hatte,
über Ausstattung zu unterhalten, wo man kaufen müsse
und wo nicht! Wenn sie dafür nur lieber ein paar vertraute Worte hätte mit Leos Mutter sprechen können!

Etwas wie Enttäuschung wollte das Mädchen beschleichen. Wie ganz anders, als sie ihn sich vorgestellt
hatte, war der Empfang! Aber sie wollte sich das Bild,
das sie von Leos Mutter im Herzen trug, darum noch
nicht verunglimpfen lassen. Zu einer so abgeschlossenen
Persönlichkeit gehörte wohl auch eine gewisse Zurückhaltung,
die leicht wie Schroffheit aussah. Aber hätte sie nicht der
Braut des Sohnes gegenüber aus ihrer königlichen Unnah-
barkeit herabsteigen können? — Wenigstens hätte es Thekla
doch gestattet sein müssen, ihr zu zeigen, wie sie sie verehre. Wie es jetzt war, fühlte sie sich wohl äußerlich in
die Familie aufgenommen, aber von der Stätte, die ihr am
wichtigsten war: dem Herzen der Mutter ausgeschlossen.

Wernberg bemerkte Theklas Nachdenklichkeit, er kam
zu ihr geeilt: „Mama hat mir vorhin gesagt, sie würde
nächstens auf einige Tage zu uns kommen. Dann wird
es Gelegenheit geben, sich kennen zu lernen. Das hier
war ja nur eine Anstandsvisite, die wir ihr schuldig sind,
weißt du!"

Bald darauf trat die Excellenz in's Zimmer. Sie winkte Thekla zu sich heran, während Leo, der ihre Absicht verstand, dafür Sorge trug, daß die anderen sich in's Nebenzimmer zurückzogen.

„Wir wollen uns ‚du' nennen, Thekla, da du Leos Braut bist!" begann sie. Statt aller Antwort küßte ihr das Mädchen die Hand. „Ich will dir nicht vorenthalten, Thekla, daß mich Leos Verlobung in der That überrascht hat. Ich hatte ihm das bereits geschrieben und habe es ihm heute selbst gesagt. Ich konnte von ihm verlangen, daß er mich über seine Absichten vorher benachrichtigte. Er ist großjährig, ich weiß es! Aber schließlich hat eine Mutter noch andere Erfahrungen und Gesichtspunkte, als ein junger Mann. In einer solchen für das ganze Leben wichtigen Frage hätte es sich gehört, mein Urteil zu hören. Das schrieb der kindliche Gehorsam vor und auch die Klugheit. Aber genug davon! Eure Verlobung ist Thatsache! Und daß ich mich darein gefunden habe, siehst du daraus, daß du hier bist. — Weiteres haben wir, soviel ich sehen kann, heute nicht zu besprechen. Nächstens werde ich Gelegenheit nehmen, dich zu besuchen. Ich höre, daß du ein eigenes Haus hast. Dann hoffe ich auch, die Deinen kennen zu lernen."

Damit erhob sie sich und rief ihren Sohn herbei, wohl um Thekla anzudeuten, daß sie eine Erwiderung auf das Gesagte nicht wünsche.

Eine Viertelstunde darauf schon saß man im Wagen und fuhr zur Bahn. Thekla schwieg während der ganzen Fahrt.

Auf dem Bahnhofe benutzte sie die Gelegenheit, wo Sidonie Wallamber ein Plakat studierte, ihren Bräutigam zu fragen: „Leo, sage mir eines! Ist deine Mutter gegen unsere Verbindung?"

„Unsinn!" rief Wernberg. „Meine gute Thekla, was hast du dir da in den Kopf setzen lassen! Eifersüchtig ist sie; das ist das ganze Geheimnis!"

———

IX.

Sowie der Tag von Frau von Wernbergs Kommen feststand, schrieb Thekla an die alte Dame und bat sie, daß sie bei ihr wohnen möchte. Zwar könne sie in dem kleinen Hause nicht viel bieten, doch wolle sie versuchen, alles so bequem wie nur möglich herzurichten.

Die Excellenz ließ ihr durch Leo danken für das freundliche Anerbieten, sie könne jedoch keinen Gebrauch davon machen, da sie sich bei einer ihr befreundeten Familie bereits zum Wohnbesuch angesagt habe.

Thekla war aufrichtig betrübt über diese Ablehnung. Wäre es ihr vergönnt gewesen, die alte Dame mit kindlicher Sorgfalt und Liebe zu umgeben, dann hätte sie sich schon getrauen wollen, allmählich auch den Weg zu ihrem Herzen zu finden, der ihr bisher hartnäckig verweigert worden war.

„Wer sind denn die Freunde, bei denen deine Mutter wohnen wird?" fragte Thekla ihren Bräutigam.

„Ach, eine Familie Kaltmeyer! Er ist Geheimrat und Mitglied des Kultusministeriums. Meine Mutter schätzt die Leute sehr hoch. Ich habe ein schlechtes Gewissen ihnen gegenüber; habe sie lange nicht besucht und ihnen neulich sogar eine Einladung zu Tisch ausgeschlagen. Es mögen ja ganz gute Menschen sein, wenn sie nur nicht

so furchtbar fromm und tugendhaft wären! Evangelische
Heilige sage ich dir! Die eine Tochter ist an einen Pastor
verheiratet, die andere ist selbst einer. Ich saß einmal
neben ihr bei Tisch, da bekam man das Gefühl, als
sei man Kandidat der Theologie im Examen. Ausge-
quetscht geradezu hat mich diese Marie Kallmeyer über
meine Stellung zu allerhand kirchlichen Fragen. Ich
fürchte, ich habe sehr schlecht bestanden. Schrecklich war's!
Außerdem wird in dem Hause miserabel gegessen. Warum nur, kannst du mir das sagen, Thekla, müssen sich alle
frommen Menschen immer so schlecht anziehen?" —

„Ich kenne die Familie!" erwiderte Thekla. „Ich
habe mit Marie und Helene Kallmeyer in einer Klasse
gesessen."

„Marie Kallmeyer sieht um zehn Jahre älter aus
als du. Seid ihr wirklich ein Jahrgang? Danach wäre
also die Frömmigkeit nicht mal ein Konservierungsmittel!
Die Dame pocht gewaltig auf ihre Tugend. Ich glaube,
niemand hat jemals die Absicht gehabt, sie ihr zu rauben.
Kennst du sie genauer?"

„Nach der Schulzeit habe ich Marie nur flüchtig in
Gesellschaft wiedergesehen. Aber wir kennen uns. Es ist
ein sehr eigentümliches Zusammentreffen, daß deine Mutter
gerade dort wohnen muß."

„Meine Mutter hat ein Faible für die Orthodoxie.
Bei frommen Leuten sieht sie über alle Dehors hinweg. Sie hat, wenn sie hier gewesen ist, immer bei den
Kallmeyers gewohnt. Und ich muß dann in den sauren
Apfel beißen, dort mindestens einmal zu Abend zu essen.
Thee, kalter Aufschnitt, und harte Eier mit Sardellen
belegt. Dazu religiöse Gespräche! Ich sehe schon die
spitze Miene von Fräulein Marie, wenn sie mir bemerkbar
machen wird, daß ich immer nur dann komme, wenn

meine Mutter bei ihnen wohnt. Du wirst auch die Kallmeyers besuchen müssen, Thekla; meine Mutter wird das
verlangen."

Nun erst, wo sie erfahren hatte, daß sie bei den Kallmeyers absteigen wolle, war der Gedanke, Leos Mutter
nicht bei sich haben zu sollen, für Thekla bitter geworden.
Gerade bei denen! Schwerlich würde Maries Gesinnung
sich freundlicher gestalten gegen Leo Wernbergs Braut, als
sie gegen die Klassengenossin gewesen war.

Thekla begab sich zum Empfange der Excellenz auf
den Bahnhof. Marie Kallmeyer war da. Die beiden
Mädchen begrüßten sich. Marie beglückwünschte Thekla
zur Verlobung. Die Art, wie sie das that, versetzte Thekla
um zehn Jahre zurück. Das süßsaure Lächeln, die hochmütige Miene, der vorwurfsvoll spöttische Blick schienen
sagen zu wollen: „Bilde dir nur nicht zuviel ein! Ich
kenne dich, du bist hoffärtig! Mit mir, mit Marie Kallmeyer, darfst du dich doch nicht vergleichen!" —

Als die Excellenz ankam, wurde sie von Marie sofort mit Beschlag belegt. Es kam Thekla vor, als sei der
Kuß, den die Tochter des Ministerialrats von der alten
Dame erhielt, wärmer, als die flüchtige Umarmung, die ihr
selbst zu teil wurde.

Frau von Wernberg verbrachte den ersten Abend bei
den Kallmeyers. Am nächsten Vormittage erst kam sie zu
Thekla.

Thekla empfand eine gewisse Genugthuung bei der
Aussicht, Leos Mutter in ihrem Hause empfangen zu können.
Die Excellenz ließ sich jeden einzelnen Raum zeigen; sie
sagte nicht viel. Sie musterte die Möbel, die Bilder, alles
mit jenem ihr eigenen kühlen Blicke; ein Blick, in dem
viel Klugheit lag, viel Menschen- und Weltkenntnis, aber
keine Liebe.

Später kam auch Leo hinzu. Er überreichte Thekla Blumen, ohne die er niemals kam, und fragte: „Nun, ist die Besichtigung der Cottage überstanden? Es heißt zwar, ‚Raum ist in der kleinsten Hütte‘ ... aber ich fürchte, ich fürchte, wir werden uns sehr klein machen müssen, wenn wir hier als ‚glücklich liebendes Paar‘ leben sollen.“

Er tauschte mit seiner Mutter einen Blick des Einverständnisses. Thekla sah ihren Bräutigam vorwurfsvoll an; sie nahm jedes Wort, das gegen ihr geliebtes Häuschen gesagt wurde, als persönliche Kränkung.

Wernberg bemerkte, daß ihr die Thränen in den Augen standen. Er lenkte ein: „Nun, nun, Herzchen, das braucht ja heute nicht gerade entschieden zu werden.“

Am selben Tage noch machte Frau von Wernberg in Theklas und ihres Sohnes Begleitung den schuldigen Besuch bei Sängers. Theklas Mutter war darauf vorbereitet. Auch der Finanzrat war da. Wernberg, der ihn kannte, machte den wohlgemeinten Versuch, ihn bei Seite zu ziehen; aber leider mißlang das. Sänger ließ es sich nicht entgehen, wo er eine Excellenz im Hause hatte, zu zeigen, daß er ein Mann von Welt sei. Sofort setzte er sich neben Frau von Wernberg und vereitelte so den eigentlichen Zweck des Besuches, daß die beiderseitigen Mütter sich aussprechen sollten. Er redete auf sie ein, in jenem burschikos vertraulichen Tone, den er für das Wesen hielt der Intimität, „wie sie zwischen vornehmen Leuten selbstverständlich ist.“ —

Je zuthunlicher er wurde — was sich durch immer näheres Heranrücken an den Gast ausdrückte — desto eisiger wurde die Excellenz. Frau Sänger kam gar nicht zur Geltung. Thekla saß wie auf Kohlen, schlimmer hätte es gar nicht gehen können.

Wilhelm von Polenz, Thekla Lüdekind.   24

Frau von Wernberg erhob sich zeitig, worüber Sänger sehr erstaunt war. Thellas Mutter brachte etwas überstürzt noch eine Einladung vor: Ihre Excellenz möge doch einen Tag bestimmen, wo sie mit dem Brautpaare bei ihnen essen wolle. Leos Mutter erklärte, daß sie den Kaltmeyers bereits zugesagt habe, jeden Tag bei ihnen zu speisen.

Der Abschied, den man von einander nahm, stand unter dem Eindrucke dieser bündigen Ablehnung.

* * *

Frau von Wernbergs Besuch war auf fünf Tage berechnet. Thella konnte es nun doch nicht umgehen, das Kaltmeyersche Haus aufzusuchen, obgleich sie nichts dorthin zog.

Sie traf die Excellenz in Gesellschaft von Marie Kaltmeyer. Das Gespräch wollte schwer in Fluß kommen. Was sollte man auch sagen, wo Maries Augen beständig auf der Lauer lagen! —

Dann kam die Rede auf Fräulein Zuckmanns Institut. Marie Kaltmeyer fing selbst davon an. Es war ihr bekannt, daß Thella das Unternehmen unterstützte. Sie müsse das bedauern, meinte Marie, denn der Ruf der Zuckmannschen Töchterschule sei neuerdings kein guter.

Thella verteidigte das Institut mit Wärme. Wenn sie das Unternehmen unterstützt habe, so sei es geschehen, um eine Schuld abzutragen. Sie erinnerte Marie daran, daß auch sie der alten Lehrerin Dank schuldig sei.

Maries spitze Nase schien noch spitzer zu werden. In ihrer Art, von oben herab, erwiderte sie: „Ich bin

allerdings niemals mit der Zuckmann einverstanden gewesen, schon als ihre Schülerin nicht. Meine Schwester
Helene und ich sind uns immer klar gewesen, daß in
sittlicher Beziehung dort laxen Tendenzen gehuldigt wurde.
Und der Beweis, wie richtig wir damals beobachtet haben,
ist längst erbracht. Ist dir vielleicht der Stundenplan der
Zuckmannschen Töchterschule bekannt?"

Thella bejahte die Frage.

„So! Dann wundert es mich allerdings sehr, daß
dir nichts daran aufgefallen ist!" Mit dem nächsten
wandte sie sich an Frau von Wernberg. „Denken, Excellenz, in der betreffenden Schule findet nur dreimal in
der Woche Religionsunterricht statt, während man für die
Naturwissenschaften vier Stunden übrig hat. In meinen
Augen ist ein solcher Lehrplan gerichtet. Ein Zeichen
der wachsenden Glaubenslosigkeit unserer Zeit. Aber, ich
weiß ja überhaupt nicht, Thella, wie du zu der großen
Frage stehst! — Ich halte es für meine Pflicht, da wir
Schulfreundinnen sind, dich auf die Gefahr der Miß-
deutung hinzuweisen, in die du dich begiebst, wenn du ein
solches Unternehmen unterstützt."

Thella erwiderte darauf nichts weiter, als: Fräulein
Zuckmann habe Feinde, sie halte sich einfach an das, was
sie selbst von ihr wisse.

Im übrigen nahm sie den Fehdehandschuh, den ihr
Marie hingeworfen halte, nicht auf. Vor Frau von Wernberg sich in eine Auseinandersetzung einzulassen, die nur
häßlich ausfallen konnte, wäre unpassend gewesen. Sie war
froh, als sie sich verabschieden durfte. Eine Einladung,
die sie im stillen befürchtet hatte, war von Kaltmeyerscher
Seite nicht erfolgt.

Auf Leos Wunsch machten Thella und die Excellenz
in den nächsten Tagen gemeinsam eine Anzahl Besorgungen

24*

für die Ausstattung. Thekla hatte von Ellas und Agnes
Ausstattung her die Erinnerung: wie wenig erquicklich im
allgemeinen solche Gänge sind, und hegte darum im
Geheimen einiges Bangen, wie es diesmal gehen würde.
Aber alles wickelte sich viel besser ab, als sie gedacht.
Frau von Wernberg hatte drei Töchter ausgestattet, besaß also Erfahrung. Außerdem fügten sich einer Frau
von so offenkundiger Überlegenheit die Verkäufer und Ver-
käuferinnen ganz von selbst. Thekla sah ein, daß auch
sie nichts Besseres thun könne, als ihrer Schwiegermutter in diesen Dingen blindlings zu folgen. Überhaupt
wollte sie sich ja gern fügen. Es kam ihr vor, als
sei es keine Schande, sich unterzuordnen, wo man bewunderte.

Einen Punkt gab es, der ihr Unruhe bereitete: Frau
von Wernberg war offenbar dagegen, daß das junge Paar
Theklas Haus beziehe. Mit Worten ausgesprochen hatte
sie das bisher zwar nicht, aber es ging zur Genüge aus
ihrem Verhalten hervor.

Wenn sich nun Thekla auch willig jedem Wunsche
ihrer Schwiegermutter fügen wollte, hierin, das fühlte sie,
konnte, ja durfte sie nicht nachgeben. Für Leo und für
seine Mutter war ihr Haus eben ein gewöhnliches Haus;
für sie, für Thekla, war es das Erbteil Tante Wandas.
Es war ferner die Stätte, an die sie bereits manches
eigene Erlebnis wie mit unsichtbaren Ketten band. Wie
hätte sie diese teuren Räume jemals mit einer Miets-
wohnung vertauschen mögen, mochte diese auch schöner, be-
quemer und geräumiger sein!

Über diesen Punkt, das hatte sie sich vorgenommen,
sollte Klarheit geschaffen werden, und zwar noch ehe die
Excellenz wieder abreiste. Es war schon deshalb notwendig,
weil Leo bereits von Anschaffung neuer Möbel gesprochen

hatte; und man mußte die Einrichtung doch den Räumen anpassen, in die sie kommen sollte.

Einige Stunden vor ihrer Abreise kam Frau von Wernberg verabredeterweise noch einmal zu Thella, um mit ihr eine Anzahl Geschäftsofferten und Ausstattungskataloge durchzugehen. Als das erledigt war, begann Thella ohne weiteres von dem, was ihr auf dem Herzen lag. Sie sagte, daß es ihr unmöglich sei, dieses Haus aufzugeben, und bat, daß man ihr doch hierin ihren Willen lassen möchte.

Frau von Wernberg hatte sie ausreden lassen, dann sagte sie gelassen, das seien: „Mädchenideen". Hier komme es darauf an, das Praktische zu thun. Das Haus liege ungünstig für Leo; er müsse durch die ganze Stadt, um zu seinem Ministerium zu gelangen. Vor allem aber sei es zu klein. Wo solle zum Beispiel Leos Zimmer eingerichtet werden? Das Eßzimmer wäre völlig ungenügend; sie könnten nicht mehr als vier Menschen placieren. Und Leo sei es seiner Stellung schuldig, Leute bei sich zu sehen. Dienstboten würden sie kaum logieren können, ohne anzubauen. Das Häuschen reiche aus für ein altes Fräulein, aber nicht für ein junges Paar, das eine gewisse Rolle spielen wolle.

Thella fühlte das Gewicht dieser Gründe wohl; im Grunde hatte sie sich Ähnliches auch schon gesagt. Aber was war das alles gehalten gegen ihren Herzenswunsch? — Es handelte sich doch nicht allein um das „Praktische", sondern um das Glücklich-werden. Und sie wenigstens würde sich in anderen Räumen, als in diesen, niemals glücklich fühlen können.

Ein spöttischer Zug legte sich um Frau von Wernbergs Mund, als sie den Eifer sah, mit dem Thella ihre Sache verfocht. „Wenn Leo nun versetzt würde, was ihm als

Beamten jeden Augenblick paſſieren kann, dann würdeſt du
alſo nicht mit ihm gehen, weil du dein Haus verlaſſen
müßteſt?" — fragte ſie.

„Natürlich würde ich mit Leo gehen, weil es dann
Notwendigkeit wäre! Aber ſo lange es angeht, möchte ich
doch, daß er mir zu Liebe thut, was möglich iſt. Mir zu
Liebe ſoll er's thun, darauf kommt's an!"

Die alte Dame zuckte verächtlich mit den Achſeln.
„Das iſt ſentimental gedacht! Ich glaube nicht, daß du
damit bei Leo durchdringen wirſt."

„Das glaube ich doch, denn er liebt mich!"

„Glaube mir, mein Kind, die Ehe beruht auf anderen
Grundlagen noch als auf der Liebe."

„Mag ſein! Aber Liebe ſcheint mir das Große dabei
und das Wichtige. Und wenn man ſich liebt, muß man
auch im ſtande ſein, ein Opfer zu bringen."

„Gut, Thekla! Dann bringe du das Opfer!"

„Warum ich? Verliere ich doch viel mehr, wenn ich
mein Haus aufgeben muß, als Leo jemals dadurch gewinnen kann!"

„Nun, es giebt ſoetwas wie Unterordnung der
Frau unter den Willen des Mannes!" ſagte jetzt die
Excellenz, nicht mehr ſo ruhig wie vorher. Theklas unge-
wohnter Widerſpruch verdroß ſie. „Und außerdem ſcheint
es mir nur gerecht, wenn in ſolcher Frage derjenige Teil
nachgiebt, der ſowieſo, wie mich dünkt, gut, wenn nicht am
beſten fährt."

„Das verſtehe ich nicht!" rief Thekla. Und das war
nicht etwa von ihrer Seite Verſtellung; ſie verſtand Frau
von Wernbergs Gedankengang in der That nicht.

„Sehr einfach zu verſtehen!" ſagte die alte Dame, die
ihre Faſſung wieder ganz gewonnen hatte. „Ich werde es
dir erklären, Thekla, da du dir ſelbſt nicht zu ſagen ver-

magst, was so nahe liegt. Leo ist mein Sohn, aber deshalb kann ich doch aussprechen, was ich von ihm halte.
Du heiratest keinen gewöhnlichen Mann. Solltest du es
noch nicht wissen, so laß es dir hierdurch gesagt sein, daß
es eine Ehre ist für dich, wie es für jedes Mädchen eine
Ehre wäre, Frau von Wernberg zu werden. Im übrigen
will ich nicht abschätzen und wägen! Ich meine, du hast
ein gutes Loos gezogen. Du solltest zufrieden sein, Thekla,
und dankbar!"

„Aber ich bin doch auch etwas!" stieß Thekla hervor,
zu deren Füßen es sich wie ein Abgrund aufthat, aus
dem sie ein eisiger Hauch anwehte.

„Ich sagte, ich wolle nicht abschätzen und wägen!"
erwiderte Frau von Wernberg. „Aber wie's scheint, willst
du es thun. Ob mein Sohn eine mehr oder weniger gute
Partie macht . . ."

„O Gott, so habe ich es nicht gemeint!"

„Ob mein Sohn eine gute Partie macht, darauf
kommt es mir nicht an. Für mich ist viel wichtiger, ob
er sich standesgemäß verheiratet. Und da frage ich nicht
allein nach Ebenbürtigkeit, ich frage auch nach der Verwandtschaft. Denn deine Familie wird in gewissem Sinne
auch die seine. Ich möchte dich nicht kränken, Thekla,
ich will nur, daß du wissen sollst, wenn einmal von
Opfern die Rede ist, daß Leo manches in den Kauf
nehmen muß!" —

Thekla senkte das Haupt. Das hatte getroffen. Es
war ihr, als sei es Ehrensache, solchem Stolze gegenüber
für ihre Familie einzutreten. Aber was sagen! Sie erwiderte nur: Frau von Wernberg kenne die Ihren wohl
nicht genug, um das zu sagen.

„Ich meine auch eigentlich keine bestimmten Personen,
Thekla! Die Deinen sind gewiß alle sehr brav und

ehrenwert; ich zweifle nicht daran. Ich spreche von den
Verhältnissen im ganzen. Nach welchen Grundsätzen du
erzogen bist, weiß ich nicht; weiß auch nicht, welche
Grundsätze überhaupt in eurer Familie herrschen. Es ist
im Leben die Hauptsache, daß man die richtigen Grundsätze hat und daß man fest darinnen steht. Auch das
muß ein Mann wohl erwägen, wenn er ein Mädchen
wählt, ob die Weltanschauungen harmonieren. Leo ist
noch jung, und ich fürchte, er hat daran nicht gedacht."

„Unsere Grundsätze sind, glaube ich, nicht schlechter,
als die irgend einer anderen Familie!" rief Thekla in
kaum verhehlter Erregung. „Mein Vater war Offizier,
er hat uns die Erziehung gegeben, die er für recht hielt.
Leider ist er viel zu früh gestorben für uns, und meine
Mutter hat wieder geheiratet . . ."

„Ja, Thekla, deine Mutter hat wieder geheiratet. —
Ich weiß, daß das ein Unglück ist für dich."

„Aber das ist doch ausgeglichen worden. Meine
Tante Wanda hat Mutterstelle an mir vertreten. Das Beste,
was ich habe und was ich bin, verdanke ich ihr. Sie ist
meine eigentliche Erzieherin gewesen, mehr als alle Lehrer
und Lehrerinnen, die ich je gehabt habe. Ich wünschte,
ich könnte dir sagen, was ich dieser Tante verdanke, wie
ich sie liebe, und wie gerne ich ihr ähnlich werden
möchte!"

„Thekla!" sagte die alte Dame mit eigenartiger Betonung. „Da du selbst die Rede darauf bringst, will ich
dir meine Ansicht nicht vorenthalten. Du sagst, du ver-
dankst deiner Tante viel; in gewissem Sinne magst du
recht haben. Aber daß sie dich auch zur Erbin ihrer
Anschauungen gemacht hat, ob das gut für dich gewesen
ist, bezweifle ich. Ich bin besser unterrichtet über dich und
deinen Lebensgang, als du denkst; außerdem hat man auch

selbst seine Augen. Es ist zum mindesten ungewöhnlich, daß ein junges Mädchen, wie du es gethan hast, jahrelang allein wohnt und lebt. Nach unseren Begriffen gehört sich das einfach nicht. Das ist eben das, was ich Mangel an Grundsätzen nenne; ein solches Sich-emancipieren vom guten Ton. Daraus folgt dann alles andere: daß du zum Beispiel Herren hier empfangen hast, daß du dich mit Sachen beschäftigst, die ein junges Mädchen aus guter Familie nicht zu kennen braucht und auch nicht kennen soll. Ich mache dir nicht mal einen großen Vorwurf daraus; den Fehler haben die begangen, die dich in solches Fahrwasser brachten. Und nach allem, was ich höre, trifft dafür die Verantwortung eben jene Tante Wanda, die du so hochstellst."

Thella blickte die Excellenz sprachlos an. Träumte sie denn! — Sollte hier Wanda Lübeling in ihrem eigenen Hause verunglimpft werden?

„Deine Tante hat gewiß ihre guten Seiten gehabt, Thella. Aber eines giebt zu denken: eine Frau, die für die Kirche keinen Sinn hat, die freien Tendenzen huldigt, mit einem Worte, die irreligiös ist, kann nicht vorbildlich sein. Ihr Einfluß auf dich ist groß gewesen; du gestehst es selbst. Ich will nicht sagen, daß du verdorben wärest, nein, nur auf die rechten Autoritäten hat man dich nicht hingewiesen in der Jugend. Das thut mir leid. Für die Braut meines Sohnes wünschte ich mir ganz besonders, daß sie gefestigt wäre in den Grundsätzen, die nun mal die einzig wahren und ewig unverrückbaren sind."

Thella war wie zerschmettert. Die Frau hatte mit schonungsloser Hand an alles gerührt, was ihr lieb war und verehrungswürdig. Sollte sie sich verteidigen? Konnte man das überhaupt jemandem gegenüber, mit dem man nicht das Geringste gemein hatte, jemandem gegenüber, der wie diese Frau eingepanzert war in „Grundsätze"? Es war hoffnungslos von Anfang an. Sie schwieg und seufzte.

Die Excellenz glaubte zu sehen, daß ihre Worte einen gewissen Eindruck hervorgebracht hatten auf das Mädchen. Das hatte sie ja gewollt! Sie war nun aufgeräumt und freundlich, wie wir meist sind, wenn wir das letzte Wort gehabt haben.

Eigentlich wurde angenommen, daß Thekla die alte Dame auf den Bahnhof begleiten solle, weil Leo durch bringende Geschäfte davon abgehalten war. Kurz vor Abgang des Zuges wollte er auf dem Bahnhofe sein, um sich von seiner Mutter zu verabschieden. Aber Frau von Wernberg riet nun selbst dazu, daß Thekla zu Haus bleiben möge.

Beim Abschied küßte sie Thekla auf das Haar. Es war das erste Mal, daß die alte Dame sie etwas wie Zärtlichkeit blicken ließ. Thekla merkte es kaum. In ihr hallten noch die Worte von vorhin wider. Stumm geleitete sie die Excellenz zur Thür, blieb dann wie träumend zurück.

Lange Zeit stand sie regungslos auf demselben Platze. Was war geschehen? Sie hatte eine Auseinandersetzung gehabt mit Leos Mutter. War das so schlimm? O, es war vielleicht gut! Es hatte Klarheit gebracht in vieles. Immerdar würde sie getrennt sein von dieser Frau, durch eine tiefe Kluft. Das wußte sie jetzt.

Mit dieser Erkenntnis war für Thekla eine große Hoffnung zerstört; die Hoffnung: eine Frau zu finden, die sie rückhaltlos verehren könne wie eine zweite Mutter. An ihrer Verbindung mit Leo war ihr das mit als das Lockendste erschienen. Daß Frau von Wernbergs Liebe nicht im Sturme würde zu gewinnen fein, hatte fie von Anfang an gewußt. Aber wie gern hätte fie um diefe höchste Auszeichnung gedient! Nach diefer Auseinander- fetzung war das unmöglich geworden!

Thella war weit davon entfernt, der Excellenz zu verargen, was fie gefagt hatte. Sie konnte die alte Dame verstehen, ja fie verstand fie eigentlich jetzt erst ganz. Frau von Wernberg mußte, fo wie fie es gethan, urteilen, ihrem Charakter gemäß. Es war von Thella ein aussichtslofes Verlangen gewefen, fich von Leos Mutter verstanden zu fehen. Eine folche Frau konnte niemanden lieben, der nicht von ihrer Art war. Ihr Stolz, ihr starrer, felbstgerechter Stolz hinderte fie daran. Darum konnte es ihr gegenüber nur ein blindes Sich-unterwerfen geben — für den, der felbst keinen Stolz hatte — oder aber ein gleichgültiges Nebeneinander-hergehen. Das Letztere war das, was ihr blieb; man würde mit einander auszukommen verfuchen, um des Anstandes, um des Friedens willen. Ein trauriger Erfatz in der That für das, was fie geträumt hatte!

Als Thella von Leo erfahren, daß feine Mutter bei den Kaltmeyers wohnen werde, hatte fie fofort nichts Gutes geahnt. Es war ihr wahrfcheinlich gewefen, daß Marie Kaltmeyer, wie fie nun mal war, die Gelegenheit benutzen werde zu Klatfch. Aber daß es ihr in diefem Maße gelingen würde fie anzufchwärzen, hatte Thella freilich nicht annehmen können. Und das war das Demütigende, daß diefe Auseinandersetzung fich nicht ergeben hatte aus den natürlichen Gegenfätzen, fondern daß Fremde fich einge- mifcht hatten. Stand fie nicht verdächtigt vor Leos Mutter, als habe fie etwas verheimlicht aus ihrer Ver- gangenheit von ihrem innerften Wefen? — Das war der bitterfte Stachel, den die letzte Stunde in ihr zurück- gelaffen hatte.

Und daran war Leo schuld! Er hatte weder der
Mutter ein klares Bild von seiner Braut gegeben, noch
hatte er ihr gesagt, wessen sie sich von der Mutter zu ge-
wärtigen habe. Damit hätte er ihr, hätte er Thekla die
Demütigung erspart, Wochen hindurch um etwas zu ringen,
das ihr von vornherein versagt war.

Leo hatte sie, seine Braut, nicht der Wahrheit für
würdig gehalten. Von diesem großen Unrecht konnte sie
ihn nicht freisprechen.

* * *

Leo Wernberg traf mit seiner Mutter auf dem Bahn-
hofe zusammen. Nachdem er Gepäck und Billet der
Excellenz besorgt hatte, begab man sich in das reservierte
Zimmer.

Er setzte sich dicht neben sie auf das Sofa und ergriff
vertraulich ihre Hand. „Mamachen! Ehe du gehst, mußt
du mir noch ein paar Worte sagen. Hast du dich nun
mit meiner Wahl ausgesöhnt?"

Die Excellenz schwieg eine Weile. „Ja und nein!
Thekla ist ein gutes, ein ausgezeichnetes Mädchen!" —

„Sag mir nur das nicht, Mama! Gut ist kein
Lob. Das sagt man, wenn man jemanden schonen will.
Aus deinem Munde möchte ich doch was anderes über
meine Braut hören. Ich will dir mal sagen, was ich von
ihr halte. Ich behaupte: Thekla ist einfach eine Perle.
Ich bin stolz darauf, sie gefunden zu haben. Bitte, Mama,
nenne mir eine andere junge Dame, der man den Vorzug
geben könnte vor ihr? Irgendwo hat es bei jeder einen
Haken. Entweder die Herkunft mangelhaft, oder kein Ver-

mögen vorhanden, bei der einen läßt die Erscheinung zu wünschen übrig, bei der anderen der Charakter. Alles das ist bei Thekla erster Klasse. Ich behaupte, sie ist vollendet in ihrer Art."

„Ich finde es ganz in der Ordnung, Leo, daß du schwärmst!"

„Nein, ich schwärme nicht. Über die Kinderkrankheit bin ich hinaus."

„Immerhin siehst du deine Braut mit den Augen des Bräutigams. Das heißt, du siehst vor allem das Glück, das du von ihr erwartest. Als Mutter sehe ich dich und sie und eure ganze Zukunft . . ."

„Unsere Zukunft ist gesichert, Mama! Ich kann dir das nur wiederholen. Theklas Vermögen ist größer noch, als ich erwarten konnte. Und wenn du dich etwa an ihrer Verwandtschaft stößt — ich gebe zu, daß die Familie Sänger keine angenehme Zugabe ist — so kann ich dir versichern, die werde ich mir vom Halse zu halten wissen. Aber schließlich, es kann doch nicht jeder eine reichsunmittelbare Gräfin heiraten! Gesetzt, ich hätte einen Herzog zum Schwager, dann stünde ich gewissermaßen unter dem Drucke seines Ranges, nichtwahr? So gebe ich den Ton an. Siehst du das ein, Mama?"

„Leo, du hast mich nicht ganz verstanden. Um eure äußere Lage sorge ich mich nicht. Ich habe auch nie eine Fürstin zur Schwiegertochter verlangt. Es ist mir sehr recht, daß du nicht allzuhoch hinaus gewollt hast. Ich weiß, daß es so weiser gethan ist."

„Ja, um des Himmels willen, was hast du denn dann noch für Bedenken, Mama?" rief der Sohn nicht ohne Zeichen von Ungeduld.

„Es wird nicht ganz leicht sein, einem Manne das klar zu machen, vor allem, da du als Bräutigam alles

in besonders rosigem Lichte siehst. Eine Mutter, wie gesagt, blickt weit in die Zukunft hinaus, sagen wir um zehn,
zwanzig Jahre und länger! Ich glaube, du kennst deine
Braut noch gar nicht! Es ist auch nicht leicht, ein
Mädchen zu durchschauen, weil eben Mädchen unfertig sind,
unbeschrieben, du verstehst mich! — Was aus ihr werden
mag durch die Ehe, das können wir höchstens ahnen.
Ich habe drei Töchter verheiratet, Leo! — Nur das wollte
ich sagen: Thekla ist gar nicht so einfach konstruiert, wie
du denkst. An ihr kannst du noch Überraschungen erleben.
Darauf wollte ich dich vorbereitet haben!"

„Ich habe mir bisher immer eingebildet, daß ich die
Frauen einigermaßen kennte!"

„Ja, wie ein unverheirateter Mann die Frauen kennt,
von einer Seite! In der Ehe erst wirst du deine Frau
erkennen, und damit die Frauen!"

„Unangenehme Überraschungen wird mir Thekla kaum
bereiten. Sie ist frei von ‚Temperamentsfehlern.' Ent-
schuldige den sportsmäßigen Ausdruck, Mama, aber er bezeichnet genau, was ich meine. Sie ist das sanfteste, gut-
willigste Wesen! Lenkbar, ganz Schmiegsamkeit und Füg-
samkeit! Irgendwelche Mucken, Laune, Eigensinn, habe ich
noch nicht an ihr bemerkt. Und sowas müßte sich doch
mal zeigen!"

„Du hältst sie für lenkbar. Bis zu einem gewissen
Grade: ja! Aber poche nicht zu sehr darauf, Leo! Ich
könnte mir Augenblicke denken — Gott schütze euch davor
— wo du nichts mit ihr wirst ausrichten können, so sanft
sie aussieht. In ihrem Wesen liegt vieles verborgen, was
sie nicht zeigt. Sie ist empfindsam, um nicht zu sagen: empfindlich! Ich möchte kein hartes Wort gebrauchen; aber ob
sie ganz frei ist von Schrullen? — Alles das wird erst die
Zukunft lehren. Auf alle Fälle, Leo, ist Vorsicht geboten."

„Mama, es wird mir das größte Vergnügen bereiten, dich in ein paar Jahren wieder zu sprechen und mir von dir bestätigen zu lassen, daß du Schwarzseherei getrieben hast!"

„Um so besser, Leo, wenn du recht behältst. Was ich zu sagen hatte über diesen Punkt, habe ich gesagt. Ich werde dich im übrigen mit Schwarzseherei nicht plagen."

Was sie noch weiter sprachen bis zum Abgang des Zuges betraf Dinge alltäglicher Natur.

Leo Wernberg nahm am Bahnhofe einen Wagen und fuhr zu Thekla. Obgleich er sich's nicht hatte merken lassen wollen, waren seiner Mutter Worte doch nicht ganz ohne Eindruck auf ihn geblieben. In Menschenkenntnis und Lebensklugheit erkannte er in der alten Dame immer noch seine Meisterin.

Er fand Thekla dort, wo seine Mutter sie verlassen hatte, im kleinen Gartensalon. Der Empfang von ihrer Seite war minder warm, als er es gewöhnt. Was es mit ihrer Zurückhaltung auf sich habe, wollte er schon herausbekommen! Man kannte doch die Frauen; wenn seine Mutter ihm das auch hatte anzweifeln wollen!

„Ich bin hierher geflogen, Thekla! Ich hatte solche Sehnsucht nach dir, mein Herz! Nun ist meine gute Mutter fort! Aber — du hast wohl gar geweint? Hat's was mit meiner Mutter gegeben — wie?"

„Leo!" sagte Thekla und sah ihn dabei groß und eindringlich an. „Warum hast du mir das nicht gesagt?"

„Was, mein Liebling?"

„Daß deine Mutter so über mich denkt!"

„Es thut mir leid, Thekla, furchtbar leid! Nimm's nur nicht so tragisch! Sieh mal, meine Mutter ist eine Frau der alten Weltanschauung. Aber schließlich, du heiratest nicht sie, sondern mich! Das wird sich alles ausgleichen. Ihr beide werdet noch die besten Freunde

werden. Laß uns nur erst mal verheiratet sein. Das sind
so Stürme des Brautstandes."

„Ach, Leo, es wäre vielleicht besser . . ."

„Wie meinst du? Sprich mein Kind!"

„Wäre es nicht besser, wenn wir auseinandergingen?"

„Thekla! — Ich glaube wirklich, du bist nicht ganz
bei Sinnen! Deshalb, weil du ein Zerwürfnis gehabt
hast mit meiner Mutter!" —

„Ach, das ist es gar nicht. Damit bin ich längst
fertig! — Ganz etwas anderes! — — Mir ist so bange!
Ich weiß nicht, wie ich zu dir stehe, Leo?"

Sie bedeckte die Augen mit den Händen.

Leo betrachtete sie lächelnd. Wirklich, sie schien doch
noch ein rechtes Kind! Das war es wohl, was seine
Mutter ihre „Schrullen" genannt hatte? Ihn sollte das
nicht bedenklich machen! Mädchenlaunen, weiter nichts!
War es nicht eine reizende Zugabe von Unberechenbarkeit,
die sie nur pikanter erscheinen ließ? — Er fühlte darin
wie ein guter Reiter, den ein Pferd, das gar keine Un-
tugenden hat, langweilt, weil es ihm niemals Gelegenheit
giebt, seine Überlegenheit zu erproben. Wie er so stand,
fiel sein Blick auf Haar und Hals der vor ihm Sitzenden. Der Kragen des losen Kleides ließ jene Stelle
am Genick frei, wo das starke Haupthaar überging in
ein Gekräusel von leichten Löckchen, die nur wie ein
zarter Schatten die rosig durchschimmernde Haut be-
deckten. Ein heißes Begehren stieg in ihm auf. Aber zur
rechten Zeit fiel ihm noch seiner Mutter Warnung ein:
daß Vorsicht geboten sei. Er hielt sich zurück. Wozu
vorgreifen? Sie war ihm ja sicher! —

Er beugte sich zu ihr herab.

„Thekla!" flüsterte er mit gedämpfter Stimme an ihrem
Ohre. „Meine Thekla! Sieh mich doch nur an!"

Sie sah auf mit dem Blicke eines verscheuchten Vogels.

„Was hast du, Thella? Sage mir alles! Sieh mal, wir haben uns doch lieb — nicht wahr?"

„Wenn ich das nur wüßte, Leo! Mir ist alles unsicher geworden."

„Zweifelst du an meiner Liebe?"

„Leo, ich denke manchmal: du bildest dir nur ein, mich zu lieben."

„Närrchen, ich bin bei völlig klaren Sinnen! Ich weiß, daß ich dich über alles liebe, und nie aufhören werde, dich zu lieben! Genügt dir das? Soll ich schwören?" —

„Wir kennen einander so wenig!"

„Lernen wir uns nicht alle Tage besser kennen? Du bist nur ein wenig bange. Bin ich denn wirklich ein so schrecklicher Mensch — wie?"

„Nein, nein! Spaße nicht mit diesen Dingen, Leo! Ich sorge mich Tag und Nacht darum. Es kommt mir manchmal vor, als wären wir so weit von einander entfernt. Aber ich kann auch nicht erklären, wie das ist! Nur eines weiß ich, wenn alles richtig wäre zwischen uns, dann dürfte es so nicht sein. Meine Tante Wanda sagte mir einmal: daß Mann und Frau etwas ganz Verschiedenes suchten in der Liebe. Ob es das vielleicht ist?" —

„Wenn deine Tante gesagt hat: Mann und Frau sähen die Liebe unter verschiedenen Gesichtspunkten, so hat sie sehr recht gehabt. Ich bitte dich, Thella, darin liegt doch gerade der Reiz jeder Neigung, daß man verschieden geartet ist. Gegensätze ziehen sich an! Wäre es nicht höchst langweilig, wenn wir beide über jede Sache dasselbe dächten? Man spricht sich aus, man vergleicht seine Ansichten. Das ist gut so! Es kommt eben bei jeder Sache darauf an, wie man sie ansieht. Du siehst im

Augenblicke alles trübe. Aber ich gebe dir mein Wort, Thella, nicht eher verlasse ich dich, bis nicht deine lieben Augen wieder ganz hell sind."

Er lächelte ihr ermutigend zu. Thella saß in Gedanken versunken. Ob er nicht recht hatte am Ende? —

Es war, wie es schon so oft gewesen: seine männliche kraftvolle Gegenwart übte einen starken Einfluß auf sie aus; ihre Energie, ihr Hoffen fühlten sich mit einem Male gehoben. Unwillkürlich wurde sein Wille der ihre. Als ob sie einen bangen Traum geträumt hätte, war es dann; im Morgenlichte lächelte sie beruhigt über das, was sie eben noch geschreckt hatte.

Wernberg störte sie nicht im Nachsinnen. Er wartete ruhig die Wirkung seiner Worte ab. Erst als er sie wiederholt seufzen hörte, trat er zu ihr. „Thella, man muß wissen, was man will! Neulich warst du dir doch völlig klar! Man sagt nicht heute ‚ja!' und morgen ‚nein!' Es giebt keine Treue auf Kündigung. An seinem Worte hält man fest; das gilt für Mann wie Frau!"

Er konnte nicht wissen, wie das, was er sagte, sich mit ihren Gedanken berührte. Thella dachte an ein Wort, das Tante Wanda ihr sterbend zugerufen hatte: „Wenn dir einer begegnet, den du der Liebe wert findest, den halte fest über alles! Laß dich nie irre machen an einem Freunde!" — Verurteilte dieses Wort sie nicht geradezu? Warf er ihr nicht Halbheit vor, Lauheit, Untreue? —

Und was war ihr eigener Vorsatz gewesen, den sie in gehobener Stimmung gefaßt hatte: Lieben ohne Hintergedanken, ohne Rücksichten, ohne Furcht. Lieben um der Liebe willen!

Welcher Wunsch hatte sie denn beseelt, welches Ideal ihr vorgeschwebt in ihrer Mädchenzeit? Zu lieben, wenn der Rechte gekommen sein würde. Und nun war die große Zeit da, hier stand der Erwählte ihres Herzens, und wie fand er sie: ängstlich, zaghaft und matt! Was für eine Braut war das, die vor dem Glücke zurückbebte, die nicht zu ergreifen wagte, was sie selbst gewollt. Wahrlich, unsäglich klein mußte sie ihm erscheinen!

Sie senkte noch einmal das Haupt. Tief wollte sie nachdenken, tief in sich hineinbliden, mit dem eigenen Herzen Zwiesprache halten über diese große Frage. Was schrieb es ihr vor? Welches Gesetz lebte dort, ihr Dasein beherrschend von Anfang an? Was war ihr eigenes tiefstes Bedürfnis, der heilige Zweck ihres Lebens? Ein Wort fand sie da geschrieben, zur Antwort auf alle Fragen, eingebrannt mit glühenden Buchstaben in ihre Seele: Liebe!

Etwas von dem wunderbaren Lichte, das sie eben erschaut hatte, leuchtete noch aus ihren Augen, als sie jetzt aufblickte und ihm ein glückstrahlendes Gesicht zuwandte.

Er konnte nicht verstehen, was in ihr vorgegangen sei; mit schnellem Blicke erkannte er nur das heraus, was ihm im Augenblicke das Wichtige war: er hatte gesiegt!

„Nun sind deine Augen wieder ganz hell, Thekla!“ sagte er.

„Leo! Willst du mir verzeihen?“

„Alles! Wenn du mich so ansiehst! Aber, was bekomme ich zur Belohnung? Denn etwas will ich haben dafür, daß du mich so schlecht behandelt hast.“

„Das will ich dir geben! Alles sollst du haben, was du nur willst!“

Sie warf sich ihm in die Arme und suchte seinen Kuß.

Buchdruckerei Roitzsch vorm. Otto Noad & Co.